D1179383

NOOIT MEER EENZAAM

GREETJE VAN DEN BERG

NOOIT MEER EENZAAM

Dubbelroman waarin opgenomen:
MET DE NOORDERZON
VOETSTAPPEN

ZOMER & KEUNING – EDE/ANTWERPEN

Omslagtekening:
Dick van de Pol

ISBN 90 210 0522 0

© 1992 Zomer & Keuning Boeken B.V., Ede

MET DE NOORDERZON

1

De uren zijn overgegaan in minuten. De minuten worden opgevolgd door seconden. Spannende seconden, waarin iedereen in
de wereld zijn adem lijkt in te houden. Dan is het eindelijk zover.
De klok laat twaalf zware slagen horen. In de overvolle huiskamer
van dokter Versteeg stijgt een gejuich op. 'Gelukkig nieuwjaar.
De beste wensen!' Er worden handen geschud en ontelbare kussen
uitgedeeld. Een nieuw jaar is aangebroken. Een jaar dat nog helemaal blanco is en waarvan niemand weet wat het allemaal brengen zal. Buiten kiezen de eerste pijlen het luchtruim. Op de televisie, die de hele avond heeft aangestaan omdat een bekende
cabaretier het oude jaar uitluidde, wenst een charmante omroep-
ster het Nederlandse volk een voorspoedig nieuwjaar. Dokter Versteeg maant even om stilte als de eerste drukte voorbij is. 'Mensen,
mag ik een ogenblik uw aandacht? We hebben elkaar net een
gelukkig nieuwjaar gewenst, maar wat velen van u niet weten is
dat er iemand in ons midden is die niet alleen aan het begin van
dit gloednieuwe jaar staat, maar tevens aan het begin van haar
negentiende levensjaar. Een dubbel nieuwjaar dus. Lisanne, m'n
kind, mag ik je gelukwensen?' Hij loopt in de richting van z'n
dochter.
Een meisje dat erbij staat alsof ze door de grond zou willen zakken.
En dat is ook wat ze op dit moment het liefst zou willen. Weg van
hier. Ergens heen waar niemand haar meer zou kunnen zien en
waar ze even, heel even haar ware gevoelens zou kunnen tonen.
Waar ze even zou kunnen uithuilen. Ze neemt het glas champagne
aan van haar vader. Heel duidelijk voelt ze de blik van Karin op
zich gericht.
'Proost Lisanne, dat het komende jaar voor ons een gezegend jaar
mag worden. Voor Karin, voor mij, maar vooral voor jou.' Hij
drukt een kus op haar wang. Een kus die ze niet beantwoordt.
Dan komt Karin. Karin, die er de hele avond schitterend heeft
uitgezien. Ze draagt een zwarte trui, bezaaid met kleine gouden
lovertjes. Daaronder een wijde rok, die even zwart is als de trui.
Een rok die bij elk van Karins gracieuze bewegingen meezwiert.

Haar halflange haren liggen in grove slagen rondom haar knappe, perfect opgemaakte gezicht. Ze glimlacht en Lisanne voelt hoe Karin in alles haar meerdere is. Zij is immers niet zo lang en slank als Karin? Ze is een kleine, gedrongen figuur, gekleed in een spijkerbroek met daarop een wijde trui. Een trui die ze vaak draagt, omdat ze zo onzeker is over haar figuur. Ze vindt zichzelf te dik, en onder die trui zal het niemand opvallen. Haar gezicht is niet onknap, maar ze vindt het zelf te grof. Haar neus is te groot. Haar ogen – groene ogen – staan te dicht op elkaar. Haar donkerblonde haren zijn te dun om ze te laten groeien en daarom heeft ze een kort kapsel laten knippen. Een kapsel dat haar weliswaar flatteert, maar dat niet tot haar eigen tevredenheid is. Nee, dan Karin! Karin kust haar. Een kus links, een kus rechts en nog één links. Alsof er geen eind aan komt. Ze haat die populaire kussen, die nooit echt gemeend lijken te zijn. 'Lisanne, meisje, ik wens je veel geluk. Ik hoop dat dit jaar een goed jaar voor je zal worden. En niet alleen voor jou, maar ook voor mij. En ik hoop dat je in staat zult zijn je vooroordelen te laten varen, waarna we misschien niet meer zo vijandig tegenover elkaar zullen staan. Een jaar waarin je zult leren je vader het geluk te gunnen.'

'Je snapt er nog steeds niets van,' fluistert Lisanne heftig.

Karin glimlacht. 'Laten we het daar maar een andere keer over hebben. Dat is zo pijnlijk met al onze gasten erbij.'

Lisanne krijgt niet eens de kans meer verder te praten. De andere aanwezigen willen haar ook de hand drukken. Ze staat er een beetje verloren bij, terwijl ze gefeliciteerd wordt door mensen die ze soms niet of nauwelijks kent. Kennissen van haar vader, maar vooral ook van Karin. 'Bedankt,' fluistert ze steeds en neemt gelaten de goede wensen in ontvangst. Belachelijk, zoveel mensen als Karin had uitgenodigd. Dat was vorig jaar wel anders geweest. Vorig jaar, toen... Niet aan denken nu. Ze voelt tranen naar haar ogen dringen en ze wil niet huilen. Ze wil het niet! Ze is blij als ze eindelijk naar buiten kan gaan, zogenaamd om het vuurwerk te bewonderen. De klokken van de dorpskerk luiden nog steeds. Het halve dorp lijkt buiten te zijn. Stilletjes gaat ze naar de zijkant van het oude, statige doktershuis. Hier zal ze zich even rustig kunnen overgeven aan de gedachten die haar de hele avond al kwellen. Gedachten aan het vorige jaar. Ze huivert. Dom van haar: had ze nu haar jas maar meegenomen naar buiten. Het is zo veel te koud. Aan de hemel stralen ontelbare sterren. Het is een heldere, maar o zo koude nacht. De weerprofeten hebben een strenge winter voorspeld. Wie weet zou de elfstedentocht dan weer verreden kunnen worden. Net zoals vorig jaar. Voor het huis klinken stemmen en ze trekt zich nog wat verder terug in de schaduw. De vorige jaarwisseling was heel anders geweest. Toen was de kamer niet zo vol geweest. Ze had er alleen met haar vader gezeten. Hun harten vol van het verdriet om het heengaan van haar moeder. Verdriet, omdat ze afscheid hadden moeten nemen van het dierbaarste dat er voor hen op aarde was. En opluchting, omdat er een einde was gekomen aan een haast onmenselijk ziekbed. Stil hadden ze bijeengezeten met hun herinneringen. Herinneringen aan haar die er niet meer was. Eenzaam had ze zich gevoeld, toen om twaalf uur alleen haar vader er was geweest om haar geluk te wensen met haar verjaardag en ze de stem van haar moeder had gemist, die elk jaar weer in haar oor fluisterde: 'Ik hoop dat je een gelukkig mensenkind mag blijven.' Ze had zich toen niet kunnen voorstellen dat het dit jaar nog erger zou zijn. Dat ze dit jaar echt eenzaam zou zijn, ondanks de mensen om haar heen. Na de dood van haar moeder waren ze nog twee maanden samen geweest. Daarna was er ineens Karin geweest. Hoe en waar haar vader Karin had leren kennen, was Lisanne nog steeds een raadsel. Het feit bleef dat ze er was! Eerst als een goede huisvriendin, maar daarna bleek al snel dat er meer achter zat. Vlak voor de kerst waren ze getrouwd, ondanks het leeftijdsverschil. Karin was nog maar drieëndertig en dokter Versteeg al vijftig.

Iedereen in het dorp had met Lisanne te doen: zo snel na het overlijden van haar moeder alweer een andere vrouw in huis. En wat voor een vrouw. Ze leek in niets op de aardige, hartelijke vrouw die de vorige mevrouw Versteeg was geweest. Ze was hooghartig. Als je haar tegenkwam kon er nauwelijks een knikje af. Wat die dokter Versteeg toch bezield had begreep niemand, en Lisanne misschien nog wel het minst van allemaal. Ze had altijd zo goed met haar vader overweg gekund. Hij was haar vriend geweest door dik en dun. Na het overlijden van moeder en ook in de vreselijke tijd daarvoor hadden ze steun aan elkaar gehad en ineens was dat afgelopen. Vanaf de tijd dat Karin in huis was gekomen, had hij enkel met haar overlegd. En Karin? Karin deed alsof ze het volste recht had dingen in hun huis te regelen.

Toen Lisanne had gehoord hoeveel mensen er zouden worden uitgenodigd om de jaarwisseling te vieren, had ze heel voorzichtig aan haar vader gevraagd of dat wel gepast was. Vorig jaar was haar moeder immers net overleden?

'Karin wil het graag zo,' had haar vader berustend gezegd. 'Je moet niet vergeten dat ze pas de bruid is geweest. Ze vindt het heerlijk dit soort feesten te geven en ze is ook een fantastische gastvrouw. Enfin, dat zul je zelf ook al wel gemerkt hebben. Maak je nu maar niet bezorgd over de vraag of dit wel gepast is. Mam zou niet willen dat we zouden blijven treuren om haar nagedachtenis. We hebben goede herinneringen aan haar. Die kunnen we behouden. Maar er ligt tevens een toekomst in het verschiet. Als mensen over ons willen praten, kunnen ze dat wat mij betreft rustig doen. Ik hoef me nergens voor te schamen. Natuurlijk zijn Karin en ik al snel na mams overlijden getrouwd. Maar wat hadden we dan moeten doen? Elkaar in het geheim ontmoeten? Dat geeft toch ook geen pas voor een man van vijftig jaar? Nee, Lisanne, het is goed zoals het nu gegaan is. Karin en ik zijn gelukkig.'

'En ik dan?' had Lisanne willen zeggen, maar ze had haar mond gehouden. Want de dingen die ze zou willen zeggen, kwamen zo vaak verkeerd over. Ze voelde zich zo onzeker. Ze vond zichzelf een lafaard, maar ze was nu eenmaal geen flapuit. Was ze het maar wel. Dat zou haar leven een stuk aangenamer maken. Haar moeder had dat allemaal begrepen, maar Karin? Karin liet haar zo duidelijk voelen dat ze niet de moeite waard was. Ze zouden zussen kunnen zijn, maar Karin gedroeg zich, meteen vanaf het begin al, alsof ze haar natuurlijke moeder was. Het ergste was misschien nog wel, dat haar vader ineens z'n bedenkingen tegen Martin Witteveen had. En Martin was al jarenlang haar vriend. In eerste instantie was het vriendschap geweest; meer niet. Dit voorjaar had Martin haar bekend dat het voor hem een zaak van liefde was geworden. Hij hield van haar en het was voor haar altijd onvoorstelbaar geweest dat er een man zou zijn die verliefd op haar, de saaie Lisanne Versteeg, zou kunnen worden. In eerste instantie was ze alleen maar gevleid geweest, maar na verloop van tijd was ze tot de ontdekking gekomen dat het leven zonder Martin voor haar onverdraaglijk zou zijn. Waarschijnlijk hield ze toch ook van hem. Nooit hadden haar ouders bezwaar tegen hun vriendschap gemaakt en ook nadat hun vriendschappelijke verhouding was uitgegroeid tot liefde had haar vader het niet erg gevonden. Vlak voor zijn huwelijk met Karin had hij haar ineens laten weten dat hij het niet meer op prijs stelde als ze Martin zou blijven ontmoeten. Als argument had hij nota bene hun leeftijd gebruikt! Martin was 'al' vierentwintig geweest en zij nog geen achttien. Karin had eraan toegevoegd dat Martin geen partij voor haar was. Stel je voor: je zou toch menen dat zo iets in 1986 niet meer bestond.

'Luister nu eens in alle redelijkheid naar me,' had Karin gemeend te moeten zeggen. 'Je kunt nu wel denken dat liefde alle moeilijkheden overwint, maar Martin Witteveen is maar een eenvoudige verpleger in het ziekenhuis. Je zult je na een huwelijk met hem geen luxe meer kunnen veroorloven en neem van mij aan dat de liefde dan snel bekoelt!'

Daarom ben je zeker met mijn vader getrouwd, had ze willen zeggen. Om er zeker van te zijn dat jij je wel luxe kunt blijven veroorloven, zodat jullie liefde in ieder geval om die reden niet zal kunnen bekoelen. Ze had het niet gezegd. Ze had gezwegen, zoals ze dat zo vaak deed.

'Lisanne, waar ben je?'

Ze hoort Karins stem voor het huis en even overlegt ze of ze zal zwijgen. Ze weet dat Martin in het dorpshuis is. Daar is het op dit moment gezellig. Het grootste deel van de dorpsjeugd trekt daar na twaalf uur meestal naar toe om het nieuwe jaar in te luiden. Dan haalt ze haar schouders op. Wat maakt het ook allemaal nog uit? Langzaam loopt ze naar de voorkant van het huis. Daar staat Karin. Ze heeft de kraag van haar modieuze trenchcoat hoog opgetrokken. 'Lisanne, wat was je toch aan het doen? Je hebt niet eens een jas aan! Morgen ben je weer snipverkouden. Kind, wat kun je toch onnozel doen.'

Lisanne zwijgt. Ze kijkt Karin aan met ogen waarin de haat en verachting zo duidelijk af te lezen zijn dat deze ervan schrikt. 'Kom maar, we maken het binnen nog even gezellig,' zegt ze snel. Binnen is het warm. Nu pas heeft Lisanne in de gaten dat ze werkelijk door en door koud is geworden. Ze gaat voor de open haard zitten. Karin schenkt haar een glas wijn in, maar ze neemt die niet aan. Haar ogen staren in de vlammen. Vlammen die steeds opnieuw grillige vormen aannemen. Hun tongen verslinden de houtblokken als een gewetenloos, hongerig monster. Om haar heen is geroezemoes. De eerste gasten kondigen aan dat ze zullen vertrekken. Karin loopt met hen mee naar de voordeur. Lisannes vader loopt naar de haard om nog wat houtblokken op het vuur te gooien. 'Hoe gaat het, meisje?' Z'n ogen staan nu oprecht bezorgd. 'Wat een herinneringen toch vanavond, niet? Ik had het er zelf ook moeilijker mee dan ik had verwacht.'

Ze knikt en ziet dan haar kans schoon. 'Pap, ik zou graag nog een poosje naar het dorpshuis willen. Dat deed ik andere jaren toch ook vaak? Het lijkt me fijn nu even weer onder m'n oude vrienden te zijn. Vind je het goed?'

'Het is al bijna één uur.' Dokter Versteeg kijkt op z'n horloge. 'Wordt dat dan allemaal niet een beetje laat?'

'Het is toch maar één keer per jaar nieuwjaar? Jullie gaan toch ook niet direct naar bed?'

'Dan zullen we eerst onze gasten naar huis moeten sturen, vrees ik.' Haar vader lacht gedempt. 'Ach, je hebt wel gelijk. Toen ik achttien was kwam ik ook niet voor een uur of zes naar huis. Nou ja, zo laat hoef je het natuurlijk niet te maken. Neem je een sleutel mee? Dan hoef je je aan ons niet te storen.'

'Ha fijn, bedankt pap.' Ze kriebelt hem door z'n grijzende baard en aait hem nog even plagend over zijn glimmende schedel, die ze altijd spottend z'n 'brede scheiding' noemt. Dan verdwijnt ze naar de keuken en wacht tot Karin naar de kamer is vertrokken. Vervolgens glipt ze naar buiten en nu vergeet ze niet haar jas mee te nemen. Het is bijtend koud. Hoe is het mogelijk dat ze daarnet zo lang in haar trui buiten had gestaan? Vanuit de verte hoort ze al muziek uit het dorpshuis komen. Ze verhaast haar pas. Heerlijk: naar Martin. Even weg van Karin. Even onbezorgd zijn. Als ze de deur van het lokaal opent, golven de hitte en het lawaai haar al tegemoet. Binnen ziet het blauw van de rook. Op het podium staat een bandje te spelen: vier mannen in dezelfde witte broek en hetzelfde blauwe overhemd. Er wordt gedanst. Ze hangt haar jas aan een kapstok. Haar ogen zoeken de vertrouwde gestalte van Martin. Ze loopt langs de bar.

'Hé Lisanne Versteeg, een gelukkig nieuwjaar!' Job Mensink, de zoon van de notaris, trekt haar naar zich toe. 'Ik meen daarbij ook nog te weten dat je vandaag jarig bent. Heb ik het goed?'

Ze knikt zwijgend en heeft er al bijna weer spijt van dat ze hiernaar toe gekomen is. Vervelend dat ze direct alweer zo in de belangstelling stond. Zie je wel? Daar heb je het al. Nu begint de hele rij haar te feliciteren. Iemand heft een 'Lang zal ze leven!' aan, wat door het bandje meteen wordt overgenomen.

Dan is Martin er ineens. 'Pardon, dames en heren. Mag ik misschien even passeren om m'n geliefde te feliciteren? Volgens mij heb ik de meeste rechten.' Er volgt een luid boe-geroep, maar ze gaan toch aan de kant, zodat Martin in staat is haar te feliciteren. Hij kust haar waar iedereen bij is en ook dit geeft weer het nodige commentaar.

Lisanne zou wel door de grond willen zakken. 'Laten we weggaan van hier,' fluistert ze. 'Ik wil ergens met je heen waar we rustig met elkaar kunnen praten.'

'Dat komt straks, Lisanne. Het zou meer opvallen als we er nu stiekem tussenuit zouden knijpen dan als we hier nog even blijven. Kom, ik wil met je dansen. De eerste dans op je achttiende verjaardag is voor mij.'

Even later staan ze op de dansvloer. Martins arm rust rondom haar schouders. 'Ik ben blij dat je nog even gekomen bent.' Hij kust haar zacht op haar wang. 'Gaf het nog erg veel moeilijkheden thuis?'

Ze schudt nonchalant haar hoofd. 'Dat viel wel mee.'

'Heb je nog een moeilijke avond gehad?'

'Ja,' bekent Lisanne. 'Het huis was stikvol mensen, die ik nauwelijks kende. Lawaaierige, opgeblazen mensen, tussen wie ik me niet thuis voelde. Karin heeft allemaal dezelfde kennissen. Mensen met een status of een andere bijzondere achtergrond. Geen eenvoudige verplegers, zoals jij. En het vreemde is dat al die mensen het liefst over zichzelf praten. ''Ik heb dit'' en ''ik heb dat'' en ga zo maar door. Het zijn mensen die geen echt gesprek kunnen voeren.' Martin antwoordt niet en ze gaat verder: 'Ik voel me een vreemde in m'n eigen huis en dat zal altijd zo blijven, zolang Karin bij ons is.'

'Misschien ben je overgevoelig op dat punt,' oppert Martin. 'Ik bedoel: je bent nogal onzeker, terwijl Karin juist altijd zo nadrukkelijk aanwezig is. Misschien valt ze wel mee als je je daar een beetje voor openstelt.'

'Ja, neem het maar voor Karin op. Straks ligt het nog allemaal aan mij. Het is zeker ook mijn schuld dat m'n vader wat jou betreft als een blad aan de boom omgedraaid is?'

'Natuurlijk niet, en zo bedoel ik het ook niet,' zegt Martin geduldig. 'Ik kan me die houding van je vader nog steeds niet voorstellen, maar ik wil alleen zeggen dat wij het misschien allemaal maar van één kant zien. Je vader heeft Karin kort na het overlijden van je moeder ontmoet en ik kan me goed voorstellen dat jij daar problemen mee hebt. Je moeder is je moeder. Het is onbegrijpelijk dat je vader zich al zo snel weer met een ander troost. Maar heb jij ooit in z'n hart gekeken? Dat kan een mens immers niet? Daarom ook hebben wij altijd zo snel ons oordeel klaar. Maar wie weet hoe moeilijk hij het heeft gehad zonder je moeder. Hoe hij heeft verlangd naar een vrouw om z'n zorgen mee te delen. Dat zal voor een arts misschien nog moeilijker zijn dan voor een ander mens. Wat is een arts zonder vrouw?'

'Ik heb aangeboden m'n werk als doktersassistente in de stad op te geven en hem te helpen, zodat ik de hele dag bij hem zou kunnen zijn en voor hem zou kunnen koken en het huishouden doen. Hij zei dat hij z'n huidige assistente niet kon ontslaan. Dat hij mij dit allemaal ook niet kon aandoen. En toen was Karin er ineens.'

'Hulp van je vrouw is ook nog wat anders dan hulp van je dochter,' zegt Martin. 'Als dochter kun je hem niet dezelfde steun geven als je als echtgenote wel kunt doen. Ik weet niet hoe ik het moet uitleggen, maar het is gewoon anders! Je zadelt je dochter niet op met je problemen en dat doe je bij een vrouw wel.'

'Het lijkt wel of je er verstand van hebt,' sneert Lisanne.

'Nee, ik heb het allemaal maar van horen zeggen. In het ziekenhuis houd ik zo hier en daar mijn oren nog weleens open, weet je. Maar ik hoop het ooit te ondervinden als jij mijn vrouw wordt, Lisanne. Want aan dat voornemen kunnen geen tien Karins wat veranderen.'

Om halfvier in de morgen sluipt ze de trap op naar haar slaapkamer. De gasten zijn vertrokken. In huis is alles donker. Ze schakelt het licht niet aan. Het is beter als er niemand wakker wordt. Morgen ziet ze dan wel weer.
'Zo, zo, een inbreker in je eigen huis?'
Er klinkt een spottende stem, waar ze zo van schrikt dat ze bijna de trap af rolt. Ze kan zich nog net vastgrijpen. Bovenaan staat een in het wit geklede gedaante als een wrakende engel. 'Ik dacht dat je al sliep. Ik wilde jullie niet wekken,' antwoordt ze kleintjes. 'Helaas ben ik nog wakker, dus dat is een misrekening. Maar maak je niet bezorgd. Je vader slaapt al. Hij was doodmoe en volgens hem hoefde ik me om jou geen zorgen te maken. Maar dat doe ik nu juist wel. Want waarom heb je niet eerlijk met ons samen overlegd dat je naar het dorpshuis wilde? Nee, je deed het stiekem, toen ik even de kamer uit was. Ik heb er niets van gemerkt dat je wegging en ik neem aan dat dat nu ook juist je bedoeling was. Je hebt in het dorpshuis waarschijnlijk die Martin Witteveen weer ontmoet? Je vader had dat niet in de gaten, maar met dergelijke smoesjes hoef je bij mij niet aan te komen en dat weet je ook heel goed. Daarom ging je er zo stilletjes tussenuit, is het niet? Vaders onschuldige dochtertje. Je vader weet niet half hoe je in werkelijkheid bent. Je bent doortrapt en gemeen!'
'En jij bent m'n moeder niet,' antwoordt Lisanne. 'Als je er geen bezwaar tegen hebt, ga ik nu naar bed.'
'Je gaat zeker niet mee naar de kerk?'
'En dan naast jullie zitten als de dochter die zo blij is met jullie huwelijk? Ik peins er niet over. Maar gaan jullie gerust. Het zal een ieder goeddoen te zien hoe plichtsgetrouw de nieuwe echtgenote van de dokter is. Trek die beeldige paarse jurk aan, als ik je een raad mag geven. Dan maak je vast nog meer indruk.' Lisanne wacht het antwoord van Karin niet af. Snel zoekt ze de veilige

beslotenheid van haar kamer op. Wat bezielde haar ineens zo te praten? Was ze misschien toch overmoedig geworden door de wijn en champagne? Even later staat ze in haar pyjama voor de spiegel haar tanden te poetsen. Haar gezicht ziet grauw van vermoeidheid. Een vermoeidheid die zich over haar hele lichaam lijkt uit te strekken. Ze heeft Karin terug naar haar slaapkamer horen gaan en glimlacht in stilte. Die had vannacht nog iets om over na te denken. En Lisanne zelf? Die heeft geen tijd meer te denken. Als haar hoofd het kussen raakt, slaapt ze.

2

De kou heeft aangehouden. Januari is voorbijgegaan. Februari heeft z'n intrede gedaan en het vriest nog steeds dat het kraakt. De schaatsen zijn weer uit het vet gehaald. Op de vijver achter de kerk wordt geschaatst. 's Avonds is de baan verlicht en door de plaatselijke koek-en-zopie worden goede zaken gedaan. De opbrengst is bestemd voor nieuwe uniformen voor de fanfare die het dorp rijk is. Als het nog even doorvriest, hoeft de fanfare zich niet langer voor haar outfit te schamen. Lisanne heeft veel geschaatst. 's Avonds en in het weekend, als ze maar even vrij was, stond ze op de baan. Daar was immers ook Martin? Het was jammer dat ze van hieruit geen lange tochten konden maken. Als het zo door bleef vriezen bestonden er plannen om een bus te huren, die een groot deel van de dorpsbevolking naar Giethoorn zou brengen, zodat men van daaruit een schaatsroute kon volgen waar men dan de hele dag over mocht doen. Zover was het echter nog niet en voor Lisanne waren er momenteel andere dingen die ze belangrijker achtte. Gisteravond had ze een gesprek gehad met haar vader. Karin was niet thuis geweest. Noch Karin noch haar vader waren teruggekomen op het voorval in de nacht van oud en nieuw. Toch merkte Lisanne nu dat ze erover gepraat hadden en dat ze ook in de gaten hadden dat ze Martin nog steeds in het geheim bleef treffen. Haar vader had gezegd: 'Lisanne, we hebben gemerkt dat je nog steeds met die jongen, Martin, omgaat. We hebben er met je over gepraat. Je kent onze beweegredenen om tegen jullie verhouding te zijn, maar we zien nu wel in dat een verbod niet helpt. Je bent een jonge vrouw. Als je van die Martin houdt, blijf je toch afspraken met hem maken. Daarom hebben we besloten dat we je maar de vrije hand moeten geven. Je bent achttien. Hopelijk ben je wijs en verstandig genoeg te weten wat het beste voor je is.'

Lisanne had geknikt.

Vader had met een hand over z'n baard gestreken en toen vervolgd: 'Op Martin zelf heb ik nooit iets tegen gehad. Je nodigt hem binnenkort maar eens uit. We zullen misschien nog weleens een ernstig gesprek samen moeten hebben, maar dat is van later zorg.'

Lisanne had de hele dag gewerkt met in haar achterhoofd de prettige wetenschap dat ze vanavond openlijk naar Martin toe zou kunnen gaan. Dat ze Martin het nieuws vertellen kon. Wat zou hij er blij mee zijn. Het was voor hem zeker zo vervelend geweest als voor haar. Het is immers niet niets als je door de ouders van je vriendin gewogen, maar te licht bevonden bent? Als je niet goed genoeg bent? Hij had het vaak gezegd. Nu zou ze ook met Martin mee naar huis kunnen gaan. Tot nu toe had ze dat altijd vermeden. Er werd in zo'n dorp immers zoveel geroddeld? Het nieuws zou nog eerder bij haar vader aangeland zijn dan dat zijzelf terug zou zijn van haar bezoek.

Ze heeft het laatste recept afgewerkt en het laatste telefoontje voor een afspraak is gegaan. Ze kijkt op haar horloge. Als ze nu snel zou zijn, kon ze nog net de bus van vijf uur halen. De volgende ging weer om halfzes. Dan zou ze zo laat thuis zijn, en ze wilde weer vroeg naar de schaatsbaan. 'Tot morgen!' groet ze dokter Schuurmans.

De nog jonge arts staakt even z'n werkzaamheden. 'Tot morgen, Lisanne! Ga je vanavond nog schaatsen?'

Als ze knikt, vervolgt hij: 'Geniet er maar van, maar pas wel een beetje op. Aan een assistente in het gips heb ik natuurlijk niets.'

'Ik zal eraan denken,' belooft ze hem met een lach. Dan loopt ze naar buiten, waar de kou haar overvalt. Een bijtende wind blaast

17

in haar gezicht en laat de tranen in haar ogen springen. Ze ritst haar skijak tot bovenaan dicht en slaat de superlange sjaal een paar keer rondom haar hoofd. Nog even kijkt ze op haar horloge. Ze zou echt heel hard moeten lopen, wilde ze de bus nog halen. Ze zet meteen de sprint erin, maar ze heeft wind tegen en algauw moet ze het rustiger aan gaan doen. Nogmaals kijkt ze op haar horloge. Nog even een zebra oversteken. Hard hollen nu maar weer.

De auto is er ineens. Ze heeft hem niet zien aankomen. Ze heeft niets gehoord. Ze ziet hem ineens vlak voor zich. Ze gilt en voelt dan een stekende pijn in haar been. Als in een film voelt ze hoe ze op de grond valt.

Uit de auto stapt een dodelijk verschrikte man.

Ze probeert weer overeind te krabbelen en ziet dan hoe het bloed langs haar panty naar beneden sijpelt.

'Pas op. Blijft u maar zitten. Hebt u erg veel pijn? Ik heb u helemaal niet zien oversteken. U was er ineens. Vlak voor m'n auto. Ik kon niet meer remmen. Met geen mogelijkheid.'

'Geeft niet,' zegt ze zacht. 'Ik heb zelf niet opgelet. Maar eh, ik red me verder wel. Rijdt u maar gerust verder, hoor. Er is niets ernstigs aan de hand.'

'Maar uw been bloedt helemaal.' Hij trekt haar rok een eindje omhoog en nu ziet ze zelf ook een enorme, diepe snee langs de zijkant van haar knie lopen. 'Het bloedt behoorlijk,' zegt de man. 'Ik laat u zo niet naar huis gaan. Woont u hier in de buurt?'

'Ik was op weg naar de bus,' zegt ze. 'Doet u toch geen moeite. De bus stopt vlak bij m'n huis. Daar maak ik de wond dan wel even schoon en doe er een verbandje omheen.'

'Nee hoor, geen sprake van. Ik rijd u even langs een dokter. Veel verstand heb ik er niet van, maar volgens mij zal die wond toch gehecht moeten worden. Kom, ik help u in mijn auto. Dan breng ik u daarna naar huis.' Hij maakt er verder geen woorden meer aan vuil, maar zwaait haar als een veertje door de lucht en deponeert haar op de achterbank van z'n auto, zodat ze haar been rechtuit kan leggen.

'De bekleding,' protesteert ze nog zwakjes, waarop de man hartgrondig uitroept: 'Lak aan m'n bekleding. Ik heb liever dat je been niet voor altijd beschadigd raakt. Zullen we dan maar naar de dichtstbijzijnde arts rijden?'

Lisanne stemt erin toe en zo zit ze even later in de spreekkamer van haar baas: Gijs Schuurmans.

Hoofdschuddend bekijkt hij de wond. 'Nu waarschuw ik je nog zo voorzichtig met schaatsen te zijn en wat doe je? Je loopt onder de eerste de beste auto die je onderweg tegenkomt.'

Ze glimlacht zwakjes. 'Ik had me dat zelf ook een beetje anders voorgesteld. Het valt allemaal ook nog wel mee, denk ik. Maar die meneer drong zo aan me door een arts te laten behandelen dat ik hem deze kant maar op heb laten rijden.'

'Nou, hij heeft gelijk gehad. Het ziet er niet mooi uit. De snijwond is vrij diep. Ik zal wat krammetjes aanbrengen, anders wordt het zo'n lelijk litteken.' Terwijl hij bezig is praat hij door: 'Nou ja, die meneer heeft ook wel een reputatie hoog te houden. Ken je hem niet?'

'Hij kwam me vaag bekend voor,' antwoordt Lisanne. 'Maar ik heb geen idee waarvan ik hem zou moeten kennen.'

'Van Dam is toch een heel bekende verschijning. Hij is de rector van de christelijke scholengemeenschap in de stad. Hij schijnt daar de wind er goed onder te hebben. Iedereen is in elk geval boordevol lof over meneer Van Dam.'

'Hij zit ook nog in de raad,' zegt Lisanne, want dat weet ze nu opeens. 'Inderdaad, nu weet ik hoe ik hem ken. Z'n hoofd verschijnt regelmatig in de krant. Laatst was er nog iets met dat fietspad. Op een gegeven moment moet je met je fiets de grote weg oversteken en dat is een levensgevaarlijk punt. Van Dam wilde dat daar een fietstunnel zou komen en hij heeft zich nogal opgewonden over het feit dat er mensen waren die het niet met hem eens waren, omdat het geld ervoor niet aanwezig bleek te zijn.'

'Waarschijnlijk wil hij de volgende keer voetgangerslichten bij het zebrapad dat jij overstak,' zegt Gijs Schuurmans grijnzend. 'Om te voorkomen dat er nog eens zo'n dromerig type onder zijn wielen rent.'

Ze grinniken als twee samenzweerders en Lisanne is in gedachten even bij de man die in de wachtkamer op haar zit te wachten. Ja hoor, dat overkwam haar nu net weer. Hij staat erop haar straks

naar huis te brengen en ze zal een kwartier naast hem moeten zitten zonder dat ze weet wat ze tegen hem moet zeggen.
'Nou, wat mij betreft ben je klaar. Gun je been een beetje rust. Als je morgen denkt dat het nog niet gaat, bel me dan even. M'n vrouw wil best een dagje voor je invallen en als het langer duurt vind ik wel een andere oplossing.'
'U kunt morgen wel op me rekenen,' belooft Lisanne. Voorzichtig gaat ze staan. Ze kan nog net een kreet van pijn inslikken. Hij mag het niet merken. Stel je voor dat ze morgen de hele dag thuis zou moeten blijven.
Gijs Schuurmans ondersteunt haar en brengt haar naar de wachtkamer, waar een ongeduldige Victor van Dam al naar haar uitgekeken heeft.

De auto gaat zoemend over de weg. Ze zit naast hem, weggezakt in de diepe kussens van de bank. Haar ogen staren naar het dashboard, waarop allerlei knopjes en lampjes comfort en luxe verraden. Soms kijkt ze heel stiekem naar opzij, naar Victor van Dam, die de auto snel en ervaren door het verkeer manoeuvreert. Hij is knap, heeft ze ontdekt. Dat komt op de krantefoto's nooit zo goed uit. Z'n gezicht is ondanks het winterweer nog steeds licht gebruind. Z'n kaaklijn is breed en mannelijk en z'n zwarte haren zijn glad achterovergekamd. Alleen tegen de kraag van z'n grijze, leren jasje blijft het ondeugend krullen.
'Bevalt de auto je?' Hij kijkt naar opzij. Z'n staalblauwe ogen onder de zware wenkbrauwen kijken haar onderzoekend aan.
Ze bloost. Ze heeft hem natuurlijk als een verliefd kalf aan zitten kijken. 'Je kunt er beter in zitten dan eronder liggen,' doet ze een poging geestig te zijn.
Een poging die gehonoreerd wordt, want om Victors mond verschijnt een glimlach. 'Dat kun je wel zeggen, ja.'
Ze zwijgt. Ze mocht Victor tegen hem zeggen, heeft hij haar gezegd, toen ze zich eindelijk aan elkaar voorgesteld hadden. Daarbij had zij ook nog gevraagd of hij schade aan zijn auto had, maar dat bleek gelukkig niet zo te zijn. Ze is er niet blij mee dat ze hem bij zijn voornaam mag noemen. Integendeel. Ze doet alles om die aanspreektitel maar te ontwijken. Misschien is ze daar te ouder-

wets in. Ten slotte is Van Dam veel ouder dan zij. Ze is het van huis uit niet gewend. Zelfs haar ouders heeft ze altijd met 'u' aangesproken. En dat deed niets af aan hun vertrouwelijkheid. Het was voor Lisanne gewoon een teken van respect geweest. Een gezond respect, zonder haar ouders op een voetstuk te plaatsen.

'Heb ik het goed begrepen?' Was het je werkgever die je net naar je voet hebt laten kijken?'

'Ja, ik werk daar als doktersassistente.' Die Van Dam zou haar wel een stijve hark vinden. 'U zit in de raad van onze stad?' Ze probeert toch een gesprek aan te knopen.

'Heb je me herkend?' Z'n gezicht staat verrast.

Ze glimlacht onwillekeurig. 'U kwam me bekend voor, maar mijn werkgever heeft me uit de droom geholpen.'

'Ben je geïnteresseerd in de plaatselijke politiek?'

'Niet altijd. Maar sommige zaken hebben mijn aandacht. Het is altijd wel interessant te lezen hoe ons kleine dorpje altijd weer de aandacht probeert te trekken van z'n grote moeder-gemeente. Vaak krijg je het idee dat in onze gemeente alleen de grote stad meetelt en de omliggende dorpjes, die toch tot dezelfde gemeente behoren, maar een beetje stiefkinderen zijn.'

'Een grotere plaats heeft meer problemen. Er moet voldoende accommodatie zijn om ten dienste te kunnen blijven staan van de omliggende dorpjes. Men heeft wel vaak het idee dat er alleen maar zaken voor de stad geregeld worden, maar de dorpen profiteren daar net zo goed van mee.'

'Toch zouden de dorpen aantrekkelijker moeten worden,' houdt ze vol, blij een gespreksonderwerp gevonden te hebben. 'In ons dorp zijn alleen een dorpshuis en twee winkels. Als je echt eens gezellig uit wil, moet je altijd weer met de bus naar de stad.'

'Dat is in elk dorp hetzelfde. Je kunt er nu eenmaal geen zwembad bouwen. Het geld dat je investeert krijg je niet terug door het lage aantal bewoners. Al zullen ze het zwembad nog zo frequent bezoeken!'

'Dat begrijp ik wel. Ik bedoel ook geen zwembad.' Ze ergert zich. Het leek alsof die man tegen een klein kind praatte. Misschien voelde hij dat ook wel zo. Veel intelligents had ze nog niet weten te zeggen. 'Ik denk meer aan uitbreiding van winkels. Het gemeentebestuur wil wel dat meer mensen zich in de dorpen vestigen, maar het is dan toch te gek dat er geen fatsoenlijke gelegenheid is om inkopen te doen? Jullie moeten ondernemers naar de dorpen zien te trekken.'

'Je hebt je echt in de problematiek verdiept, is het niet?'

Ze bloost als ze z'n belangstellende blik op zich voelt rusten. 'Als je de regionale bladen een beetje leest blijf je vanzelf bij en daarbij erger ik me er zelf ook aan. Voor elk wissewasje moet je naar de stad.'

'Ik zal het in m'n achterhoofd houden,' belooft hij.

'Hoe is het nu met je been? Is het nog erg pijnlijk?'

'Het gaat wel. Het lijkt allemaal erger dan het is, geloof ik. Als het een beetje bloedt, lijkt het altijd ernstig, is het niet? Maar we zijn er bijna. Ben je hier een beetje bekend?'

'Natuurlijk. Mijn leerlingen komen ook uit de dorpen. Zeg me maar waar je zijn moet.' Als hij voor het huis stopt leest hij het bord dat aan het hek bevestigd is: R.W.L. Versteeg, huisarts. 'Zeg, je eigen vader is ook arts,' zegt hij verbluft. 'Je had hem ook kunnen vragen naar je been te kijken.'

Ze schaamt zich ineens. Wat moest hij wel niet van haar denken? 'Ik... het klinkt misschien raar, maar het liefst ga ik naar een andere arts als me iets mankeert. Dat heb ik altijd gedaan. Niet dat ik m'n vader niet vertrouw. Voor kinderziektes en dergelijke kon ik natuurlijk altijd bij hem terecht. Maar weet je, bij een andere arts praat het veel makkelijker. Ik weet niet of je je dat kunt voorstellen. Het zou bovendien helemaal niet goed zijn. Een vader is niet objectief.'

'Daar heb je gelijk in.' Hij stapt de auto uit en helpt haar ook naar buiten.

'Bedankt voor de lift,' zegt ze aarzelend.

'Dat was ik niet meer dan verplicht aan je. Ten slotte heb ik je aangereden!'

'Maar ik lette niet op! U had het niet hoeven doen.'

'Geen u, hè Lisanne? Maar eh, niet weglopen. Ik breng je even netjes naar de voordeur. Zo makkelijk loop je nog niet.' Hij neemt haar bij de arm alsof het heel vanzelfsprekend is en ondersteunt haar tot ze bij de voordeur is. Zenuwachtig graait ze in haar tas

22

naar de sleutels, maar de deur gaat al vanzelf open. Voor hen staat Karin. Lisanne ziet Victors ogen oplichten.

Karin had haar haren opgestoken. Ze droeg een felrode trui op een zwarte broek en ze glimlachte innemend. 'Goedenavond meneer, u hebt Lisanne thuisgebracht, zie ik.'

Victor steekt z'n hand uit. 'Victor van Dam is de naam. Ik heb uw dochter...?' Hij aarzelt even, maar Karin schiet hem niet te hulp en dan vervolgt hij: 'Ik heb haar aangereden op het zebrapad.'

'Ach heden, het zal Lisanne weer niet zijn. Ze is altijd zo onhandig, hè?'

Lisanne zou wel door de grond willen zakken. 'Ik eh, ik ga maar naar binnen.'

'Misschien wil meneer Van Dam wel een kopje koffie met ons drinken? Dat is toch wel het minste dat we kunnen doen om uw overlast een beetje te vergelden.'

'Het was me een plezier,' zegt Victor en hij knipoogt naar Lisanne. 'Van die aanrijding ben ik natuurlijk geschrokken, maar de rit naar huis was heel prettig. En ik heb verder geen schade. Ten slotte heb ik niet elke avond zulk aangenaam en charmant gezelschap.'

Lisanne kijkt naar hem op. Ze verwacht spotlichtjes in z'n ogen te zien. Hoe kon hij toch zo iets zeggen?

Maar Victor van Dam spotte niet. Hij glimlachte naar haar blozende gezichtje. 'In een kopje koffie heb ik momenteel wel trek. Als het u uitkomt tenminste, want ik weet niet of u net van plan was te gaan eten.'

'Het staat nog in de oven warm te worden,' zegt Karin. 'Komt u maar gauw binnen. Het is toch onbeleefd van me u zo lang buiten te laten staan. Het is al zo guur vandaag.' Ze neemt z'n jas aan en gaat hem voor naar de kamer.

Hij blijft Lisanne ondersteunen tot ze in de grote leunstoel van haar vader zit.

Haar vader is opgestaan en schudt Victor hartelijk de hand. 'Meneer Van Dam. U zit nog steeds in de raad, is het niet?'

'U herkent me ook al,' zegt Victor, die zich daarover verbaast.

'Uw dochter is ook al zo goed van de politiek op de hoogte.'

Lisanne nestelt zich in de grote stoel, waar haar vader normaal gesproken altijd in zit, maar die hij nu bereidwillig heeft afgestaan om haar been zoveel mogelijk rust te gunnen.

Karin heeft een voetenbankje bijgeschoven.

Haar vader informeert naar de wond.

'Het lijkt erger dan het is,' zegt Lisanne nogmaals.

'Ik had er zelf toch ook even naar kunnen kijken?' vraagt haar vader een beetje gepikeerd. 'Ik zie niet in waarom je weer terug naar die Schuurmans moest.'

'We waren er nog zo dicht in de buurt. Bovendien bloedde de wond toch behoorlijk. Ik vond het niet verantwoord eerst nog een eind te gaan rijden. Achteraf viel het gelukkig mee,' verdedigt Victor haar zonder blikken of blozen.

Ze zendt hem een dankbare blik. Dan gaat het gesprek weer over de politiek, over het dorp en over de christelijke scholengemeenschap waar Victor rector van is.

Karin is erbij komen zitten, nadat ze de koffie op tafel heeft gezet. Ze mengt zich in het gesprek.

Lisanne houdt zich op de achtergrond. Zo nu en dan vangt ze een blik van Victor op. Ze kijkt snel een andere kant op. Wat bezielt die man toch? Hij lijkt oprecht geïnteresseerd in haar te zijn. Maar wat weet ze eigenlijk van hem? Hij zit in de raad en hij is rector. Maar of hij getrouwd is?

Op dat moment informeert Karin: 'U hebt zo'n druk bezet leven, en uw echtgenote dan? Heeft zij daar geen bezwaren tegen?'

'We laten elkaar vrij,' zegt Victor eerlijk. 'Bovendien werkt ze zelf in de bibliotheek. Ze heeft het bijna net zo druk als ikzelf. Ach, we hebben geen kinderen. We kunnen doen en laten wat we zelf willen. 's Zomers houden we lekker lang vakantie. 's Winters gaan we skieën in Oostenrijk. Dan hebben we tijd genoeg voor elkaar.'

Gek, waarom is ze nu ineens zo teleurgesteld? Het is toch niet meer dan logisch dat hij getrouwd is?

'Wilt u nog een kopje koffie, meneer Van Dam?' Karin is alweer opgestaan.

'Zegt u Victor, alstublieft.' Hij kijkt op z'n horloge.

'Wat die koffie betreft, ik zou best nog een kopje lusten want het

24

was heerlijk, maar mijn vrouw zal niet weten waar ik blijf.' Hij staat ook op. Hoog torent hij boven Lisanne uit, die moeizaam probeert op te staan. 'Zitten blijven, jongedame. Je moet rustig aan doen met je been. Je bent de patiënt. Blijf rustig zitten.' Hij steekt haar een hand toe.

Het is een warme handdruk. Z'n staalblauwe ogen zijn doordringend in de hare.

'Ik hoop dat we elkaar nog eens zullen ontmoeten, en dan onder betere omstandigheden.'

'U bent van harte welkom als u nog eens langs wilt komen,' nodigt Lisannes vader hem hartelijk uit. 'Kom eens een avondje samen met uw vrouw. Ik vind het prettig over politiek te praten met iemand die er echt verstand van heeft.'

Karin begeleidt hem naar de voordeur.

Lisanne hoort hen beiden geanimeerd praten in de gang.

'Een heel sympathieke man. Een prettige gesprekspartner ook,' zegt Lisannes vader waarderend. 'Ik hoop werkelijk dat hij aan mijn invitatie gehoor geeft.'

Lisanne antwoordt niet en dat maakt hem ineens opmerkzaam.

'Hoe staat het met je been, kind? Moet ik er straks nog even naar kijken? Je moet het niet forceren, hoor. Als je morgen nog pijn hebt, bel je je werk maar af. Schuurmans' echtgenote vindt het heerlijk zo nu en dan eens bij te springen, heb ik gehoord.'

'Ik kan morgen wel werken,' zegt Lisanne koppig. 'Als ik zorg dat ik een hoge stoel bij de hand heb, kan ik veel werkzaamheden zittend doen. Wat ik niet doen kan, neemt mevrouw Schuurmans wel van me over.'

'Je wilt natuurlijk onder geen beding thuisblijven.' Karin is de kamer binnengekomen en heeft de laatste woorden tussen vader en dochter gehoord. 'Je verschuilt je immers achter je werk? Als je thuis zou blijven, zou je de hele dag bij mij zijn.'

'Ik houd van m'n werk,' zegt Lisanne eenvoudig. 'Ik heb er plezier in. Daarom wil ik er morgen graag heen.'

'Nou ja, het doet er ook niet toe. Zeg Roel, ik denk dat Victor de invitatie wel aanneemt. Zijn vrouw blijkt ook te bridgen. Is dat niet leuk? Misschien wil ze onze bridgeclub wel gaan versterken. Carolien Staal heeft net te kennen gegeven dat ze door haar drukke bezigheden op de zaak minder tijd zal overhouden om met ons te spelen. Het zou een ideale oplossing zijn.'

Ook dat nog, bedenkt Lisanne in haar stoel. Straks bouwden ze een stevige vriendschap op met de heer en mevrouw Van Dam, en dat allemaal omdat zij zo'n haast had om Martin te bellen. Martin! Ze schiet ineens rechtop. Straks stond hij al op de ijsbaan, terwijl zij hier binnenzat. Ze zou niet naar hem toe kunnen komen en hij moest het goede nieuws toch weten. 'Mag ik even in uw praktijk bellen?' vraagt ze haar vader. 'Ik wil Martin graag even informeren over m'n ongeval. Daar kan ik rustiger praten.'

'We hebben hier toch geen geheimen voor elkaar?' vraagt Karin, maar Versteeg knikt. 'Doe voorzichtig met lopen. Ik begrijp dat je hem het een en ander te vertellen hebt. Nodig hem dan meteen uit voor een kop koffie een dezer dagen.'

'Maak het niet te lang, want we gaan zo eten,' kondigt Karin aan, maar Lisanne hoort het al niet eens meer. Ze is al in de gang. Snel draait ze het nummer en wacht af. Heerlijk dat het nu eindelijk niet meer in het geheim hoefde te gebeuren, maar terwijl ze wacht tot de hoorn van de haak zal worden genomen, schuift voor het beeld van Martin een ander beeld. Zijn grijze ogen veranderen in een paar doordringende staalblauwe: die van Victor van Dam.

3

'En Martin, vertel me nu eens: wat interesseert je nu zo in het verpleger zijn?' Vader Versteeg roert bedachtzaam in z'n kopje van echt Engels porselein, waarin de koffie allang koud moet zijn geworden.

'Waarschijnlijk hetzelfde als waarom u arts bent geworden,' zegt Martin eenvoudig. Hij gaat er eens goed voor zitten. Eindelijk zal het kruisverhoor dan toch beginnen. Daar heeft hij nu de hele avond al op gewacht. Misschien zal het de gespannen sfeer een beetje verbreken. Hij probeert Lisanne geruststellend toe te knikken. Ze zit naast hem, opgeprikt en niet op haar gemak in haar eigen huis. Hij begrijpt nu wat ze heeft bedoeld.

'Die vergelijking gaat niet op,' zegt Lisannes vader. Hij heeft nu toch z'n kopje leeggedronken en zet het voorzichtig op tafel. 'Natuurlijk moet je je geroepen voelen tot het beroep van arts. Het is vaak zwaar. Je wordt regelmatig 's nachts of in het weekend weggeroepen. Maar daar staat ook een zekere status tegenover. Je ontmoet interessante mensen, men is geïnteresseerd in jouw mening en dan is er natuurlijk nog de financiële kant. De financiën wegen natuurlijk niet op tegen het zware beroep, maar ze stellen je in staat je een bepaalde luxe te veroorloven. En kijk, daar ligt het grote verschil. Zeg nu zelf, Martin. Die acties van het verplegend personeel en de onvrede die er onder hen al jaren bestaat, zijn er niet voor niets. Verplegend personeel wordt zwaar onderbetaald. Van de romantiek in de doktersromannetjes en de ziekenhuis-series op televisie is niets te merken. Verpleger of verpleegster is een hondebaan, die zwaar onderbetaald wordt.'

'Misschien is het daarom juist een roeping,' zegt Martin. 'Als je er niet voor honderd procent, misschien wel tweehonderd procent, achter staat houd je het niet vol. En er zijn veel uitvallers onder de leerling-verpleegkundigen. Misschien hebben die jongelui zich er inderdaad wel een te romantische voorstelling van gemaakt. Er moet keihard gewerkt worden. De nachtdiensten vind ik nog steeds een ellende en als er iemand overlijdt... Je hebt er een band mee gekregen. Vaak liggen ze al een hele poos op mijn afdeling. Als zo iemand overlijdt ben je kapot. Ik zal er nooit helemaal aan wennen. Maar daarbij is er ook de voldoening wanneer iemand wel genezen het ziekenhuis verlaat of wanneer je hoort dat iemand er zo vreselijk veel aan gehad heeft, als je gewoon even probeerde tijd te vinden om naar een verhaal te luisteren. Of als je hebt laten merken dat het niet gek is angstig te zijn voor een bepaalde uitslag, een onderzoek of het verloop van een ziekte. Dat weegt dan op tegen het onderbetaald zijn; tegen je zware taak. Het helpt je vol te houden en de liefde voor dit werk niet te verliezen.'

'Maar je kunt er geen woning mee kopen,' zegt Karin.

'Ik ben zuinig. Ik heb al jarenlang mijn geld opzij gelegd. En daarbij zul je het verplegend personeel met een eigen huis de kost moeten geven.'

'Ja, maar toch: Lisanne is in luxe grootgebracht,' gaat Karin hardnekkig verder. 'En dan zal het moeilijk zijn een stapje terug te doen.'

'Laten we ophouden,' zegt Lisanne wanhopig. Ze zit er met een kleur als vuur bij. 'Martin heeft toch waarachtig geen slechte baan. Jullie behandelen hem alsof hij putjesschepper is. En wat dan nog? We zijn gelukkig samen. Liefde gaat toch boven alles? Het is het belangrijkste in een huwelijk.'

'Maar geld en liefde gaan vaak samen,' houdt Karin vol. 'Als je geldzorgen hebt, overheersen die later de gevoelens van liefde. Daar kun je dan helemaal niet meer van genieten, want het geld beheerst alles.'

'Daar moet je ook voor waken,' zegt Martin. 'Geld mag je leven nooit gaan beheersen. Niet als je vindt dat je te weinig hebt, en niet als je er juist genoeg van hebt. Want ook dan kan geld je leven gaan overwoekeren, zoals onkruid de mooie bloemen en planten overwoekert.'

'Dat heb je netjes gezegd, jongeman,' prijst vader Versteeg hem. 'Misschien heb je wel gelijk en zie ik het verkeerd. Ook als arts ken je dieptepunten. Ook in mijn praktijk overlijden mensen en ook ik voel een enorme tegenzin in mijn beroep, als ik 's nachts door weer en wind naar een patiënt toe rijd en het, daar aangekomen, blijkt dat ik rustig tot de volgende dag had kunnen afwachten. Daartegenover staat het vertrouwen dat de patiënten in je hebben. Dat geeft een zware verantwoordelijkheid. Een arts mag nooit fouten maken, want je hebt met mensenlevens te maken. De slogan ''wie werkt maakt fouten'' gaat voor ons niet op. Een misrekening, zoals een foute diagnose, kan een mensenleven kosten. Toch zou ik zonder dit beroep minder van het leven genieten. Ik zie er beter de waarde van. Waarschijnlijk juist doordat ik regelmatig met de dood in contact kom.'

Lisanne haalt opgelucht adem. Gelukkig, het gesprek ging de goede richting weer op. Het verhoor was even afgelopen. Ze heeft zich ervoor geschaamd. Dat haar vader en Karin zo konden praten. Ze deden het voorkomen alsof ze een verwende, luxueuze pop was. Het tegendeel was waar. Hoewel ze natuurlijk nooit geldzorgen had gekend, was haar moeder toch altijd heel zuinig geweest. Terwijl andere kinderen het mooiste en duurste kregen op feestdagen, zoals sinterklaas en de kerstdagen, was er voor haar vaak maar een kleine verrassing in de zak. Haar moeder wist heel goed dat een enig kind altijd de naam had verwend te worden. Om dat te voorkomen was ze juist altijd terughoudend geweest in het geven van dure cadeaus.

Terwijl Karin even later een borrel inschenkt, belandt Lisannes vader bij z'n volgende stokpaardje. 'Ik heb begrepen dat je ook tot onze kerk behoort, Martin? Ik mag toch Martin zeggen, is het niet?'

'Natuurlijk,' stemt Martin er meteen mee in. 'En ik behoor inderdaad tot dezelfde kerk als u. Ik zie u 's zondags altijd in het ouderlingenbankje zitten.'

'Juist ja. Nou, de langste tijd heb ik er wel op zitten. Nog een jaartje: dan zijn de vier jaar weer voorbij. Wat vliegt de tijd. Maar goed, het spreekt in ieder geval wel in je voordeel. Misschien kun je Lisanne eens overhalen. Ze beweert altijd dat er allemaal huichelaars in de kerk zitten, maar als dat zo is zou jij daar ook bij horen. Ik neem dus aan dat ze haar woorden weer in zal trekken.'

Z'n blik richt zich op Lisanne, die zich even geen houding weet te geven.

'Ik doelde daarbij op de mensen die 's zondags in de kerk zitten en daar het liefst twee keer vertoeven, maar aan wie je in de week helemaal niets kunt merken. Zogenaamde zondags-christenen. Zakenmensen zijn de ergste. Ik heb ooit iemand horen zeggen dat een goede zakenman geen christen kan zijn en een goed christen kan niet als zakenman floreren. Ik denk dat het een waar gezegde is. Daarbij komt dan ook nog het feit dat christelijke zakenlieden vaak de slechtste bazen zijn. En ik zou daartussen moeten zitten?'

'Ben je beter dan zij?' informeert Martin.

Geïrriteerd staat ze op. 'Natuurlijk niet. Maar zij menen wel dat ze beter dan een ander zijn. En nu wil ik er niet meer over praten. Laten we trachten een normaal gesprek te voeren. Me dunkt, jullie weten nu onderhand alles van Martin!' Ze gaat weer naast hem zitten.

Hij slaat z'n arm om haar heen en drukt haar even, onmerkbaar haast, tegen zich aan.

Ze kijkt hem aan en ziet z'n warme, grijze ogen op zich gericht. Ze leest er de liefde in, die hij voor haar voelt, en ze draait haar hoofd af. Om zich een houding te geven staat ze weer op. 'Ik zal voor wat hapjes bij de borrel zorgen.'

Als ze in de keuken staat en worst snijdt, beseft ze dat het geluksgevoel om Martins aanwezigheid hier in huis niet zo hevig is als ze zich altijd had voorgesteld dat het zou zijn.

Twee weken later zit ze op zondagmorgen toch naast Martin in de kerk! Ze weet dat ze hem er vreselijk veel plezier mee doet, maar zelf zit ze er een beetje onwennig bij. Buiten striemt een fel koude regen tegen de ramen. Maart roert z'n staart. Dat gaat in deze eerste maartdagen zeker wel op. In de kerk is het behaaglijk warm, maar de koude wintermaanden hebben toch hun tol al geeist. Overal in de kerk wordt gehoest en geniest en er worden ontelbare neuzen gesnoten. De dominee is de preekstoel opgeklommen. Hij vraagt om stilte voor een stil gebed. Daarna speelt het orgel. Een lang voorspel van een lied dat ze zo vreselijk goed kent. Een lied waaraan zoveel herinneringen kleven: Wat de toekomst brengen moge. Het is alsof de dominee geweten heeft dat ze hier vanmorgen zou zijn. De eerste regels van het lied hadden op de rouwkaart van haar moeder gestaan: Wat de toekomst brengen moge, mij geleidt des Heren hand. Heel duidelijk herinnert ze zich nog hoe de juffrouw van de derde klas van de lagere school hun het lied leerde. Ze had het verhaal van Jacqueline van der Waals verteld. Jacqueline, de dichteres, die het lied op papier had gezet, toen ze wist dat ze ten dode opgeschreven was vanwege de tuberculose waar ze aan leed. Ze had het haast voor zich gezien. Op de een of andere manier had het een enorme indruk op haar gemaakt.

Leer mij volgen zonder vragen; Vader, wat Gij doet is goed.

Wat een enorm vertrouwen had die vrouw gehad. Hetzelfde vertrouwen dat haar moeder ook had gehad, nadat ze de boodschap had gekregen dat ze ongeneeslijk ziek was. Dat ze kanker had. Eerst had ze erop vertrouwd dat God een wonder zou laten gebeuren. Ze had hier immers op de aarde nog zoveel te doen? Ze had haar man en een kind! Een bijna volwassen dochter welis-

waar, maar toch ook een jonge, onzekere vrouw, die het nog zo nodig had regelmatig een praatje te maken met haar moeder over al die dingen die haar onzeker maakten en die ze belangrijk vond. Langzaam was toen haar toestand verslechterd. Steeds zieker was ze geworden na weer een kuur. In het begin had haar moeder nog zelf gezongen. Later, toen al gebleken was dat voor haar moeder geen genezing meer mogelijk was, had Lisanne die verzen voor haar moeder gezongen. Uren had ze naast de steeds zieker wordende vrouw gezeten. Soms hadden de tranen over haar wangen gelopen, als ze de woorden had gezongen: 'Schijnen mij Uw wegen duister, zie ik vraag U niet: waarom? Eenmaal zie ik al Uw luister, als ik in Uw hemel kom!'
Die woorden hadden haar moeder rustiger gemaakt en haarzelf getroost. Getroost, als haar moeder het soms uitschreeuwde van de pijn en zij zich afvroeg waarom het toch allemaal zo moest gaan. Waarom liet God toch toe dat een mens zo onmenselijk moest lijden?

De dood was als een bevrijding gekomen. Lisanne had gezongen op het graf. Alleen het eerste couplet. Daarna hadden de tranen haar belet verder te gaan. Het had haar toch op een wonderlijke wijze troost geboden. Vreemd, de laatste tijd had ze niet meer aan het lied gedacht. En nu bleef het door haar hoofd spelen, ook nadat de dominee allang aan z'n preek begonnen was. Ze kon haar gedachten er slecht bij houden. Steeds weer dwaalde ze af. Vroeger ging ze elke week mee naar de kerk. Vroeger? Anderhalf jaar geleden was dat, toen haar moeder nog geleefd had. Daarna was er het waarom geweest. Waarom had haar moeder niet meer mogen leven? Ze was zo actief geweest. In het dorp en in de kerk. Ze had altijd klaargestaan als iemand haar nodig had. Misschien was Lisanne daarom ook zo bitter gestemd; vooral over de kerk. Want waar bleven al die mensen, toen haar moeder zo ernstig ziek thuis had gelegen? Ze waren er zo vaak geweest. Voor bijbelstudie, voor de vrouwenvereniging en voor de kerst-commissie. Ze had altijd voor hen klaargestaan. En toen was ze ziek geworden en kon ze zich niet meer inzetten voor de bijbelstudie, de vrouwenvereniging en de kerst-commissie. Ze had maar stil in bed

31

gelegen en er was bijna niemand meer gekomen. Ze hadden haar in de steek gelaten. En dat rekende ze de mensen hier nog aan. Ze kijkt om zich heen. Ze ziet mensen die ingespannen de woorden van de lippen van de dominee lijken af te lezen. Ze ziet de voorzitster van de vrouwenvereniging, die haar toeknikt. Ze kijkt stuurs weer voor zich. Ze was de opvolger van haar moeder. Ze had op de begraafplaats een toespraak gehouden, vol met lovende woorden. Maar toen haar moeder ziek thuis had gelegen, was ze niet geweest.

'Amen!'

Ze schrikt op. Het is maar goed dat de dominee niet weet dat hij wat haar betreft voor de banken heeft staan preken. Na een ellenlang gebed en de collecte is ze blij als ze eindelijk tussen de andere mensen naar buiten kan schuifelen. Iemand probeert een praatje met haar te maken, maar ze wimpelt het vriendelijk, doch beslist af. Martin schijnt iedereen te kennen. Hij maakt met verschillende mensen een praatje.

Pas in de auto komt het tot een gesprek. Niet eens dank zij Martin. Ze begint er zelf over. 'Voorlopig houd ik het wel voor gezien,' zegt ze hard. Ze ziet een golf van teleurstelling over Martins gezicht trekken, en heeft bijna alweer spijt van wat ze gezegd heeft. 'Ik vond de dienst wel mooi, al heb ik er de helft niet van gehoord. Maar het zingen wel en eh, het orgel. Maar de mensen: ik weet niet wat het is. Het is alsof ik alleen maar slechte kanten aan die mensen zie. Ik sta er zo negatief tegenover. Het is niet goed en ik weet het wel, maar ik kan niet anders. Er is veel te veel gebeurd.'

'Gelukkig zijn wij God niet,' zegt Martin ernstig. 'Wij hoeven niet te oordelen. Dat zal God wel doen. Maar vergeet niet, Lisanne, dat God ons straks ook zal oordelen! Houd daar rekening mee. En dan laten we nu het onderwerp rusten, want ik heb zin in koffie.'

De dag is voorbijgevlogen. Lisanne denkt daarover na als ze 's avonds in bed ligt. Van beneden uit de huiskamer klinken stemmen; er wordt regelmatig gelachen. Lisanne draait zich op haar andere zij. Martin had haar daarnet naar huis gebracht. Van ver had ze al een aantal auto's voor hun woning zien staan. Ze had het kunnen weten. Als er geen feest was, maakte Karin zelf wel een feestje. Zachtjes was ze naar binnen geglipt. In de keuken had ze wat van de hapjes gesnoept en daarna was ze naar haar slaapkamer gegaan. Karin zou er alleen maar blij mee zijn dat ze rechtstreeks naar boven was gegaan. Ze zou haar niet missen. Op haar slaapkamer was het koud, zodat ze ook maar direct naar bed was gegaan. Haar deken tot de kin opgetrokken en de warme nachtpon om haar voeten geslagen. Onderwijl luistert ze naar de geluiden van beneden. Naar Karins vrolijke stem en de rustige bas van haar vader daardoorheen. Ze was blij dat ze vandaag de hele dag bij Martin was geweest. Het was goed bij hem thuis te zijn. Daar was de sfeer een beetje zoals bij hen thuis, toen haar moeder nog leefde. Een opgewekte moeder, die haar meteen op haar gemak wist te stellen. Een rustige vader, die z'n eigen gang ging, maar ook grapjes maakte met Martins moeder. Ze hielden van elkaar. Dat zag je zo. Dat merkte je aan de opmerkingen onder het eten, en aan de verstolen blikken en een bemoedigende knipoog. Er waren ook twee broers van Martin thuis geweest. Ze hadden haar geplaagd, maar ze had het niet eens erg gevonden. Het was haar alleen weer duidelijker geworden wat ze had gemist door zonder broers of zusters op te groeien. Martin had drie broers. De oudste was al getrouwd. Daarna kwam Martin en onder hem kwamen nog twee jongens. Het was er gezellig en gemoedelijk. Ze namen elkaar op de hak op een leuke manier en je kon merken dat ze in geval van nood altijd voor elkaar klaar zouden staan. Wat zou het anders geweest zijn als ze ook in zo'n gezin was grootgebracht. Dan hadden ze steun aan elkaar gehad. Dan had ze hier nu niet alleen op haar kamer gelegen. Dan... Maar ze had geen broers of zusters. Haar ouders hadden al zes jaar op haar moeten wachten. Daarna had zich nooit meer een kind aangediend. Ze woelt. Vreemd, ze zou toch doodmoe moeten zijn. Ten slotte had ze vanmiddag met Martin een heel lange wandeling langs de IJssel gemaakt. Ze hadden genoten van het prachtige Overijsselse landschap. De uiterwaarden van de IJssel hadden blank gestaan en er hadden krijsende meeuwen boven het water gevlogen. Meeuwen, die de sombere dag nog een beetje opgefleurd hadden. Het was weliswaar opgehouden met regenen, maar er was een grijze lucht blijven hangen. Een ondoordringbaar wolkendek, waardoor het de hele dag eigenlijk niet echt licht was geworden. Toch was zelfs bij dit weer de omgeving nog mooi geweest. De statige bomen waren weliswaar kaal geweest, maar hun fierheid had bijzonder afgestoken tegen het hoge water. De IJssel, die altijd maar bleef stromen! Veel te snel was de dag voorbijgegaan. Morgen zou ze weer naar haar werk gaan. Ze had woord gehouden. De dag na het ongeluk was ze er meteen weer heen gegaan. Mevrouw Schuurmans had haar zoveel mogelijk geholpen. De snijwond was snel en mooi geheeld. Ze had er geen verband meer om en dat was ook niet nodig. Dokter Schuurmans hield het goed in de gaten, maar ook hij was meer dan tevreden. Deze week zou ze Martin niet zien. Hij zou de nachtdienst ingaan. Ze vroeg zich af of ze hem zou missen. Eigenlijk miste ze Martin nooit echt. Ze vond het prettig bij hem te zijn en met hem te praten, maar als hij er niet was, brandde ze niet direct van verlangen hem op te zoeken. Zou dat wel goed zijn? Van de meeste mensen hoorde je dat ze echt op de toppen van het geluk liepen als ze een vaste vriend hadden. Dat kende zij helemaal niet. Zou ze wel echt van Martin houden!? Natuurlijk, ze vond het fijn bij hem te zijn, maar de laatste dagen benauwde het haar als ze eraan dacht hoe het zou zijn voor altijd bij elkaar te zijn. Dan leek het allemaal zo eentonig. Was het echt nog maar een paar weken geleden dat ze geen enkele twijfel kende? Dat ze niets liever wilde dan met hem samen zijn, en dat terwijl het niet mocht? Op die momenten had ze er nooit aan getwijfeld of ze wel van Martin hield. Nu had ze dan wel toestemming met hem om te gaan en nu begon ze te twijfelen. Een mens zat soms raar in elkaar. Want zich een leven zonder Martin voorstellen, kon ze ook niet. Ze steekt haar hoofd onder het kussen, draait zich nog een keer op haar andere zij en probeert de slaap te vatten. Een slaap die maar niet komen wil. Karin had haar gisteren verteld dat er de volgende dag bridgen bij hen thuis zou zijn. Ze had Wietske van Dam ook uitgenodigd en die had er meteen in toegestemd. Automatisch gaan haar gedachten van Wietske naar Victor. Ze had de laatste weken veel aan hem gedacht. Ze begrijpt haar eigen gevoelens niet. Victor had haar aangereden en naar huis gebracht. Ze hadden even samen gepraat en toch droomde ze ervan bij hem te zijn. Het was heel anders dan bij Martin. Veel opwindender. Martin kuste haar, maar hij was zo voorzichtig, alsof hij bang was emoties te ontketenen. En Victor? Victor had haar nog nooit gekust, maar ze stelde zich voor hoe het moest zijn als hij haar liefkoosde. Ze gaat rechtop zitten. Gek was ze. Knettergek. Victor van Dam zou haar vader kunnen zijn. Hij was getrouwd en ze wist niets van hem, behalve dat hij in de raad zat en rector was. En toch had ze even jaloezie gevoeld. Jaloers was ze geweest op een vrouw die ze niet kende, maar die Wietske van Dam heette. Ze zou zich moeten schamen. Ze leek werkelijk niet goed wijs. Kwam het misschien omdat Victor zich zo oprecht geïnteresseerd in haar had getoond en steeds weer met z'n staalblauwe ogen de hare had gezocht? Ze was het immers niet gewend dat mannen belangstelling voor haar hadden? En al helemaal geen knappe mannen. Martin ja, die was verliefd op haar geworden, maar ook dat had moeten groeien. Liefde op het eerste gezicht was het van beide kanten niet geweest. Ze zucht en stapt uit haar bed. Even huivert ze als haar blote voeten het koude zeil raken. De kilte van haar slaapkamer omsluit haar. Ze gaat voor het raam staan en schuift de zware, velours gordijnen opzij. Buiten is het pikdonker. Het is maar goed dat haar vader de buitenlamp aan heeft. Die verlicht het oprijlaantje nog een beetje. Van de maan en sterren ontbreekt elk spoor. Rillend duikt ze dan haar bed weer in. De warmte laat haar doezelig worden en dan valt ze toch eindelijk in slaap.

Ze droomt. Victor heeft haar opgehaald met z'n auto. Ze rijden weg, maar ze weet niet waarheen. Als ze een eind weg zijn, merkt ze ineens dat Victor niet in z'n eigen auto rijdt, maar in die van Martin. Hij rijdt heel hard, maar ze durft niets te zeggen. Dan ineens zet hij de auto stil en ze ziet dat ze bij een heel groot heideveld zijn. Daar neemt hij haar in z'n armen en kust haar tot ze naar adem snakt en zich probeert los te worstelen. Maar hij laat haar niet los en dan duikt ineens Martin naast hen op. Hij is heel kwaad en ze hoort hem steeds maar zeggen: 'Wacht maar, God zal je wel oordelen. God zal je wel oordelen.'

4

Er zijn enkele dagen voorbijgegaan, als Karin Lisanne 's morgens vlak voor ze weg wil gaan even terugroept. 'Lisanne!' Ze staat boven aan de trap in een felroze peignoir. Haar haren hangen in slierten langs haar gezicht en haar ogen zijn nog opgezet van vermoeidheid. Meestal laat ze zich 's morgens niet zien. Met al haar bijeenkomsten en afspraken is ze 's avonds pas laat in bed, zodat ze 's morgens wat langer blijft liggen.

Lisanne is dan ook hoogst verbaasd nu, maar ze laat er niets van merken. Een beetje gehaast staat ze bij de voordeur en ze probeert ongemerkt op haar horloge te kijken. Nog tien minuten: dan zou haar bus gaan. 'Wat is er?' roept ze, als er verder niets meer komt.

Karin schrijdt naar beneden. 'Lisanne, we gaan vanavond bridgen. Mevrouw Van Dam zal er ook voor het eerst bij zijn. Ik heb de mensen gevraagd een beetje vroeg in de avond te komen, zodat we eerst mevrouw Van Dam een beetje kunnen leren kennen tijdens een intiem dineetje. Zo tussen zes en halfzeven. Ik weet niet of je vanavond al afspraken hebt, maar anders kun je misschien nog wat regelen.'

'Zeg maar gewoon dat je niet wilt dat ik erbij ben,' zegt Lisanne gepikeerd. 'Wat doe je eigenlijk met pa? Stuur je hem ook de deur uit?'

'Doe toch niet zo flauw. Je vader trekt zich terug in de studeerkamer. Daar eet hij dan ook. Dat doet hij wel vaker. Hij vindt het helemaal niet erg.'

'Nee, natuurlijk niet.' Lisanne kijkt op haar horloge. 'Ik heb nog vijf minuten voor de bus,' zegt ze dan geschrokken. 'Nou, ik zie wel wat ik vanavond ga doen. Maak je om mij maar niet bezorgd.'

Ze knalt de deur achter zich in het slot en Karin kan net door een raampje aan de zijkant van het huis zien, hoe ze er met een noodgang vandoor gaat.

De doktersvrouw zucht. Beneden hoort ze Roel rommelen. Nog even: dan zou het spreekuur beginnen. Ze weet dat Roel het fijn zou vinden als ze wat eerder uit bed zou komen om met hem samen te ontbijten. De eerste weken van hun huwelijk had ze dat ook wel gedaan, maar de laatste tijd werd het 's nachts vaak zo laat, dat ze de volgende dag gewoon geen puf meer had. Ze kon het niet meer opbrengen tegelijk met Roel het bed te verlaten. Ze was er gewoon te moe voor. Ze loopt terug naar de slaapkamer. Het was koud geweest vannacht. Ze huivert in haar peignoir. Het bed was zo warm. Ze kijkt ernaar en loopt dan nog even naar het raam. De overbuurman staat de ruiten van z'n auto te krabben. Eigen schuld! denkt ze. Hij had een riante garage, maar die stond zo vol rommel, dat z'n auto er niet meer in paste. Ze sluit de gordijnen weer en gaat voor de kaptafel zitten. Aandachtig bekijkt ze haar gezicht. Een wit, vermoeid, opgeblazen gezicht. Van haar verzorgde kapsel was niets over. Er viel nog heel wat te doen voor ze weer een beetje toonbaar zou zijn.

'Karin!' Roels stem onder aan de trap, zoals elke morgen. 'Ik ga naar de praktijk!'

'Joe-hoe!' gilt ze terug. 'Werk ze!' Ze loopt naar de badkamer en zet de kraan boven de kuip aan. Langzaam vult het bad zich met water. Lekker warm water, waar ze badschuim in gooit, zodat het water verandert in sneeuwwitte bellen van sop. Ze neemt een hand schuim en blaast erin, zodat de vlokken alle kanten opstuiven. Vanuit de keuken klinken geluiden. Tilly, hun huishoudelijke hulp, is binnengekomen. Karin hoort hoe ze de ontbijtboel opruimt. Bordjes, kopjes en schoteltjes rammelen onder de bepaald niet zachtzinnige aanpak van Tilly. Karin draait de kraan dicht en steekt voorzichtig haar teen in het sop. Dan trekt ze vliegensvlug haar nachtpon en peignoir uit en laat zich in het hete water zakken. Ze houdt haar adem in. Ze kan bijna de hitte niet verdragen. Dan raakt haar lichaam gewend aan de temperatuur en ze gaat ontspannen achteroverliggen. Heerlijk: zo'n bad. Jammer dat je er meestal te weinig tijd voor had. Ze zou het nu ook niet lang kunnen maken. Om tien uur was Tilly gewend een kopje koffie te krijgen. Dan kwam Roel ook meestal even binnen met de assistente. Een gewoonte die ze zich hadden aangewend, toen Roels eerste vrouw nog leefde, en die zij hun tot nu toe nog niet had kunnen afleren, al hield ze niet van dat soort verplichtingen. Ze wist nauwelijks wat ze tegen Tilly of tegen die assistente moest zeggen. Gelukkig dat Roel dan meekwam. Die zat nooit om een praatje verlegen. De mensen in het dorp mochten hem graag. Ze merkte het elke keer weer. Net zoals ze de vorige mevrouw Versteeg op handen hadden gedragen. Ze moest een warme, moederlijke vrouw zijn geweest; een heel ander type dan zij was. Ze kon het ook niet helpen, maar ze hield er niet van op ziekenbezoek te gaan of in allerlei organisaties en comités te zitten. Niet in het soort dat mevrouw Versteeg de eerste gewend was in ieder geval. Ze zakt nog dieper onder het heerlijke warme water. Haar lichaam ontspant zich. Haar geest blijft werken. Straks moest ze inkopen doen voor het dineetje van vanavond. Ze kon lekker koken. Ze genoot altijd weer van de complimenten over haar kookkunst. Vanavond zou ze voor het eerst mevrouw Van Dam ontmoeten. En bij mevrouw Van Dam hoorde een meneer Van Dam. Een aardige, interessante en vooral knappe man. Een man die rector en daarnaast nog raadslid was. Van zulke mensen hield ze. Die hadden tenminste echt wat te vertellen. Ze selecteerde haar vrienden met zorg. Volgens Roel oordeelde ze daarbij weleens wat te hard. Het ging hem dan meestal om vrienden die ze een beetje af probeerde te stoten, maar die hij nog had uit z'n tijd met Lies, z'n eerste vrouw: de moeder van Lisanne.

Ook dat was iets dat haar nog steeds dwars zat. Lisanne bleef volharden in haar afwerende houding. Ze begreep wel waarom. Voor Lisanne was hun verhouding – en daarna al snel hun huwelijk – veel te vroeg gekomen. Ze had de dood van haar moeder nog niet verwerkt. Ze kon zich niet voorstellen dat haar vader daar schijnbaar moeiteloos overheen stapte. Wat kon ze ook weten van de eenzaamheid van een man die een vrouw aan zijn zij had gehad en die hij aanbeden had. Een vrouw die z'n linker- en rechterhand was geweest en die hij niet kon missen. Hij was kapot geweest na haar overlijden, maar Lisanne was z'n dochter. Hij wilde haar niet opzadelen met zijn verdriet. Ze had het zelf immers al zo moeilijk? Toen had hij haar, Karin, ontmoet. Zij, een jonge vrouw. Daarbij een warme, levende vrouw, die naar hem luisterde en hem liet praten. Een vrouw die hem troostte. En zijzelf? Ze was niet verliefd geweest op deze man, die zeventien jaar ouder was dan zij. In eerste instantie had ze medelijden met hem gehad.

Hij was zo kapot en zo eenzaam geweest. Langzamerhand was er een gevoel van vriendschap ontstaan. Ze mocht Roel Versteeg graag. Daarbij was ze drieëndertig. De meeste van haar vrienden en kennissen waren inmiddels getrouwd. En ze hadden kinderen. Voor haar was de ware nog nooit komen opdagen, hoewel ze er best mocht zijn. Misschien stelde ze te veel eisen. Roel Versteeg voldeed aan veel eisen. Hij was charmant. Hij was arts. Hij had een mooi huis. Een huis waarin ze zou kunnen schitteren. Misschien zouden hun kinderen er ooit spelen. Het nadeel was dat hij vijftig was en dat hij een dochter had; een halsstarrige, wrokkende dochter. Hij had haar ten huwelijk gevraagd en zij had haar eisen gesteld. Ze had best met hem willen trouwen, maar dan wilde ze haar eigen leven blijven leiden. Ze had haar baan als directiesecretaresse willen opgeven, maar daar had dan voor in de plaats moeten komen dat ze parties kon organiseren en zich bij een bridgeclub kon voegen als dat haar zo uitkwam. Ze hield ervan in de belangstelling te staan. Het was haar tot nu toe nog altijd gelukt. Dat wilde ze niet veranderd zien. 'Met alle respect voor je vrouw,' had ze gezegd, 'maar ik wil niet langer bij haar dood stil blijven staan. De herinneringen aan haar moeten het huis uit. Ik wil niet de hele dag in een soort mortuarium rondlopen waar alles me maar blijft herinneren aan een dode.' Roel Versteeg had er meteen in toegestemd, maar ook hij had er z'n voorwaarden bij gesteld. 'Denk niet dat je met een jonge vent trouwt, Karin,' had hij gezegd. 'Ik ben vijftig. Ik kan echt m'n mannetje nog wel staan, maar je moet je niet verbeelden dat we met z'n tweeën nog een gezinnetje zullen kunnen stichten. Vroeger, met Lies, droomde ik van een fijn, groot gezin. We hebben alleen Lisanne maar gekregen. Dat is een verdriet voor ons geweest, maar tegelijkertijd was Lisanne voor ons een geschenk uit de hemel. Dat grote gezin heb ik inmiddels uit m'n hoofd gezet. Ook voor ons tweeën is dat niet weggelegd, want ik wil me op m'n vijftigste niet belachelijk maken door een nieuw vaderschap en ik wil Lisanne op haar achttiende niet opschepen met een klein broertje of zusje. En stel je eens voor: als zo'n kind twintig wordt, heeft het een vader van zeker zeventig jaar oud. Dat is op je twintigste de leeftijd van een opa en niet van je vader.' Zij had nog wat tegengesputterd. Zoals de meeste vrouwen droomde zij toch ook van het zelf krijgen van een kind. Van een baby die je mocht vertroetelen; van een kind dat volledig op haar vertrouwde: zo'n zacht bolletje tegen haar borst en een wiegje. Ze had zich er algauw bij neergelegd. Dat waren zaken die je ook tijdens je huwelijk nog weleens kon bespreken. Misschien zou Roel nog veranderen. Maar Roel veranderde niet. Een paar dagen geleden was ze er voorzichtig over begonnen. 'Roel, we zijn nu bijna vier maanden getrouwd. We hebben het fijn samen. Nog twee maanden: dan hoop ik vierendertig te worden. Als we ooit nog samen kinderen willen hebben, moeten we het nu doen!'

Nooit zou ze z'n stomverbaasde gezicht vergeten. 'Maar Karin toch! Ik meende dat we dat voor ons huwelijk zo goed doorgesproken hadden. Er zouden bij ons tweeën geen kinderen komen. Ik ben er in die maanden niet jonger op geworden, hoor. Integendeel. Meisje toch. Haal dat alsjeblieft niet in je hoofd. Het is voor mij te laat om kinderen te krijgen. Ik ben bijna in de herfst van m'n leven.'

'En bij mij is het hoog zomer,' had ze verontwaardigd gereageerd. 'Jij mag dan al wel vijftig zijn, maar ik ben nog maar drieëndertig.'

'Dat verschil is toch niet tijdens ons huwelijk zo groot geworden!? Ik meende dat er voor ons huwelijk ook al zo'n gat tussen onze leeftijden zat. Lieve Karin, valt het huwelijk met mij je tegen?' Ze was geschrokken en had snel z'n lieve gezicht tegen zich aan gedrukt. Haar handen hadden z'n kale schedel gestreeld. 'Je geeft me alles wat ik nodig heb, Roel. Alleen: ik zou zo graag nog een kindje willen hebben en een bevalling willen meemaken. Je hebt gelijk als je zegt dat we het er voor ons huwelijk ook over gehad hebben, maar ik hoopte dat je er tijdens ons huwelijk wel anders over zou gaan denken. Misschien was dat wat naïef van me. Maar begrijp me dan toch: ik ben niet anders dan andere vrouwen. Ik wil weten wat het is een kind te krijgen!'

'Het is een wonder,' had hij gezegd. 'Ik heb er al zoveel op de wereld geholpen en toch blijft het elke keer een wonder. Maar het is voor ons niet meer weggelegd, Karin. Daarom ben ik ook zo eerlijk tegenover je geweest, toen ik je ten huwelijk vroeg. Ik wilde dat je wist waar je aan toe was. Hoe kon ik vermoeden dat jij zou blijven hopen? Het is inderdaad een beetje kinderlijk van je. Misschien zou het goed voor je zijn een zinvolle dagtaak te vinden, waardoor je minder tijd overhoudt om te piekeren.'

'Mijn dagtaak is zinvol genoeg. Dat was mijn voorwaarde, weet je nog? Dat ik m'n eigen leven zou kunnen leiden. Het bevalt me zo!'

Roel had z'n schouders opgehaald en was teruggegaan naar z'n praktijk, waar patiënten al op hem wachtten.

Het badwater is koud geworden en van het sop is geen spoor meer te vinden. Ze gaat rechtop zitten, een beetje doezelig nog. Als ze op haar horloge kijkt, dat ze naast het bad heeft neergelegd, ziet ze dat het al kwart over negen is. Ze heeft haar tijd mooi liggen verdromen. In vliegende vaart trekt ze haar kleren aan en doet haar haren met de krultang. Als ze beneden komt, is Tilly al driftig aan het werk en op de keukenklok ziet ze dat ze nog net tijd heeft om koffie te zetten.

Het is een drukke dag geweest. Door de kou hebben veel mensen griep opgelopen en ook de laatste weken wintersport hebben slachtoffers geëist. Hoewel de meeste mensen geholpen zijn in de wintersport-oorden komen ze toch nog regelmatig langs voor controle, waardoor de toeloop van patiënten groter is dan normaal. Lisanne is blij als ze eindelijk de boel af kan sluiten. Ze groet dokter Schuurmans nog even en gaat dan naar buiten. In de loop van de dag is ze tot de conclusie gekomen dat het maar het beste is als ze buitenshuis gaat eten in een restaurantje. Ze had Martin wel op kunnen bellen, en ze wist zeker dat ze daar van harte welkom zou zijn. Maar ze had nu geen zin met het hele gezin aan tafel te zitten. Ze zouden medelijden met haar hebben, omdat ze in feite niet welkom was thuis. Dat was bij hen immers onvoorstelbaar? Iedereen mocht daar meeëten. Iedereen was van harte welkom. Op de stoep van het doktershuis blijft ze even besluiteloos staan. Ze heeft dan wel voor zichzelf uitgemaakt dat ze uit eten zal gaan, maar waarheen weet ze nog steeds niet. De meeste gelegenheden zijn zo druk dat ze met moeite een plekje zal kunnen vinden en ze moet er niet aan denken tussen de rijen door te moe-

41

ten lopen, terwijl de mensen haar aanstaren en zich afvragen wat ze hier in haar eentje zoekt. Nee, ze wil ergens naar toe waar het rustig is. Waar ze een stil hoekje uit kan zoeken, zodat ze niet opvalt. Er wordt getoeterd. Ze loopt het pad af en let er niet op. Er wordt nogmaals getoeterd, een portier wordt geopend en ze hoort haar naam: 'Lisanne!' Verwonderd kijkt ze op en dan kruipt een dieprood naar haar wangen. Daar staat Van Dam en hij roept haar. Wat wil hij? Moest hij niet bij hen thuis zijn? Schuchter loopt ze op hem toe. 'Goedemiddag, meneer Van Dam.' Ze kijkt tersluiks op haar horloge. Het kan nog net: dat 'goedemiddag'. Het is nog geen zes uur.

'Victor toch, hoop ik? Hadden we dat niet afgesproken, Lisanne?' Zijn staalblauwe ogen zijn in de hare.

Ze kleurt nog meer en slaat haar ogen neer. 'Ik zal eraan denken eh, Victor.'

'Prima, meid. Zeg, je zult je wel afvragen wat ik hier doe. Ik heb Wietske, mijn vrouw zoals je weet, net bij jou thuis afgezet. Ze was uitgenodigd voor een dineetje met aansluitend bridge.'

'Ik meende dat u, eh, jij ook mee zou komen?' vraagt Lisanne zacht.

'Nee, nee, bij het bridgen ben ik niet welkom.'

Het klinkt een beetje bitter. Lisanne hoort het.

Hij heeft het zelf in de gaten. 'Het is niet zo erg als het lijkt, hoor. Bridgen interesseert me totaal niet. Het enige dat ik vervelend vind, is dat ik nu alleen zal moeten eten. Ik houd niet van koken, dus ik zal het buitenshuis moeten zoeken. Omdat ik van Karin vernam dat jij ook niet thuis at, hoopte ik dat je mij gezelschap zou willen houden. Bovendien wil ik graag weten hoe het nu met je been gesteld is.'

'Het is goed genezen,' zegt ze en kijkt hem met grote ogen aan. Wat wilde deze Victor van Dam van haar?

'Daar ben ik blij om,' zegt hij warm. 'Maar nu m'n eerste verzoek. Zou je met me mee willen gaan? Ik heb geen oneerbare bedoelingen, hoor. Gewoon even samen eten en een beetje praten. Of heb je andere plannen?'

'Om eerlijk te zijn had ik nog geen flauw idee waar ik zou gaan eten. Het is niet echt gezellig ergens in je eentje te gaan zitten.'

'Stap dan maar in.' Hij loopt om de auto heen en houdt galant het portier voor haar open.

Ze voldoet aan zijn verzoek.

Victor kruipt naast haar achter het stuur. 'Jij hebt geen ideeën?' informeert hij. En als ze zwijgend knikt, zegt hij: 'Ik weet niet hoe groot je eetlust is, maar ik weet een erg mooi restaurant in Urk. Dat is vanaf hier natuurlijk nog wel een halfuurtje rijden, maar het is de moeite waard. Je kunt er heerlijk vis eten. Het uitzicht is daarbij ook nog schitterend, maar daar heb je, nu het nog zo vroeg donker wordt, natuurlijk weinig aan. Het restaurant is sfeervol. Het is er 's avonds rustig. Voel je er wat voor?'

'Het klinkt goed,' zegt ze. 'Daarbij ben ik gek op vis. Wat mij betreft mag je die richting op.'

Victor trapt het gaspedaal in en dan rijden ze weg, richting Urk.

Ze zit tegenover Victor, alsof het heel normaal is; tussen hen in glazen met witte, sprankelende wijn. Het Victor zeggen gaat haar ineens probleemloos af. Hij is een vriend. Geen man tegen wie ze opkijkt.

Hij luistert terwijl zij praat: snel en een beetje nerveus. Hij ziet haar smalle handen, die het glas vasthouden en om en om draaien. Handen waaraan elk spoor van een ring ontbreekt. Haar ogen zijn groot en groen. Er dansen nu lichtjes in van de kaars die tussen hen in staat. Haar gezicht is niet knap, maar levendig. Elke emotie is ervan af te lezen. Hij glimlacht. Ze boeit hem, ondanks het feit dat ze niet het figuurtje van een filmster heeft. Ze is een beetje grof en niet echt mooi. Daarbij is ze verlegen. Een verlegenheid waar hij nu even niets van merkt. 'Heb je een vriend, Lisanne?' lanceert hij dan ineens de vraag die hem bezighoudt.

Ze kijkt verbaasd. Het had immers niets te maken met het verhaal waar ze aan bezig was? Dan lacht ze. 'Ja, ik heb een vriend. Pa en Karin zijn er niet bijster gelukkig mee.' Ze buigt zich naar Victor over en fluistert quasi geheimzinnig: 'Hij is namelijk "maar" verpleger in een ziekenhuis. Hij zal me nooit de luxe kunnen geven waaraan ik gewend ben. Dat is namelijk heel belangrijk in een mensenleven. Te weinig geld, en de liefde bloedt

dood. Je houdt het toch niet voor mogelijk dat die gedachte nog steeds bestaat! En toch: het leeft nog onder de mensen. Het leeft bij m'n eigen vader en Karin.'
'Wat is die Karin eigenlijk voor figuur? Ze kan toch bijna je moeder niet zijn.'
'Nee, nee. Ze is mijn stiefmoeder, zoals dat zo treffend genoemd wordt.'
'En ze is net zo slecht als de stiefmoeder van Assepoester, begrijp ik.'
'Ligt het er echt zo dik bovenop? Dat is niet mijn bedoeling. Karin zal best een goede vrouw zijn, maar ze had niet zo snel na het overlijden van mijn moeder het leven van mijn vader moeten binnendringen. Daarbij is er een leeftijdsverschil van zeventien jaar tussen hen beiden. Dat vind ik ongezond. Karin zou m'n zuster kunnen zijn. Maar ze gedraagt zich alsof ze m'n moeder is. Ze behandelt me als een kind van acht in plaats van achttien.'
'Dat leeftijdsverschil zegt niets,' antwoordt Victor. 'Liefde bewandelt soms rare wegen. Er zijn genoeg huwelijken heel gelukkig geworden, waarbij de man soms meer dan twintig jaar ouder was dan de vrouw. Soms is het zelfs andersom. Nee, zo'n leeftijdsverschil zegt niets.'
Z'n blik rust op haar; heel intens. Ze voelt hoe ze kleurt. Ongemakkelijk brengt ze het glas naar haar mond en ze is blij als de bestelde visschotel eindelijk gebracht wordt. De ober schenkt hun glas nog een keer vol.
'Hoe heet je vriend?' informeert Victor dan luchtig.
'Martin,' zegt ze. 'Martin Witteveen. We zijn al jaren vrienden. Pas later is het meer geworden. Mijn vader en moeder hadden er nooit bezwaar tegen. Dat is pas later gekomen, nadat mijn moeder overleden is en Karin is gekomen.' Ze bijt op haar lip. 'Ik kan nog steeds niet begrijpen dat een mens zo kan omdraaien als een blad aan een boom.'
'Je hebt veel verdriet van het overlijden van je moeder, is het niet?'
'Natuurlijk,' zegt ze heftig. 'Ik heb veel van haar gehouden. Ze was een heel lieve moeder. Een vrouw die er altijd voor me was en die me begreep. In eerste instantie was er opluchting, toen ze

overleed. Ze heeft zoveel geleden. Het was onmenselijk. We hebben er op een gegeven moment om gebeden of God haar thuis wilde halen. En dat is kort daarna gebeurd. Maar na de eerste opluchting kwamen het verdriet en het gemis.'

'Dan is het logisch dat je je bezwaren hebt tegen Karin. Het is allemaal te kort op elkaar.'

Dan zwijgen ze weer. Lisanne eet met smaak van haar vis in de heerlijke wetenschap dat Victor haar echt lijkt te begrijpen. Misschien nog beter dan Martin dat ooit gedaan had. Martin nam het immers altijd weer voor Karin op? Hij probeerde begrip te kweken voor haar en voor haar vader. Victor was anders. Hij hield geen zedepreken, maar zei enkel dat haar gevoelens heel logisch waren.

'En je werk bevalt je wel?' informeert hij.

Ze knikt. 'Het geeft me voldoening.'

'Het bloed kruipt waar het niet gaan kan,' constateert Victor. 'Dat medische sfeertje bij je thuis heeft dus toch z'n sporen nagelaten. Waarom ben je geen medicijnen gaan studeren?'

'Ik ben niet zo'n studie-bol,' bekent ze. 'Na m'n h.a.v.o. heb ik de opleiding voor doktersassistente gedaan. Beide heb ik met de hakken over de sloot gehaald. Nee, ik heb plezier in m'n werk zoals het nu is. Het is prettig mensen op hun gemak te kunnen stellen als ze tegen een bezoek aan de arts opzien. Ik hoor soms nog meer dan ze tegen Schuurmans vertellen; daar ben ik van overtuigd. Bij mij kennen ze die drempel niet waar ze bij Schuurmans toch schijnbaar nog wel overheen moeten stappen. Wonderlijk eigenlijk, als je bedenkt dat Schuurmans toch een heel moderne, gezellige, vooruitstrevende arts is. Niet zo een van de oude stempel als m'n vader.'

Als ze hun eten op hebben, komt Lisanne tot de conclusie dat Victor onderhand heel wat meer van haar weet dan zij van hem. Hij had haar maar laten praten. En zij? Lisanne 'de Zwijger' had haar mond vrijwel de hele avond in beweging gehad en dan meer om te vertellen dan om te eten. Ze kijkt naar buiten, waar over het IJsselmeer langzaam maar zeker een sluier van mist is komen opzetten. Met spijt bedenkt ze dat ze inderdaad niets van het fraaie uitzicht heeft kunnen zien. Misschien zal ze hier nog eens terugkomen. Samen met Victor of met Martin. De mist sluit hen in. De wereld wordt steeds kleiner. Nu is er enkel nog een warm, intiem restaurant en tegenover haar Victor. Victor van Dam. Even welt een gevoel van paniek in haar op. Dit mag ze niet denken. Martin is er ook nog. Haar Martin. Maar het gezicht van Martin verdwijnt naar de achtergrond. Wat overblijft is de realiteit. Victor van Dam. Met z'n doordringende ogen, z'n warme belangstellende blik en z'n stem. Victor.

5

Een stralende dag in mei. Een feest. Karin viert haar vierendertigste verjaardag. Er zijn uiteraard veel gasten uitgenodigd en dank zij de vrije zaterdag en het stralende weer zijn er ook vele gekomen. Buiten heeft Karin een volledig koud buffet klaargezet. Overal staan gezellige zitjes, zodat de gasten zichzelf kunnen bedienen en ergens een plaatsje zoeken als ze daar behoefte aan hebben. Karin is het stralende middelpunt. Ze is gekleed in een licht, modern broekpak en heeft haar haren laten opsteken tot een elegant kapsel, zodat haar sierlijke lange hals, enkel onderbroken door een smalle ketting van goud, goed uitkomt. Ze praat, ze lacht en ze neemt felicitaties en complimenten in ontvangst.
Onder de zware eik, in het midden van de tuin, zit dokter Versteeg. Hij aanschouwt in stilte het tafereel rondom hem. Overal mensen, verdiept in al het heerlijks dat de opgestelde tafels te bieden hebben. Mensen die praten en mensen die lachen. Mensen die eten en drinken en te midden van hen: Karin, zijn vrouw. Vierendertig was ze geworden, en hij? Hij werd eenenvijftig dit jaar. Hij balt z'n vuisten. Hoe anders was het allemaal toen Lies nog leefde. Wat had hij van haar gehouden. Wat waren ze gelukkig geweest samen: Lies, Lisanne en hijzelf. Als Lies jarig was, vierden ze het met z'n drieën. Lies wilde geen kamer vol visite en geen parties. 'We hebben het altijd al zo druk. Laten we de verjaardagen voor onszelf houden,' placht ze te zeggen. 'We hebben er weer een jaar bij gekregen. Daar moeten we dankbaar voor

46

zijn. Die dankbaarheid is er. Daar hoeven voor mij geen grote gezelschappen aan toegevoegd te worden.' Hij had er altijd naar uitgekeken, naar die verjaardagen, en nu? Karin hield van grote feesten. Ze had hem van tevoren gewaarschuwd, toen hij haar ten huwelijk vroeg. Hij had gemeend dat het allemaal wel mee zou vallen. Hij had haar zo graag gewild. Ze zou een einde aan zijn eenzaamheid maken. Ze zou hem z'n pijn een beetje laten vergeten. Hij had gemeend dat hij haar wel gelukkig zou kunnen maken, ondanks het leeftijdsverschil. Daarom ook was hij zo eerlijk geweest wat kinderen betrof. Hij wilde geen kinderen meer. Hij zou zich belachelijk voelen. Belachelijk. Was hij dat nu al niet door met Karin getrouwd te zijn? Ze was jong. Ze leefde intens en hij was met z'n ruim vijftig jaren bijna een oude man. Dat had hij nooit zo gevoeld, maar sinds hij samen was met Karin merkte hij het. Vaak voelde hij zich wel zeventig. En Karin was niet eerlijk tegenover hem geweest. Hij dacht eerlijk te zijn door haar te vertellen dat hij geen nieuw gezin meer wilde, maar ze had gemeend dat het allemaal wel los zou lopen en dat het tijdens hun huwelijk wel anders zou worden. Z'n gedachtengang met betrekking tot dat onderwerp was evenwel niet veranderd.

'Nou meneer Versteeg, u ziet er niet erg vrolijk uit op deze stralende dag. En dat terwijl u zo'n charmante echtgenote bezit, die er zo'n fantastisch, smaakvol feest van heeft weten te maken.'

Tegenover hem staat Victor van Dam. Hij had hem helemaal niet aan zien komen. 'Ook over zo'n mooie dag schuift weleens een donkere wolk,' zegt hij zacht. 'Maar noem me gerust Roel. Ik mag ten slotte ook Victor zeggen. We laten die wolk gewoon voorbijdrijven. Het is jammer zo'n eerste fraaie meidag te laten bederven door gevoelens van neerslachtigheid. Tussen haakjes, waar heb jij je echtgenote gelaten?'

'Wietske is even naar Karin,' zegt Victor. 'Ze zal zo deze kant wel op komen.'

'Laten wij dan eerst maar eens samen een borreltje gaan halen. Ik heb goede whisky, Victor. Kan ik je wat aanbieden?'

Martin had er een verlofdag voor opgenomen. Hij had deze zaterdag dienst. Karin had hem echter zo hartelijk uitgenodigd dat hij niet verstek kon laten gaan. Hij wist soms niet meer hoe hij het had. Eerst was ze fel op zijn relatie met Lisanne tegen geweest. Toen ineens was ze uiterst vriendelijk tegen hem. Misschien had Lisanne gelijk en had Karin echt twee kanten.

Als hij bij het doktershuis arriveert, is Lisanne nog binnen. Ze opent zelf de deur voor hem en hij merkt onmiddellijk op dat ze veel werk van zichzelf gemaakt heeft. Ze draagt een opvallende zwarte jurk, afgezet met bonte bloemen in fluorescerende kleuren. Haar korte haren zijn uit haar gezicht gekamd en ze is perfect opgemaakt, waardoor haar gezicht smaller lijkt en haar neus minder grof. In haar oren hangen enorme oorhangers in dezelfde fluorescerende kleuren die in haar jurk terugkomen.

'Je ziet er mooi uit,' zegt hij onhandig. 'Net alsof je iemand anders bent. Ik ken je zo helemaal niet.'

'Je vindt het niet mooi,' merkt ze teleurgesteld op.

'Jawel, het is wel mooi,' haast hij zich te zeggen. 'Het is alleen zo anders. Ik zie je liever zoals je er gewoonlijk uitziet. Maar het is wel mooi.' Hij kust haar voorzichtig, alsof hij bang is haar outfit te beschadigen.

'Jij ziet er ook leuk uit,' zegt ze om de stilte te verbreken, die tussen hen dreigt te vallen.

'Speciaal voor de gelegenheid aangeschaft. Tof pakje, hè?'

Ze grinnikt om z'n benaming voor het fraaie lichte kostuum dat hij draagt. Ze was het niet van hem gewend. Martin was net zo'n spijkerbroeken-freak als zij. 'Kom mee,' zegt ze. 'Iedereen is al buiten in de tuin. Ik zal je voorstellen.' Ze pakt z'n hand en zo lopen ze naar buiten, waar het feest al in volle gang is. Lisanne loopt met hem langs de gasten en stelt Martin steeds opnieuw voor als 'm'n vriend'. Ze merkt aan hem hoe vervelend hij het vindt steeds opnieuw handen te schudden. Net zo vreselijk als zijzelf dat altijd vindt.

Karin begroet hem alsof ze nooit op hun verhouding tegen is geweest.

Daarna lopen ze naar haar vader, en pas als ze vlak bij zijn, ziet Lisanne wie naast haar vader staat: de man die haar aantrekt en haar angst aanjaagt, omdat hij gevoelens in haar opwekt die ze niet kent. Gevoelens die haar verwarren en waardoor ze ook nu

weer een vuurrode kleur krijgt, als ze hem ziet. 'Hallo Victor.'
Ze hoopt dat niemand haar verwarring opmerkt. 'Mag ik je voor-
stellen aan mijn vriend? Dit is Martin Witteveen.'
De twee mannen geven elkaar een hand en Lisanne ziet in één
oogopslag dat de twee mannen elkaar totaal niet liggen. Hun blik-
ken blijven koel, als ze elkaar taxerend opnemen alsof ze concur-
renten zijn.
'Meneer Witteveen? Aangenaam. Mijn naam is Victor van
Dam.'
'Ha, de wegpiraat,' zegt Martin meteen.
Victor grinnikt vermaakt. 'Aha, dus zo wordt er over me gesproken.'
'Ach nee, Victor,' haast Lisanne zich te zeggen, 'zo praten we
nooit over je.'
'Nou, zo erg is het niet, hoor. Ik rijd inderdaad nogal eens te
hard, maar daar had dat ongeluk met jou toen niets mee te maken.
Al kan ik niet zeggen dat ik er spijt van heb dat ik je voor de auto
kreeg. Het is natuurlijk een wat vreemde manier om kennis te
maken, maar we hebben er een fijne vriendschap aan overgehou-
den.'
'Zo bedoelde ik het eigenlijk ook niet,' zegt Martin. Hij voelt zich
een beetje belachelijk. Lisanne kijkt hem aan alsof ze hem het
liefst ter plekke door de grond zou willen zien zakken.
'Martin, jij ook een glas whisky?' probeert dokter Versteeg de
situatie te redden.
'Nee, dank u, ik drink nooit sterke drank. Enkel een pilsje op z'n
tijd.'
'Dan haalt m'n dochter met liefde een pilsje voor je op. Victor,
jij drinkt nog wel een glaasje met me mee?'
'Natuurlijk.'
Lisanne loopt bij hen vandaan om een biertje voor Martin op te
halen. Vreemd, waarom ergerde ze zich ineens zo aan Martin?
Hij meende het toch niet zo erg. Hij voelde zich net zomin op z'n
gemak in dit gezelschap als zijzelf. Het was een gevoel dat haar
de laatste tijd vaker overviel. Een gevoel van ergernis, als ze aan
Martin dacht. Hij reageerde altijd anders dan ze zou willen. Z'n
kussen waren altijd beheerst. Ingehouden, alsof hij bang was haar

pijn te doen en z'n gevoelens te tonen. En ook de reactie op haar uiterlijk en haar nieuwe kleding van daarnet had haar hevig teleurgesteld. Martin was altijd zo netjes, zo ingetogen en zo... zo saai! Saai: dat was het woord. Er gebeurde nooit iets onverwachts. Hij had nooit een bijzondere inval. Hij stelde nooit eens voor lekker uit eten te gaan. In de week werkte hij en als hij dienst had ook nog in het weekend. Maar in het weekend dat hij vrij was, wilde hij op zaterdagavond nooit iets echt leuks doen. Meestal gingen ze naar kennissen of familie en op zondagmorgen ging Martin naar de kerk. Hij had er niet op aangedrongen dat ze nog een keer mee zou gaan. Daarna kwam hij dan bij haar, en de ene week bleven ze bij haar thuis, terwijl ze de week daarop naar Martins familie gingen. Elke week hetzelfde. Het benauwde haar soms ineens, hoeveel ze ook van Martin hield. Het was voor hem ontspanning, had hij gezegd, toen ze er eens over begonnen was. Ze begreep dat ook wel tot op zekere hoogte. In zijn werk beleefde hij genoeg onverwachte dingen. Te veel soms! Waarom zou hij in het weekend ook nog moeilijke dingen opzoeken? Het was veel ontspannender thuis te blijven. Hij begreep haar niet wat dat betrof en soms flitste dan ineens het beeld van Victor voor haar ogen. Victor, die ineens bij dokter Schuurmans voor de praktijk had gestaan en haar mee naar Urk genomen had. Victor met z'n staalblauwe ogen. Victor. Ze zucht. Martin was voor haar de realiteit. Victor was getrouwd. Victor was zeker veertig jaar oud en zij was nog maar achttien. Hoe had ze dat ook weer tegen hem gezegd, toen ze het over Karin en haar vader had gehad? Zo'n leeftijdsverschil vind ik ongezond? En nu? Tussen Victor en haar zat een gat van zeker twintig jaar. Was dat dan niet onsmakelijk? Ze zucht en pakt een flesje bier voor Martin met een glas, waarna ze weer teruggaat. Als ze aankomt, valt haar ineens het verschil tussen Martin en Victor op. Martin, die er een beetje op de achtergrond bij staat, gekleed in een keurig pak. Daarnaast Victor, nonchalant gekleed in een lichtblauw overhemd met korte mouwen, dat z'n gebruinde huid goed doet uitkomen. Hij ziet er zelfverzekerd uit, is in alles Martins meerdere en weet dat. Ze overhandigt Martin z'n fles en glas en neemt zelf een glas sherry van haar vader in ontvangst.

'Proost!' toost haar vader. 'Op de verjaardag van mijn vrouw. Op dit fraaie feest. Dat er nog maar veel mogen volgen!' Lisanne kijkt hem bevreemd aan. Het is alsof hij het niet meent, maar z'n gezicht verraadt niets. Ze haalt haar schouders op en brengt eveneens een toost op Karin uit.

'Ik mag die man nu eenmaal niet. Het is zo'n... zo'n macho-figuur; zo'n vrouwen-verslinder. En de manier waarop hij naar je kijkt, bevalt me niets. Alsof hij je met huid en haar zou willen opvreten.' Martin staat er ongelukkig bij.
'Stel je toch niet zo aan.' Lisanne stampvoet ongeduldig. 'Jij ziet altijd overal leeuwen en beren. Sommige mannen zijn nu eenmaal charmant. Daar zou jij nog een voorbeeld aan kunnen nemen.'
'Oh, dank je. Als je daarmee bedoelt dat ik niet goed genoeg meer voor je ben, moet je het eerlijk zeggen.'
'Doe niet zo flauw. Je begrijpt best wat ik bedoel. Ik houd van je, Martin, maar soms vliegt het me gewoon naar de keel. Dan vind ik elke dag hetzelfde. Elk weekend met jou is een zelfde weekend. Ik zou willen dat er eens iets onverwachts gebeurde.'
'Je kent mijn redenen. Ik houd er niet van in een bar rond te hangen of in een discotheek te gaan dansen.'
'Er zijn immers ook nog andere mogelijkheden? Martin, jij bent pas vierentwintig. Gedraag je daar dan ook naar. Je bent nog geen oude man. Nee, dan Victor van Dam. Ik ben laatst een keer met hem naar Urk geweest. Zo maar onverwacht. Van zulke dingen houd ik. Dat onverwachte, dat spannende.'
Martin gaat op de bank zitten. Hij moet wel. Z'n benen lijken het te begeven. Had ze hem daarom soms het huis in meegetroond? Om hem dat te vertellen? Dat ze niet meer van hem hield, maar dat er een ander was? Een veel oudere man; een getrouwde man nog wel. Z'n kaakspieren bewegen heftig, als teken van enorme opwinding. De spanning waaraan hij op dit moment ten prooi was! 'Lisanne,' zegt hij moeizaam. 'Ik zou mezelf wel willen veranderen. Ik zou best voor jou in het weekend eens uit willen gaan, maar ik vertik het een kopie van Victor van Dam te worden.' Hij spuwt die woorden bijna uit. 'Ik meende dat je van me hield en misschien heb je dat ook wel gedaan. Vooral in de tijd dat je niet

51

met me om mocht gaan. Dat was immers heel spannend? Stiekem een afspraak maken en hopen dat we niet betrapt zouden worden. Je vader en Karin hadden dat heel goed ingezien. Daarom veranderden ze ook ineens van tactiek. We mochten ineens wel samen uit. Ineens hadden ze niets meer op ons aan te merken. En zie: het heeft gewerkt. Weg zijn de spanning en de opwinding van een stiekem samenzijn. Ineens is er een Victor van Dam, die die spanning weer weet te ontketenen. Je bent net een klein kind, Lisanne. Al meen je dat je heel volwassen bent!'

'Wie is hier nu kinderachtig?' schreeuwt Lisanne. 'Jij met je gemene insinuaties. Weet je wat er aan de hand is? Je bent gewoon jaloers!'

'Daar heb je gelijk in.' Martin is opgestaan. Hij kijkt net boven Lisanne uit, en hij lijkt nu nog kleiner door z'n afhangende schouders.

Ze ziet het in een flits.

'Ik ben stikjaloers, Lisanne. En weet je waarom? Omdat ik zielsveel van je houd. Ik kan het niet verdragen dat je verliefd wordt op een ander. Op een man die het niet waard is. Daarbij is hij getrouwd, vergeet dat niet. Bezint eer ge begint, Lisanne. Dat geldt ook voor jou!'

'Dat is onzin,' verweert ze zich nog, maar hij luistert al niet meer. Ze ziet hem weglopen. Het huis uit, de tuin uit en haar leven uit.

Hoe lang ze daar in de kamer was blijven zitten, wist ze niet meer. Ze was te verdwaasd. Ze kon het nauwelijks nog bevatten. Martin was een deel van haar leven geweest en nu zou dat ineens voorbij zijn? En wat zei hij over Victor? Dat ze verliefd op Victor zou zijn? Had het er echt zo dik bovenop gelegen? Maar dit had ze niet gewild. Een liefde tussen Victor en haar was immers tot mislukken gedoemd? Het was een hopeloze verliefdheid en ze zou ertegen moeten vechten. Dit mocht niet doorgaan. Ze had zich ertegen willen wapenen en het was haar niet gelukt. Ze steunt met haar hoofd in de handen. Ze zou een huwelijk kapotmaken. Ze zou...

'Hè, hè, ik heb je eindelijk gevonden. Om eerlijk te zijn begon ik me net behoorlijk bezorgd over je te maken. Waarom zit je hier zo in je eentje binnen en waar is je vriend gebleven? Toch geen moeilijkheden, hoop ik?'

Voor haar staat Victor en ze kijkt hem even verdwaasd aan. 'Victor, jij hier?'

'Ja, natuurlijk ben ik hier nog. Waar is die Martin? Zit je vanwege hem hier binnen?'

'Nee, natuurlijk niet. Ach Victor, laat me alsjeblieft. Er is niets ernstigs aan de hand. Het komt wel weer goed.' Maar terwijl ze het zegt, dringt het in volle hevigheid tot haar door dat het niet meer goed komt. Dat Martin is weggegaan en waarschijnlijk niet van plan is ooit nog terug te komen. Martin, die haar vriend was door dik en dun. Ze had van hem gehouden, en nu? Er druppen tranen langs haar wangen. Tranen, die ze ruw wegveegt. Victor hoefde dit niet te zien. Het zou alles nog veel erger maken.

'Hebben jullie ruzie gehad?' informeert Victor, maar net als ze wil praten komt iemand de kamer in.

'Hebben jullie er bezwaar tegen als ik er even bij kom zitten? Het is buiten zo warm.'

'Nee hoor.' Victor grijpt Lisannes hand. 'We wilden toch net weggaan.'

Als ze op de gang zijn, troont hij haar mee naar buiten, waar z'n auto staat. 'Kom op, we gaan naar mijn huis. Daar kunnen we rustig praten. Hier worden we steeds gestoord.'

'Wat zullen ze wel niet van ons denken? Wat zal Wietske er niet van zeggen?'

'Wietske zal niets zeggen, want ze zal het niet in de gaten hebben. Ze heeft het veel te druk met haar bridge-vrienden. Niemand zal het merken. Met een uurtje zijn we weer terug. Dan hebben ze ons niet eens gemist.'

Ze sputtert niet meer tegen, maar laat zich gewillig door hem mee naar z'n huis voeren. Weg waren haar bedenkingen tegen een samenzijn met Victor. Ze wilde nu alleen nog maar dicht bij hem zijn. Als ze bij hem in de woonkamer zit, voelt ze zich toch onwennig en verlegen, maar Victor schenkt snel een glaasje sherry voor haar in.

'Dat praat wat makkelijker,' zegt hij en hij neemt zelf nog een glas whisky.

Dan zit hij tegenover haar en neemt dezelfde vertrouwelijkheid als destijds in Urk weer bezit van Lisanne. Ze vertelt hem van haar liefde voor Martin. Van z'n vastgegroeide gewoontes, die haar elke keer weer een beetje saaier voorkwamen. Van het gevoel dat ze zou stikken van verveling, hoeveel ze ook van Martin hield. En dan van de uitbarsting van vanmiddag. Van Martins verwijten, dat ze enkel om de spanning van hem heeft gehouden. Over zijn jaloezie ten opzichte van Victor zwijgt ze wijselijk.

Victor heeft z'n glas whisky leeg. Hij leunt voorover. 'Weet je, ik ken dat gevoel. Het gevoel dat je zult stikken in de sleur van alledag. Toen ik met Wietske trouwde, meende ik dat ik gelukkig met haar zou kunnen worden. Misschien was dat ook wel gebeurd, als al onze dromen en plannen bewaarheid waren geworden. We droomden van een gezinnetje, maar nadat Wietske vier keer een miskraam had gehad, kregen we de boodschap dat kinderen voor ons niet weggelegd waren. Op dat moment stortte onze wereld in elkaar. Nooit zouden in ons huis kinderen rondhollen, lachen en spelen. We zouden altijd met z'n tweeën zijn en nooit kleinkinderen hebben. Altijd met z'n tweeën! Wietske gaf zichzelf de schuld. Het was haar schuld dat we nooit kinderen zouden hebben. Zij had als vrouw gefaald. We hebben er eindeloos over gediscussieerd en steeds weer heb ik haar ervan proberen te overtuigen dat ik het zo niet zag en dat we samen deze slag moesten verwerken! Het heeft niet echt geholpen. Wietske heeft het tot op zekere hoogte aanvaard, maar toch komt ze, als we bij voorbeeld ruzie hebben, steevast met een opmerking als: ''Je houdt niet van me, omdat we geen kinderen kunnen krijgen. Misschien wil je wel een ander. Een vrouw die je wel een nageslacht kan bezorgen!'' Elke keer weer heb ik haar bezworen dat het niet zo was, maar het hielp niet, en wat krijg je dan? Bij ruzie trek ik me in m'n schulp terug en liever probeer ik ruzie dan helemaal te vermijden. Het probleem is natuurlijk dat je op een gegeven moment niet meer echt met elkaar praat! We leven langs elkaar heen. Ruzie hebben we bijna niet meer, maar de band die ons eerder altijd verbond is verbroken, en we praten alleen nog maar over onbelangrijke dingen. Wietske werkt in de bibliotheek, zoals je weet. 's Morgens gaan we ongeveer tegelijkertijd de deur uit, nadat we eerst samen hebben ontbeten. Onder het eten lezen we elk de vakliteratuur die voor ons van belang is, en we beperken de conversatie tot een: "Mooi weer vandaag, hè?" En: "Heb je goed geslapen vannacht?" In ons huwelijk zijn geen hoogte- en dieptepunten meer. Alles gaat verder in hetzelfde eentonige ritme. Het maakt dat ik me soms voel alsof ik in een gevangenis zit. Een gevangenis van gewoontes. Ik droom ervan op een dag met de noorderzon te vertrekken, en de enige reden waarom ik het nog niet heb gedaan is Wietske zelf. Ze zou het niet overleven en ze zou onmiddellijk beginnen zichzelf de schuld te geven. Zo van: hadden we maar kinderen gehad, dan was dit niet gebeurd. Ik wil haar dat niet aandoen.'

Er valt een stilte. Lisanne denkt aan Wietske. Ze had haar nu een paar maal ontmoet, en Lisanne kon niet anders zeggen dan dat ze ontzettend aardig was. Ze was alleen zo gewoontjes en zo onopvallend, dat Lisanne haar steeds met een grijze muis vergeleek. Een kleine grijze muis naast een schitterende man. Een man die menig vrouwenhart sneller deed kloppen. Ze pasten niet bij elkaar.

'Denk je aan Martin?' Victor verbreekt de stilte. Z'n handen pakken de hare in een teder gebaar. Ze probeert ze voorzichtig los te maken. Dit was immers wat ze niet gewild had? 'Hij was jaloers, hè?' Z'n stem klinkt zelfverzekerd.

Ze wil het ontkennen, maar z'n ogen hechten zich vast in de hare. Dan knikt ze.

'Waarom, Lisanne? Waarom meende Martin dat hij jaloers moest zijn?'

'Dat... dat begrijp je zelf wel.' Ze durft hem niet aan te kijken, maar ze voelt dat hij haar aan blijft kijken. Iedere vezel van haar lichaam staat gespannen.

Dan is hij ineens naast haar en z'n stem klinkt schor. 'Lisanne, moet ik eruit opmaken dat je voor mij hetzelfde voelt als ik voor jou?'

'Victor, laten we alsjeblieft hiermee ophouden. We kunnen zo niet doorgaan. Het is niet goed. Je bent gebonden. Je hoort bij Wietske.'

'Ja, ik zei het je toch al? Ik ben getrouwd, maar daar is ook alles

mee gezegd. Ons huwelijk heeft geen inhoud meer. Wietske en ik: we praten langs elkaar heen. Ik kan m'n ei niet kwijt: m'n ideeën en m'n plannen. Ik zou er met haar over willen praten, maar ze heeft geen tijd om naar me te luisteren, en jij? Jij luistert altijd. Je bent jonger dan Wietske, maar soms lijk je veel wijzer. Toen ik je daar op straat zag liggen, werd ik meteen verliefd op je. Het klinkt bijna als in een sprookje. Ik weet het.'
Martin, schiet het door haar heen. Hij moest eens weten dat ik hier alleen met Victor ben. Ze zou hier weg moeten gaan. Het was niet goed dat ze hier was. Martin had gelijk gehad. Martin! Maar Martin was er niet en Victor wel. Z'n handen omvatten haar gezicht. Z'n mond zoekt gretig de hare. Ze wil zich verzetten, maar er slaat een vlam van hartstocht door haar heen, die haar verzet smoort. Dit gevoel heeft ze bij Martin nooit gekend. Ze schrikt ervan. Het verteert haar. Martin is naar de achtergrond verdrongen. Alleen Victor telt nog. Victor, die haar kust en op de bank neervlijt. Even welt er een gevoel van paniek in haar op, als hij de knoopjes van haar jurk langzaam begint los te maken. Het was niet goed wat ze deed. Ze mocht dit niet. Een ander stemmetje in haar hart stelde haar gerust. Wat maakte het allemaal nog uit? Ze hadden elkaar gevonden. Ze hielden van elkaar. En had God man en vrouw niet voor elkaar geschapen? Wat maakte het dan nog uit dat Victor getrouwd was en dat zij Martin verdriet moest doen? Victor en zij waren voor elkaar geschapen. Dan geeft ze zich over aan z'n liefkozingen, die steeds heftiger worden.

6

De Waddenzee. Een vroege junizon doet een aarzelende poging door de dichte ochtendnevel, die boven het water hangt, heen te breken. Meeuwen vliegen krijsend door het luchtruim. Victor van Dam manoeuvreert z'n auto op de parkeerplaats en blijft even tevreden achterovergeleund zitten. 'Wat een heerlijke rust hier. Lisanne, ons weekend Ameland gaat beginnen.'

Ze antwoordt niet. Nog kan ze het zich niet voorstellen dat zij hier samen met Victor van Dam zit. Het was Victors idee geweest. Wietske zou een week naar Londen gaan, samen met een vriendin. Hij zag het niet zitten een heel weekend in z'n eentje thuis te zijn en dus had hij haar benaderd met het verzoek met hem mee naar Ameland te gaan. 'Lisanne, stel je voor: een heel weekend voor ons samen. Geen angst ontdekt te worden. Geen heimelijke ontmoetingen ergens in de auto. Gewoon een weekend voor onszelf.'

Ze had niet lang na hoeven te denken. Dat was immers wat ze het liefste wilde? Samen zijn met Victor? Ze was zoveel van hem gaan houden. Ze gingen vaak samen uit eten, of organiseerden ergens anders een ontmoeting. Samen in het bos, of samen in een hotelletje. Het was zo spannend allemaal. Heel anders dan het met Martin ooit geweest was. Het was jammer dat ze Wietske nog zo vaak ontmoette. Ze voelde zich vaak zo schuldig als Wietske oprechte belangstelling voor haar toonde. Ze moest eens weten, flitste het dan door haar heen. Maar ze zette die gedachten ook snel weer van zich af. Zo goed was het huwelijk van Victor en Wietske niet. Was zij er niet geweest, dan was het net zo goed bergafwaarts gegaan.

'Lisanne, schiet je een beetje op? Dan kunnen we nog net de boot van halftien pakken.'

Ze staat al naast de auto, pakt haar koffer en loopt achter Victor aan in de richting van de boot. De eerste passagiers zijn al aan boord. Ze sluiten zich achter aan in de rij.

De auto's rijden het dek op. 'Wil je binnen zitten?' informeert Victor. 'Je kunt er een kopje koffie drinken, als je wilt.'

Ze aarzelt even. Een kop koffie lokt haar wel, en dan met een gevulde koek erbij. Ze had vanmorgen geen hap door de keel kunnen krijgen van de spanning. Victor beweerde dan wel dat hij z'n plannetje goed opgezet had, maar wie garandeerde haar dat niemand erachter zou komen? Victor had via een leraar van z'n school een huisje kunnen huren. Hij had beweerd dat hij er samen met Wietske een weekend naar toe ging. Lisanne had thuis het verhaal verteld dat ze met een vriendin zou gaan. Karin had het prima gevonden. Die had voor dit weekend een aantal activiteiten op het programma staan, waarbij het wel makkelijk was dat ze geen rekening met Lisanne hoefde te houden. 'Ik wil liever op het dek zitten.' Ze voelde Victors vragende blik nog op zich gericht. 'In het huisje kunnen we straks wel uitgebreid koffiedrinken. Deze reis wil ik helemaal meemaken; vanaf Holwerd tot Ameland.'

Ze liepen naar boven, maar de zitplaatsen op het dek waren allemaal al bezet. Er bleef niets anders over dan te blijven staan aan de reling. Het duurde nog even voordat de boot vertrok, maar toen alle auto's geparkeerd stonden en de mensen een plekje hadden gevonden, liet de boot toch langzaam maar zeker de kustlijn achter zich.

Lisanne hangt over de reling. De wind waait door haar haren en met een diepe zucht realiseert ze zich dat ze eindelijk weg zijn. Holwerd verdwijnt uit het zicht en met de kustlijn verdwijnen Karin, haar vader, Martin en Wietske. Twee dagen lang kunnen ze zonder angst van elkaars nabijheid genieten.

Het is eb. De boot baant zich een weg door de vaargeulen. Meeuwen vliegen rakelings langs hun hoofden op zoek naar passagiers die hun brood met hen willen delen. Lang hoeven ze niet te wachten. Verschillende mensen diepen pakketjes brood uit hun tassen op en werpen de brutale vogels kleine stukjes toe. Lisanne heeft zich al een keer snel terug moeten trekken om hun uitwerpselen te ontwijken. Her en der klinken kreten van mensen die net niet vlug genoeg waren. 'Fijn is het hier, hè?' verzucht Lisanne tegen Victor. 'Eindelijk kan ik me werkelijk ontspannen. Iedereen hier zal denken dat we getrouwd zijn, Victor. Stel je eens voor: mevrouw Van Dam. Lisanne van Dam-Versteeg. We zijn man en vrouw voor één weekend.'

Victor glimlacht. Wat was ze soms toch nog een kind. Een groot, blij kind, dat hij gelukkig kon maken met een weekendje naar Ameland. Daar hoefde hij bij Wietske niet mee aan te komen. Wietske ging op in haar eigen wereldje en daar stond hij tegenwoordig buiten. Soms zou hij haar door elkaar willen schudden. Dan zou hij het uit willen schreeuwen: Wietske, laat het weer zo worden als het vroeger was. Laten we weer eens met elkaar praten. Geen geklets over het weer en je werk, maar een echt gesprek! Het leek alsof Wietske niet meer de geringste belangstelling voor hem koesterde. Hij voelde zich erdoor vernederd. Misschien was hij daarom wel verliefd geworden op Lisanne. Ze was van hem gaan houden, ondanks het feit dat er al een Martin Witteveen in haar leven was. Een jonge vent, die niet eens onaantrekkelijk was. Het streelde z'n ego.

'Victor, ik zie Ameland al!'

Lisanne greep z'n arm en hij keek tersluiks op z'n horloge. De overtocht duurde bijna drie kwartier. Ze waren er inderdaad al bijna. 'Kom,' zegt hij. 'We gaan vast naar de uitgang. Dan zijn we straks het eerste buiten.' Als hij met Lisanne naar beneden loopt, houdt ze z'n hand goed vast.

Er heerst een weldadige rust in het bungalow-park, waar ze hun huisje moeten zoeken. Er spelen wat kinderen op de speelplaats en voor verschillende huisjes zitten wel mensen in de zon. Toch zijn er nog veel bungalows onbewoond. Het is even zoeken voor ze het huisje gevonden hebben waar ze het weekend zullen vertoeven, maar uiteindelijk staan ze toch voor het huisje met het nummer dat ze hebben moeten. Terwijl Victor de koffers in een slaapkamertje deponeert, gooit Lisanne de ramen wagenwijd open. Dan neemt ze even de tijd om het eenvoudige, maar geriefelijke vakantie-woninkje te verkennen. In de kamer staat een gemakkelijk, groot eiken bankstel, een eenvoudige eethoek en een buffetkastje, gevuld met een compleet servies. De open keuken is voorzien van een gasfornuis en een koelkast. Twee slaapkamertjes en een douche-ruimte completeren het vakantieverblijf. Van buitenaf dringen de geluiden van zingende vogels naar binnen. Lisanne leunt even uit het raam. Tegenover hen zijn de bungalows onbewoond en achter is een klein grasveld, dat door een grote groene heg een maximum aan privacy garandeert. 'Het is hier fantastisch!' jubelt Lisanne enthousiast. 'Dit wordt het heerlijkste weekend van ons leven, Victor.'

'Dat moet ook,' reageert Victor. Hij pakt haar bij haar schouders en dwingt haar zo hem aan te kijken. 'Dit weekend moet je in je herinnering bij je blijven dragen als een kostbaar kleinood. Een herinnering die niemand je ooit weer af kan nemen, wat er ook mag gebeuren.'

Hij kijkt ernstig en Lisanne kijkt hem bevreemd aan. 'Is er wat aan de hand, Victor? Wil je me misschien iets duidelijk maken? Is dit weekend als een soort afscheid bedoeld misschien?' 'Nee, oh nee, Lisanne,' haast hij zich te zeggen. 'Ik houd immers van je? Anders had ik je dit weekend toch ook niet meegenomen? Maar onze toekomst is immers nog zo onzeker? Je weet niet wat het leven voor ons in petto heeft. Soms vraag ik me af of dit tussen ons allemaal zo mooi kan blijven. Misschien is het maar een droom, waaruit we ieder moment kunnen ontwaken.' 'Waarna we met een harde klap in de werkelijkheid terechtkomen,' vult Lisanne aan. 'Dan zullen we samen te schande staan. Jij als rector van je school en ik als dochter van de enige huisarts die ons dorp rijk is. Jij zult je vrouw kwijt zijn en mijn familie zal niets meer van me willen weten. Misschien zou het Karin wel goed uitkomen. Ze zou eindelijk van me verlost zijn. Want een dochter die de familie zo blameert is het toch niet meer waard bij de keurige, nette familie Versteeg te behoren? Maar jij, Victor? Wat zou er met jou gebeuren? Zou je gaan scheiden, als Wietske er toch van op de hoogte was? Je hebt me ooit beloofd er met Wietske over te praten, maar je stelt het nog steeds uit. Houd je dan niet genoeg van me? Houd je misschien, ondanks al je negatieve verhalen, toch nog van Wietske?' 'Niet zo praten,' smeekt hij. 'We mogen dit samenzijn niet verstoren door onenigheid.' 'Ach Victor, dat wil ik toch niet? Ik wil alleen van je horen dat je me op z'n minst zo liefhebt als ik jou. Ik besef heel duidelijk dat het verkeerd is wat we doen. Ik wil ertegen vechten, maar soms lijkt het buiten me om te gaan. Het is een soort dwang waaraan ik steeds weer toegeef, omdat ik zo waanzinnig veel van je houd. Laat me toch alsjeblieft nooit in de steek, Victor.' 'Laten we samen genieten van dit weekend,' zegt hij en hij kust haar. Pas later realiseert ze zich dat hij geen antwoord op haar vraag heeft gegeven.

's Nachts moet ze er weer aan denken. Naast zich hoort ze Victors rustige ademhaling. Z'n stugge haren kriebelen tegen haar wang. Even had ze vanmorgen een wurgende angst in zich voelen opkomen. Waarom had Victor ineens gepraat over een herinnering? Dreigde er misschien iets? Waren er misschien al problemen? Later op de dag was er echter niets meer dat aan dat moment herinnerd had. Integendeel. Ze hadden het samen heerlijk gehad. Alsof ze in een paradijs op aarde leefden. Nadat ze koffie gedronken hadden, waren ze naar het dorp gegaan om fietsen te huren. Daarmee hadden ze het hele eiland verkend. In Nes hadden ze op een terrasje wat te drinken genomen. Onderwijl hadden ze de vele toeristen die aan hen voorbijkwamen, geobserveerd. Er had een gezellige drukte geheerst, ondanks het voorseizoen. Tijdens het hoogseizoen moest je hier echt over de koppen kunnen lopen. Nes was dan ook de moeite waard. De meeste oude huisjes verkeerden nog in de originele staat. Er was zelfs een kneuterig, ouderwets postkantoortje, waar de uitgaande brieven en kaarten nog in een oude, rode brievenbus geschoven moesten worden. Nadat ze wat uitgerust waren, waren ze weer verder gefietst in de richting van Het Oerd. De legende wilde dat hier het vrouwtje van Oerd ooit, dank zij haar hebzucht, haar eigen zoon met zijn schip te pletter liet slaan. Een triest verhaal. Tegen een uur of zeven waren ze pas weer bij hun huisje teruggekeerd. Lisanne had een snelle, maar heerlijke, spaghetti-schotel in elkaar geflanst. Tegen een uur of negen had Victor weer voorgesteld nog een eindje door de duinen te fietsen. Het was er zo heerlijk rustig geweest. Konijntjes hadden voor de wielen van hun fietsen gehuppeld en bij de zee hadden ze hun fietsen weggezet om een eind over het strand te gaan lopen. Het strand had er verlaten bij gelegen. Hier en daar hadden een oude badhanddoek of lege blikjes van frisdrank aan de aanwezigheid van mensen herinnerd. Nu was er enkel de oneindigheid van de zee geweest, waarin de zon, als een enorme gouden bal, leek weg te zakken. Lisanne had haar schoenen uitgedaan. Tussen haar tenen had ze het vochtige zand gevoeld. Her en der hadden krabbetjes en schelpjes in het zand gelegen. Ze hadden samen naar schelpen gezocht, als twee kleine kinderen. Daarna hadden ze hand in hand verder gewandeld. Lisanne had bedacht dat deze momenten nooit zouden moeten eindigen. Dat ze eeuwig door moesten kunnen lopen. Eeuwig in deze vredige, stille, oneindige wereld. De frisheid van de avond had roet in het eten gegooid. Op een gegeven moment waren ze allebei zo door en door koud geweest, dat ze naar de warmte van hun huisje hadden verlangd. Daar hadden ze samen nog een glas wijn gedronken. Rozig en vermoeid waren ze uiteindelijk het bed in gerold. Een ouderwets, verend bed met een kuil in het midden, waardoor ze steeds naar elkaar toe waren gerold. Daar hadden ze genoten van hun samenzijn en van hun liefde.

Hun liefde. Ze ligt er met haar ogen open over te denken. Het is zo mooi tussen hen beiden. Ze horen bij elkaar. Ze zijn één. Dit kan toch niet verkeerd zijn? God kan dit toch niet afkeuren? Victor is getrouwd. En jij hebt Martin ervoor de bons gegeven, zegt een stemmetje binnen in haar. Een stemmetje dat ze snel het zwijgen oplegt. Ze kunnen toch niet anders? Is het hun schuld dat ze elkaar nu pas ontmoet hebben en dat het meteen klikte? Ze zijn voor elkaar geschapen. Het kan niet anders. Victor kreunt in z'n slaap en draait zich moeizaam om. Ze kruipt dicht tegen hem aan. Hij slaat z'n arm om haar heen met een gelukzalige glimlach om z'n mond. 'Ik houd van je,' hoort ze hem zeggen, terwijl hij snel een kus op haar kruin drukt. In het donker glimlacht ze. Onmerkbaar schudt ze haar hoofd. Nee, dit kan niet verkeerd zijn. Dit is echte liefde; het mooiste dat een mens in z'n leven kan meemaken. Ze zou er na dit weekend bij Victor op aandringen dat hij met Wietske ging praten. Het was niet eerlijk zo te blijven huichelen. Het werd steeds moeilijker Wietske recht in de ogen te kijken. Ze zou het begrijpen. Ze moest het begrijpen. Ze zou best toestemmen in een scheiding en dan was de zaak zo geregeld. Niets zou dan hun geluk nog in de weg kunnen staan. Ze glimlacht.

De volgende morgen wordt ze gewekt door Victor, die met een dienblad met broodjes en koffie de slaapkamer binnenkomt. 'Goedemorgen, prinses. Heb je lekker geslapen?'
'Oh Victor, als een os. En moet je toch eens naar buiten kijken.'
Ze zit al rechtop en schuift de gordijnen opzij. 'Stralend weer. De zon schijnt al volop. We kunnen straks naar de zee. Hoe laat vertrekt de boot vanmiddag?'
'We moeten met die van halfvier weg.'

'Dan hebben we nu toch tijd genoeg om naar zee te gaan?'
'Natuurlijk, dat doen we ook. Maar geniet nu eerst maar van je broodjes en koffie.'
'Heerlijk. Ik ben in geen tijden zo verwend. Ontbijt op bed: ik kan het me niet heugen. Vroeger bracht ik m'n ouders weleens ontbijt op bed als er iets te vieren viel. Met een verjaardag bij voorbeeld. Ik mocht dan lekker bij hen in bed zitten. Tussen hen in. Onderwijl werden de cadeautjes uitgepakt. Wat een fijne tijd was dat.'

Hij kijkt hoe ze eet. Hij ziet haar vrouwelijke rondingen in het T-shirtje en haar warrige haren om haar nog bleke gezicht. Ze is niet knap, maar ze is hem zo lief; zo intens lief. 'Ik ben in geen tijden zo verwend,' had ze hem net toevertrouwd en hij weet dat ze de waarheid spreekt. Tijdens haar moeders ziekte moest ze zich opofferen, na haar dood was ze druk voor haar vader geweest en sinds Karin de scepter in huis zwaaide, leek enkel Karin nog maar voor haar vader te tellen. Misschien was ze daarom wel verliefd op hem geworden. Hij gaf haar de aandacht die ze nodig had. Hij droeg haar op handen. In het begin was ze daar alleen maar vereerd door geweest, maar al snel was dat veranderd. En nu? Nu keek ze tegen hem op. Ze voelde zich vrouw bij hem en hij gaf haar warmte en genegenheid. Dat maakte ze de laatste tijd thuis niet meer mee. En wat betekende ze dan voor hem? Hield hij werkelijk zoveel van haar als hij beweerde? Of had hij haar misschien net zo nodig als zij hem? Ze liet hem steeds weer voelen dat ze hem waardeerde; iets dat Wietske niet meer leek te doen. Wietske: ooit was hij verliefd op haar geweest, net zoals hij nu smoorverliefd op Lisanne leek te zijn. Ze hadden samen zoveel plannen gehad en daarom waren ze getrouwd. Want ze hadden ook van elkaar gehouden. Ze hadden niet buiten elkaar gekund. Daarom hadden ze elkaar trouw beloofd; in de kerk, ten overstaan van God. Nooit zou voor hem een andere vrouw tellen, had hij gedacht. Wietske was immers zijn alles geweest? Hij had waanzinnig veel van haar gehouden. Ze hadden alles samen gedaan, en hij kon zelf niet aangeven wanneer het tussen hen zo veranderd was. Het was heel langzaam gegaan. De vervreemding was als het ware hun huwelijk binnengeslopen. Misschien was het beter geweest als ze kinderen hadden gekregen. Dan hadden ze een gezamenlijk doel gehad om voor te vechten: een mensje dat uit liefde geboren zou zijn en waarin hij trekken van Wietske of van hemzelf zou ontdekken. In zijn verbeelding had hij een zoon voor zich gezien, die het evenbeeld van hemzelf zou zijn. Daarnaast zou er dan een dochter moeten komen, die net zo mooi als Wietske zou zijn. Na de eerste miskraam waren ze intens verdrietig geweest, maar ze hadden het samen gedragen. Ook na de tweede en derde miskraam hadden ze elkaar moed ingesproken. Eens zou het toch goed moeten gaan. Als ze maar vol zouden houden. Maar het ging niet goed. Na de vierde miskraam was hun hoop als sneeuw voor de zon verdwenen. Toen hadden ze immers te horen gekregen van een koele, afstandelijke arts dat Wietske nooit een gezond, voldragen kind ter wereld zou kunnen brengen!? Vanaf dat moment was het helemaal misgegaan. Wietske had een muurtje rondom zich opgetrokken. Een muurtje waarachter ze zich verschool om niet bezeerd te worden. Ze voelde zich schuldig en hij wist het, maar hij kon er niets aan doen. Ze verweet zichzelf dat ze geen goede vrouw was. Ze was een vrouw die haar man geen kinderen kon geven. Eerst had ze zich vol wanhoop boven op hem gestort. Alsof ze op die manier haar tekortkoming goed had willen maken. Toen hij dat niet meer verdragen kon was hij tegen haar uitgevallen. Hij had er niet tegen gekund dat ze zo onderdanig tegenover hem was. Dat ze als het ware voor hem kroop, uit angst dat ze hem zou verliezen! 'Ik wil dat niet!' had hij geschreeuwd. 'Je hebt geen schuld aan onze kinderloosheid. We zijn ooit samen getrouwd. Ik verwijt je niets. Ik houd van je; om jezelf. Daarom ben ik indertijd met je getrouwd.' Daarna was ze rustiger geworden. Ze had het hem niet meer krampachtig op alle manieren naar de zin willen maken. Ze was meer haar eigen leven gaan leiden. Ze had haar baan en haar hobby's gekregen. Heel langzaam was het daarna tot hem doorgedrongen dat ze uit elkaar groeiden. Dat ze enkel nog over het werk praatten en nooit meer discussieerden over de dingen die hen bezighielden. En dat ze niet meer over hun verdriet en hun verlangens spraken. Alleen als ze dan toch nog een keer onenigheid hadden, kon Wietske hem ineens voor de voeten gooien: 'Je probeert me te kwetsen, omdat ik je geen kinderen kan schenken!' 'Ach barst!' schreeuwde hij dan terug. 'Hoe vaak moet ik het je nog zeggen? Jij bent het belangrijkst voor me!' Hij bleef stuiten op die muur van schuld, teleurstelling en angst. Hij kon haar ongerustheid niet wegnemen. 'Waar ben je met je gedachten?' Lisanne port hem plagend in z'n zij.

'Ver weg,' bekent hij. 'Lisanne, laten we hier voor altijd blijven. Gewoon niet meer teruggaan met de boot van halfvier, maar alles achterlaten en hier helemaal opnieuw beginnen.'

Ze antwoordt niet.

En hij staat op. 'Je hebt gelijk. Ik zou het niet eens durven. Ik ben er te laf voor. Kom je bed maar uit, luiwammes. We gaan de zee opzoeken. Laten we genieten van de weinige uren die ons nog resten.' Hij neemt het blad met lege kopjes van haar af en verdwijnt naar het keukentje. Ze hoort hem zingen tijdens de afwas.

Ze hebben een mooi plekje aan zee gevonden. Ze trekt haar kleren uit en spoort Victor ook aan. 'Kom op, of durf je niet?' Ze wacht z'n reactie niet af, maar rent het strand over, het water in.

Hij kijkt haar na: een vrolijk figuurtje in een felblauw badpak. Even aarzelt hij, maar dan verdwijnen ook zijn kleren op de bult van Lisannes kleding en hij rent haar achterna. De koude van het zeewater doet hem naar adem snakken, maar hij wil zich niet laten kennen en rent Lisanne achterna.

Ze heeft zich voorovergestort in een golf en komt proestend weer boven.

Er volgt een nieuwe golf, die hij probeert te ontwijken door er-overheen te springen. Een poging die jammerlijk faalt. Hij gaat kopje onder.

Als hij weer bovenkomt staat Lisanne naast hem. Een enthousiaste Lisanne met stralende ogen. 'Victor, nog een keer. Springen!' Nu duiken ze samen in een golf. Ze trekken elkaar weer overeind en springen opnieuw.

Als een kind voelt Victor zich. Een onbekommerd, blij kind. Wietske is naar de achtergrond verdrongen. Vergeten zijn voor een ogenblik zijn zorgen. Vergeten is ook de sollicitatiebrief die hij heeft geschreven aan een christelijk college in Zeeland, waar ze een nieuwe rector vroegen. Een school met een hoger leerlingen-aantal dan de scholengemeenschap waarvan hij nu rector was. Wietske had erop aangedrongen. 'Misschien is het voor ons een kans een nieuw leven te beginnen,' had ze gezegd. Hij had niet tegengesputterd, hoewel zijn hart zich samen had geknepen. Wat moet er dan van Lisanne worden, had hij gedacht. Ze kon niet zonder hem en hij niet zonder haar. Maar nu was ze naast hem. Stralend en zorgeloos. Levend en jong. Hij ziet haar ogen stralend in de zijne. Hij voelt haar zoute lippen op zijn mond. 'Ik houd van je.' Het is het enige dat hij nog weet te zeggen.

Veel te snel is het halfvier en zitten ze weer op de boot die hen naar het vasteland vervoert. Ze hebben een plekje binnen gezocht en Victor heeft koffie gehaald. Zwijgend zitten ze tegenover elkaar. Een weekend van liefde en van beminnen en bemind worden: het is allemaal voorbij. 'Je zou een kamer moeten huren,' stelt Victor dan plompverloren voor. 'Ergens in de buurt van je werk. Dat scheelt je elke dag een stuk reizen en ik zou makkelijker bij je kunnen komen. Een vergadering heb ik zo verzonnen. Wietske zal geen argwaan hoeven te krijgen. We zullen geen hotelkamer hoeven te huren of ons in een bos hoeven te verstoppen. We zullen rustig samen kunnen zijn. Ik kan je niet meer missen.' 'Het zou fijn zijn,' zegt ze en neemt een slok van de nog hete koffie. 'Ik zal het er met m'n vader over hebben. Hij zal weinig bezwaren hebben. En wat Karin betreft voorzie ik helemaal geen moeilijkheden. Er is in de stad genoeg te huur en ik ben met iets eenvoudigs al dik tevreden. We zullen het fijn krijgen samen.' De boot meert af. Ze lopen achter de andere passagiers aan de kade op. De felle zon zorgt voor een bijna tropische temperatuur. In de auto draait Lisanne het raampje naar beneden. Victor rijdt de parkeerplaats af. Om de stilte, die toch weer tussen hen gevallen is, te doorbreken, zet Victor zachtjes de radio aan. Een zwoele vrouwenstem zingt van een verloren liefde. Lisanne hoort het niet eens. In haar hoofd dreunt een steeds maar aanhoudend, eentonig ritme: voorbij, voorbij. Het mooiste weekend van haar leven was voorgoed voorbij.

7

Een koude douche: dat was het geweest. Victor zit achter z'n bureau en bestudeert de stukken van het Ministerie van Onderwijs, die z'n secretaresse voor hem heeft neergelegd. Wat erin staat dringt niet tot hem door. Steeds weer moet hij aan z'n thuiskomst denken gisteren. Het was allemaal zo mooi geweest. Hij had Lisanne bij het busstation afgezet, waar haar fiets stond. Niemand had hen gezien. Niemand zou in de gaten hebben dat ze samen naar Ameland waren geweest. Daarna was hij rustig naar z'n huis gereden. Daar wachtte immers toch niemand op hem? Nog nagenietend van het weekend zag hij zichzelf al onderuitgezakt in z'n luie stoel van een borreltje genieten. Wietske was toch niet thuis. Rustig was hij uit z'n auto gestapt, had z'n bagage in de gang gezet en was fluitend de kamer binnengegaan. Opnieuw beleeft hij het moment van intense schrik, toen uit zijn luie stoel een vrouw was opgestaan. Zijn vrouw: Wietske. 'Jij hier?' had hij gestameld. 'Ik dacht... Ik meende...'
'Ik weet wat je dacht, Victor. Dat hoef je me niet meer uit te leggen. Je meende dat ik veilig in Londen zat, zodat jij met een gerust hart op vrijersvoeten kon gaan. Wat een pech. Femke werd op de boot al ziek. Ze is in Londen ook niet verder dan haar bed geweest. Daarom hebben we maar besloten zo snel mogelijk huiswaarts te keren. Ik heb nog geprobeerd je te bereiken, maar je nam de telefoon niet op. Toen ik thuiskwam begreep ik al snel de reden daarvan. Er miste kleding uit de kast; en een koffer. Die zaken heb ik gecombineerd met de feiten waar ik al een poosje mee rondliep. Je was nogal gecharmeerd van de dochter van Versteeg, is het niet? Haar blikken spraken ook boekdelen. Daarbij heb je de laatste tijd verdacht veel gepraat over het huisje van Carl Wouters op Ameland, dat je weleens wilde huren. Je kunt immers geen geheimen bewaren? Ik heb een schot voor de boeg gegeven en heb Carl gebeld.'
'Je had detective moeten worden,' had hij schamper opgemerkt. 'Inderdaad, een bezorgde vrouw is inventief. Maar wees even stil. Ik wil je de pikante details niet onthouden. Carl kwam namelijk

zelf aan de telefoon. Hij was zeer verbaasd mij te horen, want hij meende stellig dat ik met jou in zijn huisje op Ameland vertoefde.' 'En jij hebt hem even uit de droom geholpen, neem ik aan?' 'Oh nee, lieve. Daar had ik mezelf immers mee in de vingers gesneden? Nee hoor. Ik heb hem verteld dat wij inderdaad die plannen hadden gekoesterd, maar dat ik niet lekker was geworden en dat ik je daarom alleen die kant opgestuurd had. Je had het immers verdiend? De laatste tijd was je zo druk met vergaderingen en dergelijke. Ik merkte dat Carl het vreemd vond dat je me zo maar in de steek liet, terwijl ik je zo hard nodig had. Dat heb ik maar zo gelaten. Je hoeft er ook niet helemaal als een onschuldig lam uit te voorschijn te komen.' Ze had even gezwegen, maar had haar verhaal toch vervolgd. Haar woorden weloverwogen kiezend, had ze gezegd: 'Carl plaatste ook nog een leuke opmerking. Hij vroeg of ik wel zeker wist dat jij niet met een knap vriendinnetje op Ameland zat. Ik heb hem verzekerd dat ik je vertrouw als m'n eigen moeder. Gelukkig heeft hij er geen idee van hoe slecht de verhouding tussen mijn moeder en mij altijd geweest is. Dan zou hij meteen in de gaten hebben gehad dat er tussen ons iets flink verkeerd zit. Want dat zit het, Victor. Helemaal scheef. En ik zal er persoonlijk zorg voor dragen dat onze verhouding weer rechtgetrokken wordt, voordat die onherstelbaar kromgroeit.'

Er was een onheilspellende stilte gevallen na Wietskes woorden. Victor had naar buiten gekeken, waar de buurman z'n hond uitliet. Toen hij langsliep, had hij vriendelijk z'n hand opgestoken. Een groet die hij niet beantwoord had.

'Ben je het hele weekend zo stil geweest?' had Wietske gesneerd. 'Dat zal je vriendinnetje leuk hebben gevonden: de dochter van de dokter die zo onder de auto kwam waaien. Ik zal haar dank zij de bridgeclub van Karin nog vaak ontmoeten. Gek hè, vanaf het eerste moment dat ik haar naar jou zag kijken wist ik al dat ze een bedreiging voor ons huwelijk zou gaan vormen. Ze is zo eenzaam, voelt zich thuis zo miskend en jij, Victor van Dam, loopt daar met open ogen in. Je laat je gewoon door haar gebruiken. Ik heb nooit geweten dat je zo stom was.' 'Wietske, laat dat. Praat niet zo. Verlaag jezelf niet.'

'Oh nee, dat is waar ook. We handelen dit als beschaafde mensen af. Vertel eens: hoe oud is die Lisanne? Je zou haar vader kunnen zijn, is het niet? Wie weet. Ze is jong. Ze is vruchtbaar. Misschien krijgt ze ooit nog een kind van je. Dan heb je eindelijk een echte vrouw! Dan kun je bewijzen dat jij wel een echte man bent!' Ze had de woorden uitgespuwd. Tranen hadden langs haar wangen gestroomd. Tranen van woede, van angst en van vernedering. Ze had ze met een driftig gebaar weggeveegd. 'Het is de moeite niet waard er een traan om te laten,' had ze gezegd. 'Ik heb in m'n leven al te veel gehuild om verwachtingen die later luchtkastelen bleken te zijn en in het niets opgingen. Ik zal ervoor vechten het enige stukje waarheid niet als een luchtbel uit elkaar te laten spatten. Ik zal voor je knokken, Victor. Daar kan geen Lisanne tegenop. Al heeft ze nog zo'n jong, vrouwelijk en vruchtbaar lichaam.' Haar hand had even later zenuwachtig aan haar rok gefriemeld en uit haar zak had ze een brief te voorschijn getoverd, die ze voor Victor op tafel smeet. 'Hier, die is gisteren voor je gekomen. Lees maar eens. Misschien krijgen we een kans een nieuw leven te beginnen. Grijp die kans.' Daarna was ze naar de keuken vertrokken.

Hij had haar horen rommelen. Met trillende handen had hij de envelop opgepakt. Aan de afzender had hij gezien dat het een reactie op z'n sollicitatiebrief was. Hij had die meegenomen naar z'n studeerkamer en hij had zich daar de rest van de dag opgesloten, tot hij Wietske naar bed had horen gaan. Daarna had hij de logeerkamer opgezocht, maar hij had niet kunnen slapen. Z'n gedachten hadden om de brief heen gecirkeld. Een uitnodiging voor een sollicitatiegesprek: hij was er niet blij mee.

De volgende morgen hadden ze pas weer met elkaar gepraat. Weinig maar, want ze hadden allebei weer aan het werk gemoeten. Toch was het genoeg om Victor te laten begrijpen dat Wietske het er niet bij zou laten zitten. 'Ik eis van je dat je het contact met Lisanne verbreekt,' had ze koud gezegd. 'Zo niet, dan zal ik ervoor zorgen dat je je carrière vergeten kunt. Ik zal meneer Van Dam van de christelijke scholengemeenschap van z'n voetstuk laten vallen. Dan is alles voorbij, Victor. Want zo iets kunnen ze op een christelijke school niet tolereren. Ze zullen hun vertrouwen in je opzeggen, want er staat in de bijbel dat Gij niet zult echtbreken. En dat is het juiste woord voor jouw escapades. Je ziet, lieve jongen, dat je me nog wel nodig hebt, al ben ik dan maar een halve vrouw.'

Hij was vroeger naar school gegaan dan nodig was, want hij wilde en kon de verwijten niet langer aanhoren. Hij kon het niet verdragen dat Wietske zichzelf altijd maar weer de grond intrapte, omdat ze geen kinderen kon krijgen. Hij werd heen en weer geslingerd tussen verschillende gevoelens. Gevoelens van liefde voor Lisanne, maar ook evengoed voor Wietske. Hij wist dat ze alles zou doen om hem weer aan zich te binden. Al zou z'n carrière daaraan inderdaad te gronde gaan. Hij voelt in z'n binnenzak. Z'n hand raakt de envelop. Met daarin de uitnodiging voor een gesprek. Misschien zou het de beste oplossing zijn. Hij zou immers nooit kunnen kiezen tussen Wietske en Lisanne? Hij zou heen en weer geslingerd worden tussen twee vrouwen. In Zeeland zou er enkel Wietske zijn. Zijn Wietske, met wie hij toch ook goede ervaringen had gedeeld. Ze hadden samen zoveel meegemaakt: de miskramen en het verdriet daarna. Hij steekt een sigaret op. Z'n handen trillen. Hij was ooit gestopt met roken, maar nu? Hij had het nodig. Vanmorgen had hij tot overmaat van ramp ook nog een telefoontje van Lisanne gekregen. Een blijde, uitgelaten Lisanne.

'Victor, ik moet het kort houden. Ik bel je vanaf m'n werk, maar ik moet het even kwijt. Schuurmans weet misschien wel een kamer voor me te huur. We hadden het er vanmorgen over. Het lijkt me toch zo heerlijk een eigen plekje te hebben. Nu alleen m'n vader nog overhalen.'

'Zou je het wel doen?' had hij weifelend gevraagd.

'Hoe bedoel je? Het voorstel kwam toch van jou?'

'Ik heb erover nagedacht. Misschien is het beter het niet te doen. Je zult er eenzaam zijn.'

'Onzin.' Ze had een beetje bitter gelachen. 'Waarschijnlijk ben ik thuis eenzamer en daarbij: je komt toch zo vaak als je kunt?'

'Ja natuurlijk.' Hij kon haar jeugdige enthousiasme even niet verdragen. 'Maar ik heb daarbij m'n werk en Wietske, en als ik er niet ben zit je alleen.'

'Dat heb ik er graag voor over. Victor, je houdt toch nog wel van me?'

'Natuurlijk,' had hij haar verzekerd en hij vroeg zich af hoe vaak hij dat ook tegenover Wietske had beweerd. Hij, Victor van Dam. De lafaard. Hij beloofde het Lisanne en hij beloofde het Wietske, en hij bedroog ze allebei.

Er klinkt een bescheiden klopje op z'n kamerdeur. 'Binnen,' zegt Victor kort.

Om het hoekje verschijnt een jongenshoofd. Een hoofd vol sproeten met daarboven een vlammend rode kuif, die weerbarstig alle kanten op staat, behalve de goede.

'Ach, het zal Kees van Duren niet zijn,' zegt hij verstoord. 'Kun je geen strippenkaart aanschaffen, m'n jongen? Je komt hier zeker twee keer per week. Vertel eens: wie heeft je deze keer weer een loer gedraaid?'

'Ik heb het verdiend deze keer.' Een brede grijns staat in contrast met z'n woorden.

'Ja jongen, maak nu maar geen grapjes,' begint Victor wrevelig. 'Ik ben er vandaag niet voor in de stemming. Daarbij komt nog dat het me zo langzamerhand aardig begint te vervelen. Steeds weer sta je hier voor m'n bureau. Je bent behoorlijk hardleers, moet ik je zeggen. Welke les had je nu? Wiskunde, als ik het goed heb?'

De jongen knikt zwijgend. Met een handbeweging laat Victor hem op een stoel plaats nemen. Hij pakt wat papieren bij elkaar en begint te schrijven. Het is onzin wat hij schrijft, maar dat heeft Kees van Duren niet in de gaten. Zo heeft Victor tenminste wat respijt. Er is iets met deze knul aan de hand, begrijpt hij. De eerste jaren hier op school was hij een serieuze, hard werkende scholier en nu ineens liep hij de kantjes eraf. 'Onhandelbaar,' had Petersen van de week gezegd en collega's die hem ook in de klas hadden, waren het roerend met Petersen eens geweest. Onhandelbaar. Hoe kon zo'n jongen nu ineens zo onhandelbaar worden? Hij had iets over gezinsomstandigheden gehoord. Z'n ouders gingen scheiden of zo. Daar was hij op dit moment nu helemaal niet voor in de stemming. Maar goed, hij moest werk en privé gescheiden zien te houden. Hij moest maar eens iets proberen. 'Ik kan me nog herinneren dat er een tijd is geweest dat iedereen vol lof over je was. Is er misschien een reden voor je plotseling veranderde gedrag? De laatste tijd hoor ik weinig complimenteuze zaken over je.'

Een zwijgend schouderophalen is het antwoord.

'Tja, dan zal ik me toch met je ouders in verbinding moeten stellen. Je verpest het op deze manier voor de hele klas en dat kunnen we ons binnen deze school niet permitteren.'

Er volgt weer een mokkend stilzwijgen.

'Ga dan nu maar weer, Van Duren. Ik stel me vandaag nog met je ouders in verbinding.'

Kees van Duren staat niet op. Integendeel. Z'n ogen spuwen vuur. 'U doet uw best maar. Misschien lukt het u een fatsoenlijk gesprek met ze te voeren. Mij lukt dat niet meer.'

'Hoezo?' Victor is ineens een en al belangstelling.

'U hebt er nog niets van gehoord?' Kees lijkt oprecht verbaasd. 'Ik meende dat zo onderhand iedereen er wel van op de hoogte was. Mijn brave vader, de gerespecteerde heer Van Duren, heeft een verhouding met z'n secretaresse en daarom gaat het echtpaar Van Duren scheiden.'

Victor zwijgt. Hij hoort de spanning, de verbittering en de woede achter de woorden van de jongen en begrijpt dat er nog veel meer moet komen.

'U moest eens weten wat voor een rotzooi het bij ons thuis is. Mijn ouders ontlopen elkaar. Mijn vader heeft nog geen passende woonruimte gevonden en z'n secretaresse schijnt toch nog niet zo dol op hem te zijn dat ze hem woonruimte aanbiedt. Er heerst een spanning in huis om te snijden. Als ze elkaar toevallig toch eens voor de voet komen, barst ook onmiddellijk de bom. Ze schelden op elkaar en verwijten elkaar de vreselijkste dingen. En ik zit daar tussenin. Ik zwijg. Als ik het opneem voor de één krijg ik problemen met de ander, en andersom is het al net zo. Ik ben enig kind thuis. Ze menen dat ze bij mij alles wel kwijt kunnen. Van m'n moeder hoor ik hoe slecht m'n vader wel is en van m'n vader verneem ik dan weer dat het toch allemaal aan m'n moeder ligt. Ze zien er zelfs niet tegenop me van de details op de hoogte te stellen. ''Ons liefdeleven stelde niets meer voor, m'n jongen,

en daar valt als man niet mee te leven,''' bauwt hij z'n vader na. '''Je moeder is een bonk ijs. Ach, daar begrijp je nu nog niets van, maar later zul je me gelijk geven. Dan zul je respect voor me hebben dat ik het nog zo lang bij je moeder heb uitgehouden.'' Meneer Van Dam, ik zit tussen twee vuren. Als ik sympathie voor m'n vader voel, voel ik me schuldig tegenover mijn moeder. Als ik dan weer medelijden of liefde voor m'n moeder voel, durf ik m'n vader niet meer recht in de ogen te kijken. Ik word heen en weer geslingerd tussen m'n ouders en ik word er knettergek van!' De laatste woorden heeft hij heftig uitgesproken. 'Als ik zelf later ooit kinderen krijg, hoop en bid ik dat ik ze zo iets vreselijks nooit aan zal hoeven te doen!'
'Tja.' Victor schraapt z'n keel.
'En daarom,' vervolgt Kees, 'kan ik het in de klas niet meer uithouden. Ik heb het idee dat ik er zal stikken. Steeds opnieuw dwalen m'n gedachten weg. Dan ga ik gein trappen, maar daar snappen die leraren helemaal niets van. Wie weet gaan ze met hun uitgestreken gezichten zelf ook wel vreemd. Misschien gaat u wel vreemd! Ik kijk nergens meer van op. Van m'n vader had immers ook niemand het verwacht?'
Victor moet ineens iets in z'n la zoeken. Als hij zich een beetje hersteld heeft, kijkt hij weer op. 'Tja Kees, ik kan je in deze zaak helaas geen pasklare oplossing geven. Ik ben blij dat je me je vertrouwen hebt gegeven en dat je me dit verteld hebt. Misschien kan ik eens met je ouders praten en kunnen we samen naar een oplossing zoeken. Niet dat ik een scheiding zal kunnen voorkomen. Bij elkaar blijven vanwege de kinderen is immers ook niet de juiste oplossing? Maar misschien zullen ze meer rekening met jouw gevoelens kunnen houden.'
'Ik wil niet dat ze weten dat ik hier met u over gepraat heb,' zegt Kees haastig. 'Ze zullen het me zeer kwalijk nemen.'
'Zoals je wilt. Dan kan ik nu helaas niets meer voor je doen. Ga maar een poosje in de aula zitten. Straks bied je je excuses maar aan bij Petersen. Het strafwerk zullen we voor deze keer maar vergeten. Ik verwacht van je dat je het volgende uur weer gewoon bij de lessen aanwezig zult zijn.'
Kees van Duren staat op. Z'n gezicht toont een opgeluchte grijns.

'Fijn. Gaaf! Hartstikke gaaf, meneer Van Dam. Ik eh... ik zal het doen, hoor: die excuses. Bedankt!'

Victor glimlacht geamuseerd, maar als de jongen de deur uit wil gaan, roept hij hem terug. 'Kees, nog even iets. Ik wil je hier voorlopig niet meer zien. Tenminste, niet als je eruit gestuurd bent. Anders ben je van harte welkom. Om te praten, bedoel ik. Dus als je problemen hebt, ga je nu geen gein meer trappen en de klas op stelten zetten. Vanaf nu haal je de leraren niet meer het bloed onder de nagels vandaan. Je komt hier als er iets valt te praten. En als ik wat voor je kan doen, houd ik me aanbevolen!'

'Doe ik, meneer.' Hij grijnst opgelucht.

Kees van Duren verdwijnt nu echt uit het zicht en Victor slaakt een diepe zucht. Voor het eerst dringt het tot hem door dat de kinderloosheid van Wietske en hem een zegen is in hun huwelijks-crisis.

Lisanne had op haar werk meteen gebeld naar het adres dat ze door had gekregen van dokter Schuurmans. Een vriendelijke vrouwenstem had haar verteld dat ze welkom was om een kijkje te komen nemen in de te verhuren kamer. Ze had afgesproken na haar werk te zullen komen. Om haar vader niet ongerust te maken, had ze ook naar huis gebeld om te vertellen dat ze wat later thuis zou komen. Ze zou het er vanavond meteen over hebben met haar vader. Als de kamer er netjes uitzag en de prijs niet te hoog was, zouden er weinig bezwaren bestaan.

Ze kan het lopend af. Het adres ligt vlak bij haar werk. Ze belt aan.

De deur wordt geopend door een kleine, mollige vrouw met spierwitte haren en een vriendelijk gezicht. 'Ja?' Afwachtend kijkt ze Lisanne aan.

'Ik heb u vanmiddag gebeld over een kamer,' haast ze zich te zeggen.

Het gezicht van de vrouw verheldert. 'Ach ja, de assistente van dokter Schuurmans, is het niet? Ik had het laatst toevallig met hem over die kamer. Zie je, m'n man is nog niet zo lang geleden overleden. Ik was depressief. Daarom ben ik naar de dokter gegaan. M'n man heeft die kamer indertijd nog opgeknapt. Je snapt

74

het niet, hè? Hij was zo handig, zo vitaal ook nog, en ineens was hij dood. Dat is moeilijk te verwerken, mevrouw, dat kan ik u wel vertellen. Dat is een hard gelag.' Ze zwijgt even, alsof ze haar woorden zo extra indruk wil laten maken.

Lisanne zegt niets. Ze wacht tot de vrouw haar voorgaat op de smalle trap naar boven. 'Het is nog wel een hele klim.' De vrouw kijkt verontschuldigend achterom. 'Maar dat went snel genoeg, en het is de kamer met het mooiste uitzicht.' Ze opent de deur en laat Lisanne voorgaan. 'Kijk maar eens rustig hoe je het vindt.' Ze blijft bij de deur staan, zodat Lisanne de kamer op haar gemak in zich op kan nemen.

De kamer is volledig gestoffeerd. Voor de ramen hangen roomwitte gordijnen en de vloerbedekking heeft een zelfde kleur. Omdat de kamer helemaal boven is, ligt deze vlak onder het schuine dak. Een dakkapel zorgt echter voor voldoende licht en ruimte en toont een schitterend uitzicht over de IJssel. In stilte zag Lisanne zichzelf hier al zitten, te midden van haar eigen, dierbare spulletjes. Ze wilde niet te enthousiast lijken. Misschien zou het nog in de prijs schelen, meende ze zakelijk. 'Er ontbreekt een eigen keukentje,' merkt ze praktisch op.

'Daar heeft u gelijk in,' geeft de vrouw toe. 'Maar op elke verdieping bevindt zich een keukentje, dat men moet delen met de bewoners op dezelfde verdieping. In uw geval is dit maar één meisje. Komt u gerust even kijken.' De vrouw opent een deur, waarachter zich een piepklein keukentje bevindt dat toch is voorzien van alle moderne gemakken, zoals een koelkast, een kooktoestel en een koffiezetapparaat. 'Klein, maar geriefelijk. In al de jaren dat ik nu kamers verhuur heb ik nooit problemen gehad met die keukens.'

'Wat vraagt u voor de kamer?' informeert Lisanne. Ze wilde nu spijkers met koppen slaan.

'Vierhonderd gulden maandelijks. Vooraf te voldoen. Dat bedrag is inclusief gas en elektriciteit.'

'Ik neem hem. Wanneer kan ik erin?'

'Wat mij betreft morgen al. U hoeft niet te behangen of te schilderen. Daar zorg ik altijd zelf voor. Op die manier heb ik altijd weten te bereiken dat de aankleding in één stijl gehouden wordt.

Tegenwoordig zie je steeds weer dat die verhuurde kamers zo'n slordige aanblik bieden. De één heeft valletjes voor de ramen, de ander gele vitrage en de volgende een oude krant. Dat vind ik zo iets vreselijks. Daarom hebben mijn man en ik alle kamers zelf opgeknapt en gestoffeerd. In de toekomst zal ik er iets anders op moeten zien te vinden. Misschien moet ik het dan laten doen door een schilder en een zaak voor interieurverzorging. Enfin, de tijd zal het leren.'

'De kleur bevalt me, en ik wil zo snel mogelijk verhuizen. Liefst kom ik morgen al, maar ik moet het nog met m'n vader overleggen. Morgen kom ik in ieder geval langs om de huur te betalen en wat zaken te regelen. Volgende week hoop ik hier te wonen.'

'Fijn kind, we zullen het samen best kunnen vinden.' De vrouw laat haar uit.

Als Lisanne de straat uitloopt kijkt ze nog een keer achterom naar het huis dat haar thuis zal worden! Terwijl ze naar de bushalte loopt, straalt ze.

8

'Ik begrijp niet dat je nu ineens op kamers wilt. Je hebt het hier thuis toch goed? Je hebt een gezellige zitslaapkamer. Je kunt alles krijgen wat je hartje begeert. Wat wil je nog meer?'

'Vrijheid. M'n eigen leven leiden,' zegt ze. 'Ik ben achttien. Veel van mijn leeftijdgenoten wonen op kamers. Waarom ik niet?'

Lisanne had net na het eten het onderwerp 'kamers' aangekaart. Ze had gemeend haar vader snel te kunnen overreden, maar hij bleek meer bezwaren te hebben dan ze verwacht had. Karin was meteen na het eten naar boven gegaan om zich te verkleden. Ze zouden samen naar een concert gaan. Lisanne had nu haar kans schoon gezien. Als het een beetje wilde, zou de zaak rond zijn voor Karin weer beneden was.

'Is het misschien om Karin?' vroeg haar vader toen.

Ze gaat rechtop in haar stoel zitten. 'Misschien is dat mede de oorzaak dat ik op kamers wil. Ik voel me hier niet meer thuis sinds

Karin haar intrede heeft gedaan. Dat weet u heel goed. En dat weet Karin evengoed. U hebt geen rekening met mij gehouden, toen u trouwde. Mijn gevoelens waren niet belangrijk. U moest zo snel mogelijk een vrouw. Aan mama's nagedachtenis en mijn pijn werd geen aandacht geschonken. En dan: een vrouw die mijn zus zou kunnen zijn. Een leeftijdsverschil van zeventien jaar. Ik schaam me er soms gewoon voor. Maar die gevoelens schijnt u niet te kennen!'

'De pot verwijt de ketel dat hij zwart ziet!' Een harde stem laat Lisanne verschrikt zwijgen. Karin staat in de deuropening. Heel langzaam komt ze op Lisanne af. 'Als ik me niet vergis is Victor van Dam al tweeënveertig jaar en jij bent achttien. Een leeftijds-verschil van vierentwintig jaar. Bovendien is Victors vrouw niet overleden. Nee, jullie bedriegen haar, terwijl ze leeft.'

'Ik weet niet waar je het over hebt.' Lisanne beeft.

'Gedraag je niet alsof je de onschuld in eigen persoon bent. Victor van Dam en jij hebben een verhouding. Jij verwijt je vader en mij je moeders nagedachtenis te bezoedelen, maar een dode kun je niet bedriegen. Wietske van Dam wel. Wietske is een mens met pijn en momenteel een heleboel verdriet!'

'Hoe weet jij dat nou?' vraagt Lisanne verbluft.

'Ik heb m'n ogen niet in de zak. Eerst was het Martin Witteveen. Wij waren erop tegen, maar jij moest en zou Martin hebben. Toen wij onze toestemming verleenden werd het ineens allemaal anders. De spanning van de geheime ontmoetingen was ineens weg en bovendien kwam er een Victor van Dam in je leven. Je kwam onder zijn auto en ik was zo dom hem nog eens uit te no-digen, samen met z'n vrouw. Ik vond hem aardig. Bovendien is hij raadslid en zijn partij staat voor principes. Er zijn christelijke partijen en christelijke partijen en ik meende dat dit een echte was. Ik dacht dat de raadsleden dezelfde principes hadden als waarvoor ze staan, maar dat is een misrekening geweest. Victor van Dam schijnt er minder principes op na te houden dan ik hoop-te. Misschien wel helemaal geen! En jij... jij met al je verwijten ten opzichte van mij laat je eenvoudigweg verleiden en een jaren-lange vriend schijnt ineens niet meer mee te tellen. Martin Wit-teveen wordt gewoon aan de kant geschoven.'

'Wat weet jij daar nou van? Martin en ik bleken gewoon niet bij elkaar te passen. Daar heeft Victor helemaal niets mee te maken!'

'Geloof je dat nou ook nog zelf? Lisanne, laat me niet lachen. Nu kom je zelfs met het onzinnige idee op kamers te gaan wonen. Daar heeft Victor natuurlijk ook niets mee te maken.'

'Ik wil gewoon op eigen benen staan.'

'Ja, en Victor zo vaak ontvangen als je wilt. Nou, vergis je daar maar niet in. Je zult er een heerlijke tijd beleven. Van wachten, wachten en nog eens wachten. Tot Victor van Dam eindelijk tijd heeft om naar je toe te komen. Maar mijn zegen heb je. Het zal een heel stuk spanning hier in huis schelen als je weg zult zijn, en Wietske kan hier weer komen bridgen. Want steeds als we hier zouden bridgen had Wietske weer een smoes om niet te kunnen. Ik snapte de reden daarvan in het begin niet, maar ik begrijp nu dat ze het niet kan verdragen jou te zien!'

Er valt een stilte. Lisanne kijkt schuin naar haar vader, die de uitval van Karin met stijgende verbijstering heeft aangehoord.

'Lisanne.' Z'n stem hapert en hij haalt zwaar adem. 'Lisanne, dat is toch niet waar, hè? Dat wat Karin zegt? Jij en Victor?'

Ze kijkt naar de grond. 'Ja,' fluistert ze dan. 'Het is de waarheid. Victor en ik houden van elkaar. Natuurlijk is dat erg voor Wietske, maar het is tevens haar eigen schuld. Ze heeft Victor nooit begrepen. Ze kunnen niet meer met elkaar praten. Wietske leeft in haar eigen wereldje. Ze doet haar best niet om Victor te begrijpen. Is het dan een wonder dat hij liefde zoekt bij een ander? En ik geef hem die liefde, omdat ik van hem houd.'

'Zwijg!' De stem van haar vader doet Lisanne haar mond houden. 'Ik wil hier geen woord meer over horen!' dondert hij door. 'Jij met je gewauwel over liefde! Je weet niet eens wat het is! Je hebt me al die tijd schuldgevoelens bezorgd vanwege het feit dat ik met Karin getrouwd ben en zelf... Zelf... Je blameert ons in het dorp. Je bent een schande voor dit huis. En het ergste is dat je Wietske van Dam diep ongelukkig maakt. En als je haar ongelukkig maakt, meen je dan heus dat je zelf gelukkig zult kunnen worden? Kun je met die schuld leven?' Hij strijkt zich nerveus door z'n baard. Z'n groene ogen, dezelfde als die van Lisanne, boren zich in de hare. 'Lisanne, laat je verstand werken, meisje. Ga hier niet mee verder.'

Ze zwijgt koppig en is blij als de telefoon de stilte verbreekt. Haar vader neemt op. Ze hoort hem zeggen: 'Wat? Zo snel al? Laat haar proberen nog niet te persen. Ik kom er meteen aan.'

'We praten nog,' zegt hij kort tegen Lisanne, als hij de hoorn op de haak heeft gelegd. 'Ik heb een bevalling. Eerste kindje, maar het gaat zo snel. Als ik geluk heb kan ik het nog net opvangen.'

Ze horen hem naar z'n praktijk lopen. Even later wordt de motor van z'n auto gestart. Karin staat nog steeds bij de deur. 'Dat wordt geen concert,' zegt ze tegen zichzelf, alsof ze Lisannes aanwezigheid vergeten is. Als Lisanne de kamer uit wil gaan, naar haar eigen slaapkamer, gaat ze voor haar staan. 'Dat praten hoeft wat mij betreft niet meer. Je hebt mijn toestemming om op kamers te gaan wonen. Ik zal zorgen dat je hulp bij de verhuizing krijgt. Daarna wil ik je hier in dit huis niet meer zien, tot de relatie met Victor van Dam beëindigd is.'

Lisanne antwoordt niet. Als ze op haar kamer is, dringt ineens in volle hevigheid tot haar door dat Victor op dit ogenblik de enige vriend in haar leven is.

De dagen hebben zich aaneengeregen tot weken. Langzaam maar zeker verglijdt de zomer. Eind augustus heeft het normale leven zich weer wat hersteld van vakanties, lege scholen en stilliggende werkzaamheden in de bouw. Lisanne was niet weg geweest. Ze had twee weken vakantie genomen, in dezelfde periode als dokter Schuurmans eropuit was gegaan. In die periode was ze thuis geweest. Thuis op haar kamer, waar haar hospita, die zich inmiddels als mevrouw Heijman had voorgesteld, alles in het werk heeft gesteld om zoveel mogelijk over Lisanne te weten te komen. Haar nieuwsgierigheid kende werkelijk geen grenzen. Als Lisanne laat thuiskwam sotnd zij vaak nog in de gang te wachten om te vragen of ze naar familie was geweest, of misschien ergens anders heen. Ze had inmiddels met Victor kennisgemaakt en hoewel ze liever geen bezoek van mannen op de kamer had, scheen Victor met zijn charmante manier van doen hierop een uitzondering te vormen. Misschien was dat vanwege het gezellige praatje dat hij altijd even met haar maakte als ze elkaar tegenkwamen. Hij mocht haar weliswaar niet en vond haar een nieuwsgierige oude tang, die overal haar neus instak, maar ten slotte was het voor z'n eigen bestwil haar een beetje te vriend te houden.

Van haar vader of Karin had ze niets meer gehoord. Karin had woord gehouden. Op de verhuisdag had er een keurig transportbedrijf voor de deur gestaan, dat haar spulletjes snel en handig naar haar nieuwe onderkomen had gebracht. Daarna was het voorbij geweest. Met haar vader had ze nog een paar woorden gewisseld voor ze het huis definitief verlaten had.

'Meisje, ik hoop dat je snel weer verstandig zult worden. Voor het te laat is. Ik heb Victor van Dam altijd hooggeacht. Ik vond het prettig met hem te discussiëren en ik kan me nog nauwelijks voorstellen dat hij in staat is z'n vrouw te bedriegen. Die lieve Wietske. Ze heeft beter verdiend. Ze heeft nooit kinderen kunnen krijgen en nu dreigt ze haar man ook nog te verliezen. Lisanne, je hebt het altijd over de nagedachtenis aan je moeder. Denk je nu eens in wat zij ervan gevonden zou hebben als ze ervan zou weten. Ze zou mij m'n geluk gegund hebben. Zo was moeder. Ze zou niet gewild hebben dat ik of jij verdriet zou hebben. Maar over die verhouding van jou met Victor zou ze vreselijk ingezeten hebben. Ze zou het honderd keer tegen je gezegd hebben.'

'Maar ze zou van me blijven houden,' had Lisanne heftig gezegd. 'Ze zou me niet de deur gewezen hebben.'

'Je wilde toch zelf op kamers?'

'Maar het was niet m'n bedoeling het contact me jullie te verbreken.'

'Je blijft welkom.'

'Als ik Victor opgeef, ja.'

'Ik wil het niet onder mijn dak. Ik kan het me niet permitteren. Je weet hoe snel er geroddeld wordt. Nee, ik weiger zo'n scheve verhouding te tolereren in mijn huis. Ik wil die vunzigheid niet.'

'Dan valt er niets meer te zeggen,' had ze heftig tegengas gegeven. 'En u kunt nou wel zeggen dat mama het niet goed zou hebben gevonden, maar ze zou het wel begrepen hebben. Ze hield namelijk van me. Ze luisterde naar me. Met haar kon ik echt alles bepraten, maar jullie luisteren nooit!'

Het was het laatste gesprek met haar vader geweest. Hij had zich na de dag van de verhuizing niet laten zien. Ze probeert er niet aan te denken. Er was immers hulp genoeg? En nu had ze hem ook niet nodig. Laat hem maar rustig doktertje spelen in het dorp, denkt ze. Zij redde zich wel zonder hem. Bovendien was Victor er. Victor, die haar beloofd had zo vaak mogelijk te komen. Ze had zich er zo op verheugd in haar vakantie samen weg te gaan. Helaas was een week van Victors vakantie precies in haar twee weken gevallen. Hij had Wietske beloofd in Noorwegen te gaan kamperen. Natuurlijk had hij woord moeten houden, maar het had wel betekend dat ze een week lang in haar eentje op haar kamer had zitten kniezen. Daarbij had het bijna haar hele vakantie geregend. Het was geen weer geweest om eens lekker naar het strand te gaan en daar te zonnebaden. Ze had zich verveeld op haar kamer, maar er was geen mens naar wie ze toe had kunnen gaan. Eén grote teleurstelling was het geworden. Zowel haar vakantie als het zelfstandig wonen op kamers. Steeds vaker herinnerde ze zich de woorden van Karin. Wachten, wachten en nog eens wachten. Tot Victor van Dam eindelijk tijd had om naar haar toe te komen. Het was de waarheid. Ze wachtte door de week en ze wachtte in het weekend, tot Victor eindelijk een verloren uurtje wist vrij te maken. Want veel tijd had hij niet. Ze denkt daaraan als ze voor het raam zit op deze stralende, warme augustusdag. Een dag waarop ze naar het strand zou kunnen gaan om eens heerlijk te zwemmen en te zonnebaden, maar Victor had beloofd dat hij deze zaterdag z'n uiterste best zou doen langs te komen. Daarom had ze de hele morgen en de hele middag gewacht. Als ze net de moed heeft opgegeven, ziet ze z'n auto aankomen. Ze blijft zitten als hij uitstapt, om de auto heen loopt en alle sloten controleert. Pas als hij zich ervan verzekerd heeft dat alle deuren op slot zijn, komt hij naar de voordeur. Ze kent het ritueel. Ze heeft het al zo vaak gezien. Langzaam staat ze op om haar deur te openen. Het is inmiddels vijf uur. Ze weet nu al wat hij zal gaan zeggen als hij binnenkomt. Dan staat hij voor haar. Hij wil haar kussen, maar ze trekt haar hoofd terug. 'Kom binnen, Victor.'
'Ik ben een beetje laat. Sorry. Om eerlijk te zijn, ik heb ook maar

weinig tijd. Ik kon me net even vrijmaken, maar ik moet zo weer weg, hoor.'

'Waarom ben je hier eigenlijk gekomen?' vraagt ze, en er klinkt verbazing door in haar stem. Ze kijkt naar z'n knappe gezicht, z'n gebruinde huid en z'n blauwe ogen, die haar nu ontwijken. 'Ik had het je toch beloofd?' zegt hij een beetje ongelukkig. 'Weet je dat niet meer?'

'En of ik dat weet,' zegt ze fel. 'Ik vergeet nooit iets van wat je zegt of belooft. Zo heb je me ooit beloofd dat we elkaar vaker zouden zien als ik maar op kamers zou gaan. Tot nu toe heb ik er weinig van gemerkt. Al wat ik hier doe is wachten, wachten en nog eens wachten. Eindeloos wachten, tot je eindelijk komt, en het eerste dat je dan zegt is: ik moet zo weer weg.'

'Ik heb het nu eenmaal erg druk. Met de raad.'

'Onzin,' valt ze uit. 'De vakantietijd is net voorbij. Zo druk heb je het als raadslid nu niet. Waarom stap je er eigenlijk niet uit? Op een dag zullen ze misschien achter de waarheid komen en dan wordt de naam van je christelijke partij door het slijk gehaald. En dat wordt grondig gedaan, reken er maar op.'

'Wat zou ik voor reden moeten opgeven?'

'De waarheid. Dat je gaat scheiden. Want dat is toch de bedoeling, Victor?' Ze kijkt hem strak aan en vraagt zich ineens af waar zijn stoerheid en zijn mannelijke uitstraling zijn gebleven. Hij lijkt nu op een klein, kwetsbaar kind dat een standje heeft gekregen. 'Je wilde toch scheiden van Wietske?' dringt Lisanne verder aan. 'We zouden toch samen opnieuw beginnen, is het niet? Je houdt toch van me?'

'Natuurlijk houd ik van je,' zegt hij onwillig. 'Ik begrijp niet dat ik je dat steeds weer voor moet houden. Ik doe toch steeds mijn uiterste best naar je toe te komen? Zo eenvoudig is het niet, hoor. Ik heb je toch verteld dat Wietske op de hoogte is van onze relatie? Ze wil dat ik er een einde aan maak. Ik heb haar dat beloofd. Wat moest ik anders?'

'De waarheid vertellen!' schreeuwt ze ineens. 'Wat heb je er-aan om Wietske voor de gek te houden? Ze komt er toch wel ach-ter dat onze relatie niet verbroken is. We houden immers van elkaar?'

82

'Ik wil wachten tot de volgende verkiezingen. Dan kan ik er makkelijk uit stappen. Jarenlang heb ik gedroomd van een politieke carrière, al is het dan maar voor een kleine partij. Jarenlang heb ik op een onverkiesbare plaats gestaan en nu heb ik eindelijk mijn kans gehad. Ik heb me waar kunnen maken en dat is niet onopgemerkt gebleven. Ik wil deze termijn graag uitzitten, tot er nieuwe gemeenteraadsverkiezingen komen. Dan geeft het niet of er een schandaal van komt. Geef me die tijd. Ik kan me zo'n affaire nu niet permitteren.'

'En ik moet maar op je blijven wachten. Hoe lang duurt dat nog? Wanneer zijn de volgende gemeenteraadsverkiezingen? Ze zijn toch net geweest, meen ik me te herinneren? Victor, kom toch voor de waarheid uit. Je wilt helemaal niet van Wietske scheiden. Je vindt het veel te leuk zo. Een vrouw die het eten voor je kookt, je bed opmaakt en je kleren wast, en een vrouw die je erotische gevoelens prikkelt.'

'Spreek niet zo, Lisanne.' Er klinkt afkeuring in z'n stem. 'Je maakt onze relatie zo banaal.'

'Dat is die toch ook?' vraagt ze zacht. 'Is het niet zo, Victor? Kom er toch eerlijk voor uit. Bij mij zoek je wat je in lichamelijk opzicht bij Wietske mist.'

Hij gaat zitten op het kleine twee-zits bankje van Lisanne. Ze gaat naast hem zitten en grijpt z'n hand. 'Victor, ik meende dat ik geduld zou kunnen hebben tot je je los had weten te maken van Wietske. Ik weet nu dat het niet haalbaar is. Ik wil niet alleen m'n bed met je delen, maar ook je gevoelens. Ik wil m'n problemen met je kunnen uitpraten. Ik wil samen pret met je maken. Samen uitgaan en met je pronken, omdat ik zo trots op je ben. Ik wil samen met je eten, tegenover elkaar aan tafel, en ik wil zelf voor je koken. Kortom, ik wil alle dingen doen die alle verliefde mensen samen doen. Ik houd van je, Victor, en ik kan het niet verdragen dat Wietske al die dingen wel samen met je doet. Ik ben jaloers op Wietske! Daar, nou weet je het!'

'Ik begrijp dat wel,' zegt hij moeilijk. 'Natuurlijk is het vervelend dat alles nog steeds stiekem moet gebeuren en dat we niet voor de waarheid uit kunnen komen.'

'Je moet kiezen,' zegt ze koppig. 'Je moet gewoon kiezen. Dit is voor Wietske en voor mij niet te verdragen en hoe langer je ermee wacht, hoe moeilijker het allemaal wordt.'

'Ik kan het niet. Nog niet. Ik kan gewoon niet kiezen! Natuurlijk houd ik van jou het meest, maar vergeet niet dat ik een heel groot deel van mijn leven met Wietske heb gedeeld. Ze zou er kapot aan gaan als ik haar voor zou stellen te scheiden. Ik zou me m'n leven lang schuldig blijven voelen. Ze zou zichzelf verwijten dat ze geen goede echtgenote is geweest. Ze zou zich vernederd voelen. Ze heeft al zoveel problemen met het feit dat ze geen kinderen kan krijgen. Daar zou ik dan nog een schepje bovenop doen.'

'Ja, daar verschuilt ze zich altijd achter,' zegt Lisanne hard. 'Alsof ze de enige in de wereld is, die geen kinderen kan krijgen. Bovendien heeft het niets met jullie huwelijk te maken. Al zouden jullie zes kinderen hebben, dan nog zou jullie relatie niet goed zijn. Jullie passen gewoon niet bij elkaar. Daar kunnen kinderen niets aan veranderen. Ze kunnen een huwelijk niet redden, zoals schijnbaar toch nog steeds wordt gedacht. Als het slecht is, dan zal het niet anders worden. Kinderen of niet.'

'Lisanne, kunnen we er maar niet beter mee stoppen? Met onze relatie, bedoel ik. Je verwijt me allemaal dingen waar ik je van tevoren voor gewaarschuwd heb. Ik heb je immers al vaker gezegd, dat een scheiding van Wietske niet direct aan de orde is? Ik houd van je. Dat moet je geloven. Daarbij word ik steeds heen en weer geslingerd tussen gevoelens van liefde en schuldgevoelens. Ik verkeer in een enorm dilemma en dat vergroot jij alleen maar door erop aan te dringen te scheiden. Ik ben er eenvoudigweg nog niet aan toe.'

Ze zweeg. Gevoelens van medelijden kregen toch weer de overhand. Het was natuurlijk ook niet niks na zoveel jaren huwelijk ineens de beslissing te moeten nemen te scheiden. Victor was immers een heel gevoelige man? Hij was een man die niet kon kwetsen of bezeren. Misschien was ze mede daardoor zoveel van hem gaan houden. 'Victor, het spijt me. Ik had dit niet mogen zeggen. Ik houd van je en ik zal wel wachten. Op een dag zal de tijd ervoor rijp zijn. Dan zal Wietske de waarheid onder ogen moeten zien. Ik zal wachten.'

Ze kust hem en hij is z'n voornemen een einde aan hun relatie te maken alweer vergeten. Terwijl hij Lisanne tegen zich aan drukt, hoort hij in de binnenzak van z'n colbert een brief knisperen. Een brief uit Zeeland. Een antwoord op het prettig verlopen sollicitatiegesprek daar: Hierbij delen wij u mede, dat wij besloten hebben u als rector van de christelijke scholengemeenschap te benoemen. Wietske kon tevreden zijn.

9

'Lisanne, ik heb een spoedgeval. Mevrouw Van Zanten is plotseling niet goed geworden. Waarschijnlijk haar hart. Daar sukkelde ze al een poosje mee. Licht jij de mensen in de wachtkamer even in? Probeer zo mogelijk nieuwe afspraken te maken. Ik heb geen idee hoe lang het gaat duren.' Dokter Schuurmans heeft z'n tas al gepakt en rent haar, al instructies gevend, voorbij. Haar antwoord wacht hij al helemaal niet meer af. Zulke dingen waren bij Lisanne immers in goede handen?

Ze knikt zonder dat hij het ziet. Ze was blij dat ze wat afleiding had. De telefoon was opvallend rustig deze morgen en de kaarten van de wachtende patiënten had ze al klaargelegd. Haar gedachten waren afgedwaald. Sombere en angstaanjagende gedachten, die ze tevergeefs het zwijgen probeerde op te leggen. Victor was, sinds haar uitval van twee weken geleden, vaker en ook wat langer langsgekomen. Ze had er met hem over willen praten, maar ze durfde het niet; nog niet.

Ze loopt naar de wachtkamer, waar al enkele mensen zitten te wachten. 'Dokter Schuurmans is net weggeroepen voor een spoedgeval,' zegt ze. 'Hij heeft geen idee hoe lang het zal gaan duren.'

'Is het een bevalling?' vraagt een man.

Lisanne glimlacht. 'Nee, dat niet.'

'Oh, dan blijf ik wel zitten. Dan duurt het meestal niet zo lang. Een kwestie van een diagnose stellen en naar het ziekenhuis. Nee, ik wacht wel.' Hij duikt weer in een roddelblad dat hij van de lectuurtafel heeft gehaald.

Een moeder met een klein meisje en een zakenman willen een nieuwe afspraak maken.

Lisanne noteert hun namen en de tijden waarop ze terug kunnen komen. Dan is ze weer alleen. Ze kijkt de lijst na, waarop ze genoteerd heeft waar dokter Schuurmans in de loop van de morgen visites af moet leggen. Dan is er ineens weer die angst. Een angst waarvan ze weet dat ze die aan zichzelf te danken heeft. Ze is immers indertijd wel zo verstandig geweest aan de pil te gaan, maar uit balorigheid was ze daar wat ruw mee omgesprongen de laatste tijd. Victor kwam toch niet zo vaak. Wat maakte het uit als ze er één vergat? Van die paar keer werd ze vast niet zwanger, had ze gedacht. Nu wist ze hoe dom die redenering was. Ze was over tijd. Een paar dagen al. Stel je toch eens voor dat ze zwanger was. Ze gaat even op een stoel zitten. Stel je voor.

De telefoon gaat. Ze neemt automatisch op: 'Met de assistente van dokter Schuurmans.'

'Ja, met Schuurmans zelf. Zeg, Lisanne, het is niet zo ernstig als het zich eerst liet aanzien. Zitten er nog veel mensen in de wachtkamer?'

'Alleen meneer Troost nog en die heeft de stapel roddelbladen nog lang niet doorgewerkt,' meldt ze.

Schuurmans grinnikt onderdrukt. 'Ik kom er zo weer aan. Als er nieuwe patiënten binnenkomen, stel je ze maar op de hoogte van mijn afwezigheid. Als het even kan, moeten ze blijven wachten.'

Ze legt de hoorn weer op de haak en voelt het bloed naar haar hoofd stijgen. Stel je voor dat ze zwanger was. Wat moest ze dan? Zou Victor dan eindelijk wel kunnen kiezen? En zou hij dan voor haar kiezen? Hij zou haar toch nooit in de steek laten? Dan was ze immers helemaal alleen? Ze had geen vrienden. Die had ze nooit gehad ook. Ze was immers veel te verlegen? Nee, ze had enkel Victor. Hij mocht haar niet in de steek laten. Stel je voor: de schande.

'Ben je niet lekker?' Dat is de stem van mevrouw Schuurmans, die binnengekomen is zonder dat ze er erg in heeft gehad.

Wat moest ze niet denken? Ze had hier maar werkeloos gezeten, en ze moest doorwerken. Niemand mocht iets van haar verwarring merken. Werken moest ze. Dan hoefde ze niet meer te denken. Als ze nu nog een paar dagen afwachtte, kon ze zo'n zwangerschapstest kopen. Dan hoefde er geen arts aan te pas te komen. Ze had er vanmorgen al met een verstolen blik naar gekeken. Naar een advertentie in een weekblad, waarin uitgelegd werd dat het tegenwoordig een fluitje van een cent was erachter te komen of je al dan niet zwanger was. Na één week over tijd zou je al kunnen zeggen of je wel of niet... Misschien was haar angst wel voor niets. Ze kon niet veel langer meer leven met die angst. Ze moest de waarheid weten. Ze moest het zo snel mogelijk aan Victor vertellen, als het positief zou blijken te zijn. Misschien kwam het dan toch nog allemaal goed. Misschien zou haar vader de verhouding van Victor met haar dan wel kunnen accepteren. Misschien. Ze was nooit meer thuis geweest. Soms had ze de drang naar haar thuis bijna niet kunnen weerstaan, als ze eenzaam op haar kamer zat. Maar steeds weer was het beeld van Karin ertussen geschoven, die had gezegd: 'Ik wil je in dit huis niet meer zien tot je relatie met Victor beëindigd is.' Victor. Om hem moest ze dit lijden ondergaan. Om hem was ze zo eenzaam, en hij was er nooit als ze hem nodig had. Zoals nu. Ze had ineens het gevoel dat ze zou stikken. Haar keel leek te worden dichtgeknepen en de wurgende angst nam weer bezit van haar. Een angst die ze niet meer beheersen kon. Ze beefde.

'Lisanne, kind, wat is er toch? Kom maar. Ga even mee. Je kunt even op de bank in de huiskamer liggen. Ik neem het wel enkele ogenblikken van je over.' Mevrouw Schuurmans neemt haar bij de arm.

Als een klein kind loopt Lisanne achter haar aan, het woonhuis binnen.

'Ga maar liggen.' Mevrouw Schuurmans haalt een plaid, legt die zorgzaam over Lisanne heen en laat haar dan alleen.

Lisanne sluit haar ogen. Ze beeft nog steeds, alsof ze het heel erg koud heeft, maar tegelijkertijd voelt ze hoe zweetdruppels op haar voorhoofd parelen. Het zat niet goed met haar. Ze voelt het. Het zat niet goed. Ze probeert weer op te staan. Werken moest ze. Hard werken en niet denken.

'Lisanne, wat hoor ik nou? Hé, wat doe je?' Dokter Schuurmans is weer terug van weg geweest. 'Blijf toch rustig liggen.'

'Ik ben niet ziek.'

'Nee, maar je staat wel op het punt het te worden. Kun je het wel aan, alleen op die kamer?' Hij kijkt haar onderzoekend aan.

'Waarom niet?' Ze haalt nonchalant haar schouders op en doet haar best het klapperen van haar tanden te onderdrukken.

'Je gaat nog even liggen. Zodra ik visites ga rijden, neem ik je mee. Mijn vrouw neemt het wel over. Ik wil je hier niet eerder terugzien dan dat je helemaal gezond bent.'

Ze gaat gehoorzaam weer onder de plaid. Het was immers alleen maar prettig zo te liggen? Ze was zo moe. Ze kon haast niet meer op haar benen staan, leek het wel. Zachtjes dommelt ze weg en wordt pas weer wakker als Schuurmans binnenkomt met in zijn kielzog mevrouw Schuurmans.

'De auto staat klaar, freule. Ben je in staat te lopen?'

Ze knikt, en komt voorzichtig overeind. Aan de arm van Schuurmans laat ze zich naar zijn auto leiden.

Mevrouw Schuurmans geeft haar nog tientallen raadgevingen mee. 'En denk erom, ik wil je niet eerder terugzien dan dat je helemaal hersteld bent,' zegt ze.

Ze praat door tot haar echtgenoot met een 'lieverd, het kind wordt doodziek van jouw geklets' het portier met een klap dichtgooit.

'Wil je naar je kamer of liever naar je vader thuis?'

'Nee, oh nee, naar m'n kamer,' haast ze zich te zeggen.

'Dan zijn we er snel,' mompelt Schuurmans tevreden. Hij rijdt z'n auto handig door de smalle straten tot voor het huis van mevrouw Heijman. 'Ik wil je niet eerder dan maandag weer aan het werk hebben.' Hij buigt zich naar haar over. 'Er zijn toch geen problemen, Lisanne? Ik bedoel: als je ergens mee zit en we kunnen je helpen, schroom dan niet het met mij of mijn vrouw te bepraten. In de tijd dat je nu bij ons werkt ben je ons zeer dierbaar geworden. We staan voor je klaar.'

'Ik heb geen problemen.' Ze kijkt naar de kokosmat voor in de auto.

'Dan is het in orde. Ga dan nu maar eens heerlijk uitrusten. Geen gepieker en geen gedoe, en wijd vooral geen bezorgde gedachten aan je werk bij ons. Alles zal wel worden geregeld.'

Ze glimlacht flauwtjes. 'Ik zal m'n best doen.'

'Dan wens ik je een voorspoedig herstel toe. Misschien zien we je maandag weer.'

Mevrouw Heijman is toevallig in de gang als Lisanne de deur opent. Ze is meestal 'toevallig' in de gang als Lisanne thuiskomt of als er bezoek heeft aangebeld. Iets wat maar zelden voorkomt. 'Een nieuwe vriend?' informeert mevrouw Heijman gemaakt hartelijk, als ze de auto van dokter Schuurmans ziet wegrijden.

'Mijn werkgever,' zegt Lisanne kort.

'Dat meen je toch niet? Dan moet hij een nieuwe auto hebben. Deze ken ik niet. Hij had toch altijd een witte Volvo?'

'Dit is het nieuwste model,' licht Lisanne bereidwillig toe.

'En hij brengt u zo maar thuis?'

'Ik ben niet lekker geworden. Daarom heeft hij me gebracht.'

'Neem me niet kwalijk. Kan ik misschien wat voor je doen? Wil je een beker warme melk of wat te eten?'

'Ik wil alleen maar slapen,' wimpelt Lisanne het aanbod af. 'Mocht er onverhoopt bezoek voor me zijn, wilt u dan zeggen dat ik absoluut niet bereikbaar ben? Ik heb het gevoel dat ik wel een jaar zou kunnen slapen.'

'Natuurlijk, kind. Daar kun je van op aan. Slaap maar eens lekker uit.'

Op haar kamer valt de eenzaamheid weer boven op haar. Nu zou er iemand bij haar moeten zijn: iemand die van haar houdt en aan wie ze haar angsten en vermoedens kwijt kan. Ze trekt haar nachtpon aan en kruipt onder de dekens. Ondanks het fraaie septemberweer heeft ze het koud. Ze vouwt haar handen en begint een bang gebed, maar haar gedachten dwalen weg. Leefde haar moeder nu nog maar. Aan haar zou ze alles kunnen vertellen. Haar moeder zou geen belerend vingertje opheffen. Natuurlijk zou ze verdriet hebben over haar en Victor, maar daarnaast zou er begrip zijn voor haar kind; een kind in nood. Waarom liep het ook allemaal zo verkeerd in het leven? Waarom moest haar moeder dood? Ze was zo'n fijne, godvruchtige vrouw en toch liet God haar lijden en daarna sterven, terwijl er nog mensen waren die haar zo nodig hadden. Ze draait zich om. Nu alleen nog maar slapen, denkt ze. Ze had als beer geboren moeten zijn. Dan zou ze nu aan haar winterslaap kunnen beginnen. Heerlijk: een hele winter lang van niets weten. Waarom mochten mensen dat niet? Ze krijgt geen tijd meer erover na te denken. Een weldadige slaap overmant haar.

Ze had zich gedragen als een beer die een winterslaap houdt. De laatste dagen had ze bijna niet anders gedaan dan slapen.
Op vrijdag besluit ze de stoute schoenen aan te trekken en een zwangerschapstest te halen. Ze gaat met de bus naar het andere eind van de stad, waar zich ook nog een klein winkelcentrum bevindt. Een winkelcentrum met een drogisterij. Als ze buiten loopt haalt ze diep adem. Het heerlijke herfstweer heeft aangehouden, ook al heeft het K.N.M.I. andere toezeggingen gedaan. Vandaag leek alles anders, denkt ze. Alsof de prille morgenzon haar problemen liet wegsmelten. Waarschijnlijk was ze oververmoeid geweest en was dat ook de oorzaak van haar overdreven angst. Het vele slapen had haar goedgedaan. Bij de drogist hield ze in. Nu moest ze naar binnen. Ze moest!
Aarzelend stapt ze over de drempel. Een belletje klingelt, als ze de deur opent.
'Goedemorgen mevrouw, kan ik u misschien helpen?'
Een vriendelijk lachende verkoopster klampt haar meteen aan.
'Nee dank u, ik wil liever zelf even rondkijken.' Ze voelt dat ze een hoofd als vuur heeft gekregen. Ze kan er niet naar vragen. Ze durft het niet.
De verkoopster blijft bij Lisanne in de buurt. Als Lisanne wat besluiteloos voor een schap met body-lotion staat te kijken, zucht ze overdreven.
Lisanne wordt zenuwachtig. Het mens leek in haar een potentiële winkeldief te zien. Aarzelend loopt ze nogmaals de winkel door. Jammer dat zij de enige klant was. Anders werd de verkoopster misschien nog wat afgeleid. Dan zou ze nog even rustig kunnen rondkijken. Maar er komen geen klanten, en ten einde raad neemt Lisanne dan maar een potje crème mee naar de kassa.'
'U hebt het dus toch kunnen vinden?'
'Ja.' Lisanne aarzelt. Nu moest ze het vragen. 'Nee, een zwangerschapstest. Verkoopt u die ook?' Verbeeldde ze het zich, of keek de verkoopster inderdaad even naar haar buik?

'Ja, natuurlijk hebben we die.' Als vanzelfsprekend haalt ze een doosje achter de kassa vandaan. 'U bedoelt dit toch? De gebruiksaanwijzing staat op de bijsluiter.'
Opgelucht betaalt Lisanne. Ze stopt het doosje gauw in haar tas. 'Nee, er hoeft geen zakje omheen. Ik neem het zo wel mee. Bedankt.'
'Veel succes ermee.' De verkoopster kijkt veelbelovend.
En Lisanne vroeg zich even af of ze zich met alle klanten zo bemoeide. Dan zou zij hier nooit meer een voet binnen de deur zetten. Haar hand rust op het doosje in haar tas. Daarin zaten een potje en een vloeistof waar zoveel van afhing. Morgen zou ze het weten. Misschien kwam Victor dan wel. Hij kwam wel vaker op zaterdag. Zogenaamd was hij dan boodschappen aan het doen. Hij liep dan even bij haar aan. Eventjes maar. Een gestolen ogenblik. Victor: eens zou het goed komen. Alles. Ze was er zeker van.

Een stripje dat verkleurt. Een wereld die instort. Zwanger! Ze is zwanger. Vanbinnen is ze koud; ijskoud van angst. Victor! Oh Victor, was je er maar, denkt ze. Haar benen weigeren dienst. Voor de zoveelste maal herleest ze de bijsluiter. Nee, het kan niet missen. Ze heeft alles volgens de regels gedaan. Ze is zwanger. Diep in haar groeit een kindje. Nieuw leven. Een kind van Victor en haarzelf. Ze zit op haar bed. Ze had nog niet de moeite genomen zich aan te kleden. De wereld staat stil, en zij? Zij draait. Haar hoofd tolt. Haar gedachten warrelen. Ze kan ze niet stilzetten. Ze gaan door, door en door. Ze herhalen de woorden die ze haast niet verdragen kan. Een kind; een kind. Hoe moest dat nu verder?
Dan ineens is hij bij haar. Ze heeft geen benul van de tijd gehad. Hoeveel uren heeft ze hier al gezeten? 'Ben je ziek?' Hij werpt een verbaasde blik op haar nachtelijke outfit.
Ze kijkt hem verdwaasd aan en begint dan te huilen. 'Victor, hoe moet het nu verder? Wat moet ik nou?' Haar lichaam, dat hij vast tegen zich aan drukt, schokt van het snikken. 'Ik ben zo vreselijk bang.'
'Wat is er dan toch?' Hij wiegt haar zachtjes heen en weer. Z'n stem klinkt zacht en troostend, alsof hij het tegen een kleuter heeft.

'Kom eerst maar een beetje tot rust. Daarna vertel je me alles maar. Is er iets ergs gebeurd? Ben je ziek geweest?'
Ze schudt haar hoofd.
In haar ogen leest hij angst; puur angst, maar tevens wanhoop. Langzaam, maar zeker, zegt ze: 'Ik ben zwanger.' Ze proeft de woorden als het ware, alsof ze op het puntje van haar tong liggen. De woorden blijven in z'n oren naklinken. Ook dat nog, zou hij willen zeggen, maar hij zwijgt wijselijk. 'Weet je het zeker?' informeert hij dan toch.
'Ik heb vanmorgen een zwangerschapstest gedaan. De uitslag was positief en daarbij: ik ben nooit over tijd. Nooit, en nu al een dikke week.'
Hij laat haar los. 'Is het van mij?'
'Wat gemeen. Wat intens gemeen!' barst ze los. 'Wat denk je eigenlijk wel van me?'
'Je hebt gelijk.' Hij grijpt haar weer vast. 'Ik had dit niet mogen zeggen, maar het komt zo onverwachts. Ik weet niet wat ik moet zeggen. Ik weet het gewoon niet. Ik kan het niet aan!' Hij steunt z'n hoofd in zijn handen. Ook dat nog, denkt hij. Hij was druk voor de verhuizing die op stapel stond. Wietske was vanmorgen hysterisch, en nu weer dit. Lisanne moest eens weten: Zeeland. Maar Lisanne weet het niet. 'Wat denk je van mij?' schreeuwt ze. 'Denk je dat ik het wel aankan? Ik kan het helemaal niet aan!'
'Maar hoe kan dat nou? Je hebt altijd beweerd dat je voorbehoedmiddelen gebruikte.'
'Ja, maar als jij toch haast nooit komt, krijgt ik het gevoel dat ik die rommel voor niets slik. Daarom ben ik het weleens vergeten.'
'Wat onverantwoord!'
'Nee, jij hebt je verantwoordelijk gedragen. Nu begin je alweer. Natuurlijk heb ik je verleid! Jij weet van niets, en tot overmaat van ramp wil ik je een kind in de schoenen schuiven. Ik weet het. Het is allemaal mijn schuld!' Ze huilt weer met gierende uithalen. En Victor weet niets beters te doen dan haar maar weer te troosten. 'Het geeft allemaal niets, Lisanne. We komen hier wel doorheen. Het is mijn schuld net zo goed als de jouwe. Het komt allemaal wel in orde. Wees maar niet bang!' Hij huivert als hij haar blik op zich ziet rusten.

Haar ogen zijn vol vertrouwen op hem gericht. 'Je laat me niet in de steek, hè Victor?'
'Natuurlijk niet. Ik houd immers van je? Het komt allemaal best goed.' Onwillekeurig denkt hij aan thuis. Aan Wietske, die de eerste spullen al had ingepakt. Aan een nieuw huis in Zeeland, waar Wietske meteen verliefd op was geworden. Het stond al leeg en de prijs was geen bezwaar. De makelaar in Zeeland was tevreden geweest. Zo snel had hij nog nooit een huis kunnen verkopen. Het huis waar ze hier in woonden was een huurwoning. Wietske had de huur al opgezegd. Aan het schoolbestuur in Zeeland had hij meegedeeld dat hij half oktober zou verhuizen. Alles was supersnel gegaan. Zelfs op school was z'n opvolging al geregeld. Over een paar weken zou hij weg zijn. Hij had met tegenzin gesolliciteerd en met tegenzin z'n benoeming aanvaard en z'n verhuizing geregeld. Hoe kwam het dan dat hij nu ineens zou willen dat het al oktober was?

10

Er klinkt een klop op z'n deur. Victor van Dam kijkt verstoord op van z'n werk. 'Ja? Binnen!'
Het hoofd van de conrector, toekomstig rector van de scholengemeenschap, verschijnt om het hoekje. 'Sorry Vic, mag ik je even storen?'
'Natuurlijk.' Met een zucht legt Victor de stapel papieren aan de kant. 'Het is toch om moedeloos van te worden. Ik wilde nog wat zaken afwerken voor ik hier wegga, maar er lijkt geen einde aan de werkzaamheden te komen. En het ministerie blijft ons maar bombarderen met brochures. Het lijkt of die mensen daar niets anders te doen hebben dan bedenken hoe ze schoolbesturen, rectoren, directeuren en leerkrachten zo snel mogelijk kierewiet kunnen maken met steeds weer nieuwe regels, voorschriften en formulieren. Hielden ze maar eens wat meer feeling met de scholen. Daar zouden we meer aan hebben. Maar vertel eens, waar kwam je voor?'

'Ik wil nog even terugkomen op je afscheid. Je wilt in stilte vertrekken, maar ik vrees dat het niet helemaal zal lukken. De leerlingen willen natuurlijk iets op touw zetten en ze willen je ook niet met lege handen laten gaan. In feite is alles al geregeld. Je laatste schooldag hier moet onvergetelijk worden. Natuurlijk zal de krant daar lucht van krijgen. Heb je er iets op tegen?'

'Ja natuurlijk heb ik daar iets op tegen,' valt Victor uit. 'Als ik in stilte wil vertrekken, moet er beslist geen kranteartikel van gemaakt worden.'

Er valt een stilte. Marcel de Boer kijkt naar de punten van z'n schoenen. Hij begreep niets van de man tegenover hem. Normaal gesproken was Victor altijd 'in' voor een geintje en van een beetje publiciteit voor de school was hij ook niet vies. Positieve publiciteit is altijd goed voor een school, bazuinde hij altijd rond. Was het afscheid van een rector, een heel ludiek afscheid, dan misschien niet positief? Hij zucht. 'Nou ja, dan is er niets aan te doen. Ik zal het de leerlingen meedelen. Tussen haakjes: kunnen we deze laatste dagen misschien nog wat zaken doornemen? Zo nu en dan schieten me weer wat dingen te binnen, waarvan ik denk dat ik er niet voldoende van af weet.'

'Natuurlijk. Maar je hebt m'n nieuwe adres in Zeeland toch ook al met een telefoonnummer? Nou, dat nummer is geduldig, dus als je op problemen stuit, kun je altijd informatie bij me inwinnen.'

'Ik zal het onthouden.'

Marcel maakt aanstalten om de kamer te verlaten, maar Victor roept hem terug. 'Marcel! Laat dat feest maar doorgaan, maar laat de krant er van tevoren geen melding van maken. Als de mensen het dan in de krant lezen, hoop ik al lang en breed in Zeeland te zitten.'

'Zoals je wilt.' Marcel grijnst. 'Als ik niet beter wist, zou ik menen dat je op de vlucht bent.' Hij let niet op de kleur die langzaam maar zeker over Victors wangen trekt, maar vervolgt: 'Een beetje positieve publiciteit doet een school goed. Zei je dat zelf niet altijd? Daarbij heb ik wel een kruiwagen nodig.'

'In dat eerste heb je gelijk.' Victor had zich al hersteld. 'Maar bij dat laatste vis je naar een compliment. Je bent een waardig opvolger, Marcel. Ik heb alle vertrouwen in je. En zoals je weet, ik niet alleen. Het schoolbestuur en de medezeggenschapsraad waren unaniem in hun beslissing jou als nieuwe rector aan te wijzen.' 'Ik hoop dat vertrouwen niet te beschamen.' Marcel kijkt ernstig. Hij wil nog wat zeggen, maar als Victor de papieren weer naar zich toe haalt, begrijpt hij dat die weer aan het werk wil. Hij haalt z'n schouders op. Een vreemde vogel was die Victor de laatste tijd. Het was alsof hij hier op z'n hielen gezeten werd. Zo'n haast had hij om in stilte naar Zeeland te vertrekken.

Als de deur zich achter Marcel sluit, schuift Victor de papieren ook meteen weer aan de kant. Hij kijkt op z'n horloge. Het liep al tegen vijven. Hij ging naar huis. De rest maakte hij morgen wel af en daarna gaf hij de pijp aan Maarten. Hij zou blij zijn als hij eindelijk in z'n auto achter de verhuiswagen aan richting Zeeland kon rijden. Weg. Ver weg van Lisanne. Het was uit de hand gelopen. Daar had hij geen rekening mee gehouden, toen hij aan een verhouding met haar begonnen was. Ze was als een blok aan zijn been geworden en hij wist niet meer wat hij moest doen. Aan de ene kant was er Wietske. Hij wilde haar niet verliezen. In feite kon hij niet zonder haar. Aan de andere kant was er Lisanne, die wanhopig was en van hem eiste dat hij Wietske zou verlaten om met haar samen verder te gaan. Met haar en hun kind. Hij staat bruusk op en pakt z'n tas. Daar moest hij niet aan denken nu. Hij kon niet anders. Hij kon niet bij Lisanne blijven. Het zou z'n hele leven ruïneren. Hij moest er niet aan denken wat er allemaal zou gebeuren als anderen hiervan iets te weten zouden komen. Hij zou het niet kunnen verdragen. Daarbij zou Wietske er ook kapot aan gaan. Hij zou het niet op z'n geweten willen hebben. Voor Lisanne was het anders. Ze was nog jong. Hij had haar aangeraden zich te laten aborteren. Niemand hoefde er dan ooit iets van te weten. Ze zou de schande niet hoeven dragen. Want een schande was het, ook in deze moderne tijd, nog steeds. Als ze de vrucht liet weghalen kon ze een nieuw leven beginnen. Ze zou het kunnen. Ze was nog jong en veerkrachtig. Ze zou hem kunnen vergeten. Ze zou een nieuw leven kunnen opbouwen, waarin niets haar meer zou herinneren aan Victor van Dam, die zich zo nodig bewijzen moest. Hij glimlacht bitter. Het waren de woorden van Wietske. Victor, die zich zo nodig bewijzen moest. Ze bevatten een kern van waarheid, realiseert hij zich. Daarnaast had hij ook oprecht van Lisanne gehouden. Hij trekt z'n jas aan. Als ze nu maar inzag dat ze werkelijk het beste haar kind weg zou kunnen laten halen. Ze had er niets van willen weten, toen hij er voorzichtig over was begonnen.

Hij trekt z'n jas aan en pakt de autosleutels. Als hij naar buiten gaat, valt de schooldeur met een doffe klap achter hem in het slot. In de auto blijft hij even rusten met z'n handen aan het stuur. Z'n hoofd leunt achterover tegen de hoofdsteun en hij sluit z'n ogen. Nog één keer zou hij naar Lisanne toe gaan. Nog één keer wilde hij met haar praten, voor hij voorgoed wegging. Ze zou het niet weten, en het was beter zo. Hij had de moed niet het haar te vertellen. Ze zou hem zoveel verwijten. Hij wilde haar nog één keer zien; nog één keer spreken. Van hem zou ze niet horen dat het de laatste keer was. Daarom ook mocht er niets over zijn afscheid in de krant staan. Stel je voor dat ze het zou lezen. Nee, het moest allemaal zorgvuldig geheim blijven, al leek het een haast onmogelijke zaak.

Thuis komt de kilte op hem af. Overal staan dozen; verhuisdozen die tot de rand toe gevuld zijn. Op de bovenverdieping heeft Wietske zelfs de vloerbedekking al weggehaald en hun stemmen klinken hier hol. Hij ziet hoe ze druk bezig is als hij thuiskomt. Ze heeft hem niet in de gaten. Haar wangen zijn rood van inspanning en ze neuriet. Neuriën: hoe lang was het geleden dat hij haar dat had horen doen? Ze zag nu weer perspectieven. Samen met hem zou ze in Zeeland met een schone lei beginnen. Wat had hij haar al die tijd toch aangedaan. En wat was ze hem nog dierbaar. Wietske: zijn eigen Wietske. Ineens schuift er een ander beeld voor zijn ogen. Hij ziet een paar groene ogen. Een blik die in vol vertrouwen op hem gericht is. 'Je laat me toch niet in de steek, Victor?' Wat zou hij haar nog aan moeten doen. Een kind was ze nog. Een meisje dat graag slobbertruien droeg, omdat ze ontevreden was over haar figuur. Een onzeker mensenkind, dat haar handen naar hem had uitgestoken, omdat hij haar had laten voelen dat ze de moeite waard was. Wat moest hij haar nog allemaal aandoen? Een schoft was hij, die misbruik had gemaakt van haar vertrouwen. Hij had het op school allemaal zo goed weten te vertellen als hij een kerst- of paasdienst leidde, die altijd voorafging aan de betreffende vakanties. Hij had z'n mond vol over vergeving. Vergeving: hij zou die hard nodig hebben. 'Victor. Eindelijk. Ik meende dat je niet meer kwam.' Ze heeft hem ineens in de gaten. Haar ogen lachen. 'Zie je wat ik allemaal al heb gedaan? Al het kleine spul dat we niet meer nodig zullen hebben, is al ingepakt. Als de verhuiswagen komt, kunnen we de meubels zo in laten laden. De dozen erbij, en dan... Ik ben blij dat ik de laatste weken voor de verhuizing al vrij ben geweest. Stel je voor dat ik dit allemaal naast m'n werk had moeten doen. Nog even Vic, dan kunnen we opnieuw beginnen. Ik verlang ernaar.'

Haar ogen staan zacht en vol belofte. Ze slaat haar armen om hem heen, maar hij duwt haar van zich af. 'Lisanne is zwanger.' Het ontglipt hem. Hij schrikt er zelf van, nu hij zichzelf de woorden hardop hoort uitspreken. Er volgt een ijzige stilte. De woorden lijken te echoën in de holle vertrekken. 'Zwanger, zwanger.' Wietske balt haar handen tot vuisten. Waarom toch? Waarom werd zo'n jonge vrouw, zo'n meisje nog, wel zwanger en zij niet? Ze zou er niet voor kunnen zorgen. Ze zou er nooit zo van kunnen houden als zijzelf zou doen. Zij had er immers alles voor willen geven, als ze Victor een zoon had kunnen schenken? Een evenbeeld; een kopie van hemzelf. Ze had voor een kind willen zorgen; het willen koesteren. Ze zou ervan hebben gehouden: van Victors kind. Haar kind; een kind van hen samen. Waarom zij toch niet? Een droge snik ontglipt haar, maar ze bijt haar tanden in haar lippen. Hardop zegt ze: 'Ik heb dit niet gehoord, Victor. Ik wil er ook nooit meer iets over horen. In Zeeland bestaat geen Lisanne meer. Lisanne is nog zo jong en veerkrachtig. Ze zal het wel redden in het leven. Misschien kan ze het kind laten weghalen. Ze zal er wel overheen komen. Voor mij bestaat Lisanne niet meer en voor jou net zomin. Alleen wij samen zijn er nog. Alleen wij zijn belangrijk en zo moet het blijven.' Nu huilt ze toch. Zachtjes en ingetogen. Victor slaat z'n armen om haar heen. Vertrouwde, warme armen. Ze zullen er altijd voor haar zijn.

Dan durft ze zich eindelijk te laten gaan. Ze huilt met gierende uithalen.

Lisanne loopt van haar werk naar huis. Hoewel ze zich nog steeds niet echt lekker voelt, was ze de maandag die ze met Schuurmans afgesproken had, weer keurig aan het werk gegaan. Het gaf haar meer afleiding dan thuis zitten. Thuis: een stille kamer en lange avonden. Victor, die soms voorbijkwam. Victor: ze hield zoveel van hem. Haar hele lijf leek soms pijn te doen van verlangen naar hem. Maar hij was er niet als ze hem nodig had. Hij moest naar een raadsvergadering of een bijeenkomst op school, of Wietske zou erachter komen, en zo was er nog een aantal smoezen. Hij kon niet kiezen tussen Wietske en haar. Ze wist het. Ze zag het steeds duidelijker, en iets in haar zei dat hij het nooit zou kunnen. Het feit dat ze zijn kind droeg, zou daaraan niets veranderen. Ze probeerde die gedachten te weren. Victor zei toch steeds dat hij van haar hield. Maar daarnaast was er een Victor die haar voorgesteld had haar kind te laten aborteren. Vanwege de schande. Haar schande. Ze besefte dat zijn eigen schande het zwaarst woog. Ze legde in een beschermend gebaar haar hand op haar buik. Een kind. Ze zou het niet laten weghalen. Nooit!
Ineens voelt ze een hand op haar schouder. 'Lisanne?'
Verrast kijkt ze op, recht in het gezicht van Martin Witteveen.
'Martin! Ik...'
'Hoe is het met je?' valt hij haar in de rede.
Ze knikt dapper. 'Prima, heel goed.'
Onderzoekend kijkt hij haar aan. 'Dat is je niet aan te zien.'
'Dank je,' zegt ze gepikeerd, al weet ze dat hij gelijk heeft. Haar smalle, bleke gezicht en de kringen onder haar ogen spreken boekdelen.
'Het is niet onaardig bedoeld, Lisanne,' zegt hij rustig. 'Ik schrok alleen van je uiterlijk. Zo ken ik je niet.'
Ze bloost. 'En toch voel ik me goed.'
Hij staat stil en houdt haar ook tegen. 'Lisanne, ik wil je zeggen dat het me spijt. We zijn als ruziënde kinderen uit elkaar gegaan. Ik had me toen niet zo mogen laten gaan.'
'Ach, het was wederzijds. Misschien is het goed geweest. Nu wa-

ren we tenminste nog op tijd met de ontdekking dat we niet bij elkaar pasten,' zegt ze zacht.

'Zie jij het zo?' Hij aarzelt even, maar vervolgt dan: 'Ik had je zo voorbij willen lopen, toen ik je zag, Lisanne. Ik wilde de oude pijn niet meer oprakelen, maar ik kon niet anders. Ik wilde je zien. Ik wilde met je praten. Ik houd nog steeds van je, weet je dat? Kun je je dat voorstellen, of houd jij alleen maar van die Victor van Dam? Soms zou ik naar hem toe willen gaan en hem op z'n bek willen rammen. Ik haat die vent! Vergeef me m'n taal. Ik kan het niet verdragen dat hij aan je zit, dat hij met je praat, dat hij zelfs maar naar je kijkt! Hij bezoedelt je door een verhouding met je aan te gaan, ondanks het feit dat hij getrouwd is. En wat ik nog het minst kan bevatten is dat jij je laat bezoedelen!'

'Bezoedelen: wat een woord,' zegt ze, en ze wil verder lopen, maar hij houdt haar tegen. 'Lisanne, luister naar me! Ik had dit niet moeten zeggen. Het maakt alles alleen nog maar erger, maar ik houd van je! Ik kan niet anders. Ik kan het niet verdragen dat ik je nooit meer zal mogen kussen. Dat het tussen ons nooit meer goed zal komen. Je woont inmiddels ook al niet meer thuis, heb ik begrepen.'

'Ik woon op kamers, ja,' geeft ze schoorvoetend toe. 'Ik kon niet met Karin overweg en dat was wederzijds.'

'Bovendien heb je nu een mooi plekje om Victor te ontvangen.' Het klinkt bitter, en ze reageert er niet op.

'Gaat Victor algauw scheiden of houdt hij je aan het lijntje?'

'Dat zal niet lang meer duren. Hij houdt van me,' zegt ze strak.

'Hij houdt niet van je, Lisanne! Dat moet je zelf zo onderhand toch ook begrijpen. Hij gebruikt je. Hij heeft één vrouw voor de spanning van een avontuurtje buitenshuis en één om hem thuis de voeten te warmen. Dat laatste zul jij nooit mogen doen.'

'Ik houd z'n hart warm,' zegt ze fel. 'Ik hoop dat jij ook ooit iemand zult ontmoeten die je hart verwarmen kan, zodat die dikke ijskorst eromheen eindelijk smelten zal.'

'Die ene zul jij alleen kunnen zijn,' zegt hij zacht. 'Ik blijf op je wachten. Misschien zal het voor niets zijn, maar ik zal wachten! Als je me ooit nodig hebt zal ik er voor je zijn. Dan zul je eindelijk

begrijpen wat liefde is. Vergeet dat nooit, Lisanne. Ik blijf je vriend. Wat er ook gebeurt.'
Ze schudt haar hoofd. 'Waar jij op hoopt, gebeurt nooit. Ik zal je nooit nodig hebben! Vergeet me alsjeblieft en zorg dat je gelukkig wordt met een ander. Dat is het beste dat je kunt doen. Vergeet mij, Martin. Ik heb van je gehouden en wat ik je aangedaan heb, heb je niet verdiend. Als ik iemand geluk gun, ben jij het. Vaarwel, Martin.'
Het klinkt als een afscheid voor altijd. En Martin blijft haar nakijken als ze wegloopt, haar hoofd diep weggedoken in de kraag van haar regenjas, alsof ze het koud heeft. Lisanne, kreunt het in hem. Kon ik maar wat voor je betekenen. Kon je maar van mij houden in plaats van van die Victor van Dam. De klap zal straks hard aankomen, want je schijnt nog van niets te weten. Via een collega had hij immers vernomen dat Victor een functie elders had geaccepteerd? Hij wilde geen ruchtbaarheid aan z'n afscheid geven, en Martin begreep nu waarom. Lisanne mocht het niet weten. Deze affaire was voor meneer Van Dam natuurlijk danig uit de hand gelopen en hij vertrok nu met stille trom. Op een dag zou Lisanne eenvoudig merken dat haar Victor vertrokken was. Ze scheen er niet het geringste vermoeden van te hebben, en op die dag zou haar wereld instorten. Hij had nu immers ook weer gemerkt hoe ze Victor met hart en ziel liefhad. Hoe ze hem verdedigde en overtuigd was van z'n goede bedoelingen. Ze zou in een diepe put vallen, en het enige dat hij zou kunnen doen was haar bijstaan, misschien zonder dat ze er zelf erg in zou hebben. Hij zou klaar blijven staan om haar over de rand van die put heen te helpen, vlak naast hem. Hij zou immers altijd van haar blijven houden?

De laatste schooldag. Z'n bureau is versierd. Er is gebak. Er wordt voor hem gezongen en er is een musical met Kees van Duren in de hoofdrol als Victor van Dam.
Victor tracteert.
Hij is blij als hij eindelijk, voor het laatst, de brede, grijze schooldeur achter zich in het slot kan laten vallen in een haast plechtig gebaar. Het zit erop. Het is voorbij. Van de school heeft hij nu

afscheid genomen. Nu rest hem het afscheid van Lisanne nog. Ze zal het zelf niet weten. Hij zet z'n auto vlak bij haar kamer en wacht tot ze van haar werk naar huis komt. Als hij ziet hoe ze de sleutel in het slot steekt, stapt hij uit de auto. Hij ziet haar verraste gezicht en de glimlach, die even haar vermoeide trekken overheerst. En binnen in zich voelt hij hoe z'n hart zich samentrekt.

'Victor, wat een verrassing. Jij hier? En nu al? Blijf je nog een poosje alsjeblieft?'

'Ja, ik blijf bij je. Ik houd van je.' Hij kust haar snel en kijkt dan om zich heen. 'Laten we naar binnen gaan.'

Op haar kamer neemt ze de jas van Victor aan en liefkoost hem. 'Ik ben zo blij dat je er bent.'

Hij voelt haar warme, willige lichaam. Het jaagt een wild verlangen in hem omhoog, maar hij weet zich te beheersen. Het mocht niet. Nu niet. Nooit meer! Hij moest sterk zijn.

'Ik zal koffiezetten.' Ze is al onderweg naar het keukentje.

'Doe me eerst een glas whisky alsjeblieft. Daar ben ik aan toe.'

Ze trekt haar wenkbrauwen op. 'Toch geen moeilijkheden?'

'Nee, nee, gewoon een vermoeiend dagje.'

Ze schenkt voor hem in en neemt zelf een glas fris. 'Ik heb eigenlijk ook wel zin in een borrel, maar het is niet goed voor ons kind.' Ze glimlacht verontschuldigend.

Victor zwijgt. Hij gooit z'n drank in één teug achterover en houdt z'n glas op. 'Heb je er nog één voor me?'

Als ze hem het nieuw gevulde glas aanreikt zegt hij: 'Je moet het laten weghalen.'

'Wat bedoel je?'

'Je weet best wat ik bedoel. Ik heb het ook al eerder gezegd. Je moet het laten aborteren, als je dat beter begrijpt.'

'Vic, begin nu niet weer. Het is een kindje. Een jong leven. Ik houd er nu al van. Ik ben er blij mee. Dat laat ik niet weghalen. Daar kun je me niet toe dwingen. Nooit!'

'Het is nog geen kind te noemen. Een vrucht-zakje is een beter woord. Het lijkt nog nergens op.'

'In het verkiezingsprogramma van je partij staat het anders,' zegt ze ernstig. 'Ik was het daar helemaal mee eens en ik neem aan dat jij ook achter het programma van je partij staat. Dit le-

ven is door God gegeven. Daar mogen wij niet mee knoeien. Als wij er zuinig mee omspringen, zal God ons zeker bijstaan.'
Hij zwijgt. Wat moest hij nog zeggen? Ze had immers gelijk? Hij had altijd voor honderd procent achter dit deel van hun verkiezingsprogramma gestaan. Maar ja, toen was hij er zelf nog niet mee geconfronteerd. Dit was anders. Lisanne had geen andere keus. Uit z'n binnenzak diept hij een verkreukeld pakje sigaretten op. Hij is ooit gestopt met roken, maar de laatste tijd schreeuwt zijn lichaam om een sigaret. Hij heeft dat nodig.
Zwijgend schuift Lisanne hem de asbak toe. Ze houdt er niet van als hij rookt, maar ze wil hem niet nog meer tegen zich in het harnas jagen. Ze gaat voor haar dakkapel staan en kijkt naar buiten. Ze kan nog net zien hoe er een moeder met een kinderwagen voorbijloopt. Het kindje is warm ingepakt. De moeder zegt iets. Ze buigt zich over het kindje heen en Lisanne stelt zich voor hoe het kindje lacht. Abrupt wendt ze zich van het tafereel af. 'Houd je eigenlijk nog van me, Victor?' Ze kijkt hem aan en ziet hoe hij verward haar blik probeert te ontwijken.
'Natuurlijk.' Z'n stem is schor. 'Dat weet je immers?'
'Ben je dan misschien bang voor je carrière? Voor je goede naam als rector misschien? Lijkt het je beter je verkiezingsprogramma te negeren dan voor de waarheid uit te komen dat je een zondaar bent, die vreemd is gegaan? Ben je misschien bang voor Wietske? Wil je daarom niet voor mij kiezen? Is het vanwege de schande?'
'Je weet dat het zo niet is.'
'Hoe is het dan wel, Victor? Leg me dat eens uit. Je hoeft toch nergens bang voor te zijn? We kunnen het samen wel aan. We zullen voor altijd samen zijn. Daar kan toch geen carrière tegenop? Er zullen moeilijke tijden voor ons komen. Mensen kunnen zo hard zijn. Maar mensen vergeten ook weer snel. Eerst zal het "hot news" zijn. Zo van: heb je het al gehoord? Maar ze zullen er snel aan wennen. Ze zullen Wietske vergeten. En over een poosje zal ons kind er zijn. Misschien een jongetje met jouw ogen. Jouw gezicht en jouw mond. Je had niet gedacht ooit nog vader te worden, en nu word je het. Zo maar. Is dat dan geen wonder?'
'Ja,' zegt hij moeizaam. Wat had het voor zin haar tegen te spreken? Laat haar nog maar één dag gelukkig zijn, dacht hij. Laat

haar maar in de waan dat ze samen hun kind zouden zien opgroeien. Morgen zou ze de harde waarheid ervaren. Hij was een rotzak. Laat haar vandaag nog gelukkig zijn. Laat haar nog één dag van hem houden.

Ze schenkt koffie in en kruipt naast hem op de bank.

Hij slaat z'n arm om haar heen en legt z'n wang tegen haar haren. Tegen haar stugge korte kopje. Ze is hem zo vertrouwd geworden. 'Soms ben ik bang,' hoort hij haar zeggen, en hij sluit z'n ogen. 'Dan ben ik bang voor alle wensen die ik nog koester. Bang dat ze nooit uit zullen komen. Een gezin vormen samen met jou en een kind hebben. Ik probeer die gedachten van me af te schudden, maar ze blijven me achtervolgen. Ze komen elke keer weer terug en ze maken me angstig.'

Hij trekt haar vaster tegen zich aan. Hij ruikt haar vrouwelijke geur. 'We worden wel gelukkig. Daar ben ik van overtuigd. Zowel jij als ik zal gelukkig worden.'

'En Wietske? Je moet nu met haar praten.'

De diepere betekenis achter haar woorden ontgaat hem. 'Wietske wordt ook wel weer gelukkig.'

'Wacht niet langer met praten. Vertel haar dat ik zwanger ben. Dan zal ze eindelijk leren inzien dat ze je los moet laten. Ze zal begrijpen dat er geen weg terug is. Zal ik anders zelf eens met haar praten?'

'Alsjeblieft,' valt hij uit. 'Maak het niet erger dan het al is. Ze zal je niet eens in ons huis laten. Wietske zal je bij de deur afschepen. Ze wil niet met je praten. Zet dat idee maar uit je hoofd.'

'Praat jij dan.'

Hij staat op. 'Ik moet nu weg.' Het benauwde hem hier ineens. Weg wilde hij. Weg uit die kleine, gezellige kamer. Weg van Lisanne.

'Weg, nu al?'

'Ik kom gauw terug,' liegt hij.

'Praat je dan met Wietske? Ik zit nu zo vreselijk in spanning en dat is voor het kindje ook niet goed.'

Ze zag er ineens zo hulpeloos uit, en zo vreselijk jong. Hij kijkt snel een andere kant op. 'Dat doe ik.'

'Kom je gauw weer? Morgen misschien?'

Hij knikt, neemt haar in z'n armen en kust haar hartstochtelijk. 'Ik houd van je,' zegt hij emotioneel. 'Ik heb van je gehouden vanaf het eerste moment dat ik je daar op dat zebrapad zag liggen. Ik zal van je blijven houden, wat er ook gebeurt. Geloof me. Nooit zul je uit mijn gedachten zijn. Ik houd waanzinnig veel van je.' Hij laat haar los en opent de deur.

Mevrouw Heijman is toevallig net in de gang. 'Ach, u bent er ook weer eens,' zegt ze glimlachend.

Victor reageert niet. Zonder op mevrouw Heijman te letten, kust hij Lisanne weer en nog een keer.

Ze ziet dat hij huilt, maar wijt het aan het moeilijke gesprek met Wietske dat hem nog te wachten staat.

Voorbij, kreunt het in Victors hart, en hij kust haar opnieuw. Voorgoed voorbij. Ik zal haar nooit meer zien. Dit is een afscheid voor altijd en ze weet het nog niet. Ik ben een schoft en ik houd van haar, maar ook van Wietske. Ik kan niet anders.

'Tot morgen!' zegt ze zacht. 'Blijf dan alsjeblieft nog wat langer. Ik heb je zo nodig.'

'Dat doe ik. Tot morgen!'

Als hij de deur achter zich in het slot hoort vallen, realiseert hij zich dat er voor hen samen geen morgen meer zal zijn.

11

De volgende morgen ontwaakt Lisanne met een bang hart en een stekende hoofdpijn. Ze had erg slecht geslapen. Elk uur had ze op de wekker voorbij zien komen. Een radiowekker met rode lampjes. Die zag je goed in een donkere kamer. Langzaam stapt ze uit bed en kleedt zich aan. Als ze met lange tanden achter haar boterham zit, realiseert ze zich dat de hoofdpijn niet verminderd is. Integendeel. Ze is er misselijk van geworden. Boven haar linkeroog straalt een spanningshoofdpijn. Ze zal niet kunnen werken, als ze zich zo voelt. Dokter Schuurmans zal het onmiddellijk aan haar zien en haar alsnog naar huis sturen. Ze belt hem om te melden wat er met haar aan de hand is en met de mededeling dat ze niet zal kunnen komen. Daarna duikt ze haar bed weer in. Als ze na een hazeslaapje weer ontwaakt, is de hoofdpijn verminderd, maar de spanning is gebleven. Ze realiseert zich dat ze aan het einde van haar krachten is gekomen. Ze kan de spanning niet langer meer verdragen. Zelf begrijpt ze eigenlijk later niet eens hoe ze op het idee gekomen is. Ze weet alleen dat er geen andere oplossing meer is. Victor draaide er steeds omheen. Ze zaten in een impasse. Ze moest met Wietske praten, wat voor gevolgen dat ook zou hebben. Ze moest weten waar ze aan toe was, want deze onzekerheid was moordend. Moeizaam stapt ze uit bed en zorgt door middel van een dikke laag make-up dat haar bleke huid en vermoeide ogen niet opvallen. Dan stapt ze met tegenzin naar buiten. Even blijft ze op het stoepje staan en haalt diep adem. Er hangt iets van spanning in de lucht. De hemel is geel-grijs, alsof er ieder moment een knetterend onweer los kan barsten. Het is alsof de wind z'n adem inhoudt tot het moment dat hij met dreunend geweld uit zal blazen. Ze schudt die gedachten van zich af. Onzin was dat. Er heerste weleens vaker een stilte voor de storm en zij was er nu toevallig extra gevoelig voor. Dan loopt ze naar het huis waar Victor en Wietske wonen. Een blik op haar horloge heeft haar gerustgesteld. Victor was op school. Ze zouden elkaar niet treffen. Het was beter dat hij hier niets van af wist. Hij zou proberen een gesprek tussen Wietske en haar te verhinderen. Zogenaamd omdat Wietske zou weigeren ook maar één woord tegen haar te zeggen. Ze ademt zwaar als ze de straat inloopt waar Victor woont. De spanning lijkt op haar borst te drukken. Met moeite weet ze haar ademhaling weer in goede banen te leiden. Het eerste dat ze in de straat ziet staan is een enorme verhuiswagen. Een moment vraagt ze zich af of Victors buren gaan verhuizen. Hij kon er niet goed mee overweg, heeft hij haar ooit toevertrouwd. Een eerste regendruppel valt naar beneden. Ze voelt het op haar hoofd. Al snel krijgt ze in de gaten dat de spullen die in de verhuiswagen gepakt worden, uit het huis van de Van Dams gedragen worden. Ze blijft abrupt stilstaan. Haar hart bonst. Het is alsof ze het zelf hoort, maar tegelijkertijd realiseert ze zich dat het buiten, in de lucht, gerommeld heeft. Er dreigde onweer. Vreemd: onweer in oktober. Ze haalt diep adem. Dit was toch niet mogelijk? Victor verhuisde? Het kon niet. Het kon niet. Met lood in de schoenen loopt ze verder en bedenkt honderd en één redenen waarom die verhuiswagen nu net voor hun huis stond! Misschien had hij toch met Wietske gepraat en wilde ze hem nu het huis uit hebben. Misschien ging Wietske zelf wel weg. Misschien, misschien. Ze was nu vlak bij de verhuiswagen. De bank werd net naar buiten gedragen, gevolgd door de salontafel. Ze stond als aan de grond genageld en voelde zich duizelig en misselijk. Dit kon niet. Dit mocht niet waar zijn.

'Zo dame, kom je ons een handje helpen?' Een van de verhuizers heeft opgemerkt hoe ze is blijven staan.

Rondom haar klinkt gelach. Ze reageert niet. Ze heeft zich omgedraaid en staart naar het huis, waarvan de ramen haar spottend aan lijken te staren. Kale, grote ramen, zonder gordijnen en zonder planten. Een onbewoond huis. Hoe vaak was ze er niet met Victor geweest? Stiekem, als Wietske niet thuis was. Ze hadden elkaar hier bemind. Victor had haar gezegd dat hij van haar hield. Houden van: er welde een droge snik op in haar keel. Zou Victor wel hebben geweten wat dat inhoudt?

'Bent u niet in orde, dame?' De man pakt haar bij haar elleboog. Ze leunt zwaar tegen hem aan.

'Ga anders even zitten. Hier op de treeplank.'

Ze schudt haar hoofd en vormt met haar mond de woorden: 'Hoeft niet.' Haar stem weigert dienst.

'Laat haar maar binnenkomen. Het begint te regenen.' Dat was de stem van Wietske van Dam, die in de deuropening stond en haar had opgemerkt; die haar ontreddering had gezien.

Wietske van Dam voelt haar hart bonzen. Ze zou weg willen lopen, maar iets in haar heeft haar ervan weerhouden. Iets in haar heeft er ook voor gezorgd dat ze Lisanne heeft uitgenodigd binnen te komen. Ze weet wat het is: een diep medelijden met het totaal ontredderde mensenkind dat naast de verhuiswagen staat. Heel even is er een felle haat tegen Victor: haar man, die dit haarzelf en Lisanne heeft aangedaan! Dan overwint toch de liefde weer. Met gemengde gevoelens ziet ze Lisanne aankomen, ondersteund door een verhuizer. Lisanne Versteeg: haar rivale, haar aartsvijandin. Ze leek zo tenger, zo breekbaar nu. 'Hier staat nog een stoel. Ga maar rustig even zitten. Gezelligheid kan ik je helaas niet bieden, maar ja, die is meestal ver te zoeken tijdens een verhuizing. Wil je koffie? Ik heb het klaarstaan in de thermoskan.'

Lisanne knikt bevestigend. Ze wilde tijd rekken. Het was alsof ze verzeild was geraakt in een kwaadaardige, angstaanjagende droom. Misschien werd ze straks wakker, veilig in haar eigen bed. Het was buiten gaan regenen. Het angstaanjagende gerommel had plaats gemaakt voor heftige windstoten, die de takken tegen de ramen aanstuwden en felle regenstralen over de wegen joegen. Het was noodweer geworden. Ze huivert.

Wietske was de kamer weer binnengekomen met in haar hand twee mokken met dampende koffie. Ze lacht onzeker als ze een doos omdraait en daar de mokken opzet.

'Waar is Victor?' vraagt Lisanne zacht.

Er glijdt nu toch een stuurse trek over Wietskes gezicht. Ze wilde niet over Victor praten. Ze kon het niet! 'Hij is een paar boodschappen aan het doen. Er zijn nog zoveel dingen die we in de haast vergeten zijn te kopen. Als we in ons andere huis aankomen zullen we geen zin meer hebben om nog boodschappen te doen. Bovendien is alles er nog vreemd.'

'Waar gaan jullie naar toe?' Lisanne heeft haar kopje opgepakt, maar haar handen trillen zo erg dat de koffie over de rand loopt en een flinke koffievlek op haar lichte jas achterlaat. Ze merkt het niet eens.

'We gaan ergens anders wonen. Ergens ver hiervandaan. Daar zullen we opnieuw kunnen beginnen en daarom zal ik je niet vertellen waar. Victor wordt rector op een andere scholengemeenschap met meer leerlingen.'

'Jullie vluchten dus.'

'Wat een onzin. Er is hier gewoon te veel gebeurd. Enfin, daar weet jij alles van. We gaan naar een ander huis, een andere omgeving en een nieuwe werkkring. Daar zal niemand ons kennen. Daar zullen we een nieuw begin kunnen maken. Dat willen we allebei.'

'En ik dan?'

'Je bent nog zo jong.'

'Ik ben zwanger. Ik krijg een kind van Victor. Heeft hij je dat niet verteld?' Ze zet het kopje met een klap op de grond. De koffie spat op de betonnen vloer.
'Ja, dat heeft hij wel verteld. Maar Lisanne, wat kan ik daaraan veranderen? Het is mijn schuld toch niet?'
'Je moet hem loslaten, Wietske. Begrijp me alsjeblieft. Pas dan zal hij met me kunnen trouwen. Ik kan niet zonder Victor. Straks krijg ik een kind van hem. We moeten er samen voor zorgen. Dat kan ik niet alleen. Begrijp dat dan toch. Ik heb hem nodig!'
'Ja natuurlijk, omdat je een kind krijgt. Alle vrouwen die een kind krijgen worden ineens zo afhankelijk van hun man.'
'Ja, daar kun jij niet over meepraten!' Ze schrikt van het effect die haar woorden op Wietske hebben.
Wietske trekt haar uit de stoel omhoog.
Lisanne kijkt in haar verwrongen gezicht. Het jaagt haar angst aan.
'Zeg dat nooit meer,' sist Wietske. 'Nooit meer! Spot er alsjeblieft niet mee. Wat weet jij van m'n verdriet? Stel je het je eens voor steeds weer zwanger te raken en steeds weer je kinderen niet te mogen houden. Elke keer weer had ik hoop. Dan dacht ik: misschien gaat het deze keer goed. Misschien zal dit kindje wel bij me blijven. En dan was er weer die pijn. Ik herkende het meteen: krampen en bloedverlies. Wat weet jij daar nu van? Hoop, die omslaat in wanhoop en vertwijfeling.' Ze huilt. 'Voor jou was het met Victor een spel. Voor Victor zelf een uit de hand gelopen pleziertje. Jij zult helemaal opnieuw kunnen beginnen. Je moet je kind laten weghalen; dan vormt het geen obstakel. Niemand zal het ooit hoeven te weten. Er lopen nog zoveel mannen rond, die het serieus met je zullen menen. Die echt van je zullen houden en niet getrouwd zijn, zoals Victor. Lisanne, vergeet wat er gebeurd is en begin opnieuw!'
'Victor houdt van me!' houdt Lisanne verbeten vol. 'Hij houdt alleen van mij. Hij heeft het me gisteravond nog gezegd. Hij zou met je praten.'
'Nee, Lisanne. Houden doet hij van mij, ondanks het feit dat ik hem nooit kinderen heb kunnen schenken.'
'Daar heb ik hem weleens anders over horen praten,' sneert Li-

sanne. Ze beseft hoe diep haar woorden Wietske zullen verwonden, maar dat wil ze ook. Wietske was immers net zo hard? 'Hij vindt je een gefrustreerde vrouw. Praten met je kan hij niet meer. Je leeft immers je eigen leventje? Je verdrinkt in je verdriet en zelfmedelijden. Jullie leven gewoon langs elkaar heen. Jullie huwelijk stelt niets meer voor. Daarom heeft Victor mij ook nodig gehad.'

'Je zegt het voortreffelijk: nodig gehad.' Het is even stil, maar dan vervolgt Wietske: 'Ons huwelijk heeft z'n dieptepunten gekend. De meeste mannen hebben bij tijd en wijle wat extra aandacht nodig. Ze willen zich gewaardeerd voelen. Dat heeft hij inderdaad bij jou gevonden. Je keek hem naar de ogen. Je aanbad hem. Ik zag het aan je als ik bij je thuis gebridged had en Victor haalde me op. Je adoreerde hem. Je hebt hem gesterkt in z'n mannelijkheid, maar die periode heeft hij nu weer gehad. Je moet het onder ogen zien, hoe hard het ook is: het is voorbij. Voorgoed voorbij. Fini.'

'Jij hebt hem gedwongen te verhuizen.'

'Hij heeft anders zelf de sollicitatiebrief geschreven.'

'Hij is een lafaard om er stiekem tussenuit te knijpen. Gisteren was hij nog bij me. Gisteren zei hij "tot morgen!" tegen me, alsof er niets aan de hand was.'

'Je hebt gelijk. Victor is een lafaard! Desondanks houd ik van hem. Met z'n tekortkomingen en z'n lafheid. Ieder mens heeft immers gebreken? Niemand is volmaakt.'

'Ik kan hem niet missen! Ik draag zijn kind! Ik wil met Victor zelf praten. Hij zal me begrijpen. Hij zal bij me willen blijven. Hij komt toch zo weer terug, zei je?'

'Oh nee, jij praat niet met Victor! Ik had je hier niet binnen moeten laten. Ik wil dat je nu weggaat! Je hebt genoeg kapotgemaakt. Ik laat m'n huwelijk niet langer de vernieling in helpen. Zonder Victor zal ik niet kunnen leven. We hebben elkaar voor Gods aangezicht tot man en vrouw genomen. Die belofte verbreek ik niet. Hij is mijn man. Hij is de ziel in m'n leven. De spil waar alles om draait. Ga alsjeblieft weg. Het heeft geen zin meer hier alles op te rakelen. Maak het Victor alsjeblieft niet nog moeilijker. Verziek de boel niet langer. Ga naar een kliniek en laat je kind weghalen. Dat is tegenwoordig legaal, weet je dat? Dat geeft geen problemen meer. Met dat kind zal ook je liefde voor Victor sterven. Jij zult een nieuw begin kunnen maken! En voor mij zou dat er nooit meer zijn als Victor me verlaat.' Met zachte drang had ze Lisanne naar de deur gewerkt.

'Victor houdt van me,' fluistert Lisanne. Er branden tranen achter haar ogen.

'Luister nu goed naar me. Voor het laatst. Ik zeg het nog één keer.' Wietske is vlak voor haar gaan staan. Haar ogen zijn doordringend in die van Lisanne. Ogen waarvan Lisanne haar ogen niet kan afwenden. 'Victor houdt niet van je! Als hij dat wel deed, was hij niet bij mij gebleven. Dan ging hij nu niet verhuizen. Hij houdt niet van je! Ik vraag me af of hij dat ooit wel gedaan heeft! Waarschijnlijk heb je je dat maar verbeeld. Hij houdt niet van je! Hij houdt niet van je!' Ze spreekt de woorden langzaam en duidelijk uit. Haar ogen blijven gefixeerd in die van Lisanne, alsof ze haar wil hypnotiseren. 'Hij houdt niet van je!'

'Mevrouw, kunnen we de boel van boven halen? Het blijft maar regenen. We pakken het spul wel in plastic; dan kunnen we verder.' Een verhuizer steekt z'n hoofd om de deur.

'Natuurlijk. Wacht, ik loop met je mee.' Ze duwt Lisanne bijna de deur uit en blijft even staan als ze haar het paadje af ziet lopen. Een verdwaasd mensenkind, te midden van de grauwe, koude regen. De eenzaamheid straalde ervan af. Wat moest er van haar worden? Het hart bonst Wietske in de keel. Nooit eerder heeft ze zo hard kunnen zijn. Nooit heeft ze iemand weggestuurd, maar nu? Ze kon niet anders. Het was puur lijfsbehoud.

De regen valt in stromen op haar neer. Lisanne dwaalt door de straten. Ze is de stad ingegaan en heeft een kop koffie gehaald in een coffee-shop. Ze is gaan zitten, maar heeft zich te midden van de andere, pratende, lachende mensen zo eenzaam gevoeld dat ze de koffie heeft laten staan en weggelopen is. Gevoelloos is ze verder. Ze voelt noch verdriet, noch woede, noch angst. Vanbinnen is ze totaal leeg en opgebrand. Alsof ze niet kan bevatten wat er gebeurd is. Het enige dat ze zich realiseert is, dat haar dromen als een zeepbel uit elkaar gespat zijn. Ze is met een smak in de werkelijkheid gevallen. En het is een harde werkelijkheid, zonder genade. Nooit zal ze met Victor in één huis wonen. Nooit zal ze met hem een gezin vormen. Ze zal alleen zijn met een kind. Ze zal de schande alleen moeten dragen en de bevalling alleen moeten doormaken. Al de dingen waarvoor ze angst heeft zal ze in haar eentje moeten klaren. Ze zal het kind niet kunnen vertellen wie z'n vader was. Hoe breng je een kind immers aan z'n verstand dat z'n vader een lafaard, een man zonder een eigen wil, was? Ze balt haar handen in haar zakken tot vuisten. De kou trekt door haar heen. Haar jas is doorweekt. Ze merkt het niet. Door haar hoofd malen de woorden van Wietske: 'Victor houdt niet van je, houdt niet van je!' 'Het kan niet. Hij moet van me houden,' fluistert ze in haar wanhoop. Regendruppels vermengen zich met haar tranen. Voorbijgangers kijken haar onderzoekend aan, maar ze ziet het niet. In haar verwarde geest verschijnt Victors gezicht voor zich. Het gezicht van Victor, die toch steeds had gezegd dat hij van haar hield. Wietske had het bestempeld als een spel, een avontuurtje, maar zij was ervan overtuigd dat het voor Victor ernst was geweest. Misschien had hij het tegen Wietske gezegd uit medelijden. Want medelijden had hij met Wietske. Ze had hem met haar verdriet in haar macht en hij realiseerde zich dat zelf niet. Weer ziet ze Wietskes felle ogen voor zich: 'Victor houdt niet van je!' Ze huivert. De kilte is zelfs in haar hart geslopen. Ze gaat op een bankje zitten. Een houten bankje op een plein, te midden van de regen. Een jonge vrouw in een doorweekte lichte jas met een koffievlek, en met natte haren. Een toonbeeld van ellende en eenzaamheid zonder dat ze het zichzelf realiseert. Maar eenzaam was ze. Vrienden had ze niet. Ze had ze nooit gehad en ze zou ze vast nooit krijgen. Martin was haar vriend geweest, maar juist hem had ze plaats laten maken voor Victor. Martin had haar gewaarschuwd en ze had niet willen luisteren. Ze meende dat hij zo gepraat had uit jaloezie. Hij had enkel meer mensenkennis dan zij, en nu was het te laat om nog te luisteren. Ze denkt aan haar vader en Karin. 'Je bent een schande voor ons huis!' had haar vader haar verweten. Ze was de enige vrienden die ze nog bezat kwijt, dank zij Victor. Victor! Ze zou het uit willen schreeuwen, maar in plaats

111

daarvan blijft ze doodstil zitten en staart voor zich uit. Onwillekeurig gaan haar gedachten naar haar moeder. Leefde ze nog
maar! Aan haar zou ze alles kunnen vertellen. Haar moeder zou
haar troosten als een klein kind. Alles zou dan veel minder erg
lijken. Ze zou niet alleenstaan. 'Mam?' Haar stem is klein en
beverig. Ze kijkt naar boven, maar ze krijgt geen antwoord. Boven
haar is enkel een grijs, ondoordringbaar wolkendek. Misschien
zou het allemaal anders gelopen zijn als haar moeder nog geleefd
had. Als, als... Maar haar moeder leefde niet. Het had God, in
Zijn ondoorgrondelijke wijsheid, behaagd haar weg te nemen.
Wat de toekomst brengen moge. Mij geleidt des Heren hand.
Waar dan? Waarom was die hand er dan voor haar niet? Mij
kastijdt des Heren hand was het voor haar. Alles wat haar lief
was, was haar door God afgenomen. In vol vertrouwen had ze
gemeend dat het goed was tussen Victor en haar. Het had allemaal
zo mooi geleken. Ze verwachtte een kind. God had haar laten
vallen als een baksteen. Ze staat op. Ze wilde niet meer denken.
Ze wilde enkel nog maar lopen, al leken haar verstijfde ledematen
niet mee te willen werken. Lopen wilde ze naar het eind van de
wereld. Dan zou ze niet meer kunnen denken. Nooit meer! Haar
voeten gaan steeds langzamer en dan staat ze ineens voor het huis
van haar vader. Haar hand gaat weifelend naar de bel. Ze belt
aan. Het blijft doodstil in huis en ze wil zich omdraaien. Wat
zocht ze hier ook? Dan gaat toch ineens de deur open. Ze staat
oog in oog met Karin. Ze ziet de verwondering, de schrik en ook
de irritatie duidelijk weerspiegeld op het gezicht tegenover haar.
Ze hoort het sarcasme in de stem van Karin en krimpt in elkaar.
'Kijk nu toch eens. De verloren dochter. Het spijt me, kind. Je
vader heeft niet op de uitkijk gestaan. Je komt wat onverwacht.'
'Ik, ik,' fluistert ze, maar Karin geeft haar geen gelegenheid verder te praten.
'Ik weet niet wat je nu verwacht. Je vader is visites rijden. Zolang
zul je dus alleen met me thuis zijn. Ik weet niet of het erg pijnlijk
voor je zal zijn. Anders is het misschien het beste als je nog even
ergens anders langsgaat. Heb je geen boodschappen te doen of
zo? Je moet niet zo op straat blijven rondlopen, want je bent al
doornat.'

'Ik,' fluistert Lisanne nogmaals. Ze wil verder praten en opent haar mond.

Dan kan Karin haar nog net opvangen. De spanning en vermoeidheid hebben hun tol geëist.

Als ze weer bijkomt zit haar vader naast haar. Ze kijkt naar hem, zoals hij z'n pijp stopt. Hij glimlacht geruststellend als hij haar blik op zich gericht ziet. Dan is er zijn stem: 'Lisanne, kind, wat heb je toch gedaan?' De pijp wordt aan de kant gelegd. Ze voelt zijn armen om haar schokkende schouders. Veilig voelt ze zich. Heel even maar. Dan kijken z'n ogen in de hare en hij vraagt: 'Wat is er gebeurd, Lisanne? Ben je uit je kamer gezet? Je was doornat. Heb je in de regen gelopen?'

'Ik weet het niet. Ik was in de stad en ineens was ik hier,' bekent ze verlegen. 'Ik, Victor.' Ze huilt weer. Wild, met gierende uithalen.

Hij laat haar rustig uithuilen. 'Wat nou toch, m'n kind? Heeft die Victor je in de steek gelaten of ben je zelf zo verstandig geweest?'

Ze zwijgt en kijkt naar de grijze strepen die door het haar van haar vader lopen. Waren die er altijd al of...?

'Ik heb er erg onder geleden. Onder onze scheiding, bedoel ik. Maar ik kon niet anders.' Het is alsof hij haar gedachten raadt.

'Je hebt me gewaarschuwd.' Ze zou weg willen kruipen en er nooit meer over willen praten. 'Ik heb niet willen luisteren. Ik houd van Victor. Nog steeds. En hij kon niet meer van Wietske houden, zei hij. Hij hield van mij. We zouden gelukkig worden en nu... Hij is weg. Zo maar verhuisd.'

'Zonder jou daarin te kennen? Wat een lafaard!'

Ze kan zijn minachting wat Victor aangaat bijna niet verdragen, maar ze zegt niets. Hij had immers gelijk? Bovendien zou het nog erger worden. 'Ik... ik ben zwanger. Ik moet een kind van hem krijgen.' Het is eruit. Haar stem heeft hoog en schril geklonken en haar mededeling wordt gevolgd door een doodse stilte.

Ze ziet de verbijstering weerspiegeld op het gezicht van haar vader. Verbijstering, gevolgd door woede en verdriet. De woede wint. Haar vader vloekt en ze schrikt ervan. Ze had haar vader nog nooit horen vloeken. Hij staat op en gaat voor het raam staan. 'En hij weet daarvan?' Als ze knikt, vervolgt hij: 'En hij gaat dan toch zo maar weg? Hij laat je eenvoudig achter met je misère? Hij knijpt ertussenuit? Maar dat is toch verbijsterend? Ervoor boeten zal hij. Dit kan hij niet zo maar ongestraft doen. Ik ga naar hem toe. Ik zal hem.'

'Dat heeft geen zin,' zegt ze smekend. 'Hij is al weg, verhuisd, en ik weet niet waar hij naar toe is gegaan.'

'Via de gemeente of de school is daar wel achter te komen.'

'En dan? Haal je hem terug? Dwing je hem van Wietske te scheiden en met mij te trouwen? Ik zou het niet meer willen. Ik weet nu hoe hij is. Nu het te laat is. Misschien houd ik zelfs nog van hem, ondanks alles. Maar van mij houdt hij niet. Niet echt, en je kunt iemand niet dwingen te scheiden en te trouwen. Hij zal op z'n hoogst alimentatie kunnen betalen, maar dat wil ik niet eens. Ik red het wel. Ik wil niets van hem aannemen.'

'Je redt het niet. Hoe denk je dat te doen?' Karins stem weerklinkt in de kamer en Lisanne realiseert zich dat ze zo al een hele tijd heeft mee staan luisteren.

Ze wil uitvallen, maar bijt zichzelf op de lippen. Ze had het recht niet. Karin was in haar eigen huis. Ze mocht zelf weten waar ze stond en wat ze zei.

'Karin, daar vinden we een oplossing voor,' sust haar vader.

'Waar denk je dan aan?'

'Ze zou hier toch zolang kunnen wonen? Een baby erbij is toch niet zo'n onoverkomelijk probleem?'

'Voelde je je daar niet te oud voor? Als het kind maar van Lisanne is, dan geeft het niet.'

'Karin, laten we daar een andere keer over discussiëren,' zegt hij, haar het zwijgen opleggend, en z'n ogen lijken te bliksemen.

'Goed, laten we het dan anders stellen,' zegt Karin hard. 'Lisanne heeft me nooit geaccepteerd in dit huis. Denk je dat ze veranderen zal als ze hier met een baby mag wonen? Denk je dat het goed zal gaan?'

'Ik zou dat helemaal niet willen,' zegt Lisanne zacht. 'Het was dom van me hiernaar toe te komen. Het spijt me. Ik wist niemand anders.'

114

'Daar gaat het niet om,' zegt haar vader zacht. 'Je bent hier welkom. Ieder mensenkind maakt, verblind door de liefde, fouten.'

'Daar gaat het mij ook niet om,' verdedigt Karin zich. 'Ik wil je best helpen, maar je zult me nooit accepteren. Misschien moeten we een andere oplossing zoeken. Misschien moeten we het kind niet geboren laten worden. Zal ik eens voor je informeren? Abortus is tegenwoordig legaal. Het moet dan wel op korte termijn gebeuren, anders mag het volgens de wet niet meer.'

'Karin, weet je wel wat je daar voorstelt?' Haar vaders stem klinkt scherp.

'De beste oplossing.'

'Een kind zal haar veel vergoeden. Ze zal misschien haar baan verliezen, maar er komt echt wel weer een andere tijd. Een kind is geen vlekje dat je kunt laten weghalen. Ik meende dat jij het ook als een geschenk van God zag.'

'Dramatiseer het niet zo. Het is nog geen kind te noemen. Lisanne heeft geen andere keus.'

Lisanne zwijgt. Het was alsof donkere wolken zich boven haar hoofd samenpakten. Er werd hier over haar kind en haar leven gepraat, alsof ze er niet bij zat. Waarom was ze hier eigenlijk heen gegaan? Ze kon hier toch niet anders verwachten? Ze slikt. 'Ik ga naar huis. Ik red mezelf wel. Er zal wel een oplossing komen.'

'Geen sprake van. Je blijft hier,' zegt haar vader gealarmeerd, maar ze legt haar hand geruststellend op z'n arm.

'Ik voel me goed. Ik ben blij dat jullie het weten. Het zal wel loslopen. Ik ben de enige ongehuwde moeder niet. Ik zal m'n kind liefde geven. Dat is van meer belang dan materiële zaken.'

'Laat mij je dan naar huis brengen,' bedisselt hij en ze stemt, met tegenzin, toe.

Karin houdt haar bij de deur nog even tegen. 'Lisanne, geloof me. Ik heb het voor je eigen bestwil gezegd. Het zal heel moeilijk voor je zijn, maar denk erover na. Je zult een nieuw leven kunnen beginnen. Er zullen andere mannen in je leven komen. Je zult dan geen blok aan je been hebben. Je kunt het gewoon nog niet aan en ik kan het niet aanzien hoe je jezelf straks nog verder de vernieling in zult helpen.'

'Ik red me wel,' zegt ze stug. 'Bedankt voor je gastvrijheid.' Ze is blij als ze eindelijk de deur achter zich dicht kan trekken.

12

Er wordt op haar kamerdeur geklopt en de stem van mevrouw Heijman klinkt schril: 'Telefoon voor je!'
Vermoeid staat Lisanne op. 'Ik kom eraan!' Ze loopt het halletje in en ontwijkt de onderzoekende blik van mevrouw Heijman. 'Wie is het?' informeert ze terloops.
'Dokter Schuurmans.'
Lisanne wist genoeg. Haar hand beeft als ze de hoorn in haar hand neemt. 'Met Lisanne.'
'Lisanne, met Schuurmans. Ik wilde eens informeren hoe het er met je voorstaat.'
'Ik ben moe,' zegt ze zacht. 'Alleen maar moe.'
'Ben je al naar je huisarts toe geweest?' Het klinkt oprecht bezorgd.
Ze schudt haar hoofd en bedenkt dan dat Schuurmans het niet kan zien. 'Nee,' zegt ze hardop. 'Maar wat zou die man eraan moeten doen?'
'Bloed prikken. Het is niet goed als je steeds zo vermoeid bent. Dat weet je zelf ook. Bovendien moet ik nu toch ook weten waar ik aan toe ben. Mijn vrouw valt nu steeds in, maar dat wordt volgende week wat problematisch. Denk je dat je binnenkort alweer aan het werk kunt? Anders moet ik voor vervanging zorgen.'
'Ik denk het wel,' zegt ze mat.
'Ik hoop het, Lisanne,' zegt Schuurmans koel. 'Om eerlijk te zijn, ik heb je al eerder gebeld. Je hospita wist toen te vertellen dat je niet thuis was. Dat komt natuurlijk raar over. Als je immers mans genoeg bent om naar buiten te gaan, kun je volgens mij ook werken. Heb je misschien problemen? Kan ik je helpen?'
'Nee, nee,' zegt ze gehaast. Hoe kon ze hem vertellen dat ze dagelijks op straat ronddoolde? Hoe kon ze hem vertellen dat ze bij haar vader was geweest? Hij mocht immers niets weten? Ze hui-

vert ineens. Het zou niet lang meer duren voor hij volledig op de hoogte was. Iedereen zou over een poosje kunnen zien dat ze zwanger was. Ze zou alles kwijtraken. Ze zou...

'Lisanne, ben je daar nog?' De stem van Schuurmans klinkt ongeduldig. 'Ik zal er verder niet moeilijk over doen. Maar ik eis van je dat je maandag hier weer present bent. Tot maandag dus.'

'Tot maandag,' zegt ze zacht.

'Oh ja, dat had ik je nog niet verteld.' Mevrouw Heijman duikt achter Lisanne op. 'Schuurmans had al eerder gebeld. Je was er op dat moment niet.'

'Dat heb ik inmiddels vernomen.' Lisanne legt de hoorn op de haak.

'Ben je nog ziek?' informeert mevrouw Heijman.

'Nee, dank u. Ik ben al een stuk opgeknapt.'

'Het gaat tegenwoordig toch allemaal een stuk makkelijker dan vroeger toen wij jong waren,' zegt mevrouw Heijman. 'Ik bedoel maar. Als je ziek was, was je ook echt doodziek! Dan was je niet meer in staat op straat rond te banjeren. Voor je het wist, verloor je je baan.'

'Daar is tegenwoordig maar weinig in veranderd,' mompelt Lisanne vermoeid. 'Ze lijken allemaal zo aardig. Maar oh wee, als ze menen dat je hun zaak benadeelt. Dan zijn ze ineens niet zo aardig meer.' Ze wacht het commentaar van mevrouw Heijman niet af, maar gaat naar haar kamer. Haar kamer, die zo leeg en kil leek sinds Victor niet meer kwam. Ze gaat doelloos voor het raam staan. Dokter Schuurmans dacht dat ze hem voor de gek hield. Ze zou hem de waarheid eigenlijk moeten zeggen, maar ze durfde het niet. Ze pakt een boek, maar legt het weer weg. Ze kan haar gedachten er toch niet bij houden. Steeds weer dwalen haar gedachten naar Victor. Soms haat ze hem. Dan kan ze zich niet voorstellen dat ze er werkelijk zo met open ogen in getuind is. 'Ik kan niet meer met mijn vrouw praten. Wietske en ik leven langs elkaar heen,' had hij gezegd. Clichés waren het. Woorden die ontelbare mannen al tegenover even zoveel vrouwen hadden uitgesproken. Ze had er altijd smalend om gelachen. Dat een vrouw die praatjes nog geloofde. Al die mannen waren hetzelfde. Ze waren uit op een avontuurtje. En zij was een van die domme

117

leeghoofden geweest, die zulke woorden geloofde. En nu was Victor weg. Hij woonde ergens, en ze wist niet waar. Daar zou hij opnieuw een gewaardeerde rector worden. De mensen en vooral zijn leerlingen zouden hem op handen dragen. Victor en Wietske van Dam: een keurig echtpaar. Een tweeëenheid. Jammer, dat er nooit kinderen waren gekomen, maar ze vingen elkaar gelukkig goed op. Door en door fatsoenlijke mensen. Ze stonden voor hun principes. Victor droeg z'n partij een warm hart toe, met in het verkiezingsprogramma anti-abortus. Wie weet zat er voor Victor na de nieuwe gemeenteraadsverkiezingen wel weer een raadszetel aan vast. Niemand had daar immers ooit gehoord van een zekere Lisanne Versteeg, die een kind van Victor moest krijgen, omdat hij al z'n principes had laten varen. Niemand zou ooit weten dat hij toen ineens abortus zo gek nog niet vond. Het werd immers allemaal anders als je zelf ineens geen andere uitweg meer zag? Lisanne Versteeg: ze wilde het kind van Victor wel en ze wilde het niet. Ze wilde het niet afstaan en ze wilde het niet krijgen. Ze was er bang voor. Ze zag geen oplossing en ze had geen vrienden die haar wel een oplossing boden. Haar handen trilden weer zo. Ze steekt een sigaret op. Nooit had ze gerookt, maar dezer dagen was de drang ernaar ineens zo sterk. Ze had er behoefte aan.

Er werd weer op de deur geklopt. Het was opnieuw de stem van mevrouw Heijman. 'Bezoek voor u. Kan het even?'

Haar hart bonkte haar ineens in de keel. De hoop gloeide weer op. Stel je toch eens voor dat Victor misschien ineens ingezien had dat hij z'n verantwoordelijkheid niet ontvluchten kon. Misschien hield hij toch nog van haar en wilde hij haar bij zich hebben?

Het is Victor niet. Het is haar vader, die over de drempel van haar kamer stapt. Ze drukt snel haar sigaret uit in de asbak, maar hij heeft het al gezien. 'Lisanne toch, sinds wanneer rook jij?'

Ze voelt tranen achter haar ogen branden. Het was Victor niet. Hij hield niet van haar. Hij ontkende z'n verantwoordelijkheid ten opzichte van haar. Haar handen friemelen onhandig aan het verfrommelde pakje sigaretten, dat al bijna leeg was. 'Sinds ik niet meer weet wat ik moet doen,' zegt ze dan haperend. 'Ik ben bang, pap. Ik ben zo vreselijk bang.' Ze kijkt de kamer rond. 'En hier vliegen de herinneringen op me af. Voor Victor heb ik deze kamer gehuurd, al wilde ik daar destijds niet voor uitkomen. We zouden samen zo gelukkig worden.'

'Je moet Victor vergeten.' Hij legt een arm om haar schouder. 'Je moet vergeten dat hij er ooit geweest is en dat je zwanger van hem geworden bent. Ja kind, ik heb erover nagedacht. Je verkeert in een noodsituatie. Het is beter dat je deze zwangerschap laat onderbreken. Laat het weghalen en vergeet alles. Je kunt zolang bij ons thuis wonen. Karin is het met me eens. We zullen samen helpen een kamer voor je te vinden. Een kamer waar geen pijnlijke herinneringen aan vastkleven. Je zult nog een paar zwarte bladzijden in je leven door moeten worstelen. Daarna begin je met een schone lei. Een blanco bladzijde, die je opnieuw naar believen kunt invullen. Ook daar zullen ezelsoren aan komen en doorhalingen op komen te staan. Fouten zullen gemaakt blijven worden, maar die bladzijde zal nooit meer zo zwart zijn als de bladzijden die je nu invult.'

Ze sluit haar ogen. Hij was haar laatste medestander in de strijd haar kind te kunnen behouden. Ze stond nu helemaal alleen en ze zou het niet aankunnen. Waarom was hij nu ineens zo veranderd? 'Ik wil het niet,' zegt ze zacht en zonder overtuiging.

'Je hebt geen andere keus,' zegt hij heftig. 'Heus Lisanne, het is de beste oplossing. Karin wil wel voor je afspreken. Het komt allemaal wel goed. Je gaat naar een kliniek. Daar gebeurt het onder plaatselijke verdoving, zodat je direct naar huis kunt. In een ziekenhuis moet je onder narcose. Dat is gecompliceerder.'

'Bovendien zullen ze daar de naam kennen,' zegt ze effen.

'Doe niet zo flauw. We hebben het beste met je voor. Het komt allemaal wel goed.'

Het komt allemaal wel goed, zoemt het door haar hoofd. Ja, maar alleen als zij zich liet aborteren. En haar baby dan? Een andere keus werd haar niet gelaten. Geen mens had het erover hulp te bieden als ze besloot haar kind te behouden. Dan zouden ze hun handen van haar aftrekken. Zelfs haar vader.

'We zullen je op weg helpen. Je staat er niet alleen voor,' probeert haar vader haar verder te overtuigen.

'Laat maar,' zegt ze toonloos. 'Het lijkt wel of je aandelen bij de abortuskliniek hebt. Je hoeft me niet meer te overtuigen. Karin

119

hoeft niet te bellen. Ik ben wel in staat dat zelf te doen.'
'Wat zeg je dat toch weer cru,' zegt hij wrevelig, maar als hij haar verdrietige gezicht ziet slaat hij z'n armen om haar heen. 'Kind, ik had het zo graag anders gewild. Ik weet helaas geen betere oplossing. Dit is het beste voor ons allemaal.'
Voor jullie vooral, bedenkt ze schamper, maar ze zwijgt. 'Ga je met me mee naar huis? Dan hoef je niet meer tussen deze rommel te zitten.' Hij kijkt misprijzend naar de chaos die Lisanne in een paar dagen heeft weten te scheppen.
'Ik bel wel als ik jullie nodig mocht hebben,' zegt ze. 'Ik red me nu wel eerst. Ik ga niet met je mee. Ga zelf maar weg. Ik wil ` alleen zijn.'
'Zoals je wilt.'
Ze kijkt hem na vanuit het raam. Ze ziet hem naar z'n auto lopen: haar vader. Vroeger haar grote vriend en nu bijna een vreemde.

Vreemd, hoe makkelijk alles haar afging. De gebeurtenissen leken ineens in een stroomversnelling te zitten. Ze had zelf gebeld naar de kliniek, die zich niet in hun stad bevond. Het maakte het alleen maar makkelijker. Een vriendelijke vrouwenstem had al haar vragen beantwoord en haar voorbereid op het reilen en zeilen in de kliniek. Haar eerste afspraak was gemaakt.
Twee dagen na het gesprek met haar vader gaat ze erheen. Er zou immers toch nog niets gebeuren? Er zou alleen een gesprek plaatsvinden. In de trein observeert ze de mensen om zich heen. Ze staren naar buiten of voor zich uit. Waar zouden ze naar toe gaan? Wat gingen ze doen? Aan sommige mensen was het te zien. Ze droegen schooltassen of aktentassen bij zich. Anderen keken onbewogen. Ze probeert het ook. Alsof het haar allemaal niet aanging. Alsof ze niet zwanger was, maar voor een kleinigheid naar de kliniek moest. Een stiekeme moord was het. Niemand zou het weten. Nu niet en nooit niet!
Het miezert als ze de trein uitstapt. Dat paste bij haar sombere, neerslachtige stemming. Ze had het gevoel dat ze zou vallen. Ze kijkt op haar horloge. Er was nog tijd om koffie te drinken in de stationsrestauratie. Er zat een brok in haar keel. Dat maakte het haar haast onmogelijk te slikken. Straks was er geen weg terug.

Ze had a gezegd. Ze zou nu ook b moeten zeggen. In stilte had ze zich een voorstelling van zo'n kliniek gemaakt. Het zou er koud en steriel uitzien en ze had altijd het idee gehad dat er een stel slagers rondliep of in ieder geval een stel van die 'baas in eigen buik' dames. De stem aan de telefoon had anders geklonken. Menselijker, vriendelijk en een oprechte belangstelling tonend. 'Ben je zeker van je beslissing? Zie je geen andere oplossing?' was er gevraagd. Ja, ze was heel zeker van haar beslissing, want er was voor haar geen andere oplossing. Daarna was ze heel uitvoerig over de behandeling ingelicht. Ze had soms het idee dat het helemaal niet om een kind ging, maar om een gezwelletje dat even weggehaald moest worden. Een gezwel dat ingeperkt moest worden, omdat het anders kwaadaardig zou voortwoekeren. Hoe kon God toestaan dat een mens als gezwel werd behandeld: haar kind? De koffie was op en het was bijna tijd. Langzaam loopt ze in de richting van de plaats waar de kliniek zich moet bevinden. De dame aan de telefoon had het nauwkeurig uitgelegd. De weg zou eindeloos moeten zijn, maar veel te snel staat ze voor de fris blauwe deur met een hoel glas erin. De deur was geopend. Ze kon zo naar binnen. Aarzelend drukt ze de deurklink naar beneden. Gelukkig dat ze buiten de stad was. Zo was er weinig kans dat bekenden haar naar binnen zouden zien gaan. De deur valt met een klap achter haar in het slot en het dringt ineens in volle hevigheid tot haar door dat ze nu definitief op het punt staat haar kind te laten weghalen. Al had de vrouw aan de telefoon haar uitdrukkelijk verzekerd dat ze een wettelijke bedenktijd had van vijf dagen. Vijf dagen, die haar in staat zouden moeten stellen haar daad te overzien en eventueel haar afspraak ongedaan te maken. Ze kon hulp krijgen. Er waren instanties die ongehuwde moeders op weg hielpen. Ze zou hen niet nodig hebben. Haar besluit stond vast. Er was voor haar geen andere oplossing. Dank zij Victor. Stil; ze moest niet denken nu. Hij had dit ook gewild. Met een driftig gebaar veegt ze een traan weg. Niemand hoefde te weten hoe erg ze het vond. Ze zouden haar hier misschien wel uitlachen. Voor hen was het vast routine.
'U hebt een afspraak?'
Ze was door een glazen draaideur gegaan en stond nu voor een

121

balie. Ze had deze vrouw aan de telefoon gehad. Ze herkent haar stem. Een stem die bij de vrouw past: een niet meer zo piepjonge, volslanke, vriendelijke dame. Ze paste niet in een abortuskliniek. Ze zou op de afdeling intensive care van een ziekenhuis moeten werken. Daar waar ze juist hun uiterste best deden mensen in leven te houden.

De dame knikt haar geruststellend toe. 'U komt voor het voorgesprek, is het niet? Gaat u maar zolang in de wachtkamer zitten. U wordt straks wel opgehaald.'

Ze gaat in de wachtruimte zitten en gluurt onopvallend naar een vrouw die, vergezeld van een man, tegenover haar zit en gedempt met hem praat. Er stonden tijdschriften en voorlichtingsmateriaal in een wandrek, maar ze deed geen moeite wat te pakken. Haar hoofd stond nu niet naar lezen en zeker niet naar het bekijken van zo'n vrolijk geïllustreerd damesblad. De man en vrouw werden door een verpleegster opgehaald en ineens was er weer dat brok in haar keel. Haar hand tast naar haar pakje sigaretten, maar ze kan het niet vinden. Waarschijnlijk lag het nog in de stationsrestauratie. Ze bekijkt de wachtkamer. Die was uitgevoerd in heldere tinten; eigenlijk best vrolijke. Veel knalrood, felblauw en zonnig geel. Een aquarium vormde de scheidslijn tussen de balie en de wachtkamer. De vissen zwommen in al hun kleurenpracht onverstoorbaar heen en weer.

'Mevrouw Versteeg?'

Ze staat automatisch op en loopt als in een droom achter een verpleegster aan naar een spreekkamer, waar ze opgevangen wordt door een nog jonge man met een vriendelijk, rustgevend gezicht. Hij praat tegen haar en legt uit wat er precies zal gaan gebeuren. Het maakt haar rustiger, nu er gewoon over gepraat wordt door iemand die het dagelijks meemaakt. Het is alsof het nu minder weerzinwekkend is.

'Een abortus is niet zo maar iets,' zegt de dokter. 'Er zullen redenen zijn waarom u gemeend hebt deze zwangerschap niet uit te dragen, maar tussentijds af te breken. Dat zijn meestal niet de leukste redenen, maar wij hebben daar niets mee te maken. Het is uw beslissing! Het zijn uw redenen! Wat niet wil zeggen dat u er hier niet met ons over mag praten. Integen-

deel juist. Als u daar behoefte aan hebt, aarzel dan niet. Maar wij houden altijd rekening met het feit dat het uw beslissing is!'
Nee, denkt ze. Het is niet mijn beslissing. Het is de beslissing van Karin en van m'n vader; van Wietske en van Victor. Ze hebben allemaal het beste met me voor.
'Het zal voor u geen gemakkelijke beslissing zijn geweest. Wij begrijpen dat heel goed. U moet ook vooral niet denken dat het een soort routine voor ons geworden is.'
Ze kleurt onwillekeurig. Is dat niet wat ze net heeft gedacht, toen ze binnenkwam?
'Elk geval is weer een stukje tragiek. Iedereen heeft het er moeilijk mee en geen mens doet het "zo maar", zoals men wel eens ten onrechte suggereert.'
Ze knikt zwijgend. Zelf wist ze hier alles van. Ze had de vrouwen die hier hun heil zochten verfoeid. Ze vond abortus iets vreselijks, iets misdadigs, en nu? Nu zat ze hier zelf.
'U kunt zich straks bij de balie melden om een afspraak te maken bij de receptioniste. Over vijf dagen verwacht ik u terug, tenzij u van gedachten verandert. Ik geef u een folder mee. Bekijk die eens rustig en neem dan een beslissing. Mocht er niets veranderen, dan zie ik u hier terug. Ik raad u aan iemand mee te nemen.'
Ze knikt. 'Ik zal ervoor zorgen.'
Er volgt een koele handdruk, maar een oprecht belangstellende blik. 'Ik wens u veel sterkte, mevrouw Versteeg.'
Voor ze het weet zit ze weer in de trein. De eerste stap is gezet. Ze vouwt haar handen. Ze is het gewoon geweest God overal bij te betrekken. Vroeger, toen haar moeder nog leefde. Maar nu? God was zover weg. Zover, dat Hij voor haar onbereikbaar was.
's Middags gaat ze weer naar haar werk.

13

De vijf dagen zijn veel te snel voorbij. Voor ze het weet zit ze naast Karin in de auto richting kliniek. Het weer is omgeslagen. Hagel en storm hebben plaats gemaakt voor rustig, schitterend herfstweer. De bomen langs de kant van de weg lijken gouden bladeren te hebben in de opkomende zon.

Karin doet de zonneklep in de auto naar beneden. Ze spreken geen woord tegen elkaar. Even had Karin nog een poging gedaan, maar haar woorden waren afgestoten op een muur van zwijgen. Ze had de moed daarom maar opgegeven.

Lisanne staart hardnekkig naar buiten. Het leven ging gewoon z'n gangetje, hoewel het voor haar was alsof de wereld stilstond. Nooit meer zou het worden zoals het geweest is. Nooit meer zou ze zorgeloos zijn. Altijd zou deze dag er zijn. Een zwarte dag, ondanks de gouden zon. Haar handen liggen klam in haar schoot en ze voelt zich misselijk van nervositeit.

Karin weet feilloos de weg naar de kliniek te vinden. Ze zoekt er een plaatsje om vlak in de buurt te parkeren. Samen lopen ze naar binnen. Opnieuw via de blauwe deur, en dan de glazen draaideur door.

De receptioniste is even vriendelijk als de vorige keer. 'Mevrouw Versteeg, is het niet?'

Ze wordt ingeschreven, waarna ze opnieuw in de wachtkamer belandt. Zwijgend schuift ze op een stoel, vlak naast het aquarium. Er zitten meer mensen te wachten. Een buitenlandse vrouw met een hoofddoekje op. Ze heeft een boodschappentas op schoot en speelt nerveus met de sluiting. Naast haar zit een oudere vrouw met een jong meisje. De vrouw heeft haar arm om het meisje heen geslagen en praat geruststellend tegen haar. Even later neemt een verpleegster het meisje mee. De vrouw, waarschijnlijk haar moeder, blijft in de wachtkamer zitten. Ze pakt een tijdschrift en bladert dat door, maar Lisanne ziet dat ze niet leest. Haar blik dwaalt telkens naar de deur waarachter het meisje verdwenen is. 'Je mag straks wel weggaan,' zegt ze ineens tegen Karin.

'Waarom zou ik?'

'Het duurt wel een uurtje of twee voordat ik naar huis zal kunnen. Je zult je hier een ongeluk vervelen. Misschien kun je gaan winkelen; nog wat boodschappen doen of zo.'

'Ik ga straks wel lezen. Dan zijn die twee uurtjes zo voorbij.'

Karin doet een poging geruststellend te glimlachen. Een poging die jammerlijk faalt.

Lisanne weet dat ze zich schuldig voelt. Ze zucht. Was ze maar niet met Karin meegereden in de auto. Het was haar echter door de arts aangeraden en haar vader en Karin hadden erop gestaan. Om hun geweten een beetje te sussen en zeker te weten dat ze wel echt naar de kliniek zou gaan, had ze ironisch gedacht. 'Mevrouw Versteeg?'

Ze loopt met de verpleegster mee, zonder nog wat tegen Karin te zeggen. Maar al zou ze willen, haar keel was dichtgesnoerd. Ook tijdens het gesprek, het onderzoek en de uiteindelijke behandeling zegt ze niet meer dan strikt noodzakelijk is. Ze sluit haar ogen en ondergaat alles lijdzaam. Ze moest niet denken nu; vooral niet denken: verbeeld je dat het niets ernstigs is. Het is een gezwelletje dat weg moet; een fluitje van een cent. En dat was het ook. Het was supereenvoudig om een kind... Daar moest ze niet aan denken. Straks mocht ze naar huis. Dan zou ze dit vergeten. Dan zou ze opnieuw beginnen, zoals iedereen haar zo mooi had voorgespiegeld. Dan zou ze Victor kunnen vergeten. Victor. Er liepen tranen langs haar wangen.

'Heb je pijn?' informeert de verpleegster bezorgd.

Ze schudt haar hoofd. Ze had geen pijn. Niet lichamelijk tenminste. Diep binnen in haar brandde een verterend vuur. Een vuur van pijn, angst en verdriet.

De verpleegster praat tegen haar. De arts ook. Ze proberen haar op haar gemak te stellen. Ze vertellen wat ze gaan doen en waar ze mee bezig zijn. Ze kunnen haar angst en verwarring niet verminderen. Was dit maar allemaal achter de rug, denkt ze. Was ze maar weer gewoon, onbezorgd jong. Ze zou het nooit meer zijn.

Karin is blijven zitten in de wachtkamer. Ze heeft een tijdschrift gepakt om te lezen, maar heeft het ook weer weggelegd. Ook zij kijkt naar de deur waarachter Lisanne verdwenen is. Straks zou ze weer terugkomen. Ze zou weer naast haar zitten, alsof er niets gebeurd was. Zo had ze zich dat ook voorgesteld. Lisanne zou alles kunnen vergeten. Ze zou opnieuw kunnen beginnen, als ze haar kind maar liet weghalen. Ze had het verdriet en de wanhoop in Lisannes ogen niet willen zien. Er was toch immers geen andere mogelijkheid? Wat kon zij eraan doen? Ze had Lisanne toch gewaarschuwd? Roel had daar anders over gedacht. Hij had haar gesmeekt Lisanne te helpen. Hij had haar trachten over te halen het kind geboren te laten worden en er zolang voor te zorgen, zodat Lisanne naar haar werk zou kunnen gaan. Ze had het allemaal naast zich neergelegd. Het enige dat ze voor zich zag waren de venijnige blikken waar Lisanne haar mee had begroet, toen Roel haar had voorgesteld. Ze was nooit door Lisanne geaccepteerd. Lisanne weigerde te aanvaarden dat iemand anders de plaats van haar moeder had ingenomen. Ze had er nooit begrip voor willen opbrengen. Ze werd overal met gejuich begroet. Iedereen mocht haar graag, en waarom Lisanne dan niet? Natuurlijk waren ze erg snel na de dood van Lisannes moeder getrouwd, maar ze hadden niet anders gekund. Ze had ook niet anders gewild. Daarnaast was er nog een ander gevoel naar boven gekomen, toen Lisanne haar problemen op tafel had gelegd. Ze wilde dat niet toegeven voor zichzelf. Ze draait onrustig op haar stoel. De vrouw tegenover haar kijkt haar opmerkzaam aan. Ze probeert te glimlachen.

De vrouw wendt haar blik af, alsof ze de gedachten van Karin kan lezen. Jaloezie: dat was het geweest wat ze gevoeld had, toen Lisanne had verteld dat ze zwanger was. Jaloezie, omdat zij ook gedroomd had van een zwangerschap en een kind. Maar Roel had haar gewaarschuwd. Ze was dom en kinderlijk geweest om te denken dat het allemaal wel los zou lopen. Zij: een moderne vrouw. Ze had als jong meisje gedroomd over trouwen en kinderen krijgen. Roel had roet in het eten gegooid. Ze moest hem gelijk geven, steeds weer als hij haar erop attendeerde dat hij voor hun huwelijk duidelijk tegen haar had gezegd dat hij niet opnieuw vader wilde worden. Maar ze kon niet begrijpen waarom hij haar wel vroeg voor het kind van Lisanne te zorgen, terwijl het haar zelf verboden werd kinderen te krijgen. Haar werd het onmogelijk gemaakt, en ze zou wel voor andermans kind moeten gaan zorgen? Het kind van Lisanne nog wel? Nooit! had ze zichzelf beloofd. En daarom moest Lisanne haar kindje laten weghalen. Daarom had ze die angstige, verdrietige blik ontlopen. Lisanne was door de mensen die haar het meest na stonden schandalig in de steek gelaten. Zij was Roels grootste drijfveer geweest. Al waren ze het vaak oneens, Roel probeerde altijd één lijn met haar te trekken en daarom zat ze nu hier. In een abortuskliniek. Haar ogen glijden over de zachtgele muren, die volhangen met voorlichtingsmateriaal, een felgekleurd schilderij en een in het oog springende poster met een grappige aanbeveling voor voorbehoedmiddelen. Wie had ooit gedacht dat zij hier in een wachtkamer zou zitten? Het was altijd zover van haar af geweest. Abortus was iets vreselijks; is iets vreselijks! denkt ze. Ze huivert. Zij was het die Lisanne voor de keus gesteld had! Zondag zou ze in de kerk zitten en niemand zou aan haar kunnen zien wat ze op haar geweten had. Ze bleef gewoon de vrouw van de dokter. Een christelijke dokter nog wel! Maar God zou het weten. Ze brengt haar hand naar haar mond. Ze had een gevoel alsof ze zou stikken. Medeplichtig was ze! Ze staat op en kijkt op haar horloge. Lisanne zou nu liggen te rusten. Ze zou straks pas terugkomen. 'Ik ga vast naar de auto. Als... als Lisanne... Lisanne Versteeg zo terugkomt, zegt u haar dan dat ik in de auto ben?' vraagt ze aan de receptioniste. 'Ik... zeg haar dat ze moet komen. Ze zal toch zelf wel kunnen lopen?'

De receptioniste laat niets van haar verwondering merken. 'Als de auto niet te ver weg staat, gaat dat best. Maar voelt u zich wel goed? Kan ik u ergens mee helpen?'

'Jawel, ik houd het hier alleen niet langer uit.' Ze is de draaideur al door.

De receptioniste kijkt haar na en haalt dan haar schouders op. Nou ja, het zal wel goed zijn, denkt ze. Je maakt hier van alles mee.

'U mag nu een halfuurtje rusten,' zegt de verpleegster. 'Daarna mag u naar huis. Het heeft u allemaal nogal aangegrepen, is het niet?'

Ze knikt. Wat moest ze zeggen?

'U mag wel wat lezen.' Er worden wat tijdschriften op haar bed gelegd.

Ze neemt er één in haar hand en probeert te lezen, maar de woorden dansten voor haar ogen. Ze liepen door elkaar heen als vlekkerige strepen. Er kwamen bobbels op het papier. Vochtige bobbels. Ze veegt haar tranen weg. Het had geen zin te huilen. Het was gebeurd. Voorbij.

'Wilt u praten?' De verpleegster heeft haar ontreddering gezien. 'Er valt niets te praten.' Haar stem klinkt ijl en dun.

'Ik kan nu toch een nieuw leven beginnen? Dat hebben ze me allemaal gegarandeerd. Al die mensen die het beste met me voorhadden. Een nieuw leven. Maar ik geloof dat ik helemaal niet meer leven wil.'

'Oh jawel,' zegt de verpleegster zacht. Ze pakt het tijdschrift uit Lisannes handen en neemt Lisannes koude hand in haar warme. Haar ogen staan vol medeleven. 'Geloof me, je bent de enige niet die zo reageert. Het is de spanning. Het afbreken van iets wat niet afgebroken zou moeten worden. Zwangerschap zou een feest moeten zijn en je hebt het niet mee mogen maken. Er is op je in gepraat door de omgeving, begrijp ik. Het is jammer dat je het niet eerder verteld hebt. Er waren... Ach wat geeft het ook. Dat is napraten. Je bent niet zwanger meer. Dat is een feit. Daar zul je mee moeten leren leven. Het is onzin dat je na een abortus meteen een nieuw leven kunt beginnen, zoals sommige mensen menen. Het doet pijn. De ergste pijn zal op den duur wel verdwijnen, maar er blijft een litteken achter dat je hele leven lang blijft schrijnen. Dat is de waarheid. Het is onzin te denken en te beweren dat het anders is. Het is een leugen. Het is net zo'n leugen als de gedachte dat iemand zo maar een abortus ondergaat. Het is een pertinente leugen. Niemand doet het zo maar. Iedereen heeft er verdriet over. Van de week was hier nog een meisje. Een heel jong meisje. Ze was zwanger, en het gekke is: ze was er blij mee. Ze had ook een vriend. Een vriend, die beloofde met haar te zullen trouwen. De datum stond al vast. Een groot feest zouden ze natuurlijk niet houden; ze konden hun geld wel op een andere manier gebruiken. Het meisje had 's ochtends een stel baby-sokjes gekocht en 's middags lag er een brief in de bus. Haar vriend schreef dat hij de verantwoordelijkheid niet aandurfde. Ze waren allebei nog zo jong. Ze was kapot, en als ik dan nog mensen hoor beweren dat iemand zo maar een abortus pleegt, word ik woest. Mensen zouden minder snel hun oordeel klaar moeten hebben en eerder bereid moeten zijn te helpen. Dan was er geen abortus meer nodig. Dan stond men klaar om een moeder in nood te helpen.' Ze zwijgt even.

Lisanne luistert met grote ogen. Dit was iemand die haar begreep. Iemand van wie ze het niet verwachtte. Zo moest de man aan de kant van de weg zich gevoeld hebben, toen hij werd geholpen door een Samaritaan. Iedereen liet hem maar liggen: de farizeeër, de leviet... Van hen verwachtte hij hulp en deze goddeloze Samaritaan gaf hem die hulp, die hij van de twee anderen niet kreeg.

'Weet je,' gaat de verpleegster verder. 'Tegen veel mensen zwijg ik over de baan die ik hier heb. Ze zullen het niet kunnen begrijpen, want hoe kan ik hieraan meewerken? Maar niemand ziet de keerzijde van de medaille. De wanhopige moeders in nood, die hulp nodig hebben. En daarom moet jij je ook niet schuldig voelen. Leer ermee te leven, want kwijtraken zul je deze herinnering niet. Maar leer te accepteren dat je geen andere keus hebt gehad.'

'Bedankt,' zegt Lisanne zacht.

'Dan mag u nu naar huis. Maakt u bij de balie nog even een afspraak voor de controle over veertien dagen?'

Ze is weer op en top de plichtsgetrouwe verpleegster, maar Lisanne weet nu dat deze vrouw een warm, liefdevol hart bezit.

Dan staat ze ineens weer buiten. De zon verblindt haar. Van de receptioniste heeft ze vernomen waar Karin naar toe gegaan is. Ze blijft even staan en haalt diep adem. Ondanks de zon laat haar adem een wolkje achter. Er lopen mensen voorbij zonder op of om te kijken. Ze hebben haar niet eens gezien. Ze hebben geen idee wat er met haar gebeurd is. Er gaat een moeder voorbij met een kinderwagen. De kinderwagen is al oud; ze kan het zien. De kap is al een beetje versleten. Het kindje erin huilt klaaglijk en de moeder staat even stil om het toe te spreken. Met haar ene hand trekt ze het dekentje wat hoger op en haar andere hand streelt het wangetje. Lisanne ziet een paar mini-knuistjes, die driftig heen en weer bewegen. Ze sluit haar ogen. Zo klein nog: zo'n mensje, maar zo compleet! denkt ze. Ze sluit haar ogen en probeert de tranen terug te dringen. Dan rent ze naar de parkeerplaats waar ze Karin weet. Weg ging ze. Weg van hier.

De weg terug is hetzelfde gebleven. De bomen zijn hetzelfde; de verkeerslichten, de weilanden en de IJssel. Lisanne kijkt ernaar met een lichte verwondering. Alles is hetzelfde, en dat terwijl zij vandaag zo iets ingrijpends heeft ondergaan. Ze is haar dromen en illusies kwijtgeraakt en toch is er niets veranderd. Naast haar zit Karin, die strak op de weg let. 'Karin?' zegt ze zacht. 'Mmm?' Karin kijkt niet. Haar ogen blijven op de weg gericht. 'Karin, besef je wel wat er vandaag gebeurd is?' 'Ja, natuurlijk.' Karin haalt ongeduldig haar schouders op. 'Nee, dat besef je niet!' zegt Lisanne dan heftig. 'Je snapt er niets van. Anders zou je het immers niet zo rustig zeggen? Karin, ik heb vandaag mijn kind omgebracht! Een kind, ontstaan uit de liefde tussen twee mensen. Een kind, dat het recht niet was voorbehouden te leven. We waren te laf de consequenties van die liefde te dragen. Ik heb Victors kind vermoord en ik had het willen houden! Ik had het willen houden!'

Ze huilt, en Karin laveert een parkeerplaats op langs de kant van de weg.

'Ik heb mijn kind vermoord. Mijn eigen kind!' gilt Lisanne hysterisch. 'Het is jouw schuld. Het is de schuld van jullie allemaal. Jullie hebben me wijsgemaakt dat ik opnieuw zou kunnen beginnen, als ik dat kind maar zou laten weghalen. Jullie hebben gelogen. Ik kan niet opnieuw beginnen. Ik wil het niet!'

'Lisanne, houd op met dat hysterische gedoe. Daar heeft niemand wat aan. Je moet hier niet te lang bij stil gaan staan. Morgen kun je waarschijnlijk wel weer werken. Niemand zal iets hoeven te weten. Nu denk je nog dat dit niet voorbijgaat. Maar het gaat wel voorbij! Alles gaat voorbij. Goede dingen en slechte dingen. Lisanne, ik wil je helpen.'

'Ik wil door jou helemaal niet geholpen worden. Dank zij jou heb ik m'n kind laten weghalen.'

'Je bent de enige niet!' schreeuwt Karin. 'Dramatiseer het allemaal niet zo. Er worden duizenden kinderen geaborteerd. Je bent echt de enige niet!'

'Dat maakt het allemaal nog erger. Weet je, toen ik net uit die kliniek kwam, liep er een vrouw met een kinderwagen voorbij. Het drukte me meteen met de neus op de feiten. Er lag een huilend

baby'tje in. Het zwaaide met z'n vuistjes. Aan die vuistjes zitten vijf vingertjes en aan al die vingertjes zitten nageltjes, zo klein als ze zijn. Is dat dan geen wonder, Karin? Mag je dat zo maar laten weghalen? We kunnen ons wel steeds verschuilen achter het feit dat het nog zo klein is, maar alles is in aanleg aanwezig. Ook een kloppend hartje. Dat is leven, Karin, hoe klein ook.'
Karin start de motor van haar auto weer en rijdt van de parkeerplaats af. Ze zwijgt. Hoe zou ze Lisanne nu nog kunnen voorhouden dat het maar om een vrucht-zakje ging?

Karin had haar afgezet, nadat ze eerst geïnformeerd had of ze echt niet mee naar hun huis wilde.
'Nee, dit is m'n huis,' had Lisanne zacht gezegd. 'Hier wil ik tot mezelf komen. Ik wil even niemand zien. Niemand.'
Karin had niet meer aangedrongen. Ze was zelf ook doodmoe en voorvoelde een migraine-aanval. 'Als er iets is... als we iets kunnen doen, laat het me dan weten.'
'Dat zal niet nodig zijn. Morgen ga ik weer aan het werk. Ik heb vandaag verlof gehad. Schuurmans zal er niets van merken. Volgens de arts zal het wel lukken. Ik moet nog wel wat rustig aan doen. 's Avonds een beetje vroeg naar bed en zo. Mezelf een beetje in acht nemen, zoals men dat zo mooi noemt. Misschien dat ik nog wat kramp kan krijgen, maar al met al schijnt het mee te vallen. Nou ja, ik zie wel. Bedankt voor het meerijden. Tot ziens!'
Mevrouw Heijman scheen niet thuis te zijn. Ze stond in ieder geval niet 'toevallig' in de gang. Als ze de deur van haar kamer opent, ziet ze haar vader op de bank zitten. 'Pap.' Haar ogen zijn groot. Haar gezicht inwit.
Roel Versteeg zwijgt. Ze had zijn ogen, en toch leek ze nu ineens zo heel veel op haar moeder. Misschien door haar kwetsbaarheid. Lies kon ook zo staan als ze ergens niet gerust op was. Wat zou Lies ervan gezegd hebben als ze nog had beleefd wat hij Lisanne had aangedaan, omdat hij zogenaamd geen andere keus gehad had en het beste met Lisanne voor had gehad? Ze zou hem erom veracht hebben. Ze was altijd zo'n voorvechtster van een stichting die ongehuwde moeders juist hielp. 'Roel, als je ooit zo'n geval

in je praktijk tegenkomt, verwijs je dat meisje of die vrouw daarnaar toe. Ik wil er zelf wel op afgaan. Het is misdadig abortus toe te laten. Als wij mensen de handen ineenslaan, hoeft het ook helemaal niet. Wij kunnen die vrouwen in nood bijstaan door niet te beschuldigen, maar echt te helpen,' had ze eens gezegd. Hij wist het. Er woonde een Marlies Steenakker in het dorp, die op een dag helemaal overstuur bij hem in de spreekkamer had gezeten. Ze was zwanger geweest en alleen. Wat moest ze nou? had ze zich afgevraagd. Hij had haar doorverwezen. Lies was er nog druk mee geweest. En Marlies had nu een pracht van een zoon. Maar Marlies Steenakker was zijn dochter niet. Hij had haar opgevangen, maar ze had geen schande over hem gebracht. Integendeel, er werd vol lof over hem gepraat. In de trant van: dokter Versteeg heeft hart voor z'n patiënten. Maar Marlies stond zover van hem af en Lies was dood!

Lisanne heeft de deur achter zich dichtgedaan en blijft afwachtend staan.

Dan spreidt hij z'n armen uit, en ze is meteen bij hem. Een kind. Zijn kind! Ze is ineens weer z'n kleine meisje dat troost nodig heeft.

'Karin is al naar huis. Ze wist niet dat jij hier was. Hoe moet dat nou?' Ze zitten samen aan de koffie, die hij al snel gezet heeft. Warme, sterke koffie, die de kou uit haar lichaam een beetje lijkt te verdrijven. Er heerst een vertrouwelijkheid tussen hen, die ze jaren niet meer hebben gekend. Ze vergeet helemaal 'u' tegen hem te zeggen en het valt hem niet op.

Hij streelt haar haren als een klein kind. 'Ik heb een briefje voor Karin neergelegd waarin staat dat ze zich niet ongerust hoeft te maken. Ik heb het er maar op gewaagd hier te gaan zitten. Voor hetzelfde geld was je natuurlijk rechtstreeks naar ons huis gereden. Maar ik meende je wel zo goed te kennen dat je direct naar de veilige omgeving van je eigen kamer toe zou gaan. Ik had gelijk.'

Hij gaat achteroverzitten en stopt een pijp.

Ze ruikt de geurige toffee-tabak, waar ze zo van houdt. De geur vult haar kamer.

'Weet je, ik heb deze dagen veel aan je moeder gedacht. Hoe zou zij dit aangepakt hebben? Wat zou zij hebben gedaan? Ik mis haar nog elke dag, Lisanne.'

Ze kijkt hem verwonderd aan. 'Ondanks Karin?'

'Ja kindje, ondanks Karin. Misschien zul je dat niet begrijpen. Ik heb Karin nodig. Ik heb haar ontmoet in een periode dat ik intens verdrietig was over het overlijden van je moeder. Ik merkte wel hoe jij me wilde helpen, maar geloof me, het is niet goed als je als vader een te grote druk op je kinderen uitoefent. Natuurlijk kun je steun aan elkaar hebben en dat heb ik aan jou ook gehad. Heel veel. Maar daarnaast was Karin er. We ontmoetten elkaar bij een patiënt in het ziekenhuis en het klikte meteen. Dat kwam niet doordat Karin zo mooi was, maar omdat ze zo goed kon luisteren. Ze liet me praten, tot ik het gevoel kreeg volkomen leeg te zijn. Ik ging van haar houden, omdat ik bij haar niet het gevoel kreeg een lastpost te zijn die steeds maar weer over z'n verdriet zeurde. Misschien zijn we, in ieder geval voor jou, te overhaast getrouwd. We hadden meer rekening met jou moeten houden. Maar jij stelde je zo hard en onverzoenlijk op. Karin voelde dat vanaf het allereerste begin. Misschien heeft het er mede toe bijgedragen dat ze je deze beslissing heeft laten nemen. Karin is van nature een heel lieve, zachte vrouw. Ze had misschien anders haar hart wagenwijd opengezet. Wat niet wil zeggen dat het allemaal jouw schuld is natuurlijk. Misschien moet ik daarom zoveel aan mama denken. Ze had je dit niet aangedaan. Zij was niet zo laf geweest. Lisanne, ik houd van Karin, maar de manier waarop ik van je moeder hield is niet te evenaren. Hoewel ik ook met Karin een goede relatie heb. Ik heb haar nodig.'

'Je had mama nodig.'

'Ieder mens heeft iemand nodig. Ik had mama ook nodig. Zonder haar liefde kon ik niet leven. Karin had ik nodig om uit het diepe dal weer omhoog te kunnen klimmen. Zo zal er voor jou ook wel weer iemand komen, Lisanne. Want ergens op de wereld zal er wel iemand zijn, die van je houden kan. Hij weet het misschien nog niet, maar op een dag zullen jullie elkaar ontmoeten en je zult voelen dat hij voor je gemaakt is. Wat gebeurd is, is gebeurd. Het spijt me oprecht dat ik zo weinig voor je heb gedaan. Misschien zal ik het in de toekomst goed

kunnen maken. Ik zal die kans met beide handen aangrijpen.'
Na het tweede kopje koffie gaat hij weer naar huis. Hij wilde Karin
niet ongerust maken.
Als ze door het raam z'n auto ziet wegrijden, voelt ze de eenzaamheid in haar kamer dubbel zo erg.

14

De wereld draaide nog steeds gewoon door. Lisanne ging naar
haar werk. Over haar ziekteverzuim had dokter Schuurmans het
niet meer gehad. Ze was weer dezelfde, plichtsgetrouwe, vriendelijke assistente die ze altijd geweest was. Van buiten af zag niemand de wond die het leven haar toegebracht had: het geschonden
vertrouwen in de mensen om haar heen. Ze was vanbuiten dezelfde onopvallende, onzekere, rustige Lisanne van altijd. Misschien iets stiller, iets ernstiger en iets smaller. Wat wisten de
mensen van haar droom, die elke nacht weer terugkwam en haar
trillend en nat van het transpireren wakker liet worden? Elke
nacht opnieuw zag ze een kind. Een baby nog, die in de kinderwagen lag. Een heel mooie kinderwagen in een schitterende kleur
blauw, net als de kleur van de voordeur van de abortuskliniek.
Ze zag de twee handjes van het kindje over de rand van de wagen
heen. Het kind huilde hartverscheurend en ze wilde het uit de
wagen halen om het te troosten, maar het was veel te zwaar. En
als ze naar het gezichtje keek, was dat het gezicht van Victor. Dan
kon ze het ineens wel pakken, maar het lichaampje was heel glib-
berig en ze kon het nauwelijks vasthouden. Terwijl ze het in haar
handen hield, zag ze hoe het lichaampje steeds kleiner werd. Het
leek wel weg te smelten, en op het laatst hield ze alleen nog het
hoofdje in haar handen: Victors hoofd. En dan gilde ze. Dan werd
ze wakker, badend in het zweet, en durfde ze haast niet meer te
gaan slapen, omdat ze zo bang was dat de droom zich herhalen
zou. De ingreep was nu anderhalve maand geleden en vanaf dat
moment had de droom zich steeds herhaald. Dokter Schuurmans
had al eens bezorgd geïnformeerd of ze niet ziek was. Ze zag er

zo slecht uit, vond hij. Ze had gezwegen. Ze was immers niet ziek? Ze droeg alleen een geheim met zich mee. Een geheim dat haast niet te dragen was.

Het is zaterdagavond. Discotheek 'Scheherazade' is stampvol. Er speelt een bandje dat in de verre omtrek bekend is en ook al verscheidene platen heeft opgenomen. Op de dansvloer staan jongeren te dansen. Boven de vloer hangt een glanzende disco-bol, die lichtflitsen veroorzaakt die in de hele discotheek te zien zijn. Gele, rode en blauwe flitsen. Het bier vloeit rijkelijk, en ook met de andere drankjes wordt niet zuinig omgesprongen. Het is weekend. Ontspanning heeft iedereen wel verdiend na een week hard ploeteren.

Zaterdagavond. Het had Lisanne ook naar de discotheek gelokt. In het begin was ze schuchter. Ze had zo'n drempelvrees bij dit soort gelegenheden. Maar ze had het toch gewaagd. Alles was beter dan alleen op haar kamer zitten. En hier in de discotheek leek alles veel lichter; veel blijder en zorgelozer. Ze had er al snel vrienden gemaakt. Gek, onder het genot van een glaasje wijn praatte het veel makkelijker. De jongens in de discotheek maakten grapjes. Ze praatten en lachten, en ze had het idee dat ze best de moeite waard was. Het was prettig uit te gaan en vrolijk te zijn. Ze was toch nog jong? Hier was het makkelijk al je ellende te vergeten. Hier waren jeugd en vrolijkheid aanwezig. Alles wat ze wilde. Ze staat in een hoekje naar de dansende menigte op het kleine vloertje te kijken. Mooie, jonge mensen met bewegende, modern geklede lichamen. Langzaam inhaleert ze de rook van haar sigaret, die ze nonchalant in haar hand houdt.

'Hello, is it me you're looking for?' De stem van de zanger van het bandje geeft een nieuwe dimensie aan het nummer van Lionel Richie. Hij heeft een warme, gevoelige stem: 'I can see it in your eyes.'

Zachtjes zingt ze de woorden mee. Ze heeft ze ook zo vaak meegezongen als Victor bij haar was. De woorden leven voor haar. En Victors gezicht hoort daarbij. Nee, daar moest ze nu niet aan denken. Die tijd was voorbij. Ze moest plezier maken, en niet meer denken en niet meer huilen.

Verbeeldde ze zich dat nou, of keek de zanger van de band steeds naar haar? Hij was knap.

Hij knipoogt als hij haar blik onderschept.

Zie je wel? Ze had z'n belangstelling gewekt.

Als de band even pauzeert, komt hij naar haar toe. 'Hallo, vermaak je je? Je staat hier zo op je dooie akkertje. Waarom dans je niet? Dat kun je vast goed. Wil je wat van me drinken?'

Hij praat maar, en ze kijkt naar hem. Een jonge mooie man was het. Er staat al een glas wijn voor haar. 'Proost!' Ze glimlacht uitdagend naar hem en staat verbaasd van zichzelf. Dat zij zo kon zijn. Zij, de saaie Lisanne Versteeg.

'Kom je hier vaak?' informeert de jonge man weer. 'Tussen haakjes, ik heet Gert-Jan van Dijk. Ik ben de leadzanger van de groep, zoals je misschien al opgevallen is. Hoe vond je het trouwens? Klonk het nog een beetje?'

Ze lacht, ze praat en ze flirt. Ze is gelukkig voor één avond. Ze drinkt haar wijn te snel op en krijgt een nieuw glas na een complimenteus 'Nou zeg, jij kunt drinken' van Gert-Jan van Dijk. Hij lacht naar haar en staat dan weer op. 'Ik moet weer op. De pauze is voorbij. The show must go on!'

Hij staat alweer op het podium. Hij kijkt naar haar. Hij pakt de microfoon en ze hoort hem zeggen: 'Ik wil een speciaal nummer voor een speciaal meisje zingen, dat ik net ontmoet heb. Kennen jullie het nummer Suzanne?'

Er gaat een instemmend gejoel op en enkele mensen zetten al in: 'Suzanne, ik ben stapelgek op jou!'

'Precies.' Gert-Jan glimlacht. 'Het meisje waarvoor ik dit nummer zing heet Lisanne. Ik zal de tekst dus iets veranderen: Lisanne, ik ben stapelgek op jou!'

Het publiek raast en is dol enthousiast. Er wordt meegezongen en in de handen geklapt.

Lisanne hoort het niet. Haar ogen zijn gevestigd op een jonge man op het podium, die speciaal voor haar een lied zingt: 'Lisanne, ik ben stapelgek op jou!'

De avond is voorbij. De apparatuur wordt opgeruimd. De gezelligheid is weg. Er wordt gefoeterd en gehaast. Iedereen is vermoeid. Iedereen wil snel naar huis. De eigenaar van de discotheek doet nog een laatste rondje voor de band. De discotheekgangers zijn allemaal naar huis. Lisanne zit in een hoekje te kijken. Voor haar staat een glas wijn. Het zoveelste. Zelf was ze de tel al kwijt. Gert-Jan had erop gestaan haar naar huis te brengen en daarom zit ze nu in een hoekje op hem te wachten.

'Lisanne, ik ben klaar. Ga je mee?' Hij geeft haar een hand. Ze giebelt een beetje, als ze bijna tegen een tafel op loopt. Dan zit ze naast hem in een knalrode sportwagen.

Hij rijdt snel. 'Vertel eens wat over jezelf.' Hij heeft de autoradio aangezet.

Ze haalt haar schouders op. 'Er valt niets te vertellen.'

'Natuurlijk wel. Over ieder mens valt wat te vertellen. Wat doe je door de week? Werk je of studeer je?'

'Ik ben doktersassistente,' zegt ze kort.

Hij grinnikt. 'Doktersassistente? Wat braaf. Dat had ik helemaal niet achter je gezocht, hoor. Ik kan dus met al m'n kwalen bij je terecht?'

'Maak maar een afspraak.'

Hij lacht weer. Z'n auto raakt bijna in de berm. 'Je bent wel gevat, moet ik zeggen.' Hij parkeert de auto voor haar huis. 'We zijn er.'

Een beetje onhandig wil ze uitstappen. 'Bedankt voor het thuisbrengen.'

'Ho, ho!' Hij houdt haar tegen. 'Zit daar tegenwoordig geen beloning meer aan vast?' Hij drukt haar achterover in haar stoel en kust haar heftig.

Ze voelt zich duizelig als ze zo achteroverligt. Ze worstelt om overeind te komen.

Hij laat haar los.

Ze ziet de teleurstelling op z'n gezicht. Ze ziet de donkere ramen van het huis waar ze naar binnen zal moeten. Mevrouw Heijman sliep allang. Binnen in het huis was er de kilte, en de eenzaamheid. Ze wil wat zeggen, maar haar keel lijkt dicht te zitten en in haar ogen proberen de tranen een weg naar buiten te vinden. En ze wil het niet. Ze wil niet huilen. Hij hoeft niet te weten wat ze voelt. Hij is een voorbijganger, net als al die anderen in haar leven. Martin en Victor. Haar vader en Karin. Gert-Jan ziet haar tranen. 'Het is stom van me me zo op te dringen,' zegt hij dan zacht. 'Ik had het kunnen weten. Je bent niet zoals al die anderen. Maar je zag er zo eenzaam uit. Het spijt me.' Hij houdt het portier voor haar open.

Lisanne gaat naar huis en valt in bed. Gert-Jans woorden echoën nog na in haar hoofd. 'Je bent niet zoals al die anderen,' had hij gezegd. Hij had gelijk. Anderen zouden hebben gevochten voor het leven van het kind dat binnen in hen groeide. Een kind van de man van wie ze hield. Hij was weliswaar een leugenaar en een lafaard, maar de liefde kon soms rare wegen bewandelen. Ze hield nog van Victor, ondanks alles. Ze kon niet geloven dat hij nooit meer terug zou komen. Op een dag zou hij weten dat hij ook niet zonder haar leven kon, net zomin als zij zonder hem. Dan zou ze hem zeggen dat ze hun kind had laten weghalen. Hij had het immers ook gewild? Een kind; een kind.

De zondagmiddag was zo lang. Eindeloos leek die vandaag. Ze had al voor het raam gestaan. Ze had sigaretten gerookt. Dan houdt ze het niet meer uit. Ze grijpt haar jas van de kapstok en gaat naar buiten. Met welbehagen snuift ze de buitenlucht op. Het is droog gebleven, ondanks de zware laag sombere bewolking. Langzaam loopt ze de straat uit en wandelt de binnenstad door, die op zondagmiddag stil en verlaten is. Zonder interesse bekijkt ze de etalages, waarin de sinterklaas-mijters en zwarte Pieten net plaats hebben gemaakt voor glanzende kerstballen en dennegroen. Binnenkort zou het kerstfeest zijn, maar niet voor haar. Ze was uitgenodigd door haar vader en Karin. Karin had beloofd verder geen gasten uit te nodigen. Ze had de invitatie afgeslagen. Wat zou ze een hele dag tegen hen moeten zeggen? En daarbij vierde ze dit jaar geen kerstfeest. Voor haar was het immers geen feest? Voor haar zouden het dagen als alle andere zijn.

Bij een café blijft ze weifelend staan. Flarden muziek dringen door de deur heen naar buiten. Binnen zou het warm en gezellig zijn. Dan opent ze de donkere deur. De warmte slaat haar tegemoet, de muziek schalt door de kleine ruimte en er is geroezemoes. Ze hangt haar jas aan de kapstok. Dan stapt ze de schemerige, bedompte ruimte in. Even moet ze diep ademhalen. Ze heeft nog altijd de neiging zich zo klein mogelijk te maken. De woorden van Gert-Jan klinken echter nu ineens in haar oren. 'Je bent mooi en dat zou je moeten weten,' had hij gezegd. 'Je bent mooi.' Ze recht haar schouders.

'Hé Lisanne.'

Hier waren altijd mensen die haar kenden: het meisje met de grote, doffe ogen. Een stil, teruggetrokken meisje, tot ze gedronken had. Dan veranderde ze. Dan lachte ze; dan praatte ze. En ze kon stevig drinken. 'Een glas rode wijn graag,' zegt ze bij de bar. Ze legt geld neer en kijkt onderwijl naar een paar mannen die aan het dobbelen zijn. De kleine koperen lampjes verspreiden net genoeg licht. Overal hangen nostalgische voorwerpen boven de bar, die de ruimte een gezellige, warme aanblik verschaffen. Ze zoekt met haar glas een plaatsje aan een van de ronde tafeltjes, waar nog meer jongelui neergestreken zijn. Nieuwe vrienden, die ze hier heeft leren kennen.

'Heb je het nog laat gemaakt gisteravond?' informeren ze.

Ze lacht alweer. 'Wat heet? Ik dook om een uur of drie m'n nest in.'

'Die zanger van de Jo-jo-band was aardig van je onder de indruk, is het niet?' Een meisje staart haar met onverholen jaloezie aan. Miranda heette ze, en ze lagen elkaar niet.

'Dat valt nogal mee,' antwoordt Lisanne koeltjes.

'Ik zag je anders wel met hem samen in z'n auto verdwijnen.'

'Hij heeft me even thuisgebracht, ja.'

'En de rest,' vult Miranda aan.

'Hoe bedoel je?'

'Je maakt mij niet wijs dat hij je voor de deur heeft afgezet.'

Lisanne voelt hoe ze een kleur krijgt, maar ze zwijgt. Nu zou ze willen dat ze een gevat antwoord klaar had. Haar zwijgen werd immers ogenblikkelijk als instemming uitgelegd?

'Nee toch, Lisanne, zo ben jij toch niet?' George van de Kamp lijkt oprecht verbaasd. 'We hadden laatst net onder elkaar uitgemaakt dat je een halve heilige moest zijn.'

'Ach stik,' zegt ze en geeft een rondje. Gelukkig, het leidde de aandacht een beetje af. Het gesprek ging al snel een andere kant uit. Ze drinkt nog een glas wijn, krijgt een borrel aangeboden en dan nog één. En daarna nog een glas wijn. Dan wil ze naar huis. Ze wilde opstaan, maar de vloer zweefde. De tafels stonden in de weg.

'Kom maar, ik breng je naar huis. Ik heb de auto bij me.' George van de Kamp staat al op. Hij grijnst naar de anderen en ondersteunt haar, terwijl ze naar buiten lopen. Zorgzaam slaat hij haar jas om haar schouders en helpt haar bij het instappen in z'n auto.

Zwijgend zit ze naast hem. Ze voelt zich beroerd. Wat zou het heerlijk zijn nu in bed te liggen.

George zet z'n auto neer voor het huis. Hij dooft de lampen. De duisternis is al ingevallen en ze tast naar het portier. 'Bedankt, George.'

Hij houdt haar tegen. 'Ho, ho, dat gaat zo maar niet. Ik ga even met je mee naar binnen.'

Ze kijkt hem niet begrijpend aan. Dan begint het langzaam tot haar benevelde brein door te dringen wat hij bedoelt. Hij dacht dat zij en Gert-Jan... Ze walgt ineens van hem en van zichzelf misschien nog meer. Ze werd overal van verdacht en het was haar eigen schuld. Ze morrelt weer aan het portier, maar kan de kruk niet vinden.

George valt over haar heen. Hij hijgt. 'Wat heeft die knul van de Jo-jo-band meer dan ik heb? Een mooiere auto misschien? Knapper is hij toch niet, is het wel?' Hij drukt z'n mond op de hare en ze rilt ervan.

Haar handen blijven onafgebroken doorzoeken naar de portierkruk. Dan weet ze eindelijk het portier los te krijgen.

Er lopen mensen langs de auto. Ze kijken verbaasd, en George laat haar los.

Ze hoort hem een verwensing roepen. Huilend rent ze naar de voordeur en met trillende handen draait ze met de sleutel het slot om. Tot haar grote opluchting hoort ze hoe de auto van George wegrijdt. Ze ziet de rode achterlichten verdwijnen als een grijnzend monster dat haar aan blijft staren. Dan staat ze in de gang en wankelt de trap op. Ze heeft geluk dat mevrouw Heijman niet

140

thuis is. Die zou onmiddellijk op het lawaai zijn afgekomen. Op
haar kamer laat ze zich met kleren en al op bed vallen. Haar hele
lichaam trilt nog; van angst, van woede en van afschuw. Misselijk
is ze. De kamer draait weer om haar heen. Ineens dringt het tot
haar door dat ze dronken is; gewoon dronken. Ze realiseert zich
de borrels die ze aangeboden heeft gekregen en die ze gretig ac-
cepteerde. Die hielpen immers altijd om de pijn te vergeten? Ze
ziet ineens weer de blikken van verstandhouding die George z'n
vrienden toewierp. En ze hoort z'n opmerking: 'We hadden laatst
net onder elkaar uitgemaakt dat je een halve heilige moest zijn,'
weer. Nieuwe vrienden. Ze hadden haar dronken gevoerd. Ze
wilden haar misbruiken. Ze had geen vrienden.

15

'Lisanne, zou ik even met je kunnen praten?' Dokter Schuurmans
is binnen gekomen. Ze knikt. Haar handen beven. Ze probeert
ze te verstoppen onder de tafel.
Schuurmans is tegenover haar gaan zitten. Z'n ogen achter de
glanzende brilleglazen staan ernstig. Hij legt een stapel papieren
opzij en dan weer terug. Kon hij dit gesprek maar afschuiven.
Maar hij moest dit zelf doen en het deed hem pijn. Hij mocht
Lisanne zo graag, maar hij kon dit niet langer meer accepteren.
'Lisanne, ik zou willen dat dit niet hoefde. Dit wat ik je nu moet
zeggen, bedoel ik. Ik... je hebt van de week al drie keer een fout
met de medicijnen gemaakt. Je gooit afspraken door elkaar en je
legt de verkeerde kaarten voor me klaar, zodat ik me elke keer
weer bij m'n patiënten moet verontschuldigen. Daarbij ben je
steevast elke dag te laat. Ik heb dit een tijdje aangezien, maar het
gaat niet langer meer. Je werkt deze vrijdag nog uit. Na het weekend heb ik zolang een vervangster aangesteld. Je blijft thuis met
ziekteverlof.' Hij zwijgt even om te kijken wat voor uitwerking
z'n woorden op Lisanne hebben, maar ze reageert helemaal niet.
Haar ogen staren naar een bepaald punt op de tafel. Ze lijkt hem
niet eens te zien.

'Lisanne?' vraagt hij dringend en ze schrikt op.
Ze glimlacht flauwtjes. 'Ja?'
'Heb je gehoord wat ik net tegen je zei?'
'Jawel, ik hoef maandag niet terug te komen.' Ze kijkt een andere
kant op. 'Het geeft niet. U hebt gelijk. Ik weet het. Ik functioneer
niet meer goed. Ik weet niet hoe het komt. Ik kan het niet meer
onthouden.'
'Lisanne, heb je problemen? Kan ik je er misschien mee helpen?'
Ze schudt verschrikt haar hoofd. 'Ik heb geen problemen. Oh nee,
helemaal niet.'
'Lisanne, vergeef me, maar drink je weleens wat? Ik bedoel: al-
cohol?'
Ze kijkt hem verstoord aan. 'Dat mag ik toch zelf weten? Ik drink
toch niet op het werk?'
'Maar je stinkt al wel naar drank als je hier aankomt. Het gaat
niet goed met je, Lisanne. Je moet je laten helpen.'
'Helpen,' zegt ze schamper. 'Hoe zo: helpen? Geen mens kan me
helpen.'
'Maar je kunt het ook niet alleen.'
'Misschien wil ik wel helemaal niet geholpen worden. Laat me
toch met rust. Ik ben altijd alleen. Altijd. Als ik wat drink, voel
ik dat minder. Dan droom ik soms. Ach wat, daar hebt u niets
mee te maken.' Ze staat op. 'Laat me dan nu maar meteen naar
huis gaan. U wilt me toch kwijt. Waarom dan tot maandag wachten?'
'Zo moet je het niet zien. Ik stuur je met ziekteverlof. Voorlopig
in ieder geval. Ik wil je helemaal niet kwijt. Je bent altijd een zeer
capabele assistente geweest, maar de laatste tijd kon het gewoon
niet meer. Het is niet verantwoord tegenover mijn patiënten.
Maar ik mag je graag en daarom wil ik je graag terug, als je weer
beter bent. Laat jezelf niet kapotmaken, Lisanne. Niet door de
alcohol. En niet door dingen die blijkbaar in je leven gebeurd zijn
en waardoor je nu de controle over je eigen leven niet meer schijnt
te hebben. Maak jezelf niet verder kapot, Lisanne. Laat je helpen.'
'Ik heb niemand nodig,' zegt ze hard. Ze pakt haar jas en loopt
naar buiten.

Hij kijkt haar na: de vertrouwde figuur van z'n assistente, die tot voor kort altijd zijn grote steun en toeverlaat is geweest. Z'n hart huilt, maar hij kan niet anders. Ten opzichte van z'n patiënten en ten opzichte van Lisanne is dit de beste oplossing. Dan loopt hij naar z'n huis om z'n vrouw te vragen de taak van Lisanne voor vandaag over te nemen.

Er waait een koude oostenwind, die haar de tranen in haar ogen laat springen. Lisanne steekt haar handen diep in de zakken. IJskoud was ze. Helemaal. Zowel van binnen als van buiten. Ze vroeg zich af of ze ooit weer warm zou kunnen worden. Ze was zo verlaten. Zo alleen. En nu Schuurmans weer. 'Maar je stinkt al wel naar drank als je hier aankomt,' had hij gezegd. Wat wist hij ervan dat ze 's morgens niet meer op wilde staan, omdat het leven zo weinig zin had. Wat wist hij van de moeheid en de kilte diep in haar? Een glas rode wijn zorgde ervoor dat ze er weer tegen kon. Het hoefde helemaal geen dure wijn te zijn. Als het de ergste pijn maar weg kon nemen. Wat wist Schuurmans van de eenzame kerstdagen die achter haar lagen? Wat wist hij van oud en nieuw alleen op haar kamer? Van een verjaardag zonder felicitaties en cadeaus? Ze was negentien geworden, maar als het nog lang zo door moest gaan, hoopte ze haar twintigste niet eens te halen. Ze balt haar handen in haar zakken. Ergens in Nederland moest Victor zijn. Zou hij werkelijk nooit meer aan haar denken? Zou hij zich niet afvragen wat er van het kind geworden was dat ze bij zich droeg? Hij zou vast terugkomen als hij wist hoe ze eraan toe was. Hij had toch van haar gehouden. Net zoals zij van hem gedaan had. Het was toch onvoorstelbaar dat het nu ineens voorbij zou zijn. Hij moest vast nog weleens aan haar denken. Ze had weleens van telepathie gehoord. Als ze nu veel aan hem dacht, kwam hij misschien wel terug. Dan zou alles weer goed worden. Dan hoefde ze niet meer te drinken. Dan zou ze nooit meer eenzaam zijn. Nooit meer.

Ze gaat naar haar kamer en stelt mevrouw Heijman gerust met de mededeling dat ze vrij heeft genomen. Dan is ze weer alleen. Ze gaat op de bank liggen en sluit haar ogen. Voorlopig hoefde ze niet meer bij Schuurmans terug te komen. Ze zou de hele dag in haar huis kunnen blijven. Ze ging bijna nooit meer uit. Een enkele keer naar een bar waar de 'vrienden' uit 'Scheherazade' niet kwamen. Thuis kon ze immers ook wel wat drinken? Hier liep ze bovendien niet het risico misbruikt te worden. Ze pakt een fles wijn en schenkt zichzelf een glaasje in. Dan drukt ze de televisie aan, waar deze middag een kinderprogramma op is. Ze staart ernaar zonder het werkelijk te zien. Misschien moest ze binnenkort eens naar haar vader en Karin gaan. Ze zouden anders ongerust worden. Ze waren al een paar keer aan de deur geweest. Ze had ze wel voor de deur beneden zien staan, maar ze had niet opengedaan. Stel je voor: het was hier zo'n rommel. Ze zouden denken dat er iets aan de hand was. En er was niets aan de hand. Ze was alleen maar iemand die haar baby had vermoord. Een ondraaglijke last.

'De Hoek' heet het café heel toepasselijk, waar Lisanne af en toe naar toe gaat. Het is een gezellig buurtcafé met een vriendelijke, oude baas achter de tap. Een man die zijn klanten goed in de gaten houdt. Mensen die anderen lastig beginnen te vallen, worden er onherroepelijk uit gezet. Hij had al regelmatig een praatje met Lisanne gemaakt. Hij had gemerkt hoe gretig ze op zijn woorden was ingegaan, alsof ze anders nooit met iemand sprak. Een enkele keer lachte ze, een onechte lach, en hij had er een hekel aan. Hij wist dan immers dat ze weer te veel had gedronken? Haar stille glimlach, of haar zachte stem als ze over haar moeder praatte, was hem liever. Haar moeder, die overleden was. Daar praatte ze veel over. Ook vanavond was ze er. Ze zat stil in een hoekje en hij hield haar onwillekeurig een beetje in de gaten. Ze dronk langzaam en hij was er blij om. Soms dronk ze een glas wijn in één keer achter elkaar leeg, en dat was zonde van de wijn en zonde van haar stemming. Er kwam een jonge man binnen. Een man die hij niet eerder had gezien. Hij bestelde een glas tonic. Oom Karel, zoals hij door iedereen genoemd werd, hield hem goed in de gaten. De jonge man keek rond. Hij nam het café in zich op: de rustieke roodbruine tinten, de jachttrofeeën aan de wand en de verraderlijke scheepsbel. Iedereen die het niet laten kon aan het touw te trekken, zat aan een rondje voor de hele zaak vast. Toen kreeg de jonge man Lisanne in de gaten. Oom Karel zag het. Hij ging rechtop zitten en z'n blik bleef strak op haar gericht. Toen ze toevallig zijn kant op keek, draaide hij z'n hoofd af. Lisanne scheen niets in de gaten te hebben, maar oom Karel nam zich voor goed op te letten. Toen Lisanne opstond om naar het toilet te gaan, ging de jonge man aan het tafeltje zitten dat Lisanne net verlaten had. Oom Karel was meer op zijn hoede dan ooit.

Lisanne staat inmiddels voor de spiegel in de toiletten. Ze bestudeert haar gezicht. Een opgezet gezicht met dikke ogen. Ze leek ouder dan de negentien jaren die ze telde. Soms voelde ze zich ook honderd. Waarom kon ze niet meer zo onbezorgd jong zijn als haar leeftijdgenoten? Waarom kon ze niet meer zonder drank? Want daarvan werd haar gezicht zo pafferig en werden haar ogen zo dik. Daarvan trilden haar handen zo. Victor zou haar niet eens meer mooi vinden als hij haar nu weer zou zien. Maar dan zou ze hem vertellen dat het zijn schuld was! Sinds zijn vertrek was ze zich zo eenzaam gaan voelen, dat ze niet meer zonder drank kon. Daarom ook was ze nu haar baan zo goed als kwijt. Schuurmans had wel gezegd dat hij haar graag terug wilde, maar daar geloofde ze niets van. En bovendien ging hij ervan uit dat ze van de drank af zou kunnen blijven. Zelf had ze dat ook gedacht. Maar nu wist ze dat het anders was. Ze kon niet meer zonder drank. Ze kon de eenzaamheid in haar leven niet meer aan zonder een glas wijn. Ze loopt het café weer in. Als ze daaraan dacht moest ze steeds huilen, en huilen was het laatste wat ze wilde. Als ze aan haar tafeltje wil gaan zitten, merkt ze dat er al iemand zit.
Een bekende stem zegt haar naam: 'Lisanne.'
Alle kleur trekt weg uit haar gezicht. Ze is dik opgemaakt, maar zelfs de rouge kan niet langer camoufleren dat ze lijkbleek ziet.
'Martin, wat doe jij hier?'
Hij grijnst. 'Kom erbij zitten. Ik doe hier hetzelfde als jij. Een beetje ontspannen en een beetje drinken.'
'Maar dat is toch niets voor jou?'
'Voor jou toch ook niet?' kaatst hij de bal terug.

Ze schudt haar hoofd. 'Vroeger misschien niet, maar tegenwoordig wel.'
'En hoe is dat zo gekomen?'
'Daar heb jij niets mee te maken.'
'Het is geen nieuwsgierigheid. Het is belangstelling, en vooral bezorgdheid. Ik kan me namelijk nauwelijks voorstellen dat een mens in zo'n betrekkelijk korte tijd zo volledig kan veranderen.'
'Waar heb je het over? Ik ben niets veranderd.'
'Dan kijk je zeker nooit meer in een spiegel?'
Ze steekt de zoveelste sigaret op. 'En jij? Waarom ben jij hier? Vertel me de waarheid maar.'
'Voor jou,' zegt hij zacht en hij wil haar hand pakken, maar ze rukt zich los.
Driftig drukt ze de sigaret weer uit en drinkt haar glas leeg. Dan staat ze op en wil naar buiten lopen.
'Die vent valt je toch niet lastig?' informeert oom Karel.
'Welke vent?'
'Die daar.' Z'n vinger priemt in de richting van Martin, die snel een andere kant uit kijkt.
Ze kan een glimlach niet onderdrukken. 'Nee, hij valt me niet lastig. Hij is een oude vriend van me. De beste die ik ooit gehad heb.' Ze realiseert zich dat Martin haar hoort en eigenlijk is dat ook juist de bedoeling. 'Een prettige dag verder, oom Karel!' Als ze wegloopt kijkt ze niet meer op of om, maar ze voelt intuïtief dat Martin haar achternaloopt.
Bij de garderobe staat hij naast haar. 'Kom, ik breng je naar huis.'
'Huis?' zegt ze zacht. 'Ik heb geen huis meer.'
Ze ziet hem schrikken. 'Waarom zeg je dat?'
'Laat maar. Ik bedoel het niet zo. Ik voel me vandaag een beetje depressief.' Ze huivert. 'Het komt, denk ik, door die lange, donkere winterdagen waar geen eind aan lijkt te komen.'
'Is er geen andere reden?'
'Ik neem aan dat je Victor bedoelt?' vraagt ze koel. Ze loopt naar buiten.
Martin komt naast haar lopen. Als vanzelfsprekend slaat hij een arm om haar heen en ze laat het maar zo. Het is een gebaar van vriendschap. Het verwarmt haar een beetje.

146

'Hoe ben je in die kroeg verzeild geraakt?' vraagt ze dan. 'Je bent er om mij heen gegaan, is het niet? Je bent erachter gekomen dat ik daar regelmatig vertoef en je loopt me nog steeds achterna. Je offert je principes op ter wille van mij. Waarom houd je er niet mee op? Ik ben een hopeloos geval. Laat me maar m'n gang gaan. Je kunt niets voor me doen.'

'Je wist er niets van dat Victor zou vertrekken, is het niet?' Hij doet alsof hij de laatste opmerking niet gehoord heeft.

'Hoe kom je daarbij?'

'Weet je nog dat we elkaar ontmoetten, toen je een tijd terug uit je werk kwam? Het was me toen al bekend dat hij in Zeeland een betrekking had aanvaard, maar jij repte er met geen woord over.'

'Is hij naar Zeeland gegaan?' Ze lacht spottend. 'Zover mogelijk bij me vandaan, moet hij gedacht hebben.'

'Wat een lafaard!' Hij zegt het uit de grond van z'n hart.

'Waarom? Hij heeft me niet willen kwetsen. Hij meende dat ik er vanzelf wel achter zou komen. Misschien meende hij dat het op die manier minder pijn zou doen. Dat ik hem zou gaan haten. Daarbij is hij bang voor Wietske. Ze wil hem niet loslaten.'

'Heb je van hem gehouden?'

'Ik houd nog van hem.' Ze zegt het heftig en schrikt van haar eigen woorden. Dit had ze niet mogen zeggen. Ze zou niet meer van hem mogen houden. Hij was de grootste schoft die in Nederland rondliep. Hij had haar een abortus aangedaan, en zelf? Zelf speelde hij mooi weer in Zeeland. Ze zou hem moeten haten!

'Liefde is iets raars,' zegt Martin zacht. 'Een mens schijnt altijd verliefd te moeten worden op de verkeerde. Met je verstand wil je anders. Je wilt proberen te vergeten, maar je hart spreekt een andere taal. Je blijft maar hopen. Steeds weer houd je jezelf voor dat het allemaal geen zin heeft. Dat je op moet houden een droombeeld achterna te lopen. Een vrouw, die van een ander houdt en daarom niets van je wil weten. Ik wil me niet opdringen, ik wil niet irritant zijn en nu loop ik toch weer naast je. Ik voel me soms net als een spion of een detective. Ik weet hoe laat je naar je werk gaat. Ik weet naar welke gelegenheden je in het weekend gaat. Ik weet dat je ontzettend veel alleen thuiszit. Ik zoek je steeds weer op. Vaak voel ik mezelf belachelijk.'

Ze zwijgt en sluit haar ogen. Belachelijk. Zij was ook belachelijk geweest. Ze kent het gevoel, al was het tussen Victor en haar anders dan tussen Martin en haar. Victor leek van haar te houden. En ze wilde Martin niets voorspiegelen. 'Martin,' zegt ze zacht. 'Oh Martin, ik zou willen dat het anders was en dat ik je geen pijn hoefde te doen, maar ik kan niet huichelen. Het zou alles alleen nog maar erger maken.' Ze krijgt geen antwoord en durft hem niet aan te kijken. Z'n hand ligt nog steeds op haar schouders. Een warme, geruststellende hand. Zwijgend lopen ze tot haar kamer. Bij de deur blijft hij staan. Ze vraagt hem niet binnen te komen. Het zou niet eerlijk zijn en meteen weer valse hoop wekken.

Ze ziet z'n warme blik. Z'n warme handen omvatten de hare, die ijskoud zijn.

'Laten we vrienden zijn,' zegt hij zacht. 'Als ik je zo nu en dan maar kan zien. Dat is voorlopig genoeg. Ik wil je helpen weer de oude Lisanne te worden. Het vrolijke meisje waarvan ik gehouden heb. Ik wil je weer zien lachen en ik wil je uit de kroegen vandaan halen. Ik wil dat je niet zoveel drinkt om te vergeten. Ik wil dat je die Victor van Dam uit je hoofd zet, want hij is het niet waard dat jij daaraan kapotgaat! Ik houd van je en daarom zal ik geduld hebben. Maar ik wil naast je staan, zodat je niet meer zo alleen bent. Ik ben je vriend en dat wil ik blijven.'

'Als jij daarmee kunt leven, is het mij goed. Je bent de enige echte vriend die ik heb!' Ze wacht geen antwoord meer af, maar glipt het huis binnen.

Martin blijft staan tot hij ziet hoe het licht op haar kamer aangeknipt wordt. 'Je bent de enige echte vriend die ik heb!' had ze gezegd, en het had zo intriest geklonken.

16

Zaterdagavond. Er valt een loodrechte, kille regen uit de hemel. Op straat is de stilte van het weekend ingetreden. Lisanne was naar de stad geweest. Ze was winkel in, winkel uit gelopen zonder iets te kopen. Daarna had ze bij 'De Hoek' nog wat gedronken en nu was ze weer thuis. Ze had een plaat opgezet, maar die was allang afgelopen, en ze had het niet in de gaten. Ze had eten op het vuur gezet en ze had het laten verbranden. Ze had het pas in de gaten gekregen, toen het hele huis er al naar stonk en mevrouw Heijman mopperend naar boven was gekomen. Ze kon het allemaal niet helpen. Vanmorgen was ze al zo down opgestaan. Een hele zaterdag! Een zaterdag zoals al die andere. Wat moest ze ermee? Ze had wat gedronken, ja. Misschien dat ze daarom zo vergeetachtig was. Maar kon zij er dan wat aan doen?

De bel ging. Haar bel! Ze moppert. Ze had helemaal geen behoefte aan visite. Als het haar vader maar niet was, die haar de les weer kwam lezen. Ze probeert op te staan. Er werd opnieuw gebeld. 'Ja, ja, ik kom al. De wereld is toch niet gek geworden?' moppert ze.

Ze loopt een stoel omver. Het ding valt met een harde klap op de grond. Een te harde klap, want ze schrikt ervan. Dan is ze bij de deur. Ze trekt aan het touw en ziet dan Martin staan. Martin!

Hij heeft een enorme paraplu ter beschutting boven z'n hoofd. 'Mag ik misschien heel even binnenkomen!?'

'Ja natuurlijk, sorry.' Ze gaat een stap aan de kant en ziet hoe hij een doos boordevol boodschappen in de gang zet, de deur achter zich sluit en naar boven komt. Ze bijt op haar lip. Dat was de bedoeling niet. Ze had een troep op haar kamer. Hij zou zich een ongeluk schrikken.

Maar hij staat al naast haar. 'Je vindt het toch niet erg?'

Ze blijft staan, maar hij is haar al voorbij, haar kamer in. Ze schaamt zich voor de wanorde en begint onhandig op te ruimen. Ze zet de stoel weer overeind, die ze net heeft omgegooid. De fles wijn naast de bank probeert ze er onopvallend achter te schuiven, maar ze heeft het gevoel dat Martin het ziet. Het maakt haar nog onzekerder dan ze al is. 'Sorry voor de troep,' verontschuldigt ze zich. 'Ik dacht dat ik alleen zou blijven.'

'Dan heb ik die plannen dus danig in de war geschopt,' merkt Martin op. 'Als je wilt dat ik wegga, moet je het eerlijk zeggen. Ik wil je niet in de weg zitten. Ik dacht al wel dat je alleen thuis

149

zou zitten, en dan duurt een zaterdagavond zo lang. Ik wilde je verrassen.'

'Dat is je gelukt,' zegt ze.

'Nogmaals, als je wilt dat ik wegga?'

'Nee, nee, blijf alsjeblieft. Ik vind het gezellig dat je er bent. Ik vraag me alleen af wat je allemaal bij je hebt.'

'Dat zal ik je laten zien.' Hij stalt de inhoud van de doos op tafel uit. Een fles goede wijn, salade en verschillende soorten kaas en toost. 'Nou, wat denk je ervan?'

'Geweldig!' Ze glundert. 'Ik zal de kamer opruimen. Dan kunnen we gezellig zitten.'

'Laten we dat samen doen. Dan kunnen we straks ook samen genieten.'

Samen gaan ze aan het werk en dan is de kamer inderdaad in een mum van tijd aan kant. Lisanne had de fles wijn kunnen verdoezelen. Nu had Martin daar misschien niets van gemerkt. Toch is ze blij als ze zich even kan terugtrekken in de gemeenschappelijke keuken. Ze zet koffie in het kleine koffiezetapparaatje. De medegebruikster van de keuken was momenteel niet aanwezig. De spullen die Martin had meegebracht, kon ze rustig op het aanrecht neerzetten. Terwijl de koffie doorloopt, staart ze uit het raam naar buiten. Hij had haar een paar keer nadenkend aangekeken. Zou hij iets vermoeden? Natuurlijk had hij wel gezien hoe ze die wijnfles achter de bank geschoven had, ook al had ze die nu heel handig kunnen wegstoppen. Hij had het misschien aan haar gezicht gezien; aan haar manier van praten. Martin was een echte vriend. Iemand die haar nooit zou kwetsen en in de kou zou laten staan. Hij had verantwoordelijkheidsgevoel, ook ten opzichte van haar. Misschien zou ze ooit aan hem kunnen vertellen van het vreselijke dat ze gedaan had. Zou hij dan nog ooit iets van haar willen weten? Of zou hij ook vertrekken? Net zoals Victor dat gedaan had: met de noorderzon. Martin was een christen. Hij was een trouwe kerkganger. Ze wist het. En juist christenen waren tegen abortus. Hij zou haar veroordelen. Ze zou het hem nooit durven vertellen. Hij zou het niet kunnen begrijpen.

Ze pakt mokken uit het keukenkastje. Ze moest daar nu niet aan denken. Ze moest gewoon doorgaan met ademhalen. Martin was nu bij haar. Deze momenten kon niemand haar meer afnemen. Ze zou proberen er een gezellige avond van te maken. Ze zou niet zoveel drinken. Dat hoefde niet, nu Martin bij haar was. Ze zou vanavond niet eenzaam zijn. Ze schenkt de koffie in, legt er een stuk cake naast en loopt weer terug naar de kamer. Martin had een plaat opgezet. Romantische melodieën van Barbra Streisand vullen de kleine ruimte van haar kamer. Ze luistert ernaar. Gedachten komen op haar af en ze krijgt de neiging een potje te gaan huilen. Dat wil ze koste wat kost voorkomen en daarom vraagt ze uiterlijk rustig: 'Weten je ouders dat je hier bent?'

'Ja natuurlijk.' Hij zegt het alsof het de gewoonste zaak van de wereld is.

'En wat vonden ze ervan? Hebben ze je niet gewaarschuwd?'

'Ik ben geen zestien meer,' zegt hij rustig. 'Natuurlijk hebben ze erover gepraat. Ze weten immers hoeveel verdriet ik om je heb gehad? Maar ze realiseren zich dat ik nog steeds van je houd. Ze respecteren dat. Zo zijn mijn ouders. Ze praten met me als ze denken dat ik dingen onverstandig aanpak of moeilijkheden dreig te krijgen als ik bepaalde dingen doe of juist laat. Ze laten me echter m'n gang gaan. Misschien woon ik daarom ook nog steeds thuis. Ze laten me vrij. Ze respecteren mij en daarom respecteer ik hen en houd ik me aan bepaalde regels waarvan ik weet dat ze die om de een of andere reden hebben ingesteld.'

'Ze zullen wel de pest aan me hebben,' verzucht Lisanne.

'Niet meer. Natuurlijk hadden ze er problemen mee, toen het tussen ons uit was, omdat je van een ander hield. Gelukkig zijn ze zelf ook jong geweest. Ze weten dat ieder mens fouten kan maken. Ze kunnen ook vergeven. Waarom zouden zij wrok blijven koesteren, als ze in de gaten hebben hoeveel ik nog van je houd en hoe gelukkig ik weer ben samen met jou te zijn?'

'Heb jij mij ook vergeven?' Ze kijkt hem gespannen aan.

'Anders zou ik hier niet zijn. Ik geloof dat ik je alles kan vergeven. Ik houd nog steeds van je.'

Ze zwijgt. Wat zou ze ook moeten zeggen?

De avond vliegt voorbij. Ze praten samen alsof ze elkaar nooit uit het oog verloren zijn en meer dan eens vraagt Lisanne zich af hoe ze toch op het idee gekomen is dat Martin saai zou zijn. Hij was niet saai. Hij was door en door betrouwbaar. Als ze dat eerder had ingezien, had ze geen abortus hoeven ondergaan. Dan zou... Ze wilde niet verder denken.

Tegen twaalven staat Martin op om weg te gaan. Bij de deur aarzelt hij nog even. Haar gezicht stond ineens zo triest. Alsof al haar problemen haar weer dreigden te overspoelen. 'Kop op,' zegt hij opgewekt. 'Ik laat je niet in de steek.' Hij ziet hoe ze ineenkrimpt en een fel medelijden welt in hem op. Wat moest ze toch bang en eenzaam zijn. Wat kon de ene mens een ander toch aandoen. Het was alsof Victor haar met zijn vertrek een ander mens had laten worden. 'Je moet niet bang zijn,' zegt hij. 'Morgen kom ik weer. Ik laat je niet alleen. Ik zal voor je zorgen.' Ze glimlacht. Haar gezicht ontspant. 'Martin, meen je dat?' 'Ja, natuurlijk.' Hij kust haar op het puntje van haar neus, hoewel hij haar het liefst in z'n armen had genomen. Ze was een klein, angstig mensenkind. Hij mocht dit niet overhaasten. Ze moest vertrouwen in hem hebben en dat vooral behouden. Hij zwaait haar na tot hij de hoek van de straat om rijdt.

Als hij in z'n bed ligt kan hij de slaap niet vatten. Steeds weer verschijnt het beeld van Lisanne voor zijn ogen: zoals ze naar hem keek en zoals ze lachte. Zo vol vertrouwen. Ze scheen een onbeperkt vertrouwen in hem te hebben, als vriend. Zou het ooit anders worden? Zou ze ooit meer in hem zien? Hij had gedacht dat hij op die manier wel zou kunnen leven, zichzelf wegcijferend voor haar. Maar hij wist nu al dat hij dit niet lang vol zou kunnen houden. Z'n hart schreeuwt om haar liefde. Hij draait zich op z'n andere zij. Hoe was ze zo geworden? Natuurlijk, ze was altijd een kwetsbaar, teruggetrokken type geweest. Juist daarom was hij misschien zo van haar gaan houden. Ze had hem nodig. Maar daarnaast was ze toch ook vrolijk. Ze kon heel ad rem zijn. Ze had haar vader getrotseerd in haar liefde voor hem, nadat Karin hem overtuigd scheen te hebben van zijn slechte invloed op Lisanne. Natuurlijk, ze had ook een klap gekregen van het overlijden van haar moeder. Hij had mevrouw Versteeg als een hartelijke, warme vrouw gekend. Ook die gebeurtenis had haar aangegrepen, maar toch nog niet zo als dit met Victor. Ze scheen nog van hem te houden, maar er moest meer zijn. Hij voelde het. Waarom had ze nu zo weinig contact met haar vader? Natuurlijk waren ze op haar verhouding met Victor tegen geweest, maar daarom kon nu toch het contact wel weer enigszins hersteld worden? En daarbij was er iets anders met Lisanne aan de hand. Hij zag het aan haar ogen. Ze leken langs hem heen te kijken. Hij had gezien hoe onzeker ze liep en hoe ze een fles wijn naast de bank had proberen weg te schuiven. Hij had de onmiskenbare dranklucht wel geroken. Het maakte hem bezorgder dan hij voor zichzelf wilde toegeven. Hij zou haar goed in de gaten houden, had hij zich voorgenomen. Hij stopt z'n hoofd ver onder de dekens, waarna de slaap hem eindelijk overmant.

De volgende dag staat hij alweer vroeg in de middag bij Lisanne aan de deur. Op zijn bellen doet ze niet open.
Mevrouw Heijman is er wel. Ze vertelt hem dat Lisanne al laat in de ochtend is vertrokken. Waarheen kan ze hem niet vertellen. Even staat hij in tweestrijd. Hij had haar toch verteld dat hij bij haar langs zou komen? Waarom was ze dan toch weggegaan? Waar was ze naar toe? Eigenlijk wist hij het antwoord zelf al, en in een mum van tijd is hij bij 'De Hoek'. Hij parkeert z'n auto en loopt naar binnen. Even moeten z'n ogen wennen aan het schemerdonker. Dan ziet hij haar zitten; aan de bar.
Ze steunt het hoofd in haar handen. Haar ogen staren voor zich uit. Ze kijkt zijn kant uit, maar schijnt hem niet eens te zien. Pas als hij vlak voor haar staat, komt er een blik van herkenning in haar ogen. 'Martin?' Haar stem klinkt vlak.
'Lisanne? Wat doe je hier? Je zou toch op me wachten? Ik zou vandaag toch bij je komen?'
'Houd even op, Martin,' zegt ze traag. Haar hand tast naar een kruk om die bij te schuiven. Een poging, die jammerlijk mislukt. Hij neemt het maar van haar over en is zich onderwijl hinderlijk bewust van het feit dat 'oom Karel' hem in de gaten houdt. 'Mag ik een tonic van u?' vraagt hij om de aandacht een beetje af te leiden. Het ging wel tegen z'n principes in om op zondag iets in een café te gaan drinken, maar zo nu en dan moest je je principes radicaal over boord zetten en dat moment was er nu.

'Doe mij nog maar een glaasje wijn,' zegt Lisanne naast hem. Hij had z'n mond al geopend om haar te zeggen dat ze dit niet moest doen, maar als hij naar haar gezicht kijkt, zwijgt hij. Oom Karel zet twee glazen voor hen neer, die Martin meteen betaalt. Hij kijkt naar haar, terwijl ze een slok neemt. 'We gaan zo naar huis,' zegt hij zacht, in de hoop dat oom Karel het niet kan verstaan.

'Ik heb geen huis,' zegt ze. 'Ik heb alleen een koude, ongezellige kamer.'

'Je kunt de kachel aanzetten en ik ga met je mee. Ik zal ervoor zorgen dat je kamer weer gezellig wordt.'

'Dat zeggen ze allemaal,' lalt ze en drinkt weer een slok van haar wijn. 'Dat beweerde Victor ook.'

'Ik meen het!' zegt hij.

'En toch ga je weg.' Ze wilde weer een slok nemen, maar hij hield haar tegen. 'Houd ermee op,' zegt hij hard. 'Je bent stomdronken. Wat denk je hiermee te bereiken? Dat Victor weer bij je terugkomt?'

'Victor komt nooit meer terug. Hij is veel te bang. Hij durft z'n verantwoordelijkheid niet te dragen.'

'Wat voor een verantwoordelijkheid, Lisanne? Ten opzichte van jou?'

'Nee, nee, daar heb je niets mee te maken.' Haar ogen kijken hem strak aan en dan kijkt ze weer naar beneden. 'Dat zul je nooit weten,' fluistert ze nu. 'Nooit, want daar heb je niets mee te maken! Je zult me erom verachten. Je zult me niet meer willen zien. Je zult me niet meer achternalopen. Je zult me nooit meer willen ontmoeten. Zo gaat dat. Ik weet het.'

'En ben je daar bang voor, m'n meisje? Denk je echt dat ik zo ben en dat mijn liefde zelfs het ergste geheim niet zal kunnen overwinnen? Je hebt wel weinig vertrouwen in me. Je weet toch dat ik van je houd?'

'Ik heb vaker iemand vertrouwd, die beweerde dat hij van me hield. En toch... toch ging hij weg. Voorgoed.'

'Ik ben niet getrouwd,' zegt hij. 'Ik wil graag trouwen, en wel met jou. Alleen met jou. Ik heb al zo lang op je gewacht. Ik kan nog veel langer wachten, als het moet.'

'Ze willen me allemaal kwijt,' zegt ze weer. 'Dokter Schuurmans wil me niet terug, en vanmorgen zei mevrouw Heijman dat ik beter een andere kamer kon zoeken. Dat doe ik ook wel, maar ze wil me het leven zuur gaan maken. Ik maak te veel rommel, zegt ze.'

'Daar heeft ze gelijk in. Je maakt een puinhoop van je kamer, maar meer nog van je leven. Je kunt je werk niet naar behoren uitoefenen als je elke dag zoveel drinkt.'

'Daar heb jij helemaal niets mee te maken,' zegt ze heftig. 'Wat weet jij er nou van? Wat weet jij nou van eenzaamheid, schuld en angst?'

'Je problemen worden niet opgelost met drinken. Heb ik dat mis? Zodra je je roes hebt uitgeslapen, val je weer in de realiteit terug. Lisanne, stop hiermee. Je moet je voor jezelf schamen, en ik wil niet dat je dat hoeft te doen. Je bent een lieve meid. Ik houd van je. Stop dan voor mij. Je krijgt er Victor niet mee terug. Hij is het niet waard dat je jezelf de vernieling in helpt. Open je ogen en blijf niet langer treuren om Victor. Hij is het niet waard!'

'Het is niet om Victor!' zegt ze hard.

Hij merkt dat andere bezoekers naar hen kijken, en een beetje ongemakkelijk schuift hij op z'n barkruk heen en weer. 'Lisanne, vertel het me dan. Waar drink je dan wel om? Je bent een alcoholiste aan het worden, Lisanne. Zegt dat woord je iets? Wil je dan zo verder leven?'

'Dat heb ik je toch al gezegd? Je luistert niet eens goed naar me. Het is om iets anders, en dat zal ik je nooit vertellen!'

Haar glas wijn was leeg. Martin maakt zijn glas ook snel leeg. 'Kom, we gaan naar huis,' zegt hij dan resoluut. Hij knikt naar oom Karel. 'Ik zal haar netjes met de auto naar huis brengen.'

Oom Karel knikt en komt dan een beetje dichter naar Martin toe. 'Pas goed op haar. Ze heeft hier al vanaf het begin van de middag gezeten. We zijn al om twaalf uur opengegaan, weet u. Maar ze drinkt veel te veel. Ze heeft aan één stuk door wijn zitten drinken en ik heb nog gewaarschuwd, maar het enige dat ze zegt is dat ik niet moet zeuren. Ten slotte heb ik dank zij haar een dik belegde boterham. Maar dat is onzin. Ik wil niet dat er iemand kapotgaat aan de drank. Ik ga nog liever failliet. Dat meiske is een aardig kind, maar ze schijnt met een hart boordevol verdriet te zitten. Om wat wil ze niet zeggen, maar het gaat me zo aan het hart, meneer. Ze heeft iemand nodig, en ik hoop dat u dat bent. Zorgt u goed voor haar?'

'Dat beloof ik.' Hij slaat een arm om Lisanne heen en laat haar opstaan. Langzaam lopen ze naar de uitgang. Hij helpt haar in z'n auto en rijdt dan weg. Hij gaat niet direct naar haar kamer, maar hij rijdt met haar door de omgeving. Z'n handen omklemmen het stuur als hij ziet hoe ze doodstil naast hem zit. De afleiding hielp niet, merkt hij. Ze besefte nauwelijks waar ze zich bevond. Dan besluit hij naar haar kamer te gaan. Daar zou ze kunnen uitrusten. Dat was het enige dat ze momenteel nodig had. Slapen moest ze. Uitslapen, tot ze weer nuchter was en helder kon denken. Op dit moment had praten geen zin. Ze zou hem waarschijnlijk morgen niet eens na kunnen vertellen waar ze het over gehad hadden. Hij helpt haar naar boven, de trap op, en let niet op de verwijten van mevrouw Heijman, die de hele toestand gadeslaat. 'Ik heb haar al gezegd dat ze zo snel mogelijk andere woonruimte moet zien te vinden. Het is een schande voor de andere kamerbewoners. Ze heeft zo'n troep op haar kamer en ze komt op de vreemdste tijden thuis. Ik wil het zo niet langer. Of ze verandert nu wel heel snel, of ze verlaat mijn huis!'

'U kunt een huurder niet zo maar uit huis zetten, mevrouw Heijman,' waarschuwt Martin haar. 'Daar komt nog heel wat voor kijken. U zult moeten kunnen aantonen dat Lisanne overlast veroorzaakt, en troep op haar kamer valt daar niet onder. Maar u kunt gerust zijn: Lisanne is al enige tijd op zoek naar een geschikte woonruimte. Het is voor beide partijen beter.'

'Zo is het,' beaamt mevrouw Heijman en trekt zich weer terug in haar domein, zodat Martin met een gerust hart verder kan gaan met zijn pogingen Lisanne naar haar kamer te brengen. Hij weet haar de sleutel te ontfutselen en haar de kamer in te slepen. Ze is op dit moment niet aanspreekbaar. Als een soort slappe pop hangt ze in zijn armen.

Als ze eindelijk op bed ligt, blijft hij even doodmoe op de rand van haar bed zitten. Dan kleedt hij haar voorzichtig uit, veegt haar bezwete voorhoofd af en trekt haar de eerste de beste nacht-

pon aan, die hij vinden kan. Als een klein kind dekt hij haar dan weer toe. Terwijl ze slaapt, zet hij koffie in het keukentje. Sterke, zwarte koffie. Hij gaat weer naast haar zitten op de rand van het bed. Zijn hand houdt haar smalle, slappe hand vast. Lisanne Versteeg: hier lag ze nu. Uitgeteld door de vele drank die ze had genuttigd. Wie had ooit kunnen denken dat het zover met haar komen zou? Als ze maar door blijft slapen staat hij op en begint met een zucht de kamer weer op te ruimen. Onvoorstelbaar hoe ze er in zo'n korte tijd zo'n puinhoop van had kunnen maken. Het was alsof ze overal tegenaan gevallen was. Er lag een stoel omver, de tafel stond vreemd dwars in haar kamer en er was een bloempot uit de vensterbank gevallen. Lisanne Versteeg, wat is er toch van je geworden? denkt hij. Achter de bank vindt hij nog een lege fles. In een van de kastjes ook. En er staat nog een half-volle in een kleine hoekkast. Hij kijkt neer op haar smalle, slapende gezicht. Zo vredig leek het nu. Alsof ze niet gekweld werd door zorgen, die haar hele leven dreigden te ruïneren. Hij wist dat het niet alleen door Victor kwam. Er zat meer achter, maar wat? Tot nu toe had ze angstvallig gezwegen en steeds had ze hem verzekerd dat hij dan niets meer met haar te maken zou willen hebben. Ergens moest toch het antwoord liggen en hij vermoedde ook wel waar. Het enige dat hij zou kunnen doen, was naar Victor gaan. Hij wist niet precies waar hij woonde, alleen dat hij ergens in Zeeland moest zitten. Veel problemen zou dat echter niet geven. Via de school moest hij achter een adres kunnen komen. Misschien waren Lisannes vader en Karin ook nog een schakel in het geheel. Ze nam zo angstvallig afstand van hen. Er moest toch iets gebeurd zijn. Hij kon haar alleen helpen als hij achter de waarheid kwam. Een waarheid waar ze bang voor was. Die angst was schijnbaar zo groot, dat ze er alles aan deed het te vergeten. Hij drukt een kus op haar stille gezicht.
Ze glimlacht even en draait zich om.

Van zijn plannen zou ze niets te weten komen, nam hij zich voor. Toch zou hij achter de waarheid weten te komen, hoe hard die misschien ook aan zou komen. Alleen op die manier kon hij haar echt bijstaan.

17

Op vrijdagmiddag heeft Martin verlof genomen. Via de school van Victor is hij achter Victors woonplaats en nieuwe werkkring gekomen. Gespannen rijdt hij vanaf het ziekenhuis richting Zeeland. Het waren de laatste januaridagen. 's Nachts had het gevroren; nu scheen de zon. Kinderen hadden hun schaatsen uit het vet gehaald en trokken nu, al dan niet in klasseverband, de eerste baantjes. Als het weer zo een poosje aanhield, zou hij misschien ook kunnen gaan schaatsen met Lisanne. Misschien zou er dan eindelijk weer wat kleur op haar wangen verschijnen. Misschien zou ze dan even niet aan een glas rode wijn hoeven denken. Lisanne: om haar reed hij vandaag naar Zeeland. Misschien zou het helemaal verkeerd uitpakken. Misschien werd hij geen steek wijzer, maar zoals het er nu voor stond, kwam hij ook niet verder. Hij was op een dood punt aangeland. Als hij niets aanpakte, zou er ook niets gebeuren. Victor was in feite zijn laatste strohalm. De reis verliep voorspoedig. Ondanks de vrijdag was het niet echt druk op de weg. Hij kon voor een groot deel de snelweg aanhouden en af en toe drukte hij het gaspedaal iets harder in dan was toegestaan. Hij was inmiddels in het Brabantse land gearriveerd en besloot in een wegrestaurant een kop koffie te gaan drinken. In alle rust overdacht hij zijn plannen, terwijl hij in een rustig hoekje voor het raam zat. Het verkeer suisde aan hem voorbij. Straks zou hij het college waarvan Victor rector was, opzoeken. Hij zou er waarschijnlijk tegen een uur of drie arriveren. De meeste lessen zouden dan beëindigd zijn, en het grootste deel van de leerlingen naar huis. Hij zou heel gewoon naar Victor vragen. Hij wilde met hem praten. Victor moest haast de sleutel zijn voor het gedrag van Lisanne. Voor haar depressiviteit en haar zucht naar drank. Het was niet zo maar verdriet om een verloren liefde. Er zat meer achter. Misschien zou Victor het hem willen vertellen. Victor: hij had hem nooit gemogen. Hij had hem zelfs gehaat, maar uitgerekend die Victor was nu nog de enige die hem zou kunnen helpen! Hoe hij een opening in het gesprek moest maken, was hem op dit ogenblik nog een raadsel. Hij moest er maar vertrouwen in hebben. Als de koffie op is, stapt hij in z'n auto, nadat hij met de overvriendelijke serveerster heeft afgerekend.

Hij heeft het goed berekend. Om vijf minuten voor drie stapt hij uit z'n auto. Even blijft hij staan en bekijkt het grote, sombere gebouw waar hij recht voor staat. De school moest al oud zijn. Voor de hoge ramen waren half hoge vitrages neergehangen, die de leerlingen ervan moesten weerhouden hun blik steeds weer op de buitenwereld te vestigen. Hij glimlacht. Wat dat betreft scheen er sinds zijn h.a.v.o.-tijd nog maar weinig veranderd te zijn. Alleen was er op zijn school een rector geweest tegen wie hij opgekeken had. Een rector op een voetstuk. Het was niet best als je naar hem toe gestuurd werd. Bij Victor scheen dat anders te zijn. De leerlingen liepen met hem weg. Martin steekt z'n handen diep in de zakken van z'n jas en loopt nonchalant over het schoolplein in de richting van de grote schooldeur. Victor van Dam, here I come, denkt hij. Hij grijnst in gedachten. De schooldeur is open. Hij kan ongehinderd naar binnen lopen.
In de hal staat een meisje. Ze kijkt hem bevreemd aan. Haar lange blonde haren worden in een paardestaart bijeengehouden. Haar ogen zijn zwaar opgemaakt, waardoor ze op een Barbie-pop lijkt, en ze heeft haar benen in een strakke spijkerbroek gehuld.
Hij krijgt het al benauwd als hij ernaar kijkt.
'Zoekt u iemand?' Haar stem is laag.
'Ja, ik zou de rector even willen spreken. Meneer Van Dam, is het niet?'
'Die kant op.' Ze wijst de gang in. 'Aan het eind van die gang rechts en dan meteen aan uw linkerhand.'
'Bedankt.' Hij loopt al. Het liefst zou hij nu ineens rechtsomkeert maken, maar de gedachte aan Lisanne weerhield hem daarvan. Lisanne: ze had iemand nodig, die haar hielp en haar niet in de steek liet. Die iemand wilde hij zijn. Daar had hij alles voor over. Daar zou hij zelfs de ontmoeting met Victor van Dam voor over moeten hebben. De deur naar Victors kamer is gesloten. Er brandt een lampje boven, waaruit Martin concludeert dat hij in gesprek is. Daar had hij echter op dit moment maling aan. Zijn gesprek was belangrijker dan wat ook. Daarom klopt hij toch op

de deur, wacht een ogenblik en trekt dan de deur open als er geen antwoord komt. Dan staat hij oog in oog met Victor. Naast Victor zit een vrouw. Een nog jonge vrouw. Een lerares? Ze kijken allebei geschrokken en ineens heeft Martin geen last van zijn zenuwen meer. Er blijft een gevoel van woede en minachting over. Een spelletje was het geweest voor Victor. Een spelletje, waar Lisanne de dupe van was geworden. Een spel; meer niet. Hier in Zeeland was hij gewoon opnieuw begonnen. Nu met een ander, wier leven hij misschien net zo zou verwoesten. 'Sorry,' zegt hij ingehouden. 'Ik wilde je even spreken, meneer Van Dam. Het spijt me dat ik je schijn te storen. Is deze dame misschien ook onder je auto gekomen?'

Victor is bleek geworden. Dat is zelfs onder z'n gebruinde huid te zien. Z'n staalblauwe ogen kijken Martin met een ijskoude blik aan. Hij haalt diep adem. 'Wilt u zo vriendelijk zijn even buiten te wachten? Deze dame is bij ons op de administratie werkzaam. Ik heb nog wat met haar te bespreken. Hebt u het lampje niet zien branden, of hebt u het gewoon genegeerd?'

'Dat laatste,' zegt Martin. 'Wat ik met je te bespreken heb is vele malen belangrijker dan het gesprek dat je met deze dame voert. Maar ik zal nog een ogenblik geduld hebben. Vijf minuten. Dan sta ik hier zo weer. Zonder kloppen.' Hij gooit de deur achter zich dicht en gaat voor het raam naar buiten staan kijken. Wat zou hij deze man met z'n misselijke, zelfvoldane tronie graag in z'n gezicht willen spuwen. Hoe graag zou hij hem willen vertellen wat hij echt van hem dacht en wat hij Lisanne had aangedaan. Hij zou hem mee naar 'De Hoek' willen nemen en hem willen toeschreeuwen: 'Kijk nou eens hoe ze eraan toe is. Zie je die uitgebluste blik in haar ogen niet? Zie je niet dat ze dronken is? Dat ze veel te veel drinkt, enkel omdat ze haar verdriet om jou wil vergeten. Waarom mengde je je in onze verhouding? Zonder jou was er immers niets aan de hand geweest?' Dan waren hij en Lisanne nog samen geweest. Maar ineens was hij saai geweest. Te saai voor Lisanne, die gevallen was voor de mooie praatjes van Victor en de gezellige uitstapjes met hem. Misschien waren ze wel heel gelukkig geweest als... Als... Het had niet zo mogen zijn. En nu leek alles ineens hopeloos. Lisanne hield nog steeds van Victor. Ze hoopte dat hij ooit bij haar terug zou komen. Ze moest eens weten dat Victor hier in Zeeland op dezelfde voet voortging met een ander.

De deur tegenover hem gaat open. De vrouw verdwijnt na Martin een vreemde blik te hebben toegeworpen, die hij met een glimlach beantwoordt.

'Je kunt binnenkomen,' zegt Victor kortaf.

Hij loopt naar binnen, doet zelf de deur achter zich dicht en blijft even staan.

Victor gaat direct achter z'n bureau zitten, alsof hij zich daarachter wil verschuilen. Z'n handen rusten op de telefoon.

Martin lacht spottend. 'Wil je de politie bellen of zo? Je bent toch zeker niet bang voor mij?'

'Bang?' Victor schenkt hem een superieur lachje. 'Ik vraag me alleen af wat je hier komt doen. Zeeland ligt niet om de hoek.'

'Ik wilde graag weten hoe het je hier bevalt. Het lijkt me toe dat je je draai hier al wel gevonden hebt.'

'Het is niet wat je denkt.'

'Heb je dat ook tegen Lisanne gezegd? De bezorgde veroorzaker van het ongeluk en zo'n aardige man! Je hebt haar inmiddels veel dieper in het ongeluk gestort.'

'Kom je hier misschien je gram halen vanwege het feit dat Lisanne toch voor mij heeft gekozen? Dan raad ik je aan hier zo snel mogelijk vandaan te gaan. Ik ken dat gesnotter van je onderhand. Je doet alsof ik Lisanne met geweld verleid heb, maar ze gaf zich uit vrije wil. Ik schijn op m'n drieënveertigste toch nog erg gewild te zijn bij het vrouwelijke geslacht.' Z'n stem klinkt rustig; een beetje spottend ook. Het trillen van de hand waarmee hij z'n sigaret opsteekt, verraadt echter z'n onrust.

Martin heeft het gezien. Het behoedt hem voor het verliezen van z'n zelfbeheersing. Zodra dat zou gebeuren, was Victor de grote overwinnaar. 'Je vraagt je niet af hoe het nu met Lisanne is?'

'Waarom zou ik?'

'Je hebt je er op een laffe manier van afgemaakt.'

Victor kijkt Martin oplettend aan. Wat bedoelde hij? Wat wist hij precies? Zou Lisanne het kind misschien niet hebben laten weghalen en was ze misschien nog zwanger? Zo zwanger dat het voor iedereen zichtbaar was en Martin het nodig had gevonden hem hierover de les te lezen? Hij blijft zwijgen.

'Hoe denk je dat het nu met haar gesteld is?' gaat Martin ten einde raad verder. Hij had het gevoel dat hij vastzat. Nu al, en hij was nog maar net begonnen.

'Het is haar eigen schuld. Ze wilde me op die manier dwingen van Wietske te scheiden en met haar te trouwen, maar ik laat me niet chanteren.'

'Nee, je vlucht en laat haar met de brokken achter op een eenzame kamer, die ze ter wille van jou gehuurd had.' Hij gaat ineens rechtop zitten. 'Wat bedoel je eigenlijk met dat dwingen?'

'Dat begrijp je toch wel?' Victor kreeg in de gaten dat hij z'n mond voorbijgepraat had. Hij probeerde de aandacht van Martin wat af te leiden. 'Het was de beste oplossing voor ons allemaal. Ik kon niet anders.'

'Ik begrijp het niet, Victor. Waarmee wilde Lisanne jou dwingen je van Wietske te laten scheiden en met jou te trouwen?'

'Ach, laat maar. Ik had het niet mogen zeggen.'

'Je moet het wel zeggen. Ik zal je dwingen het te zeggen, wat voor middelen ik daarvoor ook zal moeten aanwenden. Weet je wel hoe het met Lisanne gesteld is? Kun je je nog herinneren hoe vrolijk ze vroeger was, ondanks het feit dat ze vaak onzeker was en een minderwaardigheidscomplex vanwege haar uiterlijk had? Ze is eenzaam, ze is depressief en ze is bang, en om al die gevoelens de baas te kunnen, drinkt ze. Niet zo maar een glaasje. Nee, ongeveer tot ze erbij neervalt. Kun jij je dat voorstellen van Lisanne? Dat heeft ze allemaal aan jou te wijten, en jij beweert dan nog dat ze je wilde dwingen met jou te trouwen. Hoe wilde ze dat dan bewerkstelligen? Vertel me dat eens, Victor. Er begint me al wat te dagen, maar ik wil het uit jouw eigen mond horen!'

'Goed, als je dat dan zo prettig vindt: ze was zwanger!'

Er valt een doodse stilte. De woorden blijven tussen hen in hangen als een zwaardslag. Zwanger: Lisanne was zwanger geweest. En nu was ze dat niet meer. Nu lachten haar ogen niet meer. Nu was ze bang en depressief. Wat had dat lieve meisje toch allemaal mee moeten maken? Was het daarom dat ze het contact met haar vader en Karin tot een minimum beperkte? Hadden zij haar misschien gedwongen tot... Hij durfde niet eens verder te denken. Wat hadden ze haar toch allemaal aangedaan? Met wie had ze erover kunnen praten? Had ze dit allemaal in haar eentje moeten verwerken? Zijn Lisanne, die dol op kinderen was en met liefde een kind zou hebben opgevoed. Voor wie abortus moord was. Was het een wonder dat ze net zolang dronk tot ze niets meer wist. Was het een wonder dat ze bang was dat hij haar verlaten zou? Ze was doodsbang dat hij haar net zo verachten zou als zij zich dat zelf deed. Lisanne. Hier tegenover hem zat de veroorzaker van al deze ellende. Een man die zijn eigen hachje had willen redden, ten koste van Lisanne. Een man die nu alweer een ander in het ongeluk dreigde te storten. Een man van aanzien.

'Weet je,' begint die man aarzelend. 'Het was nog niet eens zeker dat het van mij was. Stel je voor...'

'Zwijg!' De vuist van Martin dreunt op Victors bureau, vlak voor hem. Zijn ogen bliksemen. 'Jij smerige huichelaar! Hoe durf je zo iets van Lisanne te beweren? Ze heeft zoveel van je gehouden. Ze houdt nog van je. Man, het is om te kotsen. Ik zou je hier recht in dat mooie gezicht van je willen slaan. Je beweert dat ze je op die manier wilde dwingen van Wietske te scheiden. Je twijfelt of het kind wel van jou zou zijn. Heb je dat ook allemaal tegen Lisanne gezegd?'

'Nee, natuurlijk niet.'

'Wat heb je haar dan gezegd? Dat je wel voor haar zou zorgen? Dat je voor haar op zou komen?'

'Nee, ook niet.'

'Wat dan wel, Victor? Vertel me eens: wat dan wel?'

Victor haalt z'n schouders op. Hij voelt zich als een kleine schooljongen wie de les wordt gelezen, maar hij kan op dit moment niet tegen Martin op. Gelaten zegt hij: 'Ik heb haar aangeraden het weg te laten halen, zodat haar leven gewoon verder kon gaan en een kind haar in niets zou belemmeren.'

'Weet je wel wat je zegt? Besef je wat dat voor Lisanne betekend moet hebben? Ze was zwanger van de man van wie ze met haar hele hart hield, en hij vraagt haar het kind te laten aborteren. Alsof het niets is. Alsof het een ding is; een dood ding, dat maar in de weg zit. Een ding, dat je gewoon even weg laat halen. Net

163

zoals je een prulletje in je kamer weghaalt en in de vuilnisbak gooit, omdat het je niet langer zint. Je wilde je eigen hachje redden onder het mom dat Lisanne haar leven gewoon verder kon leiden, alsof er nooit sprake van een kind is geweest. Stel je toch eens voor dat ze hier in Zeeland lucht zouden krijgen van een buitenechtelijk kind. Die keurige meneer Van Dam. Je zou van je voetstuk vallen. Met een dreun. Nee, dat zou je niet kunnen hebben. Weghalen dat spul, heb je gedacht. Over de gevoelens van Lisanne denken we gemakshalve maar niet. Man, je hebt geluk. Ik ga over m'n nek als ik nog langer naar je kijk. Ik hoop je nooit meer te zien! Zorg dat je hier in Zeeland blijft, zover mogelijk uit m'n buurt. En laat die andere vrouwen met rust. Vandaag of morgen tref je geen stille, bescheiden, liefhebbende Lisanne meer, maar iemand die eropuit is je echt te hebben! Iemand die zich niet stilhoudt, maar het van de daken schreeuwt. Dan loop je tegen de lamp en dan is er niemand die je nog langer helpen kan. Zorg toch voor Wietske, in plaats van haar steeds weer te vernederen. Ze heeft een betere man dan jij verdiend!'

De deur slaat met een klap achter Martin dicht, als hij de gang in loopt. Er gaat een leraar voorbij, die hem groet, maar hij beantwoordt die groet niet. Ziedend is hij. Als hij in de auto gaat zitten, voelt hij pas hoe hij trilt. Z'n benen beven. Z'n handen lijken ineens onbestuurbaar. Even blijft hij doodstil zitten, z'n hoofd in z'n handen. Lisanne, kreunt het in hem. Arm kind, wat heb je toch allemaal door moeten maken? Waarom heb je me dit toch niet verteld? Nu begrijp ik waarom je zo bang en depressief bent; waarom je zo weinig vertrouwen in je medemensen hebt. Je hebt te veel meegemaakt en ik heb je niet kunnen helpen. Lisanne, ik wil naar je toe. Ik wil je in m'n armen houden en je vertellen hoeveel ik van je houd. Dat ik voor je zorgen zal en alles van je weet. Dat er Een is Die vergeving kan schenken. Dat Hij de enige weg is uit jouw ellende. Hij draait het sleuteltje om in het contact, trapt het gaspedaal in en rijdt weg met gillende banden.

Ze is nuchter, als hij bij haar komt. Ze glimlacht lief naar hem. 'Wat fijn dat je er bent. Wacht even, ik maak koffie.'

164

Er zit een brok in z'n keel, als hij haar bewegingen volgt. Snel en handig gooit ze koffie in de filter en drukt op het knopje van het koffiezetapparaat. Dan kijkt ze hem aan.
Hij neemt haar mee naar haar kamer en drukt haar neer op de bank.
Haar ogen zijn vragend op hem gericht.
'Lisanne.' Z'n stem klinkt schor. 'Kind, ik weet alles. Ik bedoel: ik was vanmiddag in Zeeland.'
'Zeeland?' herhaalt ze toonloos.
'Bij Victor. Hij heeft me... Ik heb hem gevraagd... Ik bedoel: van je zwangerschap. Je hebt... je hebt...' Hij kan niet meer uit z'n woorden komen.
'Ik heb het laten weghalen, ja,' zegt ze heel rustig. 'Het was allemaal heel eenvoudig. Het waren ook heel aardige mensen. Geen slagers of zo. Zo stelde ik me dat vroeger voor. Ik gruwde van abortus. Ik zou het nooit doen, dacht ik toen. Maar het was een fluitje van een cent. Een slangetje zoog al het leven uit me weg. Het deed geen pijn. Later een beetje, ja. Maar het was heel snel weg. Alsof je een wratje laat weghalen. Ja, ik heb m'n kind laten weghalen.'
Ze praat alsof ze droomt. Alsof ze de hele gebeurtenis aan zich voorbij ziet komen en zij het commentaar verzorgt. 'Anders had ik nu met een dikke buik gelopen.' Ze glimlacht.
Martin staat erbij met z'n handen tot vuisten gebald in z'n broekzakken. Hij staart naar haar gezicht, waaruit geen emoties blijken als ze hem vertelt van Karin en haar vader, die 'het beste met haar voorhadden'. Ze staat vlak naast hem, maar is verder weg dan ooit. Hij zou haar hand willen pakken, maar intuïtief voelt hij dat ze dat nu niet zal willen. Dat ze hier los van hem moet staan en moet blijven praten.
'Iedereen zei dat het beter was en naar mij werd niet geluisterd. Ik haat mezelf omdat ik heb toegegeven, maar ik was zo bang en zo verward, alsof ik geen eigen wil meer had. Ik werd heen en weer geslingerd, en toen was Victor ineens weg. Dat brak m'n laatste restje weerstand. Ik voelde me zo alleen en dat terwijl er andere mogelijkheden waren geweest. Ik zag wel die grote pamfletten op stations en in de stad met: zwanger en alleen? En dat

was ik; helemaal alleen. Er stond een telefoonnummer onder die pamfletten, maar ik heb de moed niet gehad het te bellen, terwijl er mensen voor me klaar hadden gezeten om me te helpen. Ik haat mezelf! Ik vergeef het mezelf nooit.' Ze huilt heel zachtjes. ''s Nachts droom ik vaak een angstige droom van een kind dat me ontglipt. Dan word ik wakker en transpireer ik zo erg dat m'n lakens doorweekt zijn. Dan wil ik alleen nog maar drinken. Net zolang tot alle angst weg is en m'n gevoelens en gedachten vertroebeld zijn door de drank. Maar na elke roes komt weer het moment dat ik wakker word. Dan lijkt de waarheid me te verpletteren en zo ga ik door en door en door tot ik doodga, en wat dan, Martin? Dan zal God wrekend voor me staan en zeggen: Lisanne Versteeg, je hebt je kind vermoord. En ik zal Hem alleen maar gelijk kunnen geven.'

Nu slaat Martin zijn armen wel om haar heen. Terwijl hij haar als een klein kind heen en weer wiegt, zegt hij: 'God is een God van liefde.'

'Ja, en als ik Hem om vergeving vraag zal hij het me vergeven. Nee, Martin, dat is te goedkoop. Daar hoef je bij mij niet mee aan te komen.'

'En de moordenaar aan het kruis dan?' Z'n stem is zacht, maar dwingend. 'Die droeg een zware schuld met zich mee. Hij had zich niet laten aborteren, omdat hij geen uitweg meer zag. Nee, hij had mensen vermoord, om wat voor reden dan ook! En toch zei Jezus: Heden zult gij met Mij in het paradijs zijn. Zo groot is de liefde van God! Zou dat voor jou dan niet gelden? Vertrouw op God, Lisanne. Ook voor jou is Hij de weg. Drank kan je angst niet wegnemen; God wel. Voor Hem bestaan er geen grote of kleine zonden. Wij mensen zijn allemaal zondaren. Ik net zo goed als jij. Je hebt het zo vaak over de mensen in de kerk, die huichelaars zijn. Maar denk je niet dat God hen doorziet? Zo doorziet Hij ook jou, Lisanne. Bij Hem is er altijd vergeving.'

'En als ik nooit meer kinderen zou krijgen? Zou dat dan niet de straf zijn?'

'Zeg dat nooit meer. Het kan iedereen overkomen. Ik ken mensen die maar één kind hebben. Het eerste kind kwam vlot. En het tweede laat maar op zich wachten. Het zou je kunnen overkomen, maar het heeft niets met je abortus te maken. Zet dat voor eens en altijd uit je hoofd.'

Ze zwijgen. Dan staat Lisanne op. 'Ik zal koffie inschenken. Je zult onderhand wel een razende honger hebben. Ik zal straks wat te eten klaarmaken. Eet je mee, of houdt je moeder thuis rekening met je?'

Hij schudt z'n hoofd. 'Ik heb haar gezegd dat ze niet op me hoefde te wachten met eten.'

Lisanne haalt koffie. Dan zitten ze weer naast elkaar. Ze roert in haar kopje, alsof ze dwars door de bodem heen wil. 'Hoe... hoe was het met Victor?' informeert ze dan toch aarzelend.

Hij schrikt. Hij had gehoopt dat ze die vraag niet zou stellen. 'Hij was er al aardig gesetteld, geloof ik,' zegt hij dan voorzichtig.

'Waarom heeft hij je van mijn zwangerschap verteld?'

'Hij dacht dat ik ervan op de hoogte was,' informeert hij haar kort.

'Waarom ben je eigenlijk naar hem toe gegaan?' Ze zit ineens rechtop, haar ogen peilend in de zijne.

'Omdat ik dacht dat het de enige manier was om je te helpen. Ik voelde dat je ergens mee zat, maar ik had geen idee wat het zou kunnen zijn.'

'Ik voel me zo schuldig,' zegt ze zacht. 'Ik zou van jou willen houden, maar m'n hart is nog steeds bij Victor. Ondanks alles. Hij heeft me belogen en bedrogen. En toch hoop ik, en eigenlijk weet ik het zeker, dat hij terug zal komen. Terug naar mij. We zijn samen zo gelukkig geweest. We begrepen elkaar zo goed. Ik had zoveel plannen, en ik kan me niet voorstellen dat het voor hem allemaal spel is geweest. Dat kan niet! Zo kan een mens niet liegen!' Ze kijkt naar Martin. Hij heeft z'n kaken vast op elkaar geklemd. Z'n gezicht staat ondoorgrondelijk, maar ze voelt wat haar woorden bij hem moeten hebben aangericht. 'Martin?' zegt ze zacht. 'Het spijt me.'

Hij sluit z'n ogen. Hij wilde de beelden die hem steeds voor ogen kwamen wegwissen. Victor en een vreemde vrouw. Naast hem zat op dit moment Lisanne. Hij had alles voor haar over, hij hield zielsveel van haar en haar hart was nog altijd bij Victor. Hij haatte die naam! Hij haatte die man! Hij haatte zichzelf! Hij zou het uit willen schreeuwen. In plaats daarvan zwijgt hij en luistert naar haar warme stem, die verder gaat met: 'Ik zou willen dat het anders was. Dat ik Victor kon vergeten. Maar de hoop laat zich niet de kop indrukken. Ik droom ervan dat Victor bij me terugkomt en me om vergeving vraagt. Ik weet dat het slecht van me is dat te wensen. Hij zal Wietske dan immers in de steek moeten laten? Maar misschien komt er toch nog een oplossing. Misschien komt het allemaal nog goed.'

Martin staat abrupt op. 'Misschien wel,' zegt hij met verstikte stem. 'Als je het niet erg vindt ga ik nu toch maar naar huis. Ik heb helemaal geen honger. Ik ben alleen maar doodmoe. In m'n bed ben ik momenteel het beste op m'n plaats.'

'Blijf toch nog even, alsjeblieft.' Haar ogen kijken hem smekend aan, maar hij schudt z'n hoofd.

Hoe zou hij hier nog langer kunnen blijven? Hij zou het niet kunnen verdragen ook nog maar één keer de naam Victor uit haar mond te horen. Hij moest hiervandaan, voordat hij z'n zelfbeheersing zou verliezen.

'Martin?' Ze houdt hem tegen, voor hij de deur uit kan gaan.

Hij draait zich om en vraagt bijna nors: 'Wat is er?'

'Ik wil je nog bedanken. Ik waardeer het heel erg dat je dit allemaal voor mij hebt gedaan. Ik vond het fijn er eindelijk over te kunnen praten. Het is of alles nu minder zwaar weegt. Misschien komt er nog een tijd dat de pijn niet meer zo hevig zal zijn.'

'Ja, misschien wel,' zegt hij zacht en probeert te glimlachen. Wat wist ze ervan hoe hevig zijn pijn op dit moment was?

'Kom je gauw terug?'

'Ja, dat doe ik,' belooft hij, en dan kan hij eindelijk weg. In z'n auto ziet hij hoe ze voor het raam staat en hem uitzwaait. Hij toetert even en rijdt dan weg. Z'n ogen staren in het donker en houden automatisch het omringende verkeer in de gaten. Pas bij een verkeerslicht dat op rood gesprongen is, laat hij het stuur los en steunt hij het hoofd in zijn handen. Voorbij, dreunt het in z'n hoofd. Verloren. Lisanne mocht dan nog enige hoop hebben op een nieuwe relatie met Victor, voor hem was met die opmerking alle hoop de bodem in geslagen. Dan huilt hij met gierende uithalen.

18

De kerk gaat uit. Martin schuifelt achter de andere kerkgangers aan door het pad naar buiten. Dominee Van Diggelen had op zijn gebruikelijke, interessante en boeiende manier gepreekt, maar hij had z'n gedachten er niet bij kunnen houden. Steeds weer waren z'n gedachten naar Lisanne gegleden. Steeds weer voelde hij dezelfde pijn. Hij verkeerde in een verschrikkelijke tweestrijd. Wat moest hij doen? Lisanne aan haar lot overlaten en zelf proberen zijn verdriet te verwerken, of haar blijven helpen? Was hij dat niet aan haar verplicht? Het was immers niet eerlijk nu af te haken, omdat ze hem blijkbaar niet de liefde kon geven, waar hij op gehoopt had? Hij had haar beloofd haar te zullen helpen. Hij mocht haar niet in de steek laten, zoals al die anderen hadden gedaan. Hij was immers haar enige 'vriend', zoals ze dat altijd uitdrukte? Waarom kon hij dat nu al niet meer verdragen, terwijl hij zich toch voorgenomen had daar voorlopig tevreden mee te zijn?

Hij wil naar z'n auto lopen, maar dominee Van Diggelen staat bij de uitgang en houdt hem tegen. 'Martin Witteveen, heb je even tijd om met mij thuis een kopje koffie te drinken? Ik heb wat met je te bespreken.'

Martin knikt. 'Dat is goed, dominee.' In zijn auto vroeg hij zich af wat Van Diggelen in vredesnaam van hem moest. Wilde hij hem vragen de catechisaties te leiden? Nou, dat had hij hem dan beter meteen kunnen vragen. Daar zou hij in ieder geval voor bedanken. Hij had er wild-westverhalen over gehoord. Over knullen van een jaar of veertien, die nooit luisterden, altijd brutaal waren en grote monden gaven; kortom de catecheet de stuipen op het lijf jaagden. Nee, daar bedankte hij voor. Dominee Van Diggelen woonde dicht bij de kerk. Vroeger was de pastorie vlak naast de kerk geweest, maar het huis verkeerde in zo'n slechte staat dat de gemeente het van de hand gedaan had. Er was een nieuwe pastorie aangekocht. Martin parkeert z'n auto vlak achter die van de dominee, die vlak voor hem heeft gereden. Tegelijk lopen ze het pad op dat naar de voordeur leidt.

De echtgenote van de dominee zet meteen koffie en presenteert er zelf gebakken appeltaart bij. Ze praten over koetjes en kalfjes en Martin zit op hete kolen. Wat wilde de dominee nou van hem? Dominee Van Diggelen scheen zijn gedachten te raden. Als hij zorgvuldig een pijpje heeft gestopt, gaat hij er eens goed voor zitten. 'Tja Martin, je zult je wel afvragen waarom ik je gevraagd heb hier te komen.'

Martin schudt zwijgend zijn hoofd. Dat had hij inderdaad, ja.

'Nou, dat zal ik je dan haarfijn uit de doeken doen. Het is je bekend dat wij als gemeente een zendelinge hebben uitgezonden naar Tanzania?'

Martin knikt. Daar werd de gemeente regelmatig van op de hoogte gehouden. Er was een speciaal comité opgericht dat de schriftelijke contacten met mevrouw Maasdam onderhield en ervoor zorgde dat brieven van gemeenteleden op de juiste plek aankwamen. Maar wat had hij daarmee te maken?

Dominee Van Diggelen glimlacht onwillekeurig. De vragen waren van Martins gezicht af te lezen. 'Wel Martin,' vervolgt hij. 'Mevrouw Maasdam heeft me persoonlijk een brief geschreven, met daarin de dringende oproep verpleegkundig personeel te werven. Mensen die gemotiveerd zijn en zich voor tweehonderd procent in willen zetten. Er is een enorme behoefte aan verpleegkundig personeel. Om eerlijk te zijn, Martin: ik dacht meteen aan jou. Het is overigens maar voor één jaar.'

Martin kijkt lichtelijk verbaasd. 'Aan mij?'

'Ja, jongen. Ik ken je al heel lang. Ik kom regelmatig patiënten in het ziekenhuis opzoeken. Gemeenteleden die om de een of andere reden daar zijn opgenomen. Als ik op jouw afdeling rondloop hoor ik gegarandeerd positieve berichten over jou. Over die jongeman die keihard werkt en daarbij een open oog heeft voor de noden en zorgen van z'n patiënten, en zo iemand zoekt mevrouw Maasdam. Daarbij ben je nog jong en, voor zover ik weet, ongebonden. Heb ik daar gelijk in, Martin?'

'Ja, ja,' zegt hij snel. 'Het overvalt me alleen een beetje.'

'Dat begrijp ik. Het is ook niet direct morgen. Er moet natuurlijk heel veel geregeld worden. Daar gaan zo een paar maanden overheen.'

170

'En m'n baan zou ik natuurlijk kwijt zijn.'
'Er is in Nederland veel vraag naar goede verpleegkundigen. Zo moeilijk zal het toch niet zijn iets nieuws te vinden?'
Martin zwijgt. Vanuit z'n ooghoeken ziet hij hoe mevrouw Van Diggelen opstaat om koffie in te schenken. Hij slikt. Aan de ene kant was het een uitdaging naar zo'n land te gaan. Naar een land waar je echt nodig was en het probleem van coma-patiënten en abortus niet zo speelde als hier. Doodgewoon omdat je daar ziek was of niet, en daardoor stierf of niet. Kinderen werden er gewoon geboren. Het zou anders werken worden. Je moest tropische ziekten proberen voor te zijn en er waren misschien lepra-patiënten. Het zou een jaar zonder Lisanne zijn. Een rustpauze, die hij in feite nodig had. Alleen, hoe zou Lisanne reageren? Zou ze het aankunnen zonder hem? Zou hij hier niet eens met Van Diggelen over kunnen praten of zou ze hem dat vreselijk kwalijk nemen? Lisanne. Hij pakt z'n inmiddels weer gevulde kopje van de tafel en roert er omstandig in. 'Ik weet het niet,' zegt hij dan eerlijk. 'Ik weet niet of ik ertegen zal kunnen. De ellende.'
'Heerst die ook niet in onze Nederlandse ziekenhuizen?' werpt Van Diggelen tegen. 'Toegegeven, op een heel andere wijze, maar dat neemt niet weg dat je hier ook de hele dag midden in de ellende zit. Je bent er alleen zo aan gewend, dat je niet beter meer weet. Het hoort bij je vak.'
Het duizelde Martin. Het voorstel van Van Diggelen was zo volkomen onverwacht gekomen. Aan de ene kant trok het hem. Hij zou weg zijn uit de sleur van het ziekenhuis en een jaar lang met andere mensen bezig zijn. Tanzania: hij wist vrijwel niets van het land. Wat spraken ze er voor taal? Hoe waren de politieke omstandigheden? Aan de andere kant was Lisanne er. Hij hield van haar en zij hield niet van hem. Maar hij voelde zich verantwoordelijk voor haar. 'Ik heb bedenktijd nodig,' zegt hij moeizaam. 'Ik kan niet zo maar beslissen. Er zitten nogal wat haken en ogen aan.'
'Natuurlijk, Martin. Wat mij betreft heb je een week de tijd om alle zaken op een rijtje te zetten. Denk je dat die tijd voldoende zal zijn?'
'Over een week hoort u mijn beslissing,' belooft Martin.

'Dan hoop ik je hier weer te zien,' zegt de dominee glunderend. 'Ik zal deze week m'n best doen nog meer mensen enthousiast te maken voor deze plannen. Sterkte met je beslissing. Denk erom, je bent niets verplicht. Het is je eigen beslissing, maar als je die genomen hebt verwacht ik inderdaad een inzet van honderd procent van je.'

'Ik zal eraan denken,' belooft Martin. Dan staat hij op. 'Als u het niet erg vindt, ga ik nu naar huis.'

Mevrouw Van Diggelen laat hem uit. Ze wenst hem nog een 'goede zondag' toe en blijft hem nazwaaien tot z'n auto uit het zicht verdwenen is.

Het nieuws was nog steeds niet in volle hevigheid tot Martin doorgedrongen. Was het toeval dat hij zo'n voorstel op dit moment kreeg? Een hele ervaring. Alleen moest Tanzania niet zo vreselijk ver weg zijn. Een land waarvan hij niet had gedacht dat hij er ooit zou komen. Met kleine zwarte kindertjes, bedekt met vliegen. Hij had het zo vaak op foto's gezien. Zou dat in Tanzania de werkelijkheid voor hem worden? Hij zou deze week meteen informatie over Tanzania uit de bibliotheek halen. Een week had hij de tijd. Daarna zou hij moeten beslissen. Dominee Van Diggelen had gemeend dat hij nog vrij was. Hij zat immers elke zondag alleen in de kerk? In principe had de dominee gelijk. Hij was vrij. Officieel, maar z'n hart behoorde toe aan Lisanne. Een jaar leek een eeuwigheid, maar misschien zou het hem helpen afstand te nemen van alles waar hij dagelijks weer verdriet om had. Van een jonge vrouw in moeilijkheden, die bij hem haar leed uitschreide om een verloren liefde en hem juist daardoor steeds weer bezeerde. Een jonge vrouw, bij wie hij zich gelukkig voelde als ze hem vol vertrouwen aankeek. Hij zou willen dat hij zich ertegen weren kon. Hij wilde zichzelf beschermen tegen het verdriet dat ze hem steeds weer aandeed met haar liefde voor Victor. Voor hem was er immers geen hoop? Hij zag het aan haar, als ze over Victor praatte. Haar ogen glansden dan en haar stem klonk warm. Toch kwam hij steeds weer bij haar terug. Hij was immers de enige vriend die ze nog bezat? Hoe zou hij haar ooit in de steek kunnen laten?

Vrijdagmiddag: Lisanne had doelloos door de straten gelopen. Het was er mooi weer voor. Een nog jonge februari-zon zette de stad in een gouden gloed. De temperatuur was wat opgelopen. Het was een schitterende dag voor begin februari. Ze had vandaag niet binnen willen zitten. Het was goed buiten te zijn en even je zinnen te verzetten. Binnen lokte de drank en ze wilde dat niet meer. Het kostte haar meer moeite dan ze verwacht had, ermee te stoppen. Het was altijd zo heerlijk je problemen te zien verdwijnen in een dichte mist. Nu alles zo helder was, voelde ze haar verdriet zo erg. Ineens blijft ze stokstijf staan. Ze heeft haar naam gehoord; zacht maar dringend. En de stem, die die naam uitsprak, herkent ze uit duizenden. 'Victor?' Haar stem klinkt blij en ongelovig tegelijk.

'Ja, ik ben het echt.' Z'n stem klinkt gehaast. 'We mogen hier niet samen gezien worden. Mijn auto staat in de parkeergarage in vak drie A. Kom daarnaar toe. Daar wacht ik op je.'

Ze knikt als teken dat ze het begrepen heeft. Ze loopt nog een winkel door en spoedt zich dan naar de parkeergarage. Haar voeten lijken te dansen en ze heeft de bijna onbedwingbare neiging te zingen. Victor was gekomen. Hij hield dus toch van haar. Hij had haar niet kunnen vergeten: Victor. Victor. De haar zo vertrouwd geworden auto stond inderdaad in het aangegeven vak.

Victor had het portier al geopend. Een ogenblik kijken ze elkaar aan; sprakeloos. Dan zegt hij: 'Kindje toch, Lisanne.'

Huilend en lachend valt ze hem in de armen.

'Ik wil met je praten,' zegt hij dan gehaast. 'Zullen we ergens wat gaan drinken?'

'Nee, ik wil naar m'n kamer. Daar kunnen we rustig praten.' Ze kijkt naar z'n gezicht als hij wegrijdt. Beheerst en zeker van zichzelf. Ze glimlacht. Alles was weer net als vroeger. Vroeger, voordat...

Hij parkeert z'n auto vlak bij haar kamer. Pratend en lachend lopen ze naar binnen.

Geen van beiden hebben ze de eenzame figuur gezien, die met z'n auto aan de overkant heeft staan wachten tot Lisanne thuis zou komen, en die nu vertwijfeld de handen tot vuisten balt in de zakken van z'n jas. Martin sluit z'n ogen. Steeds weer ziet hij het gelukkige gezicht van Lisanne voor zich. Gelukkig was ze, omdat die schoft haar zelfs nu niet met rust leek te kunnen laten. Zelfs nu. Hij start de motor van de auto. Koud is hij geworden van het lange wachten, ondanks de zon die door de raampjes naar binnen heeft geschenen. Haar beste vriend was hij. Dat had Lisanne steeds opnieuw beweerd. Haar beste vriend, maar ook niet meer dan dat. Hij had gemeend dat het voor hem voldoende zou zijn. Dat hij ermee had kunnen leven. En dat had hij ook kunnen doen, omdat hij gehoopt had dat de vriendschap die Lisanne voor hem voelde zou omslaan in liefde. Het was een grote misrekening geweest, en het enige dat hem nu nog restte was Tanzania. Om te vergeten.

'Wil je koffie?' Victor zat weer op z'n vertrouwde plekje op haar tweezitsbankje. Ze wist zich even geen houding te geven. Alles was weer net als vroeger en toch... Toch was er zoveel veranderd. Er was zoveel gebeurd.
'Ik wil eerst graag een glas whisky.' Hij glimlacht verontschuldigend. 'Ik heb een lange autorit achter de rug, en eh, er is de laatste paar dagen nogal wat gebeurd.'
Ze knikt, zet koffie en schenkt een glas whisky voor hem in. Zelf neemt ze een glaasje wijn. Dan gaat ze tegenover hem zitten en neemt z'n gezicht gretig in zich op. Alles zou goed komen. Nu zou het eindelijk komen. Hij zou haar vragen hem te vergeven. Ze had hier al die tijd op gewacht.
'Je zult je afvragen waarom ik naar jou toe ben gekomen,' zegt hij zacht. Hij drinkt in één teug z'n glas whisky leeg en houdt het glas op. 'Geef me er nog maar eentje. Dat praat makkelijker.'
Ze zet de fles bij hem neer. 'Je neemt zelf maar.' Waarom voelde ze nu ineens irritatie over zijn manier van doen? Was hij niet altijd zo geweest? Hij hoefde maar te kikken, en zij zorgde ervoor dat aan al zijn wensen werd voldaan. Ze had het altijd heel gewoon gevonden dat ze zichzelf wegcijferde voor Victor. Ze kijkt hem oplettend aan. Hij had wallen onder z'n ogen. 'Ga door,' moedigt ze aan.
'Wietske en ik hadden ruzie.'
'Ja? Dat hadden jullie toch wel vaker?' Ze voelt zelf dat het cynisch

174

klinkt, maar ze kan haar teleurstelling nauwelijks verbergen.
'Ja, je hebt gelijk. Dat komt bij ons regelmatig voor. Vooral de laatste tijd. Je hebt geen idee in wat voor een hel ik de laatste dagen heb geleefd. Wietske maakte me voor alles en nog wat uit. Ze wil van me scheiden.'
'Dan is er toch geen vuiltje aan de lucht? Dat wil jij toch al heel lang?' Ze ziet hoe hij zich een nieuw glas whisky inschenkt en ze bedenkt dat hij ook te veel drinkt. Ze zal moeten oppassen dat hij niet nog een glas inschenkt. Straks zou hij niet meer terug kunnen rijden. Ze schrikt van haar eigen gedachtengang. Ze wilde toch helemaal niet dat hij wegging? Ze wilde dat hij bij haar bleef.
'Je weet niet wat je zegt,' mompelt Victor. 'Ik kan me dat momenteel niet permitteren in mijn positie. Ik ben rector. Daarbij heb ik me weer volop in de politiek gestort.'
'Wat heeft dat nu met jou en Wietske te maken?'
'Ik sta voor een partij met christelijke principes. Ik kan me geen scheiding veroorloven. Vanmorgen barstte de bom. We hebben een vreselijke ruzie gehad en daarna heeft Wietske me het huis uit gezet.'
'Hoe heeft ze dat gedaan? Met de deegroller?' Lisanne lacht zenuwachtig.
'Ja, lach maar. Ik had geen idee waar ik naar toe moest. In Zeeland heb ik nog niet zoveel kennissen en daarbij wilde ik niet dat er iets zou uitlekken. Daarom hoopte ik dit weekend bij jou onderdak te kunnen krijgen. Niemand zal wat in de gaten hebben. Maandagmorgen rijd ik dan vanaf hier naar school. Wietske zal het hele weekend ongerust zijn over m'n verblijfplaats, dus daarna zal de hevigste storm wel weer geluwd zijn.'
Sprakeloos staart Lisanne hem aan, maar dan krijgen haar zenuwen de overhand. Ze gooit haar hoofd achterover en lacht. Ze lacht...
Victor staat geïrriteerd op. 'Ik dacht een beetje begrip van je te kunnen verwachten. Ik dacht dat je nog van me hield. Die idiote vriend van je – hoe heette hij toch ook; Martin, geloof ik – kwam me laatst nota bene in school opzoeken. Hij blameerde me voor een van de medewerksters van de administratie, overlaadde me met verwijten en beweerde dat je nog steeds van me hield.

175

Nou, daar merk ik op dit ogenblik niets van. Ik vrees dat ik deze hele afstand voor niets heb afgelegd.'
'Ja, dat heb je zeker.' Lisanne had haar zenuwen weer in bedwang. 'Hoe heb ik toch zo dom en verblind kunnen zijn van jou te gaan houden? Een grote egoïst ben je. Een man die in alles z'n zin wil hebben en daarbij alleen maar aan zichzelf denkt. Als je eens wist hoezeer ik naar deze dag heb uitgekeken. Hoe ik toe geleefd heb naar de dag dat je terug zou komen, want daar was ik zeker van. Dat je op een dag terug zou komen bij mij. Ik had het kunnen weten. Maandenlang heb je me aan het lijntje kunnen houden, omdat ik verblind was door liefde en door je mooie beloften. Toen bleek dat ik zwanger was, liet je me vallen als een baksteen. Laat het maar weghalen, was het enige dat je me wist te vertellen. En ik had zo graag zwanger willen blijven. Ik had het kind willen houden. Het was een teken van onze liefde. Het was een kind, al beweerden een heleboel mensen dat het maar een vrucht-zakje was. Maar in mijn ogen is ook een vrucht-zakje leven. Ik was van plan het, hoe dan ook, te houden. Maar toen kwam de dag dat je er als een kwajongen vandoor ging. Heel stiekem, zodat ik maar niets zou merken, want je was te laf om het ronduit in m'n gezicht te zeggen. Mijn leven had ineens geen zin meer. Ik heb zelfs nog met Wietske gepraat en die beweerde heel stellig dat jij met haar een nieuw leven wilde beginnen. Dat je dus niet van mij hield! En ik kon het niet geloven. Kun je je nog herinneren, Victor, hoe heerlijk we het samen op Ameland hebben gehad? Dat was liefde, Victor. Zo behoort het tussen een man en een vrouw te zijn. Voor jou bleek het een spannend spel te zijn. Je hebt nooit van Wietske willen scheiden. Ik was een leuke afwisseling in je saaie bestaan. Maar oh wee, toen Wietske erachter kwam. Toen wilde je ineens wel van me af. Je wist alleen niet hoe, want je durfde het me niet openlijk te vertellen. Ach, en toen kwam mijn zwangerschap daar nog bij. Wat zul je blij geweest zijn toen de laatste spullen in de verhuiswagen gezet werden. Toen je eindelijk de voordeur van je huis achter je dicht kon trekken. Je was voorgoed van me af. Ik had immers geen idee waar je naar toe was gegaan? Maar je hebt buiten Martin Witteveen gerekend. Martin houdt nog steeds echt van me! Hij zag m'n

verdriet. Hij zag dat ik een probleem had waarover ik niet durfde te praten. Een probleem, waardoor ik te veel ging drinken. Alleen dan kon ik vergeten dat ik ooit een abortus had ondergaan. Victor, ik ben altijd een matige drinkster geweest, maar nu was ik soms stomdronken. Ik ben alles kwijt. M'n familie, m'n vrienden, Martin zelfs bijna en daarbij m'n eigenwaarde. Alles, dank zij jou. Martin heeft zich daardoor niet laten misleiden. Hij dacht dat jij de sleutel van mijn probleem was en daarom ging hij naar jou toe. Wat zul je geschrokken zijn. Je dacht dat Martin het hele verhaal kende en daarom verried je jezelf. Martin vertelde je ook dat ik nog steeds van je hield en daarom dacht je dat je vanmiddag wel naar mij toe kon gaan. Het nieuwe leven met Wietske schijnt dus toch nog niet van een leien dakje te gaan. Heb je in Zeeland soms ook weer een nieuwe relatie opgebouwd en is Wietske het daar niet mee eens?' Ze ziet hoe een vluchtige blos over z'n wangen trekt en ze gaat verder met: 'Dat heb ik dus goed geraden. Je dacht dat ik je wel met open armen zou ontvangen en dat deed ik in eerste instantie ook. Tot je me de reden van je komst uiteenzette. Ze zeggen weleens dat liefde heel snel kan omslaan in haat. Ik heb dat nooit geloofd, maar ik merk nu dat het heel goed mogelijk is. Ga alsjeblieft weg, Victor. Laat me met rust. Ga terug naar Zeeland. Wietske zal nu ook al wel ongerust zijn. Ze zal je met liefde binnenhalen, en als je dan eens ophoudt met je buitenechtelijke relaties is er geen vuiltje aan de lucht. Dan zul je een waardig afgevaardigde voor je christelijke partij en een goede rector voor je christelijke college zijn.' Ze hapert even, maar vervolgt dan: 'Weet je wat Martin tegen me zei, toen ik zo vreselijk in de put zat? Ik was bang en ik voelde me zo slecht, omdat ik mijn kind had laten weghalen. Hij zei dat er ook voor mij vergeving was. Dat Jezus tegen de moordenaar aan het kruis had gezegd: "Heden zult gij met Mij in het paradijs zijn." Dat dat ook voor mij gold. Dat ik niet slechter was dan een ander en dat er voor God geen grote en kleine zonden bestonden. Dat elk mens zondig was en Gods genade nodig had, en dat zal ik nooit meer vergeten. Daar ben ik Martin zo dankbaar voor, dat hij me dat heeft verteld. Er is vergeving voor mij, maar ook voor jou, Victor. Denk daar eens aan als je ooit weer als lid voor een christelijke partij in de raad zit. Realiseer je eens wat het is werkelijk christelijk te zijn. Christen ben je niet alleen maar in naam. Jij ook niet. Jij hebt God net zo hard nodig als wij allemaal. Begin een nieuw leven samen met Wietske. Maar dan een echt nieuw leven! Met een schone lei. Laat het woord ''christelijk'' voor je gaan leven. Laat het in je hart gaan werken. Pas dan zul je in staat zijn samen met Wietske opnieuw te beginnen.' Ze zwijgt. Zelf staat ze er versteld van dat zij het is die in staat is zulke dingen tegen Victor te zeggen. Victor zegt niets. Z'n hand grijpt naar de whiskyfles, maar ze houdt hem tegen.

'Doe dat niet, Victor. Dat lost niets op. Ik weet het uit ondervinding. De koffie is inmiddels klaar. Zal ik een kopje voor je inschenken?'

'Nee, dank je.' Z'n stem klinkt schor. 'Ik ga hier in de stad iets eten. Dan ben ik weer nuchter als ik naar Zeeland rijd.'

Ze knikt en gaat hem voor naar de deur.

Een beetje onhandig blijft hij staan. 'Ik weet niet wat ik moet zeggen.'

'Zeg maar niets meer.'

Hij grijpt haar hand en drukt er een kus op. 'Vergeef je me?'

Ze knikt. 'Ja, Victor. Wie ben ik dat ik dat niet zou doen?'

'Dank je.'

Ze ziet hem de trap af gaan naar beneden, de voordeur uit, en voorgoed haar leven uit. Ze glimlacht. 'Vergeef je me?' had hij haar gevraagd, en na haar antwoord was hij tevreden geweest als een klein kind, dat na het leegsnoepen van de koektrommel niet eens een reprimande van z'n moeder had gehad. Aan haar had hij niet meer gedacht. Liefde was blind. Ze heeft het ondervonden. Zachtjes sluit ze de deur en schenkt zichzelf een kopje koffie in.

19

De zondag daarna wordt ze 's morgens gewekt door de kerkklokken. Een waterig winterzonnetje schijnt door de kieren van haar gordijnen en met een sprong is ze uit haar bed. Als ze voor het raam gaat staan, ziet ze de eerste kerkgangers op weg gaan om de zondagsdiensten bij te wonen. Ze kijkt op haar horloge. Het is negen uur. Ze had nog een uurtje de tijd voor de kerk waar ze naar toe wilde, zou beginnen. Snel zet ze thee en eet onderwijl een boterham. Als ze zich heeft gedoucht en is aangekleed, is het kwart voor tien. Daarna trapt ze op haar fiets als een razende door de straten en een paar minuten voor tien stapt ze de kerk binnen. Er is een lichte aarzeling als ze de volle ruimte binnenstapt, maar de koster wenst haar vriendelijk goedemorgen en wijst haar een plekje. Opgelucht gaat ze in een hoekje van de bank zitten. Ze heeft het idee dat de hele gemeente haar aanstaart en pas als de dominee de preekstoel heeft beklommen, durft ze voorzichtig om zich heen te kijken. Tot haar teleurstelling vindt ze te midden van deze mensenmassa niet het gezicht dat ze hoopte te zullen zien. Wel ontdekt ze haar vader en Karin. Haar vader, die ook haar gezien heeft en haar met een blijde glimlach op z'n gezicht begroet. Ze kijkt een andere kant op. De verloren dochter is terug, denkt ze een beetje wrang. Haar vader moest eens weten hoever weg ze nog was. Hij moest eens weten dat niet de preek of de gemeente of het samen psalmen zingen haar deze kant op gelokt hadden, maar Martin Witteveen. Dezelfde Martin die hij en Karin niet goed genoeg voor haar vonden. Martin, die zij ooit saai vond! Die ze ingeruild had voor Victor. Martin, die al die tijd voor haar had klaargestaan. Martin, die haar niet in de steek had gelaten, toen hij hoorde wat ze had gedaan. Die haar niet veroordeelde. Integendeel. Hij had haar moed ingesproken door haar te vertellen van de liefde van God. Hij had een lichtpuntje aan haar hemel gebracht, die in die tijd steeds donkerder leek te worden. Hij had haar geholpen, toen ze dacht dat het nooit meer goed zou komen! Hij was een echte vriend geweest! Niet iemand met wie ze alleen maar plezier kon maken. Geen vriend die haar dronken voerde en haar daarna probeerde te misbruiken. Hij had haar geholpen en hij had voor haar klaargestaan met al de liefde die in hem was, en zij? Ze had hem al die tijd als een vriend gezien. Een vriend op wie je kon bouwen. Iemand aan wie je echt alles kon vertellen. Waarschijnlijk zou ze nooit zo waanzinnig verliefd op hem worden als ze dat op Victor geweest was. Victor had haar in vuur en vlam gezet, maar haar achtergelaten met een koud hart. Martin was een rots in de branding. Een man op wie ze zou kunnen bouwen. Waarom zag ze dat nu pas? Ze wist immers al zo lang dat Martin al die tijd van haar was blijven houden? Het was onvoorstelbaar dat hij al die tijd op haar had gewacht. Hij had haar in opperste wanhoop en vertwijfeling meegemaakt. Hij had haar uit de kroeg gehaald als ze dronken was. Kortom: hij had haar van haar slechtste kant gezien en nog steeds was hij van haar blijven houden. Hij was haar trouw gebleven, en daarom wilde ze hier vanmorgen in de kerk zijn. Ze had hem willen verrassen. Ze had z'n gezicht willen zien als hij haar ineens zou ontdekken. Ze had hem triomfantelijk willen tonen dat ze hier durfde te zitten, ondanks het feit dat ze het gevoel had dat iedereen dwars door haar heen keek en zag hoe slecht ze was. Ze hield zichzelf zijn woorden voor: 'Er zijn in Gods ogen geen grote en kleine zonden.' Ze bijt op haar lip. Ze had hem willen tonen dat ze had begrepen wat hij gezegd had. Ze had hem blij willen maken, omdat ze wist dat hij zo graag wilde dat ze met hem in de kerk zou zitten. Een kerk waarin ze zich ook nu niet thuis voelde. Misschien zou dat ooit komen. Waarom was Martin er nu niet?

De vrouw naast haar steekt een psalmboek onder haar neus, als ze gaan zingen.

Maar ze kon niet meezingen. Haar keel leek dichtgeschroefd te zitten. Ze voelde angst en ze kon niet zeggen waarvoor. Het was een onbestemd voorgevoel. Een gevoel dat haar tegenslagen nog lang niet ten einde waren. Dat er nog meer verdriet zou komen. De vrouw naast haar neemt haar onderzoekend op en als ze merkt dat Lisanne niet meezingt, haalt ze het boek weer weg.

Lisanne glimlacht verontschuldigend, maar de vrouw kijkt haar misprijzend aan. Ze had er spijt van dat ze hiernaar toe was gegaan. Ze had het zich allemaal zo anders voorgesteld en de rust om hier in de kerk te zitten en stil te luisteren ontbrak ineens. Ze herinnert zich opeens haar moeder, die altijd zei: 'Geloven is een opgave. Geen makkelijke rust.'

De preek is begonnen. Haar buurvrouw stoot haar aan voor een pepermuntje. Met trillende vingers haalt ze een snoepje uit het rolletje en ze hoort hoe elders in de kerk ook driftig snoepjes uitgepakt worden. Dominee Van Diggelen scheen eraan gewend te zijn. Hij wachtte in ieder geval rustig tot er geen papiertjes meer knisperden en iedereen uitgekucht en uitgesnotterd was. Toen verhief hij zijn stem: 'Broeders en zusters. Jongens en meisjes.' Lisanne ziet hoe de gezichten rondom haar opgeheven worden naar de man op de kansel. Dominee Van Diggelen was een indrukwekkende figuur met z'n boomlange gestalte, z'n volle grijze haardos en woeste, even grijze wenkbrauwen boven doordringende blauwe ogen die de kerk ronddwaalden en zo nu en dan bleven rusten op iemand die hij niet direct thuis kon brengen.

Lisanne is blij als na een halfuur het amen weerklinkt en het orgel inzet. Meteen was er weer gekuch en gestommel in de kerk te horen. Na het gezang is er weer stilte. De mensen maakten zich klaar voor het gebed, maar de dominee had eerst nog wat te vertellen. 'Gemeente, we hebben vandaag veel om voor te danken. Broeder Bos is uit het ziekenhuis ontslagen. De onderzoeken hebben aangetoond dat zijn kwaal goed te verhelpen is met medicijnen. Een reden om dankbaar te zijn. En ook met de familie Verheijen willen we God danken voor de geboorte van een gezonde tweeling. Twee gezonde jongens, en moeder maakt het ook goed. Momenteel liggen er geen zieken in het ziekenhuis uit onze gemeente, al zijn er natuurlijk de mensen die al langdurig thuis verpleegd worden en die we ook weer aan God willen opdragen. Als laatste reden om God dank te zeggen wil ik jullie het volgende nieuws doorgeven. Zoals iedereen in ons midden wel bekend is, hebben wij een zendelinge uitgezonden naar Tanzania. Mevrouw Maasdam, die regelmatig schriftelijk contact met ons houdt, schreef mij laatst persoonlijk. Daarin deed ze een dringende oproep binnen de gemeente verpleegkundig personeel te werven. Mensen die een jaar van hun leven willen geven om medemensen in Tanzania echt te helpen. Om eerlijk te zijn zat ik nogal met die brief in m'n maag. Want het is nogal iets, wat mevrouw Maasdam daar vroeg. Een jaar lang alles achter je laten: je familie, je vrienden, het comfort en je baan. Een baan die niet een jaar lang op je blijft liggen wachten. Daar is moed voor nodig, en ik twijfelde er hevig aan of die moed bij de jonge mensen van tegenwoordig nog wel aanwezig is. U kunt zich mijn onuitsprekelijke vreugde voorstellen dat ik u vanmorgen kan vertellen dat zich drie mensen uit onze gemeente bereid hebben verklaard. Nelleke Knol, Cor Vuurs en Martin Witteveen vertrekken, zodra al hun zaken geregeld zijn, richting Tanzania. Toen ik hun beslissing hoorde schaamde ik me dat ik zo weinig vertrouwen had getoond. En daarom wil ik onze hemelse Vader nu bedanken en Hem tevens vragen deze drie gemeenteleden bij te staan in hun voorbereidingen en hen straks te helpen bij het afscheid.

De kerk draait om Lisanne heen. Ze staart voor zich uit, zonder ook maar iets te zien, terwijl de overige gemeenteleden hun hoofd buigen om te danken en te bidden. Martin, haar vriend. Weg, naar Tanzania. En dominee Van Diggelen vond dat een reden om te danken. God danken. Hoe kon ze dat nog? Martin. Ze zou willen huilen, maar ze wist zich te beheersen. Ze had de afgelopen tijd heel goed geleerd tegenover niemand haar gevoelens te laten blijken. Martin, Martin. Als in een droom beleeft ze de rest van de dienst, en ze is blij als ze eindelijk naar buiten kan gaan. De mensen rondom haar praten en lachen en ze zou ze willen slaan. Waarom zagen ze haar verdriet niet? Waarom merkten ze niets van haar vertwijfeling? De zon had zich nu achter een dik wolkendek verscholen. De wereld buiten had zich aangepast aan haar innerlijke gesteldheid. Ze pakt haar fiets en wil erop stappen en wegrijden. Ver weg.

'Lisanne.' Een harde stem laat haar uit haar verdoving ontwaken. Een hand knelt zich om haar arm. Het is haar vader, die haar tegenhoudt. 'Lisanne, kom met ons mee. Ga nu niet alleen op je kamer zitten. Wees redelijk, kind. Kom mee naar huis.'

'M'n huis is aan de Frans Halsstraat bij mevrouw Heijman,' zegt ze hard.

'Oké. Dan ga ik met jou mee naar huis.'

Ze ziet hoe hij tegen Karin knikt.

Karin loopt weg; naar de auto.

Hijzelf neemt de fiets van Lisanne over, klimt erop en fietst langzaam weg. 'Spring achterop,' klinkt z'n stem gebiedend.

En ze weet niet anders te doen dan hem te gehoorzamen, hoewel ze verschillende mensen ziet gniffelen. 'Ze lachen ons uit,' moppert ze achter op de bagagedrager.

'Dat geeft niks,' antwoordt haar vader. 'Dat zou je zelf ook doen, als je de oude dorpsdokter met z'n mooie jonge dochter achterop als een dronkaard bij de kerk zag wegfietsen. Enfin, binnenkort kunnen ze nog veel meer lachen, maar daar zullen we het straks wel over hebben. Eerst moeten we zien zonder kleerscheuren jouw huis te bereiken.'

Lisanne zwijgt. De enige zekerheid die ze in haar leven gehad had, was nu ook verdwenen. Martin: hoe had ze vanmorgen nog kunnen denken dat hij een vriend voor haar was. Een echte vriend, die haar niet in de steek zou laten! Het was alsof ze er een soort gevoel voor had op die plaatsen te zijn waar ze op dat moment moest zijn. Want hoe was ze er anders achter gekomen dat Martin naar Tanzania zou gaan, als ze vanmorgen niet de kerkdienst bijgewoond had? En was ze niet naar het huis van de Van Dams gegaan op het moment dat ze aan het verhuizen waren en Victor probeerde er met stille trom vandoor te gaan? Ze scheen het te voorvoelen, als iemand plannen had gesmeed om haar in stilte te verlaten. Er welt een droge snik op vanuit haar keel. Ze leek ervoor geschapen te zijn mannen zo te belasten, dat ze geen andere uitweg meer zagen dan van haar weg te vluchten.

'We zijn er.' Ze vallen allebei bijna van de fiets af, als haar vader plotseling stopt en vlak voor Lisannes huis afstapt. Ze zetten de fiets weg en gaan dan naar binnen, waar mevrouw Heijman meteen een heel verhaal tegen vader Versteeg begint af te steken. Ze was 'toevallig' in de gang.

De koffie is heet. Ze drinkt ervan met langzame slokken en huivert toch. De verwarming op de kamer staat hoog en desondanks voelt ze de kilte van de kamer. Hulpeloos kijkt ze haar vader aan na het verhaal dat ze hem verteld heeft. 'Ik weet niet meer wat ik moet doen. Martin is de enige die alles van me weet. Ik vertrouwde hem. Hij is een vriend in de ware zin van het woord en toch...'

'Toch gaat hij weg,' vult haar vader aan. 'Denk je dat je hem daarom niet meer kunt vertrouwen? Denk je dat hij op dezelfde manier weg zal gaan als Victor dat heeft gedaan? Geloof je dat zelf, Lisanne?'

'Ik weet niet meer wat ik wel en niet geloven moet,' zegt ze heftig. 'Kun jij een verklaring geven voor het feit dat Martin er stiekem tussenuit knijpt? Kun je dan nog iemand vertrouwen?'

'Hoe kom je erbij dat hij er stiekem vandoor zal gaan? Geloof je zelf dat Martin zo is? Lisanne, ik had je toch wijzer verwacht. In de tijd dat Karin en ik het beter vonden dat jullie niet met elkaar omgingen, hemelde je hem altijd zo op. En toen ik Martin leerde kennen, dacht ik vaak dat je niets te veel had gezegd. Martin was een integere, fijne vent. Een man op wie je bouwen kon. Nu ik je verhaal van daarnet heb gehoord, ben ik daar nog vaster van overtuigd. Martin zal je nooit zo in de steek laten. Daar ben ik echt vast van overtuigd. De plannen zijn nog in het beginstadium. De eerste maatregelen gaan nu pas getroffen worden. Lisanne, Martin houdt van je! Daar ben ik ook rotsvast van overtuigd, en ik denk dat hij juist daarom heeft besloten voor een jaar naar Tanzania te gaan. Want jij hebt immers al die tijd van Victor gehouden? Hij weet immers nog niets van je ontmoeting met Victor en dat je juist daardoor het inzicht hebt verkregen dat Victor de moeite niet waard was om over te treuren? Hij weet alleen maar dat je nog op Victor wacht, ondanks het feit dat hij zoveel ellende heeft gebracht. Maar liefde laat zich niet dwingen, en dat heeft Martin zich vast gerealiseerd. Misschien zul je hem zelf op moeten zoeken, als hij zich niet met jou in verbinding stelt. Wees dan niet trots en laat hem niet zo gaan! Neem zelf het initiatief en praat met hem. Martin is dat wel waard. Waarschijnlijk zal hij niet op z'n besluit terugkomen. Hij heeft eenmaal a gezegd. Martin kennend zal hij ook b zeggen, en misschien is dat voor jullie allebei wel goed. Een jaar is best te overzien. Jullie zullen voor jezelf de zaken op een rijtje kunnen zetten. Daarna kun je open tegenover elkaar staan. En misschien een nieuw begin maken.'

'Papa,' zegt ze zacht. 'Ken je onze oude kinderbijbel nog? Daar stonden van die prachtige platen in. Bij het verhaal over de Wijzen uit het Oosten stond een plaatje van een donkere hemel waaraan maar één lichtende ster blonk. Vroeger vond ik dat nogal overdreven, vooral toen ik wat ouder werd. Alsof er maar één ster aan de hemel gestaan had. Dat bestond niet. Aan dat plaatje heb ik

184

de laatste tijd vaak gedacht. Ook om mij heen was alles donker. Een donkere, angstaanjagende hemel vol angst en verdriet. En ineens was daar een lichtpuntje. Een ster. Eerst nog niet zo duidelijk en helder, maar later toch steeds duidelijker herkenbaar. Dat lichtpuntje was Martin.'

'En nu dreig je net zo te overdrijven als de tekenaar van het plaatje in de kinderbijbel,' mompelt haar vader. 'Want Lisanne, naast die stralende ster van Martin zijn nog meer lichtpuntjes te ontdekken. Kleine sterren, die je nog niet zo duidelijk ziet. Nee, je moet er je best voor doen. Je moet ze willen zien, maar dan zijn ze er ook! Echt! Want ook wij willen je helpen, Lisanne. En daarmee bedoel ik ook duidelijk Karin. Ze heeft het moeilijk gehad. Ook met die abortus van jou, al zal ze dat misschien niet uit durven spreken. Misschien heeft ze die gevoelens van jou ook niet echt begrepen. Pas nu ze zwanger is, heeft ze die gevoelens zelf ook. Pas nu kan ze begrijpen dat je je kind zo graag wilde houden. Want Karin is zwanger, Lisanne.'

Lisanne zwijgt en daarom gaat haar vader verder: 'Ze is nog jong. Ze wilde zo graag een baby. Ik wilde het niet! En dat heb ik haar al duidelijk gemaakt voor ons huwelijk. Ik zal een oude vader zijn, Lisanne. Er zal vreselijk over gekletst worden. Daar ben ik me van bewust. Maar misschien zal zo'n jong leven me toch gelukkig maken. Karin wist van m'n verzet. Ze wist dat ik geen kinderen meer wilde, maar ze hoopte dat ik wel bij zou draaien en dank zij haar heb ik dat inderdaad gedaan. Straks zal ik weer vader worden.'

'En je had ook opa kunnen worden,' zegt Lisanne bitter. 'Ik had nu ook zwanger kunnen zijn, maar mij gunde Karin die gevoelens niet. En nu zal ze ineens kunnen begrijpen dat ik m'n kind wilde houden? Onzin, ze wilde me niet begrijpen. Ze had het over een vrucht-zakje. Ze zal me ook nooit kunnen begrijpen! En dat is wederzijds. Daar zal geen kind wat aan kunnen veranderen. Nooit!'

Dokter Versteeg wist nu niets anders te doen dan te zwijgen. Hij schrok steeds weer van haar bitterheid, maar kon die tevens begrijpen. De grootste schuld daaraan had hij immers zelf? Hij had haar, tegen beter weten in, abortus aangeraden. Hij, die altijd zo voor het leven was geweest! Hij met al z'n principes. Maar principes kon je makkelijk hebben, als het anderen betrof. En daarbij was er Karin. Hoe kwam het toch dat hij de laatste tijd zo vreselijk naar Lies verlangde? Het was niet eerlijk ten opzichte van Karin. Lies was dood en hij was met Karin getrouwd. Hij leefde in het heden en niet in het verleden. Vermoeid staat hij op. Hij omvat haar handen en trekt haar overeind. Een moment kijken ze elkaar zonder woorden aan, en dan zegt hij zacht: 'M'n kind. M'n dochter, wat ik ook allemaal verkeerd heb gedaan ten opzichte van jou: ik hoop dat je van me bent blijven houden, zoals ik ook van jou houd. Je bent altijd m'n oogappel geweest. Ik deed de dingen, omdat ik dacht dat het zo het beste voor je was. Te laat realiseerde ik me dat ik fouten maakte en niet steeds in jouw belang, maar in m'n eigen belang, heb gehandeld. Het was fout van me en dat is niet meer ongedaan te maken. Soms, nee, eigenlijk heel vaak wens ik dat alles anders was gelopen. Dan verlang ik naar de tijd dat je moeder nog leefde. De tijd dat we een blij, onbezorgd gezin vormden. Maar je moeder leeft niet meer, en dat heeft alles veranderd. Het zal nooit meer zo worden als het vroeger was. Nooit meer.' Hij geeft haar een kus. 'Ik ga nu, maar ik beloof je dat ik gauw terug zal komen. Ik wil je al de tijd dat ik zo jammerlijk gefaald heb proberen te vergoeden. Nooit meer wil ik je zo alleen laten, wat er ook gebeurt. Misschien komt er een dag dat je weer bij Karin en mij zult komen. Dan zal ik weer een beetje gelukkig kunnen zijn.'

Ze knikt zwijgend en laat hem dan de deur uitgaan. Terug naar Karin, die een kind van hem verwacht.

Uit de kast neemt ze een glas. Ze ontkurkt een fles wijn en schenkt het glas vol. Dan aarzelt ze. Het is alsof Martin voor haar staat. Martin: hij hield van haar, ondanks het feit dat hij weg zou gaan. Ze wist het. Martin: moest ze nu weer terugvallen in die donkere poel van wanhoop? Moest ze hem teleurstellen vanwege het feit dat het haar niet zou lukken te stoppen met drinken? Moest ze hem zo naar Tanzania laten gaan? Dan gooit ze haar glas leeg in de gootsteen van het kleine keukentje. Ook de flessen wijn die ze nog heeft staan worden ontkurkt en één voor één leeggegooid. Nooit meer zou ze zo in de verleiding komen. Haar handen trillen als ze daarna naar de telefoon loopt en het nummer van Martin draait.

Ze zitten weer tegenover elkaar, zoals ze zo vaak tegenover elkaar gezeten hebben. Toch is er iets veranderd. Lisanne is niet langer de vrouw die hulp nodig heeft en die hulp vindt bij hem; bij Martin. Ze is een vrouw die zichzelf overwonnen heeft en dat ook weet. Ze is een vrouw die zich realiseert dat alle moeilijkheden nog lang niet voorbij zijn. Moeilijkheden waarin de gedachten aan de abortus die ze ondergaan heeft nog vaak een rol zullen spelen. Ze zal het nooit kunnen vergeten, maar het verdriet en de wanhoop zullen langzaam vervagen. De wond zal een litteken worden. Een litteken dat zal blijven schrijnen, maar dat te verdragen is. Lisanne is een vrouw met een verleden, maar ook met een toekomst.
En Martin Witteveen? Hij zit tegenover haar. Hij luistert zoals hij zo vaak geluisterd heeft, maar deze keer bezeren haar woorden hem niet. Integendeel. Hij heeft haar laten praten over haar ontmoeting met Victor. Ze heeft hem verteld van Victors woorden, die haar ineens deden inzien dat hij het niet waard was dat ze haar eigen leven vernielde en maar bleef wachten op hem, Victor, de egoïst.
'Ik begrijp niet dat ik al die tijd blind ben geweest voor dat egoisme,' zegt ze. 'Ik heb al die tijd op hem gewacht, zoals ik op hem wachtte in de tijd dat hij hier nog woonde. Hij raadde me aan een kamer te huren en ik deed het. Hij kwam altijd maar als het hem uitkwam, en ik wachtte! Hij kwam altijd eventjes en ik bleef geloven dat hij van me hield en niet anders kon. Ik geloofde dat Wietske hem onder druk zette en dat hij daarom naar Zeeland ging, zonder mij daarin te kennen. Waarom heeft dat toch zo lang moeten duren? Waarom heb ik jou daar al die tijd mee bezeerd? En daarom, Martin, ging ik vanmorgen naar de kerk om jou te verrassen. Ik wilde je gezicht zien als ik daar ineens zou zitten. Ik wilde dat je trots op me zou zijn. Maar je was er niet. Dat was al een teleurstelling. Daarna kwam nog de mededeling van dominee Van Diggelen, dat jij weg zou gaan naar Tanzania. Een jaar lang. Ik dacht dat ik een heel eind op de goede weg was, maar

ineens merkte ik dat ik zonder jou niets waard was. Mijn vader is meegegaan vanuit de kerk. We hebben een goed gesprek gehad en al zal het nooit meer zo worden als vroeger, misschien zullen we in de toekomst toch wat meer tot elkaar kunnen komen. Toen hij wegging was het eerste dat ik deed een glas wijn voor mezelf inschenken. Net zoals al die andere keren dat ik me teleurgesteld, eenzaam, verdrietig of bang voelde. Op dat moment zag ik ineens jouw gezicht en dat weerhield me ervan opnieuw dingen te doen waardoor ik later van mezelf zou gaan walgen.' Ze glimlacht kort. 'Om me tegen mezelf te beschermen heb ik alle flessen wijn die ik nog bezat, leeggegooid. De flessen zal ik morgen in de glasbak gooien, zodat ik er niet meer aan herinnerd zal worden. Ik heb de kracht en de moed gevonden jou te bellen. Ik zal me ook door dit jaar heen slaan zonder drank. Misschien zal ik nooit verliefd op je zijn zoals ik dat op Victor was. En waarschijnlijk is dat ook beter. Dat van Victor is ziekelijk geweest. Nee, voor jou voel ik respect en dankbaarheid, en je bent de enige echte vriend die ik ooit in m'n leven heb gehad. Een jaar in Tanzania: het zal lang zijn, maar ik zal op je blijven wachten. Het zal geen nutteloos jaar zijn. Ik weet niet wat ik precies ga doen, want ik moet alles nog op een rijtje zetten. Waarschijnlijk ga ik niet terug naar m'n baan bij dokter Schuurmans. Daarvoor is er te veel gebeurd. Ik moet m'n leven opnieuw indelen en er nieuwe zin aan geven. Ik ga nadenken. En bidden. Martin, ik beloof je: als je terugkomt, kun je trots op me zijn.'

Hij neemt haar gezicht tussen z'n handen en drukt een warme kus op haar voorhoofd. 'Dit jaar zal ons rijper maken. Ik ben blij met de dingen die je me net hebt verteld. Ik vertrouw op een toekomst voor ons samen.' Hij kijkt in haar ogen. Ogen die nu niet meer vertroebeld zijn, maar hem recht aankijken. Ogen waarvan hij zo vaak gedroomd heeft. Hij drukt haar hoofd vol liefde tegen z'n borst.

Een zilveren vogel kiest het luchtruim. Een enorme vogel met een kostbare lading. Mensen met ieder een eigen leven, een eigen achtergrond en een gezamenlijk doel: Tanzania.
Lisanne kijkt het vliegtuig na. Het vliegtuig met daarin Martin

Witteveen. Haar vriend, haar steun en toeverlaat. Wat zal ze hem missen. Wat lijkt een jaar eindeloos lang. Ze had het de laatste maand voor zijn vertrek zo vaak tegen hem gezegd: 'Ik zal op je wachten. Ik sla me er wel doorheen.' Waarom leek dat nu ineens onmogelijk? Waarom leek de wereld om haar heen nu plotseling weer zo donker te worden?

Ineens is er een arm om haar heen en een stem in haar oor. 'Lisanne, kom maar met ons mee. We gaan eerst een kopje koffie drinken, hier ergens op de luchthaven. Al die tijd dat Martin er niet zal zijn ben je bij ons welkom en ook daarna natuurlijk. Ja, ook daarna.' Mevrouw Witteveen, Martins moeder, kijkt Lisanne aangedaan aan. Het kind stond er zo verloren. Ze straalde zo'n eenzaamheid uit. Van Martin wist ze wat Lisanne de afgelopen tijd allemaal meegemaakt had. Ze heeft een hekel aan Lisanne gehad in de tijd dat ze die Victor van Dam, die ander, had verkozen boven Martin. Martin had er zo'n verdriet van. Maar dat was nu allemaal vergeten en het was niet eens moeilijk. Ze had vanmorgen wel gezien hoe Martin naar haar keek, toen ze achter in hun auto zaten op weg naar Schiphol. Ze had ook de gepijnigde blik van Lisanne gezien: de angst voor nieuwe eenzaamheid. Ze had zo'n medelijden met het kind gevoeld. Ze zou van de winter twintig worden, maar ze leek zo kwetsbaar en zo vreselijk jong. 'Kom maar,' zegt ze nog een keer.

Lisanne werpt haar een dankbare blik toe. Fijne mensen waren het: Martins ouders. Dat merkte ze telkens weer. Martins vader, die nu een eindje voor hen uit liep, en deze vrouw, Martins moeder. Ze zouden een nieuw thuis voor haar vormen. Ze begrepen haar en hielden van haar, ondanks alles. Ze zou nooit meer eenzaam zijn, ondanks dat Martin zo ver weg was. Er waren mensen die van haar hielden. Lichtpuntjes in de duisternis. Nooit meer eenzaam. Nooit meer.

VOETSTAPPEN

1

Het was bijna kerstfeest. De kleuters van groep twee zaten in een kring bijeen en keken vol eerbied naar de brandende kaarsjes die in het midden van de klas stonden opgesteld. De kerstboom in de hoek, die ze zelf hadden opgetuigd met bonte ballen en zelf gemaakte versieringen, droeg in niet mindere mate bij aan de sfeer. De kinderen luisterden naar de stem van Merel van Vierhouten, voor hen 'juf Merel', die met zachte stem vertelde van het wonder van Jezus' geboorte. 'Er was geen plaats meer in de herberg. Jozef en Maria werden er wanhopig van. Overal klopten ze aan en overal kregen ze hetzelfde antwoord. ''We zitten al helemaal vol.'' En Maria was zo moe. Ze wilde zo graag op een warm plekje liggen. Ze moest er bijna van huilen. Gelukkig was er ineens een herbergier die medelijden met ze kreeg. ''Mijn herberg is wel vol,'' zei hij. ''Maar ik heb nog wel een stal. Het is natuurlijk wel niet zo mooi als hier binnen, maar het is er lekker warm door de dieren die er staan. Bovendien ligt er voldoende hooi. Je kunt er uitrusten.'' Wat waren Jozef en Maria blij.' Op hetzelfde moment werd de deur van de klas opengegooid en Walter Houvast, de directeur, kwam binnen. 'Sorry dat ik je stoor, Merel, er is telefoon voor je. Schrik niet te erg. Er schijnt iets met je vader aan de hand te zijn. Het ziekenhuis belde. Ga maar gauw. Ik let wel zolang op de kinderen.'
Vergeten was het kerstverhaal. Weg was de sfeer van warmte en ontroering over het kind dat geboren werd. Merel haastte zich naar Walters kamer, waar de telefoon stond. Ze voelde hoe ze van top tot teen trilde. 'Er schijnt iets met je vader aan de hand te zijn. Het ziekenhuis belde.' Haar hand beefde, terwijl ze de hoorn opnam. 'Met Merel van Vierhouten.'
Aan de andere kant meldde zich een koele, rustige stem. 'Ik hoop dat we u niet te zeer aan het schrikken hebben gemaakt, mevrouw Van Vierhouten. Uw vader is hier net opgenomen in het ziekenhuis met een hartaanval. Uw moeder verzocht ons u hierover te informeren.'
'Hoe erg is het met hem? Ik bedoel: is het noodzakelijk dat ik nu

kom? Is hij in levensgevaar?' Ze dacht aan de kinderen, die zaten te wachten op de rest van het kerstverhaal. Ze wilde niet naar het ziekenhuis. Hij mocht dit niet bederven. Nu niet. Hij had al zoveel bedorven.

'Het is wel gewenst dat u komt, mevrouw Van Vierhouten.'

Merel voelde aan de toon aan de andere kant van de lijn dat de vrouw haar een ontaarde dochter vond. Een dochter die niet direct die kant op vloog, maar eerst wilde weten of het wel noodzakelijk was. Een enig kind nog wel. Wat wist het mens er ook van? 'Dan kom ik zo snel mogelijk.' Merel zuchtte en legde de hoorn terug op de haak. Haar vader in het ziekenhuis met een hartaanval. Ze kon het zich niet voorstellen. Hoe zou hij eruitzien tussen al die apparatuur in een wit ziekenhuisbed? Kwetsbaar? Misschien kreeg ze wel medelijden met hem. Ze zag ineens bijna voor zich hoe haar moeder vlak naast hem zou zitten en z'n hand zou strelen. Als het nodig was zou ze dag en nacht naast hem zitten, zoals ze altijd al dag en nacht voor hem klaarstond. Ze stond op en probeerde die gedachten van zich af te zetten. Het was niet belangrijk. Haar vader had een hartaanval gehad. Misschien was hij wel in doodsnood. Misschien wilde hij haar wel om vergeving vragen. Vergeving: ze moest er zelf bijna om lachen. Hendrik van Vierhouten die z'n dochter om vergeving zou vragen. Als het niet zo tragisch was, zou het haast komisch zijn. Ze wilde teruggaan naar haar klas, maar bedacht zich. Frans zou het ook moeten weten. Het was ten slotte z'n aanstaande schoonvader. Haar vingers drukten in sneltreinvaart het nummer van Frans' kantoor in. Ze hoorde de stem van de receptioniste en verzocht doorverbonden te worden met Frans. 'Meneer Mulder is op dit moment helaas in vergadering. Hij mag alleen in dringende gevallen gestoord worden.'

'Laat u hem dan maar lekker doorvergaderen,' zei Merel luchtig. 'Wilt u hem wel een boodschap doorgeven? Zijn aanstaande schoonvader is in het ziekenhuis opgenomen met een hartaanval. Wilt u hem vragen of hij daar ook naar toe wil gaan, zodra hij in de gelegenheid is?'

'Natuurlijk,' haastte de receptioniste zich te zeggen. 'Moet ik hem echt niet uit de vergadering halen?'

'Nee, laat maar. Als hij daarna komt is het vroeg genoeg. Dank u voor de moeite.'

'Graag gedaan. Dag mevrouw Van Vierhouten.'

'Mevrouw Van Vierhouten,' mompelde Merel voor zich heen. Wat was dat mens toch altijd overdreven beleefd. Waarschijnlijk scheelden ze maar weinig in leeftijd en ze hadden elkaar al een paar maal ontmoet op een personeelsfeest. Toch bleef het 'mevrouw Van Vierhouten'. Sommige mensen leken nooit uit de plooi te komen. Ze stond op en liep terug naar de klas, waar het tot haar verwondering doodstil was. Terwijl ze heel even in de deuropening bleef staan, hoorde ze Walter zeggen: 'Dat kindje was geen gewoon kindje. Nee, het was een kindje dat ons allemaal heel gelukkig zou maken.'

Walter stopte abrupt, toen hij haar ontwaarde. 'Sorry, ik ben zo vrij geweest te informeren waar je met je verhaal gebleven was. Op dat punt ben ik maar verder gegaan met vertellen. Ik wist ook niet of je terug zou komen, en anders zijn de kinderen zo uit het verhaal.'

'Bedankt, Walter. Ik kan inderdaad niet meer verder vertellen. Er werd mij verzocht naar het ziekenhuis te gaan. Mijn vader heeft een hartaanval gehad. Het schijnt ernstig genoeg te zijn om de naaste familie op te roepen. Ik heb het twijfelachtige geluk dat ik de enige ben.'

Walter keek haar aan. Hij zocht naar sporen van ongerustheid, maar haar blik was vast en haar woorden klonken cynisch. Soms zou hij willen weten wat voor gedachten er allemaal in dat mooie kopje onder die vracht koperrode krullen rondspookten. Een collega van Merel had het eens heel treffend onder woorden weten te brengen. 'Merel lacht wel, maar haar ogen lachen niet mee.' Zo was het precies. Ze kon heel goed met haar groep overweg. De kinderen waren dol op haar. Soms hoorde hij haar bijbelverhalen vertellen. Ze kon heel mooi vertellen, maar het leek alsof ze zelf niet kon geloven dat het waar was wat ze vertelde.

'Vind je het goed dat ik ga?'

Hij besefte ineens dat hij haar schaapachtig moest hebben aangekeken. 'Ja, ja, natuurlijk is dat goed. Het spijt me zo voor je, Merel. Ik weet hoe je je op deze middag verheugd hebt.'

Ze haalde haar schouders op. 'Vaders zijn soms belangrijker.' Ze probeerde te glimlachen, maar het mislukte, en voor het eerst ontdekte hij emotie op haar gezicht.

'Sterkte,' zei hij zacht. 'Ik hoop dat je toch nog goede kerstdagen zult kunnen hebben.'

'Dat hoop ik ook.' Ze stak haar hand op als groet aan de kinderen, die haar een beetje teleurgesteld nakeken. 'Prettige vakantie allemaal!'

'Ik bel je nog,' schreeuwde Walter haar na, maar ze hoorde het al niet meer.

Met haar jas achteloos over een schouder liep ze naar buiten, waar een snijdende wind haar trachtte duidelijk te maken dat het eind december was. Ze huiverde en trok haar jas aan, onderwijl aan het portier morrelend van haar rode autootje dat even later protesterend op gang kwam en haar door de kou met spoed naar het ziekenhuis bracht.

Ze voelde zich altijd nerneus en onhandig in ziekenhuizen. Misschien kwam het door die eindeloos lijkende gangen. Misschien kwam het door de artsen en verpleegkundigen in smetteloos wit, die haar passeerden zonder haar op te merken. Voor hen was dit ziekenhuis zo vanzelfsprekend. Voor hen was het geen probleem de hartbewaking te vinden. De receptioniste bij de opname had haar de richting met een achteloos gebaar gewezen en nu stond ze in de lift. Tegenover haar stond een man, die op het laatste nippertje nog tussen de deuren door geschoven was. Hij nam haar van top tot teen op, zag ze vanuit haar ooghoeken. Ze keek naar de punten van haar schoenen. De deuren gleden weer geluidloos open. De man stapte uit. Ze zag mensen zitten op de gang, net voor de deuren zich weer sloten. Mensen in dusters en badjassen. De lift ging verder naar boven en stopte op de vijfde verdieping. Een duizeling beving haar, maar ze vermande zich en stapte de gang op. Er heerste bedrijvigheid. Verpleegkundigen leken deur in deur uit te vliegen. Een schoonmaakster stond de gang te dweilen en keek verstoord op, toen ze over de nog vochtige vloer liep. 'Sorry,' mompelde ze, maar de vrouw leek het niet te horen. Haar zolen piepten, toen ze verder liep. In het midden van de gang ontdekte ze een balie met daarachter een verpleegster. 'Ik kom voor meneer Van Vierhouten. Hij is hier vanmiddag opgenomen.'

'U bent z'n dochter?' De verpleegster zag er moe uit, maar ze probeerde te glimlachen. 'Loopt u maar even met me mee. Uw moeder is bij hem.'

'Hoe is het met hem?' informeerde Merel koel.

'Deze momenten zijn altijd kritiek.' De glimlach was verdwenen. 'Straks komt de dokter bij u langs. Hij zal u verder inlichten. Loopt u nu maar mee.'

Merel voelde haar hart kloppen, terwijl ze achter de vrouw in de smetteloos witte schort aan liep. Ze zou willen omkeren en nooit meer hier terug willen komen. De omgeving joeg haar angst aan. Het moment dat ze gevreesd had kwam steeds dichterbij. De gedachte aan haar moeder, die in haar eentje naast het bed van haar vader zou zitten, gaf haar de moed door te lopen. Nog een deur door, waarna ze in een portaaltje kwam met nog drie verschillende deuren. Achter een van die deuren lag haar vader, vechtend voor zijn leven. Net zoals achter die andere deuren ook mensen zouden liggen, die probeerden het te winnen van de dood.

De verpleegster duwde de middelste deur open.

Toen zag Merel haar moeder met grijze haren en een bloemetjesjurk met een snel daarover heen geschoten vest in een kleur die vloektc bij de jurk. Had ze haar moeder ooit anders gezien? Had haar vader ooit oog gehad voor zijn vrouw? Was ze misschien anders geweest toen ze elkaar pas kenden en haar vader verliefd was geworden op Emmy Verhulst? Soms zou ze het willen vragen. Ze had het als kind altijd al erg gevonden dat haar moeder zo weinig aan haar uiterlijk deed. Andere zagen er altijd leuk uit. Waarom haar moeder niet? Ze legde een hand op de schouder van de vrouw naast het bed. De wol van het vest was stug en kriebelde. Haar moeder keek niet eens op. Merel ging naast het bed staan. De verpleegster wierp een blik op de monitor en beademingsapparatuur en trok zich discreeet terug. Heel lang keek Merel neer op het wasbleke gezicht op het kussen. In niets meer leek haar vader op de man die ze had leren vrezen. Kwetsbaar leek hij nu. Intens kwetsbaar. Als ze de beademingsapparatuur

197

zou stopzetten, was het afgelopen met hem. Dan zou ze het hoofdstuk van haar vader kunnen afsluiten en een nieuw leven kunnen
beginnen. Een leven samen met Frans. Ze keek naar haar moeder,
die naar de witte sprei op het bed staarde. Haar wangen waren
bleek. Haar grijze haren waren te lang. Het stond onverzorgd.
Waarom was ze zo geworden? Was het omdat haar vader haar
toch nooit zag staan? Ze pakte een hand van haar moeder, die op
de rand van het bed had gerust. Een koude, smalle hand. 'Waar
is het gebeurd, mam? In de zaak?'
Mevrouw Van Vierhouten richtte haar hoofd op. Het was alsof
ze Merel nu pas opmerkte. 'Kind, wat fijn dat je er bent,' pre-
velden haar lippen bijna onhoorbaar. 'Ja, hij is op de zaak onwel
geworden. Gelukkig was Hans van de groente-afdeling er meteen
bij om een arts te bellen en lag hij zo in het ziekenhuis. Anders...
anders...'
'Had hij nu niet meer geleefd,' vulde Merel aan. Ze perste haar
lippen op elkaar. Waarom kon ze nu niet reageren zoals andere
dochters deden van wie hun vader op sterven lag? Waarom voelde
ze niets, maar was ze ijskoud van binnen? IJskoud en gevoelloos.
Ze voelde geen medelijden en er was geen angst. Ze was niet bang
dat hij het niet zou overleven. Ze kon het zich niet voorstellen hoe
het zou zijn als hij er niet meer was, maar het stond haar niet als
een schrikbeeld voor ogen. Ze ging dicht naast haar moeder zitten.
Haar handen pakten opnieuw die van haar moeder. 'Heb je al
met de dokter gesproken?'
'Nee. Ze zijn lang met hem bezig geweest. Daarna moest de dokter
meteen naar een ander spoedgeval. Hij komt straks weer kijken,
Dan zullen we meer horen. Oh, Merel, hoe moet het nu verder
met ons?'
Merel trok het grijze hoofd tegen haar schouder. Ze voelde hoe
de warme tranen van haar moeder langs haar handen gleden en
voelde een intens medelijden met de vrouw die haar moeder was
en die maar zo weinig geluk had leren kennen in haar leven. 'Stil
maar, het komt allemaal best goed. Vader is sterk.' Ze geloofde
het zelf niet, nu ze hem daar zo zag liggen. Alsof alle leven al uit
hem weggevloeid was. Het zou niet meer goedkomen. Het leek
ineens een zekerheid. Ze zou hem nooit meer in de winkel zien

lopen. Nooit zou ze zijn zware bas meer door het huis horen. Nooit meer zou ze zijn voetstappen op de trap horen. Nooit meer. Daar moest ze nu niet aan denken. Het was voorbij. Het kwam nooit meer terug. 'Straks zal Frans ook wel komen,' zei ze, om haar gedachten een halt toe te roepen. 'Ik heb een boodschap voor hem op kantoor achtergelaten.'

'Dat is goed. Hij hoort er ook bij. Het is een goede jongen. Je hebt het met hem getroffen.' Haar moeder glimlachte. Haar handen friemelden aan haar jurk. 'Ik hoop dat jullie samen gelukkig worden.'

Merel knikte. Ze zou het ook willen. Zou haar moeder ooit gelukkig zijn geweest met haar vader? Zou er ooit een tijd zijn geweest dat hij voor haar moeder net zo attent was geweest als Frans nu voor haar was? Ze kon het zich haast niet voorstellen. In haar gedachten was hij nooit zo geweest als andere vaders. In gedachten. Ze moest er niet aan denken. Haar vader lag op sterven. Ze mocht nu niet aan die vreselijke dingen denken.

Frans stond ineens naast het bed. Z'n gezicht stond bezorgd. Hij greep haar hand en drukte die stevig, alsof hij haar op die manier kracht wilde geven. 'Ik ben meteen gekomen, toen ik het van de receptioniste hoorde.' Hij fluisterde. Net zoals alle mensen hier op de afdeling fluisterden. 'Je had me wel uit de vergadering mogen laten roepen. Het was belangrijk genoeg.'

Ze haalde haar schouders op. 'Ik wist niet precies hoe hij eraan toe zou zijn.' Ze keek naar Frans. Z'n gezicht stond bezorgd. Z'n gezicht, dat zo vertrouwd voor haar was. Hij had grijze ogen en donkerblond haar, dat hij in een modern model had laten knippen. Hoe lang kende ze hem al? Eenentwintig was ze geweest toen ze elkaar ontmoet hadden op een feestje bij vrienden. Eenentwintig. Nu was ze vierentwintig jaar. Ze hadden trouwplannen. Frans kon er zo enthousiast over praten. Hij hield van haar en wilde niets liever dan voor altijd samen zijn. Waarom joeg haar die gezamenlijke toekomst soms zo'n angst aan? Zou ze dan niet van alles verlost zijn? Zou ze wel ooit van alles verlost zijn? Ze voelde een traan langs haar wang omlaagglijden en probeerde die ongemerkt weg te vegen.

Frans sloeg een arm om haar heen. 'Stil maar. Het komt allemaal best goed. Je vader is een taaie.'
Ze knikte woordloos. Ze wist immers al dat hij een taaie was? Taai en keihard. Dat was iets dat Frans nog steeds niet wist.

Uren gingen voorbij. Uren van wachten. Van zo nu en dan een kopje koffie en een uitstapje naar de gang, en een gesprek met de arts, die hun maar zeer weinig hoop overliet. Daarna weer wachten. Eindeloos wachten. Ze hadden geen benul van de tijd, toen Hendrik van Vierhouten zijn ogen opende en hen aankeek. 'Hendrik.' Z'n vrouw huilde. 'Lieverd, je wordt toch weer beter? Ik kan je nog niet missen.'
Hij kon nauwelijks praten dank zij de beademing, maar ze hoorden hem toch nog zeggen: 'Niet meer beter. Merel? Merel.'
Merel voelde hoe ze bleek werd. Ze wist wat hij zou gaan zeggen en ze zou hem niet kunnen antwoorden. Ze wilde het niet. Ze kon het niet.
'Merel, hij roept jou.'
Ze zag de angst en de vertwijfeling in de ogen van haar moeder. Ze begreep dat haar moeder ook wist wat hij zou gaan vragen. Ze schudde haar hoofd.
'Merel? Wat is er? Hij vraagt naar je.' Frans sloeg z'n arm om haar heen. 'Sterk zijn, meisje. Hij heeft je nodig.'
'Hij heeft me altijd al nodig gehad,' zei ze zacht. 'Altijd. Ik kan het niet.'
Ze wilde weglopen, maar voelde ineens de handen van haar moeder in een knellende greep om haar bovenarmen. Ze zag het gezicht van haar moeder. Een verwrongen gezicht. 'Ga naar hem toe. Luister naar hem. Ik gebied het je!'
'Ik gebied het je!' De woorden bleven nagalmen in Merels oren. Nooit had ze haar moeder zo horen spreken. Ze haatte haar ineens. Waarom had ze zo nooit tegen haar vader gepraat? 'Ik verbied het je!' had ze moeten zeggen, maar ze had altijd gezwegen en haar kop in het zand gestoken. Ze voelde pijn in haar bovenarmen en tranen in haar ogen. Ze voelde woede, en toch zei ze zacht: 'Laat me los. Ik kom al.' Ze wilde haar ogen afwenden van het geelbleke gezicht in het kussen, maar op de een of

andere manier kon ze zich niet losmaken van die ogen, die haar nu vast aankeken.

Z'n hand gleed over de deken heen naar de hare en pakte die vast. Moeizaam begon hij weer te praten. 'Ik ga... sterven.' Ze wilde tegenspreken, maar hij schudde z'n hoofd. 'Niets zeggen. Luisteren. Ik ga sterven. Vergeef me. Vergeef me alsjeblieft. Mijn dochter.'

De stilte hing zwaar tussen hen in. Achter zich hoorde ze haar moeder zwaar ademhalen. 'Vergeef me,' had hij gevraagd, en ze was daar steeds bang voor geweest. Kon ze dat? Kon ze hem vergeving schenken? Hij had z'n ogen gesloten. Misschien was het zo afgelopen. Dan zou ze hem nooit meer kunnen vergeven. Dan was het te laat. Wat had ze vandaag ook alweer aan 'haar kleuters' willen vertellen? Het kerstverhaal. Hoe Jezus op aarde was gekomen als klein kindje. Hoe er voor hem geen plaats meer was. Hoe hij in een kribbe sliep. Een voerbak voor de dieren. Armer kon het ook al niet. Meteen was Zijn lijden al begonnen op de aarde. Het zou alleen nog maar erger worden. Hij zou zelfs sterven. Voor alle mensen. Ook voor haar. Voor haar moeder. Voor Frans. Ook voor haar vader. Als je God om vergeving vroeg, kon je dat altijd krijgen. Hoe zou zij haar vader dan een rustig sterven kunnen misgunnen? Wie was zij om hem niet te vergeven? Ze zou verder moeten leven met de moeilijke jaren die ze gekend had. Ze zou ze achter zich moeten laten liggen en een nieuw leven kunnen beginnen. Zou dat ook lukken, als ze haar vader geen vergeving schonk? Als ze hem nu liet lijden?

'Merel, zeg iets.' Haar moeder stootte haar aan. Haar gezicht stond angstig.

Hendrik van Vierhouten keek met ogen vol angst z'n dochter aan. Jaren van schuld waren aan zijn geestesoog voorbijgetrokken. Hij wist dat hij moest sterven. Hij voelde het. Maar hij zou niet kunnen sterven zonder de vergeving van z'n dochter en nog minder zonder de vergeving van zijn hemelse Vader, die hij uiterlijk zo trouw gediend had en innerlijk meestal naar de achtergrond had geschoven. Nu op dit moment viel er niets meer te schuiven. Van Hendrik van Vierhouten was niets meer over dan een wanhopig mens in doodsnood. 'Vergeef me!' zei hij nog een keer.

Merel greep z'n hand vaster in de hare. Haar ogen stonden vast in de zijne. 'Ik vergeef je,' zei ze, zo zacht dat hij alleen het kon horen.

Om z'n mond verscheen een glimlach. 'Dank.' Daarna ging z'n blik in de richting van Frans. 'Zorg... goed voor haar.'

Frans, zichtbaar aangedaan, knikte. 'Dat zal ik doen, vader, maak je niet bezorgd.'

'Vader,' had hij gezegd. Merel wist hoe hij zich vaak geen houding had weten te geven tegenover haar vader, die zich vooral in het begin nogal afwijzend tegenover de indringer, die Frans toch was, had gedragen. Meestal had Frans al het mogelijke gedaan om een dergelijke aanspreektitel tegenover z'n aanstaande schoonvader te vermijden. De dood wiste obstakels weg.

'Emmy.' Hendriks ogen zochten nu die van z'n vrouw. 'Ik heb toch... altijd van je... gehouden. Het spijt me.'

'Ik houd ook van jou, Hendrik. Ik zal altijd van je blijven houden.' Ze huilde niet meer: Emmy van Vierhouten. Ze zong met hem mee, toen hij bijna onhoorbaar inzette: 'Dan ga ik op tot Gods altaren.' Ze had haar armen om hem heen geslagen, op het moment dat hij stierf.

Hendrik van Vierhouten werd begraven, terwijl een schrale oostenwind de vele belangstellenden op het kerkhof door het gezicht sneed. De lucht was als een grijze wattendeken, die ieder moment leek te kunnen scheuren, waarna ontelbare vlokken de aarde zouden bedekken. De dominee had een indringende preek gehouden in de kerk. Op het kerkhof had hij nog een laatste woord van lof gehad voor Hendrik van Vierhouten, die zo'n actief lid in de kerk was geweest. Jarenlang had hij het ambt van diaken bekleed. Daarnaast had hij jeugdwerk gedaan en gemeentedagen georganiseerd. De kerk verloor in hem een enthousiast lid en een geweldige steun. Grote troost voor hen allen was dat Hendrik van Vierhouten nu mocht juichen voor Gods troon. Bijna aan het einde van het jaar zakte de kist met daarin het lichaam van Hendrik van Vierhouten in de grond. Een nieuw jaar stond bijna voor de deur. Een jaar waarin zijn vrouw en dochter heel veel zouden moeten zien te verwerken.

2

Het huis rook een beetje muf, zoals alle oude huizen die te lang leeg hebben gestaan. Merel liep de krakende trap op, snoof diep en probeerde zich voor te stellen hoe de mensen hier een jaar of tachtig geleden moesten hebben geleefd. Misschien was er een dienstbode geweest; dat moest haast wel. Mensen die zich in die tijd zo'n kast van een huis konden permitteren, moesten zeker personeel hebben gehad. Boven waren slaapkamers en een werkelijk super-de-luxe badkamer. Het was zo ongeveer het enige vertrek in dit huis dat veranderd was. Ze ging voor het raam staan, dat haar een schitterend uitzicht bood over de toch ruime stadstuin, en stelde zich voor hoe zij zich hier van het voorjaar zou kunnen uitleven. Ze wilde een cursus tuinarchitectuur gaan volgen. Het zou haar hier goed van pas komen. Van beneden uit het huis klonken stemmen. Ze hoorde de stem van Frans en daartussendoor de rustige stem van de makelaar. Merel zuchtte. Frans zou waarschijnlijk geen oog hebben voor de historie die in dit huis verborgen lag. Ze had hem deze drie jaren goed genoeg leren kennen om te weten dat het voor Frans veel belangrijker zou zijn, als het verfwerk slecht onderhouden was en er geen centrale verwarming aanwezig was. Ze opende het raam en hoorde tegelijkertijd dat de stemmen naderbij kwamen. Frans was met de makelaar onderweg naar boven.

'Zo, mevrouw Van Vierhouten staat al van het schitterende uitzicht te genieten,' merkte meneer Winters op. Met z'n kale hoofd, z'n rode appelwangen en nonchalante kostuum, waarvan het jasje om zijn buik spande, leek hij in niets op een succesvolle makelaar. 'Als je hier voor het raam staat, kun je je haast niet voorstellen dat je in een huis midden in de stad zit.'

'Dan moet je eens aan de andere kant van het huis uit een raam kijken,' merkte Frans cynisch op. 'Dan is er geen vergissing meer mogelijk.' Hij knipoogde naar Merel.

'Wat vind je verder van het huis?' informeerde Merel gespannen, zonder op zijn opmerking in te gaan.

'Natuurlijk vind ik het wel een mooi huis. Het is oud; dat is een

nadeel. Er moet verschrikkelijk veel aan gebeuren.'
'Het heeft z'n charmes,' merkte Merel op. 'In nieuwbouwwoningen vind je niet de gezellige hoekjes en nisjes, die je in zo'n huis wel vindt. Stel je voor: we zetten zo'n oude potkachel in de kamer. Dat geeft heel wat meer warmte dan centrale verwarming.'
'En wat denk je van de badkamer, de keuken en de slaapkamers? 's Winters is het daar ijskoud, moet je rekenen.'
'Tegenwoordig zijn er kacheltjes die je in de keuken kunt plaatsen en speciale badkamerverwarming, en voor de slaapkamer kun je een elektrische deken aanschaffen,' merkte Winters op. Hij grijnsde breed. 'Ik wil jullie dit huis natuurlijk helemaal niet aanpraten, maar ik merk dat mevrouw er nogal enthousiast over is.'
'Maar het ligt in de bedoeling dat ik ook in dit huis kom wonen. We hebben trouwplannen.'
'Dat heb ik inmiddels begrepen,' zei Winters rustig. 'Ik zei al dat ik jullie helemaal niets wilde aanpraten. Een huis kopen doe je niet zo maar, maar je somde nogal wat negatieve punten op, waarvan ik meende dat er oplossingen voor waren.'
'Natuurlijk is het een goed idee in de overige vertrekken kacheltjes te plaatsen, maar denk dan eens aan de stookkosten. Nieuwbouw is op en top geïsoleerd. Hier is geen enkel dubbel raam te bekennen.'
'Daar is de vraagprijs ook naar,' zei Merel. 'Ik bedoel: voor zo'n kapitale woning is die toch niet hoog. We zullen zelf kunnen verbouwen. Dan kunnen we het hele huis naar onze eigen smaak inrichten. Wat geeft het als het niet helemaal klaar is, voordat we willen trouwen. Het zou misschien te lang duren, als we daarop zouden wachten. Na ons huwelijk hebben we samen nog tijd genoeg om te gaan klussen.'
'Ik heb al helemaal geen keuze meer,' merkte Frans lichtelijk geïrriteerd op.
'Zo moet je het niet opvatten,' haastte Merel zich te zeggen. 'Ik ben gewoon enthousiast over dit huis. De nadelen wil ik dan wel op de koop toe nemen. Misschien vat ik het wel allemaal wat te licht op en zal het later tegenvallen. Ik weet het niet. Eigenlijk heb ik helemaal geen verstand van huizen.'
'Nogmaals: ik verlang van jullie niet meteen een beslissing. Wat

mij betreft gaan jullie straks nog een poosje met me mee naar kantoor. Daar heb ik nog een veel groter aanbod aan huizen. We zijn in de nieuwe buitenwijk aan het bouwen en hebben daar een heel project van villa's, bungalows, woningen van twee-onder-een-kap en noem maar op. Als jullie belangstelling hebben, nodig ik je hierbij uit. Ik heb pas om vier uur een afspraak. We hebben dus nog ruim een uur de tijd. Waarschijnlijk zal mijn secretaresse nog een kopje koffie in de kan hebben. Daar heb ik momenteel wel behoefte aan. Ik weet niet hoe het met jullie gesteld is, maar in oude huizen krijg ik altijd zin in een kopje welriekende koffie, en zoals mijn secretaresse die zet: daar kan geen enkele vrouw tegenop.'

'Wat denk je ervan?' informeerde Frans.

'Mij best.' Ze zei het zonder enthousiasme en had moeite haar teleurstelling te verbergen. Tegelijkertijd vond ze zichzelf een aanstelster. Frans had gelijk. Hij moest ook in het huis wonen. Hij zou zich er net zo goed prettig in moeten voelen als zij. Bovendien was dit het eerste huis dat ze hadden bezichtigd. Ze hadden nog alle tijd. Een trouwdatum stond niet eens vast. Misschien zou er een huis op hun weg komen dat hen allebei aansprak.

'Laten we dan maar gaan.' De makelaar liep achter hen aan de trap af, die nog heviger kraakte dan voorheen, en sloot de deur goed af, nadat ze die achter zich dichtgetrokken hadden.

Bouwtekeningen; grote vellen, volgetekend met huizen: hoeveel hadden ze er nu al bekeken? Het waren grijze strepen op wit papier. Het zei Merel niets. Frans bewonderde de uitgekiende indeling, maar zij wist niet wat ze zich daarbij moest voorstellen. Ze zag voorgevels van rijtjeshuizen, waarbij een vrolijk lachende man en een gelukkig kijkende vrouw voor een net aangeplante eik stonden. 'Ik weet niet wat ik ervan denken moet,' bekende ze kleintjes. 'Vanaf een bouwtekening kan ik me niet voorstellen hoe ik me zal voelen in zo'n huis. Ik moet zo'n huis kant en klaar zien. Ik moet de sfeer voelen.'

'Die sfeer bepaal je zelf,' zei Frans. 'Juist omdat zo'n huis nog gebouwd moet worden, heb je een heel eigen inbreng. Je mag de keuken uitzoeken en de tegeltjes van de badkamer, en als je nog

iets anders wenst te veranderen, valt daar vast ook nog wel over te praten.'
'Heb je aandelen in die huizenmarkt of zo?' Ze hoorde zelf hoe hatelijk het klonk.
Frans kreeg een kleur. 'Stel je niet zo aan, Merel, zo ken ik je niet.' Hij roerde hardhandig door z'n kopje koffie, alsof hij zo z'n ergernis wilde afreageren.
'Ik denk dat jullie het allemaal nog eens rustig moeten overleggen samen. Nogmaals: een huis is geen pakje boter. Er gaat een heleboel geld in zitten en je moet je er wel gelukkig in voelen. Als je helemaal geen keuze kunt maken, is dat nog geen punt. Er is immers altijd een mogelijkheid te huren? Dan zit je nergens aan vast en kun je echt samen uitmaken wat je prettig vindt: nieuwbouw of een bestaande woning. Smaken verschillen nu eenmaal en als je het samen niet eens kunt worden zul je naar een compromis moeten zoeken.'
Hij lachte, en Merel vond hem sympathiek. Hij was helemaal geen gladde makelaar, die je een huis aan wilde smeren. 'Misschien hebt u gelijk,' zei ze zacht. 'We maken een beetje een belachelijke indruk. We zijn nog niet eens getrouwd en maken nu al bijna ruzie om het huis.'
'Geloof me, mevrouw Van Vierhouten: als dit kantoor kon praten.'
Frans grinnikte nu ook mee. Hij stond op, toen hij z'n koffie op had. 'We komen hier nog op terug, meneer Winters. Heel hartelijk bedankt voor de tijd die u in ons geïnvesteerd hebt. U hoort zeker nog van ons. Ik neem aan dat we bij u ook terecht kunnen voor een huurwoning?'
'Natuurlijk. U kunt het ook wel via de woningbouwvereniging proberen, maar dan zult u geduld moeten hebben. Ik zelf heb op dit moment in de huur-sector nog woningen beschikbaar. U kunt bij wijze van spreken morgen de sleutel al ophalen. Neemt u de tijd: ik wacht rustig af.'

Stil zaten ze even later naast elkaar in de auto. Merel voelde zich nog steeds enigszins verongelijkt. Ze had haar vrije woensdagmiddag voor niets opgeofferd. Nu moest ze vanavond nog aan het werk om de muziekles op school voor te bereiden. Ze had dit jaar haar vaste aanstelling gekregen, en ze wilde er hard voor werken om het in haar gestelde vertrouwen niet te beschamen.

'Ben je nog kwaad?' Frans' stem haalde haar uit haar gedachten, die al helemaal van de toekomstige woning afgedwaald waren.

'Nee,' zei ze zacht. 'Eigenlijk niet. Het was misschien wat kinderachtig van me. Het viel me ook allemaal zo tegen. Eigenlijk had ik verwacht dat we al heel snel een huis zouden tegenkomen dat we samen mooi zouden vinden. Ik zie zo vaak advertenties van makelaars in de krant. Daar zou dan toch iets tussen moeten zitten. Het is net alsof het allemaal anders wordt, als je echt een huis zoekt. Terwijl je toch mag verwachten dat dit juist de tijd is om woningen te kopen en te verkopen: maart, het voorjaar. Het is de tijd dat mensen weer eens wat anders willen. De woningen zien er nu op hun voordeligst uit.'

'Misschien moeten we nog wat geduld oefenen. Maart is nog te vroeg in het voorjaar. In april en mei is de natuur op z'n mooist. Dan gaan de mensen, net als de dieren, aan een soort nesteldrift lijden. We moeten gewoon nog even geduld hebben. Voor ons komt er ook zeker wel een huis.'

'Waarschijnlijk heb je gelijk.' Ze zuchtte.

'Ik begrijp je op dit moment niet helemaal,' zei Frans zacht. 'Drie jaar lang heb je me aan het lijntje gehouden. Steeds vond je het nog te vroeg om te trouwen. Je wilde dit nog en je moest dat nog. Ik verdacht je er soms van dat je helemaal niet met me wilde trouwen. Toen je vader drie maanden geleden overleed, dacht ik dat we onze bruiloft wel weer een poos uit zouden kunnen stellen, omdat je vast en zeker niet zo snel na het overlijden van je vader zou willen trouwen. En wat blijkt nu? Ineens krijg je haast. Vrouwen zijn ondoorgrondelijke wezens.' Hij schudde z'n hoofd op een quasi wanhopige manier.

Ze zweeg en glimlachte stilletjes. Hij had gelijk. Ze had drie jaar lang hun huwelijk willen tegenhouden. Ze hield van Frans: daar was ze zeker van. Maar aan de andere kant was ze bang voor hem. Ze vond het prettig als hij zijn armen om haar heen sloeg en als hij haar kuste op een warme, kameraadschappelijke manier. Ze voelde angst in zich omhoogwellen, als hij meer wilde! Als z'n

kussen hongerig werden en z'n armen dwingend die plaatsen aanraakten waar ze het niet kon verdragen. Dan duwde ze hem van zich af. Als ze z'n snelle, opgewonden ademhaling hoorde, haatte ze hem bijna. Hij begreep haar niet. Hij zou haar nooit begrijpen en ze wist niet of ze het hem ooit zou durven vertellen. Later misschien, als ze getrouwd waren. Maar was het dan al niet te laat? Dan zou hij willen krijgen waar hij als getrouwd man recht op had. Het was immers al een wonder dat hij drie jaar lang geduld had gehad? Waarschijnlijk dacht hij dat het haar principes waren. Principes die hij respecteerde. Ze had hem nooit uit de droom geholpen. Als ze straks getrouwd zouden zijn, kon ze er niet meer onderuit. Dan telden haar principes niet meer. 'Het' hoorde bij het huwelijk. En ze haatte 'het'. Op een andere manier kon ze er niet aan denken. Vrijen, liefde: het mondde allemaal uit in 'het' en ze kon 'het' niet verdragen. Ze zouden samen in één huis gaan wonen. Een huis met een trap, en elke avond zou ze Frans de trap op horen komen: voetstappen op de trap. 'Misschien kunnen we een bungalow kopen,' zei ze plompverloren. 'Alles gelijkvloers. Geen trappen.'
'Hoe kom je daar nou bij? Je bent toch niet slecht ter been of zo?' Frans grinnikte. 'Ik heb het nooit gemerkt, maar misschien heb je het goed voor me verborgen kunnen houden en kom je er na ons huwelijk mee op de proppen. Je zult de eerste niet zijn, die met een vreselijk geheim het huwelijk ingaat.'
Ze kleurde en keek angstvallig naar buiten. Ze hoorde hoe Frans lachte en ze kon het haast niet verdragen. Nu lachte hij er nog om. Hoe zou hij reageren als hij in de gaten zou krijgen dat hij zo heel dicht in de buurt was geweest van de waarheid? Een gebrek. Ja, het was zeker een gebrek. Ze zou er het huwelijk mee in moeten, en hij zou het vast nooit helemaal begrijpen.
'Meisje, wat ben je weer ver weg met je gedachten.' Hij kneep haar plagend in de wang. 'Waar denk je aan? Aan je vader? Vind je het werkelijk niet erg dat we binnen een jaar na zijn overlijden zullen gaan trouwen?'
'We hoeven toch geen overdreven uitbundig feest te houden? Een intieme bijeenkomst met enkele goede vrienden en wat familie is wat mij betreft goed.'

208

'Wat mij betreft ook.' Hij lachte. 'Je weet inmiddels wel hoe ik over enorme bruiloften denk.'

'Geldverspilling.' Ze lachte nu ook weer en keek naar hem, terwijl hij de auto snel en zeker door het verkeer heen loodste. Z'n handen waren krachtig en toch smal en goed verzorgd. Het waren echte kantoorhanden. Ze hield van die handen als ze haar streelden; warm en zacht. Ze hield van Frans, ondanks het feit dat ze het lang niet altijd eens waren. Nu kon ze erom lachen, maar ze hadden eerder hele discussies gehad naar aanleiding van het feit dat Frans een sobere bruiloft wilde houden. Met wat vrienden en familie naar het gemeentehuis en daarna naar de kerk, had hij gezegd. Dan een gezellig dineetje en daarna moest het afgelopen zijn. Merel had het zo graag anders gewild. Ze had gedroomd van een grootse bruiloft met Frans en zij als stralend middelpunt. Hoe vaak had ze niet de bruidsjaponnen bewonderd in de schitterende etalage van de bruids-boetiek? Ze had voor zichzelf al een model uitgekozen. Van het prijskaartje was ze weliswaar geschrokken, maar ze had het ervoor over. Als het allemaal goed ging, trouwde ze immers maar één keer? Frans zag dat anders 'We kunnen dat geld voor heel andere doelen gebruiken, Merel,' had hij gepleit. 'Nu sparen we jaren voor één dag. 's Avonds houden we een enorme bruiloft met een supergoede band. De mensen genieten en drinken zich een stuk in de kraag van ons geld. De volgende dag hebben zij een barstende hoofdpijn van de drank en wij van de rekeningen. Nee, als het zo moet trouw ik liever helemaal niet.' Ze was er vaak verdrietig over geweest. Die tijd was nu voorbij. Het zou niet anders kunnen. Ze kon het in huis, bij haar moeder, niet lang meer uithouden. Alles herinnerde haar nog aan die man. Aan haar vader. Hij had al zoveel bedorven in haar leven. Daar kon deze bruiloft ook nog wel bij.

3

'Ben je het al eens geworden over de trouwdatum?' Merels moeder zette de nog warme borden in de kast, die Merel net had

209

afgewassen. Ze wasten meestal samen af: moeder Van Vierhouten en haar dochter. Het was een moment van rust. Een moment waarop Merel haar verhalen kwijt kon over haar werk, over Frans en over alle belangrijke en onbelangrijke zaken waarmee ze in het dagelijks leven geconfronteerd werd. Over bijna alles. Bijna. Want over één ding praatten ze samen nooit.

'Ik zal je wel op de hoogte houden,' zei Merel en trok de stop uit de gootsteen, zodat het smerige lauwe afwaswater zich schuimend en gorgelend een weg naar beneden zocht. Ze maakte het aanrecht schoon en ruimde de afwasborstel op. Terwijl ze haar handen langdurig afdroogde, ging ze verder: 'We zijn het nog niet helemaal eens over de keuze van een huis. Vanmiddag hebben we een woning aan de Middellaan bekeken. Een magnifiek mooi ding, maar behoorlijk verwaarloosd. Ik heb er wel oog voor dat er iets moois van te maken valt, maar Frans let meer op de kosten.'

'Soms is hij wel erg zuinig,' antwoordde haar moeder. 'Zuinig en serieus.'

'Wat is daar verkeerd aan?' vroeg Merel hooghartig. 'Misschien zijn we daarin wel elkaars tegenpolen. Dat schijnt bepaald niet verkeerd te zijn. Tegenpolen trekken elkaar aan. We houden van elkaar.'

'Toch komt er voor een goed huwelijk wel meer kijken dan houden van.' Emmy van Vierhouten schoof de la dicht waarin ze net het glanzende bestek weer op z'n plaats had gelegd. Ze staarde naar buiten, waar de kat van de buren het voorzien had op een paar musjes. Het was prettig dat het 's avonds weer wat langer licht was. De donkere wintermaanden hadden eindeloos geleken. Nog een week: dan zou de zomertijd weer ingevoerd worden, waarna de avonden nog langer leken.

'Wat weet u nou van een goed huwelijk?' Het was eruit voordat Merel er erg in had. Ze schrok er eigenlijk zelf van.

'Misschien had ik met je vader een beter huwelijk dan jij denkt,' zei haar moeder echter rustig.

'Hij zag je nooit staan,' weerstreefde Merel fel. 'Ik vraag me af of hij je ooit tijdens jullie huwelijk een complimentje heeft gemaakt. Of hij ooit heeft gezegd dat hij van je hield!'

'Wat weet jij daar nu van? Hendrik was een lieve man. Een goede man. Niet alleen voor mij, maar ook voor anderen. En voor jou: z'n dochter. Ik begrijp je niet. Waarom probeer je hem steeds weer naar beneden te halen? Hij was je vader en hij leeft niet meer. Hij heeft op zijn manier verschrikkelijk veel van je gehouden.'

'Ja, dat weet ik. Hij hield net zoveel van me als een man van z'n vrouw. Hij wilde ook hetzelfde van me als een man van een vrouw.'

'Merel, zeg dat niet! Hij leeft niet meer.'

'En van de doden niets dan goeds. Zo moet ik voort blijven leven. Als een dochter uit een keurig gezin. Van een man en een vrouw die altijd klaarstonden voor de kerk. Op zondag ging het hele gezin ter kerke. Een modelgezin. Wat zouden de mensen schrikken als ze zouden horen hoe het werkelijk is geweest. Hoe mijn vader elke donderdagavond, als jij naar het koor was, bij me kwam. Hoe ik z'n voetstappen op de trap hoorde en in doodsangst probeerde weg te kruipen.' Merels stem leek op hol geslagen. Schril vervolgde ze: 'Wat hielp het allemaal? Wat kan een dochter tegen haar vader beginnen als ze nog volkomen afhankelijk van hem is? Wat zouden de mensen zeggen als ze wisten hoe hij bij me onder de dekens kroop, terwijl jij met je koor de nieuwste liederen ten gehore bracht? Zou hij dan nog zo'n prachtige afscheidspreek van de dominee hebben gekregen? Wat denk je?'

'Merel. Nee!' Het klonk als een schreeuw van een gewond dier. Merel zag hoe haar moeder de handen voor haar ogen had geslagen, maar ze voelde geen medelijden meer. Een felle, onbeheerste woede zocht zich een uitweg naar buiten. Angst en verdriet die ze jarenlang verdrongen had, kwamen nu boven en uitten zich in heftige verwijten. 'Ja, sla je handen maar voor je ogen. Steek je kop maar in het zand. Dat heb je al die tijd al gedaan.'

'Dat is niet waar, Merel. Dat weet je wel. Je liegt en je weet dat je liegt. Je hebt nooit goed met je vader overweg gekund. Dat mag je mij niet verwijten. En dat mag je hem niet verwijten.'

'Dat is het niet! Dat weet je heel goed. Net zo goed als je weet wat er elke donderdagavond weer gebeurde. En toch ging je weer naar het koor! Hoe kon je? Hoe kon je zingen over het evangelie, over Jezus en over God, terwijl je wist hoe je man thuis met je enige dochter...'

'Houd je mond! Ik wil dat je je mond houdt. Het is niet eerlijk. Ik haat je. Je bezoedelt de nagedachtenis van je vader!'

'Zoals hij mij altijd bezoedeld heeft. En dat interesseerde je nooit!'

'Je liegt het! Je verzint maar wat. Merel, waarom?'

'Ik verzin het niet, mam. Dat weet je heel goed. Je hebt het al die tijd geweten en je hebt al die tijd gedaan of je neus bloedde. Was het papa niet, die zo graag wilde dat je naar het koor ging? ''Dan ben je er eens uit, Emmy,'' zei hij. Ik weet dat nog heel goed. Vlak nadat ik twaalf was geworden ben je gegaan en de eerste paar keer was er niets aan de hand. Maar toen, op een avond, begon het. Hij kwam bij me. Hij was m'n vader. Ik vond het leuk dat hij nog even bij me langskwam. Om even samen bij te praten over school en later over vriendjes. Toen begon het. Ik weet nog heel goed hoe hij vroeg of ik wel wist hoe ik een jongen moest kussen. Dat wist ik niet. Hoe moest ik dat weten? Ik was twaalf. Een beetje laat. Jij had me er nooit over verteld. Nooit. Na die ene avond wist ik het wel. De volgende donderdag wist ik ook precies hoe een man in elkaar zat. En even daarna zelfs...'

'Ik wil het niet horen. Je bent ziek. Je fantaseert maar wat. Ik wil het niet horen!' Haar moeder drukte de handen tegen haar oren. Ze schreeuwde. 'Ik haat je. Ik heb altijd wel geweten dat je slecht was.'

'Nee ma, ik was niet slecht. Ik was bang. Ik wilde erover praten met je, maar papa zei dat ik je dan heel erg pijn zou doen. Dat je verschrikkelijk verdrietig zou zijn, en ik wilde je niet bezeren. Ik hield zoveel van je. Hij heeft me nooit bedreigd. Hij heeft me alleen voorgehouden dat ik hem moest helpen en dat jij dat niet mocht weten. Ik was vrij onnozel voor m'n leeftijd, besef ik nu. Waarschijnlijk omdat jullie me zo beschermd opgevoed hebben. Later probeerde ik er wel met je over te praten en ik merkte dat je het wel wist, maar je wilde me niet helpen. Je wilde niet luisteren, en ik schaamde me zo. Ik dacht dat ik heel slecht was. Slecht, vies en gemeen. En op feestdagen zat ik naast papa in de kerk, terwijl jouw koor voorin stond en de liederen zong, die op donderdagavond ingestudeerd waren. Iedereen dacht dat we een goed en gezellig gezin waren en dat zijn we ook geweest, voordat jij op het koor ging.'

'We waren een goed gezin. Je vader was een lieve man. Jij bent slecht. Slecht, hoor je! Door en door slecht!'

'Wat denk je: als ik dat maar vaak genoeg herhaal wordt het vanzelf wel waarheid?' vroeg Merel spottend. 'Druk het allemaal maar weg. Doe maar alsof het niet waar is. Dat heb je altijd al gedaan. Je man is dood, dus zijn aandenken moet in ere gehouden worden. Weet je nog dat hij me om vergeving vroeg op z'n sterfbed? Waarvoor denk je dat dat was?'

'Houd je mond!'

'Natuurlijk houd ik m'n mond. M'n vader is dood. Niets dan goeds over m'n vader. Wat kan het je schelen hoe het verder met mij gaat. Interesseert het jou wat dat ik problemen heb? M'n vader is dood. Hij was goed en ik ben slecht. Ik zal eraan denken. Ik ben slecht.' Ze liep de kamer uit. Achter zich hoorde ze haar moeder huilen met lange, gierende uithalen. Ze voelde geen medelijden. Ze voelde minachting en kille woede. Hoe had ze ooit kunnen hopen dat het allemaal veranderen zou na de dood van haar vader? Had ze niet gedacht dat ze dan misschien wel met haar moeder over die ervaringen zou kunnen praten? Dacht ze niet dat ze samen het verleden zouden kunnen verwerken? Ze zou het allemaal alleen moeten doen, zoals ze al die jaren alles alleen had moeten verdragen. Wat dat betreft was er nog niets veranderd. Integendeel, haar moeder keerde zich tegen haar en gaf haar de schuld van alles. Ze voelde zich net zo geschokt als de eerste keer dat haar vader bij haar in bed was gekropen. Ze voelde zich smerig.

Emmy van Vierhouten stond voor het raam en keek naar buiten. De buurvrouw kwam voorbij en zwaaide, maar ze beantwoordde de groet niet. De buurvrouw had medelijden met Emmy van Vierhouten, die tegenwoordig vaak zo afwezig was. Alsof ze de dood van haar man niet kon verwerken. Ze waren ook zo'n fijn, hecht gezin geweest.

Emmy wist hoe er altijd over hen gedacht was. Ze wist ook dat het een leugen was. Een leugen die vooral Hendrik altijd had verspreid. Hij stond erop dat ze zondag gezamenlijk naar de kerk gingen, ook toen Merel hevig geprotesteerd had en met vriendinnen had gewild. Er was geen tegenspraak mogelijk geweest. Zoals Hendrik het had gewild, zo gebeurde het. Ze had daar zelf nooit zoveel problemen mee gehad. Ze aanbad Hendrik en ze had geweten dat die gevoelens niet wederzijds waren. Oh ja, ze waren ooit verliefd op elkaar geweest. Ze had zich gevleid gevoeld toen de knappe Hendrik van Vierhouten, die warempel toch wel wat anders krijgen kon, juist op haar was gevallen. Op haar, Emmy Mulder, die altijd werd gepest met haar rode haren en haar iets te forse neus in een onopvallend gezicht. Ze had alles voor hem willen doen. Ze deed ook alles voor hem, ook nadat ze had gemerkt dat Hendrik niet haar nodig had, maar het geld op haar bankrekening. Geld, dat tot een grote som was aangegroeid na het overlijden van haar ouders, die een kapitale boerderij hadden bezeten. Ze was, net als Merel, enig kind geweest. Het geld dat de verkoop van de boerderij had opgeleverd was, na aftrek van kosten, helemaal voor haar geweest. Hendrik had dat geweten, zoals iedereen in haar kennissenkring daar weet van had gehad. Hendrik zelf kwam weliswaar uit een gezin waarvan de vader leraar geweest was, maar met nog zeven broers en twee zusters was dat nooit een vetpot geweest. Bovendien was Hendrik de enige binnen het gezin, die leerproblemen had gehad. Toch had hij grootse plannen gehad. Hij had een eigen zaak gewild. Uiteindelijk was het een supermarkt geworden. Geen voordelige supermarkt, maar één waar een doorsneegezin niet naar toe ging, omdat het er te duur was. Nee, de echtgenotes van artsen, van advocaten, van dominees – kortom, van iedereen die meende dat hij wat was – gingen er winkelen. Ze had vaak gezien hoe Hendrik in de winkel stond. Ze had hem horen vragen: 'Kunt u het vinden, mevrouw? Kan ik wat voor u doen, mevrouw? Wilt u de boodschappen thuisbezorgd hebben, mevrouw?' Ze had er een hekel aan als hij zo voor de klanten in het stof kroop, maar Hendrik vond dat het de juiste aanpak was. Dus was het zo gebleven. Ook nadat ze toevallig een gesprek had opgevangen tussen twee dames, die net uit de winkel waren gekomen. 'Die slijmerd van een Van Vierhouten: als het aan hem lag droeg hij ons ook nog naar de auto. ''Kan ik

214

nog wat voor u doen, mevrouw?'' Volgens mij is hij gewoon een oude viezerik.' Ze hadden gelachen en hadden zelfs niet kunnen ophouden, toen ze ineens Emmy in de gaten hadden gekregen. 'Oh mevrouw Van Vierhouten, wat ziet u er vandaag weer charmant uit,' had een van beiden gezegd. Hoewel ze het sarcasme van hun stemmen had horen druipen, had ze vriendelijk gegroet. Ze had er niets van mogen zeggen. Hendrik zou het niet goedgevonden hebben. 'Wat de mensen zeggen interesseert me niet. Als ze m'n winkel maar weten te vinden,' had hij altijd gezegd. De woorden van de twee dames hadden haar pijn gedaan. Ze wist dat ze er niet charmant uitzag. Ze had er nooit leuk uitgezien. Hendrik had ook nooit gezegd dat hij haar mooi vond. Bovendien bezat ze niet de flair die andere vrouwen wel hadden en die haar vaak jaloers maakte. Flair, die ook Merel wel bezat. Merel, die ook koperrode krullen had, maar verder gezegend was met de knappe gelaatstrekken van Hendrik. Merel, die nooit gepest werd zoals zij vroeger. Merel, die steeds mooier leek te worden tijdens haar puberteit. Zo mooi, dat het Hendrik ook opgevallen was. Ze had het aan zijn ogen gezien, als z'n blikken Merel door het huis volgden. Ze had het aan zijn manier van stoeien met Merel gemerkt. Aan zijn bewegingen, die vaak net iets te ver waren gegaan. Langzamerhand was in haar hart een gevoel van jaloezie opgegloeid. Jaloezie ten opzichte van dit kind dat zo gemakkelijk door het leven leek te dansen, aanbeden door vriendjes en door haar vader. 'Emmy, je moet weer eens iets voor jezelf gaan doen,' had hij op een dag gezegd, en ze had hem bevreemd aangekeken. Nooit had ze zo iets gemogen. Geen cursus bloemschikken, geen toneelclubje en geen koor of vereniging. Het was allemaal te duur, had Hendrik, die sinds hun trouwen het geld beheerde, gevonden. Nu mocht ze ineens iets voor zichzelf gaan doen en ogenblikkelijk had ze geweten dat het een zangkoor moest worden. Ze had altijd zo van zingen gehouden. 'Ik wil graag op het kerkkoor. Op donderdagavond wordt er gerepeteerd en ze hebben me al een paar keer gevraagd. Blijf jij dan op donderdagavond thuis? Merel vindt het niet prettig alleen te zijn,' had ze gezegd. 'Natuurlijk blijf ik thuis,' had hij er onmiddellijk mee ingestemd. 'Dat is toch vanzelfsprekend.' Ze had zijn blikken naar Merel zien gaan. Blikken die haar vaag beangstigd hadden. Ze had die gevoelens echter weggedrukt. Van deze gelegenheid moest ze profiteren, had ze gedacht. Jarenlang had ze zo iets willen gaan doen. Nu ze de kans had, moest ze die grijpen, voor Hendrik weer van gedachten zou veranderen. Ze was gegaan die donderdagavond. Ze had genoten van de sfeer en de liederen. Het was heerlijk er weer eens tussenuit te zijn. Om samen met anderen te praten, te lachen en te zingen. Met Merel was het allemaal goed gegaan. Wanneer was het haar voor het eerst opgevallen dat het kind veranderd was? Dat ze bang was als zij naar het koor had gewild? Dat ze stiller en stiller was geworden, naarmate de donderdag naderde. Toen had ze het al wel geweten, maar ze had haar ogen gesloten. Ze had het niet willen weten. Nooit zou ze die ene avond vergeten toen ze eerder thuis was gekomen. De dirigente moest onverwacht direct na de pauze weg. Ze was met bonzend hart naar huis gegaan. Wat zou ze aantreffen? De achterdeur had op slot gezeten, maar ze had een sleutel bij zich gehad en doodstil was ze naar binnen gegaan. In de kamer en keuken was niemand te zien geweest en ze was naar boven gegaan, de trap op, tot vlak voor Merels kamertje. Wat ze verwacht had, was waarheid geworden. Ze had Hendriks stem gehoord. Ze had Merel zachtjes horen huilen. Door een kier van de deur had ze gezien hoe... Met een ruk draaide Emmy van Vierhouten zich om. Ze sloot haar ogen, alsof ze die beelden zo kwijt zou kunnen raken. Beelden die haar bijna elke nacht pijnigden. Van haar Hendrik had ze zoveel gehouden. Waarom toch? Nooit had ze iets van haar ontdekking en ontreddering laten merken. Heel stilletjes was ze het huis weer uitgegaan en ze had buiten gelopen in de kille kou van de winter. Om kwart over tien was ze naar huis gegaan, zoals ze elke donderdagavond had gedaan vanuit het koor. Hendrik had heel gewoon in de kamer naar de televisie zitten kijken. Zij had geprobeerd te vergeten wat ze had gehoord en gezien. En in haar hart was de haat opgeborreld tegen haar dochter, die haar eigen vader verleid had.

Merel lag op bed en staarde naar het plafond. Er hing een spinneweb. Ze zag het, maar het ontbrak haar aan moed op te staan en het weg te halen. Door haar hoofd cirkelden duizend en een gedachten, allemaal om dat ene onderwerp heen. Steeds weer beleefde ze de momenten van intense angst, die ze had gevoeld als haar moeder weer naar het koor was gegaan en ze even daarna voetstappen had gehoord. Voetstappen op de trap. Daarna was er het kraken van de deur geweest, en een gezicht. Zijn gezicht. Dat van haar vader. Hij had altijd geprobeerd heel vriendelijk en heel lief te doen, maar het had haar angst niet weggenomen. Ze vond het vies en onsmakelijk wat hij gedaan had. Ze walgde van hem; van z'n lichaam, en het meest nog van zichzelf. Hoe lang had het bij elkaar allemaal geduurd? Vier jaar? Toen ze een jaar of zestien geworden was, was haar vader ineens niet meer gekomen. Ze herinnerde zich nog dat ze het eerst niet geloven kon. Op een donderdagavond was hij gewoon beneden blijven zitten. De tweede donderdag en de week daarna ook. Haar onrust op donderdag was gebleven en ze vroeg zich af of haar vader zich nooit geschaamd had om wat hij haar had aangedaan. Misschien zou het beter te verdragen zijn als ze wist dat hij schuldgevoelens had gehad. Als ze wist dat hij zichzelf ook had geminacht, zoals zij. Hij had haar vergeving gevraagd op z'n sterfbed. Ze had hem die vergeving geschonken, met haar mond, omdat hij zou sterven. In haar hart was geen vergeving te vinden. Daarin haatte ze hem nog net zo als in de tijd dat het allemaal begonnen was. Ze had zo heel graag met haar moeder over dit soort dingen willen praten, maar haar moeder gaf haar de schuld, zoals haar vader ook al die tijd de schuld op haar schouders geladen had. Misschien was dat het enige positieve aan z'n sterfbed geweest: dat hij haar vergeving had gevraagd en daarmee de schuld enigszins van haar schouders genomen had. Al zag haar moeder dat anders. Ze had er vaak over nagedacht. Had ze als twaalfjarig meisje werkelijk aanleiding voor het gedrag van haar vader gegeven? Integendeel, zou ze zelfs willen zeggen. Ze had zichzelf in die tijd helemaal niet mooi gevonden. Ze had zich voor haar lichaam dat vrouwelijke rondingen begon te vertonen, geschaamd. Ze was er het type niet voor in haar blootje door het huis te lopen. Als ze vanuit de douche naar haar slaapkamer moest, hulde ze zichzelf eerst in een dikke, degelijke badjas. Vaak had ze zichzelf vergeleken met de meisjes in haar klas. Meisjes die giechelden over jongens en zich in het gymlokaal provocerend gedroegen tegenover de gymleraar. Ze had er nooit aan meegedaan, omdat ze het gewoonweg niet had gedurfd. En toch was zij door haar eigen vader misbruikt. Ze was op school altijd bang geweest dat ze er ooit achter zouden komen, hoewel ze zelf wist dat het haast onmogelijk was. Haar onzekerheid en angst had ze weggestopt achter een masker van zelfverzekerdheid. Als er wat in de klas gedaan moest worden, had ze altijd vooraan gestaan. Werd er kattekwaad uitgehaald, dan was ze van de partij. Ze had dan ook regelmatig bij de rector in z'n kamer gestaan en met een prikstok het schoolplein moeten ontdoen van papier en andere rommel dat er niet thuishoorde. Ze was erg getapt geweest in de klas, terwijl zich achter haar vrolijke buitenkant een hart vol onzekerheid en angst verborg. Van vriendjes had ze niets willen weten. Die joegen haar angst aan. Tot Frans opgedoken was. Waarom had ze het Frans eigenlijk nooit verteld? Ze kenden elkaar nu drie jaar. Drie jaren, waarin ze hem steeds weer op een afstand had weten te houden. Het mocht een wonder heten, want Frans was een normale, gezonde Hollandse jongen. De jaren waren lang. Hoe lang zou het nog duren, voordat alles uit zou komen? Als ze getrouwd zouden zijn, was het afgelopen. Daar was ze van overtuigd. Misschien dat het trouwen haar daarom ineens zo'n vreselijke angst aanjoeg. Had ze misschien niet genoeg vertrouwen in Frans? Ze verschilden immers zo vaak van mening over bepaalde dingen? Neem nu een huis: het leek zo onbelangrijk. Toch zouden ze zich er allebei gelukkig moeten voelen. Hoe zou het gaan als ze niet tot overeenstemming zouden kunnen komen? Meestal had Frans het meeste overwicht. Zij zou zich op een gegeven moment wel bij de situatie neerleggen, maar hoe zou het zijn in een huis te wonen waar ze eigenlijk niet wilde wonen? Ze had vaak gehoord dat het een ongezonde situatie was als je nooit van mening verschilde, maar zou het dan beter zijn als je regelmatig meningsverschillen had? Nu waren ze nog niet getrouwd. Ze woonden ook niet samen. Ze zagen elkaar wel regelmatig, maar niet altijd. Hoe zou het zijn als ze wel altijd samen waren? Wanneer zou ze Frans moeten vertellen van het vreselijke dat haar door haar vader was aangedaan? Als ze pas getrouwd was, of al voor het huwelijk? Was het niet vreselijk oneerlijk Frans niets te vertellen van haar problemen hieromtrent? Mocht ze dat pas doen als ze getrouwd waren? Was het niet onmenselijk dan alweer geduld van hem te vragen? Het waren zoveel vragen, en ze bleven door haar hoofd tollen. Misschien zou ze er met Frans ook niet over kunnen praten. Hij zou haar toch ook de schuld kunnen geven? Hij zou kunnen denken dat ze haar vader verleid had, net zoals haar moeder dat dacht. Ze zouden een leven lang samen moeten zijn, en die gedachte benauwde haar ineens. Zouden er meer vrouwen zo onzeker zijn geweest voor ze in het huwelijk traden? Ze had dat weleens gehoord, maar die vrouwen zouden waarschijnlijk niet zo'n vreselijk geheim met zich mee hebben getorst.

Een geheim dat haar doen en denken dag en nacht leek te beheersen. En misschien kwam het juist door hun trouwplannen dat het feller dan ooit oplaaide. Hoeveel mensen lukte het zelfs al niet hun huwelijk heel te houden zonder vreselijk geheim? Dan volgden er scheidingen met alle verdriet dat daaruit voortvloeide. Wie was zij om aan te nemen dat haar huwelijk het wel zou redden als ze op zo'n manier Frans voor de gek hield? Frans: haar eerste vriend en haar beste vriend. Hij was zuinig. Ze waren het vaak niet met elkaar eens. Maar stel je voor dat ze niet met Frans zou trouwen? Hoe zou haar toekomst er dan uitzien? Ze hield toch van Frans? Een leven zonder hem leek haar leeg en donker. Alsof er geen doel meer in haar leven zou bestaan. Ze hadden toch samen zoveel plannen gemaakt? Een huis, trouwen en kinderen. Ze glimlachte in zichzelf: kinderen van haar en Frans. Misschien zouden ze op haar lijken. Ze wilden samen graag veel kinderen. Vooral Frans. Hij was net als zij opgegroeid als enig kind. Voor zijn eigen kinderen wilde hij dat het anders zou zijn. Samen zouden ze moeten kunnen ravotten, naar school gaan en voor elkaar opkomen als dat nodig was. Hij had geen slechte jeugd gehad, maar broertjes en zusjes had hij vreselijk gemist. Meer nog dan Merel, die dat altijd aanvaard had als een onontkoombaar gegeven. Frans had haar vaak verteld hoe hij had gefantaseerd over een grote broer, die het voor hem op zou nemen op school als hij ruzie had. Hij was een introverte jongen geweest. Heel anders

219

dan Merel, die op school zo getapt was geweest dat ze geen problemen ondervonden had van het feit dat ze geen familie op school had. Natuurlijk was het voor een kind fijn als het niet alleen hoefde op te groeien. Misschien was haar leven dan helemaal anders verlopen, als ze nog broertjes en zusjes had gehad. Ook dat was immers een frustratie van haar ouders geweest? Haar vader had zo graag een zoon gewild. Een opvolger voor de zaak. Na haar geboorte was haar moeder echter nooit meer zwanger geraakt, zonder dat daar een duidelijke oorzaak voor was. Misschien was dat voor haar moeder nog een extra reden geweest om voor haar vader in het stof te kruipen. Want ook haar had hij heel duidelijk schuldgevoelens aan weten te praten. Haar moeder had haar vader naar de ogen gekeken. Ze had alles voor hem willen doen, maar hij had het nooit gewaardeerd. Hoe vaak had ze niet gehoord dat ze werd afgeblaft, omdat er iets aan het eten mankeerde of omdat ze te veel geld had uitgegeven? Het mocht wat. Haar moeder had nooit iets voor zichzelf gevraagd. Men zei weleens dat een huwelijk meer geven dan nemen was. Voor haar moeder had dat wel heel sterk gegolden. Nooit had ze wat genomen. Altijd had ze gegeven, en nooit was het gewaardeerd door de man die Merels vader was geweest en altijd maar had genomen. De man die zelfs na z'n dood nog tweespalt zaaide tussen z'n vrouw en enige dochter. Die hun gedachten maar bleef beheersen en daardoor geen ruimte overliet voor andere dingen. Hendrik van Vierhouten had een emotionele erfenis nagelaten, waar soms bijna niet mee te leven leek. Een erfenis die zwaar drukte op z'n naaste bloedverwanten. Merel stond op en trok haar pyjama aan. Terwijl ze bij het eenvoudige wasbakje op haar kamer haar tanden glanzend poetste, bekeek ze haar gezicht in de spiegel. Ze wist dat ze er goed uitzag. Daar was ze vaak genoeg op geattendeerd door vriendjes. Frans was trots op haar. Misschien zou ze alles kunnen vergeten, als ze eenmaal getrouwd zouden zijn. Misschien zou hij genoeg geduld met haar hebben, zodat ze ooit over haar angst en afkeer heen zou raken. Ze moest hem vertrouwen, want hoe kon ze anders dromen over kinderen van Frans? Twijfels zou waarschijnlijk iedere jonge vrouw hebben. Ook zonder geheim. In de spiegel glimlachte ze naar zichzelf.

4

Een natte dag in juni. De regen leek zich niets aan te trekken van het feit dat het zomer was. De zon kreeg geen gelegenheid om door het donkere wolkendek heen te breken. Merel huiverde en trok de kraag van haar regenjas hoog op. Ze probeerde een beetje te schuilen aan de zijkant van de in aanbouw zijnde huizen. Betonblokken, die allemaal op elkaar leken. Ze kon zich niet voorstellen dat het hier haar thuis zou worden. Dat ze hier haar eigen warme sfeer zou kunnen creëren, zoals ze zich dat altijd voorgesteld had. Misschien als het project voltooid was, dat ze er anders tegenaan zou kijken, maar nu nog niet.

'Heb je het koud?'

Ze voelde Frans' warme adem tegen haar wang en z'n arm om haar heen. Ze leunde even tegen hem aan. 'Het is allemaal zo grauw hier,' klaagde ze.

'Dat lijkt maar zo. Als de huizen straks klaar zijn, kijk je er heel anders tegenaan. De stenen zijn in geel uitgevoerd en het schilderwerk wordt hoofdzakelijk blauw. Je zult zien hoe gezellig en modern het er allemaal uitziet als van het najaar alles klaar is. Daarbij is het vandaag ook wel heel somber en triest weer. Dan lijken zelfs kapitale villa's nog grauw. Misschien kunnen we nu even binnen kijken. Er is nog geen voordeur te bekennen. Dan kunnen we een blik op de indeling werpen.' Hij nam haar koude hand in de zijne en trok haar mee over de soppige kleigrond een huis binnen.

Binnen was alles net zo grijs en somber. Kale grijze muren en betonnen vloeren grijnsden Merel aan. Ze slikte.

'Kijk Merel, dit is de woonkamer. Moet je kijken wat een ruimte we zullen krijgen. Boven hebben we natuurlijk wat minder ruimte met maar twee slaapkamers, maar als we logés krijgen kunnen we voor nood altijd wat matrassen in de huiskamer leggen. Misschien zouden we een bedbank kunnen kopen. Dan geeft het helemaal geen problemen meer.'

'Een doorzonkamer,' zei Merel, terwijl ze de opgewekte toon van Frans probeerde over te nemen. 'Heerlijk de zon door je hele

kamer en een zee van ruimte. Is dat daar de keuken? Het is een open keuken, is het niet?'
'Dat heb je toch al op de tekeningen kunnen zien? Kom maar mee. Kijk, het is wel een open keuken, maar hij is zo ingebouwd dat je vanuit de kamer niet in de keuken kunt kijken.'
Merel liep achter Frans aan. Ze hoorde z'n enthousiaste verhalen en reageerde lauw, terwijl hij het huis in gedachten al aan het inrichten was. Het huis. Hun huis. Een huis in een rijtje. Een nieuwbouwwoning voor kleine huishoudens, zoals ook hun huishouden de eerste jaren zou zijn. Ze waren het niet eens geworden over de keuze van een huis. Een huurwoning was het alternatief. Ze hadden er lang en als verstandige mensen over gepraat. Wat was nou een huis? Wat gaf het waar je woonde als je samen was? Je hield toch van elkaar? Dat zou in een modern rijtjeshuis niet minder worden. Er woonden zoveel mensen in zulke huizen. De meesten voelden zich er dolgelukkig. Zij zou het ook nog wel worden, als ze het straks samen naar hun heel eigen smaak hadden ingericht. Ze zou hier best gelukkig kunnen worden. Bovendien was het huis aan de Middellaan al verkocht. Ze moest ophouden daarmee alle huizen te vergelijken. Het was kinderachtig. Het huis was gekocht door een jong stelletje en van buiten af zag het er gezellig uit. Er zaten leuke valletjes voor de ramen en er stonden bloeiende planten in de vensterbank. Precies zoals zij zich dat ook voorgesteld had. Voor deze ramen zou ze ook valletjes kunnen hangen. Haar moeder was een ster met de haaknaald. Zo groot waren de ramen niet. Ze zou best voor Merel een paar valletjes willen haken. Ze zou leuke plantjes kunnen kopen: een mandje met primulaatjes, Kaapse viooltjes, en een Chinese roos.
'Je droomt, Merel.' Frans kuste haar teder op de wang. 'Waar ben je toch met je gedachten? Zie je ons hier al zitten? In september zal het huis klaar zijn. Dan zullen we het in alle rust kunnen inrichten. We zullen in oktober kunnen trouwen. Dan is het nog geen winter. Oktober kan nog heel fraai weer geven. Maar een heel grote bruiloft zal het niet worden. Daarvoor is het nog te kort geleden dat je vader is overleden. Hij zou er begrip voor hebben, denk je ook niet?'

'Vast wel,' reageerde ze tam. 'Deze week moeten we de voorbereidingen dan maar afronden. De meeste bruidsparen regelen dat
al tijden van tevoren. Misschien zullen er bij ons minder problemen zijn, omdat we geen grootse bruiloft geven. Ik zal van de
week eens beginnen te bellen. Het zal dan niet zo'n ouderwetse
gezellige bruiloft worden, maar we moeten er wel goede herinneringen aan overhouden.'
'Dat zal allemaal vast wel lukken. We trouwen maar één keer.
Het zal dan wel geen droom-bruiloft worden, maar na die tijd
houden wij geld over en dat kun je van de meeste bruidsparen
niet zeggen.'
'Zie je wel dat het je weer om het geld te doen is?' Merel probeerde
een lach te bedwingen. 'Je zuinige achtergrond zal zich nooit ver-
loochenen.'
'Daar ben ik ook niet bang voor. Je zult ermee moeten leren leven.'
'Ik zal deze week de dominee ook bellen. Dominee Aalbers moet
ons trouwen. Hij heeft me gedoopt en we hebben bij hem samen
onze belijdenis afgelegd. Het zou heerlijk zijn als hij ons ook wilde
trouwen.'
'Waarom niet? Hij heeft immers de begrafenis van je vader ook
nog geleid? Hij kent ons goed. Oh Merel, ik verlang naar je.' Hij
nam haar in z'n armen en trok haar tegen zich aan. Zijn mond
zocht haar koude lichaam. Ze voelde de warmte van zijn lichaam
tegen het hare en probeerde zich te ontspannen. Frans hield van
haar. Zij hield van Frans. Het zou allemaal best goedkomen. Ze
moest nu alleen maar gelukkig zijn.

'Natuurlijk meid, waarom zou ik jullie niet willen trouwen? Om
eerlijk te zijn verwachtte ik een dezer dagen die vraag al van jullie.' Dominee Aalbers zat achter z'n bureau. Z'n vrouw had op
haar eigen bescheiden manier de koffie binnengebracht en had
zich nu weer teruggetrokken. 'Ik had al veel eerder van jullie plannen gehoord, maar dacht dat de dood van je vader een hindernis
zou opleveren.' Z'n grijze ogen keken haar van achter z'n glimmende brilleglazen vorsend aan.
'We geven geen uitbundig feest. Dat zou niet passend zijn.' Ze

keek naar haar handen, die in haar schoot gevouwen lagen. 'We zijn natuurlijk ook rijkelijk laat met het organiseren van alles. Maar tot nu toe heeft dit geen problemen opgeleverd.'

'Jullie hebben een woning gekocht?' informeerde Aalbers.

'Nee. Nee, gehuurd,' haastte ze zich te zeggen. 'Frans en ik konden het niet eens worden. Daarom hebben we besloten eerst te huren. Dan kunnen we over een paar jaar eens in alle rust uitkijken naar iets dat ons allebei bevalt.'

'Heel verstandig van jullie om je niet door de een of andere makelaar te laten ompraten. In een huis moet je je allebei gelukkig voelen. Het lijkt misschien niet zo belangrijk voor het welslagen van je huwelijk, maar het speelt wel mee. Overigens hoop ik dat jullie verder ook overeenkomsten vertonen.' Hij lachte, maar z'n ogen deden niet mee.

'Natuurlijk. Frans en ik houden van elkaar. Anders zouden we niet willen trouwen. In september wordt het huis opgeleverd. Als we dan in oktober trouwen, hebben we genoeg tijd om het huis in te richten.'

'Dat moet haast een idee van Frans zijn, is het niet? Frans speelt graag op zeker.' Dominee Aalbers haalde omstandig de bril van z'n neus en begon die met z'n zakdoek te poetsen. Onderwijl keek hij Merel weer aan.

'Daar is toch niets verkeerds aan?' haastte Merel zich te zeggen.

'Integendeel, het is juist heel lovenswaardig. Ben jij zelf ook zo, Merel?'

'Nee, integendeel.' Ze giechelde. 'Waarschijnlijk ben ik het meest chaotische mens dat er bestaat. Ik ben impulsief, waardoor ik dingen doe die later misschien niet echt verstandig blijken te zijn. Alleen op school heb ik de zaken redelijk op orde. Dat moet ook wel, anders zou het een grandioze puinhoop worden. In de rest van m'n leven word ik soms wanhopig van mezelf. M'n slaapkamer is een puinhoop, en dat is een doorn in het oog van Frans, maar zodra ik op begin te ruimen kan ik niets meer terugvinden. Nee, Frans en ik zijn totaal verschillend, maar misschien houden we elkaar daardoor wel in evenwicht. Frans helt te veel naar het nette; het berekenende. Hij zal nooit spontaan een bos bloemen voor me kopen. Ik koop wat ik leuk vind. Niet altijd voor mezelf, maar ook voor anderen. Voor Frans bij voorbeeld, of voor m'n schoonouders. Ik houd ervan mensen te verrassen. Frans is inderdaad heel anders. We zijn twee tegenpolen, die elkaar aantrekken. We houden van elkaar. Dat is de grootste overeenkomst die we hebben. Volgens mij is dat het belangrijkste in een huwelijk.'

'Daar twijfel ik niet aan.' Aalberts glimlachte en zette de bril weer op z'n neus. 'Ik hoop dat jullie samen heel gelukkig zullen worden. Daar zul je aan moeten werken, maar dat moet in ieder huwelijk gebeuren. Een huwelijk is geen rozegeur en maneschijn. Het is meer geven dan...'

'Nemen,' vulde Merel aan, en grinnikte om het verblufte gezicht van de dominee. 'Ik ken die uitdrukking, dominee, al heb ik het zelf anders gezien.'

'Wat bedoel je daarmee, Merel? Heeft het met het huwelijk van je ouders te maken? Wil je me daar wat over vertellen? Er is iets dat je dwars zit.'

Merel friemelde nerveus aan de zoom van haar rok. 'Nee, nee. Ik bedoel daar niets mee. Maar het is toch vaak zo?'

'Inderdaad.' Dominee Aalbers keek haar vorsend aan. 'Veel te veel mensen zijn die uitdrukking vergeten. Ze hebben jarenlang alleen voor zichzelf geleefd en kunnen zich niet aanpassen binnen het huwelijk. Natuurlijk zijn er weleens strubbelingen. Daar ontkomt geen mens aan. Maar je moet je ervoor hoeden dat je nooit de minste wilt zijn. Je trouwt samen. Je moet je problemen ook samen oplossen. Voorkom in ieder geval dat je op een gegeven moment elkaar niets meer te vertellen hebt. Daar stranden de meeste huwelijken op.' Hij wachtte even en keek naar Merel, als verwachtte hij een reactie, maar die kwam niet. Waarna hij vervolgde: 'Ach, ik hoef je natuurlijk niets meer te vertellen. Het zijn algemeen bekende feiten. Je hoeft in een huwelijk natuurlijk ook niet alleen die eventuele problemen op te lossen. Je kunt alles voorleggen aan de hemelse Vader.'

'Dat zal voor u makkelijker zijn dan voor ons,' merkte Merel op. 'U bent dominee. U leeft heel anders.'

'Denk je dat God er alleen voor dominees is?'

'Nee, natuurlijk niet.' Ze weifelde. 'Maar misschien is het voor een dominee makkelijker. U bent immers de hele dag bezig met kerkelijke zaken?'

'Die opmerking stemt me verdrietig, Merel. Ik ben een mens en God is er voor mensen. Niet alleen voor mensen zoals ik, maar ook voor jou en Frans. Jullie zijn overdag misschien met andere zaken bezig, maar jij vertelt toch ook een bijbelverhaal in de klas, Merel? Jij bent daar net zo goed mee bezig. Je moet je het niet zo voorstellen dat ik de hele dag met m'n neus in de bijbel zit. Dan heb je het goed mis. Ik sta midden in de wereld, net als jij en Frans. En net als ik zouden jullie ook tijd voor God moeten nemen. Want dat is de moeite waard, Merel. Echt.'

'Dat begrijp ik wel. Natuurlijk lees ik uit de bijbel en ik vind het heerlijk met de kinderen te zingen over God. Maar ik dacht dat het voor een dominee anders was. Dat u dichter bij God leefde en daardoor ook eerder raad vroeg en bij God kwam met uw problemen.'

'Een dominee is niet anders. Ik leef ook niet altijd dicht bij God. Ik voelde mij geroepen tot dit werk. Ik doe het ook met heel veel plezier en dankbaarheid. Natuurlijk ben ik wel meer met de bijbel bezig dan een doorsnee mens, maar Merel, de bijbel geeft ook mij geen antwoord op alle vragen. Ook voor mij lijkt het soms of God zich afgesloten heeft en me niet wil aanhoren. Dat komt, omdat we mensen zijn. Zondige mensen. En al die mensen heeft God lief. En daarom hoef je geen dominee te zijn om met al je problemen bij God aan te kloppen. Misschien krijg je niet direct antwoord. God laat je soms even wachten, maar Hij ziet je wel en Hij houdt van je, en op een dag krijg je dat antwoord. Als je er maar voor openstaat. Dat moet je leren, Merel. Ook in je huwelijk. Als je vragen hebt en er strubbelingen zijn, probeer die dan niet alleen op te lossen, maar vraag Hem erbij.'

'Denkt u dat dit ook voor mijn ouders opging?' Merel kreeg een kleur. De opmerking was eruit voordat ze er erg in had.

'Natuurlijk. Je vader was een fijne man. Hij heeft veel voor de kerk gedaan, maar ook aan jullie zag ik dat er een fijne sfeer in jullie gezin heerste. Jullie straalden harmonie uit, als je samen naar de kerk ging. Of niet soms?' Weer keek hij Merel doordringend aan, alsof hij meer wist dan hij zei.

Ze zweeg. Wat zou ze moeten zeggen? Dominee Aalbers zou haar waarschijnlijk niet eens geloven als ze hem zou vertellen hoe het er in werkelijkheid al die jaren bij hen thuis aan toe was gegaan. Misschien had haar moeder gelijk en moest je de doden laten rusten. Niets dan onrust brachten al die verbitterde gedachten. Als ze de dominee zo hoorde praten, kon ze zich haast niet voorstellen dat ze het over dezelfde man hadden. Zou er ooit iemand zijn die haar wel wilde geloven? 'Vergeef me,' had haar vader haar in het ziekenhuis gesmeekt. Ze zou er zo heel graag eens over willen praten.

'Ik heb je veel stof gegeven om over na te denken, geloof ik.' Dominee Aalbers haalde haar weer uit haar gedachten. 'Dat kan nooit kwaad. Ik wil graag nog eens met je praten. Over jou en over je jeugd. In elk geval hoop ik je over een poosje hier samen met Frans te ontmoeten. Dan kunnen we samen de liturgie bespreken. Hoe meer het echt een dienst van jullie wordt, hoe meer het zal aanspreken.'

'Ik zal u bellen,' beloofde ze, en ze zei aarzelend: 'Hoe lang van tevoren wilt u het graag weten?'

'Ach, zoveel haast heeft het niet. Het duurt nog wel even voordat het oktober is, maar het is natuurlijk wel een feit dat ik me beter kan voorbereiden als ik meer tijd heb. Dat wil ik graag. Ik heb je als klein meisje zien opgroeien. Ik zal het heerlijk vinden je nu als een volwassen vrouw in de echt te verbinden. Praat er maar eens over met Frans.'

Ze knikte en stak hem haar hand toe. 'U hoort nog van me. Bedankt dat u zoveel tijd voor me hebt willen vrijmaken.'

'Dat spreekt toch vanzelf.' Dominee Aalbers greep haar hand en drukte die in een warm gebaar.

Even later stond ze een beetje besluiteloos buiten bij haar fiets. Het was bijna vijf uur. Ze was meteen na schooltijd naar de dominee toe gegaan. Hij had de tijd voor haar genomen. Zoals hij voor iedereen de tijd nam. Misschien dat hij daarom op handen gedragen werd binnen de gemeente. Vorig jaar had hij gevierd dat hij twaalf en een half jaar lang dominee was binnen de gemeente. Natuurlijk waren er kwaadsprekers die beweerden dat hij nooit beroepen was omdat geen enkele andere gemeente hem wenste. Dat was onzin. Hij had regelmatig een beroep ontvangen, maar voelde daar zelf niet voor. 'Mijn werk in deze gemeente is nog lang niet beëindigd. De mensen hier vertrouwen me. Ze hebben me nodig. Ik kan me niet aan een andere gemeente binden,' had hij eens gezegd. Waarschijnlijk had hij gelijk. De gemeente bloeide als nooit tevoren, maar er heerste ook een onbeschrijflijke nood en als geen ander wist de dominee daarvan mee te praten. Er was inmiddels een jongere predikant aangetrokken om een deel van de werkzaamheden van Aalbers over te nemen. Daardoor had hij meer tijd gekregen voor bejaardenwerk. Iets wat hij erg graag deed. Maar waarom had hij zo nadrukkelijk naar haar vader gevraagd? Zou hij...? Ach, natuurlijk niet, dacht ze. Merel stapte op haar fiets. De sombere regen van de week daarvoor had plaats gemaakt voor prachtig zomerweer. Een felle zon legde de wereld in een koperen glans en er was geen zuchtje wind te bekennen. Over een kwartier zou Frans met z'n werk ophouden en van z'n werk naar huis fietsen. Als ze snel was zou ze hem kunnen ophalen, waarna ze samen een eindje op zouden kunnen fietsen. Ze zou hem alles kunnen vertellen over het gesprek met de dominee. Hij zou er blij om zijn. Op de liturgie na was alles besproken en geregeld. Ze zouden met een gerust hart kunnen trouwen.

'Bid jij weleens?'
Ze fietsten naast elkaar en Merels vraag kwam zo onverwachts dat Frans bijna een zwieper met z'n fiets maakte. 'Wat een idiote vraag, Merel. Natuurlijk wel. Hoe kom je daar nu zo ineens bij?'
'Gewoon.' Ze schokschouderde. 'Ik heb net met Aalbers gepraat. Hij had het erover dat je problemen altijd aan God voor kunt leggen. Daar denk ik eigenlijk zo weinig aan, en het viel me ook ineens op dat wij samen vrijwel nooit over zulke dingen praten.'
'Geloven is toch iets heel persoonlijks,' merkte Frans op.
'Ook als je op het punt staat om te trouwen?' Merel trok haar wenkbrauwen op. 'Ik dacht dat je dan juist vertrouwelijk met elkaar werd. Dat je alles samen wilde delen. Je hoop, je geloof en je liefde.'
'Natuurlijk. Dat zal allemaal wel komen, maar daar hoeven we hier op de fiets toch niet over te praten? Je weet toch dat ik geloof?

Gaan we niet samen naar de kerk? Wat een onzin om daar nu ineens over te beginnen.' Ze merkte dat de vraag hem geïrriteerd had en zweeg erover, maar het feestelijke gevoel dat ze daarnet nog had, omdat hij zo blij was haar te zien toen hij vanuit het accountantskantoor naar buiten kwam, was helemaal verdwenen. Wat bleef was een vaag gevoel van teleurstelling.

5

De zon scheen en toch leek de hele wereld donker. De mensen zaten buiten in hun tuintjes. Kinderen speelden in plastic badjes of teiltjes en zochten op die manier verkoeling tegen de hitte die het land nu al dagenlang teisterde. De wereld leek vrolijk en opgewekt. De huisvrouwen lieten het werk voor wat het was en genoten van deze zeldzame Hollandse mooie dagen. Emmy van Vierhouten hoorde ze buiten wel praten. Vanmorgen had ze een poos voor het slaapkamerraam gestaan, waar ze de jaloezieën op een stand gezet had die het onmogelijk maakte naar binnen te kijken, maar die haar de vrijheid gaf precies te zien wat zich buiten afspeelde. Ze had haar jonge buurvrouwtje naar buiten zien komen, gehuld in een moderne superkleine bikini. Haar tweejarige zoontje huppelde achter haar aan, toen ze de baby in de kinderwagen legde. Twee kinderen hadden de buren. Prachtige kinderen. En nog een jongen en een meisje ook. Het was oneerlijk verdeeld in de wereld. Oneerlijk. Emmy stampvoette in stilte. Waarom had de ene mens alles en de ander niets? Waarom had haar buurvrouw een schitterend figuur, zelfs na twee bevallingen, en hoe kon het dat zij eerst een zoon en toen een dochter gekregen had? Zo maar. Zonder problemen. Ze werd door haar man op handen gedragen en dat was ook geen wonder. Ze had hem alles gegeven wat een mens maar wensen kon. Waarom had zij dat nooit gekund? Ze had het zo graag gedaan; voor Hendrik. Na Merel had ze meer kinderen gewild. Ze hadden van een groot gezin gedroomd. Met op z'n minst vier kinderen. Na Merel was er niets meer gekomen. Ze was naar haar huisarts gegaan en later naar de specialist. Jarenlang had ze onderzoeken ondergaan. Geen kans had ze onbenut gelaten. De medische wetenschap was toen nog niet zover geweest als nu. Er waren geen opzienbarende ontdekkingen gevolgd. Niets was er geweest dat een eventuele zwangerschap in de weg stond. Natuurlijk kon er met Hendrik iets aan de hand zijn, maar Hendrik had geweigerd aan 'die onterende onderzoeken', zoals hij dat uitdrukte, mee te werken. Het moest aan haar liggen. Merel hadden ze toch ook zonder problemen gekregen? De dokter had het al gezegd. Het kon best zijn dat het een psychische kwestie was. Misschien had ze het te graag gewild! Wat kon je daaraan doen? Ze had niets liever gewild dan Hendrik gelukkig maken. Ze had hem zo graag een zoon willen schenken. Waarschijnlijk had het echt aan haar gelegen. Ze was zelfs te dom geweest om kinderen te krijgen. Te dom. Hoe vaak had Hendrik haar niet verweten dat ze 'zo dom als het achtereind van een varken was'? Hij had er altijd weer mooie uitdrukkingen voor weten te vinden. 'Zo onhandig als een bos wortels' en 'te stom om voor de duvel te dansen'. Hendrik...

Ze schrok op, toen de bel ging. Ze haatte die bel. Het geluid ging haar door merg en been. Ze moest het er eens met Merel over hebben. Misschien konden ze een 'ding-dong' aanschaffen. Die klonk wat vriendelijker. Dan zou ze niet zo schrikken. Er werd nog een keer gebeld, maar ze bleef doodstil zitten op de bank waarop ze de hele morgen al stil voor zich uit had zitten kijken. Gelukkig dat ze hier in de kamer ook al op tijd de jaloezieën had laten zakken. Nu zou niemand haar van buiten af kunnen zien. Gelukkig: de voetstappen verwijderden zich.

Ze hoorde een vrouwenstem zeggen: 'Wat jammer nou, Niels. De buurvrouw is niet thuis. Vreemd, ik heb haar ook niet weg zien gaan. Als ze maar niet ziek is.'

'Buufou. Siek?'

Emmy hoorde Niels' vrolijke stemmetje en schaamde zich ineens dat ze niet open had gedaan. Ans de Graaf meende het zo goed. Ze probeerde haar steeds weer overal bij te betrekken. Ze nodigde haar regelmatig uit. Emmy merkte het wel. Ach, de familie had ook goed met Hendrik overweg gekund. Hendrik was dol op Niels geweest en hij had het kleine joch aan alle kanten verwend. De liefde was wederzijds geweest. Zodra Niels had kunnen lopen was hij regelmatig in de tuin van de buren te vinden geweest, samen met de buurvrouw. Zij had zichzelf altijd een beetje op de achtergrond gehouden. Misschien omdat het zo'n pijn deed als ze Hendrik met de kleine jongen bezig zag. Misschien omdat het zo schrijnde als Hendrik tegen haar zei: 'Kijk Emmy, dit is nou een van de dingen die ik in m'n huwelijk mis. Een zoon: zo'n prachtige zoon als Niels is. Die had jij me toch ook moeten geven. Ik neem je natuurlijk niets kwalijk, want jij kunt daar ook niets aan doen. En nu is het te laat. Je kunt geen kinderen meer krijgen. Je bent te oud. Ik zal moeten leren leven met die teleurstelling. Maar denk niet dat het zo gemakkelijk gaat.'

'Je hebt een lieve dochter,' had ze er dan tegen ingebracht en geïrriteerd had hij opgemerkt: 'Dat is heel wat anders dan een zoon, Emmy. Dat begrijp je natuurlijk weer niet.' Gek, nu ze hier zo zat zag ze z'n gezicht heel duidelijk voor zich. Alsof hij naast haar zat en ze de kritiek weer in zijn ogen las. Kritiek omdat ze hier zo werkeloos voor zich uit zat te kijken op de bank en de buurvrouw voor de deur had laten staan. Ans, die hij altijd zo mooi had gevonden. Ze had wel gezien hoe hij naar haar keek als ze achter het huis lag te zonnen. Nu stond ze toch op. Ze moest iets gaan doen. Ze moest afwassen, stofzuigen en de was ophangen. Er was werk genoeg te doen. Waarom had ze daar nu de fut niet voor? Ze was zo moe, maar ze wilde niet meer denken. Niet aan wat geweest was. Niet aan Hendrik, niet aan Merel, niet aan de buurvrouw en nog het minst aan zichzelf. Haar leven met Hendrik was voorbij. Ze hadden toch ook goede momenten gekend? Waarom wilden die haar nu niet meer te binnen schieten? Waarom kon ze alleen maar denken aan alle akelige dingen die Hendrik gedaan en gezegd had? Van de doden niets dan goeds: Hendrik was een goede vader geweest. Hij had alles voor Merel overgehad. Niets was hem te veel geweest. Ze greep de stofzuiger uit de gangkast en stak de stekker in het stopcontact. Aan het werk moest ze. Dan zou ze niet meer hoeven toegeven aan die akelige gedachten die haar kwelden. Bijna zeven maanden waren nu voorbijgegaan sinds de dood van Hendrik, maar ze had vanaf dat moment geen rust meer gekend. Kwam het misschien door Merel, die haar behandelde als een pensionhoudster, bij wie ze tegen etenstijd eens kwam binnenstappen en die haar niet meer zei dan hoognodig was? Kwam het door de harde woorden, die Merel haar vier maanden geleden had toegeschreeuwd? 'Wat zouden de mensen zeggen als ze wisten hoe hij bij me onder de dekens kroop, terwijl jij met je koor de nieuwste liederen ten gehore bracht?' Ze hadden haar midden in de vreselijke waarheid doen belanden. Ze wist dat Merel gelijk had. Ze kende de waarheid, maar nu Merel het hardop gezegd had leek het nog veel vreselijker dan eerst. Incest: ze had het jarenlang onder haar eigen dak gedoogd. Ze kon Merel geen gelijk geven, al begreep ze heel goed dat ze haar dochter op deze manier weer veel te kort deed. Zoals ze dat al die jaren had gedaan. Er werd aan de achterdeur gerammeld en ze bleef doodstil staan. Haar hart bonsde en ze zou ver weg willen kruipen. Ze hoorde Ans' stem.

'Emmy, ik weet dat je er bent. Doe die deur eens open. Ik maak me zorgen. Emmy, doe open!'

Het klonk dringend, en Emmy liep nu langzaam naar de achterdeur toe. Onzeker draaide ze de sleutel om en opende de deur. Fel zonlicht viel het donkere huis binnen. Emmy knipperde met haar ogen.

'Hè, gelukkig Emmy. Ik was bang dat er iets met je aan de hand was,' zei Ans opgelucht.

'Wat zou er moeten zijn?'

'Je kunt toch ziek zijn? Of misschien gevallen, en Merel is toch niet thuis?'

'Ik ben niet ziek.' Ze voelde zich moe. Ze had er spijt van dat ze de deur geopend had. Ze wilde niet met Ans praten.

'Ik heb de koffie klaar. Ga je met me mee om een kopje te drinken? Niels vraagt de hele morgen al naar je en je kunt Linda nog even zien.'

Ze knikte. 'Ik moet me eerst even verkleden.'

'Dat is niet nodig, Emmy.' Ans nam haar bij de arm en sloot de deur achter haar. 'We zijn maar met z'n vieren. Je kunt komen zoals je bent.'

Emmy liet zich meevoeren. Ze voelde zich als een klein kind dat door de juffrouw meegenomen werd. Protesteren hielp niet. Er was geen ontkomen aan.

De tuin van de buren zag er schitterend uit. Heel anders als haar eigen tuin, waar ze dit jaar nog niets aan gedaan had. Andere jaren had ze zich altijd met hart en ziel op de tuinwerkzaamheden gestort. Dat was misschien het enige dat Hendrik in haar gewaardeerd had. Hij hield van goed onderhouden tuinen, maar zelf ontbrak het hem aan tijd. Nu was de tuin niet goed onderhouden meer. Het was goed dat Hendrik het niet meer zag.

'Kom Emmy. Ga maar lekker in het zonnetje zitten, dan zal ik je eens verwennen.' Ans drukte Emmy in een tuinstoel neer. Een moderne, witte kunststof stoel, voorzien van een dik, comfortabel kussen.

Emmy sloot haar ogen en snoof de geur van de schitterend bloeiende bloemen op. Ans was er druk mee geweest. Ze had het vanuit het raam gezien. Dagenlang was Ans bijna elke dag in de tuin te vinden geweest. In het weekend deed ze dat samen met haar man. Ze opende haar ogen weer toen Ans naar buiten kwam, op de voet gevolgd door Niels. Ze zette de kopjes op tafel neer en voor Niels een glaasje limonade, waarvan hij meteen gulzig begon te drinken. Over de rand van z'n glas zag ze hoe z'n ogen haar onderzoekend opnamen. Ze herinnerde zich hoe enthousiast hij altijd was geweest als ze met Hendrik kwam. Dan stootte hij een waar indianengehuil uit en kroop bij hem op schoot. Bij haar had hij dat nooit gedaan. Waarschijnlijk omdat ze zelf ook zo weinig toeschietelijk was. 'Niels vraagt de hele morgen al naar je,' had Ans gezegd, en ze kon het zich haast niet voorstellen. Ze pakte voorzichtig haar kopje. Ans was weer naar binnen gegaan om Linda op te halen. De koffie was nog te heet. Ze brandde haar mond bijna en een beetje besluiteloos bleef ze zitten. Niels keek haar strak aan en ze glimlachte naar hem. 'Hallo Niels, hoe gaat het met je?' Hij antwoordde niet, maar dronk gewoon door. 'Is het lekker?' informeerde ze nog eens, waarop Niels zwijgend knikte. Ze was blij toen Ans weer naar buiten kwam met Linda op haar arm. 'Wil jij haar even vasthouden?' vroeg ze en Emmy knikte. Het zou onfatsoenlijk zijn te weigeren, maar eigenlijk hield ze er niet van met andermans kinderen op schoot te zitten. Ze wist niet hoe ze ermee moest omgaan. Ze zei en deed de verkeerde dingen en meestal begonnen ze dan te huilen. Linda keek haar aan, toen ze door haar moeder pardoes op schoot werd gezet bij een vreemd mens. Haar grote blauwe ogen leken verbazing uit te drukken. De zachte blonde haartjes kriebelden langs Emmy's wang. Ze legde haar hoofd tegen het ronde baby-gezichtje. Linda rook lekker, zoals alle baby's lekker roken. Emmy maakte rare geluidjes, waarop Linda met een tandeloze lach reageerde. 'Ze is lief, Ans. Het is een heel lief kindje,' zei Emmy.

Ans knikte. 'Dat is ze. Ze is een heel rustig, vrolijk vrouwtje. We zijn allemaal gek met haar. Wil je haar misschien ook nog de fles geven?'

Emmy knikte. Linda huilde niet. Ze begon het nu toch ook wel leuk te vinden. Ans haalde de fles uit de flesse-warmer en over-handigde die aan Emmy. Linda hapte gretig naar de speen. Ter-wijl ze dronk bleven de grote blauwe ogen onophoudelijk op Emmy gericht. Ze streelde met haar vrije hand over de zachte haartjes.

Niels was nu naast haar komen staan. 'Dat is mijn Linda,' zei hij.

Emmy knikte. 'Ja, dat is Linda. Ze is van papa en van mama en ze is jouw zusje. Als ze een beetje groter is, kun je met haar spelen, hè?' Emmy keek weer naar Linda. Ze merkte ineens hoe die grote ogen zich met tranen vulden en het kleine mondje openging om hartverscheurend te huilen. Ze keek om hulp zoekend naar Ans, maar die plukte een paar dode bloemen uit de border en deed alsof ze Linda niet hoorde. Toen keek ze naar Niels. Ze zag hoe zijn kleine knuistjes zich om Linda's beentje hadden gestrengeld, waar hij het kind zo hard kneep dat er grote rode vlekken achter-bleven. 'Niels!' schreeuwde ze verontwaardigd en ze duwde hem hardhandig opzij, zodat hij achterover viel. Ze hoorde de klap van z'n hoofd op de grond, waarna hij meteen in een oorverdovend gehuil uitbarstte. Dodelijk verschrikt zat ze op haar stoel, te mid-den van het gehuil en gekrijs.

Ans was er meteen bij. 'Emmy, wat deed je?'

Ze las de verontwaardiging in de ogen van Ans. 'Niels kneep haar,' zei ze ingehouden. 'Sorry. Neem Linda maar weer over.

Ik kan het toch niet.' Ze duwde Linda in Ans' armen.

Ans probeerde rechtop te gaan staan, met onder haar ene arm een schreeuwende Niels en onder de andere een erbarmelijk huilende Linda. 'Blijf nou toch, Emmy. Het geeft niets. Het is jouw schuld niet. Blijf nou. Ik ben niet kwaad!'

Emmy hoorde het al niet meer. Ze was al in de veilige beschutting van haar eigen tuin. Wit van ontzetting liep ze naar binnen. Wat had ze gedaan? Ze had Niels gewoon op de grond gegooid. Voor hetzelfde geld was hij verkeerd terechtgekomen. Ze moest er niet aan denken wat er dan allemaal had kunnen gebeuren. Het was dom van haar geweest naar Ans toe te gaan. Dom ook om de fles aan Linda te willen geven. Ze kon het niet. Ze kon helemaal niet met kleine kinderen omgaan. Daarom had ze ook vast nooit meer kinderen gekregen. Ze was ze gewoon niet waard. Hendrik had gelijk gehad. Ze was te dom.

Twee dagen later was er een bruidsmodeshow. Merel had de kaarten al een hele tijd in huis. Ze was bevriend met een van de mannequins die vanavond de japonnen zou showen. Ze had voor zichzelf allang besloten niet te gaan. Het was immers onzin? Voor haar zou er geen grootse bruiloft zijn. Voor haar was alles anders. Ze was geen gelukkige jonge bruid, zoals de anderen die in de zaal zouden zitten. Het gesprek dat ze met buurvrouw Ans had gehad, deed haar echter van gedachten veranderen.

Ans was met een smoes bij haar gekomen, toen ze twee dagen geleden 's avonds wat onkruid had lopen trekken in de tuin: een schier onbegonnen zaak.

Ze wist al niet eens meer waar het gesprek mee begonnen was. Maar wat er later was gevolgd, was haar bijgebleven.

'Het gaat niet goed met je moeder,' had Ans opgemerkt. 'Neem me niet kwalijk dat ik me ermee bemoei, maar ik ben bang dat ze het voor je verbergt en je het niet in de gaten zult hebben.'

'Wat bedoel je?' had ze een beetje afwerend gevraagd.

'Het klinkt misschien raar, maar je moeder verschuilt zich overdag in haar huis. Een paar dagen terug wilde ik haar voor een kopje koffie vragen, maar ze deed alsof ze niet thuis was. Ik belde

en ik wist dat ze niet weg kon zijn, maar ze deed de deur niet
open. Pas later, toen ik het er niet bij liet zitten en het via de
achterdeur probeerde, deed ze wel open.'
'Wilde ze wel met je mee?' informeerde Merel. Haar belangstelling was gewekt. Ans meende het oprecht. Ze was er het type niet
voor op sensatie uit te zijn. Ze had werkelijk met haar moeder te
doen. Dat begreep Merel wel. En wat wist ze ook van de bezigheden van haar moeder als zij op haar werk was? Zodra ze thuis
was leek er niets aan de hand. Ja, echt praten deden ze niet met
elkaar, maar dat was logisch na alles wat er gebeurd was.
'Het was een beetje vervelend.' Ans keek naar de grond. 'Er ging
die morgen wat mis en ik vrees dat ze dat zich erg aangetrokken
heeft. Heeft ze jou er wat van verteld?'
Merel schudde haar hoofd. 'Ik weet niet eens dat ze bij je is geweest. Laat staan dat ik van bijzonderheden op de hoogte ben.'
'Nou ja.' Ans leek zich even met haar houding geen raad te weten.
'Die morgen vroeg ik of ze Linda de fles wilde geven. Dat wilde
ze wel. Ik heb niet alles gezien, maar wat ik wel begreep is dat
Niels z'n zusje heeft geknepen terwijl je moeder haar aan het voe-
den was. Linda begon natuurlijk flink te krijsen. Je moeder gaf
Niels van schrik een duw, toen ze in de gaten kreeg wat er aan
de hand was. Niels viel en natuurlijk net op z'n achterhoofd. Je
moeder schrok er vreselijk van. Ze duwde mij Linda in de armen
en was weg voor ik het in de gaten had. Natuurlijk heb ik van
schrik ook zo iets geschreeuwd als: Emmy, wat doe je nou? Maar
dat was niet omdat ik haar de schuld van het gebeurde gaf. Niels
kan z'n zusje bij tijd en wijle verschrikkelijk knijpen. Hij is jaloers
op de aandacht die ze krijgt. Jouw moeder is nooit zo gek met
Niels geweest als nu met Linda. Ik weet de oorzaak daar niet van.
En het doet er ook niet toe. Een feit is dat je moeder nogal overstuur was. Ik vond het heel akelig en heb nog geprobeerd haar
terug te roepen, maar ze luisterde niet. Ik wil dat je dit weet,
Merel. Je moeder maakt een enorm moeilijke tijd door, maar ik
ben bang dat er meer achter steekt. Ze lijkt aan een soort fobie te
lijden. Ik heb daar natuurlijk geen verstand van, maar ik wil je
waarschuwen. Zoek hulp als dat nodig is en houd haar goed in
de gaten. Natuurlijk kun je altijd op ons rekenen. Ik zal m'n best

doen. Maar een buurvrouw heeft minder invloed dan haar dochter.'

'Bedankt Ans, dat je me dit hebt verteld. Ik weet dat je mijn moeder niet in de steek zult laten. Ze maakt een vreselijke tijd door. Ik heb het net zo goed moeilijk, maar daar zullen we het nu niet over hebben. Ik ben je heel dankbaar voor alles wat je doet. Misschien is het goed als ik eens met mijn moeder praat. Bovendien heb ik nog een paar kaarten voor een bruidsmodeshow. Ik had ze al bijna weggegeven. Ik trouw toch niet zo groots en daarbij haat ik dit soort gelegenheden. Voor mijn moeder zal het misschien een welkome afleiding zijn. Ik zal eens een poging wagen haar mee te krijgen.'

Het had haar inderdaad enige moeite gekost haar moeder over te halen mee te gaan.

'Ik zal me er niet op m'n gemak voelen,' had ze tegengeworpen.

'Ik ook niet. Daarom wil ik jou zo graag mee hebben.'

'Maar je hebt er toch niets aan? Ik bedoel: je trouwt toch niet in pracht en praal vanwege de dood van je vader.'

'Tilly showt ook vanavond. Ik doe het voor Tilly. Je kent Tilly toch wel?'

'Het lelijke eendje dat veranderde in een mooie zwaan.' Haar moeder had bij de herinnering geglimlacht. Tilly was een vriendinnetje van Merel geweest. Dat had ze louter en alleen te danken gehad aan het feit dat Merel een bijzonder sociaal gevoel had en Tilly het mikpunt van plagerijen in de klas was. Ze was lelijk mager geweest. Ze had een rare bril gedragen en tot overmaat van ramp had ze op haar veertiende ook nog een beugel moeten hebben. Merel was onmiddellijk voor het meisje opgekomen. De vriendschap was blijven bestaan, ook nadat Tilly en Merel ieder een eigen richting aan hun leven hadden gegeven. Tilly had haar bril en beugel afgegooid en was opgebloeid tot een slanke, mooie vrouw. Een vrouw die in het mannequin-vak gerold was en steeds vaker gevraagd werd voor het lopen van shows. Als geen ander wist Merel hoe Tilly genoot als ze over het plankier liep als een gevierde mannequin en in het publiek een oud-klasgenoot ontdekte, die dik en oud was geworden. Een klasgenoot die haar vroeger vaak het leven zuur had gemaakt vanwege haar uiterlijk, maar die nu nog niet in de schaduw van Tilly kon staan. Tegenover haar was Tilly dezelfde gebleven. Tegenover anderen gedroeg ze zich hautain en alleen Merel wist dat deze houding vaak meer uit onzekerheid dan uit zelfverzekerdheid voortkwam. Tilly had voor vanavond de doorslag gegeven voor haar moeder. Tilly, en misschien ook Merel zelf, die haar beschuldigende houding ineens had laten varen en met haar mee uit wilde. 'Ik ga mee,' had haar moeder gezegd.

En heel even had Merel een blijde glimlach over haar gezicht zien glijden. Een glimlach die weer even snel verdween als ze gekomen was. Alsof haar moeder zich voor die plotselinge blijdschap schaamde.

De hal van het theater was sfeervol verlicht. De stands waren smaakvol ingericht. Nadat ze hun jassen hadden afgegeven, werden ze overladen met informatie.

'Mevrouw, hebt u het vervoer al geregeld? Wij hebben een naam hoog te houden. Ons wagenpark staat borg voor een stijlvolle rit naar het stadhuis. Als u nostalgisch ingesteld bent, rijden wij u met de koets. Wilt u modern, dan staan onze schitterende taxi's voor u klaar. Ons bedrijf heeft een jarenlange ervaring bij trouwen en rouwen.' De man lachte zelf om de woordspeling en drukte Merel een folder in handen. 'Bekijkt u dit maar eens rustig. We hebben ook nog een prachtige oldtimer, als u daar prijs op stelt.' Merel knikte. Het zou voor haar allemaal niet nodig zijn. Ooit had ze gedroomd van een koets, getrokken door vurige zwarte paarden. Het zou een droom blijven.

'Merel, moet je eens kijken.' Haar moeder stond bij de stand van de juwelier. Prachtige ringen schitterden hun tegemoet. 'Kijk eens wat een mooie ringen.'

'Die hebben we niet meer nodig, mam.' Merel trok haar moeder snel weg, voordat de keurig opgedofte juffrouw naast de stand een verhaal kon beginnen over de voordelen van een groeibriljant in de ring van de bruid. 'We zijn immers ooit in stilte verloofd, mam?' legde Merel uit. 'We hebben gouden ringen. Weliswaar zonder groeibriljant, maar mooi genoeg om ze de rest van m'n leven aan m'n rechterhand te laten zitten. Hij hoeft alleen maar gegraveerd te worden en van links naar rechts te verhuizen.' Ze drukte de arm van haar moeder, toen ze de stille, wat verdrietige trek op haar gezicht zag. 'Vergeet alles, mam. Geniet vanavond alleen maar.'

'Ringen zeggen niet alles,' mompelde haar moeder.

'Dat weet ik. Vergeet het nu,' zei Merel. 'Kom, we zoeken een mooi plekje in de zaal. Straks is er misschien niets meer vrij.'

Ze lieten de stands van de fotograaf, de bloemist, de schoonheidsspecialiste en kapsalon voor wat ze waren en betraden de grote zaal, die al voor een deel gevuld was. Gelukkig konden ze nog een plekje vinden van waaruit ze een prima uitzicht zouden hebben op het plankier, waar de mannequins en dressmen hun kleding zouden showen. Nu kreeg de stemming Merel, ondanks alles, toch te pakken. Het was een goed idee van haar geweest haar moeder hier mee naar toe te nemen. Ze zou dan wel niet in zo'n prachtige bruidsjapon gaan trouwen, maar misschien deed ze hier toch nog wel andere goede ideeën op. Misschien zou het tevens een opening zijn voor een nieuw gesprek met haar moeder. Ze voelde zich schuldig. Ze had haar moeder dan wel van alles verweten, maar daarna had ze zich niet meer om haar bekommerd. Wie weet hoeveel problemen ze er niet mee zou hebben. Ze liet natuurlijk niet zonder reden de deuren dicht als er bezoek kwam. Misschien schaamde ze zich. Bovendien had haar moeder, ondanks alles, toch van haar vader gehouden. Het had haar vaak onmogelijk geleken. Maar het was de waarheid. Haar moeder zou onder alle omstandigheden achter haar vader blijven staan, wat hij haar ook had aangedaan. Ze kon niet zo goed met hun buurjongetje, Niels, overweg, had Ans haar van de week gezegd. Waarschijnlijk wist zij de reden wel. Ze had haar vader immers weleens vol verlangen naar buiten zien kijken, als Niels in de tuin scharrelde. 'Wat zou het toch mooi geweest zijn als we ook meer kinderen hadden gekregen. Een zoon: net zoals die kleine daarbuiten,' had hij eens gezegd. Ze had haar moeder wel in elkaar zien krimpen en de laatste keer had ze hem nog toegeschreeuwd: 'Geef mam daar niet altijd de schuld van. Misschien ligt het wel aan jou!' Hij had haar willen slaan, maar ze had hem weten te ontwijken en zijn knokkels waren onzacht in aanraking gekomen met de deur die ze vlak voor z'n neus had dichtgesmeten. Ze had hem horen razen van pijn en het had haar een soort bittere voldoening gegeven. Eindelijk had ze hem eens pijn kunnen doen. Merel probeerde er niet meer aan te denken. Ze observeerde haar moeder onopvallend en zag hoe ze met een kleur rond zat te kijken. Blij als een kind. Ze zou ineens haar armen om haar heen willen slaan, maar ze beheerste zich. Niemand zou het begrijpen en haar moeder zou zich een ongeluk schrikken. Ze probeerde zich te ontspannen en keek ook de zaal rond. Een eindje voor hen zat een jong stel. Kennelijk had de jonge man gevonden dat hij mee moest om een jurk voor z'n geliefde uit te zoeken. Of die geliefde had hem gedwongen mee te gaan. Zo keek hij in ieder geval wel. Hij leek duidelijk opgelaten te midden van al die vrouwen, die hem een beetje argwanend bekeken. Ze grinnikte onwillekeurig. Frans zou met geen mogelijkheid te porren zijn geweest naar zo'n gelegenheid toe te gaan. Ze zou het zelf ook niet leuk vinden. De creatie die ze zou dragen op haar trouwdag moest een verrassing blijven. Daar had hij nog helemaal niets mee te maken. De grote lichten in de zaal doofden. De muziek werd luider en overstemde het geroezemoes. Felle spots richtten hun lichtbundel op het plankier, waar drie adembenemende bruiden hun entree maakten. Een lady-speaker nam plaats achter de microfoon en introduceerde de mannequins, die even later werden opgevolgd door nog twee bruiden, ieder vergezeld van een bruidegom.

'Arlette draagt een schitterende, echte zijden japon. Dit model is met name geschikt voor de slanke bruid, omdat het accent heel duidelijk op de taille ligt. Daarbij draagt onze bruidegom Peter een zogenaamde billentikker.'

Merel volgde geïnteresseerd de verrichtingen op het plankier. Ze stootte haar moeder aan om haar op Tilly te wijzen, die een droom van een bruidsjapon showde. Ze voelde een vaag gevoel van spijt, omdat zo iets moois voor haar niet weggelegd zou zijn.

'Zo iets zou jou ook mooi staan, Merel,' merkte haar moeder schuchter op. 'Die japon die Tilly draagt. Je bent zeker zo slank.'

Merel knikte. Ze keek naar de mannequins. Schitterende, slanke jonge vrouwen, die met een wiegende tred naast hun partner liepen. Dressmen, die zo uit een postorder-boek gestapt leken.

Mooie mensen, maar ze leken niet echt. Het was niet eerlijk. Rond om zich zag ze dikke en dunne, en lelijke en mooie vrouwen, die een prachtige bruidsjapon uit zouden zoeken, die hun lang zo mooi niet zou staan als de modellen op het plankier. Ze zouden een flink bedrag neertellen en hopen dat ze op hun trouwdag net zo mooi zouden zijn als de mannequins hier. Ze vroeg zich af hoe zo'n wolk van een jurk haar zou staan. Ze was bepaald niet lelijk. Daar was ze zich van bewust. Frans vertelde haar vaak genoeg dat ze knap was en een prachtig figuur had. Op straat werd ze vaak nagefloten en haar rode haren werden door bouwvakkers op de steigers bezongen. Rode haren, die ze vroeger zo vaak had gehaat. Op de lagere school had niemand oog voor de schoonheid ervan gehad. 'Vuurtoren!' was een veelgehoorde kreet geweest, en ze had die gehaat. Net zoals ze haar vader had gehaat als die z'n handen over haar haren had laten glijden en haar 'mijn rode duivelinnetje' had genoemd.

'Merel, die is mooi. Echt iets voor jou. Dat kan ook nu wel. Kijk eens hoe apart. Het is niet echt een bruidsjurk.' Haar moeder klonk enthousiast. De blosjes op haar wangen hadden zich verdiept en ze wees op een heel aparte combinatie in gebroken wit. Een kort recht jasje op een wijd vallende rok, die van voren iets opliep.

Haar moeder had gelijk. Het was echt mooi! Merel schreef het nummer op en glimlachte naar haar moeder. Toen haar moeder heel schuchter teruglachte, legde ze heel even een hand op de arm van haar moeder. Ze zweeg, maar het gebaar was te duidelijk om verkeerd begrepen te worden. Heel even leek haar moeder weer gelukkig.

6

'Merel, neem me nu niet kwalijk. Ik ben hier toch al een uur of twee en ik probeer steeds weer met je te praten over het inrichten van ons huis. Over wanneer we naar meubels gaan kijken, wat voor kleur gordijnen je wilt en waar je die het liefst wil kopen.

Maar elke keer omzeil je het gesprek weer en begin je over iets anders. Ik weet onderhand wel dat je moeder het moeilijk heeft. Natuurlijk heeft ze het moeilijk. Je vader is nog geen jaar geleden overleden. Dat is voor een buitenstaander een hele tijd, maar niet voor de naasten van een overledene. Haar hele leven staat op zijn kop. Ik weet het. Straks als we trouwen zal ze het nog veel moeilijker krijgen. Dan zal ze haar man ook missen, maar bovendien zal haar enige dochter het huis verlaten. Dus haar aanspraak is weg. Dat zal heel moeilijk voor haar zijn. Maar Merel, je hebt er zelf voor gekozen. Jij wilde trouwen, ook al was het nog geen jaar geleden dat je vader is overleden. Er zullen nu snel spijkers met koppen moeten worden geslagen. Het is begin september. Over drie weken wordt ons huis opgeleverd. Dan nog een maand, en dan hopen we te trouwen. Wat heeft je moeder eraan als je steeds maar weer door blijft zeuren over het feit dat ze het zo moeilijk heeft. Volgens mij baal je nog steeds van dat huis. Jammer dan: het huis aan de Middellaan is inmiddels verkocht. Er is geen weg terug meer. Als jij je als een kleuter wilt gedragen door maar door te blijven drammen over het huis dat we hadden kunnen kopen, moet je dat zelf weten.'

'Dat is onzin, Frans. Dat weet je best. Het gaat helemaal niet om het huis. Daar heb ik me allang bij neergelegd.'

'Dan voel je ineens een verstikkende moederliefde.'

'Je draaft door,' zei ze gepikeerd.

'Niet meer dan jij doet,' antwoordde hij. 'Wat ik ermee wil zeggen is dat je moet ophouden steeds over de problemen van je moeder te praten. Je lost er niets mee op. Het enige dat je er misschien mee bereikt is dat ze medelijden met zichzelf krijgt. Daar help je haar bepaald niet mee.'

'Jij begrijpt er ook niets van. Als jou hetzelfde maar overkwam. Dan zou je wel anders piepen.'

Frans zweeg.

Ze zag hoe teleurgesteld hij keek. Hij had gelijk. Hij had zich van dit weekend samen veel voorgesteld. Ze wilde ook helemaal niet over haar moeder praten. Ze wilde over zichzelf praten. Het zou geen twee maanden meer duren, voor ze getrouwd zouden zijn. Hij had er recht op te weten wat er in haar jeugd was gebeurd.

Waarom kon ze daar nou niet over praten? Waarom bleef ze maar doormekkeren over de problemen van haar moeder? Misschien omdat die problemen dezelfde waren als de hare? Was dat niet wat ze hem duidelijk wilde maken? Waarom zei ze niet gewoon: Frans, ik ben vroeger misbruikt door m'n vader. Niet één keer, maar jarenlang. Iedere donderdagavond. Frans, blijf van me houden. Want ik ben zo bang. Houd me vast en help me die angst te overwinnen. Ze opende haar mond en sloot die meteen weer. In haar ogen blonk wanhoop, maar Frans zag het niet.

Hij speelde met z'n pakje sigaretten, dat voor hem op tafel lag. Om z'n mond lag een misnoegde trek.

Merel ging voor het raam staan. Ze voelde verdriet opwellen. Niets was er veranderd. Nog nooit had ze met iemand over haar ervaringen kunnen praten. Ook niet met haar moeder. Sinds de bruidsmodeshow was het beter gegaan tussen hen. Samen hadden ze de boetiek bezocht waar het pakje te koop was waar ze beiden op de show zo gecharmeerd van waren geweest. Samen konden ze praten over de komende bruiloft, over het mooie weer en over de steen en het opschrift op het graf van haar vader. Maar als Merel probeerde verder te gaan, trok haar moeder een muur op. Een ondoordringbare muur, waarop Merel zich meteen weer terugtrok om niet meteen weer alle vertrouwen te beschamen.

Ze voelde ineens Frans' armen om haar heen. 'Lieverd, ik houd van je. Ik begrijp dat het allemaal heel moeilijk voor je is. Dat het je pijn doet dat je moeder zo eenzaam is. Maar je helpt er niemand mee daar nu het hele weekend over door te blijven piekeren. Jij hebt daar niets aan en ik al evenmin.'

'Dat is ook heel belangrijk, dat jij er niet onder lijdt, is het niet?' Haar stem klonk hatelijk. Ze was kwaad, maar Frans leek zich daar niets van aan te trekken.

Hij trok haar nog dichter naar zich toe. 'Je hebt gelijk,' bekende hij schaamteloos. 'Ik heb me verheugd op een weekend met jou. Je moeder is niet thuis. Ik wil lekker door je verwend worden: door 'juf Merel', de liefste juf op deze aardbol. Bekommer je om deze stakker en kus me. Heb me lief. Ik wil je dit weekend helemaal alleen voor mezelf hebben. Daar is toch niets strafbaars aan?'

Ze wilde zich losmaken uit z'n omarming, maar Frans draaide haar arm zo dat ze recht in z'n gezicht keek. Ze voelde z'n harde, dwingende mond op de hare. Z'n handen streelden haar haren en haar rug. Z'n dure after-shave wond haar op. Ze voelde een ongekende golf van hartstocht in zich opwellen, die haar even alles deed vergeten. Even maar. Toen een van zijn handen onhandig aan de knoopjes van haar blouse begon te friemelen, voelde ze een blinde paniek in zich opwellen. Ze stompte hem en duwde hem van zich af. 'Frans, niet doen. Laat dat. We zijn nog niet getrouwd.'

Totaal overrompeld liet hij haar los.

In z'n ogen las zij ongeloof en verbazing, en ze wendde de hare af.

'Merel, waarom niet?' zei hij zacht.

Ze durfde hem haast niet aan te kijken, hoewel hij niet kwaad leek. 'Ik wil het niet,' mompelde ze, haast onverstaanbaar. 'Niet voor we getrouwd zijn. Heb nog even geduld Frans, alsjeblieft.'

'Merel, we kennen elkaar al drie jaar. Ik heb al die jaren geduld gehad. Ik houd van je. Over twee maanden zijn we ook voor de wet en voor de kerk man en vrouw. Wat maakt het uit, Merel, als je van elkaar houdt?'

'Juist daarom. Over twee maanden zijn we getrouwd. Wat zijn nu twee maanden op een mensenleven? Je hebt drie jaar geduld gehad. Het zou allemaal voor niets zijn als we nu vanavond wel... wel...' Haar stem haperde.

'Wat wel?' vroeg Frans. 'Schaam je je voor mij, Merel? Durf je daarom niet te zeggen wat je denkt? Ik begrijp je immers wel, maar ik verlang zo naar je. Wat zou daar verkeerd aan zijn? Ik ben een gezonde man. Jij een mooie vrouw. En we gaan trouwen.'

Merel zweeg.

'Het zou wat anders zijn als ik dan met de één en dan met de ander het bed deelde,' pleitte Frans verder. 'Zo ligt dat bij ons niet. We kennen elkaar al zo lang. Straks zullen we voor de wet en voor de kerk man en vrouw zijn. Nu zouden we voor elkaar man en vrouw worden. Ik geloof niet...'

'Frans, houd op. Ik wil het niet. Nu nog niet. Het spijt me.' Ze draaide zich van hem af en voelde hoe er tranen achter haar ogen

brandden. Ze zou het hem willen vertellen. Nu. Maar ze kon het niet.
'Nou ja.' Frans haalde z'n schouders op. 'Dan zal ik me daarbij neer moeten leggen. Nog twee maanden. Daarna haal ik de schade dubbel en dwars in, meisje.' Hij lachte erbij, maar Merel kon een huivering niet onderdrukken.

De stemming wilde niet terugkomen na dit incident. Daarom stelde Frans voor uit eten te gaan. 'Grieks, Turks of vertrouwd Chinees? Jij mag kiezen.'
'Grieks,' koos ze. Ze schaamde zich nog, maar Frans drukte haar een kus op de mond.
'Toch houd ik van je, Mereltje. Met al je bijzonderheden. Je houdt de spanning er een beetje in. Laten we vergeten wat er net gebeurd is. Dit weekend zouden we genieten. Dat begint dan straks bij de Griek.'

Ze hadden een overheerlijke lamsschotel met een fantastische saus gekozen. De ouzo had Merel vanbinnen verwarmd. De wijn die ze bij het eten dronk maakte haar rozig. Langzaam maar zeker viel de druk een beetje van haar af. Ze begon zich prettig te voelen, terwijl ze zo tegenover Frans in de sfeervolle Griekse eetgelegenheid zat. Het was er druk, maar het restaurant was erop berekend en de indeling was dusdanig dat een maximum aan privacy gegarandeerd was. De ober was vriendelijk. Met eindeloos geduld legde hij uit wat de diverse gerechten inhielden. Op de achtergrond klonk Griekse muziek. 'Als we straks naar buiten gaan zouden we zo op een warm Grieks strand uit moeten komen,' fantaseerde Merel hardop. 'Op een heerlijk warm Grieks eiland. Dan zouden we scooters huren en reden we samen het hele eiland rond.'
'Heb je al enig idee welk eiland het zal worden?' speelde Frans mee.
'Dat kan me niet schelen. Als het er maar warm en zonnig is.'
'Misschien een idee voor onze volgende zomervakantie,' opperde Frans.
'Vergeet het maar. Dan sparen we voor een droomhuis. Geniet

daarom nu maar extra van je Griekse prakje. Als we getrouwd zijn, moeten we zuinig aan doen.'

'Dat zal jou meer moeite kosten dan mij,' zei Frans, en dat was Merel direct met hem eens. 'Nou ja, voorlopig dus geen Griekenland. Dan heb ik nog een ander voorstel.'

'Net zo zonnig?' informeerde Merel.

'Nee, helaas iets minder. In feite heeft het hier niets mee te maken, maar het schoot me ineens weer te binnen. Heb ik je weleens verteld van die oude schoolvriend van me?'

'Die Jelle, of zo? Je wilt me toch niet vertellen dat hij een Griek blijkt te zijn?' Ze lachte om haar eigen grapje.

'Heel leuk.' Frans wist het maar matig te waarderen. 'Nee, Jelle Wiersma boert ergens tussen Kampen en de Noordoostpolder in een schitterende boerderij.'

'Dat is een achtergebleven gebied en lang zo zonnig niet als Griekenland.' Ze grijnsde naar Frans. 'Sorry, ik zal ophouden met die flauwe grapjes. Vertel maar op. Heeft die Jelle Wiersma het wiel uitgevonden?'

'Heel grappig.' Frans lachte als de welbekende boer met kiespijn. 'Zoals ik al zei boert Jelle op een modern bedrijf. Ondanks de misère met die melkquota en mestoverschotten schijnt hij het hoofd nog redelijk boven water te kunnen houden. Privé is het hem minder voor de wind gegaan. Zijn vrouw is anderhalf jaar geleden overleden na een huwelijk van twee jaar. Ze is heel lang ziek geweest. Er kwamen via omwegen natuurlijk weleens wat berichten binnen, maar met Jelle zelf had ik geen contact meer. Ook op de begrafenis van z'n vrouw was ik er niet bij. Indertijd heb ik nog een kaartje gestuurd.'

Frans wachtte even, maar Merel luisterde nu aandachtig en reageerde niet. 'Heel toevallig kwam ik Jelle van de week in de stad tegen. Hij was naar de een of andere beurs geweest. We hebben samen een borrel gedronken en een hele poos met elkaar gepraat. Gek hè? Onze levens zijn zo volstrekt uit elkaar gaan lopen. We hebben vrijwel niets met elkaar gemeen en toch klikte het ogenblikkelijk weer. Nou ja, van het een kwam het ander. Natuurlijk kon ik het niet nalaten hem te vertellen van ons aanstaande huwelijk. Jelle leek oprecht blij voor me, ondanks het feit dat het voor hem toch best moeilijk moet zijn zo iets te horen. Hij nodigde ons zelfs uit voor een bezoek, zodat hij ook kennis met jou zou kunnen maken. In verband met de komende drukte voor ons huwelijk en het huis dat opgeleverd zal worden heb ik meteen maar afgesproken, in de hoop dat je je daarmee kunt verenigen.'

'Ik heb weinig keus, merk ik wel. Voor wanneer had je dat gepland?'

'Het komende weekend.'

'Toch niet het hele weekend, hoop ik?'

'Ik vrees van wel. Als je Jelle ontmoet, zul je het kunnen begrijpen. Hij is zo'n hartelijke vent. Je kunt hem heel moeilijk iets weigeren. Hij wilde graag dat we zaterdagmiddag zouden komen en de zondag ook over zouden blijven.'

'Dat meen je toch niet, hoop ik?' kreunde Merel. 'Moet ik echt een heel weekend midden in de weilanden zitten? Op zo'n stinkboerderij?'

'Je zult zien dat je het er leuk vindt. Je kent Jelle natuurlijk nu nog niet, maar hij is echt een heel geschikte vent.'

'Er zit weinig anders op, is het niet? Ik zal deze week inkopen gaan doen. Helaas bezit ik noch een overall noch laarzen, en die zul je daar vast nodig hebben.'

Frans wilde uitvallen vanwege die flauwe opmerking, maar toen hij Merels gezicht zag besloot hij het er maar bij te laten zitten. Hij zou het alleen maar erger maken.

De school ging uit. Merel keek de kinderen na en praatte nog wat na met een van de moeders. Daarna ging ze naar binnen. Op haar stoel zat Priscilla Vosman en Merel glimlachte even vertederd. 'Nu ben jij zeker de juffrouw, want je zit op mijn stoel.'

Het kind glimlachte betrapt. 'Mag dat wel?'

'Vandaag wel. Omdat er nu toch geen kindertjes meer in de klas zijn en we straks samen naar jouw moeder gaan. Dat is gezellig. Nu hoef je dat eind ook niet alleen te lopen. Je kunt bij mij achter op de fiets.'

'Ik wil lopen,' zei Priscilla zacht.

'Lopen? Natuurlijk, dan kunnen we nog even samen kletsen. M'n fiets neem ik wel aan de hand mee. Is dat geen goed idee?'

Priscilla knikte heftig en Merel ruimde nu in sneltreinvaart haar spulletjes op.

Net toen ze klaar was, stak Walter Houvast z'n hoofd om de deur. 'Ah, je maakt je op voor je eerste bezoek aan ouders? Sterkte in de strijd!' Weg was z'n hoofd weer.

'Kom maar.' Merel stak Priscilla haar hand toe. Ze nam nog even afscheid van haar collega's, die gewoontegetrouw in de directie-kamer thee zaten te drinken. 'Tot morgen!'

'Ga je nu al weg?' Betsy Haverkort hield demonstratief de theekan omhoog. 'Ik heb nog wel zo'n overheerlijk kopje voor je gezet.'

'De plicht roept. Ik ga voor het eerst op bezoek bij ouders. Een gedenkwaardig moment. Vorig jaar is er niets van gekomen. Dit jaar wilde ik er met mijn nieuwe klasje maar meteen mee beginnen. Dan kan het haast niet meer verkeerd gaan. Eén keer per jaar is ons streven, niet?'

'Je hebt gelijk. Binnenkort begin ik ook weer aan de ronde, maar ik moet nog even aan het nieuwe schooljaar wennen. Daarom stel ik het nog een beetje uit. Veel plezier, Merel, en tot morgen hè?'

Even later liepen ze buiten. De septemberzon was nog warm. Merel hing haar jasje nonchalant over het stuur van haar fiets. Priscilla's handje zocht de hare en ze drukte het in een warm, innig gebaar. 'Nou gaat juf eens kijken waar jij woont. Is dat niet leuk?'

Priscilla knikte heftig.

'Je moet mij wel goed de weg wijzen, hoor. Dat kun je vast wel. Je bent toch al een grote meid?'

Priscilla knikte weer.

Merel voelde hoe gespannen het kind was en ze vroeg zich af hoe haar ouders over het komende bezoek hadden gepraat. Ze had al vele ervaringen van collega's moeten aanhoren. Hoe sommige gezinnen keurig aangekleed zaten te wachten, terwijl het huis geurde naar zeepsop en boenwas als gevolg van de grote schoon-maak die ter ere van het bezoek was gehouden. Anderen maakten juist melding van een afwerende houding. Die hadden de ervaring dat ouders meenden dat de leerkracht kwam rondneuzen. 'Heb je thuis ook poppen, Priscilla?' informeerde ze om de spanning even te doorbreken.

'Twee,' zei Priscilla.

'Mag ik ze straks eens zien?'
'Oh jawel hoor.' Priscilla schokschouderde onverschillig.
'Hebben ze ook een naam?'
Priscilla knikte weer. 'De ene heet Merel.'
'Net als ik,' zei Merel verrast. 'Waarom heb je haar net zoals mij genoemd? Of had de pop die naam al?'
Priscilla schudde haar hoofd. 'Die heb ik naar jou genoemd. Omdat ik jou lief vind.'
Merel stond stil. Ze voelde een brok in haar keel, toen ze die grote blauwe ogen van het meisje op zich gericht zag. 'Ik vind jou ook heel lief. En ik vind het heel aardig van je dat je de pop dezelfde naam als mij hebt gegeven. Maar vertel eens: hoe heet de andere pop?'
'Kees,' verklaarde Priscilla kort.
'Is het dan een jongen?'
'Nee, maar toch heet ze Kees.'
'Waarom dan?'
'Priscilla haalde haar schouders op om zo'n domme vraag. 'Gewoon, omdat ik dat mooi vind.'
Ze stond stil en Merel bemerkte dat ze al pratend bij haar huis aan waren gekomen. Merel zette haar fiets voor het huis. Een huis in een rijtje, zoals er zoveel huizen in rijtjes waren. Merel herinnerde zich nog dat de woningbouwvereniging alle huizen van dit type een opknapbeurt had gegeven. De grijze deuren waren in vrolijk rood overgeschilderd en de sombere gevel was helder grijs geworden. De kozijnen waren allemaal rood en staken fleurig bij het grijze af. Ze liepen het paadje naar de voordeur op en Merel bekeek het minuscule voortuintje. Het zag er verwilderd en onverzorgd uit. Vergeleken bij de keurig onderhouden tuintjes van de buren aan weerskanten stak het armoedig af. Waarschijnlijk was de vader van Priscilla geen man met groene vingers. Het huis maakte een verlaten indruk, alsof er niemand thuis was. Als Merel niet had afgesproken, zou ze nu rechtsomkeert maken. Haar hart klopte nu toch wel sneller dan normaal. Ze realiseerde zich dat ze ertegen opzag aan dit eerste bezoek te beginnen. Ze drukte op een bel die door het hele huis heen galmde en hoorde voetstappen in de gang.

Priscilla's moeder stak haar hoofd om een hoekje. 'Komt u maar binnen.'

Merel gaf haar een hand.

De vrouw stelde zich voor als Ali Vosman. Ze gaf Priscilla een kus op haar wang. 'Ha, die Pris. Hoe heb je het vandaag gehad?' Ze wachtte het antwoord niet af, maar gaf het kind nog een aai over de bol. 'Wilt u een kopje koffie? Ik heb hem klaar,' wendde ze zich toen tot Merel.

'Daar heb ik wel zin in.'

'Gaat u dan maar vast naar de kamer. Ik zorg inmiddels voor de koffie.'

Priscilla ging Merel voor de kamer in.

Merel vond het wel prettig dat Ali Vosman niet direct met haar mee naar binnen ging. Nu had ze even rustig de tijd om rond te kijken zonder brutaal en nieuwsgierig te lijken. De kamer deed gezellig aan en gaf een heel andere indruk dan de tuin voor het huis. De ruime lichte doorzonkamer getuigde van een propere huisvrouw, die probeerde met weinig middelen toch een gezellige sfeer in huis te scheppen. Er stond een eenvoudig ribcord bankstel in een onbestemd beige kleurtje. Het was te zien dat dit bankstel z'n langste tijd had gekend, maar het werd opgefleurd door bont-gekleurde kussens, die over de hele bank uitgestrooid leken. Op de houten vloer lag een bont kleed, dat waarschijnlijk handwerk was. Voor de heldere ramen hingen gehaakte gordijntjes en in de vensterbank stonden vele bloeiende planten. Een enorm wand-meubel vol boeken besloeg de helft van de muur. Merel liet zich voorzichtig in een rotan stoeltje zakken, waarvan de kussens ge-maakt waren in dezelfde tinten als de kussens op de bank. Ze keek naar een boeket bloemen dat op de salontafel stond: zonnig gele chrysanten.

Priscilla was bij een klein kastje gaan zitten, dat volgepropt was met spelletjes en kinderboeken. Zo nu en dan kwam ze bij Merel om haar wat bijzonders te laten zien.

Ali Vosman duwde de deur open en kwam binnen met een blad met kopjes. Zwijgend zette ze een kopje voor Merel neer en pre-senteerde er een koekje bij. Nadat ze ook Priscilla van limonade had voorzien, ging ze erbij zitten.

'U hebt het gezellig ingericht hier,' merkte Merel op.

'Ach, je moet er wat van zien te maken hè? Mijn man is al enkele jaren werkloos. En dan is het geen vetpot meer. Maar gelukkig zijn we allebei nogal handig. We naaien en timmeren samen heel wat af.'

'Knap hoor,' antwoordde Merel, haar prijzend.

'Je moet er samen het beste van zien te maken.' Ali haalde haar schouders op. 'Het is niet altijd makkelijk de hele dag bij elkaar op de lip te zitten en daarbij ook nog rond moeten zien te komen van een minimum-uitkering. Als je een beetje in de slappe was zit, kun je er eens een weekje tussenuit knijpen, maar vakantie is er voor ons ook al niet meer bij.' Ze beet op haar lip. 'Toch redden we ons aardig. Af en toe haal ik eens een lapje van de markt. Nou, u zou eens moeten zien wat een verschil dat maakt met de spullen die je in de winkels koopt. Het is eigenlijk gewoon een sport geworden. Voor Prissie maak ik het meeste ook gewoon zelf.'

'Ze ziet er altijd leuk uit,' merkte Merel op. Ze zag een blos op het bleke, wat vermoeide gezicht van Ali Vosman verschijnen. Een blos, die zich nog verdiepte toen er een man binnenkwam. Een grote, grove man met een breed, goedmoedig gezicht. Hij lachte joviaal naar Merel en kneep haar kleine hand bijna plat in de zijne.

'Dit moet "juf Merel" zijn. Ik heb al zoveel over u gehoord. Priscilla is stapelgek met u.'

'Zeg maar Merel, hoor,' zei ze een beetje verlegen. Onopvallend probeerde ze haar hand weer een beetje in fatsoen te krijgen. Alle vingerkootjes leken overdwars te liggen na de ferme handdruk van deze enorme man.

Hij zag het. 'Oh sorry, hoor. Ik vergeet nog weleens dat niet alle mensen zijn opgewassen tegen de kracht in mijn handen.'

Merel probeerde te glimlachen alsof het geen pijn deed.

Theo Vosman trok Priscilla op schoot, toen ze bij hem in de buurt kwam. Hij kietelde haar en ze gilde het uit van de pret.

Merel keek naar dat tafereel van een vader met een dochter. Ze voelde een bittere, verschroeiende pijn in haar binnenste. Dit was een vader die werkelijk van z'n dochter hield. Het straalde Theo

251

Vosman bijna van z'n gezicht. Ze was blij toen ze na een uurtje eindelijk weg kon gaan.

7

Ze waren Kampen voorbij. Het was druk op de weg. Veel Duitsers leken nog van deze laatste zonnige weekenden te willen profiteren. September was opvallend mooi geweest. Ook nu scheen de zon alweer volop. Frans reed rustig, om nog zoveel mogelijk te genieten van het natuurschoon. 'Je moet wat meer genieten van het landschap hier,' maande hij Merel. 'Het is hier toch schitterend? Heb je net Kampen aan de IJssel zien liggen? Ik kan me best voorstellen dat buitenlanders het hier mooi vinden.'
'Hmm,' was het enige commentaar van Merel.
Frans haalde z'n schouders op. Er was vanmorgen geen garen met Merel te spinnen. Hij kon beter z'n mond houden. Straks als ze bij Jelle zouden zijn, zou ze wel bijtrekken. Daar was hij van overtuigd. Hij had er geen spijt van dat hij haar had overgehaald mee te gaan. Jelle was vroeger altijd z'n beste vriend en steun en toeverlaat op school geweest. Hij had in het leven inmiddels de nodige tegenslagen te verwerken gekregen, maar het had hem niet somber en neerslachtig gemaakt. Integendeel. Frans had zich verwonderd over de opgewektheid en levensvreugde die Jelle toch nog altijd uitstraalde. Ze hadden bij hun onverwachte ontmoeting honderd uit gepraat en jeugdherinneringen opgehaald. Samen hadden ze gelachen en daarnaast hadden ze ook heel serieuze gesprekken gehad. Over leven en dood en over geluk en ongeluk, alsof het niet jaren geleden was dat ze elkaar voor het laatst gesproken hadden. Jelles bedrijf leek nog behoorlijk te floreren. Frans had hem beloofd z'n boeken eens na te kijken. Jelle had weinig vertrouwen in de accountant die hij in de arm genomen had. Misschien zou Frans hem een handje kunnen helpen. Voor de dood van Jelles vrouw had zij het grootste deel van de administratie bijgehouden. Het was een haast ondoenlijke zaak voor Jelle dat er nu nog bij te doen. Misschien zou hij in het vervolg

wat vaker langs kunnen komen, had Jelle gedacht. Dan zou die accountant niet meer nodig zijn. Frans hield ervan met zijn neus in de cijfers te zitten. Hij droomde ervan ooit een eigen accountantsbureau te bezitten. Voorlopig was het nog een droom, maar zelf was Frans ervan overtuigd dat hij die droom waarheid kon laten worden. Het zou misschien tijd nodig hebben en ze zouden er samen achter moeten staan: Merel en hij. Dan zou het zeker lukken. 'We zijn er.' Frans was afgeslagen, een smalle weg in, en reed nu het erf op van een boerderij. Hij keek naar Merel, die haar gezicht naar buiten gewend had. 'Ik hoop dat je je dit weekend niet al te zeer vervelen zult,' merkte hij op.

'Ja, doe maar hatelijk,' sneerde Merel. 'Wat kan jou dat ook allemaal schelen? Jij wilt dit weekend naar een zogenaamde stoffige jeugdvriend. Iemand die je jarenlang links hebt laten liggen, maar voor wie je nu ineens belangstelling schijnt te krijgen. Een boer op een stink-boerderij in niemandsland. Ik moet me maar aanpassen. En doe nu maar niet of je ineens medelijden met me hebt, want daar walg ik van.'

'Nou, een beetje opgewekter kan het wel, hè. Een andere keer doen we weer iets wat jij heel leuk vindt. Probeer van dit weekend nu alsjeblieft iets te maken en laat vooral niet aan Jelle merken in wat voor een stemming je bent. Kijk, daar komt hij al aan.'

'Gezicht op glimlachen.' Ze maakte een grimas en vermaakte zich in stilte om het verstoorde gezicht van Frans.

Jelle was inmiddels bij de auto gearriveerd. Naast hem liep een herdershond, die hij in een rustgevend gebaar een hand op de kop legde, toen het beest begon te blaffen. 'Rustig, Wodan. Goed volk.' Een stevige hand legde zich om die van Merel. Donkerbruine ogen priemden zich in de hare. 'Dus jij bent Merel? Ik heb al veel over je gehoord. Ik moet toegeven dat Frans niets te veel heeft gezegd. Je bent een prachtige vrouw.'

'Dank je.' Ze kleurde en ergerde zich. Wat had ze een andere en geheel verkeerde voorstelling gehad van deze nog jonge boer. Hij zag er niet uit als iemand die zich begraven had in de klei. Integendeel. Hij had heel donker haar, dat in een moderne coupe geknipt was. Z'n bruine ogen leken dwars door haar heen te kijken. Z'n schouders waren breed, zoals ze bij een man hoorden te

253

zijn die de hele dag zwaar werk deed. Z'n gebruinde gezicht verried het vele buitenwerk.

'Welkom. Ik hoop dat je het niet erg vindt dat Frans je heeft meegenomen naar deze negorij.'

Ze durfde Frans' richting niet uit te kijken, maar hoorde een onderdrukt gegrinnik, waardoor ze zelf ook in lachen uitbarstte. 'Dat nam ik hem nu juist wel kwalijk,' zei ze eerlijk, toen ze in Jelles verbaasde gezicht keek. 'En om verder maar niet om de waarheid heen te draaien: ik zag een weekend hier helemaal niet zitten. Misschien valt het allemaal wel mee. Jij ziet er alvast niet uit als iemand die de hele dag door de koeiestront loopt te banjeren. Als de rest net zo is, overleef ik dit weekend vast wel.'

Jelle grijnsde breed. 'Laten we dan maar beginnen met een kop koffie. Hopelijk smaakt die evenmin naar koeiestront, zoals je dat zo beeldend weet uit te drukken. Laten we maar gauw naar binnen gaan.'

Ze volgden hem het huis in. Merel dacht eraan dat ze een overall en laarzen mee had willen nemen.

Zelfs Jelle droeg geen overall, al ontbraken de laarzen niet. Hij droeg een fel gekleurd windjak, dat hij met een achteloos gebaar over de kapstok wierp. Daarna hielp hij Merel uit haar jas, en ze kreeg het idee dat hij dat enkel deed om haar te laten zien dat boeren best manieren hadden.

Frans bekeek het grijnzend, maar onthield zich van commentaar. 'En toen was er koffie.' Jelle opende de deur, die toegang gaf tot een smal gangetje dat vanuit de deel doorliep naar de keuken. Een keuken met een hout-fornuis, dat een weldadige warmte verspreidde. Het fornuis brandde, omdat de avonden toch al fris waren. De geur van koffie kwam hun al tegemoet. 'Loop maar door naar de kamer,' zei Jelle. 'Maak het je gemakkelijk. Dan zorg ik voor de koffie.'

Frans liep al door, maar Merel aarzelde nog even. Moest ze aanbieden hem te helpen?

'Ga gerust,' hoorde ze Jelles stem achter zich. 'Je denkt misschien dat het hier de gewoonte is in de keuken te zitten, maar ik bezit geen pronkkamer.' Er verscheen weer een brede grijns op z'n gezicht. 'Mijn kamer is om in te leven. Hoewel ik je eerlijk moet opbiechten dat ik door de week wel vaak in de keuken zit. Het is een oud boeren-gebruik, maar dat is bijna het enige dat ik nog in ere houd. Niet vanwege de pronkkamer, maar het is makkelijk en behaaglijk hier als je zo van buiten komt. Bovendien is de vloer hier van hout. Als er eens een keer wat vies wordt, is het zo weer schoon te maken. Zo is het hier met de keukenstoelen ook. Je zult het geloven of niet, maar ik begin werkelijk handig en praktisch in het huishouden te worden. Je zult nog veel van me kunnen leren, als je straks zelf een huis hebt.'

'Als we straks getrouwd zijn zal ik je eens uitnodigen. Behalve mijn huishouden heb ik natuurlijk nog m'n werk en aangezien ik dan natuurlijk nog niet zo handig ben, zal ik een beetje hulp best kunnen gebruiken.'

'Laat maar zitten. Dat langskomen zie ik nog wel zitten, maar dan graag als gast en niet als werkster.'

'Ik zal eraan denken.' Ze zou iets aardigs tegen hem willen zeggen en ze begreep zelf niet waarom. Omdat ze zulke onaardige gedachten over hem gehad had? Hij had daar toch niets van af geweten? Ze liep de kamer in en was opnieuw aangenaam verrast. De kamer zag er modern en smaakvol uit. Op de vloer lag lichte vloerbedekking. Het bankstel was van grijs leer en de moderne meubels werden afgewisseld door antiek. Een eiken kastje uit grootmoeders tijd, een hoekkast in dezelfde stijl en een schippertje boven de grote glazen salontafel. Onder de tafel lagen boeken. Vakliteratuur, maar ook literair werk.

'Had je van die domme boer niet verwacht, hè?' merkte Frans zachtjes op, die haar blik over de boeken zag gaan.

Ze haalde haar schouders op. 'Ik kende hem niet. Hoe kon ik weten wat hij las en hoe het er hier allemaal uitzag?'

'Je had anders je vooroordeel wel klaar.' Het klonk hatelijk.

'Ik ken m'n fouten,' zei ze eenvoudig en was blij dat Jelle binnenkwam met een blad met mokken dampende koffie.

'Zit je nu nog niet? Maak het jezelf makkelijk. Trek dat rieten stoeltje maar naast de kachel; dan heb je een lekker warm plekje.'

Merel deed wat hij zei. De warmte van de donkere potkachel trok door haar lichaam heen. Ze keek naar Jelle, terwijl hij snel en handig de mokken voor hen neerzette. Daarna presenteerde hij cake.

'Toch niet zelf gebakken hè, Jelle?' informeerde Frans.

'Ik zou er niet aan moeten denken dat ik dat er ook nog naast moest doen,' zei Jelle. 'Nee hoor. Ik heb gelukkig een ongelooflijk lieve zuster. Ze verwent me regelmatig met zelf gebakken cake en koeken. Ik haal dat spul nooit zelf in huis. Trouwens, ze haalt ook vaak boodschappen voor me. Als ik het allemaal zelf zou moeten doen, kwam er niets van terecht. Of ik had overdreven veel spullen in huis, of ik had bijna niets.'

'Je zult waarschijnlijk ook heel weinig tijd overhebben om je daar druk over te maken,' merkte Frans op. 'Dat bedrijf van je slokt je immers met huid en haar op? Ik zou er niet aan moeten denken.'

'Het is misschien een kwestie van het niet gewend zijn. Waarschijnlijk zou het wel op te lossen zijn als ik de zaken een beetje beter op een rijtje had. Soms heb ik geen zin om alles te regelen. Dan neem ik gewoon aan wat me aangeboden wordt.' Hij pakte z'n mok koffie en roerde door het donkere vocht.

Merel zag hoe z'n handen zich daarna rond de mok legden, alsof hij ze wilde warmen. Z'n ogen keken over de mok heen en ontmoetten de hare, die ze meteen afwendde alsof ze zich betrapt wist.

'En jij, Merel? Ik hoorde van Frans dat jij onze hedendaagse jeugd een beetje op het rechte pad probeert te houden?' Hij lachte alweer, maar Merel ontdekte dat z'n ogen nu niet lachten.

Ze haalde haar schouders op. 'Ach, als die kinderen het van mijn opvoeding moesten hebben kwam er niet veel van terecht. Ik probeer ze een beetje voor te bereiden op het latere leven. Een leven dat misschien niet altijd zo zal zijn zoals zij zich dat wensen. Een leven van leren en later werken. Soms zou ik weleens een kijkje in de toekomst willen nemen om te zien wat er van al die kinderen terechtkomt.'

'Misschien is het wel beter van niet. Stel je voor dat je dan zou horen dat er van een van de kinderen die nu in je klas zit niets terecht zou komen. We leven immers in een wereld die vol zit met gevaren? Dingen die er misschien vroeger ook wel waren, maar waar we ons nog niet van bewust waren. Denk eens aan de verdovende middelen; de hard drugs en de ellende die daaruit voortkomt. Denk aan de gebroken gezinnen met al de ellende die daaruit voortvloeit. En hoe vaak worden we niet met incest geconfronteerd?'

Merel verslikte zich bijna in haar cake. Ze voelde dat ze rood aanliep. Ze zou wat willen zeggen, maar zweeg.

Het weekend vloog voorbij. Ze hadden het laat gemaakt zaterdagavond. Jelle bleek een enorme hoeveelheid spelletjes te bezitten, waarvan ze een hele serie geprobeerd hadden. Ze hadden veel gepraat en veel gelachen. Het was heel gezellig geweest, maar toch had Merel het idee dat ze allemaal krampachtig het onderwerp 'Marion' verzwegen. Marion, de vrouw van Jelle, die hij veel te vroeg had moeten missen. Ze had er met hem over willen praten, maar op de een of andere manier had de gelegenheid zich niet voorgedaan. 's Avonds in bed had ze er met Frans over gepraat, maar Frans had het afgedaan met een onverschillig: 'Waarschijnlijk praat Jelle er al zoveel over dat hij dat onderwerp nu eens wil laten rusten en gewoon weer eens ouderwets pret wil maken. Zoveel zal hij de laatste jaren niet te lachen hebben gehad.'
'Misschien voelt hij aan dat wij ons in dezen geen houding weten te geven,' had Merel nog tegengestribbeld, maar Frans had haar bezwaren weggekust. 'Haal je toch niet altijd allerlei muizenissen in het hoofd. Geniet eens gewoon.'
Jelle had hun de slaapkamer gewezen met een nonchalant: 'Ik hoop niet dat jullie bezwaren hebben, maar jullie zullen samen in één bed moeten liggen. Ik bezit namelijk geen eenpersoonsbed meer. Als het problemen geeft, gaan jullie maar ieder aan een kant liggen. Het bed is vrij breed.'
Hij had erbij gelachen, maar in z'n ogen had Merel pijn gelezen. Een pijn die ze begrijpen kon. Ze hadden goed geslapen in het bed. Eerst was ze gespannen geweest. Frans was immers niet van steen? Jelle had eens moeten weten hoe dicht hij bij de waarheid zat.
Ze lagen niet dicht tegen elkaar aan. Frans had haar rust gegund en had zich discreet teruggetrokken naar de uiterste rand. 'Nog maar anderhalve maand,' had hij zacht gezegd. 'Merel, dan zijn

we getrouwd. Dan zul je me met geen tien paarden meer tegen kunnen houden, maar ik neem aan dat je dat ook niet wilt. Je houdt immers ook van mij?'

'Natuurlijk,' had ze gezegd, maar ze kon z'n enthousiasme niet delen.

De volgende morgen waren ze gewekt door een roffel op de deur en een vrolijke stem: 'Goedemorgen! Het ontbijt staat klaar!'

Op haar horloge had Merel gezien dat het halfacht was. 'Wat een tijd,' had ze zacht gemopperd.

'Dat heb je met boeren. Bij het krieken van de dag zijn ze uit bed,' had Frans nog slaperig beweerd. 'Maar goed, we zullen ons aanpassen aan de regels van het huis.' Zo hadden ze al om acht uur fris gewassen en aangekleed aan het ontbijt gezeten. Een uitgebreid ontbijt op een gezellig gedekte tafel. Ze had zich erover verwonderd, net zoals ze zich over zoveel dingen verwonderd had als het Jelle betrof. Hij wist een sfeer van gezelligheid in huis te scheppen, waar sommige vrouwen nog heel wat van zouden kunnen leren. Ze vroeg zich af wat voor vrouw Marion was geweest. Had ze het zelf altijd gezellig gemaakt en had Jelle dat overgenomen?

Daarna had Jelle voorgesteld samen naar de kerk te gaan. Jelle had hen naar het dorp gereden in z'n terreinauto. In de kleine kerk hadden de mensen hen hartelijk begroet. Alsof ze meteen vrienden waren geworden. Misschien kwam het omdat ze met Jelle meegekomen waren. Jelle leek hier binnen de gemeente erg geliefd.

Nu was het al middag geworden. Frans had zich met Jelle teruggetrokken in diens studeerkamer om de financiële situatie van het bedrijf eens nader te belichten. Toen Merel de afwas had gedaan, liep ze naar buiten. Vreemd, dat ze zo'n enorme tegenzin had gevoeld om hiernaar toe te gaan. Nu vond ze het vreselijk dat het alweer voorbij was. Ze had verwacht dat Jelle steeds over z'n bedrijf zou praten, maar niets was minder waar geweest. Jelle hield van z'n boerderij. Dat had ze inmiddels al wel begrepen. Maar behalve z'n werk hier had hij nog zoveel interesses dat hij over ieder onderwerp z'n woordje wel wist te doen. Haar voeten knerpten door het grind, dat kwistig op het erf gestrooid was. De zon

258

straalde in een gulle bundel over het land, waarop de logge koeielijven zich traag grazend voortbewogen. Soms zou je zo'n dier willen zijn, dacht ze. Een stom dier dat niet kon denken en altijd maar voortgraasde. Ze liep naar de deel, waar ze nog wat kalfjes wist. Jelle had verteld dat het een goed jaar was geweest voor de kalveren. Toen ze de deur achter zich sloot, haalde ze diep adem. Het rook er naar warme koeielijven en hooi. Het gaf haar een vreemd, weemoedig gevoel. Alsof ze afscheid moest nemen van een weekend vol onbezorgdheid en vrolijkheid, waarvan ze wist dat het nooit meer terug zou komen. Voorbij. Morgen zou de werkelijkheid haar weer aangrijnzen. Straks zou ze weer teruggaan naar huis. Naar haar moeder. Naar een vreselijk geheim dat ze soms haast niet meer dragen kon. Naar een huwelijk dat snel dichterbij kwam en dat haar angst aanjoeg.

Achter zich hoorde ze hoe zachtjes een deur geopend werd en zonder dat ze keek wist ze dat het Jelle was. Jelle Wiersma.

'Sta je m'n veestapel nog eens te bewonderen?' Hij stond naast haar. 'Is je dit weekend een beetje meegevallen?' Hij lachte, maar in z'n ogen las ze ernst.

Ze bloosde. 'Ik heb me vreselijk aangesteld en dat terwijl ik eigenlijk niet eens enig idee had van wat ik me bij dit weekend moest voorstellen. Ik kende je niet eens.'

'Je dacht dat ik een stomme, sombere boer zou zijn, die elke dag treurde om het verlies van z'n vrouw. Je was bang dat je het hele weekend opgescheept zou zitten met de verhalen over mijn vrouw.'

'Nee,' haastte ze zich te zeggen. 'Zo voelde ik het niet.'

'Je hoeft je niet te verontschuldigen. Je zou de enige niet zijn die er zo over dacht. Over het algemeen krijg ik weinig visite en al helemaal geen vrouwen. Mijn zus komt gelukkig regelmatig hier de handen uit de mouwen steken, maar dat er een vrouw zo op visite komt, is al heel lang geleden.' Hij stelde het nuchter vast, zonder dat hij zielig wilde lijken. Hij wilde geen medelijden. Daar kwam hij niets verder mee.

'Het spijt me,' zei ze zacht. 'Misschien heb ik daar onbewust toch zo over gedacht. Waarschijnlijk komt het door het idee dat ik heb over de situatie waarin jij verkeert. Ik kan me absoluut niet voorstellen dat een mens verder kan leven na zo'n vreselijk verlies. Als je zoveel van elkaar gehouden hebt en je bent nog maar zo kort met elkaar getrouwd, is de dood van je partner toch onmenselijk?'

'Dat is het ook,' zei hij ernstig. 'Toch ben je soms blij als de dood verlossing brengt. Hevig lijden is ook onmenselijk.'

'Heeft je vrouw... Marion een lang ziekbed gehad?' Ze vroeg het aarzelend. Misschien wilde hij er niet over praten.

Hij wachtte een ogenblik, maar knikte toen. 'Dat kun je wel zeggen, ja. Alles bij elkaar zijn we eigenlijk maar heel kort zorgeloos getrouwd geweest. De ziekte, gewoon kanker dus, openbaarde zich vrij snel na ons huwelijk. Het begon allemaal onschuldig met wat diarree. Ze had er niet zo'n erg in, al klaagde ze wel over buikpijn. Ik zal nooit vergeten dat ze die middag op het land bij me kwam. Ze zag lijkbleek. Nooit meer zal ik die aanblik vergeten. Ze had bloed verloren, toen ze naar het toilet was gegaan. Ik kan me nog goed herinneren dat ik haar gerust probeerde te stellen. Ik deed allerlei suggesties over wat het zou kunnen zijn, maar dat ene woord waar we allebei bang voor waren, durfde ik niet in de mond te nemen. En toch was het dat: kanker!'

Hij had het woord bijna uitgeschreeuwd en Merel durfde zich haast niet te bewegen in de stilte die na dat laatste woord gevallen was. Zelfs de kalveren leken de stemming aan te voelen. Ze stonden stil. Geen daarvan loeide. Er heerste ineens een vreemde, angstaanjagende stilte.

Toen praatte Jelle verder. 'We gingen samen naar de dokter; naar de specialist in het ziekenhuis. We klampten ons vast aan de geruststellende woorden die tegen ons gesproken werden. "Je gaat maar niet zo dood," zei ik nog tegen Marion. "De artsen van tegenwoordig zijn zo kundig. Je hebt de ziekte op het goede moment gekregen. Ik weet zeker dat ze er wat aan kunnen doen." Jawel, ze moest naar het ziekenhuis en bij het afscheid huilden we allebei. We klampten ons aan elkaar vast als kleine kinderen. Toch moest ik haar achterlaten. Ze werd geopereerd en kreeg een kunstmatige uitgang. Maar de ziekte was voortgewoekerd als een inbreker die door een huis sluipt en een spoor van vernielingen achterlaat. Die kunstmatige uitgang was voor Marion een kwelling. Ze voelde zich erdoor vernederd. Ze voelde zich lelijk en ze wilde een hele tijd niets meer van me weten. Ik mocht haar niet aanraken en al helemaal niet strelen. Ze walgde van m'n liefkozingen, omdat ze haar eigen lichaam haatte. Het had haar verraden en het wilde niet luisteren naar haar wil. De ziekte ging door en vernielde haar. Haar levenslust, haar vreugde en haar kracht. Soms kende ik haar niet meer. Ze wilde niet meer bij me slapen en dat heeft me in die tijd nog het meest pijn gedaan. Begrijp me goed, het ging me niet om seks en lichamelijk genot. Ik begreep haar wat dat betreft volkomen. Bovendien had ze regelmatig erg veel pijn. Zo'n egoïst was ik niet, en dat wist ze. Nee, de pijn die ik voelde kwam voort uit het feit dat ze me niet vertrouwde. Als ik zei dat ik van haar hield, ondanks het feit dat de ziekte haar had afgetakeld en er niets meer over was van de stralende Marion van vroeger, dacht ze dat ik dat uit medelijden zei. Dat was niet zo. Ik heb tot het laatst toe van haar gehouden. Gelukkig is er die laatste maanden een tijd geweest dat ze haar ziekte aanvaardde. We konden er weer samen over praten, al was al onze hoop op genezing de bodem in geslagen. We hadden samen nog maar kort de tijd. Dat wisten we. In die tijd heb ik een apart bed in onze slaapkamer gezet. Ik begreep dat ze ruimte wilde. Ze had zo'n pijn. Al zou ik alleen maar naast haar geslapen hebben en haar toevallig een keer hebben aangeraakt, dan zou de pijn voor haar onverdraaglijk geweest zijn. Soms kwam ik even bij haar in bed. Dan streelde ik haar. Dan hadden we elkaar lief, al was het niet meer op de lichamelijke manier die het vroeger geweest was. Die laatste maanden tussen ons zijn goed geweest. We praatten over haar begrafenis. Over de liederen die in de kerk gezongen moesten worden. Over de preek die de dominee moest houden. Over hoe het verder zou gaan als ze er niet meer zou zijn. We spraken over doodgaan. Over wat sterven inhield. Over wat haar zou wachten na dit leven. Soms was ze nog bang en een andere keer opstandig. Later nam ze stukje bij beetje afscheid van het leven. "Ik had je zo graag gelukkig willen maken," zei ze ooit tegen me. "Ik had je graag kinderen willen schenken. Misschien een zoon, die later je opvolger op het bedrijf zou kunnen worden, net zoals jij je vader opvolgde. Kinderen met evenveel liefde voor het bedrijf als jij en ik. Ze zouden hier in een paradijs geleefd hebben. Zo heb ik het hier ook vaak gevoeld. Een paradijs op aarde. 's Zomers, als jij de koeien had gemolken en ik de kippen voor m'n rekening had genomen. Weet je nog hoe we dan op de bank achter ons huis samen ontbeten? Niemand kon ons zien daar. Wij zagen de verte, de weilanden, de koeien, het paradijs.''' Jelle zweeg even. Z'n vingers plukten aan de boord van z'n trui. 'Daarna vroeg ze,' zei hij, terwijl hij weer even haperde, 'of ik dacht dat het in de hemel even mooi zou zijn. Ik zei dat ik dacht dat het nog mooier was, maar ik geloofde het zelf niet. Hoe zou het mooier kunnen zijn als we daar niet meer samen konden zijn? En toch... toch was het zo. Ik zag het aan haar gezicht toen ze stierf, hier in m'n armen. Ze wilde zo graag thuisblijven en ik heb die laatste wens van haar met veel hulp van buiten af kunnen vervullen. We waren samen toen ze stierf. Ze keek me aan, maar ik merkte dat ze me niet meer zag. Ze keek naar iets anders. "Iets" of "Iemand" Die zo heerlijk was dat ze niets liever wilde dan volgen. Dat deed ze. Met een glimlach op haar gezicht. Ik denk dat Jezus Zelf haar ophaalde.' Er liepen tranen over z'n wangen.

Merel zag het en ze vond het ineens niet gek om haar armen om hem heen te slaan en hem te wiegen als een klein kind. Ze huilde met hem mee.

8

Ze hadden geen besef van tijd. Het kon een kwartier zijn geweest dat ze daar hadden gezeten, maar voor hetzelfde geld waren het uren geweest. Jelle was de eerste die tot z'n positieven kwam. Hij schokte rechtop. 'Sorry Merel, ik had je dit niet mogen vertellen. Ik lijk wel gek. Eergisteren kende ik je nog niet en nu vertel ik je alles wat ik aan geen ander wilde vertellen. Ik kon er niet over praten, want niemand zou kunnen begrijpen wat ik voelde. Waarom vertel ik het dan wel aan jou? Je kent me nauwelijks. We hebben elkaar gisteren voor het eerst ontmoet. Normaal gesproken kan ik het wel voor me houden, maar waarom nu niet? Ik word echt een gekke oude vent.' Hij lachte iets te hard.

'Hoe oud ben je?' informeerde Merel.

'Achtentwintig. Net zo oud als Frans.'

'Natuurlijk net zo oud als Frans. Jullie zaten immers samen in één klas?'

'Ik voel me jaren ouder,' zei Jelle zacht en ze wist dat hij gelijk had. Hij leek ook jaren ouder. Niet uiterlijk, maar z'n hele houding straalde het uit. Geen wonder: het leven was bepaald niet mild voor hem geweest.

'Laten we naar buiten gaan,' stelde ze voor. De warmte in de stal begon haar ineens te benauwen. 'Frans zal ook wel zo klaar zijn. Weet hij waar je zit?'

Jelle knikte. 'Dat weet hij. Hij dacht dat het nog wel even kon duren, voor hij eruit was. Waarschijnlijk zoekt hij ons wel op, als we dan nog niet binnen zijn.' Hij liep voor haar uit en opende de staldeur, waardoor een witte straal licht van buiten naar binnen viel.

Ze volgde hem over het erf tot naast het kippenhok, waar de kippen kakelend heen en weer begonnen te lopen, alsof ze die morgen niets te eten hadden gekregen.

Hij liep verder naar achteren en belandde in een gedeelte met allemaal kleine boompjes. 'M'n boomgaard,' zei hij vol trots. 'Het is een goed jaar voor het fruit. Hoewel we laat in het voorjaar nog verrast werden door de vorst, mag ik niet mopperen. Het is een hobby van me. Je zou eens in de lente moeten komen om de bloesem aan de bomen te zien. Het is een prachtig gezicht. Jij zult het zeker ook mooi vinden.'

'Het is een raar idee dat ik het eerst absoluut niet zag zitten hier een weekend op de boerderij door te brengen,' zei ze nog een keer schuldbewust. 'Terwijl ik nu toch zo heb genoten. Het is hier heerlijk, Jelle.'

'Je bent een echt stadsmens, is het niet?' vroeg Jelle.

'Normaal gesproken wel. Ik ben dol op de stad. Ik mag graag door de winkelstraten lopen. Soms hoef ik niets te kopen. Dan vergaap ik me aan de etalages. Ik houd van de sfeer in de binnenstad op zaterdagmiddag: een draaiorgel, en een jonge man

die zich een plaatsje midden op de promenade heeft gezocht en op z'n gitaar speelt. Ik kwam nooit op een boerderij. Eigenlijk had ik er een totaal verkeerde voorstelling van.'
'En op school? Hoe bevalt het je op school? Je geeft les aan kleuters, is het niet?'
Ze knikte. Ze had niet veel zin over school te vertellen. Hier was het zo ver weg. Ze hield van haar werk, maar ineens leek het helemaal niet belangrijk meer. Hier zou ze gelukkig kunnen zijn. Hier zou ze alles van zich af kunnen zetten wat haar al die tijd zo beziggehouden had. Hier zou ze haar jeugd kunnen vergeten en haar vader kunnen vergeven. Ze wist zelf niet hoe ze er zo op kwam. Misschien was het de vertrouwelijke sfeer die tussen hen beiden gegroeid was.
'Heb je problemen op school?' In z'n stem klonk oprechte belangstelling door. Ze voelde z'n blik op zich gericht.
Zonder hem aan te kijken, begon ze nu toch: achter elkaar door, zonder haperen. Over haar angst en haar bange voorgevoelens voor haar huwelijk. Ze wilde het niet vertellen. En hij had er niet naar gevraagd. Hij wist niets van haar af. Het was niet eerlijk. Ze had het Frans nooit durven vertellen. Ze had het nog nooit iemand durven vertellen. Waarom rolden de woorden haar nu ineens wel uit de mond, alsof ze ze niet meer stoppen kon? ' 's Nachts droom ik er nog heel vaak van,' vertrouwde ze Jelle toe. 'Soms word ik zwetend van angst wakker. Steeds weer hoor ik stappen op de trap. Zware voetstappen die vaak m'n deur voorbijgaan, maar op donderdag stilhouden. De deur piept.' Ze wist zelf niet hoe angstig ze eruitzag. Ze zag de beelden voor zich. Ze zag een kind dat wegkroop onder de dekens. Weg voor die grote, grijpende handen, die haar pijn deden. Die haar verward en bang maakten. Die haar het gevoel gaven dat ze vies was. Vies en slecht. Ze hoorde die stem weer: 'Je mag het niet tegen mama vertellen. Dat doe je niet, hè? Het is een geheim tussen ons tweeën. Je bent nu al een grote meid. Mama mag het niet weten. Je zou haar daar veel verdriet mee doen.' Zijzelf was een kind. Met twaalf jaar was je nog een kind. Je probeerde je wel volwassen te gedragen, maar je was nog zo onzeker. Alles aan je leek te veranderen. Haar moeder had haar weleens proberen voor te lichten, maar ze had heel

goed aangevoeld dat ze niet te veel vragen zou moeten stellen. Haar moeder schaamde zich. Zoals zij zich zelf ook schaamde. Ze had gedaan of ze alles begrepen had, maar er waren zoveel dingen die nog een raadsel waren. Daar praatte je niet over. Over de liefde tussen man en vrouw had haar moeder gepraat. Dat was een andere liefde dan de liefde tussen een vader en een kind. Ze had het niet begrepen. Haar vader zei juist dat een vader die veel van z'n kind hield zulke dingen deed. Dat had haar zo verward. Ze had daarna niet meer voorgelicht willen worden. Als haar moeder er weer eens over begon, werd ze brutaal en raakte ze geïrriteerd. Ze had er niets meer over willen horen. Ze had alles al geweten.

De woorden leken tussen hen in te blijven hangen. Ze zocht naar een manier om haar gevoelens onder woorden te brengen: 'Op zijn sterfbed vroeg m'n vader om vergeving.'

'En heb je hem vergeven?' Jelles stem was zacht.

Ze knikte. 'Het zou onmenselijk geweest zijn dat niet te doen. Een mens moet rustig kunnen sterven.'

'Wat hij jou aandeed, was ook onmenselijk,' merkte Jelle op.

'Een mens moet rustig kunnen sterven,' zei ze nog eens. 'Ik heb hem met mijn mond vergeven. Mijn hart haat hem. Hij weet het niet, en dat is goed. Hij heeft mij vergeving gevraagd. Hij heeft God om vergeving gevraagd. God weigert nooit, als je het echt meent. Wie ben ik dan om dat wel te doen?'

'Heb je ooit om hulp gevraagd, Merel?'

'Zou dat helpen?' Ze haalde haar schouders op. 'Wie zou ik die moeten vragen? De dominee? Die heeft mijn vader begraven. Mijn vader heeft veel voor de kerk gedaan. Laat de mensen maar in de waan dat hij een goed mens was. Wat heeft het voor zin alles op te rakelen? Hij kan er niet meer voor gestraft worden.'

'Jij moet er verder mee leven, Merel. Je vader is dood. Jij leeft nog.' Z'n stem klonk warm. 'Je hebt nog een heel leven voor je. Dat kun je niet laten verpesten door die voetstappen op de trap. Je moet hulp zoeken.'

'Bij zo'n geitenwollen-sokkenfiguur zeker.'

'Onzin. Er zijn ook wel andere hulpverleners. Mensen die je echt een luisterend oor bieden. Kun je er met Frans wel over praten?'

Ze kleurde. 'Nee, ik kan het niet. Het is niet eerlijk van me, want we gaan trouwen. Nu kan ik het nog naar de achtergrond schuiven onder het mom van principes. Maar die zullen er in mijn huwelijk niet meer zijn. Dat besef ik heel goed. Maar ik ben bang het Frans te vertellen, Jelle. Ik heb al zo vaak op het punt gestaan het hem allemaal te vertellen. Ik besef heel goed dat hij er gewoon recht op heeft. Toch is er steeds iets dat mij weerhoudt.'

'Heb je te weinig vertrouwen in Frans? Ben je bang dat hij je niet zal begrijpen?'

'Ja.' Ze schrok zelf van haar bevestiging. Ze had het altijd als een twijfel met zich mee gedragen. Nu zei ze het hardop, en ze was er heel zeker van dat hij zich nooit in haar gevoelens zou kunnen verplaatsen. Hij zou haar misschien niet eens geloven. Na drie jaar. Het was niet eerlijk van haar en hij zou het haar verwijten. Ze had het eerder moeten vertellen, maar ze had het niet gekund, omdat hij haar nooit begrepen zou hebben. Ook niet als ze het na één jaar al aan hem verteld zou hebben. Dan had hij haar niet eens wat kunnen verwijten. Nu wel. Ze wachtte op de reactie van Jelle. Waarom had ze hem dit verteld? Hij had er niets mee te maken. Hij was een buitenstaander. En hij zou z'n oordeel snel klaar hebben.

'Wat moet Frans veel van je houden.' Jelles stem klonk vlak. 'Of hij is juist te weinig in je geïnteresseerd.'

'Hoe bedoel je?' Ze keek schaapachtig.

'Hoe lang kennen jullie elkaar?'

'Drie jaar.'

'Merel, in de tijd dat Marion en ik verkering hadden, waren we stapelgek op elkaar.'

'Dat zijn wij ook,' protesteerde ze.

'Dat zal ook wel. Daarom begrijp ik niet dat je Frans drie jaar lang met een kluitje in het riet hebt kunnen sturen. Marion en ik hadden ook onze principes, maar daarnaast waren we dol op elkaar. We waren beiden warmbloedige mensen en toen we zeker van elkaar waren sliepen we bij elkaar. Ik had me door Marion niet laten afwijzen met een smoes over principes. Ik kende haar al wel zo goed dat ik dat nooit geloofd zou hebben. Frans is ook een jonge man. Hij heeft ook z'n gevoelens. Menselijke gevoelens.

Daar kunnen geen principes tegenop. En hoe denk je dat te doen als je getrouwd bent? Je zult grote problemen krijgen. Wat voor normale mensen een hoogtepunt binnen hun huwelijk is, zal voor jou angstig en frustrerend zijn. Het zal je tegenstaan. Je zult het niet kunnen verdragen. Het is voor mij onbegrijpelijk dat Frans zich daar niet verder in verdiept. Na drie jaar behoor je elkaar toch door en door te kennen?'

'Frans houdt van me.' Haar stem klonk onzeker. Ze haperde. 'Frans heeft respect voor me. Het is niet eerlijk van je op die manier over hem te praten.'

'Ik wil hem niet zwart maken. Zo moet je het niet zien.' Hij legde z'n hand op haar arm. Het was een gebaar van vriendschap. 'Maar je moet het hem vertellen, Merel. Hoe moeilijk dat ook voor je zal zijn. Er is geen andere oplossing. Je moet het zeggen voor je huwelijk. Als je getrouwd bent is er geen weg terug meer. Dan is het te laat. Je moet hulp hebben, Merel. Geen mens kan zo verder leven. Daar maak je niet alleen jezelf ongelukkig mee, maar Frans ook.'

'Misschien begrijpt hij het toch.'

'Als hij werkelijk van je houdt, zal hij dat doen.' Er liep een konijntje door de boomgaard. Een klein beige konijntje, dat z'n snuitje omhoogstak vanuit het gras. Jelle en Merel bleven gefascineerd naar het beestje kijken. Rustig bleef het konijntje dooreten, totdat de voetstappen van Frans ineens hun kant uit kwamen en het konijntje het hazepad koos.

'Zijn jullie hier?' Z'n stem klonk verontwaardigd. Hij had geen idee van het schouwspel dat hij verstoorde.

'Hè Frans, wat jammer nou. Er zat hier zo'n schattig konijntje. We observeerden het al even. Nu is het weg.'

'Wat interesseert zo'n stom konijn me nou?'

'Misschien zou je meer oog moeten hebben voor de kleine dingen in het leven. Veel mensen slaan geen acht op zulke details,' zei Jelle.

'Nou ja, normaal gesproken vind ik zo'n konijn best leuk, maar ik ben al even naar jullie op zoek. Jelle, ik heb je nodig. Er is nog wel het een en ander dat me niet helemaal duidelijk is in jouw administratie. Bovendien ben ik op wat zaken gestuit die je veel effectiever aan zou kunnen pakken. Heb je even tijd om met me mee te gaan?'

Jelle haalde z'n schouders op. 'Daar zal niets anders op zitten.' Hij knipoogde naar Merel. 'Als je wilt, mag je weleens achter bij de schuur gaan kijken. Daar zitten nog meer konijnen. Ze zitten allemaal in een gerieflijk hok, maar enkele konijntjes zijn tussen het gaas door geglipt, toen ze nog jong waren. Ze zijn totaal verwilderd, zoals je ziet. Ach, eigenlijk heeft het z'n charme wel. Zolang ze geen onherstelbare schade aan m'n gewassen aanrichten laat ik ze maar lopen.'

Hij liep achter Frans aan en Merel ontdekte onwil in z'n houding. Jelle was er het type niet voor uren met de administratie bezig te zijn. Hij was boer in hart en nieren. Hij was heel anders dan Frans. Ze ging de richting uit die Jelle haar gewezen had. De rok van haar vrolijk gekleurde zomerjurk deinde bij elke beweging die ze maakte om haar heen.

Ze had niet in de gaten dat Jelle even achteromkeek en gefascineerd naar haar bleef staren. Wat was ze slank en mooi, zoals ze daar liep. Zo was Marion niet geweest. Marion had een leuk gezichtje en een aardig figuurtje gehad, maar ze was niet zo mooi als Merel was. Hij stelde het vast zonder zelfverwijt te voelen. Hij had van Marion gehouden. Als ze was blijven leven, zouden ze samen heel gelukkig zijn geweest. Het had niet zo mogen zijn. Marion was een dierbare herinnering. Maar Merel was warme levende werkelijkheid. Ze intrigeerde hem.

'Wat kijk je?' Frans was blijven staan.

Jelle voelde zich betrapt. 'Ik keek of er nog meer konijntjes rondliepen. Als het er te veel worden, zullen ze toch weg moeten.'

'Je moet oppassen dat ze je huis niet ondergraven.'

'Ja, ja.' Zijn gedachten waren nog bij Merel. Ze was niet voor hem bestemd. Ze hoorde bij de man die naast hem stond. De man die haar drie jaar kende en minder van Merel wist dan hij in een weekend te weten was gekomen.

Op weg naar huis spraken ze weinig. Frans had z'n aandacht bij het drukke verkeer. De Duitsers waren weer aan de terugtocht begonnen. Het zomerseizoen was ten einde en veel auto's werden gevolgd door trailers met daarop een kolossale boot of al even buitensporige caravans.

Merel staarde naar buiten. De IJssel glansde koperrood in de avondzon. Een boot zakte de rivier af. Langs de kade bij Kampen lag een schitterend zeilschip afgemeerd. Een man stond voor z'n boerderijtje naar de onafgebroken stroom verkeer te kijken. Merel zuchtte. Het weekend was voorbij. Wat had ze ertegen opgezien, en wat had ze er nu veel voor over als ze het over kon doen. Ze had nooit geweten dat ze zo zou kunnen genieten van het leven op een boerderij. Natuurlijk was dit maar een weekend uit het leven van een boer. In het hedendaagse boerenleven was geen romantiek meer. Dierenliefde en eenheid met de natuur leken verdrongen te zijn door keiharde cijfers. Melkquota en mestoverschotten waren woorden die het leven van een boer overschaduwden. Er moest hard gewerkt worden om het hoofd boven water te houden. Ze vroeg zich af of ze het vol zou houden zo buiten te leven. Samen met Frans. Ze keek hem van opzij aan: een vertrouwd, geliefd gezicht. 'Wat moet Frans veel van je houden,' had Jelle gezegd. 'Of hij is juist te weinig in je geïnteresseerd.' Waarom dacht ze daar nu weer aan? Het bracht haar in verwarring. Ze wilde er niet meer aan denken. 'Je moet hulp zoeken,' was ook een uitspraak van hem geweest. Hulp: maar waar vond ze die? Een officiële instantie? De dominee? Ze zou er niet eens over durven beginnen. Ze moest het Frans vertellen. Daar zou ze mee moeten beginnen, ook al zag ze daar als een berg tegen op. Volgende maand zou ze met hem getrouwd zijn. Ze kon niet langer wachten. Deze week moest het ervan komen.

Frans remde hard. Hij slaakte een verwensing, maar kon nog net een aanrijding met de auto voor hen voorkomen.

'Dat ging net goed,' merkte ze op.

'Die kerel zette ook op het laatste nippertje z'n richtingaanwijzer uit. Daarom had ik niet in de gaten dat hij rechtsaf moest en zou remmen.' Hij veegde een lok haar van z'n voorhoofd.

Merel zag dat hij erg geschrokken was. Heel even legde ze haar hand op z'n arm. Hij glimlachte naar haar en ze voelde zich warm worden vanbinnen. Hij hield van haar. Hij zou haar begrijpen. Alles zou goedkomen. Er was geen reden nog langer tegen een gesprek met Frans op te zien. Als ze hem alles eerlijk zou uitleggen, zou hij haar willen helpen. Liefde was in staat alles te overwinnen. Het zou goedkomen. Ze was er zeker van.

9

Ze zaten tegenover elkaar. Het kaarslicht toverde schitteringen in de dieprode wijn in de glazen die tussen hen in stonden. De ober haalde hun borden weg en informeerde of ze nog een dessert wensten. Ze bestelden allebei koffie.
'Een prima etentje.' Frans leunde voldaan achterover. 'Je mag me vaker eens uitnodigen. Ik heb geluk dat ik met een geëmancipeerde dame mag trouwen. Nog maar drie weken, Merel. Dan is het zover.'
'Ik wil met je praten.' Haar stem beefde. 'Ik moet met je praten.'
'Brand maar los, zou ik zeggen,' zei hij luchtig, maar ze merkte dat hij schrok van de toon in haar stem. Alsof hij narigheid voorvoelde.
'Hier niet, Frans. Laten we straks naar jouw huis gaan.'
'Mijn huis? Dan moet het wel heel erg zijn,' zei hij gekscherend, maar ze was te gespannen om op z'n grapjes in te gaan.
'Ik wil niet dat mijn moeder er iets van weet,' merkte ze op.
'Je maakt me nieuwsgierig. Ik hoop dat de koffie niet zo heet is. Dan kunnen we snel weg.'
Ze lachte nu toch, maar ze wist dat het nervositeit was. Dat het angst was voor het gesprek dat nu echt komen ging en dat ze al die jaren voor zich uit geschoven had. Het leek haar nu dom en kortzichtig toe, maar het was te laat om iets terug te draaien.
De ober zette de koffie voor hen neer. Ze roerde in gedachten verzonken door het hete, donkere vocht. Ze dronk ervan en brandde haar lippen, zodat de tranen in haar ogen sprongen.
'Mereltje, wat is er aan de hand? Zijn er problemen?' Frans merkte nu haar ontreddering op. 'Is er iets met je moeder aan de hand?'
'Straks,' zei ze met verstikte stem. 'Alsjeblieft. Nu niet, Frans. Vraag me niets meer.' Ze had het gevoel alsof er een dik stuk in

haar keel zat, dat haar het drinken en slikken bijna onmogelijk maakte. Ze hield het hier niet meer uit. Ze wilde weg. 'Laten we gaan,' zei ze zacht. 'Ik stik hier.' Ze wachtte z'n antwoord niet af, maar stond op en liep naar de kapstok. Voor de spiegel trok ze haar jas aan. Ze keek in de spiegel. Haar gezicht leek een bleek, vertrokken masker en ze huiverde. Een ijzige kou leek zich meester te maken van haar lichaam, waardoor het onmogelijk leek zich nog te bewegen. Ze probeerde zich te herstellen. En toen Frans ongerust naar haar toe kwam, glimlachte ze.

'Waarom? Merel, waarom?' Frans stond op en ze was er blij om. Nu hoefde ze de verwijtende blik in z'n ogen niet langer te zien. Ze zag z'n rug, toen hij voor het raam ging staan en naar buiten keek. Op een tafeltje, in het midden van Frans' met zorg ingerichte kamer, stonden de lege koffiekopjes. Z'n moeder had ze boven gebracht, al had Frans haar gezegd dat ze meteen naar boven zouden gaan en niet gestoord wilden worden. Nadat ze nog maar net met het moeilijke gesprek was begonnen, was Frans' moeder na een korte klop op de deur binnengekomen met een blad met twee kopjes koffie en gevulde koeken. Verontschuldigend had ze opgemerkt dat 'koffie onontbeerlijk was bij een serieus gesprek'. Frans was er niet eens kwaad om geworden. Hij had met smaak z'n gevulde koek naar binnen gewerkt en daarna die van haar erachteraan. Zelf had ze geen hap kunnen eten. Ze voelde zich misselijk en dat gevoel was alleen maar verergerd naarmate het gesprek vorderde. Frans had haar niet begrepen. Ze had het van tevoren geweten, maar het deed toch meer pijn dan ze voor zichzelf wilde toegeven. 'Waarom? Merel, waarom?' De woorden echoden na in haar hoofd. Alle verklaringen voor het waarom leken nietszeggend. Ze kon het niet uitleggen. Het was een gevoel van angst en schaamte.
'Ik kon het niet eerder vertellen,' zei ze zacht. 'Ik durfde het niet. Je moest eens weten hoe vaak ik al op het punt heb gestaan er toch over te beginnen.'
'Maar waarom heb je nooit iets tegenover de buitenwereld laten merken? Hoe komt het dat je vader jaren achter elkaar met z'n praktijken door heeft kunnen gaan?'

'Niet omdat ik het zo leuk vond,' snauwde ze, verontwaardigd ineens. 'Maar ik was nog een kind, Frans. Ik was volledig van mijn vader afhankelijk. Bovendien voelde ik me zelf schuldig.'

'Je was toch een jaar of twaalf en het is tot je zestiende jaar doorgegaan. Op die leeftijd ben je toch onderhand mondig genoeg?'

'Ook als je een opvoeding krijgt zoals ik die heb gehad? Als je in alle zaken open en vrij met elkaar kunt spreken, wat tegenwoordig toch in veel gezinnen gebeurt, is het anders. Maar daar gebeurt dit soort dingen ook niet. Ik ben een dom wicht geweest; dat besef ik heel goed. Maar dat ligt toch ook voor een groot deel aan mijn geïsoleerde opvoeding. Mijn vader stond op een voetstuk, ook al vond ik het vreselijk wat hij met me deed. Hij kon me alles wijsmaken. En dat liet hij ook niet na. Ik wilde mijn moeder geen verdriet doen en daarom heb ik haar niets verteld.'

'Je hebt hem vergeven op z'n sterfbed,' stelde Frans.

'Zou jij zo'n onmens zijn en dat niet doen bij een stervende? Wat was ik ermee opgeschoten, als ik dat niet gedaan had? Misschien had ik dan nog meer schuldgevoelens gehad.'

'Waarom vertel je het mij dan nu toch? Als je hem vergeven hebt, moet je het ook vergeten.'

'Je begrijpt toch zelf wel dat het onmogelijk is wat je zegt? Je hebt gelijk: ik had het je eerder moeten vertellen, maar wat was ik ermee opgeschoten? Had je mijn vader voor de rechtbank gedaagd? Had je ons gezin nog erger willen ontwrichten dan het al was?'

'Misschien hadden we hulp kunnen vragen,' opperde Frans.

'Dat wil ik nu ook wel. Ik besef dat het gevolgen voor ons huwelijk zal hebben. Ik kan m'n verleden niet maar zo opzij zetten. Ik zal tijd nodig hebben je op alle fronten tegemoet te komen.'

'Ik heb al drie jaar geduld gehad. Dank zij jou met je smoesjes over principes. Drie jaar lang heb ik me met een kluitje in het riet laten sturen. "Nu nog niet, Frans. Heb nog even geduld tot we getrouwd zijn,"' bauwde hij haar na. 'Wat had je je er eigenlijk bij voorgesteld, als we straks getrouwd zijn en we in één bed slapen? Moet ik me dan weer als een kleine jongen terugtrekken naar de ene rand van het bed, terwijl jij aan de andere kant ligt?'

272

Ze zweeg en voelde dat juist door haar zwijgen zijn woede groeide.
'Waarom zeg je nu niets? Moeten we zo ons huwelijk ingaan?
Drie jaren heb je gezwegen. Nu weet je nog niets te zeggen. Is
dat een basis voor een huwelijk?'
Ze opende haar mond, maar sloot die weer toen ze zijn gezicht
vlak bij haar zag.
Hij was op haar toe gelopen en pakte haar arm. 'Wat heb je nu
te zeggen, Merel?' Ze schudde haar hoofd. Haar misselijkheid
werd erger. Ze wilde niet langer bij hem zijn. Ze wilde weg. Ver
weg van hem. Van z'n woede en verwijten. Haar angst groeide.
'Over drie weken zijn we getrouwd. Je had me beter niets kunnen
vertellen. Je zult me er toch niet langer meer van kunnen weerhouden. Straks horen we bij elkaar. Je bent mijn vrouw in alle
opzichten. Elke avond zul je mijn voetstappen de trap op horen
komen. Niet alleen op donderdag. Elke avond.'
Ze was bang voor zijn gezicht, dat ze zo niet kende. En voor zijn
woorden, die haar angst aanjoegen. Het was gemeen van hem.
Gemeen om die voetstappen erbij te halen! Voetstappen op de
trap! Ineens rukte ze zich los en wilde ze naar de deur. De stoel
waarop ze gezeten had, viel om. Beneden hoorde ze een deur
opengaan.
Frans hield haar tegen. Hij sloeg z'n armen om haar heen en trok
haar tegen zich aan. 'Merel! Ga niet weg. Blijf bij me. Ik ben een
rotzak. Ik had dat niet mogen zeggen. Het is gemeen, maar ik
was even mezelf niet meer. Ik ben kwaad, bang en verward. Maar
ik blijf van je houden, Merel. Alles zal goedkomen. Ik zal geduld
met je hebben. Ik ben je vader niet. Ik ben anders. Bij ons is er
liefde, Merel. Blijf bij me!'
Ze hief haar betraande gezicht naar hem op. Ze voelde hoe hij
haar wangen kuste; haar neus, haar ogen. Ze wilde niets liever
dan bij hem blijven, en toch bleven de woorden in haar hoofd
nahameren: 'Elke avond zul je mijn voetstappen de trap op horen
komen. Elke avond.' Ze zou haar hele leven die angst en afkeer
blijven houden, en hij zou het niet begrijpen. Nooit zou hij zich
in haar kunnen verplaatsen. Hij zei het wel niet met zoveel woorden, maar ze voelde dat hij haar nu al een aansteller vond. 'Ik
moet weg,' zei ze zacht. 'Laat me naar huis gaan. Het zal goed

zijn als we er even in alle rust over na kunnen denken. Nu zijn we te geëmotioneerd.'

'Kom je terug, Merel?' Z'n stem klonk onzeker.

'Ik kom terug,' beloofde ze, en ze was blij toen hij haar losliet. Hij vroeg niet of hij haar naar huis moest brengen, en daar was ze blij om. Ze wilde lopen. Ze wilde de frisheid van een oktoberavond om zich heen voelen en haar gedachten ordenen. Ze keek niet meer om toen ze zijn kamer verliet, maar ze wist hoe hij daar zou staan. Als een hond die geslagen was. Toen ze de trap afliep, hoorde ze de deur van de huiskamer zachtjes dichtgaan.

De avond was killer dan ze verwacht had. Ze huiverde in haar dunne zomerjas. Het zou niet lang meer duren, voordat de winterkleding weer te voorschijn gehaald moest worden. Het was donker, en ze liep vlak langs de huizen, waarin de meeste mensen het lich al hadden ontstoken. Het leidde haar een beetje van haar eigen problemen af. Achter elk verlicht raam leefden mensen. Ze zag ze op de bank zitten met visite of kijkend naar de televisie. Een gezin zat aan de grote tafel een spelletje te doen. Allemaal verschillende mensen met hun eigen verleden, hun eigen heden en hun problemen. 'Ieder huisje heeft z'n kruisje' werd er weleens gezegd, en op de een of andere manier maakte haar dat wat rustiger. Ze was niet de enige op de wereld met een levensgroot probleem. Om haar heen leefden mensen met grote en kleine moeilijkheden. Aan de buitenkant leken ze gelukkig, maar dat was slechts schijn. In hun hart schrijnde en stormde het, net zoals bij haar.

Langzaam maar zeker was ze haar woning genaderd, en al van ver merkte ze op dat het donker was in huis. Ze verwonderde zich erover. Haar moeder was altijd thuis. Gek, dat ze dat zo vanzelfsprekend vond. Alsof haar moeder geen recht op een eigen leven zou hebben. Misschien kwam het omdat hun contact nog steeds zo oppervlakkig was. Ze probeerde, sinds het gesprek dat ze met de buurvrouw had gehad, wel meer aandacht aan haar te besteden, maar dat lukte nog niet echt. Nadat ze via de achterdeur was binnengekomen liep ze naar de kamer. Aan de kapstok had ze de jas van haar moeder zien hangen. Ze moest thuis zijn. Zou ze dan al in bed liggen? Ze knipte het licht in de kamer aan en ontdekte haar moeder languit op de bank. Naast haar stond een halflege fles sherry. Haar moeder dronk nooit. Ze kon er niet tegen. Nu ook niet. Ze snurkte. Merel voelde zich ineens oud en doodmoe. Dit was er nu van hen geworden. Alles leek hopeloos.

De bus denderde voort in een eentonig ritme. Merel zag hoe de chauffeur bij elke oneffenheid in de weg meeveerde op z'n stoel. Z'n handen omvatten het grote stuur. Tegenover haar zat een man van middelbare leeftijd de krant te lezen. Hij droeg een vettige regenjas en een jagers-groen hoedje, dat te klein voor z'n dikke hoofd leek. Ze nam de mensen in de bus met een pijnlijke nauwkeurigheid in zich op. Het jonge stelletje en een paar schoolmeisjes, die van hun vrije zaterdag genoten en niets anders deden dan giebelen. Daarna keek ze weer naar buiten. De bladeren aan de bomen begonnen goud te kleuren. Over een poosje zouden de takken weer als naakte armen de lucht in steken. De weilanden, die nog helder groen waren en waarin nog koeien graasden, zouden vaal en doods worden. Ze waren Kampen allang voorbij. Nog heel even: dan zou ze op de plek van bestemming zijn. De plek die ze eerst zo verafschuwd had. Een boerenbedrijf midden tussen de weilanden. Waarom twijfelde ze nu ineens of ze er wel goed aan deed hierheen te gaan? Wat zou Jelle Wiersma wel niet van haar denken als ze ineens voor hem stond? Zou hij er iets van begrijpen, als ze hem vertelde van haar vertwijfeling? Zou hij snappen dat er op dit moment geen ander was bij wie ze haar hart uit kon storten? Ze kenden elkaar nog maar zo kort. Toch was het vannacht heel logisch geweest. Ze had niet kunnen slapen. Duizenden angstige gedachten hadden haar bestormd. Steeds weer zag ze haar moeder op de bank liggen en hoorde ze haar afstotelijke gesnurk. En haar verwijten, toen ze haar wakker had proberen te maken. 'Laat me met rust. Laat me toch eindelijk eens met rust. Ik wil niet langer in een hoek worden getrapt. Het is niet mijn schuld. Niet mijn schuld.' Met veel pijn en moeite had ze haar moeder naar bed weten te krijgen en haar uitgekleed. Ze voelde woede en schaamte, omdat haar moeder dit deed. Aan de andere kant was er een intens medelijden. Toch had ze vanmorgen niets gezegd, toen ze zich in alle vroegte reisvaardig had gemaakt. Vanuit de slaapkamer had nog steeds gesnurk geklonken. Op de tafel legde ze een briefje waarin stond dat ze naar vrienden was. Meer hoefde haar moeder niet te weten. Net zomin als Frans dit hoefde te weten. Hij zou het niet begrijpen, zoals hij zoveel van haar niet begreep.

De man tegenover haar vouwde z'n dikke zaterdag-krant dicht en legde die op de bank naast hem. Ze zag het gezicht van een filmster op de voorkant en felle, agressieve letters die aankondigden dat ze ging scheiden. Ze keek weer naar buiten, maar zag vanuit haar ooghoeken dat de man nu met z'n dikke vingers aan de knopen van z'n jas begon te draaien. Hij droeg een zegelring met een opvallende, schreeuwerige steen. Ze hield nu de omgeving in de gaten. Nadat ze weer een halte gepasseerd waren, zochten haar vingers de ronde, zwarte knop boven haar. Bij het uitstappen knikte ze naar de buschauffeur, die haar zo vriendelijk had uitgelegd waar ze het beste uit kon stappen. Hij stak joviaal z'n hand op bij het wegrijden. Heel even wachtte ze tot de bus uit het zicht verdwenen was. Daarna begon ze langzaam te lopen. De morgen was nog fris, ondanks de zon. Toen ze het pad insloeg dat naar Jelles boerderij voerde, streelden herfstdraden haar koude wangen. In de struiken aan weerszijden van het weggetje hingen bedauwde spinnewebben. Normalerwijs zou ze hiervan genoten hebben. Nu zag ze alleen de boerderij die steeds dichterbij kwam en steeds heviger stak de twijfel de kop op of ze er wel goed aan gedaan had hiernaar toe te gaan. In de weilanden keken de koeien verstoord op, toen ze langskwam. Aan het einde van het pad zag ze de grote, trotse boerderij van Jelle liggen. De oranje zonneschermen waren neergelaten. Het gaf de boerderij een vriendelijk aanzien. Het zou niet lang meer duren, voordat ze Jelle zou zien. Ze ging nog langzamer lopen.

Het erf was verlaten. Tegen de schuur stond de enorme tractor. Een teken dat Jelle niet op het land was. Ze voelde nu pas hoe nerveus ze was. Haar handen trilden. Ze huiverde en aarzelde. Wat had het voor zin nu verder te gaan? Ze leek wel waanzinnig. Hoe langer ze er nu over nadacht, hoe bespottelijker ze zichzelf vond. Ze zag zichzelf staan door de ogen van Frans. 'Wat moet jij daar dan?' zou hij zeggen. 'Jelle kent je nauwelijks. Wil je hem nu al met je problemen opzadelen? Je maakt jezelf belachelijk.'

Ze wilde zich net weer omdraaien, want er zouden ook wel bussen teruggaan en niemand hoefde hier iets van te weten, toen er een deur werd geopend.

Een vrouw stond in de deuropening. Een vriendelijk, rond gezicht knikte haar toe. 'U zoekt iemand?'

Ze schudde haar hoofd. 'Nee, ik... Ik was verkeerd. Het spijt me.'

'Kom toch even binnen. U ziet er zo koud uit.'

Merel schudde haar hoofd. Ze wilde het erf aflopen, maar ineens hoorde ze een bekende stem. 'Merel?'

Ze wilde niet opkijken. Ze zou hard weg willen lopen, maar daarmee zou ze zichzelf nog onmogelijker maken. Een beetje beschaamd keerde ze zich om. Achter de vrouw was Jelle opgedoken.

'Merel, doe niet zo raar, kom toch binnen. Je komt op het juiste moment. Mijn zuster heeft net de koffie klaar.'

Langzaam liep ze terug.

Jelle nam haar korte zomerjas aan en hing die over de kapstok. 'Famke toch.' Hij zag hoe z'n zuster hem bevreemd aankeek. Hij had immers alleen Marion zo genoemd? Famke. Misschien kwam het omdat Merel er zo ontredderd had uitgezien dat het ineens weer in hem boven gekomen was.

Tjitske, de zus van Jelle, gaf Merel een hand en schonk daarna koffie in alsof het de gewoonste zaak van de wereld was.

Zo reageerde Jelle trouwens zelf ook. Hij vroeg niets, maar praatte over het weer en over het openbaar vervoer.

Tjitske nam ook deel aan het gesprek. Ze ontpopte zich als een gezellige praatster.

Het leek Merel even of ze een gewoon gezelligheids-bezoekje bracht.

Pas nadat Tjitske naar huis was gegaan, ging Jelle tegenover haar zitten. 'Ziezo, vertel nu maar eens wat er gebeurd is.'

Ze vertelde alles: van haar gesprek met Frans, z'n woede en z'n verwijten. Van haar eigen angst voor hem. Van haar schuldgevoelens en haar overhaaste vertrek. Ook vertelde ze van haar thuiskomst. Van haar moeder die te veel gedronken had en op de bank lag. Van de afkeer die ze gevoeld had en het gevoel van verlatenheid en moedeloosheid. Van haar slapeloze nacht vertelde ze, waarin ze zich suf gepiekerd had over hoe het nu verder moest gaan. 'Ik moest gewoon met iemand praten. Iemand die de kunst verstaat naar me te luisteren en me niet het gevoel geeft dat ik overdrijf. Tegenover wie ik me niet beter voor hoef te doen dan ik ben. Vanmorgen dacht ik dat jij de enige mens was die daarvoor in aanmerking kwam. Daar schaam ik me nu een beetje voor. Wat zul je wel niet van me denken? Afgelopen weekend heb ik je leren kennen en nu ben ik er alweer. Alsof je nog niet genoeg problemen hebt.'

'Vorige week luisterde je toch ook naar mij? Waarom zou ik dan nu niet naar jou kunnen luisteren? Daar zijn vrienden toch voor? Vrienden luisteren en helpen. Anders zouden we geen vrienden zijn. En al kennen we elkaar inderdaad nog maar kort, ik zie je als een vriendin. Zoals jij toen naar mij luisterde, zijn er maar weinig mensen die dat geduld op weten te brengen. Ik wist dat je echt met me meevoelde, en dat heeft me zo goedgedaan. Zo wil ik nu ook naar jou luisteren en proberen jouw problemen aan te voelen. Misschien vertrouwde je erop dat ik je zou begrijpen en is dat onbewust de reden geweest dat je hier terugkwam. Het is jammer dat Frans zo gereageerd heeft, maar je zult je ook een beetje in zijn gedachten in moeten leven. Het is natuurlijk een enorme schok geweest, want hij heeft geen moment aan die mogelijkheid gedacht. Hij zal er wel over gefantaseerd hebben hoe het zou zijn met je getrouwd te zijn. Dat is toch normaal? En nu ineens is er een nieuwe domper. Hij zal misschien nog meer geduld moeten hebben. Ik kan me wel voorstellen dat hij daar problemen mee zal hebben. Ik ben ook een man, Merel. Hij voelt zich waarschijnlijk bedrogen en dat zelfde gevoel zou ik misschien ook hebben. Mannen hebben andere gevoelens dan vrouwen. Frans zal geduld met je moeten hebben. Hij heeft gisteravond verkeerd gereageerd, maar hij heeft daar ook meteen spijt van gehad. De volgende zet is nu aan jou. Hij heeft je gevraagd terug te komen. Daaruit blijkt toch wel dat hij van je houdt. Als je denkt dat jullie genoeg van elkaar houden om de problemen aan te kunnen, moet jij je weer met hem in verbinding stellen. Dat heb je hem trouwens ook beloofd.'

'Ik was gisteravond bang voor hem,' zei Merel zacht. 'Bijna op dezelfde manier als voor mijn vader.'

'Omdat hij je ook dreigde met iedere avond voetstappen op de trap. Daar ben je juist bang voor. Praat daarover met Frans, Merel. Als je dat niet tegen hem zegt, zal hij het nooit weten. Leg hem uit wat je voelde als je vader boven kwam. Zoals je het mij ook hebt uitgelegd.'

Ze was een beetje rustiger geworden.

Jelle stond op. Hij liep naar de kast en haalde er een paar glazen en een fles cognac uit. Merel wilde weigeren, maar hij drukte eenvoudigweg een glas in haar hand en schonk meteen in. 'Niet zeuren. Het zal je goeddoen na alle emoties. Het is normaal gesproken ook mijn gewoonte niet tussen de middag aan de drank te gaan, maar ik moet je eerlijk bekennen dat ik toch ook wel geschrokken ben van je plotselinge komst. Hoewel je natuurlijk van harte welkom bent. Je hebt er goed aan gedaan hier te komen. Daarover moet je je beslist niet schuldig voelen. We komen er wel uit, Merel.'

Merel glimlachte om dat 'we'. Jelle leefde met haar mee. Dat was wel zeker. Ze nam voorzichtig een slokje. Eigenlijk dronk ze nooit cognac. Het verwarmde haar van binnen en ze merkte dat ze zich ontspannen kon. 'Mag ik m'n moeder zo meteen wel even bellen?' vroeg ze toen zacht. 'Ik maak me toch ongerust over haar. Je weet natuurlijk niet hoe ze wakker geworden is. Bovendien begrijp ik niet wat haar bezield heeft. Normaal gesproken drinkt ze nooit. Vandaar dat ze er natuurlijk ook helemaal niet tegen kan.' Ze nam een laatste slok van haar cognac en zette haar glas op tafel. 'Misschien is het beter dat ik meteen bel.'

Jelle wees haar de telefoon.

Er was een uur verstreken, toen de telefoon bij Jelle rinkelde. Jelle nam op en keek haar veelbetekenend aan. Uitnodigend hield hij de hoorn op, die ze met een bonzend hart aannam. Natuurlijk had ze verwacht dat Frans zou bellen na een moeizaam telefoongesprek dat ze met haar moeder had gevoerd. Dat ze van hem

niet het minste begrip hoefde te verwachten, werd haar al heel snel duidelijk. Ze voelde haar handen trillen, toen hij haastig van wal stak. 'Wat is dat nu weer voor flauwe kul helemaal met de bus naar Jelle te rijden? Wat denk je: dat die jongen het plezierig zal vinden met jou opgescheept te zitten? Wat zal hij niet van me denken? Dat ik m'n eigen boontjes niet doppen kan? Je zet me wel weer voor schut. Hoe kom je er toch bij naar Jelle te gaan?'
'Frans, ik moest met iemand praten,' zei ze zacht.
'Ja, dat had ik inmiddels al wel begrepen. Maar dat is toch geen reden om nu juist naar Jelle te gaan? Je kent hem pas. Als we nu vrienden waren, die elkaar door dik en dun steunden, maar dit. Vind je het zelf ook niet belachelijk wat je hebt gedaan?'
'Ik wist niet waar ik anders naar toe moest.' Ze zei het zo zacht dat ze het na een ongeduldig 'Wat zeg je?' van Frans moest herhalen. 'Mijn moeder was gisteravond niet aanspreekbaar. Ik heb de hele nacht liggen piekeren over ons. Over hoe het nu allemaal verder moest.'
'We hadden er toch nog een keer samen over kunnen praten? Was voor mijn part naar de dominee gegaan, maar niet uitgerekend naar Jelle. Hoe kom je toch op het idee? Je kent hem nauwelijks. Ik schaam me gewoon voor je. Dat is toch het laatste waar je aan denkt?'
'Sorry, ik kon niet anders. Ik vind het ook raar van mezelf, maar ik wist niemand anders. Natuurlijk moeten we er samen nog een keer over praten, maar nu moest ik het verhaal aan een buitenstaander kwijt. Iemand die...'
'Ja, houd maar op. Als je maar weet dat ik het een bespottelijke zaak vind. Doe zo iets alsjeblieft niet nog eens.'
'Nee, Frans.' Ze voelde zich net een kleuter die op z'n kop kreeg.
'Wanneer ben je van plan weer terug te gaan?' vervolgde Frans. 'Je hebt toch hopelijk niet het plan opgevat daar ook nog te blijven slapen?'
'Nee, natuurlijk niet,' haastte ze zich te zeggen, hoewel ze er in werkelijkheid helemaal niet over na had gedacht. Alleen de heenreis was belangrijk geweest. Ze had trouwens niet eens genoeg geld meer om nog een strippenkaart voor de terugreis te kopen. Ze zou van Jelle moeten lenen. Wat vervelend nou, dacht ze.

280

'Kun je terugkomen met de bus?' Het was alsof Frans haar gedachten raadde.

Merel keek snel naar de plek waar Jelle was gaan zitten, maar de stoel was leeg. Hij had zich kennelijk teruggetrokken. 'Nee,' zei ze zacht. 'Dat kan ik niet. Ik kan geen strippenkaart meer kopen.'

Aan de andere kant van de lijn klonk een diepe zucht. 'Ook dat nog. Ik had het kunnen weten. Zo iets is net wat voor jou. Dan blijft er dus niets anders over dan je op te halen.'

'Je wilde vanavond toch al komen, is het niet?'

'Daar gaat het niet om. Maar m'n auto loopt niet op water. Het is maar even dat je het weet.'

'Ik wil ook wel geld van Jelle lenen voor de terugreis.'

'Als je dat maar laat. Dan staan we natuurlijk helemaal voor gek. Nou Merel, hartstikke bedankt hoor.'

'Het spijt me echt.'

'Denk daar van tevoren maar aan als je weer zulke plannen krijgt.'

'Frans, je kent de reden ervan.'

'Ja, maar ik snap het niet. Als mij zo iets overkomt, overvalt me allesbehalve een gevoel van reislust.'

'Doe toch niet zo hatelijk.'

'Ach, nou ja. Ik heb het op kantoor ook al zo druk. De rare dingen die jij uithaalt, kan ik er helemaal niet bij gebruiken.'

'Moet ik soms op m'n knieën excuses komen aanbieden?'

'Houd maar op. Je ziet me vanavond na het eten wel verschijnen. Ik kan niet eerder komen, want er ligt nog een hele stapel werk op me te wachten. Ik heb het expres mee naar huis genomen om er dit weekend aan te kunnen werken. Als ik het nu weer laat liggen, wordt het deze week overwerken. Daar heb ik helemaal geen behoefte aan, zo vlak voor de bruiloft. We zullen trouwens nog steeds een bankje moeten hebben. Het is net alsof jou dat allemaal niet interesseert. Een normaal mens heeft dat zo kort voor de bruiloft allang voor elkaar.'

'Je bent een geweldige vent.'

'Tot vanavond.' Hij gooide de hoorn op de haak en Merel bleef zitten.

Ze zat verward in een kluwen van tegenstrijdige gevoelens waaruit geen ontsnappen mogelijk leek.

10

'Wat vind je van dit bankje, Merel? Volgens mij is dit precies wat we zoeken.' Frans stond alweer een heel eind verderop in de enorme toonzaal vol met meubels. Slaapkamerameublementen, kledingkasten, bankstellen, slaapbanken, eetkamers en wandkasten: je kon het zo gek niet opnoemen of het was aanwezig. Merel liep langzaam naar Frans toe. 'Leuk,' zei ze eerlijk, het bewonderend. 'Maar wel een beetje duur, vind je ook niet?' 'Wat geeft dat voor een keertje? Daar kunnen we toch ook jaren mee doen? Bovendien heb ik weinig zin nog weer verder te kijken. We hebben de afgelopen weken niet anders gedaan dan alle meubelzaken en -tentoonstellingen aflopen. Onze trouwdag staat al bijna voor de deur. Nog twee weken, Merel. Als we geluk hebben kunnen ze dit meteen leveren. Ik heb namelijk helemaal geen zin na m'n trouwen eerst op sinaasappelkistjes te moeten leven.' 'Je overdrijft,' zei Merel schokschouderend. 'We hebben dat pitrieten bankje nog en een fauteuil.' Ze vroeg zich af waarom ze zo weinig aardigheid had in het uitzoeken van meubels voor hun nieuwe huis. Als het aan haar lag, liet ze Frans alleen de stad in trekken om die spullen aan te schaffen. Misschien zou het anders worden als ze straks echt in hun huis zou wonen. Nu kreeg ze steeds het idee dat ze bij een vreemde op bezoek kwam en ze nooit eigen zou worden. Het was allemaal wel mooi. Ze hadden samen met haar moeder en haar schoonouders schoongemaakt en daarna was het hele huis voorzien van vloerbedekking en gordijnen. Ze had valletjes voor de ramen gehangen. Vrolijke, lichte valletjes. Zoals ze zich dat ook had voorgesteld bij het huis aan de Middellaan. Ze zou bloeiende planten kopen. Chrysantjes, Kaapse viooltjes en van het voorjaar geraniums. Misschien zou het op die manier toch een echt thuis worden. Misschien zou ze er over een poosje toch plezier aan gaan beleven, als ze er zou wonen. Dan zou ze nog tijd genoeg hebben het huis gezellig te maken. Bovendien zou dit huis toch niet hun eindbestemming zijn. Ze zouden in alle rust blijven uitkijken naar een huis dat hun allebei aan zou staan. Een huis dat de koop waard zou zijn en waarin ze samen gelukkig zouden kunnen worden. Gelukkig: het woord schoot ineens in haar gedachten. Waren ze gelukkig? Was Frans gelukkig? Zouden ze samen gelukkig zijn? Als ze naar Frans' gezicht keek, terwijl hij hier zo tussen de meubels rondliep, kon ze niet anders dan het beamen. Frans verheugde zich op hun huwelijksdag, ondanks alles wat er de laatste week tussen hen gebeurd was. Wel duizend keer had hij zich tegenover Jelle verontschuldigd, toen hij Merel had opgehaald. Steeds meende hij weer te moeten zeggen dat Merel nogal overstuur was geweest en dat ze wat overhaast had gehandeld. Jelle had zijn bezwaren proberen weg te wuiven met een: 'In de korte tijd dat Merel en ik elkaar kennen zijn we vrienden geworden. Zij heeft naar mijn problemen geluisterd. Ik heb de hare aangehoord. Daar zijn vrienden voor, Frans. Echte vrienden laten elkaar nooit in de steek.'

'Maar jullie kennen elkaar nog maar zo kort,' had Frans tegengesputterd. 'Ze had toch naar een dominee of zo kunnen gaan?'

'Soms heb je behoefte aan een buitenstaander. Die dominee heeft Merels vader zo goed gekend. Voor hem was hij een goede huisvader, een getrouw kerklid en een echte christen. Zoveel heeft Merel schijnbaar toch nog van haar vader gehouden dat ze gemeend heeft dat hij niet nu, na z'n dood, nog van z'n voetstuk zou moeten vallen. Daar heb ik alleen maar bewondering voor. Laat haar niet in de kou staan, Frans. Ze heeft je nodig. Zoek samen hulp. Dit is geen probleem dat je samen op kunt lossen. Hierbij heb je hulp van deskundigen nodig.'

'Het spijt me nogmaals dat we je lastig hebben gevallen met onze problemen,' had Frans kort gezegd. 'Ik zal ervoor zorgen dat Merel je verder met rust laat.'

Merel had gezien hoe Jelles ogen een paar tinten donkerder waren geworden, maar hij had zich met moeite weten te beheersen.

'Je hebt gelijk. Ik heb me niet met jullie relatie te bemoeien. Desondanks wil ik jullie mijn hulp blijven aanbieden als dat ooit nodig mocht zijn.'

'Daar hoef je niet op te rekenen.'

Merel had erbij gestaan als een onmondig kind. Ze had de spanning tussen de twee mannen gevoeld en eenmaal in de auto was het tot een uitbarsting gekomen.

'Dat komt ervan als je meent dat je buitenstaanders in onze problemen moet betrekken,' was hij uitgevallen, toen de boerderij van Jelle nog maar net uit het zicht was geweest.

'Frans, ik heb geprobeerd het uit te leggen. Vanmorgen had ik het gevoel dat ik zou stikken. Met m'n moeder kon ik er niet over praten. Je hebt toch gehoord dat ze gisteravond dronken op de bank lag? Wat zou jij voelen als je zou merken dat jouw ouders hun problemen niet meer aankonden en daarom hun geluk bij de drank zochten? Eerst had ik dat gesprek met jou gehad en daarna kwam dit. Ik heb vannacht geen oog dichtgedaan. Ik moest het gewoon kwijt. Van Jelle wist ik dat hij me zou begrijpen.'

'Hoe lang ken je hem al?' had Frans spottend gevraagd.

'Daar hebben we het ook al over gehad. Ik weet dat het raar klinkt. We kennen elkaar pas een weekend. Maar in de tijd dat jij met je hoofd in die administratieve rompslomp zat, hebben Jelle en ik gepraat over de dood van z'n vrouw. Soms hoef je elkaar niet eens lang te kennen om te weten dat er wederzijds begrip is.'

'Roerend,' had Frans opgemerkt. 'Probeer je me nu duidelijk te maken dat ik je niet begrijp? Als je Jelle echt zo de moeite waard vindt, kun je je nog bedenken. Misschien mag je op die vervelende stink-boerderij van hem wonen. Je had toch zo de pest aan het buitenleven?'

'Maak het niet zo vulgair,' had ze gesnauwd.

'Nee, hoe kon ik daar toch ook maar iets anders achter zoeken. Ik hoef immers niet bang te zijn dat je met Jelle naar bed zult...'

Hij had z'n zin niet af kunnen maken. In felle woede en een gevoel van onmacht tegenover die kwetsende woorden had Merel een ruk aan het stuur gegeven, waardoor de auto bijna in de berm was beland.

Frans had een verwensing geslaakt, maar had de auto direct daarna naar een parkeerplaats gelaveerd, waar hij haar schokkende lichaam in z'n armen had genomen. 'Oh Merel, het spijt me zo. Ik weet niet wat me de laatste tijd mankeert. Ik wil je niet kwijt, Merel. Daarvoor ben je me te lief.'

Hij had haar tranen weggekust en ze was eindelijk tot rust gekomen. Ze had gehoopt dat er meer begrip van zijn kant zou komen, maar niets was minder waar geweest. De dagen na het gebeurde had hij nergens meer over gepraat. Ze had zelf geprobeerd erover te beginnen, maar hij had haar woorden afgekapt met een kort: 'Alles is vergeten en vergeven. Laten we geen oude wonden meer openmaken.' Ze had gezwegen. En ze zou blijven zwijgen. Dat wist ze. Ze zou haar mond houden, zoals ze dat haar hele leven al had gedaan. Ter wille van haar vader en haar moeder, en nu ter wille van Frans. Over twee weken zouden ze getrouwd zijn. Dan zouden Frans' voetstappen 's avonds op de trap klinken. Ze zou wegkruipen in bed, maar zijn armen zouden haar weten te vinden. Zijn mond zou gretig haar lippen zoeken. Hij zou willen dat ze alles vergat. Maar ze kon het niet. Een koude rilling liep langs haar rug. Ze voelde ineens hoe ze beefde.

'Merel, wat is er? Ben je niet lekker?' Bezorgd sloeg Frans een arm om haar heen.

Verdwaasd keek ze op.

'Wil mevrouw misschien even zitten? Zal ik een glaasje water halen?' Er was een verkoper bij hen komen staan. Een jonge man in een stijlvolle moderne combinatie. Hij wees haar een bank aan. 'Dan kunt u meteen even proberen hoe dit bankje zit.' Hij glimlachte naar haar en haastte zich weg om even later terug te keren met een glas koud water, dat ze dankbaar aanvaardde.

'Gaat het weer een beetje?' vroeg Frans.

'Ja, het spijt me. Ik weet niet wat er ineens met me aan de hand was.'

'Misschien hebt u wat te lang gestaan,' suggereerde de verkoper.

'Dat gebeurt weleens vaker. Nu ja, het is een uitstekende gelegenheid ook meteen de meubels te proberen.'

'Wat denk je van dit bankje?' ging Frans er meteen op in. 'Zelf ben ik er nogal van gecharmeerd. Het zachtblauw in de kussens past uitstekend bij de gordijnen waar die zelfde tint, zij het in bescheiden mate, ook in voorkomt.'

'Gaat u ook even zitten,' nodigde de verkoper Frans uit.

Hij zat al naast haar.

'Het is een mooi bankje,' zei ze mat. 'Echt een bankje om na een dag werken even heerlijk op onderuit te gaan. We zullen er vast veel plezier van hebben.'

'Dus je voelt er wel voor?' Frans stond alweer op.

Ze hoorde hem met de verkoper praten over levertijd en korting. Berustend haalde ze haar schouders op. Hij moest z'n gang maar gaan. Frans had vaker met dit bijltje gehakt. Ze herinnerde zich die keer dat ze bij hem was, toen hij een nieuwe auto kocht. Schaamteloos had hij de prijs naar beneden proberen te halen en daarnaast had hij er nog allerhande accessoires bij geëist. De verkoper in de garage leek het echter de normaalste zaak van de wereld te vinden. Frans had alles gekregen waar hij om gevraagd had.

'Nu nog een bed voor de logeerkamer, Merel. Dan zijn we hier eindelijk klaar.' Frans pakte haar hand.

De verkoper stond nog druk te schrijven.

'We willen nog even rondkijken,' zei Frans. 'Als we u weer nodig hebben, zullen we u wel roepen.' Hij sloeg een arm om Merel heen. 'Nog maar eventjes, meiske, dan zitten we in ons eigen bedoeninkje en kunnen we eindelijk doen en laten wat we zelf willen. Ik verheug me er zo op: samen kerstfeest vieren en een kerstboom kopen. En dan met z'n tweeën de zomer tegemoet. Hopelijk wordt het volgend jaar zeker zo'n mooie tijd als het dit jaar geweest is. We kunnen buiten gaan eten of barbecuen of zo.'

'Ja gezellig, als de buren ons op het bord kunnen kijken,' zei ze schamper.

'Onzin. Het eerste dat we doen is een schutting rond om de hele tuin maken. En houd nu maar op, want ik weet wel dat het huis je nog steeds niet bevalt. Je kunt soms erg kinderachtig doen, Merel.'

De tranen schoten haar in de ogen. Frans had gelijk. Ze was kinderachtig!

'Je zult zien dat het allemaal best zal wennen,' zei Frans nu wat milder.

'Dat weet ik wel,' zei ze zacht. 'Misschien heb je gelijk en is het allemaal een kwestie van wennen. Bovendien is het natuurlijk maar tijdelijk.' Ze probeerde te glimlachen. 'Let maar niet op mij. Het is alsof ik de laatste dagen niet anders doe dan grienen.'

'Spanning,' zei Frans.

Ze zou hem door elkaar willen rammelen. Ze zou hem in z'n gezicht willen schreeuwen: 'Weet je wel waarom ik zo in spanning zit? Omdat ik bang ben. Ik kan niet met je praten over dat wat me zo bezighoudt en dat maakt me bang. Je begrijpt me niet en doet daar ook geen moeite voor. Ik ben bang voor de toekomst, Frans. Luister toch eens een keer echt naar me!' In plaats daarvan zei ze zacht: 'Het zal wel weer overgaan. Die voorbereidingen voor ons huwelijk beginnen me op te breken.'

Hij kuste haar op het puntje van haar neus. 'Over twee weken is het voorbij. Ik verlang ernaar. Maar eerst moeten we ons nog door een rijstebrijberg heen eten. Hoewel, die is momenteel wel te overzien.'

'Dan is het maar goed dat we al een eethoek in de kamer hebben staan. Zo kunnen we er in ieder geval bij zitten,' zei ze in een poging leuk te doen.

Frans lachte. Overdreven hard. De spanning bleef tussen hen in hangen.

Ze stond voor de grote eiken deur en aarzelde. Met lood in haar schoenen was ze het paadje opgelopen dat naar die deur toe leidde. Ze voelde hoe haar hart bonsde. Toen ging haar vinger toch naar de bel, die luid door de gang klonk. Ze schrok er meer van dan ze voor zichzelf wilde toegeven. In de gang klonken voetstappen en ze realiseerde zich ineens dat ze nog gehoopt had dat er niemand thuis zou zijn. Ze zou weg willen rennen, maar haar benen leken verlamd en het was ook al te laat. De deur werd geopend. Het hoofd van mevrouw Aalbers verscheen met een vragende blik in haar ogen om de hoek van de deur. 'Ja? Oh, dag Merel.'

'Sorry,' zei ze nauwelijks hoorbaar. 'Sorry, dat ik u op deze zaterdagmorgen stoor, maar is de dominee ook thuis?'

'Ik zal hem voor je roepen.' Het klonk stug.

Ze leek het echt vervelend te vinden dat ze op hun rustige zaterdagochtend gestoord werden. Opnieuw beving Merel het verlangen weg te rennen, maar ze wist zich te beheersen. Ze moest met iemand praten. Ze had raad nodig. Ze zou nu niet onverrichter zake naar huis terug kunnen gaan.

'Zo Merel, wat brengt jou op deze zaterdag hier?' Dominee Aalbers leek minder last van de storing te hebben. 'Zullen we maar naar mijn studeerkamer gaan? Dan kunnen we rustig praten.'

Hij zag haar bleke, smalle gezichtje en begreep dat het ernstig was.

Ze knikte dankbaar en liep achter hem aan de trap op, nadat hij de deur achter haar gesloten had. De studeerkamer kwam haar bijna vertrouwd voor. Ze was er kort geleden nog met Frans geweest om over de liturgie te praten. De liturgie voor hun huwelijk. Met een handgebaar wees de dominee haar een stoel en ging zelf achter z'n bureau zitten. 'Vertel maar eens, Merel. Wat is er aan de hand?'

Ze haatte zichzelf, toen er in plaats van woorden alleen maar tranen kwamen. Ze wilde niet huilen. Nu niet. Ze wilde kort en zakelijk haar relaas doen en daarna zijn raad vragen, maar het was alsof juist op dit moment de spanning zich een uitweg zocht. Dominee Aalbers liet haar rustig uithuilen. Hij observeerde haar zoals ze daar tegenover hem zat en nerveus de tranen probeerde terug te dringen. 'Schaam je maar niet voor mij. Ik heb op deze plek zoveel mensen zien huilen. Het is de beste manier om iets van je problemen kwijt te raken. Huil maar.'

Mevrouw Aalbers bracht op haar eigen bescheiden wijze koffie binnen. Er was nu niets meer van irritatie vanwege de verstoorde zaterdagochtend te bespeuren.

Pas nadat ze rustig de nog hete koffie gedronken had, kwam Merel weer een beetje tot zichzelf.

'Zo, en vertel het dan nu maar eens.' Dominee Aalbers glimlachte geruststellend.

'Ik...' Het was zo moeilijk om te beginnen. 'Ik ben bang,' zei ze zacht. 'Over anderhalve week ga ik trouwen en hoe meer die dag dichterbij komt, hoe groter de angst wordt. Ik ben bang dat ik niet genoeg van Frans houd. Ik heb het gevoel dat hij me nu al niet begrijpt. Dat hij niet eens naar me luistert.'

'Hoe kom je daar nu bij?' De dominee keek haar doordringend aan, en ineens leken al de woorden die ze van te voren zo keurig ingestudeerd had haar belachelijk toe.

'Ik... ik weet het niet. Het is een gevoel,' hakkelde ze. 'Ik heb problemen en hij veegt ze gewoon van de tafel. Het is alsof hij het de normaalste zaak van de wereld vindt dat hij beslist wat er gebeuren moet. Alsof ik een onmondig kind ben.'

288

'Houd je nog van hem?' Hij keek haar weer met die doordringende blik aan.

'Dat zei ik net,' zei ze ongeduldig. 'Ik twijfel eraan of ik wel genoeg van hem houd. Soms houd ik wel van hem, maar een andere keer weet ik het niet meer. Ik weet het gewoon niet.'

'Heb je daar al met hem over gepraat?'

'Nee, nog niet. Ik twijfel zo. Daarom.'

'Weet je wel dat het heel gewoon is dat je twijfelt voor je zo'n belangrijke stap neemt als het huwelijk?' Ze keek hem niet begrijpend aan, en hij vervolgde: 'Veel mensen beginnen te twijfelen naarmate de belangrijke dag dichterbij komt. Het is ook niet niks. Je belooft elkaar trouw voor de rest van je leven. Natuurlijk kan er tegenwoordig gescheiden worden, maar dat is toch niet de bedoeling als je gaat trouwen. Ik heb ook getwijfeld, Merel, en ik ben onderhand bijna dertig jaar met mijn vrouw getrouwd. Natuurlijk waren er in het begin van ons huwelijk ook de nodige strubbelingen. Die heeft ieder mens. En dat is geen wonder. Twee totaal verschillende mensen gaan samenwonen. Ze moeten leren rekening met elkaar te houden. Mooie en minder mooie karaktertrekken komen naar buiten. Negen van de tien mensen die vlak voor hun huwelijk staan, twijfelen. Dat is eerder regel dan uitzondering. Natuurlijk zal Frans z'n minder mooie kanten hebben. Zoals jij die ongetwijfeld ook hebt. Praat daar met elkaar over. Vertel het als iets je niet zint. Eerlijkheid duurt, zeker in het huwelijk, het langst.' Hij stond op, glimlachte mild en schonk nog een kopje koffie in uit de kan, die z'n vrouw neergezet had. 'Laat de twijfel deze dagen voor je huwelijk niet vergallen. Probeer te genieten. Geniet straks van je huwelijksdag. Je zult het zien: als je voor me in de kerk zult staan, is alle twijfel van je af gevallen.'

'En als ik toch niet genoeg van Frans houd?' vroeg ze een beetje ademloos.

'Dan moet je niet met hem trouwen. Als je hem trouw belooft in de kerk, moet je dat niet doen met een leugen in je hart. Buitenstaanders zien dat niet, maar God weet alles. Bij Hem kun je ook al je zorgen kwijt. Dat weet je toch, Merel?'

'Ja, ja,' zei ze afwezig. Het was allemaal zo gemakkelijk gezegd. Al je zorgen kon je bij God kwijt. Maar als je het idee had dat je geen antwoord kreeg en tegen een koperen hemel aanpraatte, hield je je zorgen wel voor je. Ze glimlachte naar de dominee, die haar aankeek. Waarom was ze hiernaar toe gegaan? Hij begreep haar niet. Waarom zou hij haar ook begrijpen, als ze hem niet vertelde wat haar vader haar aangedaan had? En wat hij haar moeder had aangedaan? Haar moeder, die steeds vaker leek te drinken. Met wie ze niet kon praten. Voor wie ze zich schaamde als ze thuiskwam, omdat ze apathisch op de bank zat. Steeds vaker realiseerde ze zich dat ze allebei hulp nodig hadden, omdat ze er anders samen onderdoor zouden gaan. Professionele hulp. Maar waar vond je die? Ze zou haar verhaal niet aan een wildvreemde kunnen vertellen. Ze schaamde zich ervoor. Waarom vertelde ze het nu niet aan de dominee? Ze opende haar mond, maar sloot die weer. Ze pakte haar kopje koffie en merkte dat haar handen beefden. De dominee keek ernaar en ze hield het kopje onhandig scheef, waardoor een deel van de hete koffie op haar rok belandde en een grote bruine vlek achterliet. Ze voelde pijn, daar waar de koffie neergekomen was.

'Wat is er, Merel? Voel je je niet lekker? Ik zal even een doekje ophalen voor die vlek.' De dominee was al onderweg naar beneden.

Ze schaamde zich toen hij binnenkwam, en onhandig veegde ze over de vlek, die niet minder werd. Ze legde het doekje neer, dronk het laatste beetje koffie op en ging staan. 'Het spijt me, als ik u heb gestoord. Ik heb me aangesteld,' zei ze zacht.

'Zeg dat nooit meer. Ik zie dat niet als aanstellen. Als je met problemen zit, ben je zelfs midden in de nacht nog welkom. Vergeet dat nooit. Wel denk ik dat je je niet zo nerveus over je huwelijk moet maken. Je bent de enige niet die ertegen opziet. Veel mensen twijfelen, voor ze in het huwelijksbootje stappen. Het huwelijk is veel geven en een stuk minder nemen. Ik hoop dat je de spanning een beetje van je af zult kunnen zetten. Over anderhalve week hoop ik dan een stralend bruidspaar in het huwelijk te kunnen verbinden. Het is nog wel niet lang geleden dat je vader overleden is, maar ik weet zeker dat hij zich voor honderd procent achter je besluit geschaard zou hebben. Je vader hield veel van je. Hij was een fijne vent.'

Ze knikte zwijgend. Hoe zou ze ooit aan de dominee kunnen vertellen dat haar vader een ander was dan hij altijd gedacht had? 'Bedankt,' zei ze nogmaals.

Toen dominee Aalbers na nog een: 'Maak je nu niet te veel zorgen, kind, en doe de groeten aan je moeder,' de deur achter haar sloot haalde ze diep adem. Ze moest zich geen zorgen maken. Wat was dat eigenlijk een dooddoener. Hoe vaak had zij dat niet tegen iemand gezegd?' Maak je maar niet bezorgd. Het komt allemaal best goed.' Hoe vaak had zij op die manier iemand aan z'n lot overgelaten? Maar ja, wat wist je van het innerlijk van een ander? Het enige dat je zag was een buitenkant. Een masker. Wat zou dominee Aalbers van haar denken? Dat ze een gewoon jong bruidje was? Een bruidje dat zich te nerveus maakte over de grote dag? Een mensenkind waar je je geen zorgen over hoefde te maken? Er waren grotere probleemgevallen binnen de gemeente. 'Je vader hield veel van je. Hij was een fijne vent.' De woorden klonken nog na in haar oren. Hoe zou zij hem ooit duidelijk kunnen maken dat het niet waar was? Ze stopte in een mismoedig gebaar de handen in haar zakken en liep weg. Haar vader leefde niet meer en zijn geheim had hij mee het graf in genomen. Haar restte niets anders dan te zwijgen.

11

De jurk waar ze in zou trouwen hing aan de kast. Merel kon het vanuit haar bed zien. Het was een schitterende, aparte creatie. Dezelfde die ze op de bruidsmodeshow gezien had. Niet een echte bruidsjapon, maar wel een jurk waarin ze er prachtig uit zou zien. Ze zou nog naar de kapper gaan om haar bos koperrode krullen in een charmant kapsel te laten veranderen. Samen met Frans zou ze een mooi paar vormen. Nog even. Nog drie dagen. Dan zou ze mevrouw Mulder worden. Mevrouw Merel Mulder-van Vierhouten.

Haar moeder was druk geweest met het aan kant maken van het huis. De ramen waren gelapt. Alle meubels waren van hun plek af geweest en schoongemaakt en opgewreven. Ze was in haar element geweest, had Merel gemerkt. Vooral nadat Merel haar een compliment gemaakt had. Misschien zou het goed zijn als haar moeder meer bezigheden kreeg. Dingen waardoor ze zich nuttig zou kunnen voelen. Misschien zou ze zich op kunnen geven als vrijwilligster in het ziekenhuis. Ze kon goed luisteren. Ze wist wat narigheid was. Ze zou het een dezer dagen eens naar voren brengen. Merel draaide zich nog eens om, nadat ze de klok van de kerktoren vlak bij hun huis twee keer had horen slaan. Twee uur in de nacht, en ze had nog geen oog dichtgedaan. Zoals ze zoveel nachten hiervoor ook niet of nauwelijks had geslapen.

Ze had zichzelf voorgehouden dat het kwam door de spanning en drukte zo vlak voor haar huwelijk. Ze wilde immers nergens anders meer aan denken? Dominee Aalbers had haar verteld dat het heel normaal was voor een aanstaande bruid dat de twijfel toesloeg. Waarom stak dan toch steeds weer de angst op dat ze er niet goed aan deed? Dat ze samen doodongelukkig zouden worden, omdat Frans niet wilde inzien dat ze een probleem had? Een probleem dat hij achteloos van tafel veegde met een: 'Ik ben je vader niet. Als we getrouwd zijn zul je merken dat het ook anders kan. Dan zul je die hele, onverkwikkelijke geschiedenis kunnen vergeten.'

Ze zuchtte. Waarom luisterde hij nooit naar haar? Waarom deed hij alsof haar problemen niet belangrijk waren? Waarom schoof er in haar gedachten steeds weer een ander gezicht voor dat van Frans, ook al probeerde ze het beeld van Frans vast te houden? Frans zou haar man worden. Ze kenden elkaar al zo lang. Ze mocht niet aan iemand anders denken. Waarom bleef dat gezicht haar dan toch achtervolgen? Het gezicht van een man die haar serieus nam; een man die de tijd nam om naar haar te luisteren. Een gezicht dat hoorde bij een stoere boer met brede schouders en een lachend gezicht. Ze kende hem nog maar zo kort, maar het had meteen tussen hen geklikt. Ze hadden samen echt gepraat. Ze hadden naar elkaar geluisterd. Het was geen eenrichtingsverkeer geweest, zoals ze dat gevoel bij Frans vaak wel had. Frans leek soms alleen maar te willen nemen. Hoewel ze begreep dat er ook van haar verwacht werd dat ze meer gaf dan nam, joeg de

gedachte haar angst aan. Ze wilde geen leven zoals haar moeder. Een leven van enkel geven. Ze zou het niet kunnen. Ze had zo nu en dan ook aandacht nodig. Oprechte aandacht. En het idee dat ze serieus genomen werd. Dat haar problemen niet doodgezwegen zouden worden. Dat Frans haar zou willen helpen. Misschien zouden ze samen hulp kunnen zoeken. Hulp voor een probleem waarvan ze soms het idee kreeg dat ze onder het gewicht ervan verpletterd zou worden. Maar Frans wilde geen hulp. Hij wilde het vergeten en vergde van haar dat ze het ook zou vergeten. Van de doden niets dan goeds. Voor ze Jelle Wiersma ontmoet had, dacht ze dat alle mannen zo waren. Ze had niet beter geweten. Tot ze Jelle had ontmoet. Dat had alles anders en minder vanzelfsprekend gemaakt. Daarom was ze naar Jelle teruggegaan, toen de problemen haar boven het hoofd dreigden te groeien. Ze had het voor zichzelf niet durven toegeven, maar ze zag het nu ineens heel helder: ze was van Jelle Wiersma gaan houden. Daarom alleen was ze naar hem toe gegaan. Ze had geweten dat hij haar zou begrijpen. Zoals zij hem had begrepen, toen hij over de dood van Marion gepraat had. 'Je kent me nauwelijks,' had Jelle de eerste keer gezegd. 'Eergisteren kende ik je nog niet en nu vertel ik je alles wat ik aan geen ander wilde vertellen.'
De dood van Marion: ze had zich vaak afgevraagd wat Marion voor vrouw was geweest. Volgens Jelle een boerin in hart en nieren. Ze had hem gelukkig weten te maken. Op de schoorsteenmantel had Merel een foto zien staan. Een foto van een stralende jonge vrouw. Een gelukkige jonge vrouw. Geen wonder als je met Jelle getrouwd was. Ze had jaloezie gevoeld en had zichzelf belachelijk gevonden. Er was geen enkele reden jaloers te zijn. Marion was dood en zijzelf was een gezonde jonge vrouw met nog een heel leven voor zich. Een heel leven. Zouden er momenten komen dat ze net zo gelukkig zou zijn als deze Marion? Want dat was meer dan ze op dit moment van zichzelf kon zeggen. Ze was niet gelukkig. Ze was alleen maar bang en onzeker. Zou er ooit een tijd komen dat ze niet meer aan Jelle zou denken? Liefde groeide, zeiden ze weleens. Misschien had haar liefde voor Frans tijd nodig. Dat moest het zijn. Ooit was ze verliefd op hem geweest. Verliefd, zoals ze nu op Jelle was. Als ze maar met Frans

getrouwd zou zijn, zou alles wel anders worden. Dan zou ze wel weer van hem houden op dezelfde manier als ze dat deed voor ze Jelle ontmoet had. Er was ook geen andere mogelijkheid. Zo vlak voor de bruiloft kon ze toch moeilijk tegen Frans zeggen dat ze er toch van afzag. Het zou laf en gemeen zijn. Het zou allemaal best goedkomen, als ze maar eenmaal getrouwd zouden zijn. Waarom liep haar nu ineens het klamme zweet langs de rug, als ze daaraan dacht? Een heel leven samen met Frans. Ze ging rechtop zitten en knipte het licht aan. Wilde ze dat wel? Een heel leven samen met Frans? Mocht ze wel met een leugen het huwelijk ingaan? Ze trouwden immers ook in de kerk? Ook tegenover God zou ze haar jawoord geven. Ze hadden samen met de dominee de hele dienst geregeld. Ze wilden een zegen over hun huwelijk vragen. Hoe kon God hun huwelijk zegenen, als ze haar jawoord niet met een onbevangen geweten uit zou kunnen spreken? Ze zuchtte en stapte haar bed uit. Heel voorzichtig opende ze de slaapkamerdeur en sloop naar beneden. In de keuken warmde ze voor zichzelf wat melk op en deed een lepeltje honing in de beker. Volgens haar moeder was het een probaat middel tegen slapeloosheid. Met kleine slokjes dronk ze even later van de melk en probeerde ze voor zichzelf alles op een rijtje te zetten. Over drie dagen zou ze trouwen met de man van wie ze altijd gedacht had dat hij de ware was. Nadat Jelle binnen haar gezichtsveld was gekomen, was die mening veranderd. Jelle luisterde. Jelle had wel geduld. Toen ze hem nodig had was ze naar hem toe gegaan en hij had geen moment laten merken dat hij er vreemd van had opgekeken. Integendeel. Voor hem was het heel vanzelfsprekend geweest. Toch zou ze hem moeten vergeten, want ze was voor Frans bestemd. Bovendien had ze geen idee hoe Jelle over haar dacht. Ze zou trouwen met Frans, terwijl ze in haar hart huilde om Jelle. Ze kon niet anders. Het zou een ramp betekenen, als ze nu bakzeil zou halen. Niet alleen voor Frans, maar ook voor haarzelf, Frans' ouders en haar eigen moeder. Alles was geregeld. Er was geen weg terug meer. Het zou laf zijn als ze zich nu terugtrok. Maar was het niet nog veel laffer als ze wel trouwde met de man die haar hart niet meer bezat? Ze zou niet alleen haar eigen leven de vernieling in werken, maar het zijne erbij. Stel je voor dat hij er ooit achter zou komen dat ze van een ander hield. Stel je toch eens voor. Ze voelde zich ineens misselijk worden en spoelde het laatste beetje melk door de gootsteen.

'Merel, wat spook jij hier midden in de nacht uit?' Haar moeder stond ineens achter haar en Merel schrok ervan.

'Ik kon niet slapen,' zei ze onwillig, en ze bedacht hoe heerlijk het zou zijn als ze nu haar angsten en twijfels kwijt zou kunnen bij haar moeder. Maar ze zou niet begrepen worden, zoals haar moeder zoveel dingen niet begreep of niet wilde begrijpen. Nog steeds stak ze haar kop in het zand. Nog steeds wilde ze voor de buitenwereld niet weten wat er in hun gezin was gebeurd. Ze was nog dezelfde als vroeger, toen ze deed alsof ze niet wist wat haar vader op donderdagavond deed. Ze voelde ineens afschuw in zich omhoogwellen. Waarom moest ze nog langer het spelletje meespelen? Moest ze dan werkelijk de rest van haar leven opofferen, zoals ze tot nu toe steeds had gedaan? En alles enkel om de goede naam op te kunnen houden? Ze wilde het niet meer en haar besluit stond ineens vast. Het zou een hele opschudding geven als ze haar beslissing kenbaar zou maken, maar ze kon niet anders. Het zou afschuwelijk zijn Frans zo'n pijn te moeten doen. Dat wilde ze niet, maar ze zag geen andere mogelijkheid. Ze zou nu eerlijk moeten zijn. Niet alleen ten opzichte van Frans, maar vooral ook tegenover zichzelf. Morgen zou ze het hem moeten vertellen. Van haar liefde voor Jelle hoefde hij niets te weten. En Jelle zelf net zomin. Niemand zou dat ooit te weten komen. Misschien was het goed als ze daarna weg zou gaan. Ver weg van hier. Van haar familie, vrienden en kennissen. Weg van de herinneringen, die haar hier bleven kwellen. Bovendien zou ze Frans hier steeds weer tegenkomen en ze wist dat ze hem nooit meer onder ogen zou durven komen, als hij haar beslissing zou vernemen.

'Ik praat tegen je. Waarom antwoord je niet?' zeurde de stem van haar moeder.

Het bracht haar weer bij haar positieven. 'Sorry, ik vrees dat ik nu toch slaap begin te krijgen.'

'Ik zal morgen wel iets kalmerends halen bij de drogist. Je begint er steeds slechter uit te zien en dat is niet goed voor een aanstaande bruid.'

'Misschien word ik dat wel niet,' merkte ze landerig op, wat haar moeder een verschrikt: 'Wat bedoel je daar nu mee?' ontlokte. 'Laat maar,' zei ze gelaten. Ten slotte had haar moeder er niets mee te maken. Het enige dat ze ermee zou bereiken was dat haar moeder vannacht ook geen oog dicht zou kunnen doen. Frans zou de eerste zijn die haar beslissing hoorde. Daar had hij recht op. 'Ik ga naar bed,' zei ze zacht. 'Het spijt me, als ik je wakker gemaakt heb.'

'Blijf morgen maar eens lekker uitslapen,' zei haar moeder hartelijk. 'Je hebt toch vrijaf in verband met je huwelijk.'

Merel had alweer spijt van de onaardige gedachten die ze over haar moeder gekoesterd had. Even legde ze een arm op de vaalroze mouw van haar moeders duster. 'Maak je over mij maar niet bezorgd. Wel te rusten!'

'Wel te rusten, kind.'

De tranen schoten Merel ineens in de ogen. 'Kind,' had haar moeder tegen haar gezegd. Alsof ze eindelijk in de gaten had, hoe kwetsbaar ook zij was. Ze liep gauw de keuken uit, naar boven, zodat haar moeder niets van haar emoties zou merken.

De nacht was lang geweest. Er leek geen einde te komen aan de duisternis, en ondanks de melk had ze niet meer geslapen. Met wijd open ogen had ze in het donker liggen staren. Steeds nieuwe schrikbeelden hadden zich aan haar opgedrongen. Ze zou het tegen de dominee moeten zeggen. Ze zouden de kerk die dag niet nodig hebben, evenmin als het gemeentehuis en het hotel, waar ze met de naaste familie zouden dineren. Het was ineens allemaal niet meer nodig. Het was goed dat ze geen grote bruiloft wilden geven. Natuurlijk zouden er ook nu gasten afgezegd moeten worden, maar het zouden er geen honderd vijftig zijn. Ze draaide zich voor de zoveelste keer om en zuchtte. Het bruidsboeket zou afbesteld moeten worden, evenals de corsages voor de gasten, en hoe zou het verder moeten met het huis en de inboedel? Zou Frans er willen wonen? Zij in ieder geval niet. Wat haar betreft zou hij alles mogen houden. Wat zouden de kindertjes van haar klas teleurgesteld worden. Juf ging ineens niet trouwen. Ze waren al aan het voorbereiden geweest, had ze gemerkt. Ze werd in ieder geval nog weleens de klas uit gestuurd met de een of andere smoes. En het meest zag ze op tegen het gesprek dat ze morgen met Frans moest hebben. Wat zou ze moeten zeggen? Hoe zou hij reageren? 'Frans, ik kan niet met je trouwen. Ik ben bang. Het zou niet goed gaan tussen ons. We passen niet bij elkaar. Het spijt me dat ik dat nu pas inzie. Ik houd wel van je, maar niet genoeg om een leven lang samen te delen. Het jaagt me angst aan. Je zult niet genoeg geduld met me hebben. Dat weet ik. Elke avond zal ik bang zijn voor jouw voetstappen op de trap.' Ze huilde. Ze durfde het niet tegen hem te vertellen, maar ze kon niet anders. Er was geen andere oplossing. Ze zou zijn leven in één klap ruïneren. Daar was ze zich terdege van bewust, maar er was geen andere uitweg. Ze zou veel mensen pijn moeten doen en ze zou het niet kunnen voorkomen. Waarschijnlijk zou ze zelf de meeste pijn moeten lijden.

De volgende morgen stond ze op met een barstende hoofdpijn en bij het ontbijt kreeg ze van haar moeder een nieuwe reprimande over haar eigenzinnigheid.
'Ik had je nog zo gezegd dat je eens lekker moest uitslapen. Je ziet eruit als een geest.'
Ze zweeg. Haar moeder moest eens weten wat ze nog voor een klap zou moeten incasseren vandaag. Traag werkte ze een boterham naar binnen. Ze zou er wat voor overhebben als ze vandaag gewoon naar haar werk zou kunnen gaan. Net zoals al die andere dagen. Maar ze had vrij vandaag. Vrij, omdat ze ging trouwen. Wat zouden de kinderen nog druk zijn met het maken van erebogen. Dat deden ze altijd bij dit soort gelegenheden. Merel wist het. Er hingen in Walters kamer nog foto's van haar voorgangster. Ze keek onopvallend naar haar moeder, die tegenover haar zat. In haar vale duster ontdekte ze een vlek. Hoe zou haar moeder het huwelijk met haar vader zijn ingegaan? Zou ze ook haar twijfels hebben gehad? Vast niet. Ze wist dat haar moeder altijd vreselijk veel van haar vader had gehouden. Ze had altijd tegen hem opgekeken. Zoals zij in eerste instantie ook tegen Frans had opgekeken. Dank zij Jelle was ze het allemaal anders gaan bekijken. Jelle had haar de ogen geopend.

'Wat kijk je toch naar me?' Haar moeder zette met een klap haar kopje thee op het schoteltje. 'Mankeert er wat aan me?'

'Je hebt een vlek in je duster,' zei Merel vlak. 'Je zou eens een nieuwe duster moeten kopen. Deze is vaal en goor.'

'Niemand ziet me hier toch zeker?' reageerde haar moeder verongelijkt. 'Nee, dat vind ik geld weggooien.'

'Dat is geen geld weggooien,' zei Merel fel. 'Dat is jezelf verzorgen. Denk je dat het voor mij prettig is iedere morgen tegen die zelfde gore duster aan te moeten kijken?'

'Dan blijf ik in het vervolg wel in bed liggen tot jij weg bent. Bovendien heb je er over een paar dagen geen last meer van. Dan zit je in je eigen huis en kun je tegen Frans aan kijken.'

'Je moet jezelf beter verzorgen,' probeerde Merel het nog een keer. 'Niet alleen een andere duster kopen, maar ook wat vlotte kleding. Je zou er veel leuker uit kunnen zien dan je nu doet.'

'Wat een onzin. We hebben laatst toch samen dat pakje gekocht voor jouw bruiloft? Het geld groeit me niet op de rug, hoor. Je denkt toch niet dat ik m'n nette kleren aantrek, als ik aan het werk ben in huis?'

Merel zuchtte. 'Tussen nette kleren en wat jij aan hebt zit wel een heel groot verschil.'

'Schaam jij je soms voor mij?'

'Ja!' zei Merel hard. 'Ik schaam me voor je, zoals jij erbij loopt. Alle vrouwen van jouw leeftijd zien er nog goed uit, maar jij loopt er als een sloofje bij. Papa zag je misschien niet staan, maar er zijn genoeg mensen die niet zullen kunnen begrijpen dat je er zo bij loopt.'

'Laat je vader nu eens met rust. Kun je misschien ook eens in positieve zin aan hem denken?'

'Waren er positieve dingen over hem te vertellen dan?'

'Merel, wat geweest is, is geweest,' zei haar moeder wanhopig. 'Ik wil er niet meer over praten.'

'Maar ik wel! Voor mij is het niet voorbij. Ik denk er nog elke dag aan. Het beheerst m'n leven. Het beheerst ook jouw leven. Want dank zij papa ben je geworden zoals je bent. Niets. Een voetveeg.'

298

'Ik heb van hem gehouden en hij hield van mij. Dat wil je maar steeds niet geloven en toch is het zo.'

Merel knikte zwijgend van achter haar bord. Haar moeder leefde in een andere wereld dan zij. Ze zouden nooit nader tot elkaar komen. Ze begrepen elkaar niet. Ze haalde diep adem. Haar hoofd barstte bijna. Het leek alsof er een band rond om haar hoofd lag, die steeds strakker aangetrokken werd. Het maakte haar misselijk. Ze zou weer naar bed willen, maar ze had vanmorgen met Frans in hun nieuwe huis afgesproken. Samen zouden ze de laatste voorbereidingen treffen. Daar zou nu niets van komen. Ze zou hem een andere mededeling doen. Ze huiverde.

'Laten we erover ophouden,' zei haar moeder. 'Overmorgen ga je trouwen. Dan zul je het huis uitgaan. Ik neem het je niet kwalijk als ik je hier niet meer zal zien. Misschien is het voor ons allebei wel beter. Het enige waar ik nog naar verlang is rust. Ik wil niet steeds herinnerd worden aan alles wat is gebeurd. Je vader had ook z'n goede kanten. Dat maakte dat ik tot het laatst toe van hem ben blijven houden. Jij denkt alleen maar in negatieve zin aan hem en daarmee doe je me elke keer weer verdriet. Je vader heeft veel van je gehouden. Hij heeft ook veel voor je gedaan. Herinner je je nog hoe vaak hij je vroeger mee naar de speeltuin nam?'

Merel stond op. Ze voelde hoe de tranen over haar wangen stroomden. Haar moeder leek haar ineens niet meer te zien. Ze staarde voor zich uit. 'Hij was een goede man,' hoorde Merel haar nog zeggen, voor ze de kamer uitging.

12

Ze liep door het stille, nieuw ruikende huis. Haar vingers streken in een teder gebaar langs de gordijnen, de meubels en hun slaapkamerameublement. Ze had zich er een voorstelling bij gemaakt, toen ze dit allemaal hadden gekocht en later, toen ze alles een plaatsje in hun huis hadden gegeven. Frans was er zo blij mee geweest. Voor haarzelf had dat veel minder gegolden. Eerst had ze gedacht dat het aan het huis lag. Ze had zo graag aan de Middellaan gewoond, maar Frans had dat anders gezien. Zoals hij zoveel dingen anders zag. Ze had het gemerkt toen ze hem vertelde wat er vroeger met haar was gebeurd. Frans' reactie was zo heel anders geweest dan die van Jelle. Bij Frans kreeg ze het idee dat ze zich aanstelde. Dat ze gewoon moest vergeten. Het was goed dat Jelle niet wist wat ze voor hem was gaan voelen. Ze moest denken aan z'n warme aandacht en de tijd die hij voor haar vrij had gemaakt. Jelle! Het leek een schreeuw die recht uit haar hart kwam. Wat zou het fijn zijn als ze hier met hem over zou kunnen praten. Maar hij mocht het niet weten. Nooit! Ze keek op haar horloge. Nog een kwartier: dan zou Frans er zijn. Ze zou blij zijn als alles voorbij was en hij zou weten wat voor beslissing ze genomen had. Ze wist niet hoe hij zou reageren. Bitter, boos of juist verdrietig. Was het allemaal maar voorbij. Misschien zou ze dan ook eindelijk die vreselijke hoofdpijn kwijtraken, die haar nog steeds misselijk en duizelig liet zijn. Ineens zag ze zijn auto voor het huis stoppen en het liefst was ze op dat moment via de achterdeur naar buiten gevlucht, maar hij had haar al gezien. Hij lachte en stak z'n hand op. Ze bleef doodstil staan. Een gevoel van verlamming leek door haar hele lichaam te stromen. Ze had het idee dat ze in elkaar zou zakken. Z'n gezicht verscheen voor het raam. Hij beduidde dat ze de deur voor hem moest openen, omdat hij z'n handen vol had. Met grote inspanning wist ze ten slotte toch de buitendeur te bereiken. 'Wat deed je toch?' klonk Frans' stem. 'Had je niet gezien dat ik die grote doos in m'n handen had? Het leek wel of je staand stond te slapen. Heb je al koffie gezet?' Hij gaf haar een snelle kus, nadat hij z'n bagage op de grond had gedeponeerd en liep meteen door naar de keuken. 'Je hebt nog niets gedaan. Ben je hier ook nog maar net?' Ze antwoordde niet. En dat scheen hij niet eens te verwachten, want hij vervolgde: 'Zet je nu dan even koffie? Ik ben alweer een hele tijd onderweg. Voor ik koffie heb gedronken, doe ik helemaal niets meer.'

Automatisch liep ze ook naar de keuken, pakte de bus waar ze net gisteren koffie in had gedaan en gooide een paar scheppen in een filterzakje. Daarna deed ze water in een spiksplinternieuw koffiezetapparaat met een bijzonder fraaie vormgeving. Frans zou het straks allemaal mogen houden, bedacht ze ineens. Ze hoefde niets, helemaal niets, van wat ze samen hadden gekocht. Frans had alle rechten. Ze bedacht dat ze het hem zo meteen moest zeggen. Straks onder de koffie, als ze even rustig zouden zitten. Ze voelde haar handen trillen toen ze op het knopje drukte, waarna het water langzaam begon door te lekken.

'Ik heb de lampen opgehaald. Ben je niet benieuwd?' Frans stond alweer in de kamer. 'Kom even kijken.'

'Ik heb ze toch al in de winkel gezien?' zei ze onwillig.

'Ja natuurlijk, maar dat is alweer even geleden. Ik betrapte me er zelf in ieder geval op dat ik me er geen voorstelling meer van kon maken.'

Ze ging naast hem staan, terwijl hij de lampen uit de doos haalde en ze met een haast teder gebaar omhooghield. 'Wat vind je hiervan? Prachtig toch, niet?'

Ze knikte krampachtig. Nog heel even: dan zou ze het moeten zeggen. Straks bij de koffie, die nu ieder moment klaar kon zijn. Op dat moment ging de bel. Ze schokte rechtop.

Frans keek naar buiten. 'De buurvrouw! Wat moet dat mens nou hier? Als het maar niet zo'n loopster is met wie we straks elke avond opgescheept zitten. Doe jij even open, Merel? Zeg maar dat we het druk hebben. En vraag maar of ze een andere keer terug kan komen.'

Haar knieën knikten, terwijl ze naar de deur toe liep. Door het glas in de deur zag ze de vrouw staan. Een jonge magere vrouw in een modern spijkerpak. Haar korte haren jongensachtig opgeknipt. Ze deed een beetje aarzelend de deur open.

'Hallo!' Ze zag een vrolijk gezicht. Bruine ogen keken haar lachend aan. 'Sorry, dat ik je even stoor. Je zult wel denken: wat moet dat mens hier? Jullie zijn druk natuurlijk. Mag ik even binnenkomen? Ik maak het echt niet lang.'

Merel hield de deur iets verder open, hoewel ze die het liefst met een knal weer in het slot had willen laten vallen. Wat moest die vrouw hier? Ze had geen tijd. Ze wilde praten met Frans. Ze zouden nooit buren worden. Nooit.

'Leuk hebben jullie het hier. Modern en toch niet kil en onpersoonlijk. De vrouw liep haar voorbij, de gang in. Ze stak nu haar hand uit. 'Ik zal beginnen me voor te stellen. Ik ben Letty Woerdman. Mag ik doorlopen? Ik zag dat je man in de kamer bezig was.' Ze wachtte niet eens op antwoord, maar deed de deur naar de kamer open met een joviaal: 'Hoi! Oh, hier is het ook al mooi, zeg. Gezellig hoor!'

Ze keek rond, terwijl Merel probeerde Frans' blik te ontwijken, die geen twijfel liet over zijn gevoelens. Ze kon het niet helpen dat die buurvrouw hier binnengedrongen was. Als het aan haar lag, was het mens ook zo weer buiten.

'Jullie zullen wel denken: wat een raar mens.' Het was alsof de buurvrouw hun gedachten raadde. Ze stelde zich ook voor aan Frans en vervolgde: 'Ik wilde jullie eigenlijk vragen voor een kopje koffie. Jullie zijn nog zo druk, dat ik dacht dat jullie wel geen tijd zouden hebben zelf te zetten.'

'Ik heb de koffie net klaar,' merkte Merel op en hoopte dat de vrouw nu ogenblikkelijk de benen zou nemen, maar de buurvrouw was niet uit het veld te slaan.

'Dan drink ik toch een kopje koffie met jullie mee? Niet te lang, hoor. Ik weet dat jullie nog veel te doen hebben. Ik ben gelukkig al helemaal gesetteld. Het bevalt me hier prima, maar het is wel een beetje erg rustig. Gelukkig dat jullie hier nu komen wonen. Hopelijk zullen we goed met elkaar overweg kunnen.'

Hulp zoekend keek Merel naar Frans, maar die haalde berustend z'n schouders op. 'Dan zal ik maar een kopje voor ons allemaal inschenken. Ik hoop dat ik genoeg heb. Natuurlijk had ik alleen op Frans en mezelf gerekend.' Ze hoorde zelf dat het hatelijk klonk, maar het interesseerde haar niet in het minst.

'Ik drink maar één kopje mee, hoor,' probeerde de buurvrouw nog geruststellend te zeggen. Ze glimlachte nu een beetje onzeker, maar liet zich toch op de splinternieuwe bank vallen.

Merel zei niets meer, maar liep naar de keuken, terwijl Frans zich onwillig tegenover de buurvrouw in een stoel zette. Vanuit de keuken hoorde Merel de vrolijke, soms schelle lach van Letty Woerdman opklinken en daartussendoor de rustige stem van Frans. Ze keek naar de achterdeur, die naar de tuin leidde waarachter nog geen schutting geplaatst was. Dat zou later komen, als ze er eenmaal woonden. Hoe verleidelijk leek het nu niet stiekem die achterdeur uit te glippen, de tuin uit, de straat uit en Frans' leven uit. Ze zuchtte. Het zou laf zijn, en ze was niet laf. Straks zou ze alles tegen Frans vertellen. Straks, als die buurvrouw eindelijk de deur uit zou zijn. Ze legde koekjes op een schaal. Een mooie witte schaal met een smalle oudroze rand. Een schaal die bij hun servies paste dat ze samen met zoveel zorg hadden uitgekozen. Alles bij elkaar was het een smaakvol geheel geworden. Ze hadden er samen van willen genieten. Voorzichtig tilde ze het houten blad op, dat voorzien was van een smalle rieten rand. Haar moeder had er een kleedje op gehaakt. Een ragfijn, wit kleedje, waartegen de kopjes zo mooi afstaken. Alles in hun huis was mooi, nieuw en met liefde uitgezocht. Waarom kon dat nu niet zo blijven? Ze had het immers helemaal in eigen hand? Als zij niets zou zeggen, zou er over drie dagen gewoon getrouwd worden. Misschien zou Jelle op de bruiloft komen. Ze hadden hem een uitnodiging gestuurd. Hij zou vast en zeker iets van zich laten horen. Ze stootte met haar elleboog de deur naar de kamer open.

Frans was in een geanimeerd gesprek gewikkeld met de buurvrouw. Hij lachte zowaar. 'Moet je horen, Merel, wat toevallig.' Hij keek op toen ze de kamer binnenkwam. 'Letty's zus heeft nog bij me in de klas gezeten op de lagere school. Letty kwam me al zo bekend voor. Het is natuurlijk al jaren geleden. We waren allebei nog kinderen en Letty zat nog drie klassen lager dan ik, maar toch blijft zo'n gezicht je bij. Maar Woerdman zei me niets. Geen wonder: Letty heet Verhoef met haar meisjesnaam. En Letty Verhoef ken ik wel. Letty en Jeanine Verhoef. Ik ben vroeger nog een beetje verliefd op Jeanine geweest. Zoals de meeste jongens trouwens. Jeanine was het mooiste meisje van de klas.'

'Leuk,' reageerde Merel tam. Ze zette de kopjes op tafel en presenteerde de koekjes. Zelf nam ze er geen een. Het leek alsof haar keel dichtgeschroefd zat. Er zou nog geen kruimel door kunnen. 'Heb je al een beetje zin hier te komen wonen?' informeerde Letty vriendelijk.

Merel haalde haar schouders op. 'Als we straks alles maar voor elkaar hebben.'

'Nou, ik woon hier nu een maand, maar ik kan je wel vertellen dat we nog geen moment spijt hebben gehad. Karel, dat is mijn man, is druk in de tuin bezig en voor mij is het fantastisch in zo'n nieuwbouwwoning te wonen. We hebben jarenlang op kamers gezeten en later in een flat. Dit hier is pure luxe en daar geniet ik nog elke dag van.'

'Logisch dat je dan van je tuintje geniet,' merkte Frans op. 'Maar dat doen wij straks ook hè, Merel?'

Ze wilde niet antwoorden. Het was niet eerlijk. Ze zou niet samen met Frans van dit huis genieten. Dat wist ze, en toch kon ze op dit moment niet anders dan het beamen. Ze kon het Frans nu nog niet vertellen. Niet waar Letty Woerdman bij zat. Ze voelde zich duizelig. De koffie, die ze met kleine teugjes dronk, leek als een baksteen in haar maag te vallen. Ze zette het kopje weer op tafel en keek toe hoe Letty met drukke gebaren een avontuur uit haar schooltijd aan Frans vertelde. Ze had het idee dat dit niet te lang meer zou mogen duren. Ze kon de spanning niet langer aan. Ze moest het zeggen.

'Ik ga weer eens.' Letty Woerdman keek op haar horloge en stond op. 'Als jullie een beetje op orde zijn kom ik graag nog eens langs en natuurlijk zijn jullie bij ons ook van harte welkom. Heerlijk, straks in de zomer kopen we een barbecue. Dan kunnen we gezellig samen achter het huis barbecuen. Ik verheug me er al op.'

Ze gaf Merel vormelijk een hand. 'Ik hoop dat we goede buren zullen worden. Voor jullie trouwdag wens ik jullie alvast heel veel plezier toe. Geniet er maar van. Zo'n hoogtepunt beleef je niet vaak in je leven.'

Merel knikte. Haar stem weigerde. Ze voelde hoe Frans haar een beetje bevreemd aankeek.

'Bedankt,' hoorde ze hem zeggen. 'Ik denk wel dat we het goed met elkaar zullen kunnen vinden.'

Merel liet haar uit. Toen ze de kamer weer inkwam, stond Frans op een trapkrukje om een lamp op te hangen.

'Een aardig mens, niet?' informeerde hij langs z'n neus weg. 'Typisch dat je elkaar dan zo weer tegenkomt. Dat had ik vroeger niet kunnen denken. Dat wordt een geschikte buurvrouw voor ons. Daar ben ik zeker van.'

'Nee,' zei ze hard. Het was er zo maar uitgeschoten, zonder dat ze het zelf wilde.

Frans liet de lamp even voor wat hij was. 'Wat bedoel je met "nee"?' informeerde hij.

'Ze wordt onze buurvrouw niet. In ieder geval niet de mijne.' Ze haalde diep adem. Het leek alsof de woorden buiten haar om gingen. Ze wilde ze stoppen, maar haar mond praatte verder, alsof ze er zelf geen macht meer over had.

'Hoe bedoel je dat?' Frans kwam met een sprong neer op de grond. Hij pakte haar schouders en dwong haar zo hem aan te kijken.

'Ik... Wij.' Er stroomden tranen langs haar wangen. Tranen van verdriet, van angst en van pijn, omdat hij haar schouders zo heel stevig vasthield. 'Het spijt me, Frans, maar we zullen nooit samen in dit huis wonen. Ik kan niet met je trouwen.'

'Hoezo: je kunt niet met me trouwen?' Z'n gezicht was lijkbleek geworden. Z'n vingers drukten in het vlees van haar schouders. Het deed haar pijn, maar ze vond het niet erg. Hij mocht haar wel pijn doen. Hij mocht haar vernederen. Ze had het verdiend.

'Ik houd niet genoeg van je.' Het klonk zo goedkoop. Hoe durfde ze het toch te zeggen? Jarenlang waren ze samen geweest. Ze hield toch van hem? Waarom moest het allemaal zo eindigen? Ze keek naar z'n gezicht en haatte zichzelf, omdat ze de angst in z'n ogen zag. Dezelfde angst die ze diep in zich ook voelde. Ze praatte harder. 'Het spijt me zo, Frans. Maar ik zou een huichelaar zijn. Ik kan niet met je trouwen. Het zou een leugen zijn, en ik kan niet leven met een leugen.'

'Je liegt!' zei hij. 'Je bent niet goed bij je hoofd. Misschien ben je overspannen of zo. Houd op met die grapjes. Ik houd daar niet van. Dat weet je.'

'Het is geen grapje,' zei ze zacht.

'Dat kan niet anders. Je hebt al die tijd beweerd dat je van me hield. Dat kan niet zo maar ineens omslaan. Dat is niet mogelijk, hoewel. Misschien ben je bang voor het huwelijk? Dat hoor je weleens vaker. Dat vrouwen ineens in paniek raken, omdat ze denken dat ze niet genoeg van hun man houden of dat het huwelijk een sleur zal worden. Maar dat geldt voor ons niet. We zijn jong.

We hebben samen zoveel plannen gemaakt. We houden toch van elkaar? Ja toch?'

Ze schudde langzaam haar hoofd. 'Nee, Frans. Ik houd niet genoeg van je om een heel leven met je te delen. Ik heb het al die jaren gedacht, maar ineens zag ik het, voelde ik het. Nadat ik je verteld had van vroeger. Van mijn vader. Ik merkte dat je me niet begreep. Je deed alsof het niet bestond. Ik kon er niet met je over praten. Het maakte me bang, Frans. Bang voor de toekomst met jou. In het begin hoopte ik nog dat ik het wel zou klaarspelen, maar ik besef nu dat ik dat niet kan.'

'Moet dat dan alles tussen ons kapotmaken?' Hij schreeuwde. 'Ik houd toch van je? Je moet wel overspannen zijn of zo. Je moet het een poosje rustig aan doen. Straks, als we getrouwd zijn, kun je uitrusten. Ik zal alles voor je doen, maar begin nu niet weer over je vader. Dat is nu voorbij, want je vader is dood, weet je. Hartstikke dood!'

'En daar heb ik niet met je over kunnen praten.' Ze schreeuwde nu ook. 'Zoals ik nooit met jou over belangrijke dingen heb kunnen praten. Kun je je nog herinneren dat ik je vertelde wat mijn vader me had aangedaan? Natuurlijk was je geschokt. Waarschijnlijk nog het meest vanwege het feit dat ik je nooit eerder wat verteld had. Ik had je steun op dat moment zo nodig, want ik voelde me zo schuldig. Ik hoopte dat we er samen goed over zouden kunnen praten, maar jij probeerde me nog meer schuld aan te praten. Je vroeg hoe het kwam dat m'n vader jaren achter elkaar met z'n praktijken door had kunnen gaan? Dat heeft me zo bezeerd, Frans. Dat je ook nog dacht dat het mijn schuld was. Dat kon ik niet verdragen en daar kan ik niet mee leven. Voor de ambtenaar van de burgerlijke stand kan ik misschien nog doen alsof ik vertrouwen in een toekomst met jou heb. Ik kan goed toneelspelen. Maar als we naar de kerk gaan, vragen we een zegen van God. En Die weet heel goed hoe het er in mijn hart uitziet. Voor Hem hoef ik niet toneel te spelen. God weet toch alles.'

'Je lijdt aan godsdienstwaanzin, jij. Je bent over je toeren en daarom ben je niet voor rede vatbaar.' Hij probeerde haar tegen zich aan te trekken.

Ze wilde haar hoofd tegen z'n jasje leggen. Ze rook z'n after-shave en voelde de stof van z'n overhemd tegen haar wang. Ze maakte zich los uit zijn omarming. 'Niet doen, Frans. Maak het allemaal niet erger dan het al is.'

'Wat denk je dan dat ik zal doen? Dat ik m'n schouders op zal halen en zal zeggen: goed, als jij dat zo wilt, dan zal ik me daarin schikken? Merel, we hebben een zaal gehuurd en een diner besteld. We zijn in ondertrouw gegaan en hebben een hele liturgie uitgezocht. Mijn hele familie is van plan te komen. Mensen van heel ver. Wat moet ik ze zeggen? Sorry, dames en heren, maar het feest gaat niet door? Merel, we hebben samen ons huis ingericht. We huren dit huis. Moet ik er soms straks alleen in gaan wonen? Wat denk je van je trouwjurk en van mijn pak? Handen vol geld heeft het ons gekost. Weken van voorbereiding. Wat wil je dat ik doe? Hoe denk je dat er over ons gesproken zal worden, als we de mensen meedelen dat het niet doorgaat?'

'Daar zal ik voor zorgen,' zei ze zacht. 'Je mag het huis ook hebben en de hele inboedel. Alles wat we samen hebben uitgezocht. Ik hoef het niet. Houd het alsjeblieft.'

'Geloof je nu echt dat je me daarmee kunt troosten? Ik hoef dat allemaal niet in m'n eentje. Ik wil hier niet alleen wonen. Ik wil met je trouwen!'

Het klonk als een noodkreet. Ze huiverde. 'En toch kan ik niet met je trouwen. Ik zal de rest van m'n leven misschien alleen blijven, maar dat is beter dan te trouwen met de man van wie ik toch niet echt kan houden.

'Het is niet eerlijk, Merel, daar nu mee aan te komen. Natuurlijk heb ik m'n fouten. Ten slotte ben ik ook maar een mens. Maar die onhebbelijkheden heb ik al sinds het begin van onze verkeringstijd en nooit heb je er wat van gezegd. Dat had je wel moeten doen. Nu is het te laat ermee aan te komen. We staan op het punt van trouwen. Merel, laat me nu niet in de steek. Ik zal alles doen wat ik kan om je vertrouwen en je liefde weer terug te winnen. Vertel me wat ik fout doe en ik zal erop letten, maar laat me nu niet alleen, Merel. Ik smeek het je.'

Ze voelde zich week worden, maar meteen dacht ze weer aan Jelle. Hij was een ander mens dan Frans. Van hem hield ze, en dat zou ze altijd blijven doen. Jelle zou het nooit mogen weten en Frans

307

evenmin. Maar ze zou niet met Frans kunnen leven en met hem het bed delen, terwijl haar gedachten bij Jelle waren. Dat was hard voor Frans. Het zou de komende tijd ook heel moeilijk voor hem worden, maar het was beter dan dat hij er tijdens hun huwelijk achter zou komen dat er een ander was van wie ze meer hield dan van hem. 'Het spijt me zo, Frans. Ik kan niet anders. Eens zul je het misschien begrijpen.'

'Is er dan een ander in het spel?'

Z'n ogen priemden in de hare, maar ze sloeg ze niet neer. Wel voelde ze dat ze een kleur kreeg. 'Nee,' loog ze. 'Het gaat niet om een ander.' Ze voelde zich niet eens schuldig. Het was beter zo.

'Dan zal je liefde wel weer terugkomen.' Frans leek te herademen. 'Daar ben ik zeker van. Op een dag zul je weer net zoveel van me houden als je altijd hebt gedaan. Net zoals ik nu nog van je doe. Ik zal in het vervolg alle geduld van de wereld met je hebben. Je bent nu gewoon een beetje overstuur. Laten we nu verder de spullen in orde maken. Dan praten we nergens meer over.'

Hij praatte tegen haar alsof hij tegen een klein kind sprak, en ze wist dat hij geen gelijk had. Hij praatte zoals hij dat altijd tegen haar deed als ze weer een voorstel had gedaan wat in zijn ogen eigenlijk te dwaas was om erover te discussiëren. Zo zou hij altijd blijven doen, want het zat in hem. Hij zou een vrouw moeten hebben, die tegen hem opkeek en die hij op handen kon dragen. Een vrouw die alles van hem pikte, omdat ze vond dat Frans een geweldige man was en ze het enorm met hem had getroffen. Dat had zij ook altijd gedacht. Ze had gedacht dat het allemaal aan haar lag en dat het zo hoorde, tot ze Jelle had ontmoet. 'Je zou jezelf niet zijn en je zou het niet volhouden,' zei ze zacht tegen Frans. 'Je bent in mij teleurgesteld, omdat ik zo lang tegen je gezwegen heb. Het is ook niet allemaal jouw fout. Het is mijn angst geweest, die me ervan heeft weerhouden met je te praten over dat wat mijn vader me heeft aangedaan. Je zult nog meer geduld met me moeten hebben dan je tot nu toe hebt gehad, en ik weet niet of ik dat van jou mag vergen. Ik denk ook niet dat je dat zult kunnen hebben. Jij wilt zo snel mogelijk alles vergeten. Je denkt dat ik dan mijn angsten wel zal overwinnen, maar dat

is niet zo. Ik moet erover praten. Maar met jou is dat onmogelijk. We zouden beiden ongelukkig worden, Frans. Misschien zul je dat over een tijdje inzien. Nu kunnen we nog uit elkaar. Over een poosje zouden we moeten scheiden en stel je eens voor dat er toch kinderen zouden komen? Dan zouden we het zoveelste verdeelde gezin worden en voor een kind is dat vreselijk. Daar heb ik wel voorbeelden van gezien in de klas. Van kinderen die het haast niet kunnen verwerken. Nu is het nog niet te laat. Het zal afschuwelijk zijn om alles af te zeggen. Maar ik zal die taak op me nemen. We zullen vreemde, pijnlijke reacties van mensen krijgen. Allebei zullen we een moeilijke tijd door moeten maken. Ik ben me ervan bewust dat ik de schuldige ben. Je zult me nu nog niet kunnen vergeven, maar ik hoop dat er eens een tijd zal komen dat je dat wel kunt. Ik zal je missen, Frans. Er is een heel lange tijd geweest dat ik wel van je gehouden heb. Dat was een goede tijd. Ik hoop voor je dat je eens weer net zo gelukkig zult worden.'
Ze liep de kamer uit naar de kapstok, waar haar jasje hing. Haar dunne zomerjasje, dat eigenlijk te koud voor de tijd van het jaar werd. De zon liet zich nog wel regelmatig zien, maar had aan kracht ingeboet. 's Morgens hingen gouden webben in de struiken. Het was een prachtige tijd om te trouwen. Met een klap sloeg ze de voordeur achter zich in het slot. Ze keek niet meer om, hoewel ze wist dat Frans voor het raam stond. Ze voelde z'n ogen bijna in haar rug steken. Ze pakte haar fiets en reed weg.

Frans had niet stilgezeten, terwijl zij langzaam naar huis fietste. Ze merkte het toen ze de kamer binnenkwam, waar haar moeder met behuilde ogen op de bank zat. Gisteren was de telefoon aangesloten. Hij had meteen naar haar huis gebeld. Merel zei niets, terwijl ze tegenover haar moeder op de bank ging zitten. Haar moeder zou uit zichzelf wel beginnen. Daar hoefde ze niet lang op te wachten.
'Frans belde net.' Haar moeder leek een hoopje ellende. Alsof het haar eigen bruiloft betrof.
'Oh ja?' Ze probeerde rustig te blijven, maar ze voelde hoe ze trilde over haar hele lijf. Het gesprek met Frans had haar meer aangepakt dan ze zelf gedacht had.

'Ik heb tegen hem gezegd dat ik met je zou praten, maar ik denk dat het niet nodig is. Je zult er zelf onderweg ook wel over hebben gedacht. Je bent een beetje over je toeren, denk ik. Zal ik Frans maar weer bellen om te zeggen dat hij kan komen? Dat alles gewoon doorgang vindt?'

Ze schudde haar hoofd. 'Nee, mam. Het is geen grapje of zo. Het heeft ook niets met mijn geestelijke gesteldheid te maken. Ik zal niet met Frans trouwen, omdat ik niet genoeg van hem houd.'

'Waarom kom je daar dan nu pas mee? Je trouwjurk hangt aan de kast klaar om gedragen te worden. Familieleden hebben een vrije dag gekregen. Alles is geregeld. Hoe denk je alles af te kunnen zeggen?' De stem van haar moeder klonk bitter. Haar gezicht toonde weer dat hulpeloze waar Merel zo'n hekel aan had.

'Ik kan niet met Frans trouwen omdat u dat zo graag wilt of omdat familie en vrienden een vrije dag hebben.' Ze haalde diep adem. 'Het is mijn leven en ik moet het op mijn manier invullen. Pas de laatste dagen is het heel duidelijk tot me doorgedrongen dat Frans daar niet in past. We zouden elkaar vreselijk ongelukkig maken en dat is niet de bedoeling van een huwelijk. Er is op dit moment geen andere uitweg, mam. Als ik die gevonden had, was ik hier zeker niet aan begonnen.'

'Hoe denk je dat de familie zal reageren?' ging haar moeder verder. Het was alsof ze Merels woorden niet tot haar door wilde laten dringen. 'Wat denk je dat ze zullen doen als ze het horen?'

'Roddelen,' zei Merel hard. 'Daar ken ik ze goed genoeg voor. Ik snap niet dat je je daar nog wat van aantrekt. Ze roddelen ook wel als onze trouwdag gewoon door zou gaan. Laat ze maar. Nu hebben ze eindelijk eens een goede reden.'

'Frans is toch een fijne jongen, Merel?'

'Als schoonzoon misschien wel. Daar kan ik helaas geen rekening mee houden. Maar wat interesseert het jou of ik gelukkig word? Als je die façade van de gelukkige familie maar op kunt houden. Wat geeft het of dit allemaal voortkomt uit de littekens die mijn vader op z'n geweten heeft? Als niemand dit maar in de gaten krijgt. Als jij maar door kunt gaan met het verstoppen voor de buitenwereld. Alsof je het zo vreselijk vindt dat hij dood is. Hij heeft ook jou op een afschuwelijke manier behandeld. Maar daar mag in dit huis niet over gepraat worden. Steek je kop maar weer in het zand. Als jij het maar niet ziet, ontgaat het een ander misschien ook wel. Dat ik niet met Frans kan praten over mijn problemen is van minder belang. We zijn een leuk stel, als je ons naast elkaar ziet lopen. Dat ben ik helemaal met je eens. Maar met een aardige buitenkant alleen kom je er niet. Geestelijk moet het ook klikken, en we leefden nu al langs elkaar heen.'

'Dus je meende het echt wat je vanmorgen tegen Frans hebt gezegd? Je weigert met hem te trouwen?'

'Als je dat zo wilt stellen, ja.'

Haar moeder ging staan. Merel zag in haar blik zoveel woede dat ze even bang werd, maar ze bleef haar moeder aankijken. Heel langzaam wees haar moeder in de richting van de deur. 'Dan ben je wat mij betreft hier niet meer welkom. Je bestaat niet langer meer voor me. Zo'n dochter hoef ik niet!'

Merel voelde hoe bleek ze werd. De harde woorden echoden na in haar oren. 'Zo'n dochter hoef ik niet!' Het was haar eigen moeder die dat gezegd had. Een moeder die het nooit voor haar opgenomen had en die haar ook nu weer in de steek liet, ook al wist ze dat ze haar nu zo nodig had. 'Zo'n dochter hoef ik niet!' Ze zou willen gillen en schreeuwen. Ze voelde een bijna onbedwingbare neiging in huilen uit te barsten. Realiseerde haar moeder zich wel in welke crisis ze zich bevond? Besefte ze niet hoezeer Merel haar op dit ogenblik nodig had?

'Eruit!' Ze realiseerde het zich niet. Ze stond er alsof ze haar hond naar buiten schopte, nadat die z'n behoefte in de kamer had gedaan. Zonder emoties, alsof het haar niet interesseerde. Alsof ze niet van het beest hield. Alsof ze niet van Merel hield.

Merel boog haar hoofd en liep de kamer uit.

Merel likte de laatste envelop dicht en legde die bij de rest van de stapel op tafel. Ze had dezelfde adressen geschreven als vier weken daarvoor, toen ze de aankondiging van hun huwelijk hadden weggestuurd. Een mooie, eenvoudige kaart was het geweest. Veel mensen hadden haar ermee gecomplimenteerd. Nu was het een andere boodschap. Er stond op: Wegens persoonlijke omstandigheden delen wij u mee dat ons huwelijk op woensdag 29 oktober a.s. geen doorgang zal vinden. Wij hopen op uw begrip in dezen. Een eenvoudig briefje, dat vele malen gekopieerd was. Zo'n mededeling zou ook naar Jelle gaan. Hij zou Frans misschien bellen. Zou hij ooit vermoeden dat hij een oorzaak was van het niet doorgaan van hun huwelijk? Daar moest ze nu niet aan denken. Ze had het slechter kunnen treffen. Walter Houvast had meteen hulp aangeboden, toen zij 's avonds ineens bij hem op de stoep had gestaan. Z'n vrouw had de logeerkamer in orde gemaakt. Ze zou hier kunnen blijven, tot er een andere oplossing gevonden zou zijn. Morgen zouden de mensen hun afschrijving ontvangen. Ze zouden zich afvragen wat de oorzaak van het niet doorgaan van hun huwelijk zou zijn. Ze zouden het waarschijnlijk snel weten. Er liep een traan langs haar wang naar beneden. Ze probeerde die nog weg te vegen, maar het was al te laat. Hij spatte uiteen op de laatste envelop en liet een natte plek achter. Haar leven leek op dit moment een nachtmerrie, die ze zichzelf had aangedaan. Toch had ze er geen spijt van. Ze had niet anders gekund.

13

Ze wist niet meer hoe lang ze daar voor het raam gestaan had. Ze kon zich niet meer herinneren hoe lang ze geroepen had. 'Merel, kom terug. Het spijt me zo. Kom terug en laat me niet in de steek. Ik durf hier niet alleen achter te blijven. Ik ben zo bang.' Ze wist ook niet, of ze het hardop gezegd had of dat die woorden alleen in haar gedachten waren opgekomen. Ze wist alleen dat ze nu alles kwijt was. Het was haar eigen schuld, zoals alles wat verkeerd gegaan was in haar leven haar eigen schuld was. Het was of Emmy van Vierhouten de ogen van haar man in haar rug voelde prikken. Ze kon een huivering niet onderdrukken. Misschien was Hendrik het wel met haar eens geweest. Het was niet fatsoenlijk je bruiloft af te zeggen. En al helemaal niet als dat ook nog een paar dagen van tevoren moest gebeuren. Hendrik had dat vast niet getolereerd. Naar hem zou Merel vast wel geluisterd hebben. Merel. Emmy glimlachte ineens. Zij had die naam aan het kind gegeven, toen het geboren was. Hendrik had haar willen vernoemen naar z'n moeder, die Dirkje heette. Het was de enige keer geweest dat ze voor haar kind was opgekomen. 'Mijn kind zal geen Dirkje heten,' had ze gezegd. 'Het is een mooi kind. Een voorjaars-kind. Hoor je buiten die Merel zingen, Hendrik? Zo zal ze heten: Merel. Merel van Vierhouten.' Waarom had ze dat later niet meer gedurfd? Was ze misschien murw geslagen door de handelwijze van Hendrik? Of was ze gewoon te laf geweest? Langzaam draaide Emmy van Vierhouten zich om. Steeds weer hoorde ze boven de geluiden van Merel die aan het inpakken was. Opnieuw zag ze Merel van het tuinpad aflopen. In haar hand droeg ze een koffer. Een kleine leren koffer, die Hendrik en zij haar nog eens met sinterklaas hadden geschonken. Het was alsof er een bandje in haar hoofd werd afgespeeld. Een videofilm, die steeds opnieuw werd teruggespoeld en afgedraaid. Ze voelde zich moe en eenzaam.

Ze slofte naar de keuken en haalde een glas uit de kast. Daarna pakte ze de fles sherry die ze zo zorgvuldig verstopt had in de parapluhak. Merel wilde niet dat ze sherry dronk en ze had laatst nog gezegd dat ze dat nooit meer deed. Maar vandaag kon ze er niets aan doen. Vandaag had ze het nodig, want ze voelde zich zo koud van binnen. De sherry zou haar verwarmen. De sherry zou haar verwarrende gedachten tot stilstand brengen. Merel beweerde dan wel dat drank geen problemen oploste, maar ze werden er in ieder geval even door naar de achtergrond geschoven. Emmy ging op de bank zitten. Ze sloeg haar grijze, groezelige vest dicht om zich heen. Koud was het. IJskoud. Voorzichtig schonk ze de sherry in haar glas. Ze lachte even. 'Proost. Op Merel, op Hendrik. Op alles. Alles wat verkeerd is gegaan.' De lach was verdwenen. Haar mondhoeken beefden, maar ze vermande zich en dronk in één slok haar glas leeg. Daarna schonk ze nog een glas in en ging achteruit in de kussens zitten. Dit was beter. De drank ontspande haar een beetje. Ze zou Merel kunnen vergeten en Hendrik was dood. Aan hem hoefde ze ook niet meer te denken. Hij zou nooit meer naar haar kijken en nooit meer zou hij z'n kwetsende opmerkingen tegen haar kunnen maken. Ook Merel kon hij geen kwaad doen. Dat was goed. Merel kon rustig trouwen. Of ging ze toch niet trouwen? Het was ineens zo verwarrend allemaal. Merel ging niet trouwen. Ze kon niet met Frans praten. Praten: wat een onzin. Had zij ooit goed met Hendrik kunnen praten? Toch waren ze samen heel lang getrouwd geweest. Het was een smoes van Merel. Een ordinaire smoes. Ze had het wel in de gaten. Ze wilde gewoon niet trouwen. Ze was bang. Bang dat Frans het te weten zou komen van haar vader. Maar wat had Frans ook alweer gezegd, toen hij haar vanmorgen belde? 'Ik weet alles. Alles van uw man en Merel. Wat dat betreft acht ik u niet hoog. U hebt haar in de steek gelaten. U wist wat er gebeurde en u hebt niets gedaan.' U hebt niets gedaan. Niets gedaan. De aanklacht echode na in haar oren. Niets gedaan. Ze sloot haar ogen. Het was of ze het telefoongesprek van vanmorgen opnieuw hoorde. 'Maar dat is nu allemaal verleden tijd en u kunt het goedmaken. Probeer met Merel te praten. Vertel haar dat ik geduld zal hebben. Ik houd van haar, mevrouw Van Vierhouten. Dat moet ze beseffen.' Ze had het niet verteld. Ze had alleen maar gezegd dat Merel weg moest gaan. Ze wist zelf niet waarom. Weer zag ze die blik van ongeloof in Merels ogen, toen ze haar had gezegd dat ze weg moest gaan. Ze had niet anders gekund. Ze had de woorden van Frans niet kunnen overbrengen. Dan zou ze Hendrik weer in de steek laten. Ze wilde er niet over praten. Hendrik leefde niet meer. Ze mocht geen slechte dingen over hem zeggen. Dat hoorde niet. Dat deed je niet. Daarom was het nu goed dat Merel weg was. Ze zou weer over haar vader beginnen en hem de schuld van alles geven. Maar het was haar eigen schuld geweest. Ze was te jong geweest. Te mooi en te uitdagend. Dat had ze moeten begrijpen. Waarom deed ze dat niet? Waarom strooide ze steeds weer zout in de wond die haar nog zo vreselijk pijn deed? Kom, ze zou er nog maar eentje nemen. Het nam de druk een beetje weg. Straks zou ze lekker kunnen slapen. Ongestoord. Merel zou niet meer terugkomen. Er zou niemand zijn die zich nog voor haar schaamde. Ze zou haar eigen leven kunnen leiden. Eindelijk.

'Hé dame, kom es effe kijke.' Merel keek even op en zag dat een marktkoopman een trui omhooghield met grote, opvallend glim-

mende letters die het in het Engels over de liefde hadden. 'Een kooppie, dame. Dat mag je niet voorbij laten gaan!' Ze schudde lachend haar hoofd. 'Laat maar. Dat is mijn stijl niet.' Ze liep door en hoorde achter haar rug hoe de koopman nog wat tegen haar schreeuwde, maar ze deed geen moeite het te verstaan. Het was een kille januaridag. Ze kroop dieper weg in de kraag van haar jas. Op de hoek van de straat stonden wat mensen naar een aantal straatmuzikanten te kijken. Ondanks de kou ging ze er toch bij staan en zette de boodschappentas stevig tussen haar voeten op de grond. Als ze haar tas wilden roven, moesten ze haar eerst op de grond gooien. Geïnteresseerd sloeg ze de verrichtingen van de muzikanten gade. Jonge mannen met lang zwart haar, dat ze allemaal in een vlecht bij elkaar gehouden droegen. Ze hadden donkere, knappe gezichten. Waar zouden ze vandaan komen? Peru? Bolivia? Ze genoot van de muziek, die haar even de kou liet vergeten. Fraaie, melodieuze muziek, gespeeld op een panfluit en op een tokkelinstrument. Ze ving de blik van een van de jonge mannen, die naar haar glimlachte, waardoor een rij gave, witte tanden zichtbaar werd. Ze keek een andere kant op. Om haar heen hoorde ze de mensen praten. Amsterdammers. Drie maanden lang woonde ze hier nu alweer. Ze kon het zich haast niet voorstellen. Haar leven was na het gesprek met Frans in een soort stroomversnelling geraakt. Haar moeder had haar de deur gewezen en ze was naar Walter Houvast gegaan. Hij was op dat moment de enige geweest van wie ze hulp verwachtte. En niet ten onrechte. Ze was onmiddellijk welkom geweest in de ruime woning van Walter, waar hij met z'n vrouw en jongste zoon woonde. Ze hoorde weer z'n reactie, nadat ze hem het hele verhaal had verteld. 'Wat heb je enorm veel moed nodig gehad daar eerlijk voor uit te komen en dan nog zo kort voor je bruiloft. Kind, wat heb jij een moeilijke tijd gehad, en wij hebben daar op school niets van gemerkt. Natuurlijk willen mijn vrouw en ik je helpen. Je bent hier voorlopig welkom. Ik kan je ziek melden. Waarschijnlijk wil je nog even niet aan het werk?'
'Jawel. Zo snel mogelijk weer. Morgen, als het kan. Ik wil het de kinderen zelf vertellen. Ze hebben zich er zo op verheugd. Vertel ook maar niets aan het team. Dat doe ik morgenochtend wel. Dat

is beter zo. Anders weten ze hun houding niet te bepalen als ik morgen binnen kom stappen en dat zorgt voor vervelende situaties.'

'Zoals je wilt. Ik moet de invalster natuurlijk wel meedelen dat je er morgen gewoon weer bent, maar daar vind ik wel een oplossing voor. Hier ben je in ieder geval zolang welkom. Mijn vrouw heeft er geen problemen mee. Ze mag je graag. Bovendien doet Hannie niets liever dan de helpende hand bieden als dat nodig is. Het zal je hier vast aan niets ontbreken. Morgen kunnen we weleens kijken hoe het verder moet. Je moeder zal misschien wat tijd moeten hebben om het te verwerken. Misschien wil ze dan juist graag dat je terugkomt.'

Merel had er niet op gereageerd. Ze wilde niet eens meer terug. Als ze aan haar moeder dacht, voelde ze enkel haat. Trouwens, ze wist heel goed dat deze uitbarsting niet alleen met haar beslissing om niet te trouwen te maken had gehad. Er broeide al zo lang iets tussen hen. Het was begonnen na Merels openlijke beschuldiging wat haar vader aanging. Het was alsof haar moeder de schuld van haar vaders fouten bij haar probeerde te leggen. Bij Walter had ze ervoor gezorgd dat iedereen afgeschreven werd. Ze had de eigenaar van het restaurant en de afdeling bevolking van het gemeentehuis ervan in kennis gesteld en de dominee een verontschuldigende brief geschreven. Een brief zonder adres. Ze wilde niet dat hij contact met haar zou zoeken. De rekeningen die nog betaald moesten worden, werden door haar betaald. Ze vergat niemand: de kapper, de fotograaf en de bloemist. Sommigen hadden begrip voor de situatie. Anderen stuurden toch een nota voor de kosten die ze al gemaakt hadden en de afspraken die ze niet hadden kunnen maken in verband met hun werkzaamheden voor de bruiloft. Eigenlijk was dat alles het minst pijnlijk geweest. De volgende morgen op school had ze moeilijke momenten gekend. Haar collega's hadden vreemd opgekeken toen ze gewoon weer bij hen in het kamertje kwam zitten. Ze had hen in sobere bewoordingen verteld van haar beslissing en had veel steun ondervonden. De kinderen hadden teleurgesteld gereageerd. Wat moest er nu gebeuren met die mooie erebogen die ze voor juf gemaakt hadden? Sommige onder hen hadden zelfs nieuwe kleren voor de feestelijke gelegenheid gekregen. Ze hadden zich verheugd op de kinder-receptie, de gebakjes en het versje dat ze speciaal voor 'juf Merel' hadden ingestudeerd. Zou dat nou allemaal niet doorgaan? hadden ze gedacht. Merel had de pijn een beetje proberen te verzachten door die morgen op gebakjes te trakteren en de kinderen het lied te laten zingen. Ze hadden spelletjes gedaan en toen de kinderen om twaalf uur naar huis gingen, waren ze dol enthousiast geweest. De ouders hadden beter gereageerd dan Merel verwacht had, maar na afloop van de morgen was ze doodmoe van de spanning geweest. Bovendien was het op dat moment heel duidelijk voor haar geweest dat ze er niet blijven kon. Ze had weg gemoeten uit die stad. Weg van alle herinneringen. Als ze echt opnieuw wilde beginnen, zou ze hiervandaan moeten, had ze gedacht. Met Walter had ze erover gepraat. Ze waren samen overeengekomen dat ze zou wachten tot er een nieuwe leerkracht aangetrokken was. Daarna zou ze naar Amsterdam gaan. Walter had daar een zuster wonen die etages verhuurde en na een telefoontje van Walters kant was dat snel geregeld geweest. Daar zou Merel een nieuw leven kunnen beginnen. Na een sober afscheid was Merel anderhalve maand later met de trein op weg naar Amsterdam gegaan. Walter had van haar huis nog wat persoonlijke dingen opgehaald, die ze na de ruzie met haar moeder niet mee had kunnen nemen. Haar moeder had niets gezegd toen zij terug was gekomen en zij had niets gevraagd. Ze wilde niets van haar moeder weten. Niet hoe het met haar was en niet of ze nog naar haar gevraagd had. Ze had het zich wel voor kunnen stellen, en daarom had ze gezwegen. Gelukkig verhuurde Walters zuster de etage geheel gemeubileerd. Voorlopig hoefde ze zich niet druk te maken over meubels en gordijnen. Als ze werk zou kunnen vinden in Amsterdam en ze over wat geld zou kunnen beschikken, zou ze op den duur wel uit kunnen kijken naar een eigen kamer of flatje en daar meubels voor kunnen aanschaffen. Voorlopig was dit de beste oplossing. Toen ze op het Centraal Station aangekomen was, had ze zich een moment heel eenzaam gevoeld. Onmiddellijk waren haar de woorden van een lied van de legendarische Marlene Dietrich in gedachten geschoten: 'Allein in einer grossen Stadt und doch so ganz allein.' Een betere typering voor haar gevoelens van dat moment was niet denkbaar geweest. Een taxi had haar naar de plaats van bestemming gebracht. Het appartement was meegevallen. De meubels waren niet supermodern, maar ze gaven de ruim opgezette kamers toch een zekere knusheid. Ze had zich er direct thuis gevoeld. Hilda Houvast, Walters zuster, was nooit getrouwd. Ze had dit huis ooit eens gekocht, omdat het zo magnifiek gesitueerd was. En omdat het veel te groot was voor haar alleen, was ze al heel snel begonnen met het verhuren van appartementen na een intensieve verbouwing. Hilda was een goedlachse vrouw. Alleen haar achternaam verried haar verwantschap met Walter. Verder vertoonde ze geen enkele overeenkomst met hem. Met haar te dikke lijf was ze voor Merel uit geschommeld. Ze had gezegd: 'Ik hoop dat het hier een beetje naar je zin is en dat je hier zult kunnen wennen. Van Walter heb ik natuurlijk wel het een en ander vernomen. Ik mag altijd graag weten wat voor vlees ik in de kuip heb. Het doet me denken aan een beslissing die ook ik ooit eens heb moeten nemen in m'n jonge jaren. Ook ik heb ooit een relatie verbroken. Ik kreeg het idee dat ik erin zou verdrinken. 't Was gelukkig niet vlak voor m'n bruiloft, maar daarom niet minder aangrijpend. M'n verloofde stond te snotteren als een klein kind. Ik heb tijden last van schuldgevoelens gehad, hoor. Dat mag je gerust weten. Nou, je zult het al wel gehoord hebben. Ik ben daarna nooit meer getrouwd. Gewoon omdat ik de ware Jacob niet meer tegenkwam. Om eerlijk te zijn ben ik daar nooit rouwig om geweest en van die beslissing indertijd heb ik nooit spijt gehad. Hoe moeilijk het op dat moment ook was. Twee jaar samen met iemand vlak je niet zo maar uit. Maar het leven zoals ik dat nu leef bevalt me wel. Ik zou geen man meer om me heen kunnen verdragen.'

Merel had niet gezegd hoe het er met haar voor stond. Dat haar gevoelens van liefde zich op een ander gericht hadden. Dat ze bovendien achtervolgd werd door een verleden. Dat angst en onzekerheid haar achtervolgden.

's Avonds had ze meteen adreswijzigingen geschreven. Het waren er niet veel geweest. Naar Frans' familie had ze niets gestuurd. Het was goed als ze niet zouden weten waar ze woonde. Bij Walter thuis had Frans' moeder haar nog een keer opgebeld. Ze had in niets meer op de vriendelijke, nette dame geleken. Ze was heel anders geweest dan ze zich altijd voor had gedaan. De marktkooplui hier in Amsterdam hadden nog heel wat van haar vocabulaire op kunnen steken.

De menigte rondom haar maakte aanstalten verder te lopen. De muzikanten pauzeerden een ogenblik. Merel gooide een gulden in de gitaarkist die uitnodigend openstond. Daarna liep ze verder de Albert Cuyp op. Ze was van de sfeer op deze markt gaan houden. De kooplui met hun Amsterdamse dialect en hun heel verschillende waren. Exclusieve kleding, sieraden, c.d.'s, groente, fruit of vis: het was er allemaal te vinden. Ze zorgde ervoor dat ze zeker één keer in de week hier haar boodschappen deed. Voor vanavond had ze Hilda te eten gevraagd. Die lieverd had het verdiend. Vanmorgen had Merel het bericht gekregen dat ze was aangenomen op een kantoor waar ze had gesolliciteerd. Het bedrijf waar ze geweest was, was hetzelfde als waar Hilda een uitstekende baan had. Toen bekend werd dat er een vacature zou ontstaan, had Hilda haar meteen naar voren geschoven. Nu had Hilda binnen de firma een uitstekende naam opgebouwd en dat was toch wel doorslaggevend geweest bij haar sollicitatie. Het had haar zelf wel bezwaard. Ze zouden nu zulke hoge verwachtingen van haar hebben en die waren enkel gebaseerd op het feit dat Hilda haar aanbevolen had. En wat kon ze nu eigenlijk? Ja, ze was in het bezit van een typediploma, maar aan de ervaring ontbrak het haar helemaal. 'Misschien val ik wel verschrikkelijk tegen,' had ze tegen Hilda gezegd. 'Dan kijken ze jou daarop aan.'

'Ben je mal? Ik heb het volste vertrouwen in je,' had Hilda geantwoord, haar zorgen weglachend. 'De ervaring zul je misschien missen, maar aan lef ontbreekt het je niet. Je zult zien dat je alle vaardigheden in een korte tijd onder de knie hebt. Het is natuurlijk heel wat anders dan een klas met kinderen, maar ik durf te wedden dat je het zeker niet minder leuk zult vinden. Er is een prettige, collegiale sfeer binnen ons bedrijf. Je zult je snel thuis voelen.'

'Een kantoorbaan is altijd het laatste geweest dat ik wilde,' had

319

Merel bekend. 'Maar misschien heb ik er wel een verkeerde voorstelling van.'

'Zoals de meeste mensen dat hebben,' had Hilda geantwoord. 'Je moet jezelf er natuurlijk wel voor inzetten, maar dat geldt voor elke baan. Nee, ik durf je te garanderen dat je het bij ons best naar je zin zult hebben.'

Vanmorgen was het verlossende bericht dan eindelijk binnengekomen. Merel had meteen naar Hilda gebeld en haar spontaan uitgenodigd voor een etentje in haar appartement om zo de nieuwe baan te vieren. Hilda had er niet lang over na hoeven denken voor ze toegestemd had en Merel verheugde zich er nu al op. Hilda was dan wel een stuk ouder dan zijzelf was, maar in de korte tijd dat ze elkaar nu kenden waren ze vriendinnen geworden.

'Hé zus, wat zal het zijn?' Ze had staan dromen bij een viskraam en de koopman was ongeduldig geworden.

Ze glimlachte een beetje verontschuldigend en bekeek de vis nu eens goed. De man had prachtige vis in z'n kraam liggen. Ze ontdekte zalm en zelfs haai, maar ze koos uiteindelijk voor een eenvoudige moot kabeljauw. Thuis had ze hier een heerlijk recept voor en van Hilda had ze inmiddels begrepen dat ze haar een groot plezier met vis deed. Nadat ze ook de vis in haar tas gepropt had, vond ze na een snelle blik op haar horloge dat het tijd werd om naar huis te gaan. Ze zou nog een hele tijd nodig hebben om alles zover voor te bereiden, dat ze het gerecht vanavond alleen nog maar op zou hoeven warmen. Terwijl ze door de kou naar huis liep, neuriede ze.

14

'Denk je nog weleens aan Frans?' Hilda zat tegenover Merel aan de grenen tafel. Tussen hen in stonden vuile borden en glazen wijn.

Merel vulde de glazen nog eens bij. Heel even overwoog ze het antwoord op de vraag van Hilda. 'Ja,' antwoordde ze toen eerlijk.

'Natuurlijk denk ik nog weleens aan Frans. Jij zou hetzelfde hebben. Ik zou willen weten hoe het op dit moment met hem is. Wat heeft hij met het huis en de meubels gedaan? Is hij er zelf gaan wonen of heeft hij de meubels verkocht en woont hij nog steeds bij z'n ouders in? Haat hij me op dit moment of zijn z'n gedachten toch milder geworden? Dat soort dingen.'

'Heeft hij je gehaat?' informeerde Hilda.

'Ik weet het niet. Eigenlijk ga ik daar zo maar van uit. Ik kan me van Frans eigenlijk niet voorstellen dat hij me dit ooit zou vergeven. Ik ben me er namelijk heel goed van bewust dat ik hem nogal wat heb aangedaan.' Ze pauzeerde even en nam een slokje van haar wijn. 'Weet je,' vervolgde ze daarna ernstig. 'Ik heb vaak zelf mensen veroordeeld die hetzelfde deden als ik. Ik kon me niet voorstellen dat je vlak voor je huwelijk je partner in de steek liet. Zoveel jaar ben je samen geweest. Je hebt samen plannen gemaakt. En als het dan op trouwen aankomt, zie je het ineens niet meer zitten. Dat vond ik zo onbegrijpelijk en zo laf: het gewoon niet meer aandurven. Zo zal er over mij ook gepraat worden door mijn vrienden en kennissen. Zelf zou ik ook zo reageren. Dat weet ik. Het is voor een buitenstaander toch ook volkomen onbegrijpelijk? Ik kan m'n eigen gevoelens niet eens verklaren. Ik snap mezelf niet. Hoe zou een ander dat dan kunnen inzien?'

'Soms wordt er plotseling iemand op je weg geplaatst van wie je gaat houden. Meer gaat houden dan van de man met wie je zult gaan trouwen,' merkte Hilda rustig op. 'Natuurlijk gaat dat niet voor iedereen op. Misschien zijn er echt mensen die alleen maar angst hebben voor die vaste band van het huwelijk. Maar voor jou geldt dat niet.' Hilda pakte haar glas op en nipte eraan. Ze glimlachte, toen ze in Merels verwarde, rode gezicht keek. 'Ik heb het dus goed geraden?'

'Hoe kom je zo op dat idee?' vroeg Merel timide.

'Laten we het maar op de beroemde vrouwelijke intuïtie houden,' merkte Hilda laconiek op. 'Je praat nogal vaak over een zekere Jelle. Want om hem gaat het toch? Jelle Wiersma? Je zou je eigen gezicht eens moeten zien, als je over hem praat. Je houdt van hem, hè?'

'Oh Hilda, ik schaam me zo. Niemand mocht hier iets van weten. Frans natuurlijk al helemaal niet, en Jelle nog minder. Ik wilde het niet. Het drong eerst niet eens tot me door en naderhand probeerde ik het van me af te zetten. Maar dat lukte niet. Alles in mij begon te protesteren tegen de gedachte een heel leven met Frans te moeten delen. Steeds weer zag ik Jelle voor me en hoorde ik Jelles stem. Ik wilde het niet. Ik haatte mezelf erom.'

'Je had niets met Jelle?'

'Nee, natuurlijk niet. Als het goed is heeft hij er niets van gemerkt. Ik denk ook niet dat hij bepaalde gevoelens ten opzichte van mij heeft. Waarschijnlijk heeft hij na de laatste keer geen enkele gedachte aan mij vuil gemaakt, en waarom zou hij ook? Jelle heeft een boerin nodig. Een vrouw die weet wat het boerenleven betekent. Geen groentje uit de stad, die nauwelijks weet wat het verschil tussen een koe en een stier is.'

'Liefde is een raar ding, Merel. Een echte boer zal inderdaad uitkijken naar een vrouw die bij hem past. Een vrouw die weet wat het boerenbedrijf inhoudt. Maar soms heerst de liefde over het verstand. Dan gaat de boer houden van een vrouw. Niet van een boerin en niet van zoveel bunder aangrenzend land. Dat is liefde. Bovendien is er in de tegenwoordige tijd heel wat veranderd. Je zult de boerinnen de kost moeten geven die er naast hun werk op de boerderij nog iets anders bij doen. Een part-time-baan of vrijwilligerswerk. Liefde is geven en nemen. Jij bent geen boerin, maar je zou je aanpassen aan Jelle. Ik weet zeker dat je heel snel zou weten wat het verschil tussen een koe en een stier is.'

Merel grinnikte. 'Ik vrees dat ik daarnaast nog een heleboel andere dingen zou moeten weten en ach, wat heeft het voor zin daarover te praten? Jelle zal nooit wat van mijn gevoelens te weten komen. Hij zal me nooit meer zien en hij zal geen gedachte meer aan me wijden.'

'Denk je dat Frans iets vermoedt wat Jelle betreft?' informeerde Hilda nog.

'Ik kan het me haast niet voorstellen. Daar ben ik uiterst behoedzaam in geweest. Hij heeft daar in het begin weleens op gezinspeeld. Die dag dat ik naar Jelle toe was gegaan, nadat Frans en ik ruzie hadden gehad. Maar daarna heb ik hem er nooit meer over gehoord.' Merel stond op. 'Nu is het welletjes. Ik heb je weer lang genoeg met m'n problemen lastig gevallen. We zouden er een gezellige avond van maken, weet je nog?'

'Ik vind het niet erg. Het is goed voor je, als je praat. Je moet je uiten. Je maakt een moeilijke tijd door, Merel. Gesprekken met anderen kunnen vaak opluchten. Ik ben altijd bereid te luisteren.'

'Je bent toch een echte schat, hè? Walter wist wel waar hij me heen stuurde, toen hij me jouw adres gaf.'

'Je gaat toch hopelijk niet sentimenteel doen?'

'Nee, laten we nog even een borrel gaan drinken.'

'En de afwas dan?'

'Die is bij mij nog nooit weggelopen.'

'Je hebt hier wel leren uitgaan, hè?'

Merel grijnsde breed. 'Ik ging nooit uit. Dat heb ik inderdaad van jou, maar je hoeft er geen schuldgevoelens aan over te houden. Ik ga nog steeds met mate uit.'

'En steeds naar dezelfde kroeg.'

'Precies. En weet je waarom? Omdat ik zo van dat sfeertje daar houd. Een lekker bruin café, waarin de enige echte Amsterdamse sfeer nog terug te vinden is. Geen disco-lampen met van die onnatuurlijke kleuren, maar koperen lampjes boven de bar en zand op de vloer. Ik geniet daar elke keer weer van. Voeg daarbij het onvervalste Amsterdamse dialect en de joviale manier van met elkaar omgaan, en ik voel me er helemaal thuis.'

'Je hebt gelijk. Ik kom je morgen wel met die afwas helpen. Laten we maar gaan.'

Samen liepen ze even later buiten. Twee vrouwen. Heel verschillende vrouwen. De één een stuk ouder dan de ander. Elk met haar eigen verhaal en haar eigen achtergrond. Ze woonden samen in hetzelfde huis in een grote stad, waar je anoniem kon blijven als je dat wilde. Een stad waar niet iedereen alles van de ander wist. Dat was soms bittere noodzaak om een nieuw leven te beginnen en je oude leven te verwerken en achter je te laten. Een stad waarin je plezier kon maken in een van de vele kroegjes die Amsterdam rijk was. Een stad waarin je soms toch ook heel eenzaam kon zijn.

Vanavond was Merel niet eenzaam. Vanavond was ze vrolijk en hoopvol. Ze zou het wel redden.

Jelle Wiersma stond achter z'n boerderij, waar de zon langzaam achter de weilanden leek weg te zakken. In de stal loeiden de koeien en hij voelde ineens een felle steek van verlangen naar de zomer. Lange, warme dagen die kort zouden lijken door het vele werk dat er te doen was. Koeien die als donkere vlekken tegen een blauwe lucht onverstoorbaar grazend door de weilanden zouden voortbewegen. Hij stak z'n hand op naar de buurman, die in de verte op z'n tractor reed. Een groet die niet beantwoord werd. Waarschijnlijk had de man hem niet eens opgemerkt. Jelle ging op de bank zitten. Er heerste een weldadige rust op deze ijzig koude januaridag. Een rust waar hij toch altijd weer van genoot. Hij hield van z'n boerderij en het vele werk dat eraan vastkleefde; nog steeds. Ondanks alle problemen die het met zich meebracht en het felle gevecht om het hoofd boven water te houden. Hij had er al meer dan eens over gedacht op de biologische toer over te gaan. Daar was momenteel veel belangstelling voor. Mensen werden zich steeds meer bewust van het belang van gezonde, natuurlijke voeding. Bovendien was het beter voor het milieu en dat was juist in deze tijd een zwaarwegend argument. Hij had zich al het een en ander aan vakliteratuur aangeschaft, maar toen ineens was hem de moed in de schoenen gezonken. Er zou zo verschrikkelijk veel moeten veranderen. Bovendien kreeg hij steeds vaker het idee dat hij toch niet wist waarvoor hij het deed. Een vrouw en kinderen had hij immers niet? Hij veroordeelde zichzelf meteen vanwege die gedachtengang. Wat een onzin. Of al die vrouwen en kinderen elders op de wereld minder belangrijk waren. Dat was weer een staaltje van puur egoïsme. Toch zou het heel anders zijn als er wel een vrouw zou zijn die in zijn plannen achter hem stond. Een vrouw die hem zou stimuleren en op zou beuren, als hij het zelf misschien even niet meer zag zitten. Een vrouw die haar handen kon laten wapperen. Een vrouw, zoals Marion was geweest. Maar Marion leefde niet meer. Ze wist niet dat hij soms zo eenzaam was en dat hij steeds weer tegen problemen op liep waarbij hij zo heel graag haar hulp had ingeroepen. De tijd heelt alle wonden, zei men. Maar het was of zijn wonden steeds opnieuw opengereten werden. Of hij Marion steeds meer ging missen. Jelle stampte met z'n voet op de bevroren grond. Wat leek het lang geleden dat hij zorgeloos had genoten van deze winterse vrieskou en baantjes had getrokken op de ijsbaan, samen met Marion. Wat hadden ze genoten als ze samen languit waren gegaan. Wat was het heerlijk geweest samen in het clubgebouw hete chocolademelk te drinken en dicht tegen elkaar aan de kou uit hun lichaam te voelen drijven. Wat verlangde hij soms naar die tijd terug. Naar de tijd waarin het eeuwig zomer leek. Na Marions dood was de kilte in z'n leven geslopen. Een kou waarvan hij het bestaan niet had vermoed. Heel even leek die kilte plaats te hebben gemaakt voor een nieuwe lente. Heel even maar. Hij had immers direct geweten dat Merel niet voor hem was? Ze hoorde bij een ander: Merel. Er verscheen een zachte trek op z'n gezicht. Ze had naar hem geluisterd en voor het eerst had hij het gevoel gehad dat iemand hem echt begreep. Ze hadden elkaar zo goed aangevoeld, maar het had niet meer mogen worden. Hij had er het recht niet toe gehad daarop aan te dringen, want Frans was er geweest Frans, die meer belang bij z'n cijfertjes leek te hebben dan bij z'n aanstaande vrouw en haar problemen. Wat was hij geschrokken van haar relaas. Wat had hij het vreselijk gevonden dat ze daar met Frans niet over kon praten. Haar problemen waren bijna niet te dragen voor een mens alleen. Hij had haar zo graag willen helpen, maar hij had niet anders kunnen doen dan luisteren. Want Merel hield van Frans. Hij had Frans toe willen schreeuwen: 'Zie je dan niet hoeveel verdriet je Merel aandoet? Ze heeft je zo nodig, maar jij geeft steeds weer niet thuis!' Hij was geschrokken, toen Merel ineens bij hem op de stoep had gestaan. Geschrokken, maar tegelijkertijd was er een sprankje hoop in z'n hart opgevlamd. Zou ze misschien bij Frans weg zijn? had hij gedacht. Zou ze…? Die hoop was meteen weer de bodem ingeslagen. Ze had alleen maar met hem willen praten. Over Frans en over hun ruzie, en ze had niet in de gaten gehad hoe ze hem daarmee bezeerde. Hij had het haar niet kwalijk genomen. Hoe zou ze het ook kunnen weten? Daarna had hij niets meer van Merel gehoord en hij had zichzelf wijsgemaakt dat het zo het beste was. Hij had de nodige voorbereidingen al getroffen voor de dag van hun bruiloft. Er zou een vervanger op de boerderij komen. Een kennis die het boerenwerk graag eens voor een dagje van hem overnam. Hij had naar de bruiloft toe gemoeten, hoe moeilijk dat ook geweest zou zijn. Hij had het beloofd. Maar vlak voor de grote dag was er een brief in z'n brievenbus gevallen. Pas in de avond had hij de tijd gevonden die te openen en hij had er een hele tijd mee in z'n handen gezeten: Wegens persoonlijke omstandigheden zal ons huwelijk op woensdag 29 oktober a.s. geen doorgang vinden. Wij hopen op uw begrip in dezen.

Hij had zich het hoofd gebroken over de reden van deze plotselinge afzegging. Merel en Frans kenden elkaar al jaren. Ze wilden zo graag trouwen, en nu? Wat zouden er voor persoonlijke omstandigheden zijn? had hij gedacht. Was er misschien ziekte of een sterfgeval in de familie? Maar dan zou dat er toch bij hebben gestaan? Was er misschien iets voorgevallen tussen Merel en Frans waardoor ze toch van hun huwelijk hadden moeten afzien? Had het misschien toch iets met Merels incest-verleden van doen gehad? Hij had de brief nogmaals bekeken. Had Merel die brief geschreven? vroeg hij zich af. Het was het handschrift van een dame geweest, maar hij kende Merels handschrift niet. Het briefje kon net zo goed door Merels moeder of een vriendin geschreven zijn. Wie zou zich zo vlak van tevoren teruggetrokken hebben? Was het Frans? Of was het toch Merel geweest? En waarom dan? Pas begin deze week had hij kans gezien Frans te bellen. Morgen zou hij naar een beurs gaan die dicht in de buurt van Frans' adres gehouden werd. Het nieuwe adres op de trouwkaart, waar Frans nu dus alleen bleek te wonen. Maar waar was Merel dan gebleven? Woonde ze misschien weer bij haar moeder? Jelle zuchtte. Wat had het voor zin daarover te piekeren? Morgen zou hij weten waar het allemaal om draaide. Misschien was Merel er wel met een andere man vandoor gegaan. Hoewel, dat kon hij zich nauwelijks voorstellen. Frans dan misschien met een andere vrouw? Hij stond op. Het was beter dat hij nu naar binnen ging. Hij was door en door koud geworden en de koeien werden onrustig. Ze moesten gemolken worden. Met een zucht stond hij op. Morgen zou hij de waarheid weten. Nu moest hij aan het werk. Werken was wat hij op dit moment het liefst deed. Want hard werken hield de muizenissen uit je hoofd.

Keurig op tijd arriveerde Jelle de volgende dag bij Frans. Op z'n gemak was hij langs de huizen gelopen. Huizen die allemaal op elkaar leken, met piepkleine voortuintjes. In de kamers zag hij mensen zitten. Bij veel mensen stond de televisie al aan. Een vrouw stond de ramen te lappen. Ze keek hem na, toen hij verder liep en de huisnummers aftelde. Hij belde bij het huis waarin Frans moest wonen. Er hing geen naambordje, maar Jelle had het nummer opgeschreven. Het kon niet missen. Naast de voordeur stond een nog jonge vuurdoorn. Jelle knapte er een takje af. Over een paar jaar zou Frans er spijt van hebben dat hij het ding hier ooit neergeplant had. Dat verging de meeste mensen immers zo? Een vuurdoorn kon ontzettend uitdijen en daar kreeg je bij zo'n deur algauw last van. De voordeur werd geopend en hij stond oog in oog met Frans.
Die had een brede glimlach op zijn gezicht en stak zijn hand uit. 'Kom binnen. Wat aardig van je dat je me eens komt opzoeken.'
Hij liep achter Frans aan en voelde zich ineens houterig en onhandig in z'n keurige kostuum, compleet met stropdas.
Frans had een vrije dag gehad. Hij droeg een moderne trui op een sportieve jeans. In de deuropening bleef hij staan. 'Ga maar in de kamer zitten. Ik zal voor koffie zorgen, want ik neem aan dat je er zin in hebt. Maak het je gemakkelijk en let alsjeblieft niet op de troep.' Met een verontschuldigende hoofdknik naar de open keuken waar het aanrecht nog vol met afwas stond, ging hij verder: 'Het is allemaal niet zo netjes als bij jou thuis, maar als vrijgezel heb ik nog een boel te leren. Gelukkig heb ik voldoende servies en bestek. Ik kan je dus nu met een gerust hart een kopje koffie aanbieden. Ga maar lekker zitten. Ik kom er zo aan.'
Jelle ging op een bankje zitten. Hij zakte weg in de dikke zachtblauwe kussens. Onopvallend probeerde hij de omgeving in zich op te nemen. Frans had gelijk. Hij moest nog veel leren. Overal slingerden boeken en er stonden schoenen onder de tafel. Aan de wand hingen moderne posters in pasteltinten. De sfeer in de ka-

327

mer kreeg iets warms door een pitrieten bankje en een paar oud grenen kastjes.

Frans kwam de kamer in met koffie. Hij zette voorzichtig de kopjes op tafel en mopperde toen hij met een van de kopjes zo klungelde dat de koffie op het keurige tafelkleedje terechtkwam. Nadat hij een trommel met koekjes op de tafel gedeponeerd had, ging hij zitten met een: 'Als je zin hebt, neem je maar. Ze staan ervoor.' Jelle liet zich niet onbetuigd. Hij had weliswaar op de beurs al het een en ander tot zich genomen, maar zo'n hele dag weg maakte hem altijd buitengewoon hongerig. 'Je woont hier leuk,' complimenteerde hij Frans tussen twee happen door. 'Heb je achter ook nog een tuin?'

'Je moet zo maar eens achter gaan kijken. Ik heb er een behoorlijke tuin. Rondom heb ik die afgeschermd met een schutting, maar eigenlijk zou ik er nog een geluidswal tussen moeten zetten. Ik heb namelijk een buurvrouw met een stem als een oordeel. Nu heb ik er natuurlijk weinig last van. In de winter tref je elkaar weinig en van buiten zitten komt al helemaal niets. Maar in oktober, toen ik hier kwam wonen, zijn er nog een paar mooie dagen geweest. Dan waren haar kinderen achter het huis. En als een van hen naar binnen wilde of als ze ruzie hadden en huilden, stak moeder haar hoofd om de achterdeur. Dan liep ze zelf te gillen dat ze ook weleens een poosje rustig in de kamer wilde zitten en dat dat gejank nu maar eens afgelopen moest zijn. Als ik ergens een hekel aan heb, dan is het wel aan moeders die hun kinderen zo afsnauwen. Daar moet ik voor de zomer dus nog een oplossing voor zien te vinden. Stel je voor dat het een warme dag is en we zitten de hele dag buiten. Dan moet ik dat geschreeuw natuurlijk ook aanhoren.'

'Ja, ik ben zo iets helemaal niet gewend,' merkte Jelle op. Hij roerde bedachtzaam door z'n koffie om te voorkomen dat er een voetbad zou ontstaan. 'Maar verder bevalt het je hier wel?'

'Zonder Merel, bedoel je?' Frans lachte om het verschrikte gezicht van Jelle. 'Dat wilde je toch zeggen, is het niet? Je hoeft er niet van te schrikken, hoor. Ik kan er best over praten.'

'Je hebt gelijk. Dat vroeg ik me inderdaad af,' gaf Jelle toe. 'Ik heb me dagenlang af lopen vragen wat er tussen jullie mis kan zijn gegaan. Hoe lang kenden jullie elkaar al niet? Jullie verheugden je allebei op de trouwdag, en dan valt er ineens een briefje in m'n bus waarop staat dat het allemaal niet doorgaat.'

'Je was niet de enige die geschokt was. Ik heb ontelbare reacties gehad.'

'Wat is er gebeurd, Frans? Of wil je me dat niet vertellen?'

'Natuurlijk wel. Alleen weet ik het soms zelf niet precies. Je zei net dat we allebei naar onze trouwdag verlangden, maar dat was niet zo. Het leek soms of Merel zich daar steeds minder voor interesseerde. Het vreemde is dat zij juist zo aandrong op ons huwelijk zo vlak na de dood van haar vader. En toen, vlak voor onze trouwdag... Ik zie het nog voor me. Er was een buurvrouw geweest. Niet die schreeuwerd, maar de buurvrouw van even verderop. Ze had een kopje koffie gedronken. Het was een leuk mens. Met een mooi kopje en een lief stemmetje. Ik zei zo iets tegen Merel van dat ik dacht dat we daar wel een geschikte buurvrouw aan zouden hebben. Plotseling zei Merel toen dat het haar buurvrouw niet zou worden. Ik dacht nog even dat ze een grapje maakte, maar dat was het allerminst. Merel was doodserieus. Ze zag een huwelijk met mij ineens niet meer zitten. Ze hield niet genoeg van me. Niet genoeg om samen een heel leven met elkaar te delen. Het kwam door haar verleden. Door dat gedoe met haar vader. Ze vond dat ik haar niet begreep. Dat ik deed alsof dat probleem er niet was. Zo was het niet, Jelle. Maar op de een of andere manier kon ik het ook niet begrijpen. We waren zo lang samen geweest, en al die tijd had zij gezwegen. Dat had ik haar niet kwalijk moeten nemen, maar diep in m'n hart deed ik dat wel. Dat is misschien fout geweest, maar het heeft me gegriefd. Misschien wilde ik daarom het verleden ook zo snel mogelijk begraven. Merels vader was dood. Voor mij was het allemaal voorbij. Ik wilde met Merel opnieuw beginnen.'

'Misschien was ze daarom bang met je te trouwen. Juist omdat je er niet over wilde praten. Je dacht dat je wel opnieuw kon beginnen, maar dat gaat niet als je alles weg moet stoppen en er niet over mag praten.'

'Nee, jij begreep dat natuurlijk wel,' zei Frans toch een beetje sarcastisch. 'Ze is met haar problemen naar jou toe gegaan.

Ik voelde me toen behoorlijk door Merel in m'n hemd gezet.'
'Het gebeurt wel vaker dat mensen met hun problemen juist naar iemand toe gaan, die ze niet zo goed kennen,' antwoordde Jelle. 'Ik had er persoonlijk weinig moeite mee.'
'Nou, dat heb ik haar wel ingepeperd. Misschien had ik dat niet moeten doen, maar dat is altijd achteraf praten. Zo ben ik steeds bezig. Misschien had ik dit en misschien had ik dat. Maar het heeft allemaal geen zin meer. Het is te laat. Ik ben Merel kwijt. In het begin heb ik haar daarom gehaat. Zij had dan wel alles geregeld zoals ze beloofd had en daar heb ik m'n hoofd dan ook niet over hoeven breken, maar wat denk je van al die mensen die mij daar toch allemaal over aanspraken?'
'En de meubels die jullie samen gekocht hadden?'
Frans maakte een weids armgebaar. 'Die staan hier, want ik mocht ze van Merel allemaal houden. Ze voelde zich natuurlijk toch wel schuldig en daar had ze wat mij betreft ook wel alle reden toe.'
'Woont ze weer bij haar moeder?'
'Ach heden, nee. Haar moeder wil niets meer met haar te maken hebben. Het arme mens heeft nu niets meer. Haar man is dood en haar dochter in zekere zin ook. Ze schijnt het adres van Merel nog wel te hebben. Ergens in Amsterdam woont ze, geloof ik. Het interesseert me momenteel weinig meer. Het hoofdstuk Merel is voor mij afgesloten.'
'Haat je haar nog steeds?'
'Heb ik daar niet het recht toe?' zei Frans fel, om daarna toch in te binden. 'Wat is haten? Ik wens haar niet dood of zo. Ik hoop dat ze gelukkig wordt. Misschien heeft ze wel gelijk gehad en zouden we samen doodongelukkig zijn geworden. Ik wil ooit m'n eigen accountantsbureau beginnen. Daarbij heb ik een vrouw nodig, die in alle opzichten achter me staat. Die me steunt in dat streven. Ik denk niet dat Merel daartoe in staat zou zijn geweest.'
'Jij hebt een vrouw zonder problemen nodig. Iemand die alles voor je overheeft,' constateerde Jelle scherper dan zijn bedoeling was.
'Veroordeel me maar. Dat is voor een buitenstaander altijd makkelijk. Misschien heb je wel gelijk en ben ik werkelijk een egoïst.

Misschien verwacht ik te veel van een vrouw.'
'Daar gaat het niet om, denk ik. Je mag best veel van iemand verwachten, maar er wordt van jou ook wat verwacht. Dat heb je misschien weleens vergeten.' Jelle voelde zich verlegen met de situatie. Was het wel goed dat hij dit zei? Wat had hij ten slotte met de hele zaak te maken?
'Dat heb jij jezelf ook altijd voor ogen gehouden tijdens je huwelijk met Marion? Jij kunt het ten slotte weten. Jij hebt ervaring.' Het klonk hard.
Jelle voelde een koude rilling langs z'n ruggegraat omhoogkruipen. Dit was niet eerlijk. Marion leefde niet meer. Frans mocht daar niet zo'n snijdende opmerking over maken. Hij zag bleek, toen hij heel rustig probeerde te zeggen: 'Ja, ik heb ervaring. Daar heb je gelijk in. Marion en ik hadden een goed huwelijk. We hebben ontzettend veel van elkaar gehouden. Zoveel, dat het voor geen van beiden een probleem was eens wat toe te geven ter wille van de ander. Natuurlijk hadden we ook niet zo'n reusachtig probleem als jullie wel hadden. Marion kwam uit een gelukkig gezin en ze was een boerin in hart en nieren. Ze stond vierkant achter me, maar ik nam haar ook serieus. We waren gelijkwaardige partners. Ik ging met mijn problemen naar haar toe en zij kwam met de hare bij mij. Het is een te korte, gelukkige periode in mijn leven geweest! Ik heb daar nog dagelijks verdriet om.'
'Misschien pasten jullie karakters beter bij elkaar. Dat geeft minder botsingen,' opperde Frans.
'Misschien.' Er speelde een glimlach om Jelles mond. Hij zag Marion weer voor zich als ze samen een nacht in de stallen hadden doorgebracht ter wille van de geboorte van een kalfje. Ze hadden samen verdriet gehad, toen het een keer verkeerd afgelopen was. De veearts was eraan te pas gekomen, maar had het kalfje niet meer kunnen redden. 'Het is niet eerlijk,' had Marion gezegd. 'Het kalfje zal nooit weten hoe mooi het leven is. Het zal nooit kunnen genieten van het groene gras, van de zon of van een mooie zomerdag.' Het waren dingen waar ze zelf ook altijd zo van genoten had. Maar veel te kort. Ook hij had na haar dood gekermd dat het niet eerlijk was. Dat ze samen nog zoveel hadden willen doen. Dat Marion nog zo vol levenslust had gezeten. Ze was een

bloeiende, jonge vrouw geweest. Net zo jong als Merel nu was. Merel! Hij schrok op en voelde zich bijna betrapt, toen hij in Frans' ogen keek. 'Sorry.'

'Waarom? Je hoeft je niet te verontschuldigen. Je dacht aan Marion, is het niet?'

'Ja,' zei hij. Het was de halve waarheid, maar de andere helft mocht Frans nooit te weten komen.

'Ik had dat van daarnet niet mogen zeggen,' zei Frans.

'Hoe bedoel je?'

'Nou, van die ervaring. Het was een rotopmerking. Ik wist het. Je hebt nog steeds verdriet om Marions dood. Het was niet eerlijk van me.'

'Ach.' Jelle haalde z'n schouders op. 'Iedereen zegt weleens iets wat hij beter voor zich had kunnen houden.'

Frans stond op. 'Ik schenk nog een keer koffie in.' Hij voegde de daad bij het woord en liep naar de keuken.

Jelle huiverde. Hij voelde zich hier niet op z'n gemak en hij wist zelf niet waarom. Misschien was het om Merel, die steeds maar weer in z'n gedachten schoof. Hij wilde niet aan haar denken. Hier helemaal niet.

'Misschien ben ik wel jaloers op je en doe ik daarom zo idioot.' Frans was weer de kamer ingekomen en Jelle had het niet eens gemerkt.

'Jaloers op mij?'

'Ja, ik weet dat het belachelijk klinkt, maar toch is het zo. Weet je, sinds die keer dat Merel en ik bij je waren geweest leek er niets meer van me te deugen. Ik begreep haar niet en ik luisterde niet naar haar. Jij leek alles te hebben wat ik niet bezat.'

'Wat een onzin.'

'Het is geen onzin. Dat weet jij net zo goed als ik. Als het onzin was, zat je hier nu niet. Dan had je misschien een keertje gebeld, maar meer niet. Maar nu? Je wilde weten waarom Merel op het laatste moment had besloten niet met me te trouwen. Die reden ken ik, al durfde ze me die niet te vertellen. Als ze jou eerder ontmoet had, waren we nooit tot huwelijksplannen gekomen.'

'Hoe kom je daar nu bij?' Jelle voelde zich steeds onplezieriger.

Hij begon zich schuldig te voelen en probeerde dat gevoel van zich af te zetten. Frans raaskalde maar wat. Hij had Merel nooit aanleiding gegeven. Hij wist zeker dat ze nooit iets van zijn gevoelens had gemerkt.

'Jelle, ik heb m'n ogen en oren niet in m'n zak zitten. Ik weet bepaalde zaken te combineren. Merel was veranderd na dat weekend dat we bij jou hadden doorgebracht. Misschien zag ze toen ineens het verschil tussen jou en mij.' Hij glimlachte moe. 'Het is m'n eigen schuld ook nog. Ik stond erop dat ze dat weekend met me mee zou gaan. Ze zag het zelf helemaal niet zitten op zo'n boerderij. Had ik haar toen maar laten gaan. Als ik haar thuisgelaten had, woonden we hier nu samen.'

'Dat is onzin,' zei Jelle hard. 'Je probeert alleen maar medelijden op te wekken.'

'Jij weet net zo goed als ik dat het wel zo is,' zei Frans rustig. 'Daarover hoef je jezelf niet schuldig te voelen. Ik weet dat je geen moment misbruik hebt gemaakt van de situatie. Misschien heb je wel gelijk en zoek ik inderdaad een vrouw die alles voor me overheeft. Ik ben verwend. Thuis was ik immers enig kind? Misschien zou ik m'n ouders moeten verwijten dat ik ben zoals ik ben.'

'Dat zou niet eerlijk zijn,' zei Jelle zacht.

'Waarschijnlijk niet. Nu ja, ik heb er wel van geleerd. Al is het een heel harde les geweest. Ik heb fouten ten opzichte van Merel gemaakt, en dat is niet meer terug te draaien. Wel heb ik erover gedacht nog eens met haar te praten, maar het heeft weinig zin. Van een huwelijk zal nooit meer sprake zijn. Al zou ze willen, ik zal haar nooit kunnen vergeven dat ze me zo vlak voor m'n trouwdag heeft laten zitten.'

'De tijd heelt alle wonden,' zei Jelle. 'Misschien zul je op een dag een vrouw tegenkomen die wel bij je past. Je zult ervoor waken niet dezelfde fouten te maken. Wat dat betreft zijn de jaren met Merel geen verloren jaren geweest.'

'Ik kan me nauwelijks voorstellen dat het ooit weer zover zal komen,' zei Frans somber.

Jelle stond op. 'Ik moet weer gaan. Het spijt me dat het allemaal zo gelopen is. En als de breuk tussen jou en Merel werkelijk iets

met mij van doen zou hebben, is dat nooit mijn bedoeling geweest.'
'Dat weet ik toch? Ik verwijt jou helemaal niets. Je zou moeten proberen met Merel in contact te komen.'
'Waarom?'
'Het is toch onzin als jullie allebei ergens ongelukkig zouden zijn, terwijl er maar weinig woorden voor nodig zijn om dat te voorkomen. Ik zal je het telefoonnummer van Merels moeder geven. Ik weet niet of ze erg behulpzaam zal zijn, maar ze zal je het adres kunnen geven. Merel heeft het haar gestuurd. Dat weet ik.' Frans pakte pen en papier en schreef daar een telefoonnummer op, dat hij Jelle in de hand drukte.
Jelle voelde zich lomp, toen hij het papiertje zorgvuldig in z'n achterzak stak. Z'n handen beefden. 'Misschien ben je toch minder egoïst dan je zelf denkt, Frans,' zei hij zacht. 'Denk niet te min over jezelf. Wat jij net deed, zal niet iedereen doen. Ik ben je er erg dankbaar voor.'
'Ik beschouw je als m'n vriend,' zei Frans. 'Misschien kun jij Merel het geluk geven waar ze recht op heeft.'
'Ik hoop dat jij nieuw geluk zult vinden. Je hebt het verdiend.'

Toen Jelle eindelijk in de auto zat, slaakte hij een zucht van verlichting. Hij haalde het papiertje uit z'n achterzak en keek naar het telefoonnummer dat Frans had opgeschreven. Misschien had hij op dit moment het geluk werkelijk in eigen hand. Hij had alleen tijd nodig om het allemaal te verwerken.

15

Er stond een bos bloemen op het bureau dat Merel werd toegewezen op haar eerste werkdag. Een beetje schuchter keek ze op het kaartje dat eraan bevestigd was, terwijl haar nieuwbakken collega's toekeken. Welkom op onze afdeling, stond erop. We hopen dat je het hier naar je zin zult hebben en wensen je veel succes. 'Leuk,' reageerde Merel getroffen. 'Allemaal hartelijk bedankt.

Als ik het hier zo bekijk, heb ik er het volste vertrouwen in.'
Ze ging achter haar bureau zitten. Een beetje onwennig nog.
Voorzichtig opende ze een la en zag dat er aan alles was gedacht.
Er lagen potloden, pennen, fijn-schrijvers en stukken gum in. Tegenover haar stond een beeldscherm, waar ze mee zou moeten
leren werken. Ze had er op Frans' aandringen ooit een cursus
voor gevolgd in verband met zijn droom over een eigen zaak.
'Bovendien komt zo'n cursus altijd wel van pas,' had hij gezegd.
'Ook in het onderwijs gaan de ontwikkelingen snel, en wie weet
komt er nog een tijd dat je het onderwijs de rug toekeert.' Dat
had haar toen onmogelijk geleken. Nu was het inmiddels waarheid
geworden.
'Zullen we maar beginnen?' Nienke Verschoor, die opdracht had
gekregen Merel in te werken, schoof naast haar. 'Er zal in het
begin een hoop informatie op je afkomen. Waarschijnlijk zal het
te veel zijn om direct te verwerken, maar wanhoop niet. Iedereen
hier is zo begonnen. Na een paar weken worden de meeste han-
delingen vanzelfsprekend.'
'Ik hoop het.' Merel keek toe hoe Nienke de tekstverwerker in-
schakelde.
'We beginnen met wat eenvoudige briefjes. Daar kun je meteen
zelf mee aan het werk en daar leer je toch het meest van.'
Merel luisterde aandachtig naar de instructies die Nienke gaf.
Even later ging ze er zelf mee aan de gang. Nienke had gelijk
gehad. Na verloop van tijd duizelde het haar, maar de tijd vloog
voorbij. Ze had geen tijd om over iets anders te piekeren. Aan
het einde van de dag had ze het prettige gevoel dat ze het er niet
slecht had afgebracht. Bovendien had ze het getroffen met de collega's op de afdeling waar ze terechtgekomen was. Hilda had haar
al gezegd dat er promotiekansen binnen het bedrijf waren. Ze zou
cursussen kunnen volgen binnen de firma, waardoor ze eventueel
hogerop zou kunnen komen. Merel moest er in zichzelf om lachen.
Frans moest haar zo eens kunnen zien en kunnen horen hoe ze
dacht. Ze was nooit een carrière-vrouw geweest. Frans had ook
dat nooit gesnapt. Het leven kon soms snel veranderen, maar Merel zag de toekomst, die zo heel anders was dan ze zich had voorgesteld, op dit ogenblik niet zo heel somber meer in.

'Kom op, Merel. Ga je ook mee?' 't Is hier de gewoonte op vrijdag gezamenlijk het weekend in te luiden met een borrel.' Martijn Berenschot had z'n jas al aan en Merel zag dat ook de anderen aanstalten maakten mee te gaan.

Ze haalde haar schouders op. 'Waarom ook niet? M'n eerste werkweek hier zit erop. Ik heb wel een borrel verdiend.' Ze ruimde haar spullen op en zette de tekstverwerker uit. Vreemd, wat een weldadige rust zich altijd weer over de afdeling verspreidde als ze alle computers hadden uitgeschakeld. Overdag had je er helemaal geen erg in, maar toch maakten al die apparaten een zelfde eentonig, zoemend geluid.

'Merel, kom je nog?' Martijn stond al in de deuropening.

Ze lachte naar hem. 'Rustig, het is al weekend, hoor.'

'Daarom juist,' kreunde Martijn. 'Op m'n werk heb ik niet zo'n haast.' Ze liepen samen achter de andere collega's aan. Martijn praatte en zij luisterde zonder hem werkelijk te horen. Hij had het niet eens in de gaten. Hij weet haar zwijgzaamheid aan een aandachtig luisteren. Z'n handen zetten al z'n woorden kracht bij. Af en toe sloeg hij een arm om haar heen en ze liet hem maar stilletjes begaan. Zo was hij nu eenmaal. Ze hoefde er geen kwaad achter te zoeken. Het was koud geweest vandaag. De zon had nog even zijn best gedaan, maar nu daalde geruisloos de schemer over de winterse stad. Haar adem vormde wolkjes. Ze voelde zich tevreden. Deze eerste week was haar meegevallen. Ze had ook Martijn leren kennen als een geschikte collega. Als ze ergens niet uit kwam of ze had iets nodig, stond hij meteen voor haar klaar. Op de afdeling werd gefluisterd dat hij op de nominatie stond de chef op te volgen, de oude heer Vogel, die aan het eind van het jaar in de VUT hoopte te gaan. Merel nam Martijn ongemerkt op, z'n smaakvolle winterjas nonchalant over z'n schouders gedrapeerd, alsof de kou hem niet kon deren. Hij was gebruind van een wintersportvakantie in Frankrijk. Z'n handen, die onder de manchetten van een smetteloos wit overhemd uitstaken, waren goed verzorgd; echte kantoorhanden. Martijn was een aantrekkelijke man, maar toch voelde Merel zich op geen enkele wijze tot hem aangetrokken. Misschien als goede vriend, maar hij maakte geen andere gevoelens in haar wakker. 'We zijn er!' Martijn liep voor haar uit een klein cafeetje binnen, waarvan de deur, ondanks de kou, uitnodigend openstond. Een moment moesten Merels ogen wennen aan de schemering binnen. Er klonken vrolijke stemmen en getinkel van glas. 'Ha, Martijn!' zei een vrolijke vrouwenstem. Martijn bleef staan.

Merel liep hem voorbij, de anderen achterna die tot helemaal achteraan waren doorgelopen. Het cafeetje was niet groot. De bar vulde het grootste deel van de ruimte, maar achteraan waren nog een paar zitjes gecreëerd. Boven de tafeltjes hingen koperen lampen. In het gedempte licht kronkelden rookslierten traag omhoog. Langs de wanden stonden allerlei verschillende soorten bierflesjes.

'Drink jij weleens bier?' Martijn was ineens weer naast haar opgedoken.

Ze knikte. 'Af en toe. Bij warm weer.'

'Ik kan je aanraden het ook eens met deze kou te proberen. Ze hebben hier allerlei soorten bier die net dat ietsje meer hebben dan een normaal pilsje.'

'Ik lever me aan je over. Bestel maar wat voor me.' Ze leunde genietend achterover.

'Is je eerste week je wel goed bevallen?' De oude heer Vogel zat tegenover haar. 'Waarschijnlijk wel erg vermoeiend, niet?'

'Prettig vermoeiend,' gaf Merel toe. 'Het is me allemaal best meegevallen. Dat komt natuurlijk mede door de goede sfeer op de afdeling. Ik ben fantastisch opgevangen door m'n nieuwe collega's. Nee, ik heb er inmiddels alle vertrouwen in dat het hier wel gaat lukken.'

'Wij ook,' zei Vogel hartelijk. Hij stak een sigaar op. Z'n dunne, grijze haar viel steeds over z'n voorhoofd.

Hij deed Merel steeds denken aan haar opa van vaders kant: grijs haar en een onafscheidelijke sigaar. Vogel was bijna zestig, maar ze kon zich voorstellen hoe hij op zondag z'n kleinkinderen op schoot had en met ze ging wandelen. Dat had haar opa vroeger ook vaak met haar gedaan. Samen gingen ze dan kippetjes kijken. Kippetjes, die rondscharrelden bij de opslagplaats van een firma die in hout deed. Als ze weer thuiskwamen ging opa in z'n eigen stoel zitten en stak dan een sigaar op. Net als Vogel.

'Heb ik wat van je aan?' informeerde Vogel en grinnikte vol leedvermaak om haar verschrikte gezicht.

'U doet me steeds aan m'n opa denken,' zei ze eerlijk en kleurde, toen er een lachsalvo opklonk. Gelukkig kwam Martijn op dat moment weer terug met een blad vol flesjes en bierglazen, die door iedereen gretig in ontvangst werden genomen. De stemming zat er nu natuurlijk helemaal in. Over en weer werden grappen verteld en collega's werden op een sportieve manier in de maling genomen. Merel genoot ervan. Het was goed dat ze naar Amsterdam was gekomen en hier een baan had gevonden. Ze had opnieuw willen beginnen en het zou haar lukken. Er zou een tijd komen dat haar hart geen pijn meer deed als ze aan haar moeder dacht, dat ze geen schuldgevoel meer zou hebben ten opzichte van Frans en dat ze Jelle helemaal vergeten zou. Ze keek op haar horloge en schrok van de tijd. Het liep al tegen negenen. Normaal gesproken had ze al lang en breed het eten op gehad. Soms ging ze even naar Hilda of kwam Hilda bij haar. Ze zou vanavond niet weten waar ze bleef. Hoewel, Hilda was wel op de hoogte van de gewoontes binnen het bedrijf. Bovendien hadden ze er geen vaste afspraken over. Ze leidden hun eigen leven. 'Als jullie het niet erg vinden, ga ik nu maar.' Ze stond op en merkte dat ze toch beter iets had kunnen eten voor ze aan het bier was begonnen. 'Als jullie het wel erg vinden, ga ik ook.' Ze grijnsde. 'Doe het rustig aan dit weekend. Maandag zien we elkaar wel weer.'

'Zal ik je even naar huis brengen?' Martijn stond op.

'Ben je mal. Ik kan de weg zelf nog wel vinden, hoor.' Ze wilde niet dat hij meeging. Ze wilde niemand iets verplicht zijn. Ze wilde ook elke schijn vermijden dat ze meer in Martijn zag dan een leuke collega.

'Je moet het zelf weten.' Martijn ging weer zitten. 'Ik breng je met alle plezier. Dat bespaart je immers weer een rit per tram?'

'Ik bespaar mezelf een rit per tram. Ik ga lopen. Het is prachtig weer. Een halfuurtje in de frisse lucht zal me goeddoen. Nogmaals tot maandag!' Ze liep weg, terwijl Martijn met een mismoedig: 'Nou, graag of helemaal niet,' z'n glas weer oppakte. Ze hoorde het al niet meer. Buiten stond ze even genietend stil en snoof de frisse avondlucht op. Daarna begon ze langzaam te lopen. Vanuit de cafés klonken geluiden van lacherige, lawaaierige mensen.

Mensen die net als zij genoten van de avond voor het weekend. Vrijdagavond. Ze kwam langs een snackbar en voelde ineens hoe ze bijna wee was van de honger. Ze maakte rechtsomkeert en ging naar binnen. Er zaten wat opgeschoten jongelui voor de gokkast, die in een hoek stond opgesteld. Een morsige vrouw keek haar van achter de toonbank aan. Ze veegde haar handen af aan een vettige schort, die ooit wit moest zijn geweest. In haar rechter mondhoek hing een sigaret, die ze bijna onwillig uit haar mond haalde, om kortaf te informeren: 'Wat moet het worden?'

'Een patat met mayonaise alstublieft.' Ze betaalde en wachtte, terwijl de vrouw naar achter liep om de gewenste hoeveelheid patat in het hete vet te gooien. Merel keek om zich heen. Ze voelde zich hier niet prettig, en ze kon zelf niet zeggen waarom. Misschien was het de smerig aandoende zaak of misschien de man die vlak bij haar op een kapotte plastic stoel zat en haar doordringend aankeek. Hij knipoogde, toen hij haar blik ving, maar ze keek snel een andere kant uit. Ze had hier niet naar toe moeten gaan. Waarom ging ze nu niet weg? Wat kon haar die patat schelen? Als ze hier eerst maar uit die zaak was.

'Uw patat, dame.' De sigaret bungelde weer in de mondhoek. De vrouw leek haar bijna kwaadaardig aan te kijken.

Merel wendde haar blik af en stak haar vorkje in de slappe patat met een ruime hoeveelheid mayonaise. Ze verbrandde haar mond en voelde zich langzaam misselijk worden. De vrouw was weer naar achter gelopen. De man keek haar nog steeds aan. Merel haalde diep adem en drukte de hele zak boven op de berg afval in de vuilnisemmer, die zo vol was dat het deksel niet meer dicht wilde. Ze keek niet meer naar de man, niet naar de jongelui en niet naar de vrouw. Met gebogen hoofd liep ze naar buiten. En hoewel ze niets gegeten had, was haar trek plotseling over. Ze voelde haar maag in opstand komen als ze weer aan de vette patat dacht. Ze keek op haar horloge. Het was kwart over negen. Als ze de kortste weg zou nemen, was ze met een kwartier thuis. Ze weifelde toch nog even. Dat betekende dat ze door een buurt met een twijfelachtige reputatie zou moeten. Ze was er al eens eerder doorgelopen met Hilda en het had haar een vervelend, onveilig gevoel gegeven. Misschien was dat gekomen door de jongeren die bij elkaar gegroept stonden. Misschien was het de aanblik geweest van lepeltjes en spuiten, hier zo maar op straat. Ze had er zoveel over gehoord, maar nu ze het in werkelijkheid zag leek het veel ernstiger. Ze had zich afgevraagd hoe jonge mensen, soms kinderen bijna nog, zich zo afhankelijk maakten van dat vreselijke spul: heroïne. Ze had hun witte, smalle gezichten gezien en had zich afgevraagd wat de achtergronden waren van deze jonge mensen. Waren ze misschien van huis weggelopen? Hadden ze ruzie met hun ouders, net zoals zij? Amsterdam: aan de ene kant was ze de stad gaan waarderen. Maar aan de andere kant boezemde die zelfde stad haar angst in. Waarschijnlijk was ze niets gewend. Ze was geboren en getogen in het oosten van het land. Daar was ze van de week op het werk ook danig mee gepest. Als ze in het vuur van haar betoog plotseling de laatste lettergrepen inslikte, werd ze openlijk uitgelachen. Eerst had ze dat wel vervelend gevonden. Maar later had ze meegelachen. Ze hadden immers gelijk? Je afkomst verloochende zich nooit. Ze schaamde zich nergens voor. Ze was nu eenmaal geen Amsterdamse. Ze nam toch de kortere weg. Het was goed dat de verlichte reclameborden met hun schreeuwerige teksten de ergste duisternis wegnamen. Een eindje verder was het echter afgelopen met het licht. Ze was in een grauwe straat gekomen. Hier en daar sprankelde wat licht door de kale ramen. Precies midden op het trottoir stond een groepje jongeren bij elkaar. Ze ging van de stoep af, de straat op, en hield haar adem in, maar er gebeurde niets. De jongeren waren te veel met zichzelf bezig. Ze hadden haar niet in de gaten. Voor een deur stonden twee buitenlandse vrouwen met elkaar te praten. Ze liep er voorbij en groette, maar die groet werd niet beantwoord. Ze had het eigenlijk ook niet verwacht. Haar moeder moest haar hier zo eens zien lopen. Ze zou het ongepast vinden, wist Merel. Zoals haar vader zulke dingen ook altijd niet bij een keurig meisje vond passen. Soms zou ze willen weten hoe het met haar moeder ging, maar het feit dat haar moeder zelf niets ondernam weerhield haar. Bovendien zou ze alleen maar oude wonden openen. Het schrijnende gevoel zou weer in pijn overgaan. Misschien zou haar moeder ooit begrip voor haar beslissing krijgen. Zou ze wel begrijpen hoeveel moeite het haar gekost had?

340

Ze wist niet meer waardoor het haar ineens opgevallen was. Misschien was het door de plotselinge stilte van de straat of misschien was het door de vele sekswinkels waar ze langsliep. Misschien kwam het gewoon doordat er voetstappen ineens hol en onheilspellend achter haar klonken. Ze keek voorzichtig achter zich en zag dat er een man achter haar liep. De man die ze in de snackbar gezien had en die haar aan had gestaard. Hij liep achter haar. En toen zij haar pas versnelde, hoorde ze zijn voetstappen ook in een sneller tempo achter haar. Ze huiverde en voelde haar hart ineens heftig bonken. Een panische angst welde in haar omhoog. Waarom was ze hier langsgegaan? Het was immers vragen om moeilijkheden? Ze probeerde haar te snelle ademhaling weer onder controle te krijgen. Er stonden mensen langs de kant bij de deuropeningen. De man achter haar zou niets kunnen beginnen, zolang zij hier liep. Ze keek schuchter opzij in een fel opgemaakt vrouwengezicht. De vrouw kirde, en Merel zag dat de man naast haar aan haar zat te frunniken. Ze kreeg een wee gevoel in haar maag. Als ze hard zou lopen zou de man achter haar in de gaten krijgen dat ze bang voor hem was. Dat mocht in geen geval. Misschien had hij wel helemaal geen kwaad in de zin. Misschien verbeeldde ze het zich wel? Ze hijgde en rende nu toch, hoewel het leek alsof haar benen niet wilden gehoorzamen. De voetstappen achter haar hadden zich ook versneld. Ze beet haar lippen bijna kapot. Ze moest het halen! Nog even; dan zou ze deze vreselijke buurt uit zijn. Dan was ze bijna thuis. Thuis: wat leek dat ineens oneindig ver weg. Ze struikelde en zou bijna languit op de grond gevallen zijn. Het lukte haar nog net rechtop te blijven staan. Ze rende verder, maar de voetstappen kwamen dichterbij. Ze voelde meer dan dat ze zag dat de man haar heel dicht genaderd was. Hij hijgde en ze voelde ineens zijn hand op haar schouder. Een ruwe hand, die haar naar de man toe trok. Ze rook de dranklucht en de vette lucht van de snackbar. Ze gilde.
Zijn reactie had ze niet verwacht. Hij lachte. Hij greep haar arm vast en grinnikte eerst, maar even later sloeg z'n stompzinnige gehinnik over in een uitbundig geschater.
Ze bleef doodstil staan, niet begrijpend wat er aan de hand was. 'Laat me los,' zei ze zacht. 'Waarom lach je?'

Hij kon niet praten, hij lachte enkel, en ze probeerde zich los te rukken, maar hij gaf haar een klap in het gezicht en z'n stemming was ineens omgeslagen. 'Hier blijven. Ik zal je vertellen waarom ik lachte.'

'Ik geef je aan bij de politie. Ze krijgen je toch wel te pakken,' zei ze hijgend.

'Doe dat. Vertel ze maar op het bureau dat je achtervolgd bent door een man die je alleen maar heeft uitgelachen. Dan zul je merken dat ik de enige niet ben die lachen kan. Dan lacht de politie je ook uit.'

'Wat wil je?' vroeg ze en huiverde toen ze in z'n gezicht keek. Over zijn wang liep een litteken, dat haar in de snackbar niet was opgevallen.

'Wat een tronie, hè? Kijk nog maar eens goed.' Hij had haar bange blik opgevangen. 'Zo ben ik eens toegetakeld door een vrouw. Een mooie vrouw, net zoals jij. Ze vond me ook niet de moeite waard. Net als jij. En daarom moet ik zo lachen. Ik heb gezien hoe bang je was. Je had jezelf eens moeten zien. Als een bang hert rende je door de straten. En waarom? Alleen omdat ik achter je liep. Dat vind ik leuk, weet je. Daar moet ik nu altijd zo om lachen. Om die idiote angst van jullie vrouwen. Ik hoef alleen maar achter ze te gaan lopen in een stille straat en ze gaan steeds sneller lopen. Ze gaan rennen en raken in paniek.'

Ze rukte zich los en rende weg. Ze rende tot ze niet meer kon. En in een portiek zocht ze beschutting. Hij kwam haar niet achterna.

16

Ze keek naar de sterren, die aan de donkere hemel flonkerden. Ze probeerde ze te tellen en wist zelf niet waarom. Het deed haar aan Abraham denken. Abraham, die ook eens geprobeerd had de sterren te tellen. Abraham was niet eenzaam geweest zoals zij. Hij had God bij zich geweten. God, die hem Zijn belofte gegeven had. Waarom moest ze daar nu ineens aan denken? Wat had het met haar te maken? Voor haar was er geen belofte. Er was zelfs geen God. 'God heeft alle mensen lief,' had dominee Aalbers beweerd. Maar hij wist niet wat haar vader haar jarenlang had aangedaan. Hij wist niet dat ze hier helemaal alleen in Amsterdam zat. Hij wist niet van haar angst voor voetstappen. Voetstappen op de trap. Voetstappen op de straat. Angst. Een leven vol angst. Een vader die zich aan z'n dochter vergreep en een man in de straat die lachte om haar angst. Als dominee Aalbers daarvan geweten had, had hij begrepen dat het voor haar niet gold. Dat er geen God was voor haar. Dat ze alleen was. Helemaal alleen. Ze stapte het portiek uit en voelde hoe koud ze geworden was. Haar tenen deden pijn in haar schoenen. Ze kon haast niet meer denken. Ze wilde ook niet meer denken. Automatisch liep ze de richting van haar huis in. Een man kwam haar tegemoet. Ze voelde haar hart opnieuw in de keel bonzen, maar de man besteedde geen enkele aandacht aan haar. Hij keek op z'n horloge alsof hij haast had, en liep voorbij. De stad was koud en donker. De straten waren hier stil. Over haar wangen stroomden tranen, zonder dat ze er zelf erg in had. Ze voelde zich zo alleen. Zo eenzaam, klein en bang. Ze had niemand. Ze hoorde bij niemand; ze was helemaal alleen.

Een fel verlicht raam, en een donker raam erboven: dat donkere raam was haar appartement. Ze wist ineens dat ze daar vanavond niet alleen zou kunnen zitten. Ze had mensen nodig. Vrolijke mensen. Vanavond zou ze de stilte niet kunnen verdragen. Ze opende de deur beneden en klom de trappen op. Kale, stenen trappen, die haar vlak voor Hilda's deur brachten. Vanuit het huis klonk muziek. Te harde muziek. Een vrouwenstem lachte overdreven en een mannenstem baste erdoorheen. Ze klopte op de deur en ging op de trap zitten, die naar haar eigen appartement leidde.

De deur ging open. Hilda keek haar aan. 'Gelukkig Merel, jij bent het. Ik maakte me bezorgd. Kom binnen. Heb je zin in een borrel?'

Merel wilde wat zeggen, maar er kwam geen geluid. Ze schudde haar hoofd.

'Is er wat, Merel? Kind, wat is er met je gezicht gebeurd? Heb je je gestoten?' Ze knielde bij Merel neer. 'Vertel het me maar. Ik wil je helpen.'

'Je kunt me niet helpen,' zei Merel moeizaam. 'Alleen, ik ben zo koud en zo bang. Zo alleen. En er zijn altijd voetstappen. Voetstappen op de trap en in de straat. Ze willen me bezeren, uitlachen en vernederen. Waarom toch, Hilda? Waarom ik?' De woorden leken misvormd te worden in haar mond. Het was alsof haar kaken niet wilden gehoorzamen. Ze waren stijf en onwillig. Haar mond beefde. Ze zou willen huilen. Heel lang willen huilen. Zoals ze elke donderdagavond gehuild had als haar vader bij haar geweest was. De tranen kwamen, maar waren niet verlossend. Ze leunde met haar hoofd tegen Hilda's schouder en voelde zich een klein kind dat behoefte aan troost had.

'Ben je overvallen?' Hilda schudde haar door elkaar. 'Vertel het me dan toch. Ik wil je helpen.'

Merel schudde woordloos haar hoofd. Wat moest ze zeggen? Een man heeft me uitgelachen? Ze wilde er niet over praten. Ze wist niet hoe ze het moest zeggen.

'Is het erger, Merel?' Hilda's stem klonk zacht en meelevend. Merel reageerde niet.

'Ben je... Ik bedoel... ben je...?'

Merel schudde haar hoofd. 'Nee, ik kon wegkomen.'

Achter Hilda was een vrouw opgedoken. Ze kende die vrouw niet. Ze mocht deze vrouw niet. Ze was opzichtig opgemaakt en leek nieuwsgierig. 'Wat is er aan de hand? Is ze...?' hoorde Merel haar zeggen.

'Ik weet het niet,' zei Hilda. 'Ik vermoed een poging tot. Maar dat is erg genoeg, is het niet?'

'Ik ga naar boven. Naar m'n eigen kamer.' Merel wilde opstaan, maar haar benen beefden zo dat ze weer moest gaan zitten.

Hilda sloeg een arm om haar heen. 'Jij gaat helemaal niet naar boven. Ga je eerst hier maar douchen of zo. Daarna zal ik je wang verzorgen. Die is helemaal dik. Wie heeft dat gedaan, Merel? Heeft iemand je geslagen?'

Merel had het niet eens in de gaten gehad. Nu ze eraan dacht merkte ze dat haar kaak inderdaad pijnlijk was. Waarschijnlijk

had ze dat te wijten aan de klap die ze had moeten incasseren.
'Je kunt hier vannacht wel blijven slapen. Dan ben je niet zo alleen
op je kamer. Ik maak het logeerbed op en je kunt mijn pyjama
lenen. Dan hoef je niet meer naar boven toe ook. Morgen kunnen
we samen naar de politie gaan.'
'Dat heeft geen zin. Ze zullen niets kunnen doen,' zei Merel gelaten.
'Natuurlijk wel,' zei de vrouw, die nog steeds bij hen stond. 'Zulke
kerels moeten direct aangegeven worden. Ze zouden ze moeten...'
'Laat maar, Roos,' zei Hilda. 'Merel moet eerst maar eens een
nacht rustig slapen. Morgen zien we wel weer.' Ze trok Merel
overeind, haar huis binnen.
'Je hebt visite,' fluisterde Merel, toen ze in de smalle gang stond
en vanuit de kamer nieuwsgierige blikken op zich voelde rusten.
'Dat maakt niet uit. Je hebt hulp nodig,' zei Hilda kordaat. 'Roos,
wil jij de logeerkamer in orde maken? Je weet waar alles ligt. Dan
zorg ik dat Merel een pyjama krijgt en eerst kan douchen.' Ze
grijnsde kameraadschappelijk tegen Merel, toen Roos met een
zucht in de logeerkamer verdween. 'Roos is erg aardig, maar zo
nieuwsgierig. Nu kunnen we even vrijuit praten.' Ze gaf een kreet
in de richting van de kamer. 'Jullie redden jullie zelf wel zolang,
hè? Ik ben even bezig.' Ze wachtte niet op antwoord, maar trok
Merel in de richting van de douche. Merel beefde nog steeds over
haar hele lichaam, en Hilda kleedde haar uit alsof ze een klein
kind was. Daarna zette ze de douche aan. 'Ga maar eens lekker
een poosje onder de douche staan. Het zal je goeddoen,' com-
mandeerde ze.
Merel gehoorzaamde. Ze voelde de warme stralen op haar gezicht
en draaide de kraan nog heter. Ze kon de hitte nauwelijks op haar
lichaam verdragen maar draaide de kraan van de douche toch
nog heter. Vies voelde ze zich. Vies en smerig, hoewel er in feite
niets gebeurd was. Ze nam een fles badschuim en zeepte zichzelf
daar hardhandig mee in. Al de viezigheid van die vreemde man
moest verwijderd worden. Hij had haar aangeraakt met z'n smerige handen en hij had z'n stinkende adem in haar gezicht gebla-
zen. Hij had haar uitgelachen. Uitgelachen vanwege haar angst.
Ze haatte zichzelf. Het was haar eigen schuld geweest. Het moest

haar eigen schuld wel zijn. Eerst was het haar vader geweest en nu was het een vreemde. Ze had niet alleen door die donkere buurt moeten lopen en niet naar die obscure snackbar moeten gaan. Ze had erom gevraagd, en ze had deze keer nog geluk gehad. De man had haar pijn gedaan. Hij had haar uitgelachen, maar ze was niet verkracht. Ze begon weer te beven, toen ze eraan dacht. Het gezicht van die man dicht bij het hare. Stel je voor, stel je voor. Ze boende nog harder en sloot haar ogen. Waarom was ze niet op het aanbod van Martijn ingegaan? Hij had haar naar huis willen brengen. Als ze niet had geweigerd, had ze nu gewoon boven gezeten. Dan had ze nog gedacht dat ze hier in Amsterdam een nieuw leven zou kunnen beginnen. Er welde een droge snik op vanuit haar keel. Er zou nooit een einde aan de nachtmerrie komen. Ze zou niet kunnen vergeten wat haar was aangedaan. Ze draaide de kraan van de douche op koud. Het was alsof haar hart stilstond, toen de hete stralen overgingen in ijzig koude. Ze bleef er toch onder staan, tot ze door en door koud was, en draaide toen de kraan uit. Met een ruwe handdoek, die Hilda klaar had gelegd, droogde ze zich af tot haar huid rood zag en gloeide.

Op Hilda's slaapkamer lag een pyjama klaar. Hij slobberde om haar heen, maar ze vond het prettig.

'Ben je al een beetje opgeknapt?' Hilda kwam weer binnen. In haar hand had ze een tube. Ze glimlachte geruststellend. 'Ik zal een beetje zalf op je wang smeren. Arnica: dat helpt goed tegen zwellingen.'

Merel hield haar adem in, toen Hilda's koele hand haar pijnlijke wang raakte. De pijn trok door haar kaak. Die leek door haar hele lichaam te gaan. Ze had hoofdpijn en pijn in haar armen en haar benen. Een verschroeiende pijn, die niets met haar verwondingen te maken had. Het was een pijn die haar al jaren folterde, maar nu heviger dan ooit leek. Een pijn diep binnen in haar.

Haar vingers typten de woorden in vliegende vaart, maar haar hoofd wist niet wat ze op het concept las. Ze typte automatisch, maar de betekenis van de woorden die razend snel op het beeldscherm voorbijkwamen ontging haar. In haar rug prikten de ogen van haar collega's. Aardige collega's. Ze hadden allemaal wel gehoord wat haar overkomen was. Martijn, Nienke en Gonda. Ze waren allemaal aardig tegen haar geweest, zonder verder met een woord over het gebeurde te reppen. Wel had ze hun medelijdende blikken onderschept. Ze had het gefluister tussen Nienke en Gonda wel gehoord. Maar ze meenden het allemaal goed.

Haar handen lagen nu stil. Ze staarde voor zich uit. Anderhalve week geleden was het nu. Tien dagen geleden was er een nieuwe dimensie aan haar nachtmerrie toegevoegd. Op Hilda's aandringen had ze toch aangifte bij de politie gedaan. Ze was er netjes en vriendelijk behandeld door een vrouwelijke agent, maar veel hoop had men haar niet kunnen geven. De man had al vaker vrouwen lastig gevallen, maar het was nooit tot een verkrachting gekomen. Hij genoot van hun angst en vertelde steeds hetzelfde verhaal. Het verhaal van de vrouw die hem het litteken bezorgd had. Wel kon hem in dit geval mishandeling ten laste worden gelegd. Daar zou ze nog van horen. Ze was blij geweest, toen ze weg kon gaan. Het liefst zou ze er nooit meer over willen praten. Ze wilde zwijgen en vergeten, zoals ze al die jaren alles al naar de achtergrond had proberen te drukken. Ze wist nu dat ze zichzelf voorgelogen had. Ze kon de man niet vergeten die haar zo'n angst aangejaagd had. Hij kwam elke avond terug. Ze durfde in bed haar ogen niet te sluiten uit angst voor de beelden die steeds terugkeerden. Het lelijke gezicht en die harde lach, die in haar oren bleef doorklinken. De lach die soms ineens veranderde in een zachte, smekende stem. 'Kom Merel. Vertel het niet aan je moeder. Jij begrijpt het niet, maar je zou haar verdrietig maken. Dat wil je toch niet: mama verdrietig maken? Dan was er ineens weer het gezicht van haar vader, die het woord tot haar leek te richten. Haar vader met de ogen van die ander. Het was allemaal zo verwarrend, zo beangstigend en zo vermoeiend. 'Vergeef me!' vroeg hij in haar droom, maar ze rukte zich los en rende weg. Achter zich hoorde ze hem roepen: 'Merel, vergeef me.' Hoe kon ze hem vergeven als ze nog elke avond zijn voetstappen op de trap hoorde? Het was geen opluchting wakker te worden. De duisternis van de nacht drukte als een loden deken boven op haar. De angst leek haar te verstikken.

'Merel, hoe gaat het?'

Ze voelde een hand op haar schouder, die haar met een schok rechtop deed zitten. Het hart hamerde in haar keel, toen ze in het gezicht van de heer Vogel keek.

'Je schrikt toch hopelijk niet van me?' Hij keek bezorgd.

Ze schudde haar hoofd. 'Sorry, het is mijn schuld. Ik had misschien beter niet kunnen komen. Ik kan beter helemaal niet meer komen.'

'Merel, maak je daar maar niet bezorgd om. We hebben hier alle begrip voor je situatie.' Hij schoof een stoel bij en ging naast haar zitten. 'Natuurlijk zou het fijn zijn als je weer snel de Merel werd zoals we die hier twee en een halve week hebben leren kennen. Maar we beseffen wel dat het tijd nodig zal hebben.'

Merel schudde haar hoofd. 'Die oude Merel komt niet terug. Misschien heeft ze zelfs nooit bestaan, maar verschuilde ze zich achter een masker waarachter ze zich veilig waande.'

'Ik begrijp wel dat je op dit moment heel erg gedeprimeerd bent. Zo'n voorval grijpt diep in. Toch weet ik zeker dat er ook voor jou weer een dag komt dat je kunt lachen. Ik vergelijk het vaak met een lange, sombere winter. Vaak lijkt er geen eind aan te komen, maar toch komt altijd weer het moment dat de eerste lammetjes geboren worden, dat de bomen uitbotten en dat de sneeuwklokjes hun kopjes boven de grond steken. Kortom, dat het weer lente wordt. Dat geldt ook voor jou, Merel.'

'Ik kan het me haast niet voorstellen,' zei Merel zacht.

'Ik weet het zeker,' beweerde Vogel stellig. 'Ik hoop dat je dan nog eens aan me zult denken. Nu denk je misschien: laat die oude vent alsjeblieft ophouden te zeuren, want ik heb al genoeg aan m'n hoofd. Toch hoop ik dat er een tijd zal komen waarin je denkt: die oude Vogel was zo gek nog niet.'

Ze glimlachte flauw. 'Ik hoop het.'

Vogel stond op. 'Ik moet weer aan het werk. Als je me nodig hebt kun je altijd bij me aankloppen. Blijf niet in je eentje zitten tobben, Merel. Er zijn genoeg mensen om je heen die je behulpzaam willen zijn. We kennen elkaar nog niet lang, maar ik weet dat je nu al een gewaardeerde collega bent. Wees niet bang mensen in vertrouwen te nemen. Pas als je over je problemen praat, zullen ze weten wat je bezighoudt en je beter kunnen begrijpen.'

Merel antwoordde niet. Ze boog zich over haar werk, terwijl Vogel weer naar z'n eigen kantoor ging. Waarschijnlijk had hij gelijk. Hoe zou iemand met haar mee kunnen voelen als ze er niet over praatte? Ze had deze morgen nog geen woord met haar collega's gewisseld. Stil was ze binnengekomen, had enkel hun groet beantwoord en was zo snel mogelijk naar haar eigen plaats gegaan. Alsof ze zich schaamde. Op dat moment had ze al spijt gehad dat ze gekomen was. Hilda had het haar nog zo afgeraden, maar ze was al een week thuis geweest. Ze werkte hier nog maar pas. Wat zouden ze wel niet van haar denken? had ze gedacht. En bovendien hield ze het bijna niet meer uit, zo alleen op haar kamer. Hier had ze afleiding.

Ze printte haar brief uit en zag dat er fouten in zaten. Te veel fouten. Dat was ze niet van zichzelf gewend. Normaal werkte ze zo secuur dat ze zichzelf nauwelijks hoefde te corrigeren. Ze zuchtte en ving Martijns blik. Een warme, belangstellende blik. Ze voelde haar mond beven. Waarom deden ze zo aardig tegen haar? Ze hoefden geen medelijden met haar te hebben. Ze kon het allemaal wel aan. Medelijden had ze niet nodig. Ze had niemand nodig. Niemand, en zeker geen man. Waarom dacht ze dan nu ineens aan Jelle Wiersma? Hij was toch ook een man? Waarom verlangde ze naar hem? Ze zou nu zo graag met hem willen praten, met haar hoofd tegen zijn schouder en zijn arm om haar heen. Hij zou naar haar willen luisteren. Hij wist immers wat ze met haar vader had meegemaakt? 'Famke toch,' zou hij zeggen, en ze zou zich veilig voelen bij hem. Alleen bij hem. Het was alsof ze zijn gezicht vlak voor zich zag en of ze zijn stem hoorde. Ze zou z'n gezicht willen strelen, maar haar handen grepen in het luchtledige. Hij was verder weg dan ooit. Ze legde haar hoofd op haar armen en huilde.

17

De bel ging; luid en dringend. Emmy van Vierhouten probeerde er niet naar te luisteren. Ze verstopte haar hoofd onder een kussen dat op de bank lag. Ze hield haar adem in. Niemand wist dat ze thuis was. Als iemand haar erop aan zou spreken, zou ze zeggen dat ze misschien boodschappen had gedaan. Trouwens, wie zou haar moeten aanspreken? Ze glimlachte er zelf om. Ze zag immers nooit iemand? Ja soms, als ze inderdaad boodschappen deed. Maar daarna ging ze altijd snel weer naar huis. Thuis liet ze niemand binnen. Ze was er veilig. Soms nam ze de telefoon op, maar een aankondiging voor een visite werd meteen afgeslagen. Ze wist altijd wel wat te verzinnen. Ze had inmiddels wel gemerkt hoe er in de buurt over haar geroddeld werd. Hoe er in de supermarkt verstolen in haar boodschappenmandje werd gegluurd, waar altijd wel een fles goedkope wijn of sherry in te vinden was. Ze haatte de vrouwen die achter haar stonden te fluisteren en te lachen, als ze bij het betalen soms wat problemen had met het neerleggen van het geld. Haar handen trilden zo.

Er werd weer gebeld. Haar voet kwam van schrik tegen het tafeltje aan waarop ze haar glas wijn had staan. Het viel om en de rode vloeistof maakte een grote, lelijke vlek in het tapijt.

Er werd op de ramen geklopt. Ze hoorde een stem: 'Doe open, Emmy, ik weet dat je er wel bent. Ik wil je helpen.'

Ze herkende de stem van dominee Aalbers en durfde nu niet langer te doen alsof ze niet thuis was. Hij wilde haar helpen, zei hij. Onwillig liep ze naar de voordeur, nadat ze eerst haar glas en de fles wijn in een kast had verstopt. Ze had geen hulp nodig, en al helemaal niet van dominee Aalbers. Haar vingers trilden, toen ze het slot van de deur opende. Ze knipperde tegen het felle licht dat nu het sombere huis binnenstroomde. 'Dag, dominee,' zei ze onderdanig.

'Dag Emmy. Mag ik binnenkomen?' Hij wachtte haar antwoord niet af, maar stapte al over de drempel. Z'n jas gooide hij in een nonchalant gebaar over de kapstok.

Emmy wierp een steelse blik in de spiegel. Als hij maar niets aan haar zou merken. Ze probeerde haar haren nog een beetje te fatsoeneren, maar het was onbegonnen werk. Wanneer was ze voor het laatst naar de kapper geweest? Het was allemaal niet belangrijk meer, maar nu voelde ze ineens heel duidelijk hoe haveloos en armoedig ze erbij liep. 'Wilt u een kopje koffie?' informeerde ze onzeker.

'Graag, Emmy,' zei Aalbers en ging op de bank zitten. Terwijl Emmy in de keuken bezig was, liet hij z'n blikken door de kamer dwalen. Het was erger dan hij zich voorgesteld had. De kamer was rommelig en ronduit vies. Alles was zo groezelig als de vrouw des huizes zelf. Ook van haar was hij geschrokken. Van haar opgezette, rode gezicht, haar bevende handen en haar ogen. Hij schrok op, toen hij vanuit de keuken een oorverdovend kabaal hoorde. Kennelijk had Emmy het een en ander uit haar onhandige vingers laten vallen. Hij had hier eerder moeten komen. Er werd al een tijdje over gepraat in de kerk, dat het met Emmy van Vierhouten niet goed ging. Helemaal, nadat haar dochter ook nog overhaast het huis verlaten had. Merel had hem een kort briefje geschreven, waarin ze haar excuses had aangeboden voor het feit dat ze pas nu de belangrijke beslissing om niet te trouwen genomen had. Het hoe en waarom was hem niet duidelijk geworden. Evenmin als de reden waarom ze weg was gegaan. Er werd gefluisterd dat Emmy van Vierhouten haar dochter zelf het huis uit had gestuurd uit woede over het niet doorgaan van het huwelijk. Hij had eerder moeten komen. Hij zag het nu duidelijk en voelde zich schuldig. Emmy was duidelijk aan de drank en misschien had hij daar wat aan kunnen doen. Nu was ze al zover heen.

Ze kwam weer binnen. Ze verontschuldigde zich voor het feit dat ze zo'n herrie had gemaakt in de keuken en ze koffie op de schoteltjes had gemorst.

'Het geeft helemaal niets, Emmy,' probeerde hij haar gerust te stellen. 'Ga maar even rustig zitten. Dan kunnen we samen even praten.' Hij zag haar nerveuze gefriemel aan haar rok, de zweetdruppeltjes onder haar neus en haar gejaagde, bijna angstige blik, en hij voelde een intens medelijden met deze vrouw in zich opwellen. 'Emmy,' begon hij zacht. 'Ik ben niet gekomen om je te veroordelen. Je hoeft niet bang te zijn. Ik weet veel, Emmy. Veel meer dan jij denkt. En ik verwijt mezelf dat ik nu pas bij je ben gekomen. Ik had eerder moeten komen. Dan had ik je deze ellende misschien kunnen besparen.'

Ze keek hem niet begrijpend aan. 'Wat bedoelt u?'

351

Hij aarzelde even, maar zei toen toch: 'Emmy, bij sommige mensen komt de dood heel erg plotseling, en toch is het alsof ze hun einde voelen naderen. Ze beginnen zich ineens heel erg bezig te houden met de dood, met hun begrafenis en met wat er met hun familieleden moet gebeuren als ze er zelf niet meer zullen zijn. Ook Hendriks dood kwam voor ons heel onverwacht. Toch was hij er al een tijdje mee bezig, zonder dat hij zich ervan bewust was. We hebben die laatste weken voor z'n dood eigenlijk heel veel samen gepraat. Over zijn jeugd, zijn werk, zijn gezin en zijn leven. Ik kreeg het idee dat hij ergens over liep te tobben, en op een avond kwam het eruit.' Hij aarzelde even, zag Emmy's vertwijfelde blik en ging verder: 'Over jou heeft hij verteld, Emmy. Over dat hij van je hield, maar ook over wat hij je aandeed. Over hoe hij je vernederde en je als een voetveeg behandelde. Ook over Merel heeft hij verteld, Emmy. Ook over Merel.'

'Dat is niet waar,' zei ze ingehouden. 'Dat kan hij nooit verteld hebben, want het is een leugen. Merel zal zelf wel contact met u hebben gezocht en nu proberen jullie me op deze manier erin te luizen. U liegt!'

Hij reageerde niet op haar uitval, maar kwam naast haar zitten en nam haar koude, bevende handen in een beschermend gebaar in de zijne. 'Wees niet bang, Emmy. Je zult eens de waarheid moeten horen. Een waarheid die je zelf ook kent, maar wegstopt. Alsof het niet heeft bestaan. Toch was het er, Emmy.' Zijn stem werd dringend, toen hij vervolgde: 'Elke donderdagavond als jij naar het koor was ging Hendrik naar Merel. Elke donderdagavond leefde Merel in doodsangst. Hendrik wist dat heel goed en toch ging hij weer. Elke donderdagavond. Niemand had het in de gaten. Hendrik strooide iedereen zand in de ogen. Jullie waren een gezellig gezinnetje binnen onze gemeente. Ook jij hing de vuile was niet buiten.'

'Er was geen vuile was,' zei ze en probeerde haar handen uit de zijne te trekken, maar hij hield ze vast.

'Nee Emmy, ik laat je niet los. Niet eerder dan dat we de hele waarheid boven water hebben. Alleen zo kan ik je helpen. Daarvoor moet ik bij het begin beginnen. Jullie kwamen niet vaak bij Hendriks familie thuis, is het niet?'

352

Emmy knikte. 'Ik nog weleens met Merel. Het kind was gek op haar opa, maar Hendrik wilde nooit. Hij hield niet van z'n ouders en wilde nooit over z'n jeugd praten. Toen ze vlak na elkaar overleden zijn we nog wel naar de begrafenis geweest, maar ik had het idee dat het voor Hendrik een opluchting was, toen ze er niet meer waren. Daarna hebben we zijn broers en zusters nooit meer gezien.'

'Weet je de reden daarvan?'

Ze schudde haar hoofd. 'Hendrik praatte er niet over. Hij werd kwaad als ik erover begon.' Ze wist nu toch haar handen te bevrijden. 'Waarom zou ik het ook willen weten? Zijn broers en zusters waren niet aardig. Ze keken neer op de zaak waar Hendrik zelf zo trots op was. ''Het kruideniertje'' noemden ze hem. Zelf hadden ze allemaal doorgestudeerd en waren terechtgekomen in het onderwijs en de medische wereld, en er is zelfs een broer van Hendrik die professor is.'

'Dat heeft Hendrik me verteld, ja.' Aalbers probeerde een luchtige toon aan te slaan. Emmy moest zeker niet het idee krijgen dat ze uitgehoord werd. Langzaam maar zeker moest hij de waarheid uit haar zien te krijgen. Pas als ze in staat was erover te praten, zou ze geholpen kunnen worden. 'Hendrik heeft ooit eens gezegd dat er z'n hele jeugd op die manier op hem neergekeken is. Hij was de enige in de familie zonder studiehoofd.'

Emmy keek hem oplettend aan. 'Dat heeft hij me nooit zo verteld. Hij uitte zich trouwens altijd al heel moeilijk. Je wist niet wat er allemaal in hem omging. Het was soms alsof er een korst rondom z'n hart zat. Een barrière, waar ik niet doorheen wist te dringen.' Ze zei het zacht, alsof ze de aanwezigheid van de dominee vergeten was. Toen ze weer opkeek, leek ze te schrikken.

'Je hoeft niet bang te zijn. Wat je me hier vertelt, blijft onder ons. Het is goed erover te praten. Wat je over Hendrik zei was helemaal waar. Hij wilde zich niet blootgeven. Daardoor zou hij kwetsbaar worden en hij wilde nooit meer gekwetst worden. Had hij je maar in vertrouwen genomen, Emmy. Hij had jullie allemaal veel ellende bespaard.'

'We hadden het goed samen,' merkte Emmy op. Haar blik dwaalde van hem weg naar een foto van Hendrik en haar samen, die aan de muur hing. Het was een foto gemaakt ter ere van hun vijfentwintigjarig huwelijk. Ze stond er mooi op. Hendrik had erop gestaan dat ze naar de kapper ging en hij was zelf meegegaan om een mooie japon uit te zoeken voor het feest. Hendrik was goed voor haar geweest.

Dominee Aalbers ging er niet op in. Met monotone stem begon hij haar Hendriks verhaal te vertellen, zoals die hem dat vlak voor zijn dood had toevertrouwd. 'Hendrik was als kind altijd al een buitenbeentje. Een dromerige jongen, die weinig speelde en nog minder leerde. Echte vriendjes had hij niet. Hij was altijd wat stilletjes en teruggetrokken. Een beetje angstig. Maar wat wisten ze ook van hem af? Hoe konden ze weten dat die rustige, aardige bovenmeester, die Hendriks vader was, 's avonds voor het eten veranderde in een soort woesteling? In een sadistische man, die zijn kinderen een voor een bij zich riep om hen te ondervragen over hun schoolresultaten? Op school had hij daarover dan al voor die tijd bij het personeel geïnformeerd. Als een van de kinderen de waarheid ook maar enigszins verdraaide, verzon hij de vreselijkste straffen. Trouwens ook als de resultaten tegenvielen. De kinderen kregen een flink pak slaag of moesten een week in het kolenhok overnachten en ze kregen dan nauwelijks te eten. De broers en zusters van Hendrik kwamen er doorgaans genadig van af. Ze waren in het bezit van een uitmuntend stel hersens en pasten er wel voor op kattekwaad uit te halen als er iemand van het onderwijzend personeel in de buurt was. Voor Hendrik lag dat een beetje anders. Hij had problemen met leren. Hij was een kind met concentratiestoornissen. Een woord dat in die tijd nog niet bekend was. De gevolgen bleven niet uit. Hendrik kreeg regelmatig strafwerk mee naar huis, waarna hij 's avonds nog eens extra werd getuchtigd door zijn vader. Tuchtigen is het juiste woord. Zoals in een tuchthuis. Hij moest regelmatig 's avonds in de kou in het kolenhok verblijven, op een leeftijd waarop je nog bang bent voor monsters en enge beesten. Hij werd geslagen met een riem en kreeg een paar dagen bijna geen eten. Dan krijg je er bij een kind de angst goed in. En behalve angst ook gevoelens van woede en van wraak. En een zeker weten dat je op een dag terug zult slaan. Dat er een tijd zal komen dat niemand je meer ongestraft kan kleineren. Dat je in aanzien zult staan. Hij droomde over een eigen zaak, een ideale familie met een mooie vrouw en een stuk of vier kinderen. Hij wist dat er op een dag niemand meer om Hendrik van Vierhouten heen zou kunnen, omdat hij een gevierd man geworden was.' Dominee Aalbers zweeg. Hij wachtte op een reactie, maar Emmy keek strak voor zich uit. Hij zag hoe ze beefde, en besefte dat de woorden die hij net gesproken had wel degelijk indruk op haar gemaakt hadden. Zo had ze Hendrik nog nooit gezien. Ze had hem in feite in al die tijd niet leren kennen. Ze waren vreemden voor elkaar gebleven. Hendrik had niet anders gewild, omdat hij niet kwetsbaar wilde zijn. En zij had het hem niet durven vragen, omdat juist zij zo kwetsbaar was. 'Ik eh, ik zal nog een kopje koffie inschenken.' Aarzelend stond Emmy op.

Hij knikte. 'Dat is goed, Emmy. Dan praten we straks verder.' Hij zag hoe onzeker ze was, toen ze de kamer uit liep. Hij hoorde haar in de keuken met de deurtjes van de kastjes slaan, waarna het even heel stil werd. Dominee Aalbers wist, zonder dat hij haar zag, wat ze aan het doen was. Ze had een fles gezocht. Een fles die ze steeds verstopte. Een fles met wijn of sherry. Ze zou zich zekerder voelen, als ze straks de kamer weer binnen zou komen. Ze zou het gevoel hebben dat ze de problemen weer even aankon. Hij zuchtte. Er waren dominees die in een gemeente van vijftienhonderd zielen stonden en zich laatdunkend uitlieten over zijn werk in deze gemeente met 'maar' vijfhonderd gemeenteleden. Alsof er voor hem hier niets te doen zou zijn. Alsof er hier geen problemen waren. Hij zuchtte. Gefaald had hij hier in ieder geval al. De zaterdag dat Merel bij hem was gekomen om met hem over haar twijfels aangaande haar huwelijk te praten, had hij in moeten grijpen. Hij had immers de basis van de problemen geweten? Maar nee, hij had zich er te licht van afgemaakt en beweerd dat twijfel bij een jonge bruid hoorde. Hij had haar vader zelfs nog geprezen. Nee, hij was vreselijk te kort geschoten. Ook tegenover Emmy.

Ze kwam weer binnen. Ze had weer koffie op de schoteltjes gemorst, maar nu kon ze erom lachen. Haar ogen glansden en ze streek met een meisjesachtig gebaar door haar doffe haar. 'Ik mis

355

Hendrik vaak,' zei ze, alsof ze het hele verhaal van de dominee niet gehoord had. Alsof hij hier niet gekomen was om over iets anders te praten. Iets wat ze veilig had weggestopt in een hoekje van haar hart. 'Soms lig ik in bed en bedenk ik hoe goed we het samen hebben gehad.'

'Goede tijden hebben jullie zeker ook gekend,' beaamde de dominee. 'Goede tijden en slechte tijden. Net zoals in ieder huwelijk.'

'Ja, in ieder huwelijk is wel wat, niet, dominee?' Ze keek hem angstig aan, alsof het er wat toe deed dat er ook binnen andere verbintenissen weleens het een en ander aan schortte.

In een flits besefte Aalbers dat hij niet dezelfde fout mocht maken als bij Merel indertijd: toen had hij de dingen niet bij hun naam genoemd en alleen gesuggereerd en gevraagd. Als dominee en als mens was hij – zo voelde hij het nu – tegenover Merel te kort geschoten. Daarom zei hij hard: 'Jawel, maar niet in ieder huwelijk is er sprake van incest!'

Emmy liet het koffiekopje uit haar handen vallen. Ze opende haar mond alsof ze iets wilde zeggen, maar wist niet anders uit te brengen dan een schril: 'Nee!'

'Jawel, Emmy. Er is geen ander woord voor. Hendrik heeft Merel jarenlang seksueel misbruikt en jij hebt dat al die tijd geweten.'

'U liegt!'

'Je hebt al die tijd gezwegen uit angst voor Hendrik. Angst ook voor de schande. Jarenlang heb je toegelaten dat Hendrik misbruik maakte van Merel, terwijl jij stond te zingen op het koor. Heb je daar nooit aan gedacht, Emmy? Had je niet in de gaten hoe bang Merel was als jij wegging naar het koor? Je hebt nooit iets gezegd, Emmy! Je hebt er nooit iets aan gedaan. Je liet het toe en op die manier heb je er jarenlang zelf aan meegewerkt!'

'Nee!'

Het klonk als de schreeuw van een gewond dier, maar dominee Aalbers vervolgde hard: 'Jawel, Emmy. Je hebt het nooit voor je dochter opgenomen. Nooit! Ook niet na Hendriks dood. Toen hoefde je geen angst meer te hebben. Zelfs in de moeilijkste tijd van haar leven heb je Merel in de kou laten staan. Ook ik heb hier gefaald. Dat besef ik. Als een jonge vrouw zo'n belangrijke,

ingrijpende beslissing neemt om haar huwelijk niet door te laten gaan, heeft ze steun nodig. Van haar omgeving, haar ouders en in dit geval van haar moeder. Van jou, Emmy! Maar ook toen gaf je niet thuis. Sterker nog: je stuurde haar weg!'
'U liegt! Het was allemaal haar eigen schuld. Ik kon er helemaal niets aan doen!'
'Jawel, Emmy. Je had haar kunnen geloven. Je had haar kunnen steunen toen ze je zo nodig had. Maar je verborg je, alsof je de problemen zo ontlopen kon. En dat doe je ook nu weer. Je drinkt om je problemen te vergeten. Om ze weg te stoppen. Maar drank lost niets op, Emmy. Helemaal niets. Je moet de problemen aanpakken, en daar kun je mee beginnen door erover te praten!' Hij voelde zich een smeerlap, maar hij wist dat dit de enige manier was om Emmy werkelijk te helpen. Ze moest eindelijk eens inzien waar ze mee bezig was. Dat kon alleen als ze hardhandig wakker geschud zou worden. Ze zou zichzelf moeten leren kennen als een alcoholiste. Alleen dan zou ze misschien ooit aan een ontwenningskuur kunnen beginnen. Maar dat alleen was niet genoeg. Ze moest eindelijk eens leren praten over wat haar bezighield. Dat zou lukken, als ze in de gaten zou krijgen dat ze haar vuile was niet langer binnen hoefde te houden. Hendrik had haar veel ellende bezorgd. Hij had haar al die jaren van hun huwelijk voorgehouden dat ze niets was en dat hij degene was voor wie ze respect diende te hebben. Had hij haar dat niet goedschiks weten bij te brengen, dan deed hij het wel kwaadschiks. Ze moest leren dat dit nu voorbij was. Dat het hoofdstuk 'Hendrik' afgesloten was en dat zij nu aan het volgende hoofdstuk mocht beginnen. Haar eigen hoofdstuk met de titel 'Emmy'. Hij keek naar haar. Ze zat in elkaar gedoken met haar handen voor haar ogen. Hij voelde medelijden, maar zweeg. Hij wachtte tot ze zelf zou beginnen te praten. Zachtjes aan werd hij nerveus. Het leek alsof ze nooit zou beginnen. Hij dronk met kleine slokjes van z'n koffie, die inmiddels lauw was geworden. Net toen hij het bijna had opgegeven begon ze, bijna fluisterend, te praten.

'Toen ik met Hendrik trouwde, wist ik bijna niets van hem. We kenden elkaar nog niet lang, maar ik was blij dat ik eindelijk niet meer zo alleen was. Want alleen was ik, nadat m'n ouders waren overleden. Er woonde wel een tante bij me in huis, die voor m'n natje en droogje zorgde, maar haar aandacht ging ook niet verder dan dat. Daarbij kwam nog dat ikzelf ook een heel teruggetrokken meisje was. Ik was onzeker over m'n uiterlijk en had geen vrienden of vriendinnen. Toen ik Hendrik ontmoette, werd het allemaal anders. Hij gaf me aandacht en wilde zo snel mogelijk met me trouwen. Later begreep ik pas waarom. Hij was te weten gekomen dat de supermarkt van Beentjes zou gaan sluiten en daar moest een opvolger voor gevonden worden. Hendrik droomde allang van een eigen zaak. Geld had hij niet, maar daarvoor had hij mij toen. We trouwden in stilte. Mijn tante en een broer van Hendrik waren getuigen. Hij was de enige van z'n familie met wie Hendrik nog weleens contact had. Nadat hij in Amsterdam als neuroloog was begonnen, was ook dat afgelopen.' Ze praatte snel en struikelde regelmatig over haar woorden, alsof ze bang was dat ze anders geen tijd meer zou hebben alles te zeggen wat ze wilde. 'Na ons huwelijk veranderde Hendrik al snel. Hij heeft me voor die tijd ook nooit gezegd dat hij me mooi of knap vond, maar na die tijd liet hij me regelmatig merken dat hij me ronduit lelijk vond. Hij verafschuwde me en liet dat duidelijk blijken. Ik was alleen goed voor het huishouden en het krijgen van kinderen. En zelfs dat deed ik niet goed. Eerst kwam Merel zonder problemen. Hendrik was niet eens echt blij met haar. Hij had op een zoon gehoopt. Daarom moest ik zo snel mogelijk weer zwanger worden om Hendriks verlangen te vervullen en hem een zoon te schenken. Ik heb helaas nooit meer een kind kunnen krijgen. Dat heeft Hendrik me waarschijnlijk nog het meest kwalijk genomen. Dat ik hem niet die felbegeerde zoon kon geven.' Er klonk zoveel pijn door in haar stem dat dominee Aalbers zich moest beheersen om niet troostend een arm op de hare te leggen. Ze mocht nu door niets of niemand afgeleid worden. 'Merel groeide op,' ging ze verder. 'Ze werd mooier en mooier. Ze werd de vrouw die ik vroeger altijd graag heb willen zijn. Ze werd het soort vrouw dat door Hendrik aantrekkelijk werd gevonden. Ja, ik heb Hendrik betrapt. Op een avond, toen ik vroeger thuiskwam van het koor. Ik heb niets gezegd. Misschien had ik toen medelijden met Merel moeten krijgen. Ik merkte ook wel dat ze veranderde. Dat ze op donderdag doodsbang was en ze me met allerlei smoezen probeerde thuis te houden. Ik... ik voelde geen medelijden. Het enige dat ik voelde was haat. Ik hield zo van Hendrik, maar van mij moest hij niets hebben. Toen duidelijk werd dat ik nooit meer kinderen zou krijgen, vrijden we niet meer. Ik probeerde hem nog weleens aan te halen, maar hij wees mij altijd af. En Merel wist hem te verleiden. Daarom haat ik Merel, hoort u. Ik haat Merel. Ik haat haar en... en Hendrik!' Ze schreeuwde het uit. 'Weet u wat het is, dominee, elke dag weer het ideale gezin uit te moeten beelden? Op zondag samen naar de kerk te moeten, alsof je heel gelukkig was? Mijn hele leven met Hendrik samen is een toneelspel geweest. We droegen ieder ons eigen masker en bedrogen elkaar en de buitenwereld. Nooit mocht ik mezelf zijn. We leefden hier in huis met leugens en bedrog. Het was een drama en tegelijkertijd een komedie. Om te huilen en te lachen tegelijk. Maar binnenin knaagde de angst dat het uit zou komen. Dat Hendrik aangeklaagd zou worden. Ik had het niet kunnen verdragen. Daarom ook is Merel weg. Ze wil er steeds over praten en ik wil het niet. Hendrik is dood. We moeten hem met rust laten en ik... ik wil ook eindelijk rust. Ik wil er niet meer over praten. Jullie weten het allemaal zo goed. Alle buitenstaanders weten het altijd beter, maar als je zelf midden in de narigheid zit wordt het allemaal anders. Niemand weet hoe het voelt afgewezen te worden door je eigen man. Niemand die zo'n vernedering niet aan den lijve heeft ondervonden, weet dat. De man van wie ik toch altijd ben blijven houden, ondanks alles wat hij me heeft aangedaan. De man die z'n dochter verkoos boven z'n vrouw.'

'En net zei je nog dat je hem haatte,' zei dominee Aalbers voorzichtig.

'Soms haatte ik hem ook. Soms haat ik hem nog. Maar daarnaast blijf ik van hem houden.' Het klonk als een verontschuldiging.

'En Merel?'

Ze haalde haar schouders op. 'Ik probeer Merel te vergeten. Ze is een hoofdstuk dat afgesloten moet zijn.'

'Ze is je dochter!' zei Aalbers scherp.

'Ik heb behoefte aan rust.'

'Die zul je niet krijgen, zolang je niet met Merel in het reine bent gekomen. Je ziet de dingen op dit moment in een heel verkeerd daglicht. Merel is niet de schuldige. Hendrik is de schuldige. Hij heeft het zelf tegen me gezegd. Hij voelde het ook zo, en al zijn er misschien een heleboel verontschuldigingen aan te voeren: hij blijft de schuldige. Hij is het die Merels leven verwoest heeft. En niet alleen dat van Merel. Dat van jou net zo goed.'

'Mijn leven is niet verwoest,' zei ze koppig.

'Oh nee? Ben je daarom 's middags om halfdrie al aangeschoten?' zei Aalbers hard. Hij zag hoe ze schrok.

'Ik heb niet gedronken,' probeerde ze nog tegen te spreken.

'Mij maak je niets wijs, Emmy. Je kunt jezelf misschien nog aan-praten dat je wel zonder drank kunt, maar ik zie dat jij hard op weg bent een alcoholiste te worden. En dat lost nu juist niets op, weet je.'

Ze wilde nog wat zeggen, maar haar weerstand leek ineens te breken en ze begon te huilen met lange, gierende uithalen.

Dominee Aalbers haalde opgelucht adem. Dit was waar hij op gewacht had. Hij pakte haar zachtjes bij haar arm en trok haar omhoog. 'Kom met me mee, Emmy. Ik breng je ergens naar toe waar ze je kunnen helpen. Dan hoef je niet langer in je eentje rond te ploeteren. Daar zullen ze je al de liefde geven, die je zo lang hebt moeten missen. Wij gaan samen hulp zoeken, Emmy.'

Ze liet zich willoos door hem meevoeren.

18

Het was doodstil in de kleine ruimte. Een stilte die enkel verbro-ken werd door de monotone stem van een meisje. 'Mijn broer zei dat het zo hoorde. Dat alle broers en zusjes dat weleens deden, maar dat ik niets tegen m'n ouders mocht zeggen. Want dan zou hij me de trap afgooien. Mijn broer was al groot. Hij was zeven jaar ouder dan ik. Waarom zou ik hem tegenspreken? Ik had angst voor hem. Naar buiten toe was het een aardige, rustige jongen. Hij deed goed z'n best op school.'

Merel opende haar mond om wat te zeggen, maar zweeg toch. Straks zou zij haar verhaal mogen vertellen. Nu moest ze Esther haar gang laten gaan. Ze herkende er zoveel in. Zoals ze zoveel van de verhalen herkende. Hoe had ze ooit kunnen denken dat zij de enige was? Dat het allemaal haar eigen schuld was? Waarom had het zolang moeten duren voor ze hier eindelijk terechtgekomen was? Het had haar zoveel narigheid kunnen besparen. Wat was het een opluchting geweest te horen dat er anderen waren met dezelfde ervaringen, angsten en schuldgevoelens. Hoe had ze dit geheim zolang met zich mee kunnen dragen? Wat zou er gebeurd zijn als ze die bewuste avond niet was achtervolgd door die man? Dan was ze nu nog gewoon aan het werk geweest en had ze zich verbeeld hier in Amsterdam een nieuw leven te kunnen beginnen. Zo had ze zichzelf immers zand in de ogen gestrooid? Er was geen nieuw begin mogelijk zolang ze haar verleden niet had verwerkt, en daarom zat ze hier. Nadat ze op het werk ingestort was. Er werd weleens gezegd dat niets bij toeval gebeurde. Ze had het altijd een beladen uitdrukking gevonden, maar toch dacht ze nog vaak aan dat moment van totale eenzaamheid en ontreddering in een portiek midden in Amsterdam. Ze had gedacht dat God haar had laten stikken. Niets was minder waar. Misschien had God dit voorval gebruikt om haar eindelijk de hulp te geven die ze zo nodig had. Het was razend snel gegaan, nadat ze op haar werk volledig over haar toeren was geraakt. Vogel was met een noodgang z'n kantoor uit gestormd, roepend dat hij hier al die tijd op had gewacht. Hij had ervoor gezorgd dat Hilda en een arts opgetrommeld werden. Haar eigen huisarts, die ze nog niet eerder had ontmoet. Een vrouwelijke arts in wie ze vertrouwen had gehad. Eindelijk had ze haar hart uit kunnen storten. In het begin alleen over het gebeurde in Amsterdam, maar ineens was ze ook begonnen over haar vader.

De vrouw tegenover haar had kalm geluisterd. Pas nadat ze het hele verhaal verteld had, had ze opgemerkt: 'Hoe heb je hier zolang mee kunnen rondlopen? We kunnen er verder natuurlijk weinig meer aan doen, want je vader leeft niet meer. Je kunt hem dus niet meer aangeven. Het zinvolste dat we op dit moment kunnen doen, is deskundige hulp voor jou zoeken. Dan zul je merken dat je niet alleen staat. Je zult er eindelijk in alle openheid over kunnen praten. Want alleen dat lucht al een heel stuk op, is het niet?'

Ze had geknikt. De arts had ook gelijk gekregen. Het was een openbaring geweest naar de verhalen van anderen te luisteren. Naar gebeurtenissen die nog schrijnender waren dan de dingen die zij meegemaakt had. Ze had gehoord van levens die verwoest waren en van pijn, angst, schuldgevoelens en haat. Er waren familieleden aangegeven, en ook dat zorgde opnieuw voor angst en verdriet. Weer beleefden de meisjes gebeurtenissen uit hun verleden. Er sprak bitterheid uit hun woorden, maar ook ongelooflijke opluchting, omdat er eindelijk in alle openheid over gepraat kon worden. Nadat Esther was uitgepraat, merkte Merel op: 'Ik herken heel veel in jullie verhalen. In het verhaal van Esther, maar ook in dat van de anderen. Maar als jullie praten over haat, ligt dat bij mij toch anders. Natuurlijk heb ik mijn vader gehaat. Maar jullie hebben het over aangifte en over wraak. Ik ben soms blij dat hij niet meer leeft. Dat ik niet voor die keus sta. Want ik zou niet weten wat ik zou moeten doen. Misschien komt het doordat mijn vader mij op een subtielere manier dreigde. Hij sprak niet over lichamelijk geweld, maar over m'n moeder die ik er verdriet mee zou doen. Eigenlijk was hij heel aardig, juist op de momenten dat hij bij me kwam. Hij praatte me schuldgevoelens aan, waardoor ik echt steeds het idee kreeg dat het allemaal aan mezelf lag. Soms trachtte hij te doen alsof alles normaal was. Toch heeft hij me daar nooit van kunnen overtuigen. Ik vond het vies en slecht, en ik voelde me schuldig. Natuurlijk was ik ook al iets ouder. Ik was geen acht meer, zoals sommigen onder jullie. Ik was twaalf, maar nog zo onnozel, juist dank zij mijn ouders. Waarschijnlijk komt mijn houding ook voort uit het feit dat mijn moeder onvoorwaardelijk van m'n vader is blijven houden. Ze heeft altijd getracht het verleden te ontkennen en mij de schuld van het gebeurde te geven. Waarschijnlijk zal ik mij daardoor altijd medeverantwoordelijk voor de hele affaire blijven voelen.' 'Dat zou niet eerlijk zijn,' mengde Yvonne zich erin. Ze was een klein, donker meisje dat jarenlang door haar vader misbruikt was en hem nu had aangegeven met alle gevolgen van dien. 'Je zei zelf al dat het misschien te maken had met de dood van je vader. Ik heb mijn vader kunnen aangeven en ik hoop ooit het moment mee te kunnen maken dat hij schuld zal bekennen en gestraft wordt. Jouw vader heeft schuld bekend. Je hebt ons laatst verteld dat hij je om vergeving heeft gevraagd op z'n sterfbed. Die vergeving zou hij niet hebben gevraagd, als hij zich niet schuldig had gevoeld. Zo moet je het zien. Je kunt hem niet meer aanklagen, maar dat heeft hij op deze manier zelf al gedaan. Jouw moeder ontkent alles, maar dat deed de mijne in het begin ook. Ze wilde niets meer met me te maken hebben. Het is natuurlijk ook bijna niet voor te stellen hoe het is als je zo'n enorme schok te verwerken krijgt. Als je man een andere vrouw heeft is dat erg, maar als hij met zijn eigen dochter...' Haar stem klonk schril.

Merel zag hoe Yvonne haar handen tot vuisten balde.

'Nu is het allemaal anders geworden. Mijn moeder en ik hebben samen weer contact. Zij steunt mij en ik help haar. Juist in dit soort dingen heb je elkaar zo nodig. Ik denk weleens dat het voor haar allemaal nog erger is dan voor mij. Ik ben voor m'n omgeving het slachtoffer. Met mij hebben ze medelijden. Mijn moeder heeft het allemaal toegelaten. Zij is medeschuldig, en ze voelt zich ook zo. Ze is een slechte moeder in de ogen van de buitenwereld. Ze had het moeten merken. Het ergste is dat ze inderdaad wel vermoedens heeft gehad. Die heeft ze zover mogelijk weggedrukt, want als moeder en echtgenote kun en wil je zo iets niet geloven.'

Er viel een stilte. Josi, die het gesprek leidde, keek de kring rond. 'Zijn er nog meer mensen die wat willen zeggen?'

'Ik heb het gevoel dat ik nooit meer op kan houden met vertellen, na al die jaren van zwijgen,' zei Esther zacht. 'Maar dat zal ik jullie verder besparen.'

'Dan wil ik graag dat jullie deze week jullie gevoelens op papier zetten. Niet die ten opzichte van je vader, maar hoe je over je moeder denkt. Volgende week zien we elkaar dan weer. Mochten jullie deze week problemen ondervinden of gewoon behoefte hebben aan raad of een luisterend oor, dan kunnen jullie me bellen. Niet aarzelen, maar gewoon doen.'

Er werd geknikt en gefluisterd, alsof ze bang waren hun instemming hardop te uiten. Josi Bouwknegt keek 'haar' groep na, terwijl ze naar buiten liepen: jonge vrouwen, meisjes soms nog, die ze drie weken geleden nog nooit gezien had, maar met wie ze in korte tijd een enorme band van vertrouwen had opgebouwd. Zo was het altijd al geweest. En zo zou het altijd blijven. Elke groep weer. Zo was het goed.

De zon scheen. Een aarzelende maart-zon, die Merel verblindde toen ze naar buiten liep.
'Merel?'
Het was Hilda's stem die haar riep, maar Merel moest eerst eens even goed kijken waar dat precies vandaan kwam. 'Hilda! Wat doe jij hier?'
'Ik heb vrij genomen vanmiddag,' zei Hilda, alsof dat de normaalste zaak van de wereld was. 'Ik had zin na al de ellende van de afgelopen tijd weer eens iets leuks te gaan doen. Ik hoopte dat jij daar inmiddels ook wel aan toe was en dat je met me mee zou willen gaan.'
'Wat heb je voor plannen?' informeerde Merel bevreemd.
'Gewoon weer eens lekker uitgebreid de stad in. Ergens koffie-drinken met een stuk gebak erbij.'
'Dat klinkt niet slecht.' Merel klakte met haar tong. 'Ik ben daar wel voor.'
'Fijn.' Hilda leek opgelucht. 'Laten we dan maar gaan. Je bent met de tram gekomen, hè?' En op Merels instemmende geknik vervolgde ze: 'Ik ook. Laten we de eerstvolgende richting centrum dan maar nemen.'
Het werd een gezellige middag. De winkels puilden inmiddels uit van de fleurige zomer-mode en Hilda beweerde dat ze 'niets meer had om aan te trekken'. Merel vond het allemaal best. Ze bewonderde de creaties waar Hilda zich met engelen-geduld in wurmde en gaf eerlijk commentaar. 'Je ziet eruit als een olifant in z'n zondagse jurk. Nee, eerlijk Hilda, die felle, opzichtige kleuren flatteren je niet. Je moet iets rustigers ne-men.' Hilda hees zich zuchtend weer uit de zomerjurk en Merel liep nog wat rond in de winkel. Een gedienstige verkoopster hield ze met een kort 'ik wil even rondkijken' op afstand. Hilda had gelijk gehad. Het was heerlijk na de ellende van de afgelo-

pen tijd weer eens iets heel anders te doen. Het was heerlijk even aan niets te hoeven denken. Ze had het gevoel dat ze de laatste weken over niets anders dan ellende had gepraat. Hilda verscheen weer na een zoveelste gang naar de paskamer. Ze keek op haar horloge. 'Het wordt nu onderhand wel tijd voor een kopje koffie,' zei ze.

'Wat mij betreft mag je gerust nog even rondkijken, hoor,' bood Merel aan. 'We hebben toch tijd genoeg?'

'Nee, nee, laten we maar gaan.' Hilda keek nog eens op haar horloge.

'Je lijkt wel haast te hebben.' Merel keek haar bevreemd aan.

'Haast? Ach wel nee, hoe kom je erbij? Ik heb gewoon zin in een lekker pittig bakje koffie. Ga je mee?'

Merel knikte gelaten. Ze liep achter Hilda aan, die rechtstreeks naar een lunchroom een eindje verderop in de promenade liep.

'Laten we hier maar naar binnen gaan,' zei Hilda en wachtte Merels antwoord niet af.

Merel liep achter haar aan naar binnen. Nieuwsgierig keek ze de zaak rond. Hier dronken ze eigenlijk nooit koffie. Hilda deed dat altijd af met een 'dat gaat m'n budget te boven'. Vandaag scheen dat echter niet van belang te zijn.

Ze gingen tegenover elkaar zitten aan een van de glazen tafeltjes. Hilda stak een sigaret op en drukte die ook bijna direct weer uit om de menukaart op te nemen en te bestuderen.

'Hilda, is er vandaag iets bijzonders of zo?' informeerde Merel. 'Ik bedoel: je bent zo anders dan anders. Heb ik misschien iets gemist?'

'Wat zou je gemist moeten hebben? Ik word gewoon een beetje nerveus van al dat gebak hier. Met mijn gewicht voel je je altijd schuldig als je een moorkop bestelt. Vandaag probeer ik me daar niets van aan te trekken, maar ik vrees dat het toch niet helemaal lukt.' Ze lachte verontschuldigend. 'Laat je door mij verder niet ontmoedigen. Zoek maar een lekker gebakje uit. Met jouw figuur hoef je geen schuldgevoelens te hebben.' Ze glimlachte zonder jaloezie.

Er kwam een serveerster naast hun tafeltje staan met pen en blocnote in de aanslag om te schrijven. 'Wilt u iets drinken?' Ze had een plichtmatige glimlach op haar gezicht.

'Twee koffie graag,' bestelde Hilda. 'En eh, daarbij twee moorkoppen.'

'Weg met de schuldgevoelens,' zei Merel grinnikend.

Ze zag hoe Hilda naar de deur keek en bijna betrapt weer haar hoofd draaide, toen ze Merels blik op zich gericht wist. 'Ging het vandaag een beetje?' informeerde ze neutraal.

'De therapie? Prima,' zei Merel vlak.

'Heb je het idee dat je er ook werkelijk iets mee opschiet? Ik bedoel: soms heb ik het idee dat er bij dat soort bijeenkomsten alleen maar gepraat wordt. Dat je niet verder komt.'

'Het is alleen al heerlijk na al die jaren eindelijk hardop te kunnen vertellen wat er gebeurd is. Het is heerlijk me niet langer te hoeven schamen. Er zijn lotgenoten. Natuurlijk moeten we ook verder. Daarom krijgen we elke week een opdracht mee, waarvan je je soms afvraagt waar het goed voor is. Deze week moeten we onze gevoelens ten opzichte van onze moeders op papier zetten. Gevoelens die we jaren weggedrukt hebben. Ook dat is therapie. Mijn verleden is een enorme wond, Hilda. Die heeft tijd nodig te genezen.'

'Ik begrijp niet dat je er zolang over hebt kunnen zwijgen,' zei Hilda, toen de serveerster koffie met gebak op hun tafeltje had gedeponeerd en gehaast weer verder liep.

'Ik ook niet,' zei Merel eenvoudig. Ze glimlachte verontschuldigend. 'Ook dat is iets wat we allemaal gemeen hebben. We hebben gezwegen omdat we ons allemaal zo slecht voelden. Daar hebben onze familieleden fantastisch op ingespeeld. Daar hebben ze jarenlang van kunnen profiteren.' Ze merkte hoe Hilda lusteloos in haar gebakje prikte en zag haar blik opnieuw naar de deur dwalen. Ze nam een hap slagroom, merkte hoe Hilda een kleur als vuur kreeg en keek in dezelfde richting als Hilda.

Er kwam een man binnen. Ze verstarde. Het gebakvorkje viel uit haar vingers en kletterde op haar schoteltje. Ze zag hoe de man om zich heen keek en toen in de richting van hun tafeltje kwam. Hij glimlachte naar haar, maar ze kon z'n glimlach niet beantwoorden. Doodstil zat ze, haar gezicht bleek als was.

Hij bleef voor haar staan. De glimlach was van z'n gezicht ver

dwenen. Ze deed haar mond open om wat te zeggen, maar er
kwam geen geluid. Naar hulp zoekend keek ze om naar Hilda,
maar Hilda was weg.
Hij pakte haar handen. 'Merel,' zei hij zacht. 'Merel toch. Dat
ik je hier weer mag ontmoeten, Merel.'
'Jelle.' Het klonk als een gekerm. Eindelijk week de verstarring
waaraan ze ten prooi was geweest. Ze stond op en sloeg de armen
om zijn hals, zich niets aantrekkend van de mensen om hen heen,
die half geamuseerd, half geërgerd het tafereel zaten aan te kijken.
Hij proefde de zoute smaak van haar tranen in zijn mond, toen
hij haar voorzichtig kuste. Haar hart klopte tegen het zijne: warm
en levend.
'Laten we weggaan,' zei ze zacht. 'Laten we hier alsjeblieft vandaan gaan. Ik wil je alles vertellen. Alles, hoor je.'
'Daar ben ik ook voor gekomen.' Hij glimlachte en wenkte de
serveerster, die schuchter op een afstand was blijven staan, zich
niet goed raad wetend met haar figuur. 'Ik betaal de rekening
voor deze dames.'
'Waar is Hilda?' informeerde ze verward.
'Die redt zich wel, Merel. Maak je om haar maar geen zorgen.
Ze is een fijne vrouw, die zichzelf helemaal weg weet te cijferen
omwille van anderen.' Hij betaalde, en knipoogde tegen de serveerster. 'Zulke taferelen maak je hier niet iedere dag mee, is het
niet?' En nadat hij Merel in haar jas had geholpen liep hij voor
haar uit naar buiten.
Ze liep achter hem aan en had het gevoel dat ze droomde.

Ze waren de polder ingereden en al die tijd hadden ze niet met
elkaar gesproken. Het was alsof zich ineens een soort verlegenheid
van hen meester had gemaakt. Merel werd bestormd door verschillende verwarrende gevoelens, waarbij de afgelopen maanden
steeds opnieuw de revue passeerden. Daarnaast was er de wetenschap dat ze hier in de auto naast Jelle zat. Jelle Wiersma, die ze
al die tijd willens en wetens uit haar gedachten had verdrongen,
omdat ze gedacht had dat het beter was dat ze elkaar nooit terug
zouden zien. Nu zat hij naast haar en ze had de neiging in z'n
arm te knijpen om te voelen of hij echt was. Soms keek hij even

opzij: in haar gezicht. Dan was er even een vluchtige glimlach over en weer. Een glimlach die meer zei dan duizend woorden. Ergens in de polder zette hij z'n auto aan de kant. Ze stapten uit. En nadat Jelle z'n portier had dichtgegooid, snoof hij diep de frisse lucht in. 'Heerlijk: frisheid, vrijheid. Hoe heb je het toch zolang in Amsterdam uit kunnen houden? Ik zou er stikken.'

'In Amsterdam kun je vluchten voor jezelf,' zei ze eenvoudig. 'Zoals je in elke grote plaats voor jezelf op de loop kunt gaan. Je kunt er anoniem blijven en je verbeelden dat je een nieuw leven op kunt bouwen.'

'Verbeelden, ja,' zei hij, 'want je neemt jezelf overal mee naar toe, hè?'

'Waarom ben je gekomen?' Ze keek naar hem op, terwijl hij naast haar kwam staan. Hij stak ver boven haar uit.

Haar gezicht was nog steeds bleek en haar krullen hadden een intens koperrode kleur in het bescheiden zonlicht. Hij voelde een brok in z'n keel en wendde z'n blik af. 'Laten we gaan lopen. Dat praat makkelijker.'

Ze liepen, hun handen weggestopt in de zakken van hun jassen. Twee mensen, twee levens en twee harten die naar elkaar verlangden. Toen begon hij langzaam te praten. 'Ik heb heel veel aan je gedacht, nadat ik je mededeling had ontvangen dat jullie huwelijk geen doorgang zou vinden. Ik heb m'n hoofd gebroken over de reden daarvan. Kwam de beslissing van jou? Waren er misschien familieomstandigheden waardoor het feest geen doorgang kon vinden? Het liet me niet los, Merel, al wilde ik de reden daarvan in die tijd niet inzien. Dat kwam kort daarna. Ik moest naar een beurs en dat was niet ver van jullie, nee, van Frans' huis. Ik besloot van de gelegenheid gebruik te maken en hem op te zoeken. Dat bezoek heeft me de ogen geopend. Frans heeft me het hele verhaal verteld: hoe jij veranderd was na jullie bezoek aan mij, en hoe je ineens was gaan inzien dat een huwelijk jullie geen geluk zou brengen. Ik voelde me schuldig, omdat Frans zo duidelijk liet merken dat hij dacht dat ik de reden was van die beslissing.'

'Hoe kwam hij daar nu bij? Ik heb nog zo geprobeerd jou erbuiten te laten,' merkte Merel zacht op.

'Soms lijken mensen een speciale antenne voor dat soort zaken te hebben,' merkte Jelle op. 'Frans heeft me niets verweten, al moet ik je bekennen dat ik me op dat moment hoogst onplezierig voelde. Hij opperde zelf het idee dat ik je maar eens op moest gaan zoeken. Hij vond het onzin dat we allebei ergens ongelukkig zouden zijn, terwijl dat zo makkelijk te voorkomen zou zijn. Hij gaf me het telefoonnummer van je moeder. Ik had het niet verwacht van Frans. Ik had hem altijd als een egoïst gezien. Het hele gesprek verwarde me mateloos. Het had zo'n totaal andere wending genomen dan ik verwacht had. Misschien was dat de reden dat ik nog een poos heb gewacht met het bellen van je moeder. Ik had zelf tijd nodig om het allemaal te verwerken. Het was nooit in m'n hoofd opgekomen dat jij ook bepaalde gevoelens voor mij zou kunnen koesteren. Had ik maar eerder gereageerd. Dan had ik jou misschien nog weer een ellendige ervaring kunnen besparen.'
'Hoe bedoel je?'
'Ik heb van Hilda het hele verhaal gehoord, Merel. Van die man.'
'Het heeft me de hulp gebracht, die ik al jaren eerder had moeten hebben,' zei ze zacht. 'Ik heb nooit in toeval geloofd. Ik heb geworsteld met m'n geloof. Maar nu? Nu denk ik: het heeft zo moeten zijn. Ik ben doodsbang geweest, maar er zijn nu eindelijk ook mensen die naar me luisteren.' Ze zweeg even, maar vervolgde meteen daarna: 'Vertel verder. Hoe ben je me hier op het spoor gekomen? Want die zogenaamd toevallige ontmoeting was uiterst zorgvuldig door jullie gepland, is het niet? Arme Hilda was vanmiddag zo nerveus als wat. Ze is een geweldige vriendin, maar ze kan bar slecht toneelspelen.' Ze grijnsde, toen ze weer aan Hilda's hoogrode kleur dacht op het moment dat Jelle was binnengekomen.
'Je hebt gelijk. Een paar weken na het bewuste gesprek met Frans heb ik je moeder gebeld. Ze klonk nogal verward en wilde me je adres niet geven. In eerste instantie gaf ik de moed op, maar later heb ik het toch opnieuw geprobeerd. Die keer was ze rustiger. Ze wilde weten wie ik was en wat ik van je wilde. En van wie ik haar telefoonnummer had gekregen. De naam van Frans gaf waarschijnlijk de doorslag. Ze gaf me in ieder geval je adres en telefoonnummer door. Ik heb je niet gebeld. Ik bel niet zo graag.

Daarom heb ik je opgezocht. Je was helaas niet thuis, maar wel kwam ik Hilda tegen. Ze was in het begin bepaald onvriendelijk. Nadat ze in de gaten had gekregen wie ik precies was, ontdooide ze. Het was allemaal net gebeurd. Dat met die man, bedoel ik. Ze wilde graag dat ik zou wachten met een ontmoeting tot je wat opgeknapt zou zijn. Van de week kreeg ik het sein dat ik het nu wel kon proberen. Ik hoop dat de schok niet te groot voor je geweest is.'

Hij wachtte gespannen af en voelde zich lichtelijk teleurgesteld, toen ze enkel reageerde met een: 'Mijn moeder. Hoe is het met m'n moeder?'

Hij haalde z'n schouders op. 'Dat weet ik niet. Ik heb gehoord dat ze nogal drinkt, maar ze leek nuchter, de laatste keer dat ik haar belde. Als je meer wilt weten zul je zelf contact met haar moeten zoeken.'

'Ze heeft me uit huis gezet,' fluisterde Merel. 'Alsof ik niet haar eigen dochter was. Zoals ze me altijd in de steek heeft gelaten, liet ze me ook nu weer gewoon vallen. Juist toen ik haar zo nodig had.'

'Ze zal het momenteel ook niet makkelijk hebben, Merel.'

'Ik moet voor therapie de gevoelens ten opzichte van mijn moeder opschrijven. Soms mis ik haar, hoewel ze nooit een echte moeder is geweest. Nooit!'

'Misschien zou dat een goede reden zijn om haar eens op te zoeken.'

'Misschien.' Ze keek hem aan en bleef stilstaan. 'Het lijkt nog allemaal zo onwerkelijk. Alsof ik straks wakker zal worden uit een droom.'

'Zo voel ik het zelf ook,' bekende Jelle. 'Geef me je handen. Dan weet ik dat jij het echt bent, die hier naast me staat.'

Ze legde haar koude, smalle handen in de zijne.

Hij voelde hoe ze beefde. 'We kennen elkaar nog maar zo kort,' zei hij schor. 'Hoe is het mogelijk dat we elkaar zo aanvoelen?'

'Misschien zijn we gewoon voor elkaar geschapen.' Ze hief haar gezicht naar hem op. Haar ogen straalden hem tegemoet. Ogen waarin de wanhoop plaats had gemaakt voor hoop.

Hij kuste haar op haar smalle, koude lippen.

Ze sloot haar ogen en streelde z'n haren. 'Hier heb ik op gewacht,' fluisterde ze. 'Ik ben zo blij dat je er eindelijk bent.'

19

Ze was naar de kapper geweest: Emmy van Vierhouten. Haar haren waren in een moderne, korte coupe geknipt. Het deed haar bleke gezicht wat jonger lijken. Op haar smalle, witte lippen zat een beetje lipstick. Ze droeg ook een nieuwe jurk. Een smaakvolle blauwe creatie, die mooi bij haar kastanjebruine haren kleurde. Ze leek een ander, maar haar handen friemelden nog steeds zenuwachtig aan de zoom van haar jurk. Ze knipperde met haar ogen en haar stem had een monotone klank, alsof ze op die manier emoties geen kans wilde geven.

Merel zat tegenover haar in de eenvoudige, lichte ruimte. Een verpleegster had koffie gebracht in witte kopjes met het logo van de inrichting erop. Een helderblauw logo, waar nu een beetje rode lipstick aan vastkleefde. Hoe lang zaten ze hier nu al tegenover elkaar? Ze waren begonnen met een onpersoonlijke handdruk en hadden daarna de gebruikelijke dooddoeners over het weer en de mooie omgeving uitgewisseld. 'Hoe gaat het nu met je?' vroeg Merel opeens toch en haar moeder leek geschrokken. Alsof ze op die manier te persoonlijk werd. Het was alsof dat verboden terrein was. Geen emoties en geen indringende vragen.

'Goed, dat zie je toch?' zei haar moeder. 'Ik heb een nieuwe jurk en ik ben naar de kapper geweest. Ik zie er goed uit. Als een jonge blom van twintig, zei de broeder gisteren. Is dat zo, Merel? Zie ik er jonger uit?'

'Je ziet er mooi uit,' beaamde Merel het. 'Ik ben trots op je, als ik je zo zie zitten.'

'Ik drink ook niet meer,' zei haar moeder. 'Ik ben er helemaal van af. Nooit zal ik meer een druppel aanraken. Ik heb het niet meer nodig.' Er viel een stilte.

Merel keek naar de witte handen van haar moeder, die weer aan de zoom van haar jurk friemelden. Ze voelde zich nerveus en teleurgesteld. Wat kon ze doen om echt tot haar moeder door te dringen? 'Ik ben blij dat je niet meer drinkt,' zei Merel zacht. 'Het is heel erg thuis te komen en je moeder dronken op de bank te zien liggen.'

'Tipsy,' zei haar moeder verdedigend. 'Ik ben nooit dronken geweest.'

'Tipsy dan. Dat maakt niet veel uit.'

'Dominee Aalbers is een fijne man. Hij heeft veel voor me gedaan. Daarom ben ik nu hier. Alleen was ik niet van de drank afgekomen. Hier heb ik hulp.' Emmy van Vierhouten keek om zich heen. 'Het is hier wel een beetje kaal, vind je niet?'

'Lekker licht,' zei Merel. 'Helder en licht. Daar word je vrolijk van. Ben je weleens echt vrolijk hier?'

'Ja, ja, gisteren hebben we zitten kleien. We hebben heel rare dingen gemaakt en we hebben gelachen; zo gelachen! Ik geloof dat het jaren geleden is dat ik zo'n plezier heb gehad.'

Er viel opnieuw een stilte. Merel stond op en liep naar haar tas, die in een hoek stond. Ze haalde er een pakje uit en gaf dat aan haar moeder. 'Ik heb een cadeautje voor je meegebracht. Ik hoorde dat je tegenwoordig graag schildert. Je hebt mooie dingen gemaakt. De broeder heeft me het laten zien.' Ze keek neer op de handen van haar moeder, die zenuwachtig het plakband van het pakje los probeerde te trekken.

Ze scheurde het papier en haalde er kwasten en potjes verf uit. 'Oh, mooi! Wat een mooie kleuren en fijne kwasten. Daar zal ik nog fijner mee kunnen werken.' Ze leek aandoenlijk jong.

Merel kreeg een brok in haar keel en legde een hand op haar schouder. In gedachten zag ze de schilderijen weer voor zich: sombere, donkere ruimten met op elk schilderij een zelfde kleine figuur. Die kwam telkens weer terug. Ergens in de duisternis. De schilderijen straalden angst en verlatenheid uit.

Haar moeder keek omhoog. 'Merel?' Haar ogen vulden zich met tranen. 'Ik hoef niet langer verstoppertje te spelen, hè? Ze hebben hier gezegd dat ik er gewoon over kan praten.'

'Doe dat alsjeblieft,' zei Merel. Ze pakte haar stoel en schoof die vlak naast die van haar moeder. 'We hebben te lang verstoppertje gespeeld, mam.'

'Ik was zo bang. Je weet niet hoe bang ik was. Alles… alles deed ik verkeerd. Ook nog toen Hendrik niet meer leefde. En ik wilde het zo graag goed doen. Ik hield zoveel van hem.'

Merel sloeg een arm om haar moeder heen. 'Toch heeft hij veel verkeerd gedaan, mam. Niet alleen ten opzichte van jou, maar ook ten opzichte van mij. Dat mag je hem best kwalijk nemen. Je mag boos op hem zijn. Hij leeft niet meer. Je hebt van hem gehouden, maar toch heeft hij je heel veel verdriet aangedaan.'

'Dat weet ik. Ze zeggen hier dat het helemaal niet allemaal mijn schuld is. Dat het ook niet jouw schuld is. Maar je was zo mooi, Merel. Je bent nu ook nog mooi. Je vader zag dat wel. En ik… ik was niet mooi. Jij lijkt op je vader of eigenlijk op de moeder van je vader. Alleen heb je die rode haren van mij. Maar oma was een knappe vrouw. Net zo knap als jij bent.'

'Toch had hij niet het recht zich op donderdagavond aan mij te vergrijpen,' merkte Merel op.

'Nee.' Het was alsof haar moeder de woorden even moest laten bezinken. 'Nee, hij had niet het recht. Daarom heb ik hem ook gehaat. Hij heeft alles kapotgemaakt. Toch dacht iedereen dat we een fijn gezin waren. Dat er niets aan de hand was. Papa wilde dat zo.'

'En jij wilde niet anders,' viel Merel uit. Ze schrok er zelf van, maar haar moeder bleef heel rustig.

'Hoe kon ik anders?' vroeg ze. 'Had ik hem moeten aangeven? Wat zou daar een ellende uit voortgekomen zijn.'

'Je had toch met hem kunnen praten?'

'Ik kon er zelf niet over praten. Het was te vernederend. Mij wilde hij niet meer, maar wel zijn eigen dochter. Dat was het, ja. Daarom had ik soms ook zo'n hekel aan hem. Hij vernederde me altijd. En dat deed zo'n pijn, Merel. Dat kun je je niet voorstellen als je het zelf niet meegemaakt hebt.'

'Waarom zei je dan steeds tegen mij dat het niet zo was?' vroeg Merel. 'Als we er samen over hadden kunnen praten later, vlak voordat ik zou gaan trouwen, was het misschien allemaal wel heel anders gelopen. Trouwens, niemand praatte. Zelfs dominee Aalbers niet. Pa heeft het nota bene een paar weken voor zijn dood aan hem verteld. Ik ben naar Aalbers toe geweest, omdat ik zo twijfelde of ik er wel goed aan deed met Frans te trouwen. Aalbers wist op dat moment wat de reden daarvan kon zijn en toch deed hij alsof z'n neus bloedde. Hij raadde me aan die twijfel van me af te zetten. Het is niet eerlijk. Iedereen heeft altijd mijn vader de hand boven het hoofd gehouden. En ik... ik kon stikken!'

'Je moet niet steeds doen alsof jij het enige slachtoffer bent. Wat weet je van mij? Wat weet je van je vader zelf? Heb je ooit gehoord wat die man voor opvoeding heeft gehad? Hoe hij door opa en oma gekleineerd en vernederd werd? Hoe hij thuis de enige was die niet goed kon leren en daarvoor vreselijk gestraft werd? Wat weet je ervan hoe het is als kind in een kolenhok opgesloten te zitten of mishandeld te worden, gewoon omdat je niet voldoende capaciteiten hebt? Je vader was zelf een slachtoffer!'

'Hoe weet je dat? Wie heeft je dat verteld?' Merel was bleek geworden.

'Dominee Aalbers! Want met hem had je vader gepraat. Het is natuurlijk niet goed te praten wat je vader jou en mij heeft aangedaan, maar hij was een verknipte persoonlijkheid en dat heeft hij aan zijn eigen ouders te wijten. Voor jou en mij is er nu hulp, waardoor we er misschien weer bovenop zullen kunnen komen. Wij kunnen erover praten, maar hij heeft het z'n hele leven bij zich gedragen. Hij wilde revanche tegenover z'n broers en zusters en tegenover opa en oma!' Er was niets meer van de stille, nerveuze Emmy van Vierhouten over. Ze leek op een advocate die haar pleidooi hield.

'Dat wist ik niet,' zei Merel zacht. 'Dat had ik niet achter opa en oma Van Vierhouten gezocht. Ik was altijd zo gek met opa. Hoe kan dat nou?'

'Een mens kan twee kanten hebben. Dat heb je je vader meer dan eens verweten.'

Merel leunde achterover. Ze sloot haar ogen. Dit moest ze verwerken. Zij was het slachtoffer van haar vader. Hij was op zijn beurt weer het slachtoffer van zijn ouders. Waarom vertelden mensen elkaar niets? Ze wist voor zichzelf de reden eigenlijk al: schaamte. Dezelfde schaamte die zij had gevoeld, moest haar vader ook hebben ervaren. Ze had niet geweten dat hij zo kwetsbaar was. Toen ze haar ogen opende zag ze dat haar moeder

weer dezelfde nerveuze houding had aangenomen als in het begin. Ze zuchtte. 'Waarom ben je altijd van pa blijven houden? Jij weet ook sinds kort van zijn achtergrond. Hij heeft je zo vernederd, en toch bleef je voor hem opkomen. Hoe kan dat?' 'Hij had ook goede kanten. Ondanks alles.'
'Hij heeft me inderdaad vaak voorgelezen,' zei Merel zacht. 'Toen ik nog klein was. We gingen ook regelmatig fietsen of wandelen.' Waarom kwamen die herinneringen nu ineens naar boven? De laatste tijd had ze een bittere smaak in haar mond gekregen, als ze aan haar vader dacht. Waarom waren er nu deze goede herinneringen? Kwam het omdat ze net van haar moeder had gehoord dat er verzachtende omstandigheden voor zijn gedrag aan te voeren waren? Of omdat ze gewoon ook goede tijden hadden gekend? Zou het makkelijker te verwerken zijn, als ze ook eens aan die momenten dacht? Ze keek naar haar moeder. Ze zou haar nog wat willen vragen. Ze zou willen weten of haar moeder dat ook zo deed: de moeilijke tijd met haar vader naar de achtergrond schuiven en enkel de positieve dingen naar voren halen. Ze zweeg.
Haar moeder staarde voor zich uit. Met een van de kwasten die Merel haar net gegeven had, veegde ze over haar handpalm.
Merel wist dat ze zich weer afgesloten had. Wat ze ook zou zeggen, ze zou nu niet meer echt tot haar moeder doordringen. Voorzichtig stond ze op en schoof de stoel weer op de plek waar ze hem vandaan had gehaald. Op haar knieën ging ze voor haar moeder zitten en ze pakte de zenuwachtig bewegende handen in de hare, nadat ze de kwast op tafel had gelegd. 'Het komt allemaal goed, mam,' zei ze dringend. 'Het heeft tijd nodig, maar het komt allemaal weer goed. Ik woon nu in een leuk dorp in de polder, maar over een poosje ga ik bij Jelle wonen. Je kent Jelle toch wel? Hij heeft je een keer gebeld. De volgende keer zal ik hem meenemen om hem kennis met je te laten maken. Als ik bij Jelle ga wonen, komt mijn huisje vrij. Daar zul jij kunnen gaan wonen. Ik heb het er al met de woningbouwvereniging over gehad. Daar dacht men dat er wel een mouw aan te passen zou zijn. Dan hoef je nooit meer terug naar het huis waarin je met papa gewoond hebt. Nooit meer terug naar die herinneringen en eenzaamheid. Je zult

opnieuw kunnen beginnen in een dorp waar niemand iets van je
af weet: een klein, persoonlijk dorp. Wij zullen niet ver van je af
wonen en je zult bij ons kunnen komen met de bus, maar wij
zullen ook vaak naar jou toe gaan. We zullen weer gelukkig kunnen worden, mam. Echt gelukkig.'
Haar moeder glimlachte een beetje vermoeid.
Merel realiseerde zich dat ze inmiddels ook wel doodop moest
zijn. Het vele praten en de nieuwe feiten en indrukken hadden
haar al vermoeid. Voor haar moeder zou dat nog veel erger zijn.
Ze drukte een kus op het hoge, gladde voorhoofd. 'Tot gauw,
mam. Ik kom snel weer terug.'
'Met Jelle?'
Merel was verrast. Dat was dan kennelijk wel tot haar doorgedrongen, dacht ze. 'Ja, met Jelle,' zei ze en verliet toen zachtjes
de kamer.

Jelle zat op een bankje de krant te lezen. Ondanks dat het mei
was wilde de zon er vandaag niet lekker door komen, maar de
temperatuur was aangenaam. Hij stond op, toen Merel naar hem
toe kwam, en samen liepen ze naar de auto. 'En hoe was het?'
informeerde hij, toen hij wegreed.
'De volgende keer kun je wel meegaan,' zei ze. 'Het was goed
dat je er deze keer niet bij was. Ze had al zoveel te verwerken.
Toch heeft ze me veel verteld. Maar dan ineens kun je weer geen
contact met haar krijgen. Dan is het net of ze zich afsluit. Ik heb
net nog even met het hoofd van haar afdeling gepraat. Ze hebben
het idee dat ze dan aangeeft dat het voor haar genoeg is. Dat ze
er niet verder over wil praten. Ze respecteren dat. Ik heb dat ook
geprobeerd.' Ze deed Jelle verder verslag van haar ervaringen en
eindigde met een: 'We hebben dit uur meer gepraat dan in de
laatste tien jaar bij elkaar. Echt gepraat, bedoel ik dan. We hebben
voor het eerst in ons leven onze werkelijke gevoelens voor elkaar
bloot durven leggen, vooral wat mijn vader betreft. Alleen de omgeving deprimeerde me nogal. Het idee dat mijn moeder in een
gekkenhuis zit.'
'Merel!' wees hij haar scherp terecht.
'Ja, ik weet het. Tegenwoordig noemen ze dat niet meer zo. Er

is een mooier woord voor uitgevonden. Een psychiatrisch ziekenhuis. Voor mij komt dat op hetzelfde neer. Voor mijn moeder waarschijnlijk ook. Na alles wat ze al heeft meegemaakt, blijft ook dat nog haar niet bespaard.'

'Het is de enige manier voor haar om weer beter te worden. Ze heeft in haar leven te veel te verwerken gehad. Haar geest kon het niet meer aan. Je weet zelf hoe ze eraan toe was. In de tijd dat je nog thuis woonde, begon ze al te drinken. Daar zal ze in blijven vluchten zolang ze haar verleden niet verwerkt heeft. Dat zal ze moeten doen, zoals jij dat ook nog steeds doet: door te praten met lotgenoten en te weten dat ze niet de enige is. Ze wordt momenteel heen en weer geslingerd tussen allerlei verwarrende gevoelens. Haat en toch ook nog liefde jegens je vader. Ze heeft al die jaren net gedaan alsof er niets aan de hand was en nu ineens moet ze toegeven dat hun leven samen een puinhoop is geweest. Een farce. Dat de man van wie ze zoveel heeft gehouden, ook zo heel veel kapot heeft gemaakt. Dat ze daar boos om mag zijn, ook al leeft hij niet meer. Dat moet ze nu ineens hardop zeggen. Nu, na zoveel jaren van verstoppertje spelen.'

'Ja,' zei ze zacht. 'Dat was wat me nog het meest frappeerde. Dat ik ook ineens positieve kanten aan mijn vader ontdekte. Er kwamen ineens goede herinneringen bovendrijven, terwijl jarenlang alleen het slechte had overheerst. Bovendien was ik blij – ja, gewoon blij – toen mijn moeder vertelde over de jeugd van mijn vader. Alsof het gebeurde daardoor in een ander daglicht komt te staan. Niet dat die rotervaringen er beter van worden, maar op de een of andere manier kan ik het beter verwerken nu ik besef dat ze voortkomen uit zijn verleden. Hij deed het niet zo maar, omdat hij slecht was. Nee, hij is door zijn eigen jeugd zo geworden. Het is alsof de dingen die hij heeft meegemaakt juist nu voor hem pleiten.'

'Dus ondanks alles heeft deze middag toch ook positieve indrukken bij je achtergelaten?' stelde Jelle vast.

'Ja, toch wel. Al blijft het allemaal moeilijk te aanvaarden. Jaren hebben we langs elkaar heen geleefd. Ik heb m'n vader gehaat en een hekel gehad aan m'n moeder. Nu komen mijn moeder en ik langzaam maar zeker weer tot elkaar en toch zal het nooit zo

worden als tussen een moeder en een dochter in een doorsneegezin.'

'Dat zul je moeten aanvaarden. Bovendien is dat natuurlijk nog
afwachten. Misschien wordt alles anders, als ze straks dicht bij
ons in de polder zal wonen. Als ze weg is uit dat sombere huis
met al die herinneringen.'

'Dat zal dan ook nog ontruimd moeten worden,' merkte ze somber op. 'Wat afschuwelijk moeilijk zal dat zijn. Het moet geregeld
worden, voordat mijn moeder naar huis mag.'

'Je staat er niet meer alleen voor, Merel. Ik sta naast je,' zei Jelle.
'Dat vergeet je toch niet meer?'

'Nooit.' Ze glimlachte naar hem. Ze zou hem willen kussen en
ze zou het zeker gedaan hebben, als het op dit moment geen ge-
vaar had opgeleverd. 'Ik houd van je. Je bent het beste dat me
ooit is overkomen. Ik ben Frans nog eeuwig dankbaar dat hij me
toen, tegen wil en dank, heeft meegenomen naar jouw boerderij.
Soms zou ik Frans willen bellen om hem te vragen of hij me nog
haat.'

'Misschien komt die tijd nog eens. Ik ben hem ook nog dank ver-
schuldigd voor het feit dat hij me aanraadde je op te zoeken. Als
hij dat niet had voorgesteld, had jij nu nog in Amsterdam gezeten
en ik gewoon alleen op de boerderij. Zelf was ik nooit op dat idee
gekomen.'

'Frans moet een vrouw zonder problemen vinden. Geen vrouw
met complexen of een moeilijke jeugd. Een vrouw die vierkant
achter hem staat en hem helpt een eigen accountantskantoor op
te bouwen.'

'Waarom heb je in mij meer vertrouwen dan in Frans?' vroeg
Jelle zacht.

'Ik vertrouw je. Je zult niet kwaad op me worden. Je zult geduld
met me hebben. Je houdt van me.'

'Voor Frans lag dat ook allemaal anders. Hij hoorde het zo kort
voor zijn huwelijk. Je had hem drie lange jaren aan het lijntje
gehouden.'

'Omdat ik te weinig vertrouwen in hem had, Jelle. Dat weet je
wel. Dat weet hij zelf ook heel goed. Tegenover jou durfde ik er
al over te praten, toen ik je nog maar een dag kende. Misschien

kwam het, omdat je tegenover mij ook zo open was.'
Hij streek in een teder gebaar door haar haren, die ze voor deze gelegenheid keurig in een staart droeg. Speels trok hij daarbij een paar slierten los, die meisjesachtig om haar smalle gezicht vielen. Hij zou haar tegen zich aan willen trekken en haar willen vertellen hoeveel hij van haar hield. Hij reed verder.

Bij haar huis gekomen stapte hij nog even uit om een kop koffie te drinken. Sterke, zwarte koffie, waar ze na deze enerverende middag toch wel aan toe waren.
'Nog bedankt dat je bent meegegaan,' merkte ze zacht op.
'Wil je me voor dat soort dingen nooit meer bedanken,' zei hij scherp. 'Dat is vanzelfsprekend. We willen straks ons leven samen delen. Dit deel van jouw leven is ook een deel van mijn leven.'
Ze knikte en ging bij hem in de stoel zitten. 'Ik zal proberen eraan te denken, baas.'
Hij grinnikte en trok haar op schoot. 'Ik zal een goede boerin van je maken, Merel. Het is mooi dat je hier voorlopig weer als invalkracht in het onderwijs aan de gang kunt. Dat zul je wat mij betreft ook gerust kunnen blijven doen. Ook als we samen op de boerderij zullen wonen. Daarnaast zal ik van deze stadse nuf een echte boerin maken; reken daar maar op. Compleet met koeiestront.'
Ze mepte hem met een kussen overal waar ze hem maar raken kon, en toen hij eindelijk om genade smeekte gooide ze het kussen een eind van zich af en kuste hem warm en hartstochtelijk.
Veel te snel was het tijd om naar huis te gaan voor Jelle. 'Ik zou best willen blijven,' verontschuldigde hij zich, 'maar mijn zwager neemt vandaag de honneurs waar en die wilde voor melktijd weer naar huis. Dat betekent dus dat ik dan weer thuis moet zijn.' Hij wierp een steelse blik op z'n horloge. 'En ik ben al laat.' Hij kuste haar vluchtig op haar wang. 'We zien elkaar van de week nog.'
Ze keek hem na, toen hij wegreed. De rode achterlichten verdwenen uit het zicht. Ze bleef staan, ook nadat geen spoor meer van de auto te bekennen was. Het huis leek steeds uitgestorven, als hij weg was gegaan. Alsof de stilte ineens over haar heen viel. Ze zuchtte. De gebeurtenissen van de middag hadden haar meer aan-

gegrepen dan ze had gedacht. Ze voelde zich moe en toch ook lichter en blijder dan de afgelopen tijd het geval was geweest. Ze was er nu van overtuigd dat er een tijd zou komen dat ze het verleden zou kunnen accepteren. Als een boze droom, waaruit ze eindelijk wakker was geworden. Ze zou samen met Jelle in zijn boerderij wonen en ze verlangde ernaar. Ook zijn voetstappen zouden eens naar boven komen; naar haar. Ze zou misschien nog angst voelen, maar Jelle zou haar leren wat ware liefde was. Op een dag zou ze gaan verlangen naar zijn voetstappen op de trap. Het zou de dag zijn waarop ze haar vader werkelijk zou hebben vergeven.